PMT

Buch

Eine Pandemie ungeheuren Ausmaßes bedroht China. Kurt Austin und sein NUMA-Team machen sich auf die fieberhafte Suche nach einem Gegenmittel in den Fluten Mikronesiens. Eine seltene Quallenart ist der Schlüssel zu einem Impfstoff, der Milliarden Leben retten könnte. Dazu müssen die Männer aber nicht nur das verschollene Logbuch eines alten Walfängers finden, sondern auch ihre eigene Haut retten vor den Gangstern, die für diesen Impfstoff vor absolut nichts zurückschrecken. Denn ein mächtiges chinesisches Verbrecher-kartell will sich nicht länger damit begnügen, die Unterwelt zu beherrschen. Es will eine feste Größe in der chinesischen Machtverteilung einnehmen und echten politischen Einfluss. Nur Kurt Austin und sein NUMA-Team stehen noch zwischen ihm und seinem Ziel …

Autoren

Clive Cussler konnte bereits dreiundzwanzig aufeinander folgende »New-York-Times«-Bestseller landen, seit er 1973 seinen ersten Helden Dirk Pitt er-fand, und ist auch auf der deutschen Spiegel-Bestsellerliste ein Dauergast. 1979 gründete er die reale NUMA, um das maritime Erbe durch die Entdeckung, Erforschung und Konservierung von Schiffswracks zu bewahren. Er lebt in der Wüste von Arizona und in den Bergen Colorados.

Paul Kemprecos war früher als Journalist, Kolumnist und Herausgeber tä-tig. Er schrieb bereits sechs Unterwasser-Kriminalromane und lebt in seinem Haus auf Cape Cod.

Liste der lieferbaren Bücher

Zuletzt im Hardcover von Clive Cussler bei Blanvalet erschienen:
Polarsturm (0347)

Von Clive Cussler im Blanvalet-Taschenbuch (die Dirk-Pitt-Romane):
Eisberg (35601), Das Alexandria-Komplott (35528), Die Ajima-Verschwörung (36089), Schockwelle (35201), Höllenflut (35297), Akte Atlantis (35896), Im Zeichen der Wikinger (36014), Die Troja-Mission (36473), Cyclop (37025), Geheimcode Makaze (37151), Der Fluch des Khan (37210)

Von Clive Cussler und Paul Kemprecos im Blanvalet-Taschenbuch (die Kurt-Austin-Romane): Tödliche Beute (36068), Brennendes Wasser (35683), Das Todeswrack (35274), Killeralgen (36362), Packeis (36617), Höllenschlund (36922), Flammendes Eis (37285), Eiskalte Brandung (37577)

Von Clive Cussler und Craig Dirgo im Blanvalet-Taschenbuch (die Juan-Cabrillo-Romane): Der goldene Buddha (36160), Der Todesschrein (36446)

Von Clive Cussler und Jack DuBrul im Blanvalet-Taschenbuch (die Juan-Cabrillo-Romane): Todesfracht (36857), Schlangenjagd (36864), Seuchen-schiff (37243), Kaperfahrt (37590)

Außerdem von Clive Cussler erschienen: Höllenjagd (37057)

Clive Cussler
& Paul Kemprecos

Eiskalte Brandung

Roman

Aus dem Englischen
von Michael Kubiak

blanvalet

Die englische Originalausgabe erschien unter dem Titel
»Medusa« bei Putnam, New York

FSC
Mix
Produktgruppe aus vorbildlich
bewirtschafteten Wäldern und
anderen kontrollierten Herkünften
Zert.-Nr. SGS-COC-001940
www.fsc.org
© 1996 Forest Stewardship Council

Verlagsgruppe Random House FSC-DEU-0100
Das FSC-zertifizierte Papier für dieses Buch *Holmen Book Cream*
liefert Holmen Paper, Hallstavik, Schweden.

3. Auflage
Deutsche Erstausgabe Juni 2010 bei Blanvalet,
einem Unternehmen der Verlagsgruppe
Random House GmbH, München.
Copyright © der Originalausgabe 2009 by Sandecker, RLLLP
by arrangement with
Peter Lampack Agency, Inc.
551 Fifth Avenue, Suite 1613
New York, NY 10176-0187 USA
Copyright © der deutschsprachigen Ausgabe 2008 by
Blanvalet Verlag, in der Verlagsgruppe Random House GmbH
Umschlaggestaltung: © HildenDesign, München,
unter Verwendung eines Motivs von Harry Hu / Shutterstock
Redaktion: Jörn Rauser
HK · Herstellung: sam
Satz: Buch-Werkstatt GmbH, Bad Aibling
Druck und Einband: GGP Media GmbH, Pößneck
Printed in Germany
ISBN: 978-3-442-37577-6

www.blanvalet.de

»Wenn sich die Epidemie mit gleichbleibender Geschwindigkeit ausbreitet, könnte das rein rechnerisch durchaus den Untergang der Menschheit zur Folge haben.«

– Dr. Vince Vaughn,
– The American Experience, »Influenza 1918«

»Empfohlen werden morgendliche und abendliche Nasen-spülungen mit Seifenwasser; zwingen Sie sich, abends und morgens heftig zu niesen, dann machen Sie einige tiefe Atemzüge; tragen Sie keinen dicken Schal; unternehmen Sie regelmäßig lange Spaziergänge, und gehen Sie von der Arbeit zu Fuß nach Hause; essen Sie viel Haferbrei.«

Empfehlungen zur Grippe-Vorbeugung in der Zeitung News of the World, *1918*

Prolog

In all den Jahren, die er die Ozeane der Welt befuhr, hatte Kapitän Horatio Dobbs das Meer noch nie so öde und leer erlebt. Der Kapitän ging auf dem Achterdeck des New Bedforder Walfangschiffes *Princess* auf und ab. Seine grauen Augen blickten wie die Doppelstrahlen eines Leuchtturms in alle vier Himmelsrichtungen. Der Pazifik war eine scheibenförmige blaue Wüste. Keine Blasfahnen befiederten den Horizont. Keine grinsenden Delfine tanzten vor dem Schiffsbug. Kein fliegender Fisch stieg zappelnd über den Wellenkämmen hoch. Es war, als sei jedes Leben im Meer ausgestorben.

Dobbs war in der New Bedforder Walfängergilde eine herausragende Erscheinung. In den Hafenbars, in denen sich gewöhnlich scharfäugige Harpuniere trafen, oder in den Salons der reichen Schiffseigner der Quäkergemeinde auf dem Johnny Cake Hill erzählte man sich, Dobbs könne einen Pottwal auf fünfzig Meilen wittern. Doch seit einiger Zeit drang nur noch der üble Gestank einer schwelenden Meuterei in die Nase des Kapitäns.

Mittlerweile hatte Dobbs eine regelrechte Furcht davor entwickelt, jeden verlorenen Tag im Logbuch des Schiffes zu vermerken. Der Eintrag, den er am Vorabend in sein Logbuch geschrieben hatte, fasste die Probleme, mit denen er sich auseinandersetzen musste, treffend zusammen.

Er hatte notiert:

27. März 1848. Frische Brise, SW. Nicht ein einziger Wal in Sicht. Das Pech liegt wie ein stinkender Nebel auf dieser Reise. Im gesamten Pazifik kein Tran für die arme Princess. *Im Vorschiff braut sich schon was zusammen.*

Vom erhöhten Achterdeck aus hatte Dobbs einen ungehinderten Blick auf die gesamte Länge des Schiffes, und er hätte blind sein müssen, um die verstohlenen Blicke und das Lauern in den Augen der Männer seiner Mannschaft nicht zu bemerken. Die Offiziere hatten voller Besorgnis gemeldet, dass das übliche Murren unter der Mannschaft im Vorschiff häufiger und vor allem heftiger geworden sei. Der Kapitän hatte seine Maate angewiesen, ihre Pistolen stets schussbereit zu halten und das Deck niemals unbewacht zu lassen. Noch hatte sich keine Hand zur Meuterei erhoben, aber im dunklen und stickigen Vorschiff, wo sich die Quartiere befanden und der Schiffsrumpf sich zum Bug verengte, hörte man Männer davon flüstern, dass sich das Glück des Schiffes gewiss wenden würde, wenn dem Kapitän ein Unfall zustieße.

Dobbs maß sechs Fuß und hatte ein Profil wie eine Felsenklippe. Er vertraute darauf, eine Meuterei wohl niederschlagen zu können. Doch das war die geringste seiner Sorgen. Ein Kapitän, der ohne eine profitable Ölladung in den Hafen zurückkehrte, beging die unverzeihliche Sünde, die Schiffseigner um ihre Investition zu bringen. Keine Mannschaft, die auch nur ein Körnchen Salz wert war, würde dann jemals wieder mit ihm fahren. Eine einzige Fahrt konnte über den Ruf, die Karriere und das persönliche Schicksal entscheiden.

Je länger ein Schiff auf See unterwegs war, desto größer war auch die Gefahr eines Misserfolgs. Der Proviant wurde knapp. Skorbut und Krankheiten drohten. Der Zustand des Schiffes verschlechterte sich, die Mannschaft verlor ihren Elan. Einen Hafen anzulaufen, um Reparaturen auszuführen und Nachschub aufzunehmen, barg ein Risiko: Männer konnten das Schiff verlassen, um auf einem anderen – erfolgreicheren – Walfänger anzuheuern.

Mit dem Walfangunternehmen war es bergab gegangen, seit das funkelnagelneue Schiff an einem sonnig frischen Herbsttag unter lautem Abschiedsjubel von dem Kai abgelegt hatte, auf dem es vor Menschen nur so gewimmelt hatte. Seitdem verfolgte Dobbs verwirrt, wie das Schiff vom Glück im Stich gelassen wurde. Dabei konnte kein Schiff für seine Jungfernfahrt besser vorbereitet sein. Die *Princess* hatte einen erfahrenen Kapitän, eine handverlesene Mannschaft und neue, sorgfältig geschmiedete rasiermesserscharfe Harpunen.

Die dreihundert Tonnen verdrängende *Princess* war auf einer der angesehensten Werften in New Bedford gebaut worden. Knapp über einhundert Fuß lang, wies das Schiff eine Breite von fast dreißig Fuß auf, was genügend Laderaum für dreitausend Fässer schuf, die an die neunzigtausend Gallonen Tran fassten. Es war aus massivem Eichenholz gebaut, das den schwersten Seen standzuhalten vermochte. Vier Walfangboote hingen in hölzernen Davits über der Decksreling. Andere Seefahrer favorisierten die dickbäuchigen Neu-England-Walfänger mit ihren kantigen Heckaufbauten, aber das robuste Schiff konnte jahrelang durch die widrigsten Verhältnisse segeln, die ihre schlankeren Mitbewerber schon bald an den Nähten leck geschlagen hätten.

Als die *Princess* das Dock verließ, füllte eine mächtige Brise die großen Rahsegel an den drei Masten. Der Steuermann wählte einen Kurs nach Osten über den Acushnet River und von dort in den Atlantischen Ozean hinein. Angetrieben von stetigen Winden hatte die *Princess* den Ozean dann schnell überquert und die Azoren erreicht. Nach einem kurzen Zwischenstopp in Fayal, um Früchte zu laden, die vor Skorbut schützen sollten, hatte das Schiff Kurs auf die Südspitze Afrikas genommen und das Kap der Guten Hoffnung ohne Unfälle umrundet.

Doch in den darauf folgenden Wochen war die *Princess* in einem Zickzackkurs über den Pazifik gekreuzt und hatte nicht einen einzigen Wal gesichtet. Dobbs wusste, dass für die Suche und das erfolgreiche Aufspüren von Walen eher solide Kenntnisse der Wetterverhältnisse und des Wanderverhaltens der Tiere als reines Glück notwendig waren. Doch während sein Blick den fernen Horizont ringsum verzweifelt absuchte, begann er sich allmählich zu fragen, ob sein Schiff wohl doch vielleicht verflucht war. Er drängte diesen gefährlichen Gedanken jedoch wieder aus seinem Bewusstsein, schlenderte zum Schiffskoch hinüber, der gerade seinen Herd säuberte, und sagte: »Spiel uns was auf deiner Fiedel.«

In der Hoffnung, die allgemeine Moral ein wenig zu heben, hatte der Kapitän den Koch angewiesen, jeden Tag bei Sonnenuntergang zur Fiedel zu greifen. Aber diese fröhliche Musik schien die düstere Stimmung an Bord nur zu unterstreichen.

»Ich warte damit immer bis zum Sonnenuntergang«, sagte der Koch mürrisch.

»Nicht heute, Koch. Sieh zu, ob du uns einen Wal herbeifiedeln kannst.«

Der Koch legte seinen Putzlappen beiseite und wickelte widerstrebend das Tuch auseinander, das seine wettergegerbte Violine schützte. Er klemmte sich die Fiedel unters Kinn, ergriff den ausgefransten Bogen und sägte drauflos, ohne das Instrument vorher gestimmt zu haben. An ihren düsteren Blicken erkannte er, dass die Mannschaft glaubte, seine Fiedelei schrecke die Wale eher ab, und jedes Mal, wenn der Koch musizierte, fürchtete er aus gutem Grund, dass ihn gleich jemand über Bord werfen werde. Außerdem waren nur noch zwei Saiten übrig, und sein Repertoire schien ihm äußerst begrenzt, daher spielte er immer wieder die gleichen Melodien, die die Mannschaft ohnehin schon ein Dutzend Mal gehört hatte.

Während der Koch den Bogen tanzen ließ, befahl der Kapitän dem ersten Maat, die Aufsicht über das Achterdeck zu übernehmen. Er stieg den schmalen Gang zu seiner Kabine hinunter, warf den verwitterten schwarzen Zylinder auf seine Schlafpritsche und setzte sich an den Schreibtisch. Zwar studierte er noch einmal die Seekarten, doch hatte er sein Glück bereits in sämtlichen Walgründen versucht und nicht den geringsten Erfolg gehabt. Nun lehnte er sich in seinem Sessel zurück, schloss die Augen und ließ das Kinn auf die Brust sinken.

Er war erst für einige wenige Minuten eingedöst, als die wunderbaren Worte, die er seit Monaten nicht mehr gehört hatte, den Schleier seines Schlafs durchdrangen.

»*Wal bläst!*«, rief eine Stimme. »Da bläst er!«

Die Augen des Kapitäns sprangen auf, dann kam er wie ein Geschoss aus seinem Sessel hoch, schnappte sich seinen Hut und turnte die Leiter zum Deck hinauf. Er blickte gegen die grelle Sonne zur mittleren Mastspitze, die sich etwa einhundert Fuß hoch über dem Deck befand. Drei

Mastspitzen wurden im Zwei-Stunden-Rhythmus besetzt, wobei die Ausgucker in eisernen Ringen auf kleinen Plattformen standen.

»Wie weit entfernt?«, rief der Kapitän dem Ausguck auf dem Hauptmast zu.

»Viertel Steuerbord, Sir.« Der Ausguck deutete vom Bug weg. *Dort. Er taucht gerade auf.«

Ein mächtiger hammerförmiger Schädel durchbrach die Meeresoberfläche in einer Viertelmeile Entfernung und schlug in einer aufwallenden Gischtwolke wieder auf. *Ein Pottwal.* Dobbs bellte dem Steuermann einen Befehl zu, Kurs auf den atmenden Wal zu nehmen. Mit der Behändigkeit von Affen verteilten sich Matrosen im Tauwerk und entfalteten jeden Quadratzoll Segeltuch.

Während das Schiff langsam herumkam, machte sich mit einem lauten Ruf auch ein zweiter Ausguck in seinem Krähennest bemerkbar.

»Ein zweiter, Kapitän!« Die Stimme des Ausgucks war heiser vor Erregung. »Bei Gott, noch einer!«

Dobbs blickte durch sein Fernglas auf eine glänzende graue Rückenwölbung, die gerade aus dem Meer auftauchte. Der Blas war kurz und buschig und bildete einen Winkel von fünfundvierzig Grad zur Wasseroberfläche. Der Kapitän schwenkte das Fernglas erst nach links und dann nach rechts. *Noch mehr* Wasserfontänen. Eine ganze Walherde. Er stieß einen lauten Freudenschrei aus. Was er da vor sich sah, war ein ziemlich großes Vermögen an Waltran.

Der Koch hatte beim ersten Sichten aufgehört zu spielen. Nun stand er wie benommen auf dem Deck, die Fiedel in der Hand. Schlaff hing sie an seiner Seite herab.

»Du hast es geschafft, Koch!«, rief der Kapitän. »Du

hast genug Walrat herbeigefiedelt, um unsere Lagerräume unter Deck zu füllen. Spiel weiter, verdammt noch mal!«

Der Koch zeigte dem Kapitän in einem breiten Grinsen seine Zahnlücken, zog den Bogen über die Violinsaiten und intonierte ein fröhliches Seemannslied, während der Steuermann das Schiff in den Wind drehte. Die Segel wurden getrimmt. Das Schiff stieg leicht hoch und stoppte.

»Fiert die Boote an Backbord weg!«, brüllte der Kapitän mit einer unbändigen Begeisterung, die sich während der langen Wal-Dürre aufgestaut hatte. »Bewegt euch, Männer, wenn ihr Geld sehen wollt!«

Dobbs befahl, drei Boote zu Wasser zu lassen. Jedes der dreißig Fuß langen Walboote stand unter dem Kommando eines Maats, der sowohl befehlshabender Offizier als auch Steuermann war. Eine Notbesatzung blieb auf der *Princess* zurück, um notfalls mit dem Schiff zu manövrieren. Der Kapitän behielt das vierte Walboot in Reserve.

Der gesamte Vorgang des Ausbringens der Boote dauerte kaum länger als eine Minute. Die schlanken Boote klatschten fast gleichzeitig ins Meer. Die Bootsbesatzungen kletterten am Schiffsrumpf hinab, nahmen ihre Plätze auf den Bänken ein und tauchten die Ruder ins Wasser. Sobald sich jedes Walboot weit genug vom Schiff entfernt hatte, zog seine Besatzung ein Segel auf, um ein paar weitere Knoten an Geschwindigkeit zu gewinnen.

Dobbs beobachtete, wie die Boote, einer Salve von Pfeilen nicht unähnlich, ihren Zielen entgegenflogen.

»Immer sachte, Jungs«, murmelte er. »Zieht einen Takt schneller, haltet den Kurs.«

»Wie viele, Käpt'n?«, rief der Koch.

»Mehr als genug, um für jeden Mann an Bord ein Zehn-

Pfund-Steak zu braten. Du kannst das Salzfleisch über Bord werfen«, brüllte Dobbs.

Das Gelächter des Kapitäns rollte wie ein Orkan über das Deck.

Caleb Nye ruderte im führenden Boot auf Teufel komm raus. Seine Handflächen waren aufgesprungen und bluteten, seine Schultern schmerzten. Schweiß rann über seine Stirn, doch er wagte es nicht, eine Hand von seinem Riemen zu lösen, um sich die Augen zu wischen.

Caleb war achtzehn Jahre alt, ein drahtiger, gutmütiger Bauernjunge aus Concord, Massachusetts, auf seiner ersten Seefahrt. Mit seinem 1/210-Anteil, auch *lay* genannt, rangierte er am untersten Ende der Lohnskala. Er wusste, dass er von Glück reden konnte, wenn er gerade noch einen Gewinn machte, aber er hätte ohnehin angeheuert, angelockt durch die Aussicht auf Abenteuer und den Reiz exotischer Länder.

Der dienststeifrige Bursche erinnerte den Kapitän an seine erste eigene Walfangfahrt. Dobbs erklärte dem Bauernjungen, dass er seinen Weg sicher gehen würde, wenn er seine Befehle schnell ausführte und hart arbeitete. Seine Bereitschaft, jede Aufgabe auszuführen und jeden Spott an sich abperlen zu lassen, hatte ihm den Respekt der harten Waljäger eingebracht, die ihn mittlerweile wie ein lieb gewordenes Maskottchen behandelten.

Das Boot stand unter dem Kommando des Ersten Maats, eines narbenübersäten Veteranen vieler Walfangexpeditionen. Ruderer wurden stets daran erinnert, genauestens auf den Maat und seine Befehle zu achten, aber Caleb, als Grünschnabel des Schiffes, musste die Hauptlast der ständigen Tiraden des Offiziers ertragen.

»Komm, beweg dich, Caleb«, rief der Maat. »Spann den Rücken, Bursche, du ziehst doch nicht an einem Kuhschwanz. Und guck immer schön auf meine liebliche Visage – ich such dir auch eine schöne Meerjungfrau.«

Der Maat, der als Einziger nach vorne blicken durfte, beobachtete einen massigen Walbullen, der sich auf Kollisionskurs mit dem Boot befand. Sonnenstrahlen brachen sich auf der glänzenden schwarzen Haut. Der Maat gab dem Harpunier einen leisen Befehl.

»Steh auf und halte dich bereit.«

Zwei sieben Fuß lange Harpunen lagen in entsprechenden Mulden am Bug bereit. Ihre rasiermesserscharfen Widerhaken waren so konstruiert, dass sie den Schaft beim Eindringen in die Jagdbeute in eine leichte Drehung versetzen konnten. Diese tödliche Vorrichtung machte es fast unmöglich, dass sich die Harpune löste, sobald sie im Walfleisch steckte.

Der Bugmann erhob sich und zog den Riemen ein, dann nahm er die Harpune aus der Mulde. Er zog die Hülle ab, die die Spitze mit dem Widerhaken schützte. Das Gleiche machte er dann auch mit der zweiten Harpune.

Achtzehnhundert Fuß Leine waren sorgfältig in einer Kiste aufgeschossen, liefen durch einen V-förmigen Einschnitt am Bug und waren mit der Harpune verknotet. Von der Harpune verlief die Schnur über die gesamte Länge des Bootes bis zum Heck, wo sie zweimal um einen kurzen Pfosten, Loggerhead genannt, geschlungen war, dann verlief sie weiter nach vorne bis zu einer Wanne.

Der Maat zog die Pinne herum, richtete den Bug des Bootes auf die linke Flanke des Wals aus und brachte so den rechtshändigen Harpunier in die Position, seine Waffe zu benutzen. Als der Wal nur noch etwa zwanzig Fuß vom Boot entfernt war, rief der Maat dem Harpunier einen Befehl zu.

»Gib's ihm!«

Indem er sich mit dem Knie im Boot abstützte, schleuderte der Harpunier die Lanze wie einen Speer, und die Spitze drang einen Zoll hinter dem Auge des Wals in seine Haut ein. Dann ergriff er sofort die zweite Harpune und platzierte sie etwa einen Fuß weit hinter der ersten.

»Fier weg!«, rief der Maat.

Die Riemen tauchten ins Wasser, das Boot schoss mehrere Yards zurück.

Der Wal stieß Dampf aus dem Blasloch aus, hob die großen Fluken hoch in die Luft und schlug damit wuchtig dort aufs Wasser, wo sich das Boot noch Sekunden zuvor befunden hatte. Der Wal reckte den Schwanz ein zweites Mal in die Luft, grub den Schädel ins Meer und tauchte. Ein tauchender Pottwal kann mit einer Geschwindigkeit von fünfundzwanzig Knoten bis auf tausend Fuß absinken. Die Leine lief mit rasendem Tempo aus der Wanne aus. Der Mann an der Wanne spritzte Meerwasser auf die Leine, um sie zu kühlen, doch trotz seiner Bemühungen begann sie bereits von der Reibung, während sie um den Loggerhead raste, zu qualmen.

Das Boot jagte nun in einem wilden Tanz, der von Walfängern nur *Nantucketer Schlittenfahrt* genannt wurde, über die Wellenkämme. Die Ruderer stießen zwar laute Jubelrufe aus, doch sie spannten sich an, als das Boot zur Ruhe kam und sich nicht weiter bewegte. Der Wal war dabei aufzutauchen. Dann durchbrach das gigantische Säugetier, begleitet von einer regelrechten Gischtexplosion, die Wasseroberfläche und warf sich wie eine Forelle an einer Angelschnur herum, um abermals in die

Tiefe hinunterzusteigen und nach zwanzig Minuten erneut aufzutauchen. Dieser Vorgang wiederholte sich immer wieder. Und jedes Mal wurde mehr Leine eingeholt und die Entfernung verkürzt, bis Wal und Boot nur noch durch ungefähr einhundert Fuß Abstand voneinander getrennt wurden.

Der große stumpfe Kopf schwang zu seinem Quälgeist herum. Der Maat verfolgte dieses aggressive Verhalten und wusste, dass es die Vorbereitung eines Angriffs war. Er gab dem Harpunier brüllend zu verstehen, er solle nach achtern kommen. Die beiden Männer tauschten in dem schaukelnden Boot die Plätze, stolperten über Riemen, Ruderer und Leinen und boten damit einen Anblick, der spaßig hätte sein können, wären da nicht die möglicherweise tödlichen Folgen gewesen.

Der Maat packte die Lanze, einen langen Holzschaft mit einer scharfkantigen, löffelförmigen Spitze, und baute sich im Bug wie ein Matador auf, der sich bereit macht, den Kampfstier zu töten. Der Maat rechnete damit, dass sich das Tier auf die Seite wälzte, ein Manöver, das dem Wal erlauben würde, die scharfen Zähne, die seinen schlauchartigen Unterkiefer säumten, höchst wirkungsvoll zu benutzen.

Der Harpunier schwang die Ruderpinne herum. Wal und Boot passierten einander mit wenigen Yards Abstand. Der Wal begann herumzurollen und entblößte seine verletzliche Körperseite. Der Maat stieß die Lanze mit aller Kraft in den Wal. Er drückte auf den Schaft, zerrte ihn hin und her, bis die Spitze sechs Fuß tief im Fleisch des Tieres steckte und sein Herz durchbohrt hatte. Er brüllte der Mannschaft zu, sie solle auf entgegengesetzten Kurs gehen. *Zu spät*. In seinem Todeskampf nahm der Wal den mittleren Abschnitt des träge reagierenden Bootes zwischen seine Kiefer.

Die Ruderer stolperten in panischer Angst übereinander, während sie den scharfen Zähnen zu entgehen versuchten. Der Wal schüttelte das Boot wie ein Hund einen Knochen, dann klappten seine Kiefer auf, das Säugetier entfernte sich, und der große Schwanz schlug aufs Wasser. Eine Fontäne aus blutgetränktem Wasserdampf drang aus dem Blasloch.

»Feuer im Loch!«, rief ein Ruderer.

Die Lanze hatte bereits ihr tödliches Werk vollbracht. Der Wal zuckte noch eine Minute lang, ehe er untertauchte und eine rote Pfütze Blut zurückließ.

Die Ruderer legten ihre Riemen über die Dollborde, um das sinkende Boot zu stabilisieren, dann verstopften sie die Lecks mit ihren Hemden. Trotz ihrer Bemühungen befand sich das Boot kaum noch in einem schwimmfähigen Zustand, als der tote Wal auftauchte und sich mit einer Finne in der Luft auf die Seite rollte.

»Gute Arbeit, Leute!«, brüllte der Maat. »Den hat's erwischt. Noch so ein Fisch, und wir segeln zurück nach New Bedford, um unseren Liebsten was Schönes zu kaufen.« Er deutete auf die herannahende *Princess.* »Seht mal, Jungs, der alte Mann kommt, um uns aufzufischen und euch ins Bettchen zu legen. Wie ich sehe, sind alle okay.«

»Nicht alle«, meldete sich der Harpunier mit heiserer Stimme. »Caleb ist verschwunden.«

Das Schiff ging in kurzer Entfernung vor Anker, und ein Reserveboot wurde zu Wasser gelassen. Nach einer erfolglosen Suche nach Caleb im blutigen Wasser wurde der erlegte Wal mit einer Fahne markiert und das beschädigte Walboot zum Schiff zurückgeschleppt.

»Wo ist der Grünschnabel?«, fragte der Kapitän, als die durchnässte und schmutzige Mannschaft an Bord der *Princess* kletterte.

Der erste Maat antwortete: »Der arme Kerl ging über Bord, als der Wal angriff.«

Die Augen des Kapitäns waren von Traurigkeit überschattet, aber Tod und Waljagd waren einander eben nicht fremd. Er wandte seine Aufmerksamkeit der unmittelbar anstehenden Aufgabe zu und befahl seinen Männern, den Walkadaver unter ein Gerüst auf der Steuerbordseite zu manövrieren. Mit Hilfe langer Haken rollten sie den Kadaver herum und hievten ihn in eine aufrechte Haltung hoch. Sie schnitten den Kopf ab und benutzten, ehe sie begannen, den Blubber abzuschneiden, einen eisernen Haken, um die Innereien herauszureißen. Sie hievten sie auf das Deck und durchsuchten sie nach Ambra, dem wertvollen Grundstoff für Parfüm, der im Magen eines kranken Wals entstehen kann.

Irgendetwas bewegte sich in dem großen Magensack. Ein Matrose vermutete einen riesigen Tintenfisch, eine beliebte Beute von Pottwalen. Mit einem scharfkantigen Spaten schnitt er den Sack auf, aber statt Tentakeln rutschte ein menschliches Bein aus der Öffnung heraus. Er schlug die Magenwände zurück und befreite so jemanden, der sich in fetaler Haltung zusammengerollt hatte. Der Mann mit dem Spatenmesser und ein anderer Matrose ergriffen die Füße des Mannes und zerrten seine schlaffe Gestalt auf das Deck. Eine milchige schleimige Substanz umhüllte den Kopf des Mannes. Der erste Maat kam herüber und wusch den Schleim mit einem Eimer Wasser ab.

»Es ist *Caleb!*«, rief der Maat. »Es ist unser Grünschnabel!«

Calebs Lippen bewegten sich zwar, aber kein Laut drang aus seinem Mund.

Dobbs hatte das Abschneiden des Blubbers vom Walskelett beaufsichtigt. Er kam herüber und betrachtete Caleb einige Sekunden lang, ehe er den Matrosen befahl, den Grünschnabel in seine Kabine zu tragen. Sie legten den jungen Mann auf die Pritsche des Kapitäns, zogen ihm seine ebenfalls mit Schleim verklebten Kleider aus und wickelten ihn in Decken ein.

»Lieber Gott, so etwas habe ich noch nie gesehen«, murmelte der Erste Maat.

Der hübsche achtzehnjährige Bauernjunge hatte sich in einen verschrumpelten alten Mann von achtzig Jahren verwandelt. Seine Haut war geisterhaft bleich. Ein Netz von Runzeln überzog die Haut seiner Hände und seines Gesichts, als hätte sie tagelang im Wasser gelegen. Sein Haar ähnelte den Strähnen einer Baumwollpflanze.

Dobbs legte eine Hand auf Calebs Arm und erwartete, dass er genauso eiskalt war wie der gesamte leichenähnliche Körper.

»Er ist glühend heiß«, murmelte er verblüfft.

Da er auch als Schiffsarzt fungierte, deckte Dobbs Calebs Körper mit nassen Handtüchern zu, um das Fieber zu senken. Aus einer schwarzledernen Arzttasche holte er ein Fläschchen mit einer starken Medizin hervor, die eine hohe Dosis an Opium enthielt, und schaffte es, ein paar Tropfen in Calebs Mund zu träufeln. Der junge Mann wälzte sich einige Minuten lang unruhig herum, ehe er in einen tiefen Schlaf fiel. In diesem Zustand blieb er für mehr als vierundzwanzig Stunden. Als Calebs Augenlider irgendwann zu flattern begannen und sich schließlich ganz öffneten, sah der Gerettete den Kapitän an seinem Schreibtisch sitzen, wo er etwas in sein Logbuch schrieb.

»Wo bin ich?«, murmelte er mit trockenen, verkrusteten Lippen.

»In meiner Koje«, knurrte Dobbs. »Und mir wird verdammt schlecht davon.«

»Tut mir leid, Sir.« Caleb runzelte die Stirn. »Ich habe geträumt, ich wäre gestorben und in die Hölle gefahren.«

»So viel Glück hast du nicht gehabt, mein Junge, es scheint eher, als hätte der Wal einen besonderen Appetit auf Bauernjungen gehabt. Wir haben dich aus seinem Bauch geholt.«

Caleb erinnerte sich an das runde Auge des Wals, dann in die Luft geschleudert worden zu sein, wobei er wild mit den Armen und Beinen gerudert hatte, und schließlich an den eisigen Schock, als er ins Wasser tauchte. Er konnte sich auch entsinnen, durch einen dunklen, engen Gang gerutscht zu sein und in der stickigen, feuchten Luft würgend nach Atem gerungen zu haben. Die Hitze war nahezu unerträglich gewesen. Schnell hatte er das Bewusstsein verloren.

Ein Ausdruck des Grauens verzerrte sein bleiches, runzliges Gesicht. »Der Wal hat mich *gefressen!*«

Der Kapitän nickte. »Ich sage dem Koch, dass er dir etwas Suppe holt. Dann heißt es für dich aber wieder: zurück ins Vorschiff.«

Der Kapitän lenkte jedoch mitleidig ein und ließ Caleb in seiner Kabine liegen, bis der Blubber zu Tran gekocht und in Fässer gefüllt worden war. Anschließend ließ er die Matrosen aus dem Vorschiff an Deck antreten. Er lobte sie für ihre harte Arbeit und fuhr fort:

»Ihr alle wisst, dass der Wal den Grünschnabel verschluckt hat wie weiland Jonas in der Bibel. Ich kann euch zum Glück verkünden, dass unser junger Freund schon bald wieder seine Arbeit aufnehmen kann. Ich ziehe ihm die verlorene Zeit eher von seinem Lohn ab. Nur ein Toter darf sich auf diesem Schiff vor seiner Arbeit drücken.«

Diese Bemerkung rief bei den versammelten Matrosen beifällige Bemerkungen und ein zufriedenes Grinsen hervor.

Dobbs war noch nicht fertig. »Ich muss euch allerdings sagen, dass Caleb ein wenig anders aussieht, als ihr ihn in Erinnerung habt. Die fauligen Säfte im Bauch des Wals haben ihn weißer gebleicht als eine gekochte Steckrübe.« Er musterte die Mannschaft mit ernstem Blick. »Ich lasse es nicht zu, dass sich irgendjemand auf diesem Schiff über das Missgeschick eines Gefährten lustig macht. Das wäre erstmal alles.«

Die Schiffsoffiziere halfen Caleb, an Deck zu steigen. Der Kapitän bat Caleb, einen Zipfel von dem Tuch zurückzuschlagen, das sein Gesicht wie eine Mönchskapuze bedeckte. Die Mannschaft reagierte mit einem vielstimmigen erschrockenen Seufzen.

»Seht euch unseren Jonas gut an, und ihr habt etwas, das ihr noch euren Enkelkindern erzählen könnt«, sagte der Kapitän. »Unter seiner weißen Haut ist er aber keinen Deut anders als wir alle. Und jetzt lasst uns noch ein paar Wale jagen.«

Der Kapitän hatte Caleb mit voller Absicht *Jonas* genannt. Dies war der Name für einen Matrosen, der das Unglück anlockte. Indem er damit scherzte, hoffte er, jeden abfälligen Vergleich mit der gleichnamigen Bibelgestalt, die von einem großen Fisch verschlungen worden war, zu vermeiden. Ein paar Matrosen empfahlen murmelnd, Caleb über Bord zu werfen. Glücklicherweise waren aber alle für einen derartigen Unfug zu beschäftigt. Das Meer, das lange so öde gewesen war, wimmelte nun von Walen. Zweifellos hatte das Schicksal des Schiffes sich zum Guten gewendet. Es schien geradezu, als sei die *Princess* zu einem Magneten für jeden Wal im Ozean geworden.

Jeden Tag wurden die Boote nach lauten Rufen von den Ausgucken zu Wasser gelassen. Die eisernen Siedetöpfe blubberten wie Hexenkessel. Eine ölige Wolke schwarzen Qualms verdeckte die Sterne und die Sonne und färbte die Segel dunkelgrau. Der Koch sägte fröhlich auf seiner Fiedel. Wenige Monate nach Calebs Begegnung mit dem Wal waren die Laderäume des Schiffes bis zum Rand gefüllt.

Vor der langen Heimreise musste das Schiff erst neuen Proviant aufnehmen, und die erschöpfte Mannschaft brauchte einen Landurlaub. Dobbs lief Pohnpei an, eine idyllische Insel, die für ihre gut aussehenden Männer, ihre schönen Frauen und ihre Bereitschaft, Walfänger mit allen Gütern und Annehmlichkeiten zu versorgen, nach denen ihnen der Sinn stand, berühmt war. Walfangschiffe aus jedem Winkel der Erde drängten sich im Hafen.

Dobbs war als Quäker aufgewachsen und hatte für Alkohol und eingeborene Frauen wenig übrig. Jedoch betrachtete er seine Glaubensregeln als zweitrangig gegenüber seinen Pflichten als Seemann, die besagten, unter seinen Männern Frieden und Harmonie zu erhalten und mit einer Schiffsladung Tran heimzukehren. Wie er diese Aufgaben löste, blieb ihm überlassen. Er verfolgte mit herzlichem Lachen, wenn Bootsladungen betrunkener und lärmender Matrosen an Bord kletterten und über das Schiff stolperten oder aus dem Wasser gefischt wurden, mit dem sie, weil sie zu berauscht waren, hatten Bekanntschaft machen müssen.

Caleb blieb an Bord und verfolgte das Kommen und Gehen seiner Gefährten mit einem milden Lächeln. Der Kapitän war erleichtert, dass Caleb kein Interesse zeigte, an Land zu gehen. Die Eingeborenen galten als freundlich und umgänglich, doch Calebs seltsam strähniges Haar und seine gebleichte Haut hätten Probleme mit den abergläubischen Inselbewohnern auslösen können.

Dobbs stattete dem amerikanischen Konsul, einem Neu-Engländer wie er selbst, einen Höflichkeitsbesuch ab. Während des Besuchs erhielt der Konsul die Nachricht, dass auf der Insel eine Tropenkrankheit ausgebrochen sei. Daraufhin strich Dobbs seinen Männern den Landurlaub. In sein Logbuch trug er ein:

Letzter Tag des Landurlaubs. Kapitän besucht US-Konsul A. Markham, der zu einer Besichtigung der altertümlichen Stadt Nan Madol einlud. Nach Rückkehr erhielt Konsul Meldung von einer Seuche auf der Insel. Habe Urlaub gestrichen und eilig die Insel verlassen.

Die restlichen Angehörigen der Mannschaft taumelten zurück an Bord und fielen sofort in einen rumseligen Schlaf. Den ausgenüchterten Matrosen gab der Kapitän den Befehl, den Anker zu lichten und die Segel zu setzen. Als die rotäugigen Männer aus ihren Kojen gescheucht wurden und auf ihre Posten zurückkehrten, um ihre Arbeit wieder aufzunehmen, befand sich das Schiff bereits auf hoher See. Bei stetigem Wind würden Dobbs und seine Männer schon in wenigen Monaten wieder in ihren eigenen Betten schlafen.

Weniger als vierundzwanzig Stunden nach Verlassen des Hafens brach auf der *Princess* jedoch die Krankheit aus.

Ein Vorschiffmatrose namens Stokes wachte gegen zwei Uhr morgens auf und rannte zur Reling, um sich zu übergeben. Mehrere Stunden später bekam er Fieber, und auf seinem Körper bildete sich ein rötlicher Ausschlag. Braunrote Flecken erschienen in seinem Gesicht und wurden ständig größer, bis er wie aus Mahagoni geschnitzt aussah.

Der Kapitän behandelte Stokes mit nassen Tüchern und regelmäßigen Schlucken aus einer seiner Medizinflaschen. Dobbs ließ ihn auf das Vordeck schaffen und in ein behelfsmäßiges Zelt legen. Das Vorschiff war auch unter günstigen Bedingungen ein wahres Pestloch. Frische Luft und Sonnenschein würden die Leiden des Mannes wahrscheinlich lindern, und ihn zu isolieren würde eine Ausbreitung der Krankheit möglicherweise verhindern.

Doch die Krankheit breitete sich unter den Fockmastmatrosen wie ein windgepeitschtes Buschfeuer aus. Männer brachen auf Deck zusammen. Ein Takler stürzte von einer Rah auf einen Haufen Segel, der seinen Aufprall glücklicherweise dämpfte. Eine behelfsmäßige Krankenstation wurde auf dem Vordeck eingerichtet. Der Kapitän leerte seinen Medizinkoffer. Er befürchtete, dass es nur noch eine Frage von Stunden war, bis auch er und seine Offiziere erkrankten. Die *Princess* würde zu einem Geisterschiff, so lange der Willkür des Windes und der Wellen ausgesetzt, bis es verfaulte.

Der Kapitän zog seine Seekarten zu Rate. Das nächste Festland hieß Trouble Island. Normalerweise mieden Walfänger diesen Ort. Nach einem Streit über ein Fass Nägel hatte eine Walfängermannschaft ein Dorf niedergebrannt und einige Eingeborene getötet. Seitdem hatten die Bewohner der Insel mehrere Walfangschiffe überfallen. Aber er hatte keine Wahl. Dobbs übernahm das Steuer und brachte das Schiff auf direkten Kurs zu der Insel.

Schon bald schleppte sich die *Princess* in eine Bucht, die von weißen Sandstränden gesäumt wurde, und der Anker rauschte unter lautem Kettenklirren ins glasklare grüne Wasser. Die Insel wurde von einem Vulkankegel beherrscht. Rauchwolken stiegen aus dem Krater auf. Dobbs und der Erste Maat ruderten mit einem kleinen Boot an Land, um den Trinkwasservorrat aufzufüllen – zumindest so gut es ging. Ein kleines Stück landeinwärts fanden sie eine Quelle und befanden sich bereits wieder auf dem Rückweg, als sie auf eine Tempelruine stießen. Der Kapitän betrachtete die mit Schlingpflanzen überwucherten Tempelmauern und meinte: »Dieser Ort erinnert mich an Nan Madol.«

»Was meinen Sie, Sir?«, fragte der Erste Maat.

Der Kapitän schüttelte den Kopf. »Vergessen Sie's. Wir sollten lieber zum Schiff zurückkehren, solange wir noch laufen können.«

Nicht lange nach Anbruch der Nacht erkrankten die Maate, und auch Dobbs wurde von der Krankheit ereilt. Mit Calebs Hilfe schleppte der Kapitän seine Matratze auf das Achterdeck. Er wies den Grünschnabel an, sich um das Wohl des Schiffes zu kümmern, so gut es eben ging.

Aus irgendeinem Grund wurde Caleb von der Krankheit verschont. Eimerweise schleppte er Wasser auf das Vordeck, um den quälenden Durst seiner Mannschaftskameraden zu stillen, und versorgte Dobbs und die Offiziere. Dobbs schwankte zwischen Schüttelfrost und Fieberschüben. Er verlor das Bewusstsein und sah, als er wieder aufwachte, Fackeln über das Deck wandern. Eine Fackel kam näher, und ihre zuckende Flamme beleuchtete das grässlich tätowierte Gesicht eines Mannes, der zu einem guten Dutzend Eingeborener gehörte, die mit Speeren und Schneidwerkzeugen zur Blubberverarbeitung bewaffnet waren.

»Hallo?«, sagte der Inselbewohner. Er hatte ausgeprägte Wangenknochen und langes schwarzes Haar.

»Du sprichst Englisch?«, brachte Dobbs mühsam hervor.

Der Mann hob den Speer. »Gute Harpune, Mann.«

In Dobbs regte sich Hoffnung. Trotz seines wilden Aussehens war der Eingeborene offensichtlich ebenfalls ein Walfänger. »Meine Männer sind krank. Kannst du uns helfen?«

»Klar«, sagte der Eingeborene. »Wir haben gute Medizin. Machen euch gesund. Du aus New Bedford?«

Dobbs nickte.

»Schade«, sagte der Eingeborene. »Männer aus New Bedford haben mich mitgenommen. Bin vom Schiff geflüchtet. Nach Hause zurückgekommen.« Er lächelte und zeigte dabei spitz gefeilte Zähne. »Keine Medizin. Wir sehen zu, wie Feuer von Krankheit euch verbrennt.«

Eine ruhige Stimme fragte: »Geht es Ihnen gut, Käpt'n?«

Caleb war aus dem Dunkel aufgetaucht und stand nun im Schein der Fackel auf dem Deck.

Der Anführer der Eingeborenen bekam große Augen und stieß ein einzelnes Wort hervor.

»*Atua!*«

Der Kapitän hatte genügend ozeanische Brocken aufgeschnappt und wusste, dass *atua* das Wort der Inselbewohner für *böser Geist* war. Während er sich auf die Ellbogen stützte und sich halb aufrichtete, sagte Dobbs: »Ja. Das ist mein *atua*. Tu, was er sagt, oder er wird dich und all deine Gefährten auf der Insel verfluchen.«

Caleb schätzte die Lage sofort richtig ein und spielte bei dem Bluff des Kapitäns mit.

Er hob die Arme zu einer dramatischen Geste und befahl: »Legt eure Waffen nieder, oder ich werde meine Macht benutzen.«

Der Anführer der Eingeborenen sagte etwas in seiner Sprache, und die anderen Männer ließen ihre Mordwerkzeuge auf die Decksplanken fallen.

»Ihr sagtet, ihr könnt etwas gegen die Feuerkrankheit tun«, erklärte der Kapitän. »Ihr habt Medizin. Helft meinen Männern, oder der *atua* wird zornig.«

Der Inselbewohner schien unsicher zu sein, was er tun sollte, doch seine Zweifel verflogen, als Caleb seinen Hut abnahm und sein seidiges weißes Haar in der warmen Brise flatterte. Der Inselbewohner gab den anderen einen knappen Befehl.

Wieder wurde der Kapitän ohnmächtig. Sein Schlaf war mit unheimlichen Träumen erfüllt, darunter auch einer, in dem er etwas Kaltes, Nasses und einen Stich in seiner Brust spürte. Als er die Augen wieder aufschlug, war es taghell, Matrosen gingen auf dem Deck umher. Die Segel des Schiffes standen in voller Pracht vor dem klaren blauen Himmel, Wellen schlugen gegen den Schiffsrumpf. Weiß gefiederte Vögel zogen darüber ihre Kreise.

Der Erste Maat beobachtete, wie Dobbs Mühe hatte, sich aufzurichten, und kam mit einem Krug Wasser zu ihm. »Geht es Ihnen besser, Käpt'n?«

»Aye«, krächzte Dobbs zwischen zwei Schlucken Wasser. Das Fieber war abgeklungen, und sein Magen fühlte sich abgesehen von nagendem Hunger wieder halbwegs normal an. »Helfen Sie mir mal auf die Füße.«

Schließlich stand der Kapitän auf wackligen Beinen und

stützte sich auf den Arm des Maats. Das Schiff befand sich auf dem offenen Meer, und weit und breit war keine Insel zu sehen.

»Wie lange sind wir schon unterwegs?«

»Fünf Stunden«, antwortete der Maat. »Es ist ein Wunder. Die Männer haben kein Fieber mehr. Der Ausschlag ist verschwunden. Der Koch hat Suppe zubereitet, und sie haben das Schiff in Fahrt gebracht.«

Der Kapitän spürte ein Jucken auf der Brust und zog sein Hemd hoch. Der Ausschlag hatte sich zurückgebildet und wurde durch einen kleinen roten Punkt und durch einen kleinen roten Kreis ein paar Zoll über seinem Bauchnabel ersetzt.

»Was ist mit den Eingeborenen?«, wollte Dobbs wissen.

»*Eingeborene?* Wir haben keine Eingeborenen gesehen.«

Dobbs schüttelte den Kopf. Hatte er all das in seinem Fieberwahn nur geträumt? Er bat den Maat, Caleb zu holen. Der Grünschnabel kam aufs Achterdeck. Er trug einen Strohhut, um seine bleiche Haut vor der Sonne zu schützen. Ein Lächeln huschte über sein fahles, runzliges Gesicht, als er sah, dass sich der Kapitän erholt hatte.

»Was ist vergangene Nacht passiert?«, fragte Dobbs.

Caleb berichtete dem Kapitän, dass kurz nachdem Dobbs das Bewusstsein verloren hatte, die Eingeborenen das Schiff verlassen hätten und mit Holzeimern zurückgekehrt seien, von denen ein mattes bläuliches Leuchten ausging. Die Eingeborenen gingen von Mann zu Mann. Er hatte nicht erkennen können, was sie taten. Dann hätten sie das Schiff wieder verlassen. Kurz darauf war die Mannschaft nach und nach aufgewacht. Der Kapitän bat Caleb, ihn nach unten in seine Kabine zu bringen. Er ließ sich in seinen Sessel sinken und schlug das Logbuch auf.

»*Eine seltsame Geschichte*«, begann der Kapitän. Obwohl seine Hände zitterten, schrieb er jede Einzelheit auf, so wie er sie in Erinnerung hatte. Dann warf er einen sehnsüchtigen Blick auf ein kleines Porträt seiner hübschen jungen Ehefrau und beendete den Eintrag mit dem knappen Hinweis: »*Wir kehren heim!*«

Fairhaven, Massachusetts, 1878

Das Herrenhaus mit dem charakteristischen französischen Mansardendach, das von den Stadtbewohnern Ghost House genannt wurde, stand in einer abgeschiedenen Straße ein wenig zurückgesetzt hinter einem Schutzwall dunkel belaubter Buchen. Die lange Auffahrt wurde von den gebleichten Kieferknochen eines Pottwals bewacht. Sie waren aufrecht in den Erdboden gerammt, so dass ihre sich verjüngenden Enden in einem gotischen Spitzbogen aufeinandertrafen.

An einem goldenen Oktobertag standen zwei Jungen unter dem Bogen aus Walknochen und forderten sich gegenseitig heraus, die Auffahrt hinaufzuschleichen und einen Blick durch die Fenster des Hauses zu werfen. Keiner der beiden wollte den ersten Schritt tun, und sie tauschten noch immer Sticheleien aus, als sich ein glänzend schwarzer Einspänner rasselnd dem Tor näherte.

Der Kutscher war ein massiger Mann, dessen teurem rostbraunem Anzug und Derbyhut es nicht gelang, sein gaunerhaftes Aussehen zu kaschieren. Das kantige Gesicht war von den Knöcheln der Gegner geformt worden, gegen die er in seiner Preisboxerzeit angetreten war. Das Alter war mit der missgestalteten Nase, den Blumenkohlohren und den mit Narbengewebe fast vollständig zugewucherten Augen nicht sehr freundlich umgegangen.

Der Mann beugte sich vom Kutschbock herab und funkelte die Jungen drohend an. »Was führt ihr Früchtchen hier im Schilde«, knurrte er und machte so seiner Ähnlichkeit mit einem Kampfhund alle Ehre. »Nichts Gutes, nehme ich an.«

»Nichts«, brachte einer der Jungen mit gesenktem Blick hervor.

»Tatsächlich?«, fragte er spöttisch. »Nun, ich würde mich an eurer Stelle lieber nicht hier herumtreiben. In diesem Haus lebt nämlich ein alter böser Geist.«

»Siehst du!« Der andere Junge sah seinen Freund herausfordernd an »Ich hab's dir doch gesagt.«

»Hör auf deinen Freund. Der Geist ist sieben Fuß groß. Er hat Hände wie Mistgabeln«, berichtete der Mann und verlieh seiner Stimme ein dramatisches Zittern. »Er hat Fangzähne, mit denen er Jungen wie euch aufreißen kann, um euch die Eingeweide auszusaugen.« Er deutete mit seiner Peitsche zum Haus und riss vor Entsetzen den Mund weit auf. »Er kommt! Bei Gott, da kommt er auf uns zu! Rennt los. Rennt um euer Leben!«

Der Mann brach in ein brüllendes Gelächter aus, während die Jungen wie aufgescheuchte Kaninchen davongaloppierten. Er zog kurz an den Zügeln und lenkte das Pferd durch das Walknochentor. Dann band er es vor dem großen Haus an, das einem achteckigen Hochzeitskuchen mit roter und gelber Glasur glich. Er kicherte noch immer vor sich hin, während er die Eingangsstufen hinaufstieg und auf seine Ankunft aufmerksam machte, indem er den Türklopfer aus Messing betätigte, der wie der Schwanz eines Wals geformt war.

Schritte näherten sich. Ein Mann öffnete die Tür, und ein Lächeln huschte über sein bleiches Gesicht.

»*Strater*, was für eine nette Überraschung«, sagte Caleb Nye.

»Es tut gut, dich zu sehen, Caleb. Hatte längst vor, mal vorbeizuschauen, aber du weißt ja, wie es ist.«

»Natürlich«, sagte Caleb und trat beiseite. »Komm nur herein.«

Calebs Haut war im Laufe der Jahre noch weißer geworden. Das Alter hatte seiner Haut, die wie Pergament aussah, weitere Runzeln und Falten hinzugefügt. Aber trotz seines frühzeitigen Alterns legte er immer noch dieses jungenhafte Lächeln und den ungestümen Eifer, womit er sich bei seinen Walfanggefährten so beliebt gemacht hatte, an den Tag.

Er ging in eine geräumige Bibliothek voraus, deren Wände aus deckenhohen Bücherschränken bestanden. Die Wände, die nicht für Regale mit Büchern über den Walfang reserviert waren, wurden von großen, farbenfrohen Plakaten verziert, die ähnliche Motive hatten: wie zum Beispiel einen Mann, der sich zwischen den Kiefern eines Pottwals windet.

Strater ging an dieses besonders schreiende Plakat heran. Der Künstler hatte reichlich rote Farbe benutzt, um das Blut darzustellen, das von den Harpunentreffern ins Wasser strömte. »Wir haben mit dieser Show in Philadelphia einen ganzen Batzen Geld gemacht.«

Caleb nickte. »Nur noch Stehplätze, Abend für Abend, dank deiner Fähigkeiten als Showmaster.«

»Ohne meine Hauptattraktion wäre ich aber nichts gewesen«, sagte Strater und wandte sich um.

»Und ich muss dir für dieses Haus danken und für alles, das ich besitze«, sagte Caleb.

Lächelnd entblößte Strater eine Zahnlücke. »Wenn es etwas gibt, worin ich gut bin, dann darin, eine Show abzuziehen. Als ich dich das erste Mal sah, erkannte ich sofort die Riesenchance zu Ruhm und Reichtum.«

Ihre Partnerschaft hatte einige Tage nach Ankunft der *Princess* im Hafen von New Bedford begonnen. Die Tranfässer waren ausgeladen worden, die Eigner hatten die Ausbeute gezählt und berechneten nun die Heueranteile. Mannschaftsangehörige, die keine Ehefrauen oder Geliebten hatten, zu denen sie hätten heimkehren können, zogen danach als wilder Haufen los, um in den Hafenbars zu feiern, wo man nur darauf lauerte, den Walfängern ihren schwer verdienten Lohn wieder abzuknöpfen.

Caleb war auf dem Schiff geblieben. Er war auch dort gewesen, als der Kapitän mit Calebs Heuer auf die *Princess* kam und sich erkundigte, ob er auf die Farm seiner Familie zurückkehren wolle.

»Nicht so«, hatte Caleb mit einem traurigen Lächeln erwidert und auf sein Gesicht gedeutet.

Der Kapitän reichte dem jungen Mann einen armseligen Geldbetrag, den er in seinen Jahren auf See verdient hatte. »Du hast meine Erlaubnis, auf dem Schiff zu bleiben, bis wir wieder auslaufen.«

Während er über die Gangway schritt, verspürte der Kapitän großes Mitleid mit dem so sehr von seinem Pech gezeichneten Jungen. Doch er verdrängte diesen Gedanken schon bald und beschäftigte sich lieber mit seiner vielversprechenden Zukunft.

Etwa zur gleichen Zeit hatte Strater über weitaus düsterere Perspektiven nachgedacht, während er ein paar Straßen vom Schiff entfernt in einer heruntergekommenen Bar saß. Der ehemalige Marktschreier war endgültig vom

Glück verlassen worden. Er hatte sich soeben ein frisches Bier bestellt, als die Männer der *Princess* in die Bar stürmten und begannen, sich mit der gleichen Energie zu betrinken, mit der sie vor nicht allzu langer Zeit noch Wale gejagt und getötet hatten. Strater spitzte die Ohren und lauschte voller Interesse der Geschichte von Caleb Nye, dem Grünschnabel, der von einem Wal verschluckt worden war. Die anderen Gäste in der Bar hörten sich den Bericht mit unverhohlener Skepsis an.

»Wo ist euer Jonas denn im Augenblick?«, übertönte ein Säufer mit seiner Frage den Lärm.

»Auf dem Schiff, wo er ganz im Dunkeln hockt«, erfuhr er. »Sieh es dir selbst an.«

»Das Einzige, was ich jetzt will, ist ein frisches Bier«, sagte der Säufer.

Strater war aus der lauten Bar in die stille Nacht hinausgeschlüpft und war dann durch eine enge Straße zum Hafen hinuntergelaufen. Über die Gangway erreichte er das von Laternen erhellte Deck der *Princess*. Caleb hatte an der Reling gestanden und zu den funkelnden Lichtern von New Bedford hinübergeblickt. Sein Gesicht und seine gesamte Erscheinung wirkten eher unauffällig, aber er schien von innen zu leuchten. Sofort rührte sich Straters marktschreierischer Instinkt.

»Ich habe ein Angebot für dich«, sagte Strater zu dem jungen Mann. »Wenn du es annimmst, kann ich dich zu einem reichen Mann machen.«

Caleb hörte sich Straters Vorschlag an und erkannte sofort die Möglichkeiten, die darin lagen. Innerhalb weniger Wochen wurden rund um New Bedford zahllose Plakate geklebt und Handzettel verteilt, auf denen in fetter Schrift zu lesen war:

Verschlungen von einem Wal.
Ein lebender Jonas erzählt seine Geschichte.

Strater mietete für die erste Veranstaltung einen Saal und musste Hunderte von Interessierten abweisen. Zwei Stunden lang erzählte Caleb seine aufregende Geschichte, wobei er mit einer Harpune in der Hand vor einem beweglichen Diorama stand.

Mit Calebs Walfangheuer hatte Strater einen Künstler engagiert, der einigermaßen akkurate Bilder auf einen mehrere Fuß hohen langen Streifen Leinwand gemalt hatte. Die von hinten beleuchtete Leinwand wurde langsam abgerollt und zeigte Bilder von Caleb im Walfangboot, vom Angriff des Wals, und dann eine fantasievolle Darstellung seiner Beine, wie sie aus dem Maul des Säugetiers herausragten. Außerdem gab es noch Bilder von exotischen, mit Palmen bewachsenen Orten und ihren Bewohnern.

Die Show wurde vor einem gebannten Publikum aufgeführt, vor allem in Kirchen und Stadthallen in Städten und Ortschaften an der Ostküste. Strater verkaufte gedruckte Broschüren und fügte Bilder von halbnackten tanzenden Eingeborenenmädchen hinzu, um die Schilderung ein wenig interessanter zu gestalten. Nach ein paar Jahren zogen sich Strater und Caleb ebenso reich wie die erfolgreichsten Walfangkapitäne aus dem öffentlichen Leben zurück und setzten sich zur Ruhe.

Strater kaufte eine Villa in New Bedford, und Caleb baute sein Hochzeitskuchenhaus im Fischerdorf Fairhaven auf der anderen Seite des Hafens gegenüber der Walfängerstadt. Vom Turm auf dem Dach aus beobachtete er jeden Tag, wie die Schiffe kamen und gingen. Er führte das Leben eines Einsiedlers und wagte sich kaum einmal bei Tageslicht nach draußen. Und wenn er sein Haus verließ, dann bedeckte er den Kopf und das Gesicht mit einer Kapuze.

Für seine Nachbarn war er schon bald nur noch der *Geist*. Und im Laufe der Zeit wurde er zu einem großzügigen Wohltäter, der seinen Reichtum dafür verwandte, Schulen und Bibliotheken für die Allgemeinheit zu bauen. Dafür schützten die Stadtbewohner die Privatsphäre ihres eigenen Jonas.

Caleb geleitete Strater in einen großen Raum, der bis auf einen gemütlichen Drehsessel in der Mitte völlig leer war. Das Diorama von Calebs Bühnenshow bedeckte ringsum die Wände. Jeder, der sich im Sessel niederließ, konnte sich drehen und auf diese Art und Weise die Geschichte des *lebenden Jonas* vom Anfang bis zum Ende verfolgen.

»Nun, wie findest du das?«, fragte Caleb seinen Freund.

Strater schüttelte den Kopf. »Wenn ich es sehe, bekomme ich fast wieder Lust, mit der Show auf Reisen zu gehen.«

»Unterhalten wir uns bei einem Glas Wein darüber«, sagte Caleb.

»Ich fürchte, dazu haben wir keine Zeit«, erwiderte Strater. »Ich habe eine Nachricht von Nathan Dobbs für dich.«

»Dem ältesten Sohn des Kapitäns?«

»Richtig. Sein Vater liegt im Sterben und möchte dich gerne noch einmal sehen.«

»*Im Sterben?* Das ist nicht möglich! Du hast mir doch selbst erzählt, der Kapitän sei so gesund und kräftig wie ein junger Bulle.«

»Es ist keine Krankheit, die ihn aufs Lager geworfen hat, Caleb. Er hatte einen Unfall … in einer seiner Fabriken. Ein Balken ist umgekippt und hat ihm den Brustkorb zerquetscht.«

Calebs Greisengesicht verlor auch noch den letzten Rest von Farbe. »Wann kann ich zu ihm?«, fragte er.

»Wir müssen auf der Stelle aufbrechen«, erwiderte Strater. »Ihm bleibt wohl nicht mehr viel Zeit.«

Caleb erhob sich aus dem Sessel. »Ich hole Mantel und Hut.«

Die Straße zur Dobbs-Villa wand sich um den Hafen von New Bedford und stieg dann zur Country Street an. Kutschen säumten die Auffahrt und die Straße vor dem in griechischem Stil erbauten Wohnsitz. Nathan Dobbs begrüßte Strater und Caleb an der Haustür und bedankte sich überschwänglich für ihr Kommen. Er war hochgewachsen, schlank und in jeder Hinsicht das jüngere Abbild seines Vaters.

»Was mit Ihrem Vater geschehen ist, tut mir aufrichtig leid«, sagte Caleb. »Wie geht es Kapitän Dobbs?«

»Er wird nicht mehr sehr lange auf dieser Welt bleiben, fürchte ich. Ich bringe Sie zu ihm.«

Der geräumige Salon und die angrenzenden Flure des Hauses wurden von den zehn Kindern des Kapitäns und unzähligen Enkelkindern bevölkert. Lautes Murmeln setzte ein, als Nathan Dobbs den Salon in Begleitung Straters und der seltsamen – mit einer Kapuze verhüllten – Gestalt betrat. Nathan lud Strater ein, es sich gemütlich zu machen, und begleitete Caleb ins Zimmer des Kapitäns.

Kapitän Dobbs lag in seinem Bett, umhegt von seiner Ehefrau und dem Hausarzt der Familie. Sie hatten das Krankenzimmer eigentlich verdunkeln wollen, wie es in jener Zeit üblich war. Doch er hatte darauf bestanden, dass die Vorhänge aufgezogen wurden, damit das Sonnenlicht eindringen konnte.

Ein Balken honigfarbenen herbstlichen Sonnenlichts lag auf dem verwitterten Gesicht des Kapitäns. Obwohl seine Löwenmähne inzwischen silbergrau war, erschienen seine Gesichtszüge viel jugendlicher, als man bei einem Mann Mitte sechzig hätte erwarten können. Doch in seinen Augen lag ein Ausdruck von weiter Entfernung, als könne er bereits sehen, wie sich der Tod anschlich. Die Frau des Kapitäns zog sich mit dem Arzt zurück, und auch Nathan hielt sich in der Nähe des Arztes.

Dobbs erkannte Caleb und brachte ein Lächeln zustande.

»Danke, dass du hergekommen bist, Caleb«, sagte der Kapitän. Die Stimme, die einst wie ein Donnerhall über die Schiffsdecks gerollt war, hörte sich nun nicht lauter als ein heiseres Flüstern an.

Caleb schlug die Kapuze von seinem Gesicht zurück. »Sie haben mir mal erklärt, ich dürfe niemals die Befehle des Kapitäns missachten.«

»Aye«, keuchte Dobbs. »Und ich gebe dir noch einen guten Rat, Grünschnabel. Steck deine Nase niemals in Angelegenheiten, in denen sie nichts zu suchen hat. Ich wollte einen wackligen Webstuhl reparieren. War nicht schnell genug, als er umkippte.«

»Ihr Unfall tut mir … entsetzlich leid, Käpt'n.«

»Das muss er nicht. Ich habe eine treue Ehefrau, hübsche Kinder und Enkelkinder, die meinen Namen weitertragen werden.«

»Ich wünschte, ich könnte das Gleiche von mir sagen«, erwiderte Caleb mit trauriger Stimme.

»Du hast eine Menge Gutes getan, Caleb. Ich weiß von deiner Großzügigkeit.«

»Großzügig zu sein fällt leicht, wenn es niemanden gibt, mit dem man sein Vermögen teilen kann.«

»Du hast es mit deinen Nachbarn geteilt. Und ich habe von deiner wunderbaren Bibliothek mit Büchern über unser altes Gewerbe gehört.«

»Ich rauche und trinke nicht. Mein einziges Laster sind Bücher. Der Walfang hat mir zu dem Leben verholfen, das ich nun führe. Ich sammle jedes Buch über den Walfang, das ich finden kann.«

Der Kapitän schloss die Augen und schien einzudösen, aber nach wenigen Sekunden öffneten sich die Lider flatternd. »Ich besitze etwas, das ich mit dir teilen möchte.«

Der Sohn des Kapitäns trat vor und reichte Caleb einen Kasten aus Mahagoniholz. Caleb klappte den Deckel auf. In dem Kasten lag ein Buch. Caleb erkannte den abgewetzten blauen Einband.

»Das Logbuch der *Princess,* Käpt'n?«

»Aye, und es gehört jetzt dir«, sagte der Kapitän. »Für deine große Bibliothek.«

Caleb wich zurück. »Das kann ich nicht von Ihnen annehmen, Sir.«

»Du wirst das tun, was dein Kapitän dir befiehlt«, knurrte Dobbs ungehalten. »Meine Familie ist damit einverstanden, dass du es haben sollst. Ist es nicht so, Nathan?«

Der Sohn des Kapitäns nickte bejahend. »Es ist auch der Wunsch der Familie, Mr Nye. Wir wüssten niemanden, der würdiger wäre, es zu besitzen.«

Der Kapitän legte eine Hand auf das Logbuch. »Eine seltsame Geschichte«, sagte er. »Irgendetwas muss auf dieser Insel mit den Wilden geschehen sein. Bis heute weiß ich nicht, ob es Gottes Werk … oder das des Teufels war.«

Der Kapitän schloss die Augen. Sein Atem ging schwerfälliger, mühsamer, ein Rasseln drang aus seiner Kehle. Er rief den Namen seiner Frau.

Behutsam ergriff Nathan Calebs Arm und geleitete ihn aus dem Raum. Er bedankte sich bei ihm für seinen Besuch und sagte dann seiner Mutter Bescheid, die Zeit des Kapitäns sei gekommen. Die Familie drängte sich ins Krankenzimmer und in die angrenzenden Flure und ließ Strater und Caleb allein im Salon zurück.

»Ist er tot?«, fragte Strater.

»Noch nicht, aber sicher bald.« Caleb zeigte Strater das Logbuch.

»Mir wäre ein wenig von Dobbs' Vermögen lieber«, schnaubte Strater.

»Dies ist für mich ein wahrer Schatz«, sagte Caleb. »Außerdem hast du doch mehr Geld, als du in deinem Leben ausgeben kannst, mein Freund.«

»Dann muss ich eben länger leben«, sagte Strater mit einem Blick zum Krankenzimmer.

Sie verließen das Haus und stiegen in Straters Einspänner. Caleb drückte das Logbuch an seine Brust und kehrte in Gedanken auf die einsame Insel und zu ihren Bewohnern, zu seiner Maskerade als *atua*, zu der Krankheit und dem seltsamen blauen Leuchten zurück. Er wandte sich zu einem letzten Blick auf die Villa um und rief sich die Worte des sterbenden Kapitäns in Erinnerung.

Dobbs hatte recht. Es war in der Tat seine seltsame Geschichte.

1

Als Kommandant einer der furchteinflößendsten Tötungsmaschinen, die je konstruiert wurden, hatte Andrei Vasilevich einst die Macht in Händen gehabt, ganze Städte und
Millionen von Menschen auszulöschen. Wenn jemals zwischen der Sowjetunion und den Vereinigten Staaten ein
Krieg ausgebrochen wäre, hätte das U-Boot der Typhoon-
Klasse, das Vasilevich befehligte, zwanzig ballistische Langstreckenraketen auf die Vereinigten Staaten abgefeuert und
zweihundert Atomsprengköpfe auf amerikanisches Terrain
herabregnen lassen.

In den Jahren, seit er aus der Marine ausgeschieden war,
hatte Vasilevich sehr oft eine tiefe Erleichterung darüber
verspürt, dass er nie den Befehl erhalten hatte, eine solche
Salve nuklearer Vernichtung auszulösen. Als Kapitän und
Politoffizier hätte er die Befehle seiner Regierung ohne
zu zögern ausgeführt. Befehl war Befehl, ganz gleich wie
schrecklich er auch sein mochte. Ein U-Boot-Komman-
dant war ein verlängerter Arm des Staates und konnte sich
keine Gefühle leisten. Aber als sich der zähe alte Kalte Krieger von seinem Kommandoposten, dem U-Boot mit dem
inoffiziellen Namen *Bear* verabschiedete, konnte er die
Tränen doch nicht zurückhalten, die ihm über die Wangen rannen.

Er stand auf dem Kai des Hafens von Murmansk und sah

dem U-Boot nach, das langsam zur Hafenausfahrt glitt. Er hob eine silberne Taschenflasche, mit Wodka gefüllt, zu einem letzten Toast hoch in die Luft, ehe er einen Schluck trank, und seine Gedanken kehrten in die Zeit zurück, die er damit verbracht hatte, auf dem Monsterschiff im Nordatlantik zu kreuzen. Mit einer Länge von fünfhundertsiebzig Fuß und einer Breite von fünfundsiebzig Fuß war das Typhoon-Schiff das größte U-Boot, das jemals gebaut worden war. Das lange Vorderdeck erstreckte sich unter dem zweiundvierzig Fuß hohen Kommandoturm, auch *Segel* genannt, und bot zwanzig großen Raketensilos Platz, die in zwei Reihen angeordnet waren. Diese Konstruktion verlieh dem Typhoon sein charakteristisches Profil.

Die einzigartige Rumpfkonstruktion setzte sich von der stählernen Außenhülle nach innen fort. Im Gegensatz zu einem einzigen Druckkörper, wie die meisten U-Boote sie besaßen, verfügte das Typhoon über zwei parallel verlaufende. Diese Anordnung verlieh dem Typhoon eine Ladekapazität von fünfzehntausend Tonnen und genügend Raum an Steuerbord, um einen kleinen Turnsaal und eine Sauna unterzubringen. Fluchtkammern befanden sich über jedem Rumpf. Der Kontrollraum und das Gefechtszentrum waren in Abteilen unterhalb des Segels versteckt worden.

Die *Bear* war eins von sechs U-Booten der 941 Typhoon-Klasse, deren Bau in den 1980ern zur Aufstockung der Nordmeer-Flotte in Auftrag gegeben und die als Teil der ersten Flotille atomgetriebener Unterseeboote mit Stützpunkt Nerpichya in Dienst gestellt wurden. Leonid Breschnew hatte den Namen *Taifun* in einer Rede verwendet, und dieser Name blieb bestehen. Sie gehörten zur russischen Akula-Klasse, was so viel wie *Haifisch* bedeutet. Diesen Namen verwendete die U.S. Navy für sie.

Trotz seiner Größe erreichte das Typhoon-Schiff bei Unterwasserfahrt eine Geschwindigkeit von siebenundzwanzig Knoten und bei Überwasserfahrt immerhin noch die Hälfte. Es konnte auf einem Rubel wenden, bis in fünfhundert Meter Tiefe tauchen und hundertachtzig Tage auf Tauchfahrt bleiben. Ausgeführt wurden diese Manöver mit Hilfe eines der leisesten Antriebssysteme, die je gebaut worden waren. Das U-Boot hatte eine Besatzung von mehr als hundertsechzig Mann. Jeder Rumpf verfügte über einen Atomreaktor zum Antrieb einer Dampfturbine, die eine Leistung von fünfzigtausend PS entwickelte und zwei große Propellerschrauben antrieb. Eine Querstrom-Strahlruderanlage, die aus zwei schwenkbaren Antriebssäulen mit Elektromotoren im Bug und im Heck bestand, ermöglichte dem U-Boot ein genaues Manövrieren in getauchtem Zustand.

Die Typhoon-U-Boote verloren jedoch ihren militärischen und politischen Nutzen und wurden Ende der 1990er außer Dienst gestellt. Jemand machte den Vorschlag, sie zu Frachtschiffen umzubauen, die unter dem arktischen Eis operieren konnten, indem die Raketensilos durch Frachträume ersetzt wurden. Dann aber wurde bekanntgegeben, dass die Typhoons gegen Höchstgebot zum Verkauf standen.

Der Kapitän hätte es lieber gesehen, wenn die U-Boote verschrottet worden wären, als in Unterwasser-Lastkähne umgewandelt zu werden. Was für ein unwürdiges Ende für eine so exzellente Kriegsmaschine! Zu ihrer Zeit war der schreckliche Typhoon-Schiffstyp häufig zum Thema von Büchern und Kinofilmen geworden. Er hatte längst vergessen, wie oft er sich *Jagd auf Roter Oktober* angesehen hatte.

Vasilevich war vom Zentralen Konstruktionsbüro für

Marinetechnik engagiert worden, um den Umbau zu über-wachen. Die Atomraketen waren im Zuge eines gegenseiti-gen Abkommens mit den Vereinigten Staaten schon lange abgebaut worden, die ihrerseits zugesagt hatten, ihre ei-genen Langstreckenraketen zu verschrotten.

Vasilevich hatte den Ausbau der Raketensilos in die Wege geleitet, um einen geräumigen Frachtraum zu schaffen. Die Silos wurden verschlossen, und es wurden Umbauten vorgenommen, die ein einfacheres Laden und Entladen von Fracht erlaubten. Eine etwa halb so große Mannschaft wie zur Zeit seines militärischen Einsatzes würde das U-Boot an seine neuen Eigentümer ausliefern.

Der Kapitän trank einen weiteren Schluck Wodka und verstaute die Flasche dann wieder in der Tasche. Ehe er das Dock verließ, konnte er der Versuchung nicht wider-stehen, sich für einen letzten Blick noch einmal umzudre-hen. Das U-Boot hatte den Hafen verlassen und befand sich nun auf dem offenen Meer, unterwegs zu einem bis-lang noch unbekannten Schicksal. Der Kapitän verkroch sich tiefer in seinen Mantel, um vor der feuchten Brise, die vom Meer heranwehte, Schutz zu suchen, und kehrte zu seinem Wagen zurück.

Vasilevich war schon zu lange im Geschäft, um offiziel-len Verlautbarungen unbesehen zu glauben. Das Unter-seeboot war angeblich an eine in Hongkong ansässige in-ternationale Frachtgesellschaft verkauft worden, doch die Details dieses Handels wirkten doch sehr vage, und das Geschäft war so verschachtelt wie ein Satz Matrjoschka-Puppen.

Der Kapitän hatte seine eigene Theorie, was die Zukunft des Unterseebootes betraf. Ein U-Boot mit der Langstre-ckenleistung und Ladekapazität der Typhoon wäre das ideale Transportmittel für jede Art von wertvollem Schmuggelgut. Aber Vasilevich behielt seine Überlegungen für sich. Das moderne Russland konnte für diejenigen gefährlich werden, die zu viel wussten. Was die neuen Eigentümer unternahmen, nachdem sie dieses Relikt des Kalten Krieges erworben hatten, ging ihn einfach nichts an. Die Warnzeichen, die diese geschäftliche Transaktion begleiteten, waren zahlreich und unübersehbar. Doch der Kapitän wusste, dass es klug war, deswegen keine Fragen zu stellen, und sogar noch klüger, nichts darüber zu wissen.

2

Der Hubschrauber tauchte aus dem Nichts auf und kreiste wie eine lärmende Libelle über dem Dorf. Dr. Song Lee blickte von dem Verband hoch, mit dem sie soeben die Schnittwunde am Arm eines kleinen Jungen versorgte, und beobachtete, wie der Hubschrauber in der Luft stehen blieb und dann senkrecht auf ein Feld am Rand der Siedlung herabsank.

Die Ärztin tätschelte den Kopf des Jungen und nahm als Bezahlung von den dankbaren Eltern ein halbes Dutzend frischer Eier an. Sie hatte die Wunde mit Seife, warmem Wasser und einem Kräuterumschlag behandelt – und sie heilte zufriedenstellend. Da ihr an Medizin und Ausrüstung nur wenig zur Verfügung stand, bemühte sie sich, mit dem, was sie hatte, die bestmöglichen Ergebnisse zu erzielen.

Dr. Lee brachte die Eier in die Hütte und schloss sich dann den laut durcheinanderrufenden Schaulustigen an, die zum Feld rannten. Aufgeregte Dorfbewohner, darunter viele, die noch nie zuvor ein Flugzeug aus dieser Nähe gesehen hatten, umringten den Helikopter. Lee erkannte die Hoheitszeichen der Regierung auf dem Rumpf und fragte sich, wer es wohl sein mochte, den das Gesundheitsministerium in ihr abgelegenes Dorf geschickt hatte.

Die Helikoptertür schwang auf, und ein kleiner, rundlicher Mann in Straßenanzug und Krawatte stieg aus. Er warf einen Blick auf die Ansammlung wild plappernder Dorfbewohner, und ein Ausdruck des Schreckens erschien auf seinem breitflächigen Gesicht. Er wäre sicherlich sofort wieder in den Hubschrauber zurückgekehrt, wenn sich Lee nicht durch die Menge gedrängt hätte, um ihn zu begrüßen.

»Guten Tag, Dr. Huang«, rief sie laut genug, um über dem Lärm auch noch gehört zu werden. »Das ist aber eine Überraschung.«

Der Mann warf einen wachsamen Blick auf die Menschenmenge. »Mit einem derart rauschenden Empfang hatte ich nicht gerechnet.«

Dr. Lee lachte. »Keine Sorge, Doktor. Die meisten dieser Leute sind mit mir verwandt.« Sie deutete auf ein Ehepaar, dessen verwitterte braune Gesichter strahlend lachten. »Dies sind meine Eltern. Wie Sie sehen können, sind sie völlig harmlos.«

Sie fasste Dr. Huang bei der Hand und führte ihn durch den Schwarm Schaulustiger. Die Dorfbewohner machten Anstalten, ihnen zu folgen, aber die junge Ärztin stoppte sie mit einer Handbewegung und erklärte ihnen behutsam, dass sie mit dem Mann allein zu sprechen wünsche.

In ihrer Hütte bot sie dem Besucher den ramponierten Klappsessel an, in dem sie immer saß, wenn sie ihre Patienten behandelte. Huang wischte sich mit einem Taschentuch den Schweiß von seinem kahlen Schädel und entfernte dann einige Lehmspritzer von seinen glänzenden schwarzen Lederschuhen damit.

Auf einem Campingherd brachte sie Wasser zum Kochen, bereitete Tee zu und schenkte eine Tasse voll für ihren Gast ein. Huang trank einen vorsichtigen Schluck, als habe er Bedenken, dass das Getränk nicht hygienisch sauber war.

Lee ließ sich auf den alten Esszimmerstuhl sinken, den die Patienten immer benutzten. »Wie gefällt Ihnen mein Freiluft-Behandlungszimmer? Meine sittsameren Patienten untersuche ich in der Hütte. Tiere behandle ich auf ihrem eigenen Territorium.«

»Das ist weit entfernt von der Harvard Medical School«, sagte Huang und sah sich fasziniert in der Hütte mit ihren Lehmwänden und dem strohgedeckten Dach um.

»Das ist weit entfernt von *allem*«, korrigierte Lee. »Es gibt einige Vorteile. Meine Patienten bezahlen mich mit Gemüse und Eiern, daher brauche ich nicht zu hungern. Der Verkehr hier ist nicht so schlimm wie am Harvard Square, aber dafür ist es so gut wie unmöglich, hier einen guten Caramel Caffè Latte zu bekommen.«

Huang und Lee hatten sich Jahre zuvor bei einer Kennenlernparty für asiatische Studenten und Lehrpersonal an der Harvard University kennengelernt. Er war Gastprofessor und kam vom chinesischen Nationalen Institut für medizinische Molekularbiologie. Sie stand kurz vor dem Abschluss ihres Studiums der Virologie. Die Spontaneität und wache Intelligenz der jungen Frau hatten Huang auf Anhieb beeindruckt, und sie hatten ihre Freundschaft auch nach ihrer Rückkehr nach China noch fortgesetzt, wo er in eine hohe Position im Ministerium aufgestiegen war.

»Es ist lange her, seit wir uns das letzte Mal unterhielten. Sicherlich fragen Sie sich, weshalb ich hier bin«, sagte Huang.

Dr. Lee mochte Huang und hatte großen Respekt vor ihm, doch er gehörte auch zu einer Anzahl hochrangiger Kollegen, die durch verräterische Abwesenheit geglänzt hatten, als sie einmal jemanden zur Unterstützung gebraucht hätte.

»Ganz und gar nicht«, sagte Lee mit einem Anflug von Arroganz. »Ich nehme an, dass Sie erschienen sind, um sich im Namen der Behörden für deren strenge Maßnahmen gegen mich zu entschuldigen.«

»Der Staat wird niemals eingestehen, dass er sich geirrt hat, Dr. Lee, aber Sie haben keine Ahnung, wie oft ich es bedauert habe, nicht aufgestanden zu sein und Sie verteidigt zu haben.«

»Ich kenne die Grundhaltung der Regierung, jeden anderen lieber als sich selbst für Missstände verantwortlich zu machen, Dr. Huang, aber *Sie* haben keine Ahnung, wie oft *ich* es bedauert habe, dass meine Kollegen es versäumt haben, mir zu Hilfe zu kommen.«

Huang rang verlegen die Hände.

»Das nehme ich Ihnen nicht übel«, sagte er. »Mein Schweigen war ohne Frage ein Akt der Feigheit. Für meine Kollegen kann ich nicht sprechen. Ich kann Ihnen nur meine aufrichtigste Entschuldigung dafür anbieten, Sie nicht offen verteidigt zu haben. Gleichzeitig habe ich jedoch im Hintergrund dafür gesorgt, dass Sie nicht ins Gefängnis kamen.«

Dr. Lee widerstand der Versuchung, ihrem Gast die harten Bedingungen in dem verarmten Dorf vor Augen zu führen. Ihm wäre sehr bald klargeworden, dass ein Gefängnis nicht unbedingt Gitter haben musste. Sie entschied aber, dass es unfair wäre, jetzt auf Huang herumzuhacken. Nichts von dem, was er vielleicht hätte tun können, hätte irgendetwas am Ausgang der Angelegenheit geändert.

Sie zwang sich zu einem Lächeln.

»Ihre Entschuldigung wird angenommen, Dr. Huang. Ich freue mich wirklich, Sie hier zu sehen. Da Sie mir nicht den Dank einer sicherlich in meiner Schuld stehenden Nation für meine Dienste überbringen sollen, also – was haben Sie hier wirklich zu suchen?«

»Ich komme als Überbringer schlechter Nachrichten, fürchte ich.« Obwohl sie allein waren, senkte er die Stimme. »Es ist zurückgekehrt«, sagte er beinahe im Flüsterton.

Lee spürte, wie sich in ihrer Magengegend ein Eisklumpen bildete.

»*Wo?*«, fragte sie.

»Nördlich von hier.« Er nannte den Namen einer abgelegenen Provinz.

»Hat es weitere Ausbrüche gegeben?«

»Bisher nicht. Gott sei Dank ist es eine abgeschiedene Gegend.«

»Wurde das Virus isoliert, um seine Identität festzustellen?«

Er nickte. »Es ist ein Coronarvirus, wie zuvor schon.«

»Wann wurde es zuerst aufgespürt? Und haben Sie seine Quelle gefunden?«

»Etwa vor drei Wochen ist es aufgetaucht. Noch kennen wir die Quelle nicht. Die Regierung hat die Opfer sofort isoliert und die Dörfer unter Quarantäne gestellt, um die Ausbreitung zu verhindern. Diesmal gehen sie kein Risiko ein. Wir arbeiten eng mit der Weltgesundheitsorganisation und den U. S. Centers for Disease Control zusammen.«

»Das sieht ja aber … völlig anders aus als die letzte Reaktion.«

»Unsere Regierung hat ihre Lektion gelernt«, sagte Huang. »Ihre Geheimhaltungstaktik bei der letzten SARS-

Epidemie hat das Ansehen Chinas als aufsteigende Weltmacht erheblich beschädigt. Unsere Führer wissen, dass Geheimhaltung diesmal keine sinnvolle Option ist.«

Die chinesische Regierung war international unter schweren Beschuss geraten, weil sie die erste SARS-Epidemie vor dem Rest der Welt geheim gehalten und so für eine verzögerte Reaktion gesorgt hatte, durch die zahlreiche Todesfälle wahrscheinlich hätten vermieden werden können. Song Lee arbeitete als medizinische Ausbilderin in einem Krankenhaus in Peking, als die Seuche ausbrach. Sie ahnte schnell, dass die Lage ernst war, und sammelte Fakten, um die möglichen Gefahren einschätzen zu können. Als sie ihre Vorgesetzten dann aber drängte, Gegenmaßnahmen zu ergreifen, wurde sie gewarnt, lieber zu schweigen. Doch das Seuchen-Überwachungssystem der Weltgesundheitsorganisation löste einen weltweiten Alarm aus. Der Reiseverkehr wurde stark eingeschränkt, und Quarantänen wurden verhängt. Ein internationales Forschungslabor-Netzwerk isolierte ein Virus, das noch nie zuvor bei Menschen gefunden worden war. Die Krankheit, die es auslöste, wurde SARS genannt, die Abkürzung für *Schweres akutes respiratorisches Syndrom*.

Das Virus verbreitete sich in zwei Dutzend Ländern auf mehreren Kontinenten und infizierte mehr als achttausend Menschen. Fast eintausend starben, und eine Pandemie weltweiten Ausmaßes wurde gerade noch verhindert. Die chinesische Regierung kerkerte den Arzt ein, der bekannt gemacht hatte, dass bei Weitem nicht alle Krankheitsfälle gemeldet worden waren und dass Patienten in Krankenwagen herumgefahren wurden, um sie von der Weltgesundheitsorganisation fernzuhalten. Andere, die ebenfalls versucht hatten, die Vertuschungsaktionen bekannt zu machen, wurden von der Regierung ins Visier genommen. Eine von ihnen war Dr. Song Lee gewesen.

»Geheimhaltung war ebenso wenig eine Option«, erinnerte sie Huang und dachte nicht daran, den Abscheu in ihrer Stimme zu unterdrücken. »Sie haben mir noch immer nicht verraten, was das jetzt mit mir zu tun hat.«

»Wir stellen ein Forschungsteam zusammen und wünschen, dass Sie dazugehören«, sagte Huang.

Lees Zorn schwappte über.

»Was kann *ich* denn tun?«, fragte sie. »Ich bin eine einfache Landärztin, die lebensgefährliche Krankheiten mit Kräutern und Voodoo behandelt.«

»Ich flehe Sie an, Ihre persönlichen Gefühle beiseitezuschieben«, sagte Huang. »Sie waren eine der Ersten, die die Vogelgrippe-Epidemie erkannt haben. Wir brauchen Sie in Peking. Ihre Kenntnisse in Virologie und Epidemiologie sind bei der Suche nach wirkungsvollen Gegenmaßnahmen unersetzlich.« Huang faltete die Hände, als wollte er beten. »Ich würde vor Ihnen sogar auf die Knie fallen, wenn Sie darauf bestehen.«

Sie betrachtete seine gequälte Miene. Huang war brillant. Sie konnte nicht erwarten, dass er auch noch ein Held war. Also verlieh sie ihrer Stimme einen weicheren Klang, während sie erwiderte: »Es ist nicht nötig, dass Sie mich anbetteln, Dr. Huang. Ich werde tun, was ich kann.«

Sein rundes Gesicht hellte sich auf.

»Denken Sie an meine Worte«, sagte er, »Sie werden Ihre Entscheidung nicht bereuen.«

»Ich weiß, dass ich das nicht tun werde«, erwiderte sie, »vor allem wenn Sie meine Bedingungen erfüllen.«

»Was meinen Sie damit?«, fragte Huang mit wachsamem Tonfall.

»Ich möchte einen Halbjahresvorrat an medizinischen Mitteln für dieses Dorf … Nein, machen Sie daraus einen Einjahresvorrat und beziehen Sie die umliegenden Dörfer mit ein.«

»In Ordnung«, sagte Huang.

»Ich habe ein ganzes Netz von Hebammen ausgebildet, aber ich brauche auch eine ausgebildete Kraft, um sie anzuleiten. Noch in dieser Woche soll ein Allgemeinmediziner hierhergeflogen werden, um meine Praxis zu übernehmen.«

»In Ordnung«, wiederholte Huang.

Lee ärgerte sich insgeheim, nicht noch mehr verlangt zu haben.

»Wie schnell brauchen Sie mich?«, wollte sie wissen.

»Jetzt«, antwortete Huang. »Der Hubschrauber wartet schon auf Sie. Ich möchte, dass Sie auf einem Symposium in Peking sprechen.«

In Gedanken machte sie schnell Inventur. Ihre Hütte musste noch abbezahlt werden. Ihr persönliches Eigentum passte in einen kleinen Koffer. Sie würde nur die Dorfältesten informieren und sich von ihren betagten Eltern und ihren Patienten verabschieden. Dann erhob sie sich und streckte eine Hand aus, um den Handel zu besiegeln.

»*In Ordnung*«, sagte sie.

Drei Tage später stand Dr. Lee im Ministerium für Gesundheit in Peking auf einem Podium hinter einem Rednerpult und sammelte den Mut, um die mehr als zweihundert Experten aus aller Welt zu begrüßen. Die Frau hinter dem Mikrofon hatte keine Ähnlichkeit mit der Landärztin, die bei Kerzenschein Säuglinge und Ferkel entbunden hatte. Sie trug ein Nadelstreifenkostüm zu einer roten Bluse und einem roséfarbenen Seidenschal. Ein winziger Hauch von Make-up hellte ihren bernsteinfarbenen Teint auf, der durch das Leben unter freiem Himmel eine dunklere Farbe angenommen hatte. Sie war froh, dass niemand ihre schwieligen Hände sehen konnte.

Kurz nach ihrer Ankunft in Peking hatte sie auf Kosten der Volksrepublik China einen ausgedehnten Einkaufsbummel unternommen. Im ersten Laden warf sie ihre Baumwolljacke und ihre Baumwollhose in den Mülleimer. Mit jedem darauf folgenden Kauf in Pekings bekanntesten Boutiquen gewann sie ein wenig von ihrer verloren geglaubten Selbstachtung zurück.

Song Lee war Mitte dreißig, sah jedoch wesentlich jünger aus. Sie war schlank, hatte schmale Hüften, kleine Brüste und für eine Chinesin ausgesprochen lange Beine. Während ihre Figur ansprechend, aber nicht besonders auffällig erschien, war es ihr Gesicht, das Betrachter dazu brachte, sich mit einem zweiten Blick nach ihr umzudrehen. Lange dunkle Wimpern überschatteten wache, prüfende Augen, und ihre vollen Lippen schwankten zwischen einem Lächeln und einem leichten, ernsteren Ausdruck, wenn sie angestrengt nachdachte. Während ihrer Arbeit auf dem Land hatte sie das lange jettschwarze Haar zu einem Pferdeschwanz zusammengerafft und unter einer Mütze versteckt, die früher einem Fußsoldaten bei Maos Langem Marsch gehört haben mochte. Jetzt hingegen war es modern frisiert und kurz geschnitten.

Seit ihrem Eintreffen in Peking hatte Lee an einer verwirrenden Folge von Besprechungen teilgenommen und war von der schnellen Reaktion auf den Krankheitsausbruch beeindruckt. Im Gegensatz zu der schleppenden Reaktion mehrere Jahre zuvor waren Hunderte von Forschern sowie ihre Helfer überall auf der Welt mobilisiert worden.

China übernahm die führende Rolle im Kampf gegen den Ausbruch der Krankheit und hatte Experten nach Peking eingeladen, um sein entschlossenes Reagieren zu demonstrieren. Die schnelle Reaktion verlieh einer an sich ernsten Situation auch etwas Gutes: Jedermann, mit dem sie redete, schien darauf zu vertrauen, dass eine grundlegende Gesundheitsvorsorge den Ausbruch einer SARS-Epidemie aufhalten würde, während Forscher weiterhin nach dem Ursprung des Ausbruchs suchten und einen Diagnosetest und einen wirkungsvollen Impfstoff entwickelten.

Aber während die allgemeine Stimmung von Zuversicht und Siegesgewissheit geprägt war, konnte Dr. Lee ihre Hoffnung nicht teilen. Ihr bereitete es Sorgen, dass kein Virus gefunden worden war. Die Zibetkatzen, die den ursprünglichen SARS-Erregerstamm getragen hatten, waren inzwischen ausgerottet worden, daher war das Virus vielleicht auf einen anderen Wirt übergesprungen – Hunde, Hühner, Insekten –, wer wusste das schon? Außerdem beobachtete sie die Transparenz, um die sich die Regierung bemühte, mit wachsender Unruhe. Bittere Erfahrungen hatten sie gelehrt, dass die Behörden nicht so ohne Weiteres ihre Geheimnisse preisgeben. Sie hätte diese Zweifel auch sicher gerne beiseitegeschoben, hätte sich die Regierung nicht geweigert, ihr einen Besuch in der von der Krankheit heimgesuchten Provinz zu gestatten. Es sei zu gefährlich, teilte man ihr mit, die Provinz stehe unter strengstmöglicher Quarantäne.

Dr. Lee hatte ihre Zweifel vorläufig verdrängt, um sich auf die einschüchternde Aufgabe ihres Auftritts vor einer Versammlung international angesehener Experten vorzubereiten. Ihr Herz klopfte wie wild. Sie hatte Hemmungen, eine öffentliche Rede zu halten, nachdem sie die letzten Jahre unter Menschen verbracht hatte, deren größte Sorge allein dem Ergebnis der nächsten Reisernte galt. Die mittlerweile zur Verfügung stehenden Computerprogramme zur Berechnung eines Epidemieverlaufs stellten sie nicht nur vor schier unlösbare Rätsel, sondern sie war sich ihres eigenen Sachverstands in diesem Bereich auch höchst unsicher. Sie kam sich wie ein Steinzeitmensch vor, der nach einem zehntausend Jahre währenden Schlaf im Eis eines Gletschers aufgetaut und in die Gegenwart geworfen worden war.

Andererseits hatte ihr die Tatsache, vorwiegend Grundlagenmedizin praktiziert zu haben, zu einem Instinkt verholfen, der wertvoller war als Fallstudien und alle Tabellen der Welt. Ihre Intuition sagte ihr, dass es zu früh war, um irgendeinen Erfolg zu feiern. Als Virologin musste sie in ihr Kalkül mit einbeziehen, dass sich ein Virus unglaublich schnell an Veränderungen in seiner Umgebung anpassen konnte. Als Epidemiologin wusste sie außerdem, dass der Ausbruch einer Krankheit ebenso schnell außer Kontrolle geraten konnte. Aber vielleicht war sie auch nur überängstlich. Sie hatte sich die Statistiken angesehen, die Huang ihr gegeben hatte, und konnte demnach davon ausgehen, dass die Epidemie wohl unter Kontrolle gehalten werden konnte.

Dr. Lee räusperte sich und ließ den Blick über das versammelte Publikum schweifen. Einige der Personen, die darauf warteten, dass sie mit ihrem Vortrag begann, waren gewiss über ihr Exil informiert – wenn nicht in Teilen sogar dafür verantwortlich. Doch sie schaffte es, ihre Bitterkeit hinunterzuschlucken.

»Um ein Zitat des amerikanischen Schriftstellers Mark Twain abzuwandeln: Die Gerüchte über meinen beruflichen Absturz waren reichlich übertrieben«, sagte sie mit ausdrucksloser Miene.

Sie wartete geduldig, bis das Gelächter verstummte.

»Ich muss zugeben, dass ich mir ziemlich klein und unbedeutend vorkomme«, fuhr sie fort. »Seit ich meine Landarztpraxis eingerichtet habe, hat die Epidemiologie atemberaubende Fortschritte gemacht. Beeindruckt bin ich von der Art und Weise, wie die Nationen der Welt sich zusammenfinden, um diese neue Seuche zu bekämpfen. Und ich bin stolz, dass mein Land die Führungsrolle in diesem Kampf übernommen hat.«

Lächelnd ließ sie den Applaus über sich ergehen. Allmählich lernte sie die Regeln dieses Spiels. Diejenigen, die sich eine kritische Abrechnung mit der früheren Informationspolitik wünschten, würden eine Enttäuschung erleben.

»Gleichzeitig muss ich jedoch vor zu großer Selbstzufriedenheit warnen. Jede Epidemie kann sich zu einer Pandemie ausweiten. Diese Pandemien haben uns in der Vergangenheit schon des Öfteren heimgesucht, und immer hat es die Menschen am schlimmsten getroffen.«

Sie sprach über die großen Seuchen der Geschichte, angefangen mit der ersten überlieferten Pandemie, die Athen während des Krieges gegen Sparta getroffen hatte. Die römische Pandemie von 251 v. Chr. hatte fünftausend Menschen am Tag getötet, während es bei der Epidemie von Konstantinopel im Jahr 452 zehntausend Menschen gewesen waren, die täglich den Tod gefunden hatten. Etwa fünfundzwanzig Millionen Menschen wurden in Europa in den vierziger Jahren des vierzehnten Jahrhunderts vom

Schwarzen Tod dahingerafft und vierzig bis fünfzig Millionen während der großen Grippeepidemie von 1918. Sie wiederholte ihre Warnung vor Selbstzufriedenheit und erklärte noch einmal, wie froh sie über die multinationale Reaktion auf die gegenwärtige Seuche sei.

Dr. Lee staunte über den Applaus, den sie für ihre Präsentation erhielt. Ihre Wiederaufnahme in die medizinische Gemeinschaft nach Jahren des Exils erfolgte unerwartet, und so wurde sie von einem Gefühl der Genugtuung übermannt. Sie verließ die Bühne. Doch anstatt auf ihren Sitzplatz zurückzukehren, ging sie zum Ausgang. Tränen standen ihr in den Augen, und sie musste sich sammeln. Sie schritt durch den Flur und hatte keine Ahnung, wohin sie ging.

Jemand rief ihren Namen. Es war Dr. Huang, der es eilig hatte sie einzuholen.

»Das war ein wunderbarer Vortrag«, sagte er, von dem kurzen Lauf noch ganz atemlos.

»Vielen Dank, Dr. Huang. Ich komme in ein paar Minuten zurück in den Saal. Es war ein aufwühlendes Erlebnis für mich, wie Sie sich gewiss vorstellen können. Aber es war beruhigend zu erfahren, dass eine weltweite Pandemie in diesem Fall unwahrscheinlich ist.«

»Im Gegenteil, Dr. Lee, eine Pandemie ist so gut wie sicher zu erwarten. Und sie wird Millionen Leben kosten, bis keine potentiellen Opfer mehr da sind.«

Song Lee blickte zur Saaltür. »Das ist aber nicht das, was ich da drinnen gehört habe. Jeder schien doch … eher davon überzeugt zu sein, dass diese Seuche eingedämmt werden kann.«

»Das liegt daran, dass keiner der Redner über alle Fakten informiert ist.«

»Was sind denn die Fakten, Dr. Huang? Was unterscheidet diese SARS-Epidemie von der letzten?«

»Es gibt da etwas, das ich Ihnen mitteilen muss ... diese SARS-Geschichte ... nun, sie ist ein Schwindel.«

Lee starrte Huang irritiert an.

»Was sagen Sie da?«

»Die Seuche, die uns solche Sorgen bereitet, wird durch ein anderes Pathogen ausgelöst, und zwar durch eine Variante des Influenza-Virus.«

»Warum haben Sie mir das nicht vorher gesagt? Warum haben Sie mich dann so viel über SARS erzählen lassen?«

»Es schmerzt mich zutiefst, dies getan zu haben, aber die Präsentation war als Ablenkungsmanöver geplant, um die Tatsache zu verschleiern, dass das Pathogen, mit dem wir es jetzt zu tun haben, viel gefährlicher ist als SARS.«

»Die Experten, die im Saal zu Wort gekommen sind, werden vielleicht darum bitten, andere ...«

»Das liegt daran, dass wir ihnen irreführende Informationen haben zukommen lassen. Als sie uns um Proben der Erregerstämme baten, um damit weitere Forschungen zu betreiben, stellten wir ihnen das alte SARS-Virus zur Verfügung. Wir versuchen nur, eine Panik zu verhindern.«

Sie spürte, wie ihr Mund trocken wurde.

»Was ist dieses neue Pathogen?«

»Es ist eine mutierte Form des alten Influenza-Stammes. Es breitet sich jedoch schneller aus, und die Sterberate ist sehr viel höher. Der Tod tritt sowohl schneller als auch häufiger ein. Und es ist unerhört anpassungsfähig.«

Dr. Lee starrte ihren Kollegen ungläubig an. »Hat dieses Land denn noch immer nicht gelernt, wie weit es mit seiner Geheimhaltungstaktik kommt?«

»Doch, wir haben unsere Lektion wirklich gelernt«, sagte Dr. Huang. »China arbeitet mit den Vereinigten Staaten zusammen. Wir und die Amerikaner haben uns darauf geeinigt, die Existenz dieses neuen Pathogens einstweilen geheim zu halten.«

»Wir haben doch schon früher erlebt, dass das Zurückhalten von Informationen Menschenleben kostet«, sagte Lee.

»Wir haben auch erlebt, was erzwungene Quarantäne zur Folge hat«, erwiderte Huang. »Geschlossene Krankenhäuser, eingeschränkten Personen- und Güterverkehr. Und Menschen wurden in solchen Wohnvierteln großer Städte, die von Chinesen dominiert werden, tätlich angegriffen. Wir können jetzt nicht mit der Wahrheit an die Öffentlichkeit treten. Es gibt keine Möglichkeit, diesen Krankheitserreger zu stoppen, ehe wir nicht einen Impfstoff entwickelt haben.«

»Sind Sie sich dessen ganz sicher?«

»Nehmen Sie mich nicht beim Wort. Die Amerikaner besitzen wesentlich leistungsfähigere Computer. Sie haben Modelle entwickelt, die besagen, dass wir zumindest vorübergehend die Krankheit gebietsmäßig eindämmen können, aber am Ende wird sie sich ausbreiten, und dann wird es mit Sicherheit zu einer weltweiten Pandemie kommen.«

»Warum haben Sie mir all dies nicht bereits in meinem Dorf erzählt?«, fragte Lee.

»Ich hatte befürchtet, Sie würden denken, ich hätte Sie schon früher getäuscht, und würden mir nicht glauben«, sagte Huang.

»Warum sollte ich Ihnen jetzt glauben?«

»Weil ich Ihnen jetzt die Wahrheit sage … ich schwöre es.«

Dr. Lee war verwirrt und wütend, aber sie zweifelte nicht daran, dass Dr. Huang diesmal nichts verschwieg.

»Sie erwähnten einen Impfstoff«, sagte sie.

»Eine Reihe von Forschungsinstituten arbeiten daran«, erwiderte er. »Die vielversprechendste Substanz wird in den Vereinigten Staaten im Bonefish-Key-Labor in Florida entwickelt. Dort ist man überzeugt, dass eine Substanz aus dem Bereich der Meeresbiomedizin einen Impfstoff erzeugt, der diesen Erreger stoppen kann.«

»Heißt das, nur *ein* Labor verfügt über das einzige einsatzfähige Abwehrmittel?« Lee musste trotz des Ernstes der Situation über diese absurde Vorstellung lachen.

Die Türen des Vortragssaales öffneten sich, und eine Menge Leute strömten in den Flur heraus. Huang senkte sofort die Stimme.

»Es befindet sich noch in der Entwicklung«, sagte er, »aber ja, unsere Hoffnungen sind hochgesteckt. Der Vorgang ließe sich vielleicht beschleunigen, wenn Sie als Vertreterin der Volksrepublik dort zugegen wären.«

»Die Regierung will, dass ich nach Bonefish Key gehe?«, fragte sie. »Dann sieht es … tatsächlich so aus, als sei ich vollständig rehabilitiert. Und ich bin bereit zu tun, was ich kann. Aber Sie verlassen sich ausschließlich auf diesen einen Impfstoff. Was ist, wenn er unwirksam ist?«

Ein gehetzter Ausdruck trat in Huangs Augen, und seine Stimme sank zu einem Flüstern herab.

»Dann … kann uns nur noch die göttliche Vorsehung helfen.«

3

Die Grippeepidemie von 1918 kam praktisch aus dem Nichts und traf die Welt, als sie soeben im Begriff war, sich neu zu ordnen, nachdem der vernichtende Erste Weltkrieg sie zerrissen hatte. Die Seuche schlug zuerst in Spanien zu, brachte acht Millionen Menschen den Tod und wurde daher als Spanische Grippe bezeichnet, obwohl sie auch in anderen Ländern inklusive Amerika wütete. Innerhalb von Monaten hatte sie sich über die ganze Welt ausgebreitet. Es gab kein Heilmittel dagegen. Die Opfer erkrankten am Morgen, zeigten nach kurzer Zeit den verräterischen dunkelbraunen Hautausschlag und erlebten schon den Einbruch der Nacht nicht mehr. Millionen starben; eine Milliarde Menschen wurde infiziert. Ehe sie im Jahr 1919 versiegte, hatte die Influenza mehr Menschen getötet, als in fünf Jahren Krieg ums Leben gekommen waren. Sie wütete schlimmer als die Pest.

Diese erschreckenden Zahlen gingen Dr. Song Lee durch den Kopf, während sie die letzte Reiseetappe absolvierte, ehe sie zum ersten Mal einen Fuß auf Bonefish Key setzte. Sie war nach Fort Myers geflogen und hatte sich von einem Taxi zur Pine Island Marina bringen lassen, wo sie mit einem bunt schillernden einheimischen Unikum namens Dooley Greene verabredet war. Er hatte sie mit seinem Boot durch die Mangrovenwälder zur Insel gebracht. Ein Mann wartete auf dem Kai, um sie zu begrüßen.

»Hi, Dr. Lee«, sagte er und streckte ihr eine Hand entgegen, »mein Name ist Max Kane. Willkommen auf Fantasy Island. Ich bin der Direktor dieses kleinen paradiesischen Fleckens.«

In seinem sonnengebleichten Hawaiihemd und seiner ausgefransten Jeansshorts sah Kane eher wie ein Strandläufer aus und nicht wie der angesehene Meeresmikrobiologe, dessen beeindruckenden Lebenslauf sie aufmerksam gelesen hatte. Ein chinesischer Wissenschaftler von seinem Kaliber hätte sich in der Öffentlichkeit niemals ohne seinen weißen Kittel gezeigt.

»Ich freue mich wirklich, Sie kennenzulernen, Dr. Kane«, sagte Lee und ließ den Blick über die sich im Wind wiegenden Palmen und ein weiß getünchtes Hotelgebäude auf einem flachen, grasbewachsenen Hügel ein paar hundert Fuß vom Kai entfernt schweifen. »Ich habe noch niemals ein Labor in einer derart malerischen Umgebung gesehen.«

Kane quittierte dieses Kompliment mit einem schiefen Grinsen. »Nicht halb so malerisch wie die derzeitigen Inselbewohner.« Er nahm ihr den Koffer ab und ging landeinwärts. »Kommen Sie, ich zeige Ihnen Ihre Wohnung.«

Sie stiegen eine Treppe hinauf, die in den Berghang geschnitten worden war, und folgten dann einem mit Muschelsand bestreuten Fußweg zu einer Reihe schmucker Hütten, die in Flamingorot mit weißen Zierstreifen gestrichen waren. Kane öffnete die Tür einer Hütte und geleitete Lee hinein. Ein Bett, ein Sessel, eine Kommode und ein Schreibtisch füllten den gemütlichen Raum aus.

»Es ist nicht gerade das Ritz, aber alles ist da, was Sie brauchen«, sagte Kane.

Lee dachte an ihre Ein-Raum-Hütte in China. »Ich bin ganz sicher, dass ich mich hier sehr wohl fühlen werde.«

Kane legte den Koffer aufs Bett.

»Das freut mich zu hören, Dr. Lee«, sagte er. »Wie war die Reise?«

»Lang!«, sagte sie und unterstrich ihre Antwort mit einem übertriebenen Seufzer. »Aber es tut gut, wieder in den Vereinigten Staaten zu sein.«

»Wie man hört, haben Sie einige Zeit in Harvard verbracht«, sagte Kane. »Wir sind Ihnen wirklich dankbar, dass Sie in dieses Land zurückkehren, um uns zu helfen.«

»Warum hätte ich nicht hierherkommen sollen, Dr. Kane?«, sagte Lee. »Die Welt hat bis jetzt großes Glück gehabt. Trotz aller medizinischen Fortschritte haben wir nie einen Impfstoff für die ursprüngliche Influenza von 1918 entwickelt. Wir haben es hier mit einem mutierten Stamm dieses Virus zu tun. Sehr kompliziert. Was am Ende herauskommt, hängt von unserer Arbeit hier ab. Wann kann ich anfangen?«

Max Kane nahm Song Lees Eifer mit einem Lächeln zur Kenntnis.

»Besorgen wir Ihnen erst einmal etwas Kaltes zu trinken«, schlug er vor. »Anschließend führe ich Sie ein bisschen herum, wenn Sie Lust dazu haben.«

»Möglich, dass ich im Stehen einschlafen werde, wenn der Jetlag zuschlägt, aber im Augenblick bin ich ganz fit«, sagte sie.

Sie kehrten zu dem Patio vor dem hotelähnlichen Gebäude zurück. Während Song es sich in einem Adirondack-Sessel gemütlich machte, verschwand Kane in dem Gebäude und brachte zwei Gläser Mango- und Orangensaft mit Eis heraus. Während sie an dem köstlichen Getränk nippte, ließ sie den Blick über den Strand wandern. Sie hatte erwartet, dass dieses Epizentrum geheimer Forschung, das doch weltweite Bedeutung hatte, von Zäunen und Wachposten gesichert werden würde, und sie konnte ihre Überraschung darüber, dass dies nicht der Fall war, nicht verbergen.

»Man kann sich kaum vorstellen, dass sich hier ein Labor befindet, in dem lebenswichtige Forschung betrieben wird«, sagte sie. »Hier wirkt alles so ruhig und friedlich.«

»Die Leute dürften sich doch sehr wundern, wenn wir Stacheldrahtzäune ziehen und Wachtürme aufstellen würden. Wir haben uns große Mühe gegeben, das Image eines verschlafenen kleinen Forschungszentrums zu erhalten. Also entschieden wir, dass die beste Strategie darin besteht, sich sozusagen vor aller Augen zu verstecken. Auf unserer Website heißt es, dass dies hier eine private Einrichtung und unsere Arbeit für die meisten Menschen derart langweilig ist, dass niemand den Wunsch hat, uns zu besuchen. Wahrscheinlich haben Sie die Schilder mit der Aufschrift *Privat* überall auf der Insel gesehen, die das Gleiche signalisieren. Wir hatten bisher nur wenige Bitten, das Zentrum besuchen zu dürfen, und es ist uns gelungen, sie abzuwimmeln.«

»Wo sind die Laborgebäude?«

»Wir mussten schon ein wenig geheimnisvoller zu Werke gehen, was die Forschungsräumlichkeiten betrifft. Weiter landeinwärts gibt es drei Labore. Sie sind ziemlich gut getarnt. Auf Google Earth würde man nichts als Bäume sehen.«

»Wie steht es mit der Sicherheit? Ich habe keinen einzigen Wachposten gesehen.«

»Oh, es gibt sie aber, sie sind wirklich da«, erwiderte Kane mit einem verkniffenen Lächeln. »Das Küchenpersonal und die Serviceleute, die den Hausmeisterdienst versehen, sind allesamt Sicherheitsleute. Es gibt auch eine elektronische Überwachungszentrale, die jeden aufzeichnet, der sich der Insel nähert. Hier sind überall Kameras installiert.«

»Was ist mit dem Eigner des Wassertaxis, Mr Greene? Ist er irgendeiner Weise in den Schwindel eingeweiht?«

Kane lächelte. »Dooley sorgt für eine nützliche Tarnung. Er hat für das alte Ferienhotel gearbeitet, ehe Hurrikan Charlie es in den Bankrott geweht hat. Wir haben Ausrüstung und Personal mit unseren eigenen Schiffen hierhergebracht, als wir uns hier einrichteten, aber wir brauchten dann doch jemanden, der Leute und Nachschub zwischen dem Festland und der Insel hin und her transportiert. Dooley ist nie weiter landeinwärts gekommen als bis zum Kai. Er ist ein ziemlicher Windbeutel, so dass, wenn er davon redet, hier irgendetwas gesehen zu haben, die Leute, die ihn kennen, sich ausrechnen, dass er sich etwas zusammenfantasiert.«

»Er war ziemlich neugierig, als er mich herbrachte. Ich habe ihn abgewimmelt, so gut es ging.«

»Ich bin sicher, dass jeder auf Pine Island innerhalb weniger Stunden über Ihren Besuch Bescheid wissen wird, aber ich bezweifle, dass es überhaupt irgendwen interessiert.«

»Das ist gut. Denn ich muss gestehen, dass ich angesichts der Aufgabe, die auf uns wartet, und der Folgen, wenn wir versagen sollten, ziemlich nervös bin.«

Er ließ sich ihre Worte durch den Kopf gehen und meinte dann: »Angesichts dessen, was wir bisher geschafft haben, bin ich recht zuversichtlich, dass wir *nicht* versagen werden.«

»Ich will ja nicht respektlos erscheinen, aber ich würde mich um einiges besser fühlen, wenn ich wüsste, welcher wissenschaftlichen Erkenntnis Sie Ihren Optimismus verdanken.«

»Skepsis ist die Seele wissenschaftlicher Suche«, sagte Kane und spreizte die Hände. »Ich tue mein Bestes. Unsere Arbeit ist vielleicht komplex, aber nicht kompliziert. Wir wissen, was wir tun müssen. Der schwierigste Teil ist, es dann auch zu tun. Wie Sie wissen, ist nichts jemals sicher, wenn man mit Viren zu tun hat.«

Song Lee nickte bestätigend.

»Abgesehen von der menschlichen Rasse«, sagte sie, »gibt es auf dem Planeten kein faszinierenderes Lebewesen, glaube ich. Welche Strategie haben Sie bisher verfolgt?«

»Hätten Sie Lust auf einen kleinen Spaziergang? Ich denke besser, wenn ich laufe.«

Sie folgten einem der Wege, die mit Muschelsand bedeckt waren und kreuz und quer über die Insel verliefen, Überbleibsel von den Spazierwegen, die für die Gäste des alten Hotels angelegt worden waren.

»Ich habe gehört, Sie hätten bei Harbor Branch gearbeitet«, sagte Lee. Harbor Branch war das Meereslabor an der Ostküste Floridas.

»Ich war mehrere Jahre bei Harbor Branch«, erzählte Kane. »Die Meeresbiomedizin steckt zwar noch in den Kinderschuhen, aber sie gehörten dort immerhin zu den Ersten, die das ungeheure Potential für pharmazeutische Produkte erkannten, die aus Meeresorganismen gewonnen werden können. Sie haben gesehen, dass Meereslebewesen ausgeklügelte natürliche Mechanismen entwickeln mussten, um sich in einem extremen Lebensraum behaupten zu können.«

»Wie sind Sie nach Bonefish Key gekommen?«

»Harbor Branch untersuchte eine Reihe unterschiedlicher Objekte aus dem Meer, aber ich wollte mich ausschließlich mit antiviralen Wirkstoffen befassen, daher ging ich von dort weg und baute mit Stiftungsgeldern ein neues Labor auf. Bonefish Key stand nach Hurrikan Charlie zum Verkauf. Die Stiftung ersteigerte die Insel und brachte die Gebäude in Ordnung, die stehengeblieben waren.«

»Offensichtlich waren Sie erfolgreich«, stellte Lee fest.

»Wissenschaftlich kamen wir ganz gut voran«, sagte Kane, »aber im vergangenen Jahr gingen dem Labor die Gelder aus. Die Erben unseres wichtigsten Spenders fochten die Rechtmäßigkeit der Stiftung vor Gericht an und gewannen ihre Klage. Ich habe es zwar irgendwie geschafft, alles zusammenzuhalten, aber es wäre nur eine Frage der Zeit gewesen, bis wir den Laden hätten schließen müssen. Es tut mir leid, das zugeben zu müssen, aber die Entwicklung in China hat uns letztlich gerettet.«

»Sie brauchen sich nicht zu entschuldigen«, sagte sie. »Wir Chinesen haben schließlich *yin* und *yang* erfunden. Entgegengesetzte Kräfte können ein günstiges Gleichgewicht erzeugen. Verraten Sie mir doch, wie Bonefish Key bei dieser neuen Seuche zum Forschungszentrum werden konnte. Ich kenne die Geschichte nur bruchstückhaft.«

»Es war eher ein Zufall«, sagte er. »Ich bin Vorsitzender einer Kommission, die die Regierung über wissenschaftliche Entdeckungen berät, die möglicherweise für die Verteidigung oder die Politik von Bedeutung sein können. Damals hatte ich routinemäßig Neuigkeiten von einem möglichen Durchbruch im Bereich der antiviralen Forschung an die Centers for Disease Control weitergeleitet. Als der neue Virus-Stamm in China entdeckt wurde, wurden wir angeheuert, nach Gegenmaßnahmen zu suchen. Die Gelder, die dann bewilligt wurden, beschleunigten unsere Forschungen erheblich«, berichtete Kane.

»Sie sagten, Sie seien optimistisch, was Ihre Fortschritte betrifft«, meinte Lee.

»Unter gewissen Vorbehalten natürlich. Als Virologin kennen Sie ja die Schwierigkeiten und Probleme bei der Entwicklung eines antiviralen Wirkstoffs.«

Lee nickte.

»Ich staune immer noch«, erwiderte sie, »über die Komplexität von Mechanismen, die in einer in Protein eingehüllten submikroskopischen Menge Nukleinsäure wirksam sind.«

Jetzt nickte Kane bestätigend.

»Ich war schon immer davon überzeugt«, sagte er, »dass das Fehlen fossiler Spuren von Viren ein Indizienbeweis dafür ist, dass sie im Grunde eine fremde Lebensform von einem anderen Planeten sind.«

»Sie sind nicht der Einzige, der die Theorie von einer außerirdischen Invasion vertritt«, sagte sie, »aber wir müssen sie mit den Waffen bekämpfen, die uns hier auf der Erde zur Verfügung stehen.« Lee lächelte. »Oder, in Ihrem Fall, die Sie im Meer finden. Wie kann ich Ihnen während meines Aufenthalts hier helfen?«

»Wir konzentrieren uns auf eine einzige antivirale Chemikalie. Wir können Ihre Kenntnisse in der Virologie sehr gut brauchen, wenn wir mit der Substanz die nötigen Tests durchführen. Gleichzeitig«, fügte er hinzu, »möchte ich, dass Sie einen epidemiologischen Plan entwickeln, wie der Impfstoff am besten eingesetzt werden kann, sobald wir ihn synthetisiert haben.«

»Wie dicht stehen Sie vor seiner Synthese?«, fragte sie.

»Ich wünschte, wir wären ihr näher, aber wir sind fast am Ziel«, antwortete er.

Kane bog auf einen ausgetretenen Pfad ein, der vom Hauptweg abzweigte. Nach etwa hundert Fuß endete der Pfad vor einem Schlackenbetongebäude. Ein Mann stand dort vor einer Tür aus Panzerstahl. Er trug hellbraune Shorts und ein blaues T-Shirt und hätte als Wartungstechniker durchgehen können, doch an Stelle von Werkzeugen hing an seinem breiten Ledergürtel eine Faustfeuerwaffe. Der Mann schien nicht überrascht zu sein, sie zu sehen. Song Lee erinnerte sich, das Max Kane erwähnt hatte, dass überall auf der Insel Kameras installiert seien.

Der Mann öffnete die Tür und trat beiseite, um die Besucher eintreten zu lassen. Das Innere des Gebäudes war kühl und dunkel – bis auf das Licht, das von einem Dutzend Glasbehälter ausgestrahlt wurde, die verschiedene Arten ozeanischen Lebens enthielten. Zu hören war das leise Summen von Wasserumwälzpumpen.

Während sie an den langen Reihen von Wasserbehältern entlangschlenderten, sagte Kane: »Wir haben mit all diesen Organismen unsere Forschungen betrieben, diese Arbeit dann jedoch auf Eis gelegt, als uns der Ruf der CDC erreichte.«

Er geleitete Lee zu einer Seitentür und tippte einige Zahlen in ein Kombinationsschloss ein. Die Tür öffnete sich zu einem kleineren Raum, in dem es bis auf den kalten blauen Lichtschimmer eines aufragenden röhrenförmigen Wassertanks vollkommen dunkel war. Das Licht kam von einer Anzahl wogender runder Gebilde, die in dem Wasserbehälter in einem Zeitlupentanz auf und nieder stiegen.

Song Lee war von den geisterhaften Formen wie verzaubert.

»Sie sind wunderschön«, sagte sie.

»Machen Sie Bekanntschaft mit der blauen Meduse, Dr. Lee«, sagte Kane. »All unsere Forschungen richten sich auf dieses wunderbare Lebewesen. Sein Gift ist die komplexeste chemische Verbindung, die ich kenne.«

»Wollen Sie damit sagen, dass diese Qualle die Quelle des Stoffes ist, den Sie künstlich herzustellen versuchen?«

»Hm-hm. Die winzigste Menge des Gifts der Meduse ist für Menschen tödlich, aber das Schicksal von Millionen Menschen könnte trotzdem von der reizenden Kreatur in diesem Wassertank abhängen. Ich setze Sie umfassend ins Bild, nachdem Sie sich ein wenig ausruhen konnten.«

Dr. Lees wissenschaftlicher Verstand hungerte nach Details.

»Ich brauche mich nicht auszuruhen«, beharrte sie. »Ich will sofort anfangen.«

Song Lees rosengleiche Zartheit verbarg Dornen, die durch ihren Umgang mit der kaltherzigen chinesischen Bürokratie nur noch geschärft worden waren. Trotz des ernsten Inhalts ihres Gesprächs konnte Kane das Lächeln nicht unterdrücken, das um seine Lippen spielte.

»Ich stelle Sie dem Team vor«, sagte er.

Kane führte Lee durch die Labors und machte sie mit den anderen begabten Wissenschaftlern bekannt, die an diesem Medusen-Projekt beteiligt waren. Besonders beeindruckt war sie von Lois Mitchell, Kanes erster Assistentin und Projektmanagerin.

Aber der Jetlag machte sich schließlich doch noch bei Lee bemerkbar, und so schlief sie sich in dieser Nacht in ihrer gemütlichen Hütte erst einmal aus. Als sie am nächsten Tag dann ausgeruht erwachte, stürzte sie sich sofort in die Arbeit.

In den darauf folgenden Tagen stand Dr. Lee immer sehr früh auf und arbeitete lange. Ihr täglicher Kajakausflug in die Mangroven war das einzige Freizeitvergnügen im Rahmen ihres strengen Arbeitsprogramms. Dann, eines Tages, wurden sie und der restliche wissenschaftliche Stab gebeten, an einem Treffen im Speisesaal teilzunehmen. Unter begeistertem Applaus gab Dr. Kane bekannt, dass die Substanz, mit der sie sich befasst hatten, identifiziert worden sei. Er und ein paar sorgfältig ausgewählte Freiwillige würden in Klausur gehen und in einem neuen Labor letzte Korrekturen an der Synthese vornehmen. Er konnte nicht sagen, wo dieses Labor sich befand, nur dass die Entfernung von dort zur Quelle um einiges kürzer war. Lee erklärte sich damit einverstanden, mit einer Notmannschaft auf Bonefish Key zu bleiben, damit sie ihre epidemiologische Analyse abschließen und einen Immunisierungs- und Verteilungsplan entwerfen konnte.

Die Quarantäne wurde zwar aufrechterhalten, doch Lee wusste, dass es nur eine Frage der Zeit war, bis das Virus freigesetzt werden würde. Während sie die einzelnen Zonen des Krankheitsausbruchs einer genauen Betrachtung unterzog, behielt sie die Erfahrung, die Taiwan mit dem SARS-Erreger gemacht hatte, im Hinterkopf. Sämtliche vermuteten oder wahrscheinlichen Krankheitsfälle waren in Unterdruckräumen untergebracht, von der Außenwelt durch zwei luftdichte Türen getrennt, und jeder Atemzug, den sie machten, wurde gefiltert. Doch die Krankheit schaffte es trotzdem, sich auszubreiten, und bewies damit die Schwierigkeit, das Virus in sicherem Gewahrsam zu halten.

In den Wochen nach dem Auszug des wissenschaftlichen Stabes gelangten Berichte aus dem geheimen Labor nach

Bonefish Key. Die aufregendste Neuigkeit war die Meldung, dass das Toxin synthetisiert worden sei und damit begonnen werden konnte, einen Impfstoff zu entwickeln.

Angespornt durch die erfolgreiche Forschungsarbeit, hatte sich Lee damit beeilt, einen Plan zur Anwendung des Gegenmittels und zur Eingrenzung der Seuche zu entwickeln, ehe sich diese zu einer Pandemie ausweitete.

Dr. Huang hatte darum gebeten, über Dr. Lees Fortschritte auf dem Laufenden gehalten zu werden. Der einzige Ort auf der Insel, von wo aus eine Mobilfunkverbindung hergestellt werden konnte, war ein alter Wasserturm. Jeden Tag stieg Lee nach der Arbeit auf diesen Turm und übermittelte ihrem Freund und Mentor den neuesten Stand des Projekts.

Sie konnte nicht ahnen, dass jede ihrer Informationen an nicht befugte Ohren weitergeleitet wurde.

4

Aufmerksam beäugte der Taxifahrer den Mann, der am Bordstein vor dem Ankunftsgate des L. F. Airport auf Bermuda wartete. Sein potentieller Fahrgast hatte einen zerzausten, rötlich braunen Bart, trug das Haar zurückgekämmt und mit einem Gummiband zu einem kurzen Pferdeschwanz zusammengerafft. Außerdem war er mit einer verwaschenen Jeans, hohen roten Turnschuhen, einer Elton-John-Brille mit weißem Plastikgestell und einer zerknautschten hellbraunen Leinenjacke über einem T-Shirt mit einem Bild von Jerry Garcia von den Grateful Dead bekleidet.

»Bitte bringen Sie mich zum Hafen«, sagte Max Kane. Er öffnete die Tür, warf seine Reisetasche auf den Rücksitz und nahm dann neben dem Fahrer Platz. Der Chauffeur zuckte die Achseln und startete. Eine Fuhre war eben … eine Fuhre.

Kane lehnte sich zurück und schloss die Augen. Er hatte das Gefühl, als explodiere sein Gehirn jeden Moment. Seine Ungeduld hatte mit jeder Meile zugenommen, die er während der letzten vierundzwanzig Stunden zurückgelegt hatte. Der lange Flug vom Pazifik nach Nordamerika und der zweistündige Trip von New York waren aber, verglichen mit den schleppenden Minuten, die das Taxi brauchte, um den Hafen zu erreichen, überhaupt nichts.

Kane wies den Fahrer an, in der Nähe der Gangway eines Schiffes mit türkisfarbenem Rumpf anzuhalten. Die auffällige Farbe und die Lettern NUMA unter dem Schiffsnamen, *William Beebe,* verrieten, dass dieses Schiff zur National Underwater and Marine Agency – und damit zu der größten Meeresforschungsorganisation der Welt – gehörte.

Kane stieg aus dem Taxi, drückte dem Fahrer ein Bündel Banknoten in die Hand, warf sich die Reisetasche über die Schulter und stieg eilig die Gangway hinauf. Eine junge Frau in der Uniform eines Schiffsoffiziers, aber mit einem freundlich offenem Gesicht, begrüßte Kane mit einem warmen Lächeln.

»Guten Tag«, sagte sie, »mein Name ist Marla Hayes. Ich bin der Dritte Offizier. Darf ich Ihren Namen erfahren?«

»Max Kane.«

Sie warf einen Blick auf die Liste, die auf ihrem Schreibbrett klemmte, und machte einen Haken hinter Kanes Namen.

»Willkommen auf der *Beebe,* Dr. Kane. Ich zeige Ihnen Ihre Kabine und führe Sie anschließend auf dem Schiff herum.«

»Wenn Sie nichts dagegen haben, ich habe eine lange Reise hinter mir und kann es kaum erwarten, die B3 zu sehen.«

»Kein Problem«, sagte Marla und geleitete Kane zum Heck des Schiffes.

Das zweihundertfünfzig Fuß lange Such- und Vermessungsschiff war das seefahrerische Äquivalent eines professionellen Gewichthebers. Mit seiner Rampe mit zugehörigem Bockkran und breitem Deck war das Heck das

Aktionszentrum des Schiffes. Dort wimmelte es von Winden und Derricks, die die Wissenschaftler benutzten, um Unterwasserfahrzeuge und technisches Gerät zur Erforschung der Tiefsee zu Wasser zu lassen. Kanes Blick wanderte zu einer orangeroten Kugel, die auf einem stählernen Gestell unter einem hohen Kran ruhte. Drei Bullaugen, die an Kurzstreckenkanonen erinnerten, wölbten sich aus der Außenhülle dieser Kugel.

»Da ist es«, sagte Marla. »Ich schaue in Kürze vorbei, um nachzusehen, wie Sie zurechtkommen.«

Kane bedankte sich bei der jungen Frau und näherte sich vorsichtig der Kugel, wobei er so behutsam auftrat, als erwarte er, dass das seltsame Objekt auf den vier Beinen an seiner Unterseite die Flucht ergriff. Er trat zur anderen Seite der Kugel hinüber und sah einen Mann in Hawaiihemd und Cargoshorts vor einer runden Öffnung stehen, die einen Durchmesser von kaum mehr als einem Fuß hatte. Der Kopf des Mannes befand sich innerhalb der Kugel, und er hatte die rechte Schulter halb durch die Luke geschoben, als wäre er gerade im Begriff, von einem glubschäugigen Monster verschlungen zu werden. Die heftigen Flüche, die aus der Kugel herausdrangen, klangen so, als kämen sie aus einer Piratenhöhle.

Kane stellte seine Reisetasche auf den Boden und fragte: »Ziemlich eng da drin, oder?«

Der Mann stieß sich den Kopf, als er aus der Öffnung auftauchte, was weitere Flüche aus seinem Mund dringen ließ, dann wischte er sich eine Strähne stahlgrauen Haars aus den Augen, die korallenblau leuchteten. Seine breitschultrige Gestalt maß knapp über sechs Fuß, und er musste um die zweihundert Pfund Gewicht auf die Waage bringen. Als er dann grinste, strahlten seine makellosen schneeweißen Zähne in einem Gesicht, dem die Jahre, die der Mann auf See verbracht haben mochte, eine gesunde braune Farbe verliehen hatten.

»Sehr eng. Ich brauche einen Schuhlöffel und einen Eimer Fett, um in dieses übrig gebliebene Altertümchen von einem Marineschrottplatz hineinzukommen«, sagte er.

Ein weiteres dunkles Gesicht schob sich aus der Luke, und sein Besitzer sagte: »Gib's auf, Kurt. Man müsste dich mit WD-40 einschmieren und dich anschließend mit einem Vorschlaghammer hineinrammen.«

Der breitschultrige Mann verzog bei dieser unangenehmen Vorstellung das Gesicht. Er streckte zur Begrüßung eine Hand aus. »Ich bin Kurt Austin, Projektleiter der Bathysphäre-3-Expedition.«

Der Mann in der Kugel schlängelte sich mit den Füßen voran heraus und stellte sich vor. »Joe Zavala«, sagte er, »Ingenieur des B3-Projekts.«

»Schön, Sie beide kennen zu lernen. Mein Name ist Max Kane.« Er deutete mit dem Daumen auf die Kugel. »Und ich soll also mit diesem … Altertümlichen, das von einem Marineschrottplatz gerettet wurde, eine halbe Meile tief in den Ozean hinabtauchen.«

Austin wechselte einen vielsagenden Blick mit Zavala. »Freut mich, Sie kennenzulernen, Dr. Kane. Tut mir leid, Ihren Geisteszustand angezweifelt zu haben.«

»Es wäre nicht das erste Mal, dass jemand die Vermutung äußert, ich hätte nicht alle Dosen im Sixpack. Man gewöhnt sich aber daran, wenn man Grundlagenforschung betreibt.« Kane nahm die Sonnenbrille ab und enthüllte seine äußerst blauen Augen. »Und bitte nennen Sie mich Doc.«

Austin deutete auf die orangefarbene Kugel. »Schenken Sie meinem vorherigen Kommentar keine Beachtung, Doc. Ich bin nur ein bisschen sauer. Ich würde die Tauchfahrt auf der Stelle selbst machen, wenn die Bathysphäre nur eine Nummer größer wäre. Joe ist der beste Tiefseespezialist, den man finden kann. Er hat die Tauchglocke so sicher gemacht wie jedes NUMA-Unterseefahrzeug.«

Zavala warf einen bewundernden Blick auf die Kugel. »Ich habe da Technik verwendet, die es in den dreißiger Jahren noch nicht gab, sonst ist es aber die originale Burton-Beebe-Konstruktion, die 1934 den Tiefenrekord von 3.028 Fuß aufgestellt hat. Die Bathysphäre war in ihrer Einfachheit eine atemberaubende Schönheit.«

»Die Kugelkonstruktion erscheint uns heute völlig selbstverständlich«, sagte Kane. »Anfangs glaubte William Beebe, dass eine zylinderförmige Glocke ideal sei. Er unterhielt sich Jahre vor der eigentlichen Tauchfahrt mit seinem Freund Teddy Roosevelt und skizzierte seine Idee auf einer Serviette. Roosevelt widersprach und zeichnete stattdessen einen Kreis, um anzudeuten, dass er einer kugelförmigen Glocke den Vorzug gab. Später, als Beebe die Konstruktion Otis Bartons sah – die auf einer Kugel basierte –, erkannte er, dass sie die einzige Möglichkeit darstellte, dem Tiefendruck standzuhalten.«

Zavala kannte die Geschichte bereits. »Beebe wusste, dass die flachen Enden des Zylinders dem enormen Druck nachgeben würden«, nahm er den Faden auf, »aber eine Kugel konnte diesen Druck gleichmäßig auf ihrer gesamten Oberfläche verteilen.« Er ging neben der Kugel in die Hocke und strich mit der Hand über die dicken Kufen, auf denen die Beine ruhten. »Ich habe für den Notfall Schwimmsäcke in den Kufen angebracht, und zwar aus reinem Selbsterhaltungstrieb. Ich werde nämlich mit Ihnen tauchen.«

Kane rieb sich die Hände wie ein hungriger Mann, der sich auf ein saftiges Steak freut. »Für mich wird ein Traum wahr«, sagte er. »Ich habe sämtliche Verbindungen spielen lassen, um auf die Taucherliste zu kommen. William Beebe ist nämlich für meine Karriere in der Meeresbiologie verantwortlich. Als Kind habe ich von den leuchtenden Tiefseefischen gelesen, die er gefunden hat. Ich wollte es Beebe nachmachen und sie mit eigenen Augen sehen.«

»Mein größtes Abenteuer war, mich durch diese Vierzehn-Zoll-Öffnung zu zwängen«, sagte Austin. »Versuchen Sie es doch auch mal. Nur um zu sehen, wie Sie größenmäßig so zurechtkommen.«

Kane, der etwa fünf Fuß acht maß, hängte seine Jacke an das Standgerüst der Bathysphäre. Dann schlängelte er sich mit dem Kopf voraus in die Kugel, verrenkte seinen Körper mit der Gelenkigkeit eines Gummimenschen und schob am Ende den Kopf aus der runden Einstiegsöffnung.

»Hier drin ist es geräumiger, als man es von außen vermutet.«

»Die ursprüngliche Bathysphäre hatte einen Durchmesser von vier Fuß und neun Inches und besaß eine Außenwand von anderthalb Inch Dicke, und zwar aus bestem Werkzeugstahl«, sagte Zavala. »Die Taucher teilten sich den Innenraum mit Sauerstoffflaschen, Filterplatten, einem Suchscheinwerfer und Telefonleitungen. Wir haben dann ein wenig getrickst. Die Bullaugen bestehen aus einem Polymer anstatt aus Quarzglas. Das Tragseil ist ein Kevlargeflecht an Stelle von Stahl, und die kupfernen Kommunikationsleitungen haben wir durch foto-optische Kabel ersetzt. Die sperrigeren Instrumente haben wir dann noch so weit wie möglich gegen kleinere ausgetauscht. Mir wäre auch noch eine Kugel aus Titan lieber gewesen, aber die Kosten wären damit zu sehr in die Höhe geschnellt.«

Kane schlüpfte ohne Probleme aus der Kugel und betrachtete sie mit einem Ausdruck beinahe andächtiger Bewunderung. »Sie haben Erstaunliches geleistet, Joe. Beebe und Barton waren sich darüber im Klaren, dass sie ihr Leben riskierten, aber ihr jungenhafter Enthusiasmus war größer als ihre Angst.«

»Dieser Enthusiasmus muss sich aber auch auf Sie übertragen haben, dass Sie diese weite Reise unternahmen«, sagte Austin. »Wie ich hörte, sind Sie im Pazifik gewesen.«

»Ja. Ein Auftragsjob für Onkel Sam. Eine reine Routineangelegenheit. Wir stehen kurz vor dem Abschluss, was ich als einen glücklichen Zufall betrachte, denn niemals hätte ich mir diese Gelegenheit entgehen lassen wollen.«

Marla Hayes, der Dritte Offizier, kam in Begleitung von zwei Männern und einer Frau, die mit Videokameras, Scheinwerfern und Tonausrüstung bepackt waren, über das Deck auf die Bathysphäre zu.

»Das ist das NUMA-Filmteam«, sagte Austin zu Kane. »Sie möchten die unerschrockenen Taucher interviewen.«

Ein Ausdruck des Entsetzens huschte über Max Kanes Gesicht. »Ich sehe bestimmt ganz fürchterlich aus. Und wahrscheinlich stinke ich auch sogar. Können sie nicht warten, bis ich geduscht und die Schweinestacheln an meinem Kinn gestutzt habe?«

»Joe wird ihnen einige Informationen geben, während Sie sich frisch machen. Ich erwarte Sie dann auf der Kommandobrücke, wenn Sie Ihr Interview beendet haben«, sagte Austin. »Wir müssen noch die Pläne für morgen durchgehen.«

Während er zur Kommandobrücke ging, dachte Austin darüber nach, wie Beebes Bücher seine eigene Fantasie beflügelt hatten, als er noch ein Kind war und in Seattle aufwuchs. Vor allem an eine Geschichte erinnerte er sich. Beebe beschrieb darin, wie er unter Wasser am Rand eines Steilhangs stand – der Atemschlauch, der ihn mit der Luftversorgung an der Wasseroberfläche verband, erlaubte ihm kein weiteres Vordringen. Und dann blickte er voller Sehnsucht in die unerreichbaren Tiefen des Ozeans. Diese Szene war für Austins eigenes Bestreben, stets an seine Grenzen zu gehen, geradezu charakteristisch.

Er war den Träumen seiner Kindheit gefolgt und hatte an der Universität von Washington Systems Management studiert. Außerdem hatte er eine renommierte Tiefsee-Tauchschule besucht, wo er sich auf Bergungsoperationen spezialisierte. Ein paar Jahre lang arbeitete er auf Ölbohrinseln in der Nordsee und war dann auch eine Zeit lang für die Bergungsfirma seines Vaters tätig, aber sein Hang zum Abenteuer ließ ihn nach neuen Herausforderungen suchen. Er trat einer geheimen Unterwasser-Spionageeinheit der CIA bei, die er leitete, bis sie am Ende des Kalten Krieges aufgelöst wurde. Sein Vater hoffte, dass er wieder ins Bergungsgeschäft zurückkehren würde, doch Austin ging zur NUMA, um ein einzigartiges Team zu leiten, zu dem auch Zavala sowie Paul und Gamay Trout gehörten. Admiral Sandecker hatte die Notwendigkeit erkannt, eine Spezial-Einsatztruppe zusammenzustellen, deren Aufgabe in der Aufklärung ungewöhnlicher Vorgänge auf den Weltmeeren bestand, die sowohl über wie auch unter Wasser geschahen. Nach Abschluss der letzten Mission des Teams – es war die Suche nach einer lange verschollenen phönizischen Statue gewesen, dem sogenannten *Navigator* – kam Austin zu Ohren, dass die National Geographic Society und die New York Zoological Society ein Doku-Drama über Beebes historische Bathysphärentauchfahrt von 1934 sponserten. Beebe und Barton sollten von professionellen Schauspielern dargestellt werden, verwendet würde die Attrappe einer Bathysphäre und darüberhinaus sollte eine umfangreiche Tricktechnik zum Einsatz kommen.

Austin überredete die NUMA-Führungsetage, Zavala eine moderne Bathysphäre konstruieren zu lassen. Die Tauchglocke würde dann im Rahmen des Doku-Dramas vom institutseigenen Forschungsschiff *William Beebe* zu Wasser gelassen werden. Wie alle Dienststellen der Regierung musste auch die NUMA ständig um ihren Anteil am staatlichen Budget-Kuchen kämpfen – und eine günstige Publicity hatte dabei noch nie geschadet.

Dirk Pitt hatte die Leitung der NUMA übernommen, nachdem Sandecker zum Vizepräsidenten der Vereinigten Staaten avancierte. Pitt war aber ganz genauso daran interessiert, die Öffentlichkeit mit der Tätigkeit des Instituts vertraut zu machen. Die Druckkugel der Bathysphäre würde nach Beendigung der Expedition weiterverwendet werden und sollte als Zentraleinheit eines neuen Tiefseetauchfahrzeugs zum Einsatz kommen. Die Tauchglocke erhielt den Spitznamen B3, weil sie der dritte Druckkörper auf Grundlage der Konstruktionspläne von Beebe und Barton war.

Begleitet von einem Kameramann und einem Tontechniker stiegen Zavala und ein frisch geduschter Kane zur Kommandobrücke hinauf, nachdem sie zunächst vor der Bathysphäre interviewt worden waren. Austin stellte Kane dem Kapitän vor, einem erfahrenen Angehörigen der NUMA, der Mike Gannon hieß. Auf einem Tisch breitete dieser sofort eine Seekarte aus und deutete auf Nonsuch Island, nicht weit der nordöstlichen Spitze Bermudas.

»Wir ankern so nahe wie möglich bei Beebes ursprünglicher Position«, sagte der Kapitän. »Dort sind wir etwa acht Meilen vom Festland entfernt und haben ungefähr eine halbe Meile Wasser unter dem Kiel.«

»Wir haben uns für eine etwas flachere Stelle statt der originalen entschieden, damit wir auch Bilder vom Meeresboden aufnehmen können«, sagte Austin. »Wie ist die Wetterlage?«

»Heute Nacht ist wohl noch mit einem Sturm zu rechnen, aber der sollte bis morgen früh längst weitergezogen sein«, antwortete Gannon.

Austin wandte sich an Kane. »Wir haben eigentlich schon über alles gesprochen, Doc. Was glauben Sie, bei dieser Expedition zu finden?«

Kane ließ sich diese Frage einige Sekunden lang durch den Kopf gehen.

»Wunder«, antwortete er schließlich mit einem geheimnisvollen Lächeln.

»Wie das?«

»Als Beebe berichtete, phosphoreszierende Fische in seinen Netzen gefunden zu haben, glaubten seine wissenschaftlichen Kollegen das zunächst noch nicht. Beebe hoffte, dass die Bathysphäre seine Forschungsergebnisse auf irgendeine Art und Weise bestätigte. Er verglich seine Situation mit der eines Paläontologen, der die Zeit auslöschte und seine Fossilien in lebendigem Zustand sehen konnte. Ebenso wie Beebe hoffe auch ich, die Wunder sichtbar zu machen, die unter der Meeresoberfläche schlummern.«

»Biomedizinische Wunder?«, fragte Austin.

Kanes verträumter Gesichtsausdruck verflüchtigte sich, und es schien so, als könne er sich gerade noch fangen.

»Was meinen Sie mit biomedizinisch?« In Kanes Stimme lag eine unerwartete Schärfe. Er blickte zur Videokamera.

»Ich habe Bonefish Key gegoogelt. Auf Ihrer Website wird ein Morphiumersatz erwähnt, den Ihr Labor aus Schneckengift gewonnen hat. Also habe ich mich ganz einfach gefragt, ob Ihnen im Pazifik wohl etwas Ähnliches begegnet sein mag.«

Kanes Miene zeigte ein Lächeln. »Ich habe das als Meeresmikrobiologe gesagt … rein *metaphorisch*.«

Austin nickte. »Wir sollten uns beim Abendessen weiter unterhalten, Doc … über Wunder und Metaphern.«

Kane gähnte ausgiebig.

»Ich glaube, ich stoße da allmählich an meine Grenzen«, sagte er. »Tut mir leid, wenn ich Ihnen lästig falle, Käpt'n, aber am liebsten wäre es mir, wenn man mir ein Sandwich in die Kabine brächte. Ich sollte lieber zusehen, dass ich noch ein wenig Schlaf bekomme, damit ich für unser morgiges Tauchabenteuer frisch bin.«

Also verabredete sich Austin mit Kane für den nächsten Morgen. Er blickte Kane nachdenklich hinterher, während er die Kommandobrücke verließ, und fragte sich insgeheim nach der Ursache für seine scharfe Reaktion auf eine eigentlich völlig harmlose Frage. Dann wandte er sich ab, um sich mit dem Kapitän zu beraten.

Am nächsten Tag folgte das NUMA-Schiff dem Kurs, den Beebes Expedition seinerzeit genommen hatte. Das Schiff lief durch den Kanal von Castle Roads in Richtung See, zwischen hohen schroffen Klippen und alten Festungsbauten hindurch, vorbei an Gurnet Rock und dann hinaus aufs offene Meer.

Der Sturm hatte sich ausgetobt und eine lange, schwere Dünung zurückgelassen. Durch weitflächig wogende Gewässer pflügend war das Schiff eine weitere Stunde unterwegs, ehe es den Anker warf.

Die Tauchglocke hatte man in einem Wasserbecken zwar Dutzenden von Tests unterzogen, aber Zavala wollte sie vor dem eigentlichen Tauchgang noch einmal unbemannt zu Wasser lassen. Ein Kran hievte die verschlossene Bathysphäre über das Wasser und ließ sie bis zur Fünfzig-Fuß-Marke sinken. Nach einer Viertelstunde wurde die B3 an Deck zurückgeholt, und Zavala inspizierte ihr Inneres.

»Trockener als ein Auge bei der Beerdigung eines Geizhalses«, stellte Zavala fest.

»Sind Sie bereit für den Sprung ins kalte Wasser, Doc?«, fragte Austin.

»Darauf warte ich nun schon seit fast vierzig Jahren«, sagte Kane.

Zavala warf zwei aufblasbare Kissen und ein paar Decken durch die Einstiegsluke. »Beebe und Barton saßen auf kaltem hartem Stahl«, meinte er. »Ich habe entschieden, dass wir dagegen schon ein Minimum an Komfort brauchen.«

Doc Kane seinerseits holte zwei Strickmützen aus einer Reisetasche und reichte Zavala eine davon. »Barton weigerte sich zu tauchen, wenn er seine Glückskappe nicht tragen konnte.«

Zavala zog sich die Mütze über den Kopf. Dann kroch er durch die Luke der Bathysphäre, wobei er darauf achtete, dass er nicht mit der fleecegefütterten Jacke oder Hose an den Stahlbolzen hängen blieb, die die Öffnung umgaben. Er suchte sich einen Platz neben einer Kontrolltafel. Doc stieg als Nächster ein und setzte sich auf die Fensterseite. Zavala schaltete die Luftversorgung ein und rief Austin zu: »Schließ die Tür, Kurt. Hier drin zieht es.«

»In ein paar Stunden erwarte ich dich zu einigen Margaritas«, antwortete Austin und gab dann den Befehl zum Schließen der Bathysphäre.

Ein Kran bugsierte die vierhundert Pfund schwere Klappe an Ort und Stelle. Die Startmannschaft zog mit einem Drehmomentschlüssel zehn Muttern auf ihren Schraubbolzen an. Doc wechselte mit Austin einen Händedruck durch eine vier Zoll messende runde Öffnung in der Mitte der Luke, die groß genug war, um Instrumente heraus- und hineinzureichen, ohne die schwere und sperrige Luke öffnen zu müssen. Dann schraubte die Mannschaft auch diese Öffnung zu.

Austin ergriff das Mikrofon, das mit dem Kommunikationssystem der Bathysphäre verbunden war, und warnte die Taucher, dass sie jeden Augenblick angehoben würden. Die Winde erwachte ratternd zum Leben, und der Kran hievte die vierundfünfzigtausend Pfund schwere B3 vom Deck hoch, als wären sie und ihr menschlicher Inhalt nicht mehr als ein Sack Federn, schwang sie über die Seite des Schiffes und ließ sie zwanzig Fuß über der sich majestätisch hebenden und senkenden Meeresoberfläche in der Luft ausharren.

Austin rief per Funk die Bathysphäre und übermittelte Zavala das Okay, um weiterzumachen und ins Wasser einzutauchen.

Durch die Fenster der B3 erhaschten die Taucher einen Blick auf die nach oben gerichteten Gesichter des Filmteams und der Startmannschaft sowie auf Teile des Schiffes und auf den Himmel, ehe sich die Bullaugen mit grünen

Luftblasen und Schaum füllten. Die B3 tauchte zwischen zwei Wellenbergen ins glasklare Wasser ein und sank unter die Oberfläche.

Der Kran ließ die Tauchglocke so weit hinunter, dass sie ganz unter der Wasseroberfläche verschwand.

Zavalas metallisch klingende Stimme drang aus einem Lautsprecher, den man auf dem Deck aufgestellt hatte. »Danke für die weiche Landung«, sagte er.

»Diese Kranmannschaft könnte unser rundes Schätzchen auch in einer Kaffeetasse schwimmen lassen«, sagte Austin.

»Rede bloß nicht von Kaffee und anderen Flüssigkeiten«, sagte Zavala. »Die Bathysphäre hat nämlich nur eine Außentoilette.«

»Tut mir leid. Das nächste Mal buchen wir eine Erster-Klasse-Kabine für euch.«

»Ich weiß dein Angebot zu schätzen, aber meine Hauptsorge besteht darin, trockene Füße zu behalten. Weiter bis zum nächsten Stopp …«

Die Winde ließ fünfzig Fuß Kabel abrollen, und die Bathysphäre stoppte für eine letzte Sicherheitsüberprüfung. Zavala und Kane suchten die Bathysphäre nach Feuchtigkeitsspuren ab und achteten dabei besonders auf die Dichtung der Luke.

Nachdem er keinerlei Lecks hatte finden können, führte Zavala schnelle Überprüfungen des Luftvorrats, der Luftumwälzanlage und des Kommunikationssystems durch. Die Kontrollleuchten zeigten an, dass die elektronischen Nerven und Atemorgane der Bathysphäre einwandfrei funktionierten. Also meldete er sich beim Versorgungsschiff.

»Absolut dicht, Kurt. Alle Systeme im grünen Bereich. Bereit, Doc?«

»Dann nichts wie abwärts!«, befahl Kane.

Die schäumenden Arme des Meeres nahmen die Bathysphäre wie einen lange vermissten Stammgast auf. Und lediglich unter Erzeugung einer dünnen Blasenspur, die ihren Weg markierte, begannen die Kugel und ihre Insassen den Ausflug in König Neptuns Reich.

5

Die Passagiere der B3 saßen in einem stählernen Gefängnis, das einem Harry Houdini getrotzt hätte, doch ihre Bilder wanderten ungehindert rund um die Erde. Ein Paar Minikameras an der Innenwand schickten Fotos von der Kabine der Bathysphäre über ein Glasfaserkabel zur Mastantenne der *Beebe,* von wo die Signale an einen Kommunikationssatelliten übermittelt und sofort an Labore und Klassenräume auf der ganzen Welt gesendet wurden.

Tausende Meilen von Bermuda entfernt übermittelte eine rot-weiße Kommunikationsboje in einem abgelegenen Teil des Pazifischen Ozeans die Bilder zu einem spärlich erleuchteten Raum dreihundert Fuß unter der Wasseroberfläche. Eine Reihe matt leuchtender Fernsehschirme, die an der Wand der halbkreisförmigen Kammer angeordnet waren, zeigte grünstichige Fotos von Fischschwärmen, die an den Kameras vorbeitanzten: wie vom Wind aufgewirbelte Konfettiwolken.

Ungefähr ein Dutzend Männer und Frauen drängten sich vor dem einzigen Bildschirm, der nicht den Meeresboden zeigte. Alle Blicke hingen an einer blau-schwarzen Darstellung der Erdkugel und den Lettern NUMA. Sie verfolgten, wie das Logo sich auflöste und von einer Aufnahme vom Inneren der B3 und ihren beiden Insassen ersetzt wurde.

»*Ju-huuuh!*«, rief Lois Mitchell und stieß eine Faust triumphierend in die Luft. »Doc ist gestartet. Und er trägt seine Glückskappe!«

Die anderen stimmten in den Applaus ein, dann wurde es im Raum mucksmäuschenstill, als Max Kane zu sprechen begann, wobei die Worte und seine Mundbewegungen nicht vollständig synchronisiert wurden. Er beugte sich so zur Kamera vor, dass sich seine Augen und seine Wangen auf Grund der Verzerrung der Kameraoptik grotesk vorwölbten.

»Hallo, da draußen. Mein Name ist Dr. Max Kane, Direktor des Bonefish Key Marine Center. Ich befinde mich zurzeit in einem Replikat der Beebe-Barton-Bathysphäre.«

»Doc lässt auch keine Gelegenheit aus, das Labor lobend zu erwähnen«, sagte ein grauhaariger Mann, der rechts neben Lois saß.

Kane fuhr fort. »Wir befinden uns in den Gewässern vor Bermuda, wo wir gerade im Begriff sind, die historische Tauchfahrt der Beebe-Barton-Bathysphäre von 1934 zu wiederholen. Dies ist die dritte Bathysphäre, daher haben wir ihren Namen zu B3 abgekürzt. Gesteuert wird die Bathysphäre von Joe Zavala, einem Unterwasserpiloten und Marineingenieur bei der National Underwater and Marine Agency. Joe ist für die Konstruktion und den Bau des Bathysphärenreplikats verantwortlich.«

Zavala hatte akustisch gesteuerte Kontrollen installiert, die den Tauchern gestatteten, die Kameraperspektiven zu wechseln. Sein Gesicht ersetzte dasjenige Kanes auf dem Bildschirm, und er begann die technischen Innovationen der B3 zu beschreiben. Lois hörte ihm allerdings nur mit halbem Ohr zu und interessierte sich wesentlich mehr für das attraktive Gesicht des dunkelhaarigen NUMA-Ingenieurs als für seine Fachsimpelei.

»Ich kann Doc nur beneiden«, sagte sie, ohne den Blick von Zavalas Konterfei zu lösen.

»Ich auch«, sagte der grauhaarige Mann, ein Meeresbiologe namens Frank Logan. »Was für ein wissenschaftlicher Glücksfall!«

Lois lächelte versonnen, als amüsiere sie sich über einen Witz, den nur sie verstand. Ihr Wunsch, dem gut aussehenden Zavala in der drangvollen Enge der Bathysphäre Gesellschaft zu leisten, hatte nichts mit Wissenschaft zu tun. Nun ja, vielleicht aber etwas mit *Biologie*.

Die Kamera kehrte zu Kane zurück.

»Gute Arbeit, Joe«, sagte er. »Bei dieser Gelegenheit möchte ich mich persönlich bei allen bedanken, die mitgeholfen haben, dieses Projekt zu realisieren. *National Geographic,* die New York Zoological Society, die Regierung von Bermuda … und die NUMA, natürlich.« Er brachte sein Gesicht näher an die Kamera heran, so dass er wie ein grinsender Barsch aussah. »Außerdem möchte ich alle Stammgäste in Davy Jones's Locker grüßen.«

Lauter Jubel brach in dem Raum aus.

Logan war ein sanftmütiger Mann aus dem Mittleren Westen und gewöhnlich eher zurückhaltend, aber jetzt schlug er sich begeistert auf den Oberschenkel. *»Verdammt!«*, knurrte er gedehnt. »Richtig nett vom Doc, auch an uns arme Teufel hier unten im Keller zu denken. Zu schade, dass wir uns nicht revanchieren können.«

Lois nickte. »Rein technisch ist es zwar möglich, aber es wäre nicht ratsam. Für den Rest der Welt existiert dieses Unterseelabor ja gar nicht. Wir sind wahrscheinlich nichts anderes als eine Nebenausgabe in einem Etatbericht des Kongresses und wurden als Großbestellung von Fünfhundert-Dollar-Klosettschüsseln für die Navy getarnt.«

Ein Lächeln erschien auf Logans Gesicht. »Ja, ich weiß, aber es ist trotzdem schade, dass wir Doc nicht gratulieren können. Ich wüsste keinen, der es mehr verdient hätte als er – nach allem, was er getan hat.« Lois' ausdruckslose Miene verriet ihm, dass er wahrscheinlich gerade in ein Fettnäpfchen getreten war, daher fügte er schnell hinzu: »Du hast natürlich mindestens genauso viel Lob verdient, Lois.«

»Danke, Frank. Wir *alle* haben unser normales Leben aufgegeben, um hier unten zu sein.«

Ein Gong ertönte, und ein grünes Licht blinkte über einem Fernsehschirm, auf dem etwas erschien, das wie ein Diamantkollier auf schwarzem Samt aussah.

»Apropos administrative Pflichten«, sagte Logan mit einem schiefen Grinsen, »offensichtlich treffen deine Leute soeben ein.«

Lois rümpfte die Nase. »*Verdammt*. Ich hätte mir gern noch den Rest von Docs Tauchfahrt angesehen.«

»Bring doch deine Gäste hierher, dann haben sie auch was von der Show«, schlug Logan vor.

»O *nein!* Ich versuche sie lieber so schnell wie möglich wieder loszuwerden«, sagte Lois und erhob sich aus ihrem Sessel.

Lois Mitchell war etwa eins achtzig groß und hatte mit Ende vierzig einige Pfund mehr zu tragen, als ihr lieb war. Die üppige Figur unter dem weit geschnittenen Trainingsanzug entsprach zwar nicht dem aktuellen Schönheitsideal, doch Künstler vergangener Zeiten hätten an ihren Kurven, ihrer cremefarbenen Haut und dem kräftigen schwarzen Haar, das auf ihre Schultern herabwallte, gewiss ihre Freude gehabt.

Eilig verließ sie den Raum und stieg eine enge Wendeltreppe zu einem hell erleuchteten Korridor hinab. Der röhrenförmige Gang führte zu einer kleinen Kammer, die mit zwei Männern besetzt war. Sie standen vor einer Instrumententafel, die zu einer schweren Doppeltür gehörte.

Ein Mann sagte: »Hi, Lois. Landung in fünfundvierzig Sekunden.« Er deutete auf einen kleinen Monitorschirm in der Mitte der Instrumententafel.

Eine Traube von funkelnden Lichtern, die auf dem Kontrollmonitor zu sehen waren, hatte sich zu einem Unterseevehikel aufgelöst, das in der Dunkelheit langsam näher kam. Es ähnelte einem großen Frachthubschrauber, dessen Hauptrotor entfernt worden war und der stattdessen von schwenkbaren Steuerdüsen im Rumpf angetrieben wurde. Zwei Gestalten waren in der Cockpitkuppel zu erkennen.

Ein lautes Motorsummen brachte den gesamten Raum zum Vibrieren. Ein schematisches Grundrissdiagramm des Labors begann zu blinken und zeigte an, dass die Türen der Luftschleuse geöffnet waren. Nach wenigen Sekunden brach das Blinken ab – als Zeichen dafür, dass die Schleuse wieder geschlossen war. Der Boden erzitterte, während die leistungsfähigen Pumpen, ihre Arbeit aufnahmen. Als das Wasser aus der Luftschleuse hinausgedrückt worden war, verstummten die Pumpen und ein grünes Licht blinkte über der Doppeltür. Ein Knopfdruck ließ die Türen aufgleiten, und würziger Salzgeruch drang herein. Das Tauchfahrzeug stand in einer kugelförmigen Kammer. Meerwasser rann in breiten Bahnen vom Rumpf des Fahrzeugs herab und verschwand gurgelnd in einem Abfluss.

Eine Luke im Rumpf des Tauchfahrzeugs wurde geöffnet, und der Pilot stieg aus. Die Männer an der Kontrolltafel halfen dabei, Kartons voller Vorräte aus einem Frachtabteil hinter dem Cockpit auszuladen.

Lois kam heran und begrüßte den Mann, der auf der

Passagierseite ausstieg. Er war gut fünf Zentimeter größer als sie und trug Bluejeans, Turnschuhe, eine Windjacke und eine Baseballmütze, die letzteren beiden mit dem Logo der Firma versehen, die für die Sicherheit des Labors sorgte.

Sie streckte eine Hand aus. »Willkommen in Davy Jones's Locker. Ich bin Dr. Lois Mitchell, stellvertretende Leiterin des Labors, solange Dr. Kane nicht hier ist.«

»Freut mich, Sie kennenzulernen, Ma'am«, sagte der Mann mit tiefer Stimme und deutlichem Südstaatenakzent, »mein Name ist Gordon Phelps.«

Lois hatte mit einer halb militärischen Erscheinung gerechnet, ähnlich der kampferprobt aussehenden Wächtern, die sie bei ihren kurzen Ausflügen zum Überwasserschiff angetroffen hatte, wo sich das Laborpersonal ein wenig von seinem Dienst auf dem Meeresboden erholen konnte. Doch Phelps sah aus, als sei er aus Ersatzteilen zusammengefügt worden. Seine Arme waren zu lang für seinen Körper, seine Hände zu groß für seine Arme, sein Kopf zu wuchtig für seine Schultern. Mit seinen traurig blickenden dunklen Augen und dem großen Mund, der durch einen buschigen Schnurrbart mit herabhängenden Spitzen unterstrichen wurde, ähnelte er eher einem Spürhund. Die langen Koteletten seines dunkelbraunen Haars waren ein Relikt aus vergangenen Zeiten.

»Hatten Sie eine angenehme Anreise, Mr Phelps?«

»Sie hätte nicht besser sein können, Ma'am. Das Beste waren die Lichter auf dem Grund des Ozeans. Man konnte glatt glauben, Atlantis vor sich zu haben.«

Lois krümmte sich innerlich bei diesem übertriebenen Vergleich mit der sagenumwobenen versunkenen Stadt.

»Freut mich zu hören«, sagte sie knapp. »Begleiten Sie

mich in mein Büro, um zu besprechen, was wir für Sie tun können.«

Von der Luftschleuse führte sie ihn durch einen weiteren Röhrengang, dann eine Wendeltreppe hinauf und in einen sparsam erleuchteten runden Raum hinein. Fische, scheinbar zum Greifen nahe, stießen sich die Mäuler an der transparenten Deckenkuppel des Raums und erzeugten so die Illusion eines Seewasseraquariums.

Phelps ließ den Blick hin und her schweifen, als könnte er sich gar nicht daran sattsehen. »Was für ein Anblick! Einfach unglaublich, Ma'am.«

»Anfangs ist es geradezu hypnotisch, ich weiß, aber man gewöhnt sich daran. Dies ist eigentlich Dr. Kanes Büro. Ich benutze es nur, solange er … nicht hier ist. Nehmen Sie Platz. Und hören Sie auf, mich ständig *Ma'am* zu nennen. Dabei komme ich mir ja vor, als wäre ich hundert Jahre alt. Dr. Mitchell ist mir lieber.«

»Für hundert Jahre sehen Sie aber verdammt gut aus, Ma'am … ich meine, Dr. Mitchell.«

Lois krümmte sich abermals und drehte die Beleuchtung im Raum um einige Stufen höher, so dass die Meeresfauna nicht mehr so deutlich zu erkennen war und ihren Besucher weniger ablenkte. Sie öffnete einen kleinen Kühlschrank, holte zwei Flaschen Quellwasser hervor und bot Phelps eine davon an, die er auch dankbar ergriff. Dann nahm sie hinter einem spartanisch strengen Schreibtisch aus Plastik und Stahl Platz.

Phelps zog sich einen Stuhl heran und ließ sich darauf sinken. »Erst einmal vielen Dank, dass Sie mir Ihre wertvolle Zeit opfern, Dr. Mitchell. Sie haben bestimmt noch wesentlich mehr zu tun, als sich mit einem langweiligen alten Sicherheitstypen zu unterhalten.«

Wenn du wüsstest, dachte Lois. Sie lächelte ihren Besucher höflich an. »Wie kann ich Ihnen denn nun behilflich sein, Mr Phelps?«

»Meine Firma schickt mich, um nach Lücken und Schwachpunkten im Sicherheitssystem des Unterseelabors zu fahnden.«

Lois fragte sich, was für einen Idioten man ihr da geschickt hatte, der nichts anderes tat, als ihre Zeit zu vergeuden. Sie lehnte sich zurück und deutete auf die transparente Deckenkuppel.

»Uns trennen gut dreihundert Fuß Ozean von der Oberfläche, und das ist besser als jeder noch so tiefe Burggraben. Dann gibt es da oben ein Patrouillenschiff mit schwer bewaffnetem Wachpersonal von Ihrer Firma, notfalls unterstützt durch Bereitschaftseinheiten der U.S. Navy. Was könnte noch sicherer sein als das?«

Phelps runzelte die Stirn. »Mit allem Respekt, Dr. Mitchell, aber das Erste, was man in diesem Gewerbe lernt, ist doch, dass es auf der ganzen Welt *kein* Sicherheitssystem gibt, das nicht geknackt werden kann.«

Lois ignorierte den herablassenden Tonfall. »Na schön, dann fangen wir mal mit einem virtuellen Rundgang durch diese Einrichtung an«, sagte sie.

Sie drehte sich mit ihrem Sessel zur Seite und betätigte einige Tasten ihres Computerkeyboards. Augenblicklich erschien auf dem Monitor ein dreidimensionales Diagramm, das wie eine Ansammlung von Kugeln und Verbindungsrohren aussah.

»Das Labor besteht aus vier großen Kugeln, die in Rautenform angeordnet und durch Röhrengänge miteinander verbunden sind«, begann Lois. »Wir befinden uns im oberen Teil der Verwaltungseinheit ... also hier. Unter uns ...

dort, das sind die Mannschaftsquartiere und der Speisesaal.« Sie bewegte den Cursor zu einer anderen Kugel. »In dieser Kugel sind der Kontrollraum und einige Labore sowie Lagerräume eingerichtet. Diese Kugel beherbergt den kleinen Atomreaktor. Die Atemluft wird von einem System eingespeist, das Wasser in Sauerstoff umwandelt. In Notfällen kommt sie aus Reservetanks. Was unsere Position betrifft, so sind wir nur ein paar hundert Yards von einer Tiefseeschlucht entfernt.«

Phelps deutete auf ein halbkugelförmiges Gebilde in der Mitte des Rechtecks. »Ist dort die Tauchfähre angekommen?«

»Genau«, sagte Lois. »Die Mini-U-Boote unter dem Transit-Modul werden dazu benutzt, Materialproben in der Schlucht aufzusammeln, aber mit ihrer Hilfe kann auch das Labor evakuiert werden, und als letzte Rettung stehen Fluchtbehälter zur Verfügung. Zur Luftschleuse für die Fähre führen verstärkte Laufgänge, die dem Personal von jedem Modul aus den Zugang gestatten und zusätzlich die gesamte Konstruktion verstärken.«

»Was ist mit dem vierten Modul?«, fragte Phelps.

»Streng geheim.«

»Wie viele Leute arbeiten in der Anlage?«

»Sorry, ebenfalls streng geheim. Ich mache nicht die Vorschriften.«

»Ist schon okay«, erwiderte Phelps mit einem Kopfnicken. »Wer das hier konstruiert hat, muss ein Genie sein.«

»Wir hatten das Glück, dass die Navy diese Anlage sozusagen auf Lager hatte. Ursprünglich war das Labor als Untersee-Observatorium geplant. Die einzelnen Komponenten wurden an Land gebaut, vollständig eingerichtet und auf speziellen Leichtern hierhergeschleppt. Die Leichter wurden dann zu einem riesigen Floß verbunden, und die einzelnen Teile des Labors fügten sich wie ein Tinkertoy zusammen und wurden schließlich in einem Stück im Meer versenkt. Gott sei Dank hält sich die Tiefe im Rahmen. Außerdem ist der Meeresboden einigermaßen eben. So etwas nennen sie ein schlüsselfertiges Objekt. Der gesamte Komplex war nicht für einen ständigen Einsatz gedacht, daher kann man ihn mit Pressluft füllen, einen negativen Auftrieb erzeugen und ihn zu einem anderen Einsatzort schleppen.«

Phelps sagte: »Wenn es nicht zu viele Umstände macht, würde ich mir die nicht gesperrten Bereiche gerne ansehen.«

Lois Mitchell runzelte die Stirn und signalisierte damit, dass sie der Bitte nur unter Protest entsprach. Sie griff nach dem Handapparat des Intercoms und rief den Kontrollraum. »Hallo, Frank«, sagte sie. »Das hier wird wohl länger dauern, als ich erwartet habe. Gibt es etwas Neues von Doc? Nein? Okay, ich melde mich wieder.«

Sie legte den Apparat heftiger auf, als nötig gewesen wäre, und erhob sich zu ihrer vollen Größe. »Kommen Sie, Mr Phelps. Das wird jetzt kurz und heftig.«

Fünfzig Meilen von Davy Jones's Locker entfernt riss die sanft rollende Oberfläche des dunkles Meeres in einer Explosion aus Dampf und Gischt auf. Eine zwanzig Fuß lange Aluminiumröhre schoss aus dem Zentrum des schäumenden Geysirs hervor, stieg steil in den Himmel, wobei sie eine weiße fächerförmige Kondensspur hinterließ, und kehrte in einer gekrümmten Bahn wieder in die Nähe der Wasseroberfläche zurück.

Innerhalb weniger Sekunden hatte sich der Marschflug-

körper ausgerichtet, bis er in einer Höhe von etwa fünfundzwanzig Fuß über den Wellenkämmen seinen Kurs
verfolgte. Damit flog er so niedrig, dass sein Fahrtwind
im Wasser eine Kiellinie erzeugte. Angetrieben von ihrem
Feststoffmotor, beschleunigte die Rakete rasant. Als sie
schließlich ihren Raketenmotor und ihre Turbofan-Trieb-
werke abwarf, betrug ihre Reisegeschwindigkeit fünfhundert Meilen in der Stunde.

Eine Reihe leistungsfähiger Lenksysteme hielten den
Marschflugkörper so unbeirrbar auf Kurs, als würde er von
einem erfahrenen Piloten gesteuert werden.

Das ahnungslose Opfer der Rakete war ein großes Schiff
mit grauem Rumpf, das in der Nähe der rot-weißen Boje
ankerte, die die Lage des Unterseelabors kennzeichnete.
Der Name auf dem Rumpf lautete *Proud Mary,* es war
auf den Marshall Islands als Vermessungsschiff registriert.
Die *Proud Mary* wartete auf die Rückkehr des Kurier-U-
Boots.

Das Schiff gehörte einem geheimnisvollen Unternehmen, das internationalen Sicherheitsfirmen Schiffe für
seegestützte Operationen zur Verfügung stellte. Dieses
Unternehmen lieferte alles: vom kleinen, wendigen und
schwer bewaffneten Schnellboot bis hin zu Schiffen, die
groß genug waren, um eine Söldnerarmee an jeden Punkt
der Erde zu transportieren.

Beauftragt, das Unterseelabor zu beschützen, hatte die
Proud Mary zwei Dutzend Wächter an Bord, die im Umgang mit jeder Art von Handfeuerwaffen erfahren waren,
sowie ein Arsenal elektronischer Such- und Warngeräte,
die jeden Eindringling aufspüren konnten, der sich über
oder unter Wasser näherte. Das Schiff diente außerdem
als eine Art Garage für das Kurierschiff, das Nachschub-

güter und Personal zum Labor brachte oder von dort wieder abholte.

Bei seinem Sprung aus dem Ozean war der Marschflugkörper nur für ein paar Sekunden als Lichtpunkt auf dem Radarschirm des Schiffes zu sehen gewesen. Eine längere Phase der Inaktivität hatte die Aufmerksamkeit des Radartechnikers erlahmen lassen: Soeben war er in ein Motorradmagazin vertieft, als die Rakete wieder kurz auf dem Radarschirm erschien, ehe sie für die Überwachungselektronik erneut unsichtbar wurde. Das Schiff verfügte außerdem über Infrarotsensoren, doch selbst wenn die Rakete in größerer Höhe geflogen wäre, hätte sie wegen der geringen Wärmestrahlung des Raketenmotors nicht aufgezeichnet werden können.

Unbemerkt raste die Rakete also mit einer halben Tonne Sprengstoff in ihrem Gefechtskopf auf die *Proud Mary* zu.

Lois Mitchell und Gordon Phelps gingen durch die Verbindungsröhre zum Kontrollraum, als sie plötzlich einen gedämpften Knall vernahmen, der irgendwo hoch über ihren Köpfen erklungen sein musste. Lois blieb abrupt stehen, spitzte die Ohren und drehte sich langsam auf der Stelle, besorgt, dass der Laut durch irgendeinen Systemfehler ausgelöst worden war.

»*So* ein Geräusch habe ich noch nie gehört«, sagte sie. »Das klang ja wie ein Lastwagen, der vor eine Wand gefahren ist. Ich sollte mich lieber vergewissern, dass alle Laborsysteme ordnungsgemäß arbeiten.«

Phelps warf einen Blick auf seine Armbanduhr. »Nach dem Klang zu urteilen eilen wir unserem Terminplan ein wenig voraus.«

»Ich sollte mal im Kontrollraum nachsehen.«

»Gute Idee«, sagte Phelps freundlich.

Sie gingen auf die Tür am Ende des Verbindungsgangs zu. Noch waren sie ein paar Schritte von dem Kontrollraum-Modul entfernt, als sich die Tür zischend öffnete und Frank Logan herausstürmte. Sein Gesicht war vor Erregung gerötet, und er grinste.

»Lois! Ich wollte dich gerade holen. Hast du diesen seltsamen Laut ge–«

Logan brach mitten im Wort ab, und sein Grinsen verflog schlagartig. Lois wandte sich um und folgte seinem erstaunten Blick.

In Phelps' Hand befand sich eine Pistole, die er in Oberschenkelhöhe locker im Anschlag hielt.

»Was bedeutet das?«, fragte sie. »Hier unten ist das Tragen von Waffen nicht gestattet.«

Phelps sah sie mit betrübtem Hundeblick an. »Wie ich schon sagte, kein Sicherheitssystem ist narrensicher. Dieses Labor steht ab jetzt unter neuer Verwaltung, Dr. Mitchell.«

Er trat noch immer betont zurückhaltend auf, doch seine Stimme hatte ihren unterwürfigen Klang, den Lois auf Anhieb so unangenehm empfunden hatte, verloren und dafür eine neue unterschwellige Schärfe angenommen. Phelps befahl Logan, sich neben Lois zu stellen, damit er ihn ständig im Auge hatte. Während Logan gehorchte, öffnete sich die Tür zum Kontrollraum abermals mit einem lauten Zischen, und ein Labortechniker kam herein. Phelps schwenkte bei der unerwarteten Störung instinktiv seine Waffe herum. Der Labortechniker erstarrte, aber Logan nutzte Phelps' kurze Abgelenktheit und versuchte, ihm die Pistole zu entwinden.

Sie rangen miteinander, doch Phelps war jünger und

stärker und hätte auf jeden Fall gewonnen, auch wenn die Pistole nicht losgegangen wäre. Der Knall wurde zwar durch einen Schalldämpfer auf dem Pistolenlauf zu einem leisen *Plopp!* herabgemindert, doch ein roter Fleck breitete sich auf Logans weißem Kittel aus. Seine Beine gaben nach, und er sackte zu Boden.

Der Labortechniker flüchtete zurück in den Kontrollraum. Lois rannte ein paar Schritte und ging neben Logans reglosem Körper in die Knie. Sie wollte zwar einen Schrei ausstoßen, aber kein Laut drang über ihre Lippen. »Sie haben ihn getötet!«, brachte sie schließlich zustande.

»Ach, Mist«, sagte Phelps. »Das … habe ich jetzt nicht gewollt.«

»*Was* wollten Sie denn dann?«, fragte Lois.

»Darüber zu reden, haben wir jetzt leider keine Zeit, Ma'am.«

Lois stand auf und funkelte Phelps wütend an. »Werden Sie mich jetzt auch erschießen?«

»Nur wenn ich es unbedingt muss, Dr. Mitchell. Versuchen Sie lieber nichts Verrücktes – so wie Ihr Freund da. Wir würden Sie nur sehr ungern verlieren.«

Lois Mitchell starrte Phelps einige Sekunden lang trotzig an, ehe sie unter seinem eisigen Blick klein beigab. »Was wollen Sie?«

»Im Augenblick will ich, dass Sie die Laborbelegschaft zusammenrufen.«

»Und was dann?«, fragte sie weiter.

Phelps zuckte die Achseln. »Dann unternehmen wir eine kleine Spazierfahrt.«

6

Die Passagiere der Bathysphäre 3 hatten sich dafür entschieden, ihre Beobachtungen in Form einer Sportreportage zu schildern. Dabei übernahm Joe Zavala den chronologischen Ablauf, während Max Kane dem Ganzen Farbe verlieh, indem er aus William Beebes Aufzeichnungen zitierte.

Bei zweihundertsechsundachtzig Fuß verkündete Kane: »So tief ist die *Lusitania* gesunken, nachdem sie von einem Torpedo getroffen wurde.«

Bei dreihundertdreiundfünfzig Fuß meldete er. »Dies war der tiefste Punkt, den ein U-Boot jemals erreicht hatte, ehe Beebe mit seinen Bathysphären auf Tauchfahrt ging.«

Als die Bathysphäre dann sechshundert Fuß erreichte, nahm sich Kane seine Glücksmütze vom Kopf und knetete sie in den Händen.

»Soeben sind wir in die Region vorgedrungen, die Beebe das Reich der Verlorenen nannte«, sagte er mit dramatisch gedämpfter Stimme. »Dies ist die Welt, die den Menschen gehört, die auf See verschollen sind. Seit den Phöniziern sind Millionen von Menschen bis in diese Tiefe vorgedrungen, aber sie waren alle tot, ertrunken in Kriegen, Unwettern oder einfach weil Gott es so wollte.«

»Ein tröstlicher Gedanke«, sagte Zavala. »Haben Sie deshalb Davy Jones's Locker einen Gruß geschickt … wo alle ertrunkenen Seeleute ihre letzte Ruhestätte finden?«

Zavala hatte einen Schalter installiert, um die Fernsehkameras und das Mikrofon abzuschalten. Kane streckte die Hand danach aus und sagte: »Joe und ich machen jetzt eine kurze Pause. Wir melden uns in ein paar Minuten zurück.« Er drückte auf den Knopf. »Ich muss nur mal kurz Luft holen«, sagte er lächelnd. »Sie haben nach dem Locker gefragt … Das ist der Spitzname, den meine Kollegen dem Labor verpasst haben.«

»Meinen Sie das Marinezentrum bei Bonefish Key?«

Kane blickte zur Kamera. »Richtig, Bonefish Key.«

Zavala fragte sich, wie jemand eine sonnige, zu Florida gehörende Insel im Golf von Mexiko mit dem düsteren Reich der Ertrunkenen vergleichen konnte. Er zuckte in Gedanken die Achseln. Diese Wissenschaftler waren schon ein seltsames Völkchen.

»Beebe mag einem morbid vorkommen, aber er hatte eine durchaus liebevolle Beziehung zum Meer«, sagte Kane. »Er war sich der Risiken in vollem Umfang bewusst, meinte jedoch, dass die Gefahren der Tiefsee ziemlich übertrieben dargestellt wurden.«

»Die Millionen ertrunkener Opfer, die Sie erwähnten, würden dem sicher widersprechen«, gab Zavala zu bedenken. »Ich habe großen Respekt vor den Leistungen Beebes und Bartons, Doc, aber vom Standpunkt eines Ingenieurs aus betrachtet, würde ich sagen, dass sie verdammtes Glück hatten, nicht ebenfalls in diesem Reich der Verlorenen gelandet zu sein. Es war eigentlich nur eine Frage der Zeit, dass der ursprünglichen Bathysphäre etwas zugestoßen wäre.«

Kane kommentierte diese Feststellung mit einem leisen Lachen.

»Beebe war Realist und Träumer zugleich«, sagte er. »Er verglich die Bathysphäre mit einer hohlen Erbse an einem

Spinnwebfaden eine Viertelmeile unter einem Schiff, das auf dem Ozean treibt.«

»Poetisch zwar, aber nicht ganz falsch«, sagte Zavala. »Deshalb habe ich diese neue Tauchglocke auch mit einigen zusätzlichen Sicherheitseinrichtungen ausgestattet.«

»Das ist beruhigend zu wissen«, sagte Kane. Er schaltete das Mikrofon ein und wandte seine Aufmerksamkeit wieder dem Geschehen vor dem Bullauge zu.

Die B3 durchlief von Zeit zu Zeit ein leichter Ruck, jedoch machte sich der Tauchvorgang eher durch einen ständig wechselnden Lichteinfall durch die Bullaugen bemerkbar als durch eine spürbare Bewegung. Zum gründlichsten Farbwechsel kommt es immer zu Beginn einer Tauchfahrt. Dann werden Rot und Gelb aus dem Spektrum herausgewrungen – so wie das Wasser aus einem Schwamm. Grün und Blau dominieren. In tieferen Regionen wechselt die Grundfarbe dann zu Dunkelblau, und am Ende sieht man nur noch ein intensives Schwarz.

Während der ersten Phasen der Tauchfahrt trieben Pilotfische, Silberaale, staubähnliche Wolken von Ruderfußkrebsen und die langen lamettagleichen Fäden bizarrer Staatsquallen wie winzige Geister an den Fenstern vorbei. Begleitet wurden sie von Garnelen, Glaskalmaren und Schnecken, die so klein waren, dass sie an winzige braune Luftbläschen erinnerten. Am äußersten Rand des Lichtkegels, den der Suchscheinwerfer des B3 erzeugte, waren lange, dunkle Gebilde zu erkennen.

Bei siebenhundert Fuß Tauchtiefe schaltete Zavala den Suchscheinwerfer aus. Er blickte aus dem Fenster und murmelte einen erstaunten Ausruf auf Spanisch. Zavala war in Santa Fe aufgewachsen, und der Anblick, der sich ihm durch das Bullauge bot, glich dem Himmel über New

Mexico in einer wolkenlosen Winternacht. Die Dunkelheit war mit funkelnden Sternen erfüllt, einige allein, andere in Gruppen, einige ständig blinkend, andere nur ein einziges Mal. Da waren leuchtende Fäden, die im Wasser schwebten, und helle Flecken, die man an einem nächtlichen Himmel für Novae oder Sternennebel hätte halten können.

In der Kabine herrschte eine ebenso ehrfürchtige Stille wie in einer Kathedrale. Das lauteste Geräusch war das Summen der Luftumwälzanlage, so dass Kanes Reaktion, als er eine pulsierende Lebensform an seinem Bullauge vorbeitreiben sah, sich beinahe wie ein Gewehrschuss anhörte.

»*Donnerwetter!*«, rief Kane. »Eine Ohrenqualle.«

Zavala nahm Kanes Aufregung mit einem Lächeln zur Kenntnis. Obwohl die Schönheit der fließenden wellenartigen Bewegungen der Qualle nicht zu leugnen war, betrug der Durchmesser des Lebewesens vor dem Bullauge der Bathysphäre nur ein paar Zoll.

»Für einen Augenblick hatten Sie mich jetzt wirklich aufs Glatteis geführt, Doc. Ich dachte schon, Sie hätten das Monster von Loch Ness gesehen«, sagte Zavala.

»Das ist aber noch viel besser als unsere gute alte Nessie. Die Medusen gehören zu den faszinierendsten und komplexesten Tieren auf der Erde oder im Meer. Sehen Sie sich mal diesen Fischschwarm dort an, leuchtend wie der Las Vegas Strip … Laternenfische … Hey«, sagte Kane, »was war das denn?«

»Haben Sie eine Meerjungfrau gesehen, Doc?«, fragte Zavala.

Kane presste das Gesicht gegen das Bullauge. »Ich bin mir nicht sicher, was ich gesehen habe«, erwiderte er, »aber ich weiß, dass es sehr groß war.«

Zavala knipste den Suchscheinwerfer an. Ein grüner

Lichtstrahl mit blau-violettem Saum bohrte sich in die Dunkelheit – und er blickte durch das Bullauge.

»Verschwunden«, stellte er fest, »was immer es war.«

»Beebe hatte einen riesigen Fisch beobachtet, von dem er annahm, es sei ein Walhai«, sagte Kane zur Kamera gewandt. »Bis zu der Tauchfahrt der Bathysphäre hatten seine wissenschaftlichen Kollegen nicht geglaubt, dass er Fische mit leuchtenden Zähnen und neonfarbener Haut gesehen hatte. Er hatte die Lacher auf seiner Seite, als er beweisen wollte, dass es in der Tiefsee von solch seltsamen Kreaturen nur so wimmelt.«

»Und sie werden ständig noch seltsamer«, sagte Zavala und deutete auf sich selbst. »Die Einheimischen, die hier herumschwimmen, müssen uns für ziemlich unappetitlich aussehende Neuzugänge in ihrer Nachbarschaft halten.«

Kanes lautes Gelächter hallte von der runden Hülle der Bathysphäre wider.

»Verzeihen Sie, liebe Zuschauer und Zuhörer da draußen. Ich hoffe, ich habe jetzt die Lautsprecher Ihrer Empfangsgeräte nicht zerstört. Aber Joe hat vollkommen recht: Menschen haben kein Recht, dort zu sein, wo wir uns zurzeit befinden. Der Druck auf der Außenwand dieser Kugel beträgt eine halbe Tonne pro Quadratzoll. Wir sähen ja selbst wie Quallen aus, wenn wir nicht durch diese Stahlhülle geschützt würden ... Hey, da sind noch einige weitere Laternenfische. Sind die schön! Sehen Sie das, dort ist – *Autsch!*«

Der Abstieg der Bathysphäre war glatt und ohne Störung verlaufen, doch plötzlich, während Kane noch sprach, machte sich eine starke Schwingung bemerkbar, die durch die Kugel lief. Die B3 stieg ruckartig hoch, dann sank sie langsam. Mit weit aufgerissenen Augen sah sich Kane um, als rechnete er damit, dass der Ozean jeden Moment durch die Kugelhülle eindringen könne.

Zavala rief das Hilfsschiff. »Hört gefälligst auf, mit der B3 Jojo zu spielen, Kurt!«

Eine ungewöhnlich hohe Welle war unter dem Schiff durchgelaufen, und das Kabel war plötzlich schlaff geworden. Der Techniker an der Seilwinde hatte die Veränderung bemerkt und sofort mit dem Windenmotor ausgeglichen.

»Tut mir leid, wenn es ein wenig gerumpelt hat«, sagte Austin. »Das Kabel hing in der Kreuzwelle durch, und wir haben ein wenig zu heftig reagiert, als wir das wieder auffangen wollten.«

»Eigentlich kein Wunder, wenn man die Länge des Kabels bedenkt, mit dem ihr da rumhantiert.«

»Da du dieses Thema gerade erwähnst, wie wäre es mit einem Blick auf den Tiefenmesser?«

Zavala wandte sich zu dem Monitorschirm um und tippte Kane auf die Schulter. Kane löste den Blick vom Fenster und sah Zavalas Finger, der auf die Tiefenangabe deutete.

Dreitausenddreißig Fuß.

Sie hatten die historische Tauchtiefe der ursprünglichen Bathysphäre bereits um zwei Fuß überschritten.

Max Kanes Mund klappte fast bis zu seinem Adamsapfel auf. *Wir sind da!*«, verkündete er. »Mehr als eine halbe Meile tief!«

»Und fast am Ende des Kabels«, sagte Kurt Austin. »Bis zum Meeresboden unter euch sind es jetzt nur noch … ungefähr fünfzig Fuß.«

Kane schlug gegen Joe Zavalas hochgehaltene Hand. »Ich kann es nicht glauben«, sagte er. Sein Gesicht war vor Erregung gerötet. »Ich möchte diesen Augenblick nutzen, um den unerschrockenen William Beebe und Otis Barton dafür zu danken«, fuhr er fort, »dass sie den Weg für alle geebnet haben, die ihnen folgten – und weiterhin folgen werden. Was wir heute getan haben, geschah in Anerkennung ihres Mutes … Wir sind jetzt für eine Weile damit beschäftigt, einige Bilder vom Meeresboden aufzunehmen, daher melden wir uns für ein paar Minuten ab. Wir lassen dann wieder von uns hören, wenn wir zur Oberfläche aufsteigen.«

Sie unterbrachen also die Übertragung, nahmen mit Standbildkameras ihre Plätze an den Bullaugen ein und schossen Dutzende von Bildern von den seltsam leuchtenden Lebewesen, die von den Scheinwerfern der Bathysphäre angelockt worden waren. Schließlich kontrollierte Zavala die Zeitspanne, die sie sich bereits in dieser Tiefe aufhielten, und ließ verlauten, dass sie allmählich ans Auftauchen denken sollten.

Kane grinste und deutete mit dem Daumen aufwärts. »Dann los.«

Zavala rief Austin über Sprechfunk und teilte ihm mit, dass sie zum Auftauchen bereit seien.

Die B3 schwankte leicht, vibrierte und ruckte dann hin und her.

Während sich Zavala wieder in eine Sitzposition aufrichtete, erkundigte er sich: »Wir werden hier unten schon wieder herumgestoßen, Kurt. Nimmt da oben der Seegang gerade zu?«

»Alles glatt wie ein Spiegel. Der Wind hat sich gelegt, und die Dünung ist eingeschlafen.«

»Joe«, rief Kane, »da ist er wieder … der Riesenfisch!« Er deutete mit dem Zeigefinger auf das Fenster.

Ein Schatten glitt am Rand des Lichtkegels vorbei und kam auf die Bathysphäre zu.

Als Zavala das Gesicht gegen das Bullauge drückte, stellte sich jedes Haar auf seinem Kopf auf und salutierte. Er blickte in drei leuchtende Augen, das dritte befand sich über den beiden anderen.

Er hatte nur wenig Zeit, seine Beobachtung zu analysieren. Die Kugel ruckte abermals.

»Wir sehen hier oben starke Kabelschwingungen«, drang Kurts Stimme aus dem Lautsprecher. »Was ist denn da bloß los?«

Eine weitere heftige Bewegung zur Seite.

»Da draußen scheint irgendetwas …«, sagte Zavala.

»Was meinst du?«, fragte Austin.

Zavala war sich nicht sicher, daher antwortete er: »Zieht uns rauf.«

»Haltet euch fest«, sagte Austin. »Wir starten die Winde.«

Die Bathysphäre kam offenbar zur Ruhe. Die Zahlen auf dem Tiefenmesser blinkten und zeigten an, dass die Kugel zur Wasseroberfläche aufstieg. Kane grinste erleichtert, aber sein Gesicht erstarrte, als die Bathysphäre wiederum ruckte. Eine Sekunde später hatten die Männer in der Bathysphäre das Gefühl, schlagartig leichter zu werden, als befänden sie sich in einer abstürzenden Fahrstuhlkabine.

Die Bathysphäre befand sich in freiem Fall.

7

Austin beugte sich über die Schiffsreling und sah das Haltekabel der B3 wie eine gezupfte Violinsaite vibrieren. Er sprach in sein Headset-Mikrofon, das ihn mit der Bathysphäre verband. »Was ist los, Joe? Das Kabel spielt verrückt.«

Austin hörte verzerrte Stimmen, deren Worte vor einem metallischen Klirren im Hintergrund nicht zu verstehen waren. Dann stoppten die wilden Bewegungen des Kabels abrupt, und die Verbindung wurde getrennt.

Austin strengte die Ohren an. *Nichts.* Nicht das leiseste Rauschen. Er nahm das Headset ab und überprüfte die Verbindungen. Alles befand sich an Ort und Stelle. Er hakte das Walkie-Talkie von seinem Gürtel und rief den Kapitän auf der Kommandobrücke des Schiffes.

»Ich habe die Sprechverbindung mit der B3 verloren. Kommt die Videoübetragung noch durch?«

»Nicht mehr, seit sie unterbrochen wurde«, meldete der Kapitän.

»Haben Sie die Reservesysteme überprüft?«, fragte Austin.

Im Gegensatz zur ursprünglichen Bathysphäre, die mit der Wasseroberfläche durch eine einzige Telefonleitung verbunden war, enthielt das Tragseil der B3 mehrere unterschiedliche Kommunikationsleitungen – für den Fall, dass eine davon in der lebensfeindlichen Umgebung der Tiefsee ausfallen sollte.

»Dito, Kurt, *nichts*. Alle Systeme sind tot.«

Ein Stirnrunzeln furchte Austins sonnengebräunte Stirn. Das ergab doch alles keinen Sinn. Wenn ein System ausfiel, müsste eigentlich sofort ein anderes seine Funktion übernehmen. Zavala hatte sich damit gebrüstet, dass die Instrumente, die er für die B3 entwickelt hatte, einem Jetliner Ehre gemacht hätten.

Austin gab dem Kranführer die Anweisung, das Kabel einzuholen. Während es aus dem Wasser glitt und sich um die Trommel legte, erklang die Stimme des Mannes in Austins Headset.

»Hey, Kurt, irgendetwas stimmt hier nicht. Ich spüre keinen gewichtsmäßigen Widerstand am Ende des Kabels. Es kommt zu schnell und zu leicht nach oben. Es ist wie bei einer Angel, wenn man die Schnur aufwickelt, nachdem der Fisch sich aus eigener Kraft vom Haken gelöst hat und geflüchtet ist.«

Austin befahl dem Mann am Kran, sich mit dem Heraufziehen der Bathysphäre zu beeilen – und das Kabel tauchte um einiges schneller aus dem Meer auf. Die Kran-Mannschaft drängte sich an der Reling und beobachtete schweigend das aus dem Wasser auftauchende Kabel. Das NUMA-Filmteam spürte die zunehmende Spannung in der Luft und hatte die Kameras vorsorglich ausgeschaltet.

»Wir sind fast am Ende«, warnte der Kranführer. »Achtung!«

Der Mann verringerte das Tempo der Winde, aber das Kabel glich trotzdem einer Bullenpeitsche, als es ohne Bathysphäre an seinem Ende aus dem Wasser auftauchte. Er schwenkte das baumelnde Kabel über das Schiffsdeck und schaltete den Rückwärtsgang der Winde ein, so dass sich mehrere Yards Kabel auf dem Deck ringelten. Austin ging zu den Windungen hinüber und hob das Kabelende auf.

Ein Kameramann, der in der Nähe stand, verfolgte, wie Austin das freie Ende des Kabels hochhielt. »Das verdammte Ding ist gebrochen!«, sagte er.

Austin wusste, dass das Kabel das Zehnfache des Gewichts der B3 tragen konnte. Er untersuchte es genauestens. Die einzelnen Stränge waren so sauber und gleichmäßig durchgeschnitten wie die Borsten eines Malerpinsels. Er wandte sich an den Ozeanographen der NUMA, der diesen Tauchplatz ausgesucht hatte.

»Gibt es da unten irgendetwas, ein Korallenriff oder einen Felsüberhang, der das Kabel durchtrennt haben könnte?«, fragte er.

»Der Meeresboden ist an dieser Stelle so platt wie ein Bügelbrett«, antwortete der Ozeanograph, fast beleidigt, dass man ihm eine solche Frage überhaupt stellte. »Es gibt einen Teppich von Meerespflanzen, aber mehr auch nicht. Nichts als Schlick. Deshalb haben wir diesen Punkt je auch ausgewählt. Wir haben eingehende Untersuchungen vorgenommen, ehe wir unsere Empfehlung abgaben.«

Kapitän Gannon hatte von der Kommandobrücke aus beobachtet, wie Austin das Kabel inspizierte. Er eilte aufs Deck hinunter und stieß einen saftigen Fluch aus, als ihm Austin das abgeschnittene Ende zeigte. »Was zum Teufel ist da passiert?«

Austin schüttelte den Kopf. »Ich habe nicht die geringste Ahnung.«

»Die Presseschiffe haben sich gemeldet«, sagte der Kapitän. »Sie wollen wissen, warum die Videoübertragung abgebrochen wurde.«

Austin blickte zu dem Kordon von Booten hinaus, die

sie umringten und von der Küstenwache auf Distanz gehalten wurden. »Teilen Sie ihnen mit, es gebe ein Problem mit dem Glasfaserkabel. Wir brauchten Zeit, um es zu lokalisieren.«

Der Kapitän rief die Kommandobrücke, gab Austins Empfehlung weiter und hakte das Walkie-Talkie wieder an seinen Gürtel.

»Es wird doch nichts Schlimmes passieren, nicht wahr, Kurt?«, sagte Gannon mit einem besorgten Ausdruck in den Augen. »Die Schwimmsäcke der B3 bringen sie doch nach oben, oder?«

Austin blickte blinzelnd auf die vom reflektierten Sonnenlicht grell flimmernde Meeresoberfläche. »Die Bathysphäre ist ziemlich tief abgestiegen, deshalb wird es wohl eine Weile dauern. Aber wir sollten schon jetzt ein ROV vorbereiten für den Fall, dass wir nachsehen müssen.«

Trotz seiner zur Schau getragenen Ruhe und Gelassenheit wusste Austin, dass jede Minute, die verstrich, die Möglichkeit eines Aufstiegs mit Hilfe der Schwimmsäcke minderte. Die Bathysphäre hatte bereits Luft für etwa zwei Stunden verbraucht und daher noch für vier Stunden Luft übrig. Die Versorgung mit Licht, Wärme und die Luftumwälzanlage wurden mit Batterien gespeist. Er wartete noch einige weitere Minuten, dann meldete er sich beim Kapitän und empfahl, dass das ROV zu Wasser gelassen werden sollte.

Das ferngesteuerte Unterwasserfahrzeug hatte sich im Laufe der Jahre zum unentbehrlichen Arbeitsgerät für die Unterwasserforschung entwickelt. Gesteuert über Kabel mit entsprechenden integrierten Leitungen, kann ein ROV große Tauchtiefen erreichen, an den engsten und unzugänglichsten Stellen manövrieren und gleichzeitig Fernsehbilder übermitteln und so seinem Lenker ermöglichen, in die Tiefsee vorzudringen, ohne die gemütliche trockene Umgebung seines Schiffes zu verlassen.

Der Kapitän hatte sich für ein mittelgroßes Fahrzeug entschieden, etwa so groß wie ein alter Überseekoffer, das in einer Tiefe von sechstausend Fuß operieren konnte. Mittels sechs Druckdüsen ließ sich das Vehikel mit absoluter Präzision lenken. Ausgerüstet war es mit zwei Greifern zum Einsammeln von Proben und mehreren Kameras, darunter auch einem hochauflösenden Farbvideosystem.

Ein ausfahrbarer Kranbaum an Steuerbord hob das ROV aus seinem Gestell und ließ es ins Meer hinab. Austin verfolgte, wie es – begleitet von einer Wolke blassgrüner Luftblasen – versank. Dann begab er sich in das Fernsteuerungskontrollcenter, das in einem Frachtcontainer auf dem Hauptdeck des Schiffes untergebracht war.

Die Videoleitung innerhalb des Tragkabels des ROV war mit einer Konsole verbunden, über die die Bewegungen des ferngesteuerten Vehikels von einer Pilotin mit Joystick gesteuert wurden. Bilder des Videokanals erschienen auf einem großen Bildschirm über der Konsole. Die Fahrtrichtung des ROV und seine Geschwindigkeit sowie die verstrichene Zeit der Tauchfahrt wurden in einer Kombination aus Buchstaben und Zahlen am oberen Rand des Bildschirms dargestellt.

Indem es sich in einer abwärtsführenden Spirale bewegte, legte das ROV innerhalb von Minuten die gleiche Entfernung zurück, für die die Bathysphäre Stunden gebraucht hatte. Das ferngesteuerte Fahrzeug stürzte durch Fischschwärme und wirbelte sie wie ein Herbststurm welkes Laub durcheinander, während es sich tiefer und tiefer ins Meer schraubte.

»Wir sind angekommen«, sagte die Pilotin.

Sie ließ das Fahrzeug in einen leicht abwärts gerichteten Gleitkurs übergehen, ähnlich einem Flugzeug in der letzten Phase seiner Landung. Die beiden Suchscheinwerfer erfassten eine bräunlich grüne Bodenvegetation, die wie Spinatblätter aussah, die in der Strömung schwankten. Von der Bathysphäre war nirgendwo etwas zu sehen.

Austin sagte: »Fangen Sie mit der Suche an. Parallele Bahnen, jeweils einhundert Fuß lang.«

Das ROV schwebte etwa zwanzig Fuß über den Pflanzen. Es beendete seine erste einhundert Fuß lange Bahn, dann begann es die zweite Bahn etwa fünfzehn Fuß seitlich versetzt von der ersten. Der Geschwindigkeitsmesser gab an, dass das ROV mit fünf Knoten unterwegs sei.

Austin ballte und entspannte seine Fäuste in einem nervösen Rhythmus. Seine Ungeduld war kaum zu bändigen. Da floss doch ein Gletscher schneller als dieses ROV! Andere Mannschaftsmitglieder versammelten sich jetzt vor dem Bildschirm, aber niemand sprach – bis auf Austin und die Pilotin, wenn sie sich durch knappe Worte miteinander verständigten. Austin tauchte geradezu in den Monitor hinein, als säße er selbst auf dem ROV.

Fünf weitere Minuten verstrichen.

Die Bewegungen des ROV glichen denen eines Rasenmähers. Das Bild, das von seinem elektronischen Auge übermittelt wurde, zeigte dabei den stets gleichen, unverändert monotonen, bräunlich grünen Teppich.

»*Warten Sie*«, sagte Austin plötzlich. Er hatte etwas gesehen. »Fahren Sie mal nach links.«

Mit einer kurzen Joystick-Bewegung lenkte die Pilotin das Fahrzeug, so dass es eine Richtung rechtwinklig zu seinem ursprünglichen Kurs einschlug. Die beiden Suchscheinwerfer erfassten deutliche Schlammspuren am runden Rand eines Kraters. Ein mit Schlamm bedecktes kuppelförmiges Gebilde ragte in der Mitte des Kraters auf. Nun erkannte Austin, weshalb die B3 nicht zur Oberfläche aufgestiegen war: Ihre Schwimmsäcke waren tief im Schlamm vergraben. Er bat die Pilotin, den Schlamm von der Bathysphäre wegzublasen. Die Steuerdüsen des ROV erzeugten eine dicke braune Schlammwolke, die jedoch die dicke Schlammschicht kaum dünner werden ließ.

Auf Austins Bitte ließ die Pilotin das ROV bis auf den Grund absinken und die Suchscheinwerfer auf die Bathysphäre richten. Austin betrachtete aufmerksam das Bild und griff in Gedanken auf seine Ausbildung und seine Erfahrung zurück.

Er dachte an die technischen Probleme, die er würde lösen müssen, um die B3 aus der Gewalt des Ozeans zu befreien, als an der rechten Seite des Bildschirms ein Schatten auftauchte. Etwas bewegte sich dort, allerdings nur einen winzigen Moment lang. Gleich war es wieder verschwunden.

»Was kann das gewesen sein?«, fragte die Pilotin.

Ehe Austin irgendeine Vermutung äußern konnte, wurde der Bildschirm schwarz.

8

Zavala lag auf der Seite, den rechten Arm unter der Hüfte eingeklemmt, den linken angewinkelt und gegen die Brust gepresst. Die Beine konnte er nicht bewegen, weil etwas Weiches und Schweres darauflag. Den stechenden Schmerz ignorierend, der hinter seinen Ohren aufloderte, hob er den Kopf und sah Kane bäuchlings ausgestreckt quer auf seinen Knien liegen.

Im matten batteriegespeisten Lichtschein erkannte Zavala, dass in der Kabine ein heilloses Durcheinander aus Papier, Ditty Bags, Kleidung, Wasserflaschen, Sitzkissen und anderen losen Gegenständen herrschte. Zavala griff nach seinem Headset und hielt es sich ans Ohr. *Stille.* Er tat das Gleiche mit Kanes Headset. Auch nicht die Spur eines Rauschens.

Der Verlust der Kommunikation ließ nichts Gutes erahnen, aber Zavalas zuversichtliche Grundhaltung erlaubte nicht, dass er wegen dieses Missgeschicks in ahnungsvolle Grübeleien geriet. Er drehte ein Bein, befreite den Fuß und schob damit Kanes Körper behutsam von seinem anderen Bein. Kane wälzte sich auf den Rücken und ein leises Stöhnen drang über seine Lippen.

Die schmerzhafte Anstrengung löste bei Zavala Wellen der Übelkeit aus. Er hakte den Erste-Hilfe-Kasten von der Wand los und holte eine Ampulle heraus. Er brach die Spitze ab und wedelte dann damit unter seinen Nasenlöchern hin und her. Der beißende Geruch ließ ihn schlagartig hellwach werden.

Er nahm seine Glücksmütze ab. Behutsam tastete er mit den Fingerspitzen seinen Schädel ab, bis er auf eine Schwellung stieß, die fast so groß war wie ein Hühnerei. Er schüttete Wasser aus einer Feldflasche auf eine Wundkompresse und hielt sie sich an die Stirn. Sogar dieser sanfte Druck war schmerzhaft, aber immerhin wurde das Pulsieren schwächer.

Zavala schob ein Sitzpolster unter Kanes Kopf. Er nahm ihm die Mütze ab und legte die Kompresse auf die Wunde. Kane zuckte einmal zusammen, dann sprangen seine Augen weit auf.

»*Au!*«, sagte er. Ein gutes Zeichen!

Zavala verringerte den Druck, hielt aber weiterhin die Kompresse an Ort und Stelle.

»Tut mir leid, Doc, aber Florence Nightingale hat es nicht geschafft herzukommen, daher müssen Sie mit mir vorliebnehmen«, sagte Zavala. »Bewegen Sie mal Ihre Zehen und Ihre Finger.«

Kane bog seine Hand- und Fußgelenke, dann beugte er die Beine an den Knien und verzog das Gesicht vor Schmerzen. »Gebrochen ist offenbar nichts.«

Zavala half Kane sich aufzurichten, und reichte ihm die Feldflasche. Er wartete noch, bis Kane zwei Schlucke getrunken hatte, dann fragte er: »An was erinnern Sie sich, Doc?«

Kane schürzte die Lippen, während er angestrengt nachdachte. »Ich hatte aus dem Fenster gesehen und meine Beobachtungen geschildert.« Er sah auf sein Headset.

»Vergessen Sie's«, sagte Zavala. »Das funktioniert nicht.«

Kanes Gesicht wurde schneeweiß. »Haben wir keine Verbindung mehr zur Oberfläche?«

»Vorübergehend … reden Sie weiter.«

Kane machte einen tiefen Atemzug. »Wir haben eine Art Riesenfisch oder Wal gesehen. Als Nächstes erinnere ich mich daran, in Richtung Mond geflogen zu sein. Danach weiß ich nichts mehr. Was ist mit Ihnen?«

Zavala deutete ruckartig mit dem Daumen nach oben. »Im Wesentlichen das Gleiche. Ich bin nach oben geflogen und gegen die Decke geprallt. Ich habe eine Hand ausgestreckt, um den Stoß abzumildern, aber alles, was ich erreichte, war, dass ich mir den Arm verstauchte. Nur gut, dass ich einen so harten Schädel habe.«

»Dem Geräusch nach ist das Kabel wahrscheinlich auf der Windentrommel ein Stück gerutscht.«

Zavala sagte nichts.

»Ich verstehe das nicht«, sagte Kane. »Warum haben die nicht längst damit angefangen, uns hochzuziehen?« Er bemerkte, dass die Bathysphäre völlig still dalag, und das schien ihm den Atem zu verschlagen. »Wir bewegen uns nicht, Joe. Was ist mit uns passiert?«

Zavala wollte eine Panik vermeiden, aber es gab an der Situation nichts zu beschönigen. »Offenbar liegen wir auf dem Meeresgrund, Doc.«

Kane warf einen Blick auf die Instrumententafel und erkannte, dass die Systeme mit Batteriestrom arbeiteten. »Wenn wir noch Verbindung hätten, würden wir mit Strom versorgt werden. Oh, verdammt! Das Kabel muss gerissen sein!«

»Das ist doch so gut wie unmöglich. Es könnte aber auch noch andere Gründe für die Unterbrechung geben. Schließlich müssen wir über eine halbe Meile Ozean mit einem Kabel überbrücken. Erinnern Sie sich, dass Beebe die Bathysphäre mit einer Erbse an einem Spinnfaden verglichen hat? Kein von Menschen erdachtes System ist fehlerfrei, aber dies hier ist nicht die *Titanic*. Selbst wenn wir nicht mehr mit der Oberfläche verbunden wären, hätten wir andere Möglichkeiten, um uns zu retten.«

Kanes Miene hellte sich auf. »Natürlich! Ihr Auftriebssystem!«

Zavala brachte ein Lächeln zustande. »Was halten Sie davon, wenn wir zum Salon der *Beebe* raufsteigen und uns eine Karaffe Margaritas mixen lassen?«

»Worauf warten wir noch!« Wie ein zum Tode Verurteilter, dem in letzter Minute ein Aufschub gewährt wurde, schäumte Kane vor Freude über.

Zavala löste einen Nylonsack aus einer Halterung an der Innenwand der Kugel und bat Kane, in der Kabine ein wenig aufzuräumen. Irgendeine sinnlose Beschäftigung würde Kanes Stimmung vielleicht heben.

»Die Drucklufttanks befinden sich in der Mitte der Plattform und liefern die Luft für die Schwimmsäcke, die in die Kufen gestopft sind«, erklärte Zavala. »Wenn sie per Schalter aktiviert wurden, öffnen sich Klappen in den Kufen, Luft füllt die Säcke und trägt uns zur Wasseroberfläche hinauf, wo das Schiff uns dann herausfischen kann.«

Kane rieb sich in erwartungsvoller Vorfreude die Hände. »Margaritaville, wir kommen!«

Zavala schlängelte sich zur Instrumententafel. »Irgendwie lustig, oder? Da nehmen wir alle möglichen Strapazen auf uns, um auf den Grund des Ozeans zu gelangen, und jetzt, wo wir es endlich geschafft haben, wollen wir sofort wieder zurück nach Hause.«

»Die philosophischen Ungereimtheiten können wir noch ausführlich an Deck der *Beebe* diskutieren«, sagte Kane. »Ich wäre schon froh, wenn ich nur die Beine ausstrecken könnte.«

Zavala wandte seine Aufmerksamkeit einem Plastikkasten zu, der an der Kugelwand neben der Instrumententafel angebracht war. Er klappte den Deckel des Kastens auf, und zum Vorschein kam ein roter Schaltknopf, der mit einem Pfeil, der nach oben zeigte, versehen war.

»Es handelt sich um einen Vorgang in zwei Schritten«, erklärte er. »Dieser Knopf hier macht das System einsatzbereit. Und dieser identische Knopf auf der Kontrolltafel aktiviert es. Wenn ich *Los* sage, drücken Sie auf den Knopf – und ich tue das Gleiche bei meinem. Dann halten wir die Knöpfe gedrückt. Der Start des Systems erfolgt nach einer Verzögerung von zehn Sekunden.«

Kane legte den Finger auf den Knopf, den Zavala ihm gezeigt hatte. »Bereit.«

»*Los*«, sagte Zavala.

Zavala hatte das Rettungssystem in einem Wasserbecken getestet und wappnete sich innerlich für einen gedämpften Knall und ein Zischen, aber auch nach Ablauf der zehn Sekunden geschah nichts. Er wies Kane an, es noch einmal zu versuchen. Und auch diesmal geschah nichts. Zavala überprüfte ein Display, auf dem eine Meldung hätte erscheinen müssen, wenn das System gestört war, doch nichts dergleichen war zu sehen.

»Warum funktioniert es nicht?«, fragte Kane.

»Irgendetwas muss verrutscht sein oder sich verklemmt haben, als wir auf dem Meeresgrund aufgeschlagen sind. Aber keine Sorge, ich habe noch ein Reservesystem installiert.«

Zavala gab auf einem Tastenfeld eine Zahlenfolge ein, um den Schaltbefehl umzuleiten, und bat Kane, den Versuch zu wiederholen. Doch auch diesmal füllten sich die Schwimmsäcke nicht mit Luft. Sie würden das System manuell aktivieren müssen. Zavala öffnete ein weiteres mit einem Plastikdeckel gesichertes Bedienfeld und schob die Finger in einen Griff, der an einem Kabel befestigt war. Ein kräftiger Zug am Kabel, so erläuterte er, würde einen elektrischen Impuls auslösen, der den Auftriebsmechanismus in Gang setzte.

Er biss die Zähne zusammen und zog ruckartig. Aber nichts geschah. Er versuchte mehrmals sein Glück, doch es war nutzlos. Manuell ließ sich das System nicht zum Leben erwecken.

Kane beobachtete die fruchtlosen Versuche mit zunehmender Besorgnis. »Was ist nicht in Ordnung?«, fragte er.

Zavala ließ die Hand am manuellen Schalter sinken. Er starrte ins Leere und wanderte im Geiste durch die verschiedenen Schaltgruppen des Auftriebssystems. Sein Blick richtete sich auf das Fenster.

Er schaltete den Suchscheinwerfer ein und war verwirrt, als er nicht den kleinsten Lichtschimmer gewahrte. Er schob sich näher zum Fenster hin. Gleichzeitig zog er eine Taschenlampe aus ihrer Wandhalterung, richtete sie auf das Fenster und schirmte die Augen ab, um nicht geblendet zu werden. Der Lichtstrahl drang aber nicht in die Dunkelheit.

Er reichte Kane die Lampe. »Sehen Sie selbst.«

Kane blickte durch das Bullauge. »Verdammt, vor den Fenstern türmt sich schwarzer Schlamm.«

»Wir sind hart aufgeschlagen. Das System ist eigentlich in Ordnung. Schuld ist der Schlick, der die Klappen in den Kufen blockiert, aus denen sich die Schwimmsäcke herausfalten sollten.«

Für einen kurzen Moment schwieg Kane. Als er wieder das Wort ergriff, geschah es fast im Flüsterton. »Wir stecken knietief in der Scheiße, nicht wahr?«

Zavala streckte die Hand aus und legte sie um eins von Kanes Handgelenken. »Beruhigen Sie sich, Doc«, sagte er mit kontrollierter Stimme.

Für kurze Zeit sahen sich die Männer in die Augen, und Kane meinte: »Tut mir leid, Joe, das ist jetzt Ihr Auftritt.«

Zavala lockerte den Griff. »Ich will nichts verharmlosen. Wir stecken in der Klemme, sicher, aber unsere Lage ist nicht hoffnungslos. Die Leute oben auf der *Beebe* müssen mittlerweile wissen, dass etwas passiert ist, und sie kennen unsere Position.«

»Was nützt uns das, wenn das Kabel gebrochen ist? Sie müssen uns trotzdem irgendwie nach oben ziehen.«

»Ich bin überzeugt, dass Kurt dazu irgendetwas einfallen wird.«

Kane schnaubte ungehalten. »Austin ist sicherlich ein höchst ungewöhnlicher Zeitgenosse, aber auch er kann keine Wunder vollbringen.«

Zavala dachte an die zahllosen Gelegenheiten, bei denen Austins Mut und Einfallsreichtum sie vor einer Katastrophe bewahrt hatten.

»Ich arbeite schon seit vielen Jahren mit Kurt zusammen und habe ihn oft Dinge tun sehen, die an Wunder grenzten. Wenn uns überhaupt jemand hier herausholen kann, dann ist er es. Wir haben noch für drei Stunden Atemluft und genügend Strom für Licht und Wärme. Unser größtes Problem dürfte die Langeweile und *el baño* sein.« Er griff nach einer Plastiktüte. »Dies sollte für unsere sanitären Probleme ausreichen. Da uns das Schicksal hier auf so engem Raum zusammengeführt hat, sollten wir einander vielleicht ein wenig besser kennenlernen. Erzählen Sie mir von Ihrer Arbeit«, sagte Zavala.

Kanes Miene hellte sich auf, und er schien seine klaustrophobische Umgebung zu vergessen. »Mein Spezialgebiet ist der Stamm *Cnidaria,* zu der auch die Klasse der Lebewesen gehört, die gemeinhin als Quallen bekannt sind. Viele Menschen finden Quallen vielleicht nicht besonders aufregend …«

»Ich halte Quallen sogar für sehr aufregend«, sagte Zavala. »Ich bin mal einer Portugiesischen Galeere in die Quere gekommen. Diese Begegnung war außerordentlich schmerzhaft.«

»Die Galeere gilt eigentlich nicht als *echte* Qualle, eher ist sie eine Kolonie unterschiedlicher Organismen, die in symbiotischer Gemeinschaft leben. Die Tentakel sind mit Tausenden von Nesselzellen – die das Gift herstellen – versehen und werden bis zu sechzig Fuß lang. Aber Größe ist nicht alles, was diese Kreaturen auszeichnet. Sie können sich glücklich schätzen, nicht der kleinen Seewespe begegnet zu sein. Die Giftfäden dieses winzigen Gesellen hätten Sie direkt in die Leichenhalle befördert.«

»Ich habe mich damals alles andere als glücklich geschätzt«, sagte Zavala, als er sich an den brennenden Schmerz erinnerte. »Welches Ziel verfolgen Sie mit Ihrer Forschung?«

»Mein Labor ist im Bereich der Meeresbiomedizin tätig. Wir sind der Überzeugung, dass der Ozean in Zukunft die wichtigste Quelle für pharmazeutische Rohstoffe sein wird.«

»Wie der Regenwald am Amazonas?«

»Der Amazonas ist in dieser Hinsicht sicherlich sehr interessant, aber wir glauben, dass der Ozean alles übertreffen wird, was im Dschungel gefunden wurde und noch gefunden werden kann.«

»Sie halten mehr von Quallen als von Jaguaren?«

»Zwischen dem Land und dem Meer gibt es mehr Ähnlichkeiten als Unterschiede. Nehmen Sie zum Beispiel Curare. Die Indianer am Amazonas verwendeten es als lähmendes Gift an ihren Pfeilspitzen, doch Wissenschaftler erkannten schon früh, dass seine Wirkung – die die Muskeln entspannt – auch in der Medizin nützlich sein könnte.«

»Und Sie sehen ähnliches Potential bei den Quallen?«

»Das und *mehr*. Quallen, Kalmare, Oktopusse, Schnecken – allesamt offenbar einfache Organismen mit sehr komplexen Verdauungsorganen und Verteidigungssystemen.«

»Mit was genau haben Sie sich im Pazifischen Ozean beschäftigt?«, fragte Zavala.

»Ich arbeitete in einem Projekt, das Auswirkungen auf jeden Mann, jede Frau und jedes Kind auf diesem Planeten haben könnte.«

»Jetzt machen Sie mich richtig neugierig. Erzählen Sie mehr.«

»Das darf ich nicht«, erwiderte Kane. »Streng geheim. Ich habe schon zu viel herausgelassen. Wenn ich noch mehr erzählen würde, müsste ich Sie töten.«

Er erkannte angesichts ihrer prekären Lage die Absurdität seiner Drohung und musste haltlos kichern. Zavala stoppte sein Gelächter. »Lachen verbraucht zu viel Sauerstoff.«

Kane wurde wieder ernst. »Glauben Sie wirklich, dass Austin uns retten wird?«

»Bisher ist es ihm noch immer gelungen.«

Kane machte eine Handbewegung, als würde er den Mund mit einem Reißverschluss verschließen. »Dann muss meine Arbeit aufgrund der geringen Chance, dass wir lebend aus dieser verdammten Stahlkugel herauskommen, geheim bleiben.«

Zavala lachte verhalten. »Ich glaube, Ihre junge Romanze mit der Welt Beebes ist nun vorbei.«

Kane zog die Decke enger um seine Schultern und brachte ein Lächeln zustande. »Jetzt sind Sie an der Reihe, Joe. Erzählen Sie mal, wie Sie zur NUMA gekommen sind.«

»Admiral Sandecker hat mich direkt vom College geholt. Er brauchte einen guten Techniker.«

Zavala spielte wie immer den Bescheidenen. Als Sohn mexikanischer Einwanderer hatte er sein Studium am New York Maritime College mit einem Diplom in Schiffsmaschinenbau abgeschlossen. Er hatte eine hervorragende technische Begabung und kannte sich in jeder bekannten Antriebsart aus. Außerdem konnte er jedes Vehikel – ob Automobil, Schiff oder Flugzeug –, sei es dampf-, benzin- oder elektrizitätgetrieben, reparieren, modifizieren oder restaurieren.

Sandecker hatte Lobeshymnen über den intelligenten jungen Studenten gehört und ihn bereits engagiert, ehe er sein Diplom machte. Er war bei der NUMA der führende Konstrukteur unbemannter und bemannter Unterwasserfahrzeuge. Und außerdem war er ein fähiger und erfahrener Flugzeugpilot.

»So wie Sie es schildern, klingt es, als hätte die NUMA Sie angeheuert, um den Fahrzeugpark der Agentur zu warten«, sagte Kane. Er ließ den Blick über die Inneneinrichtung der Bathysphäre schweifen. »Wir wären ohne die Zusatzeinrichtungen, die Sie in der B3 installiert haben, längst nicht mehr am Leben.«

Zavala zuckte die Achseln. Trotz dieser Sicherheitsmaßnahmen wusste er, dass ihre Rettung durchaus problematisch war. Mit Luft zu sparen, würde das Unausweichliche ohnehin nur hinauszögern. Er warf einen Blick auf die Statusanzeige: Ihr Luftvorrat reichte noch für etwas mehr als zwei Stunden. Aufgrund der zunehmend schal werdenden Atmosphäre in der Tauchkugel schloss er die Augen und bemühte sich, nicht mehr an den stetig abnehmenden Luftvorrat zu denken.

9

Austin kniff die Lippen zusammen und sah ein weiteres Mal hilflos zu, wie sich das wassertriefende Tragseil ohne seine Last aus dem Ozean schlängelte. Über den Verlust des ROV stieß er einen Seemannsfluch aus, dann winkte er dem Kapitän in der Kommandobrücke.

»Das Kabel des ROV wurde genauso durchgeschnitten wie das der Bathysphäre«, sagte Austin. »Sieht ganz so aus, als wäre hier jemand mit einer riesigen Heckenschere an der Arbeit gewesen.«

»Das ist völlig verrückt!«, sagte Kapitän Gannon. Dann beruhigte er sich aber wieder und fragte: »Soll ich ein weiteres ROV runterschicken?«

»Warten Sie damit noch«, sagte Austin. »Ich brauche ein paar Minuten, um mir etwas zu überlegen.«

Austin starrte auf die sich wiegende saphirgrüne Meeresoberfläche. Er verdrängte jeden Gedanken an die beiden Männer, die eine Meile unter dem Schiffsrumpf in eine Stahlkugel eingeschlossen waren, und zwang sich, das Heraufholen der Bathysphäre als reines Bergungsproblem zu betrachten. Sein wacher Geist begann, einen Rettungsplan zu entwickeln und die Ausrüstung zusammenzustellen, die er zu seiner Ausführung brauchen würde.

Dann meldete er sich wieder beim Kapitän. »Ich habe eine Idee, aber ich brauche Ihre Hilfe.«

»Sagen Sie, was Sie wollen, und Sie bekommen es, Kurt.«

»Danke, Käpt'n. Wir treffen uns in der Werkstatt.«

Die Werkstatt der *Beebe* unterhalb des Hauptdecks war eine lebenswichtige Abteilung des Schiffes. Ein Forschungsschiff ist im Wesentlichen eine Plattform, die Wissenschaftlern gestattet, die Tiefen des Ozeans mit Instrumenten oder Unterwasserfahrzeugen auszuloten. Das Wirken der mächtigen Naturkräfte des Meeres machte eine ständige Wartung und Reparaturen notwendig. Die Werkstatt der *Beebe* hielt das Schiff mit nur drei Leuten, dem Cheftechniker inklusive, und einem Arsenal von Werkzeugen zum Schneiden, Schleifen, Drehen, Schweißen, Fräsen und Pressen einsatzfähig.

Bis zu diesem Augenblick hatte Austin die Werkstatt in Trab gehalten, um den unterschiedlichen Erfordernissen im Zusammenhang mit der Tauchfahrt der Bathysphäre zu entsprechen. Als Projektleiter hatte er eine enge professionelle Beziehung zu dem Chefmaschinisten, einem stämmigen, koboldhaften Mann namens Hank, entwickelt. Der Techniker liebte es, ein Projekt mit den Worten zu kommentieren: »Wenn die Regierung es so haben will.«

Er begrüßte Austin mit einem Grinsen. »Was kann ich heute für Sie tun?«

Austin faltete den Konstruktionsplan der B3 auseinander und breitete ihn auf einem Tisch aus. Er deutete auf den hufeisenförmigen stählernen Drehring, an dem das Kabel auf der Oberseite der Kugel befestigt wurde.

»Ich muss die Bathysphäre an dieser Stelle angeln.« Austin zeichnete einen Haken am Ende eines Kabels und zeigte Hank seine Skizze. »Können Sie so etwas in weniger als einer Stunde herstellen?«

»Dafür brauche ich nicht mehr als eine Dreiviertelstunde«, erwiderte Hank. »Ich spleiße das Kabel einfach an einen Ersatzhaken. Aber ich glaube kaum, dass diese Konstruktion die halbe Meile bis zur Oberfläche überstehen wird.«

»Mich interessieren nur die ersten zehn bis zwanzig Fuß«, sagte Austin. »Sobald die B3 sich aus dem Schlamm befreit hat, kann sie ihr eigenes Auftriebssystem aktivieren.«

»Den Haken in den Drehring zu bugsieren, dürfte in dieser Tiefe eine heikle Angelegenheit sein«, sagte Gannon. »Der Abstand zwischen dem Ring und der Kugelwölbung der B3 beträgt nur wenige Zoll.« Er deutete mit Daumen und Zeigefinger eine kleine Lücke an. »Es ist genauso, als versuchte ein Hubschrauber in einer halben Meile Flughöhe etwas von dieser Größe vom Erdboden zu angeln. Meiner Meinung nach ist das fast unmöglich.«

»Dem widerspreche ich entschieden«, sagte Austin. »Es wäre sogar *völlig* unmöglich. Deshalb versuchen wir es gar nicht erst von der Wasseroberfläche aus.«

»Wie wollen Sie …?« Ein nachdenklicher Ausdruck legte sich auf das Gesicht des Kapitäns. »*Bubbles?*«

»Warum nicht? Sie wurde bis fünftausend Fuß getestet.«

»Aber …«

»Unterhalten wir uns darüber in der Kontrollstation weiter«, sagte Austin.

Der kastenförmige, zwanzig Fuß lange Kontrollcontainer des Tauchanzugs befand sich direkt neben der Schiffsgarage, in der die Unterwasserfahrzeuge und anderes Tiefseeforschungsgerät des Forschungsschiffes aufbewahrt wurden. Der Container verfügte neben den Kontrollinstrumenten für die Unterwasserfahrzeuge über eine separate Konsole und eine eigene Werkstatt für Bubbles.

Austin und Gannon standen vor einer anthropomorphen metallenen Gestalt mit rundlichen Gliedmaßen, die dem berühmten Michelin-Männchen glich. Die durchsichtige Kuppel, die die Gestalt überdeckte, hätte aus einem Kaugummiautomaten stammen können.

Bubbles technische Bezeichnung lautete *atmospheric diving suit* oder kurz ADS, zu Deutsch etwa *Panzertauchanzug*. Doch im Grunde war es eine Art anthropomorphes Unterwasserfahrzeug. Ein Taucher, der den ADS benutzte, konnte bis in große Tiefen vordringen, ohne sich wegen des tödlichen Wasserdrucks Sorgen machen oder beim Auftauchen Dekompressionsphasen einhalten zu müssen. Das klobige, aber lebenserhaltende System auf dem Rücken der Aluminiumrüstung konnte den Piloten für sechs bis acht Stunden – oder in Notfällen sogar noch länger – einsatzfähig erhalten.

Bubbles war ein experimenteller ADS der U.S. Navy. Der Anzug war der Nachfolger des Hardsuit 2000, der für unterseeische Rettungsaufgaben entwickelt worden war. Das Forschungsschiff transportierte Bubbles nach Beendigung der B3-Expedition aus reiner Gefälligkeit zu einem Rendezvous mit einem Schiff der Navy in der Nähe Bermudas.

Gannon stützte die Hände in die Hüften und schüttelte heftig den Kopf.

»Das kann ich Ihnen nicht erlauben, Kurt«, sagte der Kapitän. »Bubbles ist ein Prototyp und hat noch keinen ernsthaften Praxistest absolviert. Das Letzte, was ich hörte, war, dass die Sicherheitstauchtiefe zweieinhalbtausend Fuß beträgt.«

»Joe würde Ihnen dazu erklären, dass jeder halbwegs fähige Ingenieur einen hohen Sicherheitsfaktor einbaut«, sagte Austin. »Der Hardsuit 2000 hat bei Praxistests immerhin dreitausend Fuß Tauchtiefe erreicht.«

»Das waren aber Testläufe, keine praxisnahen Einsätze. Das ist eine Tatsache.«

Austin fixierte den Kapitän mit seinen korallenblauen Augen. »Eine Tatsache ist aber auch, dass Joe und Kane erfrieren oder an akutem Luftmangel sterben werden, wenn wir nichts dagegen unternehmen.«

»Verdammt, Kurt, das weiß ich! Ich will nur nicht, dass am Ende noch jemand einen sinnlosen Tod findet.«

Austin erkannte, dass er zu heftig reagiert hatte, und lenkte ein.

»Das will ich auch nicht«, sagte er. »Deshalb hier mein Angebot: Sie bereiten Bubbles für einen Tauchgang vor, ich hole mir von der Navy Informationen über die maximale Tauchtiefe und verspreche, dass ich mich an deren Empfehlungen halten werde.«

Gannon hatte schon vor langer Zeit die Erfahrung gemacht, dass Austin eine Naturgewalt war und ebenso wenig aufgehalten werden konnte wie der Ostwind.

»Ach, was soll's«, sagte der Kapitän mit einem schiefen Grinsen. »Ich mache Bubbles startklar.«

Mit dem Daumen gab ihm Austin ein Okay-Zeichen und eilte zur Kommandobrücke. Ein Satellitentelefon verband ihn mit der Deep Submergence Unit der Navy in Kalifornien. Er lauschte erst mit wachsender Ungeduld einer Banddurchsage und sprach dann mit mehreren Leuten, ehe er bei einem jüngeren Offizier vom Diving Systems Support Detachment landete. In knappen Worten erläuterte Austin sein Dilemma.

Der Offizier stieß einen leisen Pfiff aus.

»Ich habe ja volles Verständnis für Ihr Problem, Sir, aber

ich kann Ihnen trotzdem nicht die Erlaubnis zur Benutzung des Hardsuit erteilen. Die muss von weiter oben kommen. Ich verbinde Sie.«

»Mit der Führung der Navy schlage ich mich schon herum«, sagte Austin mit kaum verhohlener Verärgerung. »Ich möchte nur wissen, ob der neue Hardsuit eine halbe Meile tief tauchen kann.«

»Das sollte durch die Tests ermittelt werden«, sagte der Offizier. »Die Schwachstellen bei einem ADS sind immer wieder die Gelenke. Mit der neuen Gelenkkonstruktion sind theoretisch noch größere Tauchtiefen möglich, sogar bis zu fünftausend Fuß. Aber schon das geringste Versagen kann eine Katastrophe auslösen.«

Austin bedankte sich bei dem Offizier und sagte, er werde sich die Taucherlaubnis bei seinen Vorgesetzten holen. Er sagte jedoch nicht, *wann*. Er hoffte, unerreichbar zu sein, wenn die Navy-Bürokraten reagierten.

Während sich Austin mit dem Offizier über den Hardsuit unterhielt, war ständig ein beunruhigender Gedanke durch seinen Kopf gesummt: wie ein lästiges Insekt. Als er ins ROV-Kontrollzentrum hinunterging, traf er die junge Frau, die das ROV gesteuert hatte, immer noch auf ihrem Posten an. Er bat sie, die letzten sechzig Sekunden des Videos noch einmal abzuspielen. Nach einigen Mausklicks erschien auf dem Bildschirm der Meeresboden eine halbe Meile unter dem Schiff. Noch einmal konnte Austin verfolgen, wie das ROV ähnlich einem Vogel über der wogenden Vegetation, die den Meeresboden bedeckte, dahinschwebte. Nicht mehr lange, und die Kamera fing die durch den Aufprall der B3 entstandene Vertiefung im Schlamm und wenig später die Kuppel ein, die aus dem Krater aufragte.

»Halten Sie an dieser Stelle an«, bat Austin. Er deutete

auf eine dunkle Zone in der linken oberen Ecke des Bildschirms. »Und jetzt bitte in Zeitlupe.«

Der Schatten wanderte über den Bildschirm.

Die ROV-Technikerin starrte auf den Bildschirm und knabberte an ihrer Unterlippe. »Daran kann ich mich gar nicht erinnern.«

»Das war auch leicht zu übersehen«, sagte Austin. »Wir haben uns ja ausschließlich auf die Bathysphäre konzentriert.«

Sie lehnte sich zurück, verschränkte die Arme und betrachtete aufmerksam das längliche Gebilde, das am Rand des Suchscheinwerferstrahls nur undeutlich zu erkennen war.

»Vielleicht ein Fisch oder ein Wal«, sagte sie, »aber irgendetwas stimmt damit nicht.«

Austin bat die Technikerin, das Bild zu vergrößern. Es zerfiel, als es vergrößert wurde, doch Austin erkannte in dem Schatten trotzdem so etwas wie die Form eines Mantarochens. Er bat sie, das Bild auszudrucken und die letzten Aufnahmen von der Bathysphäre noch einmal abzuspielen.

Die Technikerin gab den Druckbefehl, dann verkleinerte sie das Schattenbild und schob es in die rechte obere Ecke des Bildschirms, auf dem nun ein Bild Kanes zu sehen war. Er rasselte eine erregte Beschreibung der leuchtenden Fische herunter, die die Bathysphäre umschwärmten, als er plötzlich verstummte und das Gesicht gegen das Fenster presste.

»Was war das?«, sagte Kane.

Die akustisch gesteuerte Kamera schwenkte zu Zavala.

»Haben Sie eine Meerjungfrau gesehen, Doc?«

Zurück zu Kane.

»Ich bin mir nicht sicher, was ich gesehen habe, aber eins weiß ich: Es war groß*!«*

Austin nahm das Bild aus dem Drucker und machte sich auf den Weg zum Achterdeck. Die Torhälften der Garage standen weit offen, und der Hardsuit war unter einen Kran gerollt worden, der ihn vom Deck hochhieven würde.

Austin zeigte Gannon den ROV-Ausdruck.

»Dieses Objekt schlich beide Male da unten herum, als die Kabel gekappt wurden«, sagte er.

Der Kapitän schüttelte den Kopf. »Was ist das?«

»Das wüsste ich auch gerne«, sagte Austin. »Was ich aber sehr gut weiß, ist, dass der B3 in Kürze die Luft und der Strom ausgehen wird.«

»Wir sind in ein paar Minuten so weit«, sagte der Kapitän. »Haben Sie mit der Navy gesprochen?«

»Ein Navy-Techniker erklärte mir, dass Bubbles theoretisch bis fünftausend Fuß runtergehen kann.«

»Donnerwetter!«, staunte der Kapitän. »Haben Sie auch ein Okay für den Einsatz des ADS bekommen?«

»Darum kümmere ich mich später«, meinte Austin mit einem flüchtigen Lächeln.

»Warum habe ich überhaupt gefragt?«, sagte der Kapitän. »Ich hoffe aber, Ihnen ist auch klar, dass Sie mich damit zum Komplizen bei der widerrechtlichen Benutzung von Navy-Eigentum machen.«

»Wir können uns im Staatsgefängnis in Folsom dann gern die Zelle teilen. Wie weit sind wir?«

Gannon wandte sich zu dem Chef-Maschinisten um, der in ihrer Nähe stand.

»Hank und seine Mannschaft haben wahre Wunder vollbracht«, sagte der Kapitän.

Austin inspizierte, was aus der Werkstatt gekommen war, und klopfte Hank anerkennend auf die Schulter.

»Was tut man nicht alles für die Regierung«, sagte er.

Das durchtrennte Ende des Bathysphärenkabels war durch einen Haken gefädelt und in einem klassischen Seemannsspleiß zu einer Öse gebogen und einige Dutzend Mal mit Stahldraht umwickelt worden. Austin bedankte sich bei der Werkstattbesatzung für die gute Arbeit, dann erklärte er den Männern, wie sie den Haken am ASD befestigen sollten.

Während die Mannschaft seine Anweisung ausführte, begab sich Austin eilig in seine Kabine, um Shorts und T-Shirt gegen Thermounterwäsche, einen Wollpullover und Wollsocken auszutauschen. Anschließend schlüpfte er in einen Overall und zog sich eine Strickmütze über das dichte Haar. Obwohl der Hardsuit über eine Heizung verfügte, konnte die Temperatur in der angepeilten Tauchtiefe durchaus bis auf fünf Grad Celsius und sogar noch tiefer sinken.

Als er wieder an Deck kam, erklärte Austin in knappen Zügen seinen Rettungsplan. Während er den Glücksgöttern im Stillen eine Bitte sandte, sein Vorhaben mit Wohlwollen zu betrachten, stieg er auf einer Leiter hoch und schlängelte seinen muskulösen Körper in die untere Hälfte des Hardsuit, der sich an der Taille nämlich teilen ließ. Sobald die obere Hälfte aufgesetzt worden war, überprüfte er die Energie- und die Kommunikationsleitungen sowie die Luftversorgung. Danach gab er den Befehl, den Panzertauchanzug zu Wasser zu lassen.

Der Stabilisierungsrahmen mit dem Hardsuit wurde angehoben und langsam ins Wasser abgesenkt. Bei einer Tauchtiefe von dreißig Fuß ließ Austin anhalten, um die

Anzugsysteme einem weiteren Test zu unterziehen. Während alles wie vorgesehen funktionierte, wurde ihm ernüchternd die Tatsache bewusst, dass der rekordträchtigen Zweitausend-Fuß-Tauchfahrt der Navy Jahre der Planung durch zahlreiche Expertenteams vorausgegangen waren. Man war von dem wilden Sprung hinab zum Meeresgrund, den er da gerade beabsichtigte, noch weit entfernt.

Der digitale Zeitmesser im Helm des Hardsuit teilte ihm mit, dass der Bathysphäre nur noch Atemluft für weniger als eine Stunde zur Verfügung stand.

Er streckte den Greifarm aus und löste den Haken vom Stabilisierungsrahmen. Nachdem er sich vergewissert hatte, dass der Greifer den Haken sicher gefasst hatte, gab er den Befehl, ihn zum Meeresboden hinunterzulassen.

Die Winden für den Anzug und den Haken wurden gleichzeitig in Gang gesetzt, um Austin absinken zu lassen. Der schnelle Abstieg wirbelte Luftbläschen auf, die ihm die Sicht auf seine Umgebung verwehrten. Während die Minuten auf der Digitaluhr vertickten, behielt er den Tiefenmesser konzentriert im Auge.

Nachdem er die Zweitausend-Fuß-Marke passiert hatte, war sich Austin durchaus bewusst, dass der Tauchanzug nun in unerforschte Regionen vordrang. Aber seine Gedanken beschäftigten sich derart intensiv mit allen möglichen anderen Dingen, dass ihm noch nicht einmal die vage Möglichkeit in den Sinn kam, hiermit möglicherweise Sicherheitsgrenzen zu überschreiten. Bei zweitausendachthundert Fuß, immer noch ohne irgendwelche wahrnehmbaren Probleme, spürte er, wie sich die Tauchgeschwindigkeit änderte.

Gannons Stimme erklang aus dem Helmlautsprecher.

»Wir bremsen Sie ein wenig ab, Kurt, damit Sie sich nicht in den Meeresboden bohren.«

»Das find ich wirklich nett. Halten Sie bei dreitausend an.«

Es dauerte nicht mehr lange, und die Winde stoppte.

Der Bläschenvorhang um die Kuppel, die seinen Kopf umschloss, verflüchtigte sich. Austin schaltete Scheinwerfer ein, die während seines Abstiegs ohne Nutzen gewesen wären. Die gelben Lichtbalken unterstrichen eine Schwärze, die dermaßen bar jeglicher Farbe war, dass jeder Versuch, es mit Worten zu beschreiben, zum Scheitern verurteilt gewesen wäre.

Alle Systeme funktionierten, die Gelenke waren nach wie vor wasserdicht. Austin bat um etwas mehr Kabel, um sich frei bewegen zu können. Die Winde ließ ihn weiter sinken, bis er sich etwa fünfzig Fuß über dem Meeresgrund befand.

»Jetzt sind Sie allein auf sich gestellt«, meldete der Kapitän. »Wir lassen so viel Kabel nach, wie Sie brauchen.«

Verstreute Wolken von Helligkeit und einzelne Lichtpunkte waren außerhalb der Reichweite der Suchscheinwerfer zu erkennen und seltsam geformte, leuchtende Fische beäugten gelegentlich aus allernächster Nähe die Sichtscheibe von Austins Taucherhelm.

Er verlagerte sein Gewicht auf den linken Fuß, zwei vertikale Strahlruder begannen zu summen und ließen ihn ungefähr einen Yard aufsteigen. Dann aktivierte er mit dem rechten Fuß die horizontalen Druckdüsen und bewegte sich mehrere Fuß weit vorwärts. Danach ließ er den Anzug wieder in seine ursprüngliche Position zurückkehren.

Austin bewegte probeweise die Arme und Beine und stellte fest, dass ihm die sechzehn bestens geölten Gelenke des Anzugs trotz des immensen Wasserdrucks eine erstaunliche Beweglichkeit verliehen.

Er aktivierte die Zoomkamera des Anzugs und richtete sie auf einen Anglerfisch, der vom Licht angelockt wurde.

»Das Bild kommt an«, meldete der Kapitän. »Die Auflösung ist okay.«

»Mal sehen, ob ich noch was fürs Fotoalbum finde. Ich geh mal auf die Suche.«

Behutsam die Strahlruder bedienend, lenkte Austin den Hardsuit vorwärts und zog das Kabel hinter sich her.

Der siebenhundert Pfund schwere ADS verlor seine Schwerfälligkeit und bewegte sich wie mit Flügeln durchs Wasser. Austin konzentrierte sich dabei auf einen gelb leuchtenden Sonarschirm. Bei einer Reichweite von jeweils fünfzig Fuß nach rechts und links untersuchte das Sonar einen hundert Fuß breiten Streifen. Dabei lieferte es Daten über Position, Richtung, Geschwindigkeit und Tiefe, während es den Meeresgrund absuchte.

Ein dunkles Objekt erschien auf dem Bildschirm etwa fünfundzwanzig Fuß rechts von ihm auf dem Meeresboden.

Austin manövrierte den Hardsuit scharf nach rechts und ließ ihn so weit sinken, dass die Suchschweinwerfer von der glänzenden Außenhülle des ROV reflektiert wurden. Wie ein toter Käfer lag es auf dem Rücken.

Gannon sah es ebenfalls. »Vielen Dank, dass Sie unser ROV gefunden haben«, drang seine Stimme aus dem Lautsprecher.

»Gern geschehen«, erwiderte Austin. »Die B3 dürfte nur einen Steinwurf entfernt sein.«

Er vergrößerte sein Suchfeld um hundert Yards, dann drehte er sich langsam. Das Sonar zeichnete ein weiteres

Objekt ganz in der Nähe auf. Da er zu stark beschleunigt hatte, glitt er zunächst über die Bathysphäre hinweg und machte sofort wieder kehrt.

Etwa zwanzig Fuß über der B3 verharrte Austin. Die Temperatur im Hardsuit war erheblich gesunken, trotzdem trat ihm der Schweiß auf die Stirn. Die Schwierigkeit seiner Aufgabe in dieser lebensfeindlichen Umgebung wurde ihm schlagartig klar, und er wusste, dass schon der geringste Fehler tödliche Folgen haben konnte. Also holte er tief Luft, dann betätigte er das Pedal für die vertikalen Strahlruder und sank langsam zu der Bathysphäre hinab, die tief im Schlamm vergraben war.

10

Die B3 verwandelte sich schnell in einen kugelförmigen Eisschrank, während das batteriegespeiste Heizsystem einen aussichtslosen Kampf gegen die Tiefseekälte führte. Joe Zavala und Max Kane hatten sich wie Indianer in Decken gehüllt und saßen Rücken an Rücken, um Wärme zu konservieren. Ihre tauben Lippen konnten keine verständlichen Worte mehr formen, und ihre Lungen hatten große Mühe, den ständig abnehmenden Sauerstoffanteil aus der schnell dünner werdenden Atemluft herauszufiltern.

Zavala dachte voller Grauen an den Augenblick, da der Energievorrat vollkommen erschöpft sein würde. Er wollte nicht in der Dunkelheit sterben. Die Bathysphäre verfügte über einen Reserveluftvorrat, aber er fragte sich, ob es Sinn hätte, die Qualen zu verlängern. Gleichzeitig wehrte er sich gegen den Drang zu kapitulieren und füllte seinen Geist mit Bildern von der Berglandschaft um Santa Fe. Er schloss die Augen und stellte sich vor, er ruhe sich nach einer Winterwanderung aus und wäre nicht in eine Stahlkugel auf dem Grund des eisigen Ozeans eingeschlossen.

Klunk!

Etwas war gegen die Bathysphäre gestoßen. Zavala presste den Kopf gegen die Innenwand und ignorierte die Kälte, die durch die Metallhülle drang. Er konnte ein raues, kratzendes Geräusch hören, dann noch ein Klirren, gefolgt von weiteren Klopflauten.

Das Morsezeichen für k, erkannte er.

Dann, nach einer qualvollen Pause, hörte er ein *a*.

Kurt Austin.

Doc Kane hatte zusammengekauert und mit hängendem Kopf dagesessen. Jetzt hob er das Kinn von seiner Brust und sah Zavala mit tränenden, flackernden Augen an.

»Wasisdas?«, fragte er, seine Worte lallend von der Kälte und dem Sauerstoffmangel.

Zavalas spröde Lippen verzogen sich zur Andeutung eines Lächelns.

»Die *Kavallerie* ist eingetroffen.«

Austin kauerte wie eine riesige Spinne auf der Tauchkugel und benutzte einen Greifer, um Buchstaben zu morsen. Die Größe und Form eines Tieftauchanzugs machen ihn für Strömungen anfällig – und eine solche drohte gerade, ihn von seinem Platz wegzuschieben. Er hakte das Kabel in die Öse auf der Oberseite der Kugel, fasste mit einem Greifer das Kabel, um sein Wegtreiben zu verhindern, und richtete die Strahldüsen des Anzugs dergestalt aus, dass sie auf den Schlick gerichtet waren, der die Kugel umgab.

Er betätigte ein Fußpedal und wurde augenblicklich in eine dichte Wolke aufgewirbelten Morasts eingehüllt, der sich nach einigen Sekunden wieder setzte. Dann schaltete er die Schweinwerfer des Hardsuit aus. Der matte Lichtschein, der durch die soeben noch im Schlamm vergrabenen Fenster der B3 drang, zeigte ihm, dass ihre Systeme nach wie vor in Betrieb waren. Austin schaltete die Suchscheinwerfer seines Anzugs an und aus, um Zavala auf sich aufmerksam zu machen.

Zavala sah die Lichtzeichen und sein Geist verlor einiges von seiner Trägheit, die durch die Kälte erzeugt wurde.

Kane hatte die Leuchtsignale ebenfalls gesehen.

»Was sollen wir machen?«, fragte er.

Zavala hungerte nach der Gelegenheit, etwas zu tun, irgendetwas, um sich aus dieser prekären Lage zu befreien, und wusste gleichzeitig, dass sie Geduld haben mussten.

»Wir *warten*«, sagte er.

Austin löste seinen Greifer vom Kabel und begann eine neue Nachricht auf die Hülle der Bathysphäre zu klopfen. Er schaffte aber nur ein paar Buchstaben, ehe die Strömung seinen Anzug erfasste und ihn mehrere Fuß von der Kugel wegtrieb. Nachdem er die Kontrolle über den Anzug zurückgewonnen hatte, kehrte er in seine alte Position zurück, um weitere Buchstaben zu morsen.

Die Kamera des Hardsuit hatte seine Bemühungen an das Schiff weitergeleitet, das hoch über ihnen lag.

»Was ist da unten los?«, rief Gannons Stimme. »Erst wurde das Bild dunkel, und jetzt ist wieder etwas zu erkennen, allerdings völlig verzerrt.«

»Halten Sie sich bereit«, sagte Austin, dann beendete er seine Nachricht.

»Alles bereit«, erwiderte der Kapitän.

Austins Bemühungen hatten ihn Kraft gekostet. Schweiß rann ihm in die Augen, und er schnappte wie eine gestrandete Flunder nach Luft.

»Hochziehen!«, krächzte er keuchend ins Mikrofon des Panzertauchanzugs.

Zavala hatte den Klopflauten, die durch die Hülle der B3 drangen, aufmerksam gelauscht. Die ersten Buchstaben hatte er verstanden. Nach einer Pause hörte er dann auch den Rest.

Schwimmsäcke aktivieren.

Verdammt, Kurt, wenn ich das könnte, würde ich es tun.

Da die Bathysphäre noch immer im Schlamm gefangen war, schwankte Austin zwischen Wut und Verzweiflung. Vielleicht war das alles auch nur ein Traum, hervorgerufen durch den Sauerstoffmangel. Vielleicht bildete er sich das alles bloß ein und unternahm eine Rettungsaktion, die allein in seiner Fantasie existierte.

Ein Summen riss ihn in die Wirklichkeit zurück.

Ein rotes Licht blinkte aufgeregt auf der Instrumententafel. Er begriff, dass dieses Licht schon seit einiger Zeit an und aus ging, aber sein träger Geist hatte nicht erkannt, dass es eine Warnung war, dass der Luftvorrat jeden Augenblick erschöpft wäre.

Er griff nach dem Reservetank, schaffte es zunächst aber kaum, ihn aus der Wandhalterung zu lösen. Dann öffnete er das Ventil.

Luft strömte zischend in die Kabine und vertrieb den Nebel aus seinem Gehirn. Er öffnete die Klappe über dem Handschalter für das Schwimmersystem und wartete darauf, dass irgendetwas geschah.

Austin schwebte über dem Meeresboden und hatte die Suchscheinwerfer auf den oberen Teil der B3 gerichtet. Das Kabel spannte sich, als, eine Meile über ihm, die Winde ihre Arbeit aufnahm. Doch die Bathysphäre rührte sich nicht. Schreckliche Bilder gingen Austin durch den Kopf: Der behelfsmäßige Haken brach sofort, die Kugel blieb durch die Saugwirkung der Schlammmassen, in denen sie vergraben war, an Ort und Stelle; Zavala vergaß, das Schwimmersystem zu aktivieren oder das System funktionierte nicht, wenn er es einschaltete; oder, was noch schlimmer wäre, beide Männer in der Kugel waren längst bewusstlos.

»Das Kabel hat volle Spannung«, rief Gannon nach unten. »Tut sich bei Ihnen etwas?«

Austin sah, wie sich der Spleiß allmählich auflöste.

»Ziehen Sie einfach weiter«, antwortete er.

Er biss die Zähne zusammen, als könnte er die B3 allein mit seiner Willenskraft anheben. Die Bathysphäre rührte sich jedoch nicht. Der Spleiß zerfranste stärker.

»*Beweg dich,* verdammt noch mal!«, brüllte er.

Schlammwolken wallten um die Tauchkugel auf. Dann endlich löste sich die Kugel und sprang aus dem Morast wie ein Korken aus einem Flaschenhals und richtete sich auf. Eine dichte Schlickwolke verbarg die Kugel für einen kurzen Moment, ehe sie im grellen Licht der Suchscheinwerfer aufstieg.

Austins triumphierender Schrei hallte aus den Lautsprechern überall auf dem Schiff.

Die B3 schwebte zehn Fuß über dem Meeresboden, während der Schlamm in breiten Rinnsalen von ihrer Oberfläche herabfloss, dann stieg sie bis auf zwanzig Fuß – und noch immer war nicht zu erkennen, dass sich die Schwimmer mit Luft füllten. Worauf wartete Joe noch? Vielleicht waren ja die Schwimmerklappen mit Schlamm verklebt.

Austin justierte sein Aufstiegstempo, blieb auf gleicher Höhe mit der Bathysphäre und behielt den Haken und das Kabel ständig im Auge.

Als der letzte Strang der Kabelschlinge riss, sprangen Klappen in der Außenhülle der Kugel auf, sechs Luftsäcke wölbten sich heraus und füllten sich schnell mit Luft. Die Bathysphäre schaukelte heftig, kam dann zur Ruhe und begann aufzusteigen.

Austin schaute der B3 nach, bis sie nicht mehr zu sehen war.

»Sie sind unterwegs«, gab er Gannon Bescheid.

»Sie sind als Nächstes dran«, sagte der Kapitän. »Wie geht es Ihnen?«

»Um einiges besser, wenn ich erst wieder oben bin.«

Austin betätigte die Druckdüsen, so dass er sich in einer mehr oder weniger aufrechten Position befand, und war bereit, als den Hardsuit am Ende seines Kabels ein Ruck durchlief. Während der Anzug seine lange Reise zur Wasseroberfläche begann, schaltete Austin die Scheinwerfer aus und sah, dass er nicht alleine war.

In der Schwärze, die ihn umgab, blinkten Dutzende von Lichtmustern. Er war von leuchtenden Tiefseekreaturen umgeben, die wie die Sterne an einem nächtlichen Himmel erschienen. Gelegentlich beobachtete er Lichtpunkte, die wie Flugzeuge an einem Nachthimmel vorüberzogen. Dann nahm er eine Bewegung zu seiner Linken wahr. Die Konstellation, die sich dort am Rand seines Gesichtsfeldes befand, schien größer zu werden. Er wandte den Kopf in die Richtung und gewahrte ein Trio bernsteinfarbener Augen, das auf ihn zukam.

Ein Alarmsignal erklang in Austins Kopf. Er hatte sich ausschließlich auf die Rettungsaktion konzentriert und den unheimlichen dunklen Schatten ganz vergessen, der jeweils in der Nähe gelauert hatte, als die Kabel der B3 und des ROV gekappt worden waren.

Die Suchscheinwerfer des Hardsuit wurden von der glatten, dunklen Oberfläche eines Gebildes mit abgeflachter Tropfenform reflektiert. Es musste sich um irgendein Unterwasserfahrzeug handeln, höchstwahrscheinlich ferngesteuert, denn er konnte keine Leine erkennen, an der es hing. Die leuchtenden Augen an der vorderen Kante waren vermutlich Sensoren, aber Austin interessierte sich viel mehr für die scharfkantigen Stahlkiefer, die sich von dem Vehikel hochreckten.

Das Vehikel bewegte sich schnell und in einer Tiefe, in der die Kiefer das Kabel fassen konnten, das ihn zur Wasseroberfläche hievte. Austin aktivierte die vertikalen Druckdüsen. Es dauerte eine Sekunde, ehe die Düsen die Masseträgheit des Hardsuit überwanden, dann schoss er einige Fuß in die Höhe, während sein Angreifer unter ihm vorbeiglitt und die Kiefer wirkungslos zuschnappten.

Das Vehikel beschrieb nun einen weiten Bogen, stieg dabei ebenfalls auf und kehrte so zu einem weiteren Angriff zurück.

Gannon verfolgte das Duell auf dem Schiffsmonitor.

»Was zur Hölle war das denn?«, rief der Kapitän.

»Irgendetwas, das mich zum Mittag verspeisen will!«, rief Austin zurück. »Ziehen Sie schneller!«

Das wendige AUV änderte blitzschnell seine Taktik und sein Tempo. Indem es sich zu einem weiteren Angriff näherte, bremste es fast bis zum Stillstand ab und belauerte sein Ziel mit der Wachsamkeit eines Raubtiers, dessen Beute ein unerwartetes Verhalten an den Tag legt.

Austin wartete, bis das seltsame Ding nur noch wenige Yards entfernt war, dann trat er aufs Pedal. Der Hardsuit stieg ein paar Fuß hoch, aber nicht schnell genug, um dem Angreifer zu entkommen. Er hob abwehrend die Arme, streckte sie aus und hielt sie dicht nebeneinander. Dabei krachte er gegen die ausgefahrenen Greifer des AUV, schaffte es jedoch vorher noch, seinen Greifer in das mittlere Auge des AUV zu rammen.

Austins Kopf knallte gegen die Innenseite des Plexiglashelms. Der Aufprall stieß ihn zunächst seitlich weg, dann pendelte er am Ende seines Seils unkontrolliert hin und her. Dabei schoss ein heftiger Schmerz durch seinen linken Arm.

Das AUV bereitete eine weitere Attacke vor, bewegte sich jedoch diesmal deutlich langsamer und schwankte ebenfalls hin und her: etwa so wie ein Bluthund, der die Witterung seiner Beute aufnimmt. Anstatt Austin direkt anzugreifen, täuschte es eine Frontalattacke an und nahm dann Kurs auf das Kabel über seinem Kopf. Weil Austin vom letzten Angriff noch leicht benommen war, ließ er sich Zeit, um die vertikalen Düsen zu betätigen. Die Greifer des AUV erwischten seinen hochragenden rechten Arm am Ellbogen und schlossen sich darum.

Mit seinem linken Greifer packte er einen Kiefer seines Gegners, benutzte seine Druckdüsen, um in schnellem Wechsel wie ein Jojo auf und ab zu steigen. Die Greifer waren für einen horizontalen, nicht aber für einen vertikalen Einsatz konstruiert, und das Gewicht des Vehikels wirkte dagegen und verbog den Kiefer, so dass er nutzlos war. Dann brach der Kiefer ab, das AUV ruckte unkontrolliert hin und her, wendete und verschwand in der Dunkelheit.

»Kurt, sind Sie okay?«, erklang die Stimme des Kapitäns in Austins Kopfhörer. »Um Gottes willen, antworten Sie!«

»Alles klar, Käpt'n«, krächzte Austin. »Ziehen Sie mich rauf.«

»Sind schon dabei«, antwortete der Kapitän erleichtert. »Welche Musik wollen Sie auf dem Weg nach oben hören?«

»Das überlasse ich Ihnen«, sagte Austin. Er war zu erschöpft, um nachzudenken.

Sekunden später drangen die Klänge eines Strauß-Walzers aus den Kopfhörern, und er begann seine lange Reise zur Meeresoberfläche, untermalt von den Melodien der *Geschichten aus dem Wienerwald.*

Während Austin zum Schiff hochgezogen wurde, war er sich vage bewusst, dass er noch immer den Kiefer des AUV in seinem Greifer hielt, als sei es eine Jagdtrophäe.

11

Tausende Meilen von der *William Beebe* entfernt bemühte sich Lois Mitchell in der Messe, wo Gordon Phelps die
Besatzung mit vorgehaltener Waffe zusammengetrieben
hatte, einen Tumult zu verhindern. Jemand hatte bemerkt,
dass Dr. Logan fehlte, und als Lois verlauten ließ, dass der
Meeresbiologe erschossen worden war, sorgte diese Nachricht für laute Wut- und Angstschreie.

Lois versuchte sich mit ebenso lauten Rufen Gehör zu
verschaffen. Als ihr das in dem Lärm jedoch nicht gelang,
stellte sie mehrere Tassen auf die Theke und füllte sie aus
einer Kaffeekanne. Dieses schlichte Ritual hatte eine beru-
higende Wirkung. Nachdem sich der Aufruhr schließlich
gelegt hatte und ihre Stimme wieder zu hören war, setzte
Lois ein strahlendes Lächeln auf.

»Tut mir leid, dass ich Ihnen keinen Starbucks *Grande*
anbieten kann, aber vorerst müssen Sie sich damit zufriedengeben.«

Ihr Bemühen, die Situation mit ein wenig Humor zu
entschärfen, löste bei einer jungen Labortechnikerin, deren bleiches Gesicht und tränennasse Augen verrieten, dass
sie kurz vor einem hysterischen Anfall stand, eine heftige
Reaktion aus. Unter heftigem Schluchzen griff die Technikerin Lois mit der Frage an: »Wie können Sie bloß so ruhig und gelassen sein, wenn Sie doch wissen, dass Dr. Logan ermordet wurde?«

Während sie sich standhaft gegen den Drang wehrte,

ebenfalls in Tränen auszubrechen, erwiderte Lois: »Dr. Logan liegt mit einer Kugel im Herzen im Korridor vor dem Kontrollraum. Er ist in Panik geraten, hat die Flucht ergriffen und wurde daraufhin von dem Mann getötet, der uns hier eingesperrt hat. Wenn Sie nicht das gleiche Schicksal teilen wollen, dann gebe ich Ihnen den Rat, mehrmals tief durchzuatmen und sich zu beruhigen.«

Mit zitternder Hand schob Lois eine Tasse über die Theke. Die junge Laborantin zögerte, dann griff sie danach und trank schlürfend. Danach versammelte Lois alle Anwesenden um einen großen Tisch und schilderte ihre Begegnung mit Phelps und den Mord an Logan. Ein Biologe, der mit Logan eng befreundet gewesen war, erhob sich und griff sich ein Küchenmesser von der Theke. Er fasste seine ohnmächtige Wut mit einem einzigen Wort zusammen.

»*Bastard!*«

Lois blieb sitzen und musterte den Biologen mit ruhigem Blick.

»Sie haben völlig recht«, sagte Lois. »Tatsächlich ist der Mann, der Dr. Logan erschossen hat, noch wesentlich schlimmer als ein Bastard, er ist ein Mörder! Aber seine charakterlichen Eigenschaften stehen hier nicht zur Debatte. Möglich, dass Sie ihn mit diesem Messer erwischen, obwohl ich das bezweifle. Aber was dann? Phelps ist offensichtlich nicht der Einzige, der seine Finger in dieser Angelegenheit hat. Wir haben es mit skrupellosen Leuten zu tun, die über die nötigen Mittel verfügen, sich zu einer streng bewachten Einrichtung dreihundert Fuß unter der Meeresoberfläche Zugang zu verschaffen. Ich weiß nicht, wie sie von dem Locker erfahren konnten, wer sie sind oder wie viele daran beteiligt sein mögen, aber auf jeden Fall sind wir ihnen absolut wehrlos ausgeliefert.«

Das Messer fiel klappernd auf die Theke, der Biologe setzte sich wieder.

»Sie haben recht, Lois«, sagte er niedergeschlagen. »Ich wünschte nur, ich wüsste, was sie wollen.«

»Sie werden es uns bestimmt schon bald mitteilen«, erwiderte sie. »In der Zwischenzeit sollten wir aber eine Kleinigkeit essen. Es ist wichtig, dass wir bei Kräften bleiben. Mein Gott!«, sagte sie mit einem bitteren Lachen. »Ich klinge wie ein Schauspieler in einem dieser Katastrophenfilme, der allen erklärt, sie sollten die Ruhe bewahren, nachdem der Ozeanriese gekentert ist.«

Die Bemerkung rief bei fast allen ein nervöses Lachen hervor. Einige der Versammelten gingen in die Küche und kehrten kurz darauf mit Tabletts zurück, die mit Schinken-, Truthahn- und Erdnussbuttersandwiches beladen waren. Die Angst musste den Hunger der Wissenschaftler angestachelt haben, denn sie stürzten sich wie die Opfer einer Hungersnot auf die Sandwiches.

Sie waren gerade noch damit beschäftigt, die Spuren ihrer Mahlzeit zu beseitigen, als die Messe von einem lauten Summen zu vibrieren begann. Alle unterbrachen sofort ihre Tätigkeit und lauschten. Nach einigen Sekunden verstummte das Summen plötzlich, aber jetzt erzitterte der Fußboden wie bei einem Erdbeben. Ein zweiter heftiger Stoß folgte ... der Raum erbebte und schwankte.

Diejenigen, die noch standen, kämpften um ihr Gleichgewicht, und dann ertönte ein allgemeiner Aufschrei. Doch sofort, als die Tür aufgestoßen wurde und zwei bewaffnete Männer hereinkamen und Phelps Platz machten, trat Stille ein. Die beiden Männer trugen schwarze, nass glänzende Taucheranzüge und hatten kurzläufige Maschinenpistolen in den Fäusten.

Phelps meinte grinsend: »Sieht ganz so aus, als kämen wir zu spät zum Mittagessen.«

»Was geschieht mit dem Labor?«, fragte Lois, während sie sich an der Kante einer Theke festhielt, um nicht hinzustürzen.

»Haben Sie vergessen, dass ich sagte, wir würden eine kleine Reise machen? Das Labor wird an einen anderen Ort gebracht.«

Lois glaubte, den Verstand zu verlieren. »Das ist unmöglich!«

»Eigentlich nicht, Dr. Mitchell. Wir brauchten nichts anderes zu tun, als das Labor an einen Abschleppwagen zu hängen, wenn Sie so wollen.«

»Was ist mit unserem Versorgungsschiff?«

»Das ist außer Dienst«, sagte Phelps. Er gab seinen beiden bewaffneten Begleitern einen Befehl: »Bringt diese Leute in ihre Unterkünfte.«

Die Taucher traten beiseite, um die Wissenschaftler vorbeizulassen.

»Vielen Dank, dass Sie meine Leute unbehelligt gehen lassen«, sagte Lois. Sie machte Anstalten, ihren Kollegen durch die Tür zu folgen, doch Phelps streckte eine Hand aus und hielt sie am Arm zurück. Er schloss die Tür, zog einen Stuhl heran und forderte Lois auf, Platz zu nehmen. Dann setzte er sich auf einen anderen Stuhl und stützte sich mit den Armen auf die Rückenlehne.

»Ich habe mir Ihren Werdegang angesehen, Dr. Mitchell. Ziemlich beeindruckend. Ein Bachelor in Meeresbiologie an der Universität von Florida, ein Mastergrad am Virginia Institute of Marine Science, gekrönt von einem Doktorgrad in Meeresbiotechnologie und Biomedizin in Scripps.«

»Ist das jetzt so was wie ein Einstellungsgespräch?«, fragte Lois mit eisiger Stimme.

»Ich denke, so könnte man es tatsächlich nennen«, sagte Phelps. »Sie haben auf einigen Gebieten gearbeitet, für die sich meine Vorgesetzten brennend interessieren.«

»Und wer sind Ihre Vorgesetzten?«

»Sie sind jedenfalls ziemlich menschenscheu. Betrachten Sie sie einfach als die Leute, die meinen Gehaltsscheck unterschreiben.«

»Haben sie Sie auch dafür bezahlt, Dr. Logan zu töten?«

Er runzelte die Stirn. »Das war eigentlich nicht geplant, Dr. Mitchell. Es war ein Unfall, schlicht und einfach.«

»Ein Unfall … so wie das Hijacking des Labors, nehme ich an.«

»So könnte man es ausdrücken. Sehen Sie, Dr. Mitchell, Sie mögen mich wahrscheinlich nicht, hassen mich vielleicht sogar bis aufs Blut, und ich nehme es Ihnen nicht einmal übel. Aber es ist für Sie und Ihr Team wirklich besser, wenn wir uns bemühen, miteinander auszukommen, denn wir werden in Zukunft zusammenarbeiten … müssen.«

»Was meinen Sie damit?«

»Meine Chefs haben mir nicht genau erklärt, was Sie hier in diesem Labor treiben, aber ich hörte, es habe etwas mit Quallen zu tun.«

Lois sah keinen Grund, das zu verschweigen. »Das ist richtig. Wir benutzen eine chemische Substanz, die wir bei einer seltenen Quallenart gefunden haben, um einen Impfstoff gegen ein Grippevirus zu entwickeln, das vielen Leuten große Sorgen bereitet.«

»Meine Chefs haben angedeutet, Sie stünden kurz davor, Ihre Arbeit hier abzuschließen.«

So viel zum Thema Geheimhaltung, dachte Lois.

»Das trifft zu«, sagte sie. »Wir sind nur noch Tage davon entfernt, die chemische Verbindung, die als Grundlage für den Impfstoff dient, synthetisch herzustellen. Aber Sie haben meine Frage bezüglich unserer angeblichen Zusammenarbeit noch nicht beantwortet.«

»Wenn wir den neuen Ort erreicht haben, werden Sie Ihre Forschungen fortsetzen. Sie können sich im Labor frei bewegen – außer im Kontrollraum. Sie melden mir regelmäßig Ihre Ergebnisse. Ich leite Ihre Berichte dann an meine Chefs weiter. Ansonsten ändert sich an Ihrer bisherigen Tätigkeit gar nichts.«

»Und wenn wir uns weigern, für Sie zu arbeiten?«

»Wir wissen, dass wir Wissenschaftler nicht zu ihrer Arbeit zwingen können, indem wir ihnen Prügel androhen. Wir lassen Sie also einfach hier unten schmoren und entziehen Ihnen Nahrung und Sauerstoff, bis Sie von selbst wieder bereit sind, Ihre Arbeit fortzusetzen. Die Regeln sind ganz einfach: Wenn Sie streiken, werden Sie sterben. Das ist zwar nicht meine Idee, aber so ist es nun mal.«

»Vielen Dank für Ihren freundlichen Rat. Ich werde dies meinen Kollegen mitteilen, sobald Sie mich wieder zu ihnen zurückkehren lassen.«

Er stand auf und öffnete die Tür.

»Sie können jetzt gehen, wenn Sie wollen.«

Lois blieb sitzen.

»Eine Frage noch«, sagte sie. »Was geschieht, wenn wir unsere Forschungen abgeschlossen haben? Werden Sie uns töten oder auf dem Grund des Ozeans uns selbst überlassen?«

Phelps war ein harter Mann und ein erfahrener Profi. Er betrachtete seinen Söldnerjob als Tätigkeit in einem stolzen Gewerbe, das hunderte, wahrscheinlich tausende Jahre alt war. Älter als die Prostitution, so sagte er oft scherzhaft. Er hatte sein eigenes sonderbares Ehrgefühl, das nicht zuließ, dass er einer Frau Schaden zufügte, vor allem wenn es um eine Frau ging, die so attraktiv war wie Lois Mitchell. Diese gefährlichen Gedanken verdrängte er jetzt aber lieber. In seinem Gewerbe gab es keinen Platz für persönliche Bindungen, doch er nahm sich vor, Lois besonders aufmerksam im Auge zu behalten.

»Sie haben mich engagiert, dieses hübsche kleine Versteck zu übernehmen und dafür zu sorgen, dass Sie Ihre Arbeit fortsetzen. In meinem Vertrag steht aber nichts davon, Sie oder Ihre Freunde zu töten. Sie sollen wissen, dass – wenn diese Arbeit abgeschlossen ist – ich die Absicht habe, Sie aus dem Labor zu holen und irgendwo in der Nähe irgendwelcher bewohnter Gebiete abzusetzen. Eines Tages begegnen wir uns vielleicht mal wieder in einer Bar in Paris … oder Rom und werden uns über diese Geschichte bestimmt ganz köstlich amüsieren.«

Lois hatte nicht den geringsten Wunsch, Phelps jemals wiederzusehen. Wichtiger war, dass sie keine Ahnung hatte, ob Phelps die Wahrheit sagte oder nicht. Jegliche Kraft schien aus ihrem Körper herauszusickern. Sie hatte das Gefühl zu ersticken, auch wenn ihre Lungen hyperventilierten. Sie konzentrierte sich auf ihre Atmung, holte langsam und tief Luft und spürte, dass nach einigen Sekunden das rasende Hämmern ihres Herzens nachließ. Sie bemerkte, dass Phelps ihre Reaktion aufmerksam beobachtete.

»Sind Sie okay, Dr. Mitchell?«

Lois starrte für einen kurzen Moment ins Leere, ordnete ihre durcheinanderwirbelnden Gedanken und erhob sich dann von ihrem Stuhl. »Ich möchte jetzt in meine

Unterkunft zurückkehren, wenn Sie nichts dagegen haben.«

Er nickte. »Ich bin im Kontrollraum, falls Sie etwas von mir wollen.«

Lois ging zu ihrem Zimmer. Der Fußboden schwankte noch immer, und sie musste breitbeinig gehen, um einen Fehltritt zu vermeiden. Irgendwie schaffte sie es aber bis zu ihrer Unterkunft. Sie warf sich in ihre Koje und zog sich die Decke über den Kopf, als könnte sie so die Welt, in der sie plötzlich gestrandet war, aussperren. Doch es gelang ihr nicht. Nach ein paar Minuten verflüchtigten sich ihre Gedanken gnädigerweise, und sie sank in einen unruhigen Schlaf.

12

Kapitän Gannon runzelte die Stirn, als er durch die Fenster der Kommandobrücke auf die unruhige See hinausblickte. Das Wetter hatte sich in den Stunden, seit die B3 in den Tiefen des Meeres verschwunden war, erheblich verschlechtert. Graue Schieferplatten schienen die wattigen weißen Wolken des Morgens abgelöst zu haben. Die leichte Brise, die die Ankunft des Schiffes begrüßte, hatte aufgefrischt und kräuselte die wogende See. Das Wasser nahm eine graue, düstere Farbe an, während die Sonne unterging, und Schaum krönte die geriffelten Wellenberge.

Das robuste Forschungsschiff war entsprechend gebaut, um es mit den schlimmsten vorstellbaren Wetterbedingungen aufzunehmen, aber die Bathysphäre und einen erschöpften Hardsuit-Taucher zu bergen, wären auch schon ohne widrige Bedingungen heikle Operationen gewesen.

Gannon hatte die letzte bekannte Position der Bathysphäre verlassen, um dem Schiff eine gewisse Bewegungsfreiheit zu verschaffen. Der Steuerbordkran war noch in Betrieb und holte das Tragkabel des Hardsuit ein. Doch Austin hätte sicherlich wenig Gefallen daran gefunden, quer durch den Ozean geschleppt zu werden, daher konnte das Schiff nur eine kurze Strecke zurücklegen.

Wenn jemand diese Strapazen lebendig überstehen kann, dachte der Kapitän, *dann ist es Austin. Verdammt, der Mann ist das reinste Perpetuum mobile!*

Nachdem er eine halbe Meile auf den Grund des Ozeans hinabgetaucht war, um die Bathysphäre aus ihrem Schlickgefängnis zu befreien, hielt Austin den ständigen Kontakt mit dem Schiff aufrecht, meldete die Fortschritte seines Aufstiegs regelmäßig an die Brücke und lieferte plastische Beschreibungen der vielfältigen ozeanischen Lebensformen, die er in seiner Umgebung antraf.

Beobachter besetzten die Reling oder drängten sich am Bug oder auf dem überhängenden Heckaufbau. Ein Zodiac-Schlauchboot lag auf einer schrägen Heckrampe unter einem Kran bereit. Zwei Taucher in Neopren-Nasstauchanzügen hockten auf jedem Ponton und warteten auf das Zeichen, das Zodiac ins Wasser zu schieben.

Die Dieselmotoren stampften im Maschinenraum, Wellen schlugen gegen den Rumpf, und der zunehmende Wind sang in der Takelage. Ansonsten hatte sich eine gespenstische Stille auf das Schiff herabgesenkt.

Diese Stille wurde von einem Ausguck unterbrochen, der sich lautstark über die Lautsprecheranlage des Schiffes bemerkbar machte.

»Sie ist oben!«

Während er wie gebannt zu der frischen Schaumfläche etwa hundert Yards entfernt an Backbord blickte, griff Gannon nach seinem Mikrofon und gab den Befehl, das Boot zu Wasser zu lassen.

Die Taucher stießen das Zodiac die Heckrampe hinunter und warfen sich über die Randwülste hinein. Es setzte über die Wellen, ein starker Außenbordmotor sprang an. Dann kurvte es zur Seite des Schiffes und zog das Bergungsseil wie einen Greifschwanz hinter sich her.

Das Zodiac hielt heftig schwankend in der Nähe von sechs vom Meer überspülten orangefarbenen Wölbungen an, die plötzlich an der Meeresoberfläche erschienen waren und nun zwischen den Wellen tanzten. Der Haken am Ende der Leine wurde ins Wasser hinabgelassen, einer der

Taucher glitt vom Randwulst des Zodiac herab und verschwand gleich darauf zwischen den Wellen.

Jedes Augenpaar auf dem Schiff verfolgte den Gang des Schauspiels. Als der Taucher wieder an der Oberfläche erschien und eine Faust in die Luft stieß, brach lauter Jubel aus. Die B3 wurde an den Haken genommen. Winden zogen sie mitsamt ihren Schwimmblasen ganz zur Wasseroberfläche hinauf und dann zum Schiff.

Die Bergungsmannschaft schnitt die Schwimmblasen kurzerhand ab, und der Kran hievte die triefende Bathysphäre aus dem Meer und auf das Schiffsdeck. Ein Druckluftschrauber hustete, die Schraubenmuttern wurden eilig gelöst, und der Lukendeckel fiel polternd aufs Deck.

Die Ärztin des Schiffes schob den Kopf in die Lukenöffnung und sah einen zerwühlten Stapel von Decken, umringt von einer bunten Auswahl von Ausrüstungsgegenständen.

»Hallo«, sagte sie mit zaghafter Stimme.

Zavala schlug einen Deckenzipfel zurück und blinzelte, als er ins grelle Tageslicht blickte. Er lächelte. »Selbst hallo«, sagte er.

Austin war noch im Wasser und auf dem Weg zur Oberfläche, als Gannon sich meldete und Bescheid sagte, dass die Bathysphäre zurück an Bord sei. Austin erkundigte sich, wie es Joe und dem Doc ging.

»Ich habe schon Tote gesehen, die um vieles lebendiger aussahen«, antwortete der Kapitän. »Aber der Doc meint, sie litten unter den drei Ungs – Austrocknung, Vereinsamung und Überanstrengung.«

Austin gab ein so lautes Stöhnen von sich, dass ihn der Kapitän auch ohne Glasfaserleitung hätte hören können.

»Käpt'n, Sie sind ein Ekelpaket.«

»Sie werden sich erholen«, sagte Gannon lachend. »Sie brauchen nur Wasser und Ruhe. Ich habe die Presse darüber informiert, dass die Rettung der B3 erfolgreich verlaufen sei. Im Augenblick keine Details, aber irgendjemand auf einem ihrer Schiffe oder in einem Hubschrauber muss zu dem Schluss gekommen sein, dass wir Probleme hatten. Ich werde wohl irgendwann erklären müssen, was wirklich passiert ist. Aber damit setze ich mich später auseinander … Was ist mit Ihnen?«

»Ich kann es kaum erwarten, endlich aus diesem Blechkleid rauszukommen, aber sonst fühle ich mich gut. Eine Bitte hätte ich allerdings noch: Die klassische Musik, die Sie mir da runtersenden, macht mich schläfrig. Haben Sie nichts Lebhafteres?«

Minuten später hörte Austin, wie Mick Jagger sein »You Can't Always Get What You Want« hinausschmetterte.

Er lächelte in voller Zustimmung zu dem Grundgedanken des Rolling-Stones-Songs, nämlich dass man, wenn man sich etwas Zeit lässt, am Ende immer kriegen kann, was man braucht … vor allem wenn man gute Freunde hat.

Die Passagiere der B3 waren eilends ins Krankenrevier gebracht worden. Dort hatte man sie auf Untersuchungstische gelegt, sie von ihrer übelriechenden Kleidung befreit, auf Prellungen und Blutergüsse untersucht und ihnen eine Abreibung verpasst, um ihren Blutkreislauf wieder in Gang zu bringen. Dann hatte die Ärztin sie unter wahren Bergen von Decken begraben und sie schlafen lassen.

Als Joe Zavala aufwachte, war Kurt Austins Gesicht das Erste, was er sah.

»Ich vermute, das ist jetzt nicht der Himmel«, krächzte Zavala.

Austin hielt eine runde Braunglasflasche mit hölzerner Schraubkappe hoch.

Tequila.

»Vielleicht ist er es doch«, sagte er.

Zavalas Lippen verzogen sich zu einem brüchigen Lächeln.

»Eine wahre Labsal für wunde Augen«, sagte er. »Wann bist du an Bord zurückgekehrt?«

»Sie haben mich vor einer halben Stunde aus meinem Anzug gepellt«, sagte Austin. »Bist du in der Verfassung, mir zu erzählen, was passiert ist?«

Zavala nickte.

»Lass mich aber erst mein Äußeres anwärmen«, sagte er, »dann kommt mein Inneres an die Reihe.«

Es dauerte eine Viertelstunde unter der heißesten Dusche, die er ertragen konnte, ehe genügend Wärme in Zavalas Knochen eingesickert war. Austin reichte ihm einen Plastikbecher Tequila durch die Tür der Duschkabine, dann begab er sich in seine eigene Unterkunft, duschte selbst und zog sich um.

Als Austin zurückkam, war Zavala in einige Kleidungsstücke geschlüpft, die Austin für ihn zurückgelassen hatte, saß in einem Sessel und trank Tequila. Austin begleitete ihn in die Messe und bestellte zweimal Pastrami auf Roggenbrot.

Sie verzehrten ihre Sandwiches, dann schloss Zavala die Augen und lehnte sich auf seinem Stuhl zurück.

»Das dürfte die köstlichste Mahlzeit meines Lebens gewesen sein«, stellte er fest.

»Ich schenke dir sofort nach, wenn du mir schilderst, was mit der Bathysphäre geschehen ist«, lockte Austin.

Auffordernd hielt ihm Zavala seinen Becher hin. Der Tequila half, ihm die Zunge zu lösen, und er beschrieb den grauenhaften Absturz auf den Grund des Ozeans und das Problem, die Schwimmsäcke zum Aufblasen zu bringen.

»Wir haben noch immer keine genaue Vorstellung davon, wie dieses Kabel eigentlich brechen konnte«, sagte Zavala kopfschüttelnd.

»Es ist nicht gebrochen«, sagte Austin.

Er öffnete den Koffer, den er mitgebracht hatte, und holte einen Laptop hervor, den er auf den Tisch stellte. Dann zeigte er Zavala das Video von seiner Begegnung mit dem AUV, das die Kamera des Hardsuit aufgenommen hatte.

Zavala murmelte ein anerkennendes *Olé!*, als Austin den tödlichen Kieferzangen entging. Als das Video damit endete, dass Austin das AUV außer Gefecht setzte, sagte Zavala: »Gute Arbeit, aber gib jetzt bloß nicht deinen Tagesjob auf, um Matador zu werden.«

»Das habe ich nicht vor«, sagte Austin. »Stierkampftechniken mal beiseite, wie schwierig wäre es, ein AUV dergestalt zu programmieren, dass es das Kabel der Bathysphäre durchschneidet?«

»Überhaupt nicht schwierig, Kurt, aber es wären immerhin einige spezielle Kenntnisse und viel Erfahrung erforderlich, um das AUV erst einmal zu bauen. Es ist ein erstaunliches Stück Technik. Sehr beweglich. Es lernt aus Fehlern und kann sich schnell anpassen. Zu schade, dass du es ruinieren musstest.«

»Du hast recht, Joe. Ich hätte zulassen sollen, dass es mich tötet, aber ich hatte gerade einen schlechten Tag.«

»Das passiert auch den Besten von uns schon mal«, sagte Zavala.

»Irgendeine Idee, woher das Ding gekommen sein kann?«, fragte Austin.

»Mindestens zwei Dutzend Schiffe haben die Tauchfahrt der Bathysphäre verfolgt. Dieses hungrige Viech konnte von einem von ihnen auf die Reise geschickt worden sein. Was meinst du, warum es dich angegriffen hat, nachdem es erst die B3 versenkt hatte?«

»Es war wohl nichts Persönliches. Ich glaube, es wird eher das gewesen sein, was man beim Militär Kollateralschaden nennt.« Er deutete auf den Bildschirm. »Jemand hat Bello auf die Bathysphäre gehetzt. Und mich hat er sich gleich mit vorgenommen, weil ich zufällig in der Nähe war.«

»Wer könnte ein Interesse daran haben, dem B3-Projekt zu schaden?«, fragte Zavala.

»Das habe ich mir auch schon überlegt«, sagte Austin. »Sehen wir mal nach, ob Doc inzwischen wach ist.«

Kane war nicht nur wach, sondern sogar putzmunter. Er hatte geduscht, war in einen Frotteemantel geschlüpft, saß nun in einem Sessel und schwatzte mit der Ärztin.

»Jetzt weiß ich, wie sich eine Sardine in der Dose fühlt«, sagte er. »Danke für die Rettung, Kurt. Ich kann immer noch nicht glauben, dass das Kabel gebrochen ist.«

»Es ist auch nicht gebrochen«, sagte Zavala. »Kurt meinte, es wurde durchgeschnitten.«

»Durchgeschnitten?« Kanes Unterkiefer klappte nach unten. »Ich versteh nicht.«

Austin zeigte Kane das Video vom AUV und sagte: »Können Sie sich irgendjemanden vorstellen, der sich all diese Mühe macht, um die Bathysphäre auf den Grund des Ozeans zu schicken?«

Kane schüttelte den Kopf. »Nee. Können Sie es?«

»Joe und ich tappen genauso im Dunkeln wie Sie«, sagte Austin. »Wir können uns keinen Grund denken, um ein wissenschaftliches und lehrreiches Projekt gewaltsam zu stoppen.«

Gannons Stimme erklang über die Lautsprecheranlage des Schiffes.

»Ein Anruf für Dr. Kane«, meldete der Kapitän. »Kann er ihn annehmen?«

Austin nahm den Hörer des Interkoms aus der Wandhalterung und gab ihn an Kane weiter.

Kane lauschte einige Sekunden lang und sagte dann: »Das ist unmöglich! ... Ja, natürlich ... ich halte mich bereit.«

Als Kane die Verbindung unterbrochen hatte, fragte Austin: »Ist alles in Ordnung?«

»Nein, das ist es nicht«, sagte Kane. Sein Gesicht hatte eine graue Farbe angenommen. »Wenn Sie mich entschuldigen würden, ich muss mit dem Kapitän sprechen.«

Kane bat die Ärztin, ihn sicherheitshalber zur Kommandobrücke zu begleiten.

Austin starrte für einen Moment auf die Tür, dann zuckte er die Achseln und meinte: »Komm mal mit in die Werkstatt. Ich muss dir was zeigen.«

Die Kieferleiste, die Austin von dem AUV abgebrochen hatte, war in ein Tuch eingewickelt und in einem gepolsterten Schraubstock fixiert worden. Geschützt durch ein Paar dicke Arbeitshandschuhe nahm er die Klinge aus dem Schraubstock. Sie war etwa vier Fuß lang und sechs Zoll breit, an der Innenkante leicht gekrümmt und spitz zulaufend. Das Metall kam ihm erstaunlich leicht vor, er schätzte das Gewicht auf weniger als zwanzig Pfund.

Zavala stieß einen leisen Pfiff aus. »Wunderschön«, murmelte er, »irgendeine Metalllegierung. Wer immer dieses Ding hergestellt hat, er rechnete nicht damit, dass es ausgerechnet dort verbogen werden würde, wo es mit dem AUV verbunden war. Das war der schwache Punkt. Die Schneide ist so scharf wie ein Samuraischwert.«

»Dann kannst du jetzt begreifen, dass einem ein einziges Paar dieser Buttermesser den ganzen Tag verderben kann.«

»Zu schade, dass Beebe nicht da ist«, sagte Zavala. »Das könnte seiner Auffassung, die Gefahren der Tiefsee würden übertrieben dargestellt werden, sicherlich einen kleinen Dämpfer verpassen.«

»Der Ozean hat dieses Ding ganz bestimmt nicht hervorgebracht. Es wurde eindeutig von Menschenhand hergestellt.« Austin drehte es hin und her. Das Metall war perfekt gegossen und geschmiedet – bis auf einen winzigen Fehler von der Größe eine Stecknadelkopfs, der sich ein paar Zoll von der Stelle entfernt befand, wo es vom AUV abgebrochen war.

Austin wickelte die Klinge wieder ein und klemmte sie zwischen die Schraubstockbacken.

»Du hast einige Zeit mit dem Doc verbracht ... Hat er irgendetwas gesagt, das cin wenig Licht in dieses Rätsel bringen könnte?«

»Er hat eine Menge von Quallen erzählt, aber *eine* Sache stach deutlich hervor.« Zavala kramte in seinem Gedächtnis. »Während wir im Schlick steckten, fragte ich ihn nach seiner Forschungsarbeit. Er sagte, er beschäftige sich mit einer Angelegenheit, die jeden Mann, jede Frau und jedes Kind auf diesem Planeten betreffe.«

»Hat er das näher ausgeführt?«

Zavala schüttelte den Kopf.

»Ich fragte ihn nach Einzelheiten. Er meinte, wenn er mir verriete, woran er arbeite, müsste er mich umbringen.«

Die rechte Seite von Austins Mund verzog sich zu einem schiefen Grinsen.

»Das hat er tatsächlich gesagt? Klingt irgendwie seltsam, wenn man bedenkt, dass ihr nur Minuten von etwas entfernt wart, das in den Schlagzeilen als grässliches Ende bezeichnet worden wäre.«

»Wir haben ja auch herzlich darüber gelacht, aber ich glaube, er hat es völlig ernst gemeint.«

Austin ließ sich Zavalas Erwiderung durch den Kopf gehen und sagte: »Was hältst du von diesem Anruf, den Doc da eben gerade erhalten hat?«

»Sah danach aus, als hätte ihm ein Pferd in den Bauch getreten.«

»Er wirkte ziemlich betroffen, das steht jedenfalls fest.«

Austin schlug vor, sich noch einmal eingehend mit Kane zu unterhalten. Während sie auf das Deck hinaustraten, sahen sie über dem Schiff Lichter kreisen und hörten das Dröhnen von Flugzeugmotoren. Kane war noch ein wenig steifbeinig, als er mit Gannon an seiner Seite auf sie zukam. Er trug seine Reisetasche.

»Zu Ihnen waren wir gerade unterwegs«, sagte der Kapitän und deutete dabei auf die kreisenden Lichter. »Das ist eine Maschine der Küstenwache, die Dr. Kane abholen soll. Ich habe sie zwar gewarnt, dass die Landung vielleicht ein wenig heikel werden könnte, aber sie meinten nur, es sei ein Notfall.«

Das Wasserflugzeug verließ seine Warteschleife, richtete die Nase abwärts und erzeugte eine wahre Wasserfontäne, als es auf dem kabbeligen Wasser aufsetzte. Das Flugzeug ließ sich bis auf hundert Fuß Entfernung ans

Schiff herantreiben. Austin half Kane beim Anlegen seiner Schwimmweste und geleitete ihn zur Rampe am Heck, wo die Mannschaft des Zodiac bereits wartete. Kane bedankte sich bei Austin, Joe und dem Kapitän für ihre Unterstützung.

»Ich finde es schade, dass Sie uns schon verlassen müssen, Doc«, sagte Austin.

»Und ich finde es mindestens ebenso schade, dass ich gehen muss.« Er lächelte und fügte gleich darauf hinzu: »Beebes Abenteuer verblasst erheblich, verglichen mit unserer Tauchfahrt.«

»Kehren Sie nach Bonefish Key zurück?«

»Nein, vorerst nicht … wir hören voneinander.«

Kane stieg ins Zodiac. Das Schlauchboot glitt ins Wasser und tanzte zum Wasserflugzeug hinüber. Eine Tür im Rumpf der Maschine der Küstenwache wurde geöffnet, Kane stieg ein, und die Maschine startete bereits, ehe das Schlauchboot zum Schiff zurückgekehrt war.

Austin, Gannon und Zavala verfolgten, wie das Wasserflugzeug aufstieg und außer Sicht geriet. Dann wandte sich Gannon an Austin und erkundigte sich, ob er am Morgen in den Hafen zurückkehren wolle. Austin machte den Vorschlag, erst noch das verloren gegangene ROV zu bergen. Gannon meinte, der Wetterbericht habe besseres Wetter angekündigt, für die Zeit, nachdem das Unwetter abgezogen sei. Er plane bereits eine Bergungsoperation, bei der das größte ROV des Schiffes, ein mechanisches Monstrum mit dem Spitznamen Humongous, zum Einsatz kommen solle.

»Viel wissen wir nicht über Doc«, sagte Zavala, nachdem sich der Kapitän entfernt hatte.

»Es wird langsam Zeit, dass wir daran etwas ändern.

Ich werde die Trouts bitten, sich doch mal eingehend mit Bonefish Key zu beschäftigten. Unterdessen gestatten die Vorschriften der britischen Navy aber eine zweite Ration Grog.«

»Dies ist doch die NUMA, und nicht die britische Navy«, sagte Zavala. »Und genau genommen ist Tequila auch gar kein Grog.«

»Darf ich darauf aufmerksam machen, dass wir uns in den Hoheitsgewässern Bermudas befinden – und somit auf britischem Territorium?«

Zavala klopfte Austin auf den Rücken und sagte etwas auf Spanisch.

»Mein *Espanol* ist ein wenig eingerostet, Kumpel«, sagte Austin. »Übersetz das bitte.«

Zavala hob das Kinn und sog die Luft ein, als hätte er einen unangenehmen Geruch wahrgenommen.

»Ich sagte, ›verdammt gute Show‹, alter Junge.«

13

Max Kane beobachtete, wie die Lichter der *William Beebe* in der Ferne verblassten, dann wandte er sich vom Fenster des Wasserflugzeugs ab und versuchte, die Ereignisse der vorangegangenen vierundzwanzig Stunden zu entwirren. Nach seinem Unterseeabenteuer war er ziemlich erledigt. Seine Gedanken führten einen wilden Tanz auf, bis ihm die Augen schließlich zufielen und er eindöste. Der Ruck, der durch das Flugzeug ging, als es aufsetzte, weckte ihn jedoch, und die Stimme des Piloten im Interkom teilte ihm mit, dass sie soeben auf der Cape Cod Air Station gelandet waren.

Ein startbereiter Privatjet brachte ihn zum Reagan National Airport in Washington. Dort rollte die Maschine in einen abgesperrten Bereich, der für VIPs reserviert war. Ein athletischer junger Mann mit militärisch kurzem Haarschnitt begrüßte Kane bereits, als er aus dem Jet stieg. Eine Pilotenbrille verdeckte die Augen des Mannes, obwohl es tiefe Nacht war, und sein schwarzer Anzug hätte Verschwörungstheoretiker in Ekstase versetzt.

»Dr. Kane?«, fragte der Mann, als könnte es daran einen Zweifel geben.

Die Frage irritierte Kane, da er der einzige Passagier in der Maschine war.

»Ja«, sagte er, »der bin ich. Und Sie sind?«

»*Jones*«, sagte der Mann mit unbewegter Miene. »Folgen Sie mir.«

Jones ging voraus zu einem schwarzen Humvee, öffnete für Kane die hintere Tür und setzte sich dann nach vorn zum Fahrer, der ebenfalls wie ein Totengräber gekleidet war. Nachdem sie das Flughafengelände verlassen hatten, rasten sie über den George Washington Memorial Parkway, als gäbe es kein Tempolimit, ließen die Stadt hinter sich und fuhren in Richtung Maryland.

Jones hatte während der Fahrt geschwiegen, doch als sie Rockville schließlich erreichten, sprach er kurz in ein Handfunkgerät. Kane hörte etwas von einem Paket, das geliefert würde. Minuten später stoppte der Humvee vor einem großen Bürogebäude. Das Schild vor diesem Gebäude wies es als Zentrale der Food and Drug Administration aus. Die Fenster der FDA waren bis auf ein paar Büros, die für den Reinigungsdienst erleuchtet waren, dunkel.

Jones geleitete Kane zu einem Nebeneingang. Mit einem Lift fuhren sie ein Stockwerk tiefer und gingen durch einen verlassenen Korridor zu einer neutral wirkenden Tür. Jones klopfte leise, öffnete dann die Tür und ließ Kane einen nichtssagenden Konferenzraum betreten, wie es Hunderte ähnliche sterile Räumlichkeiten in Regierungsgebäuden überall in der Stadt gab. Der Raum hatte einen blassgrünen Teppichboden, beigefarbene Wände, die mit für derartige Räumlichkeiten typischen Kunstwerken verziert waren, ein Rednerpult und einen Projektionsschirm. Ungefähr ein Dutzend Personen saßen an einem langen Eichentisch.

Kane umrundete den Tisch, schüttelte dabei Hände und wurde mit Hallos oder einem Lächeln begrüßt – von jedem, mit Ausnahme eines Fremden, der sich als William Coombs und Vertreter des Weißen Hauses vorstellte.

Kane setzte sich auf den einzigen freien Stuhl neben einem Mann mit energischem Kinn, der die Uniform eines Lieutenant der U.S. Navy trug.

»Hallo, Max«, sagte er. »Wie war Ihre Reise von Bermuda herüber?« Sein Name war Charley Casey.

»Schnell und kurz«, sagte Kane. »Ich kann kaum glauben, dass ich noch vor wenigen Stunden eine halbe Meile tief auf dem Grund des Ozeans gewesen bin.«

»Ich habe die Tauchfahrt im Fernsehen verfolgt«, sagte Casey. »Schade, dass ihr den Kontakt zur Oberfläche verloren habt, als es gerade interessant zu werden versprach.«

»*Interessant* ist nicht das richtige Wort dafür«, sagte Kane. »Aber es ist durchaus mit diesen verrückten Vorgängen um das Labor zu vergleichen. Gibt es dort irgendwelche Neuigkeiten?«

Der Lieutenant schüttelte den Kopf.

»Wir versuchen noch immer, eine Verbindung zu ihnen herzustellen«, sagte er, »aber bisher haben wir keine Antwort erhalten.«

»Könnte es an einem Defekt des Kommunikationssystems liegen?«

Casey sah Coombs an.

»Wir haben Grund zu der Annahme, dass die Ursache mehr als nur eine Störung des Systems ist«, sagte Casey.

»Vielleicht wollen Sie Dr. Kane auf den aktuellen Stand bringen, soweit wir ihn kennen, Lieutenant Casey«, sagte Coombs.

Der Lieutenant nickte, schlug einen Schnellhefter auf und holte mehrere Bögen Papier daraus hervor.

»Auf Grund von Zeugenaussagen haben wir ein Szenario entworfen. Die Situation war ziemlich verworren, und es kommen immer noch neue Meldungen herein. Aber mit Sicherheit wissen wir Folgendes: Gestern um etwa 14.00 Uhr hiesiger Zeit wurde ein Marschflugkörper auf die *Proud Mary,* das Versorgungs- und Sicherheitsschiff des Labors, abgefeuert.«

Kane schüttelte ungläubig den Kopf.

»Eine Rakete? Das kann nicht wahr sein!«

»Ich fürchte aber, es ist wahr, Max. Die Rakete hat das Schiff an Backbord getroffen. Niemand wurde getötet, aber mindestens ein Dutzend Leute wurde verletzt. Die *Mary* ist ein zähes altes Mädchen. Sie blieb schwimmfähig und konnte einen Notruf absetzen. Der Marinekreuzer *Concord* erreichte sie nach wenigen Stunden und rettete die Verletzten. Danach wurden wiederholt Versuche unternommen, mit dem Locker Verbindung aufzunehmen. Ohne Erfolg.«

»Vielleicht wurde die Kommunikationsboje in Mitleidenschaft gezogen«, überlegte Kane.

»Negativ. Der Kreuzer hat die Boje überprüft. Sie war unbeschädigt.«

»Wo befand sich das Serviceboot des Labors, als all dies geschah?«

»Kurz vor dem Angriff hat das U-Boot einen Firmenvertreter, der für die Sicherheit des Labors zuständig ist, hinuntergebracht. Das U-Boot befand sich noch am Labor, als die Rakete einschlug.«

»Was ist mit den Mini-U-Booten des Labors?«, fragte Kane. »Sie können doch eingesetzt werden, um das Labor in einem Notfall zu evakuieren. Das Labor verfügt außerdem über Rettungsinseln als letzte Zuflucht.«

»Keine U-Boote oder Inseln, Max. Wir vermuten, dass das, was dem Labor zugestoßen ist, aus heiterem Himmel kam und katastrophale Folgen hatte.«

Um Kane drehte sich alles. Er sank auf seinem Stuhl zusammen, während er sich bemühte, die Schlussfolgerungen, die sich aus Caseys Feststellung ergaben, zu verarbeiten. Er dachte an Lois Mitchell und die anderen Angehörigen des Bonefish-Key-Laborpersonals, die sich versammelt hatten, um ihn zu seiner B3-Tauchfahrt zu schicken. Nach einem kurzen Moment fing er sich jedoch und machte sich bewusst, dass er ein Wissenschaftler war, für den nur Fakten galten und keine Vermutungen.

Kane richtete sich auf seinem Platz auf und sagte: »Wie lange wird es dauern, bis wir das Labor selbst überprüfen können?«

»Die *Concord* schickt ein ferngesteuertes Vehikel hinunter«, sagte Casey. »Im Augenblick können wir nichts anderes tun, als auf ihren Bericht zu warten.«

»Ich hoffe allerdings, dass die Navy etwas mehr tut, als nur still herumzusitzen«, bemerkte Coombs. »Konnten Sie die Herkunft der Rakete ermitteln?«

Der Lieutenant hob eine Augenbraue. Coombs war einer dieser omnipräsenten jungen Stabsangestellten, die so aussehen, als wären sie mit einer Ausstechform aus einem weißen Backteig ausgestanzt worden. Er wirkte so adrett wie ein West-Point-Absolvent, obgleich die einzige Uniform, die er je in seinem Leben getragen hatte, die Kluft der Eagle Scouts gewesen war. Er hatte einen Mehrzweck-Gesichtsausdruck stiller Kompetenz kultiviert, der es nicht schaffte, eine kaum verhohlene Arroganz zu kaschieren. Während seiner Marinelaufbahn war Casey wiederholt Klons dieses Mannes aus dem Weißen Haus mit ihrem übertriebenen Machtbewusstsein begegnet und hatte es allmählich gelernt, seine Verachtung hinter einer Fassade unverbindlicher Höflichkeit zu verstecken.

Er schickte seiner Antwort ein freundliches Lächeln voraus.

»Die Navy kann gleichzeitig marschieren und Kaugummi kauen, Mr Coombs. Wir haben die wahrscheinliche Flugbahn der Rakete rekonstruiert und Flugzeuge und Schiffe zum Startort geschickt.«

»Das Weiße Haus interessiert sich nicht für Flugbahnen und Positionsberechnungen, Lieutenant. Wurde die Startposition ermittelt? Wenn die Rakete von einer fremden Macht abgefeuert wurde, könnte das ernste internationale Auswirkungen haben.«

»Alles, was wir wissen, Sir, ist, dass die Rakete von einem Schiff, einem U-Boot oder einem Flugzeug abgefeuert werden konnte. Zurzeit tappen wir noch im Dunkeln. Aber wir sind für Vorschläge, wie weiter verfahren werden soll, natürlich immer dankbar, Sir.«

Coombs war einfach viel zu erfahren in der Kunst, Verantwortung weiterzureichen, um den Köder zu schnappen.

»Ich überlasse das lieber der Navy«, sagte er, »aber eines kann ich Ihnen doch verraten: Diese Angelegenheit deutet auf einen bestens organisierten und ausreichend finanzierten Plan hin.«

»Ich werde Ihnen in diesem Punkt nicht widersprechen«, sagte Kane. »Etwa zur gleichen Zeit, als die *Proud Mary* angegriffen wurde, hat man versucht, die Tauchfahrt der B3 zu sabotieren. Ich habe den Verdacht, dass *ich* selbst das Ziel dieser Aktivitäten war.«

Kane wartete, bis sich die lautstarke Reaktion gelegt hatte, und schilderte dann die Einzelheiten der Attacke auf die Tauchkugel.

Als Coombs von Austins Rettungsaktion hörte, meinte er: »Ich habe gehört, wie Vizepräsident Sandecker Kurt

Austin erwähnte. Er ist eine Art Problemlöser der NUMA. Nach dem wenigen, was ich über die Heldentaten dieses Mannes weiß, säßen Sie wahrscheinlich noch immer auf dem Meeresboden, wenn er nicht an Bord der *Beebe* gewesen wäre. Diese Geschichte mit dem Labor ergibt zunehmend Sinn. Jemand möchte unser Projekt zum Scheitern bringen.«

»Das ist auch meine Vermutung«, sagte Kane. »Die Leute, die hinter dem Angriff auf das Labor stehen, müssen zu dem Schluss gekommen sein, dass sie mich in der Bathysphäre erwischen können.«

Dr. Sophie Pappas, das einzige weibliche Mitglied des wissenschaftlichen Gremiums, fragte: »Warum haben die Leute, die mit diesen Ereignissen zusammenhängen, eigentlich nicht gewartet, bis Sie wieder ins Labor zurückgekehrt sind? Anstatt zwei gleichzeitige Aktionen durchzuführen, hätten sie doch mit einer einzigen ihr Ziel erreichen können.«

»Gute Frage.« Coombs wandte sich an Kane. »Kann die Arbeit im Labor ohne Sie fortgesetzt werden?«

Kane nickte bejahend.

»Klar«, sagte er. »Als Direktor besteht meine Aufgabe lediglich darin, das Projekt zu beaufsichtigen. Ich bin eher ein wissenschaftlicher Koordinator als ein reiner Forscher. Lois Mitchell, meine Assistentin, weiß viel besser über die Einzelheiten des Projekts Bescheid.«

»Das heißt, das Projekt könnte zwar ohne *Sie* fortgesetzt werden, nicht aber ohne Ihre Assistentin«, meinte Coombs.

Kane nickte. »Ich habe größere Erfahrung im Umgang mit der Regierungsbürokratie, aber sie könnte das Projekt auch ohne mich innerhalb von wenigen Tagen zum Abschluss bringen. Andererseits bin ich ausreichend orientiert, um die Arbeit mit den restlichen Wissenschaftlern in Bonefish Key wieder aufzunehmen. Es würde zwar einige Zeit dauern, aber ich könnte die Dinge wieder in Gang bringen.«

»Nicht aber, wenn Sie tot sind«, sagte Coombs. »Doch das Labor könnte ohne Sie weiterarbeiten, was bedeutet, dass es wahrscheinlich *nicht* zerstört wurde.«

»Ihre Theorie erscheint auf eine verrückte Art und Weise logisch«, sagte Kane.

»Vielen Dank. Es ist immer von Vorteil, auf verschlungenen Wegen denken zu können, wenn man für die Regierung arbeitet. Haben wir die chinesische Regierung bereits über die Vorfälle informiert?«

»Nach unserem Treffen kontaktiere ich Colonel Ming, meinen chinesischen Verbindungsmann bei diesem Projekt«, sagte Lieutenant Casey. »Er ist zwar korrupt bis auf die Knochen, wie ich hörte, aber er hat ausgezeichnete Verbindungen. Vielleicht weiß er etwas, das uns weiterhelfen kann.«

»Das hoffe ich. Dieser Vorfall mit dem Labor hätte zu keinem ungünstigeren Zeitpunkt stattfinden können«, sagte Coombs. »Die Gegenseite bereitet sicherlich schon den nächsten Schritt vor.«

Coombs schnippte mit den Fingern, und sein Assistent ging zu einem Computer mit großem Monitor, der am Ende des Tisches stand, und rief eine Landkarte von China auf.

»Dieser rote Punkt zeigt das Dorf, wo der erste Krankheitsfall beobachtet wurde. Diese anderen drei Punkte zeigen, dass die Epidemie aus der Quarantäne ausgebrochen ist und sich über ihre ursprüngliche Quelle hinaus ausbreitet. Wir nehmen an, dass sich das Virus über das Grundwasser verbreitet. Der Erreger springt von Dorf zu Dorf. Irgendwann wird er die großen Städte erreichen. Sobald er in Bevölkerungskonzentrationen wie Hongkong, Peking oder Shanghai eindringt, wird nicht mehr zu verhindern sein, dass sich das Virus auch in der restlichen Welt ausbreitet. Innerhalb weniger Wochen wird es dann in Nordamerika ankommen.«

Für einen Moment herrschte am Tisch betretenes Schweigen, danach fragte Casey: »Wie lange noch, bis es in einer städtischen Region zuschlägt?«

»Die Computer meinen: in zweiundsiebzig Stunden. Von Mitternacht an gerechnet.«

»Damit haben wir noch genug Zeit, um es mit dem Impfstoff zu stoppen«, sagte Casey. »Vorausgesetzt wir können die Verbindung zu dem Labor wieder herstellen. Sobald wir Zugriff auf die Kulturen haben, können wir hoffen, den Impfstoff in ausreichender Menge zu produzieren.«

»Das klingt ja wie das Pfeifen im Walde«, sagte Coombs. »Wir haben keine Ahnung, was mit dem Labor passiert ist, ehe die Navy ihren Job gemacht hat.« Coombs lehnte sich auf seinem Stuhl zurück und stützte die Fingerspitzen gegeneinander. »Kommen wir also auf die ursprüngliche Frage zurück. Wer hätte einen Vorteil davon, die Arbeit des Labors zu behindern oder gar null und nichtig zu machen?«

»Diese Frage würde ich gerne übergehen, bis wir mehr wissen«, sagte Kane. Die anderen Anwesenden nickten zustimmend.

»Okay«, sagte Coombs mit einem Achselzucken. »Vielleicht kann dann jemand die Frage beantworten, woher die Angreifer sowohl von der Existenz *als auch* von der genauen Position einer streng geheimen Einrichtung wissen konnten.«

»Eigentlich waren undichte Stellen unvermeidlich«, sagte Kane. »Als dieses Komitee seine Erkenntnisse der Regierung zum ersten Mal vorlegte und Uncle Sam Bonefish Key als Tarnung etablierte, waren wir in Sachen Geheimhaltung noch ziemlich unerfahren. Und … der Wissenschaftler neigt ja von Natur aus eher dazu, Informationen publik zu machen und nicht, sie zurückzuhalten.«

»Deshalb wurde die Forschung von Bonefish Key in den Locker verlegt«, sagte Coombs, »damit wir alles besser unter Kontrolle hatten und dem Forschungsobjekt näher sind.«

»Es gab auch gewichtige Gründe, die allgemeine Sicherheit betreffend«, sagte Kane. »Wir arbeiteten mit einem Pathogen, das übers Wasser übertragen wird, und spielten mit veränderten Lebensformen herum. Das Bonefish-Key-Labor befindet sich in der Nähe bewohnter Gegenden, die während der ersten Phasen unserer Forschungsarbeit hätten in Mitleidenschaft gezogen werden können.«

Coombs runzelte die Stirn.

»Die Existenz des Lockers unterlag noch strengeren Geheimhaltungsbestimmungen als das Manhattan Project«, sagte er. »Was ist mit dieser Frau in Ihrem Labor? Dieser Wissenschaftlerin, die uns die Chinesen als Unterstützung geschickt haben?«

»Dr. Song Lee? Für die verbürge ich mich. Sie war während der SARS-Epidemie die Informantin. Mit ihrer Offenheit hat sie es riskiert, ins Gefängnis gesteckt zu werden. Ihre Beiträge zu dem Projekt waren von entscheidender Bedeutung.«

»Das waren Oppenheimers Beiträge zum Manhattan Project auch«, warf Coombs ein. »Das hat ihn jedoch nicht davon abgehalten, mit Landesverrat zu liebäugeln.«

»Ehe Sie Dr. Lee verdächtigen, möchte ich mit Nachdruck darauf hinweisen, dass ich in Bonefish Key der Einzige war, der die genaue Lage des Labors kannte. Diese Information kann demnach aus einer Quelle außerhalb gekommen sein. Wie steht es zum Beispiel mit der Sicherheitsfirma?«

Lieutenant Casey ergriff das Wort. »Die Sicherheitsleute hatten keine Ahnung, woran im Labor gearbeitet wurde, aber sie wussten immerhin, wo es sich befand. Und sie haben vielleicht nicht so konsequent dichtgehalten wie eine Regierungsabteilung.«

Der Lieutenant machte keinen Hehl aus seiner kritischen Haltung zu der Entscheidung, die Sorge für die Sicherheit des Labors einer zivilen Firma zu übertragen.

»Der Einsatz von Privatfirmen ist gängige Praxis«, sagte Coombs, »vor allem seit dem Irak-Krieg.«

»Wo es sich immer wieder erwiesen hat, dass die Regierung über kaum ausreichende Möglichkeiten verfügt, deren Dienst zu kontrollieren«, sagte Casey. »Die Steuerzahler bluten für eine professionell agierende Navy und nicht für eine Bande zur See fahrender Cowboys.«

»Sie sind auf der falschen Baustelle, Lieutenant«, sagte Coombs. Er hatte seine betont lässige Haltung aufgegeben, sein Gesicht war zorngerötet.

Das Telefon des Lieutenants trillerte und brach eine hitzige Diskussion über den Einsatz privater Söldner im Ansatz ab. Er führte ein kurzes Gespräch mit dem Anrufer, dann trennte er die Verbindung.

»Das ROV befindet sich über dem Laborstandort, Sir«,

meldete er mit einem scharfen Seitenblick zu Coombs. »Es sendet Fotos vom Meeresboden.«

Er erhob sich von seinem Stuhl und ging zu einem Computer am Ende des Tisches, auf dem das Power-Point-Programm gestartet worden war. Nach einem Mausklick erschien ein Bild des Meeresgrunds auf dem Projektionsschirm. Von dem Labor war nichts zu sehen, nicht einmal irgendwelche Trümmer, die darauf hätten schließen lassen, dass der Locker zerstört worden war.

»Sind Sie sicher, dass Sie die richtige Position getroffen haben?«, fragte Coombs mit gereizter Stimme.

»Absolut«, erwiderte Casey. »Sehen Sie genau hin. Sie können die großen runden Eindrücke im Sand noch deutlich erkennen. An diesen Stellen standen die Stützpfeiler des Labors.«

»Was hat das alles zu bedeuten?«, wollte Coombs wissen.

Casey lächelte düster.

»Es ist nur eine wilde Vermutung, Mr Coombs, aber ich würde sagen, es bedeutet, dass Davy Jones's Locker entführt wurde.«

Kane konnte es noch immer nicht glauben.

»Wie kann etwas derart Voluminöses einfach verschwinden?«, fragte er.

»Sie können sich ja gerne den Kopf darüber zerbrechen, wie es geschehen konnte, dass diese Anlage vor den Augen der U.S. Navy gehijacked wurde«, sagte Coombs. »Ich aber sorge währenddessen dafür, dass Dr. Kane auf eine ähnliche Art und Weise verschwindet.«

Coombs hob eine Hand, um Kanes nächste Frage abzuschneiden, holte sein Mobiltelefon aus der Innentasche seines Jacketts und tippte hastig eine Nummer ein.

»Wir haben ein Problem«, meldete er sich ohne Um-schweife.

Nach einer kurzen Unterhaltung trennte er die Verbin-dung wieder.

»Sie tauchen unter, Dr. Kane«, bestimmte er.

Als Kane protestierte, schnitt ihm Coombs abermals das Wort ab.

»Entschuldigen Sie die vorübergehenden Unannehm-lichkeiten«, sagte er, »aber irgendjemand möchte Sie aus dem Weg haben. Diese Attacken beweisen, dass unbefugte Leute herausgefunden haben, dass wir einen hohen Auf-wand auf uns nahmen, das Projekt geheimzuhalten. Selbst ohne die natürlichen katastrophalen Folgen, die Sie schon angedeutet haben, wären die politischen Auswirkungen ungeheuerlich, wenn von diesen Forschungen etwas nach außen dringen würde.«

»Diese Gefahr kann ich eigentlich nicht erkennen«, sagte Kane. »Wer immer versucht, unsere Arbeit zu behindern, hat offenbar ebenfalls eine Vorliebe für Geheimnisse.«

»Der Unterschied ist, dass wir an die Öffentlichkeit ge-gangen wären, sobald wir den Impfstoff gehabt hätten«, sagte Coombs.

An der Tür wurde geklopft, und Jones betrat den Be-sprechungsraum. Er trug noch immer seine Sonnenbrille. Kane kam sich vor, als würde er unter Hausarrest gestellt werden. Er verabschiedete sich und folgte Jones hinaus auf den Korridor.

Coombs wandte sich wieder an die anderen.

»Ich werde dem Präsidenten empfehlen, das Land auf einen nationalen Notstand vorzubereiten«, sagte er. »Wir werden die CDC benachrichtigen und ihnen klarmachen, dass dies der absolute Ernstfall ist.«

»Ich informiere Vizepräsident Sandecker direkt«, sagte Casey. »Er hat Kontakt zur NUMA und wird sie in die Suche nach dem Labor einbinden.«

»Gute Idee«, antwortete Coombs. »Vielleicht kann ja dann dieser Austin der Navy dabei helfen, ihren Job zu erledigen.«

Diese letzte Bemerkung sollte ein weiterer Seitenhieb gegen die Navy sein, aber Casey reagierte auf die neuerliche Spitze des Vertreters des Weißen Hauses gar nicht erst. Er lächelte Coombs lediglich freundlich an.

»Vielleicht kann er das, ja«, sagte er.

Kane versuchte, den Mann in Schwarz zu provozieren.

»Ich nehme an, wir gehen auf Tauchstation«, sagte er, während sie zum Fahrstuhl gingen.

»Häh?«, fragte Jones.

»Aus dem Paten … Mafia-Jargon.«

»Wir sind nicht die Mafia, Sir.«

Nein, das seid ihr nicht, dachte Kane, während er Jones folgte, *aber ihr könntet es durchaus sein.* Er konnte der Versuchung nicht widerstehen, ein weiteres Zitat aus dem Film zum Besten zu geben.

»Vergessen Sie nicht die *cannoli*«, sagte er.

14

Ein paar Minuten nach ein Uhr morgens stieß ein Schlauchboot leise gegen den Rumpf der *William Beebe*. Vier Gestalten in schwarz-grünen Tarnanzügen kletterten über
Strickleitern mit gepolsterten Fanghaken, die sie zuvor
über die Reling geworfen hatten, an Bord des Schiffes.
Nacheinander rollten sie sich über die Reling und husch-
ten als lautlose Schatten eilig über das Deck.

Bis auf die Nachtwache auf der Brücke schlief die Schiffs-
besatzung in ihren Kabinen und erholte sich von den Strapazen der Bathysphären-Tauchfahrt und ihrer abschließenden Rettung und Bergung. Austin war jedoch noch wach,
und nachdem er längere Zeit grübelnd zur Decke seiner
Kabine gestarrt hatte, stand er auf, zog sich an und begab
sich in die Schiffswerkstatt.

Er knipste die Beleuchtung an und untersuchte die Klinge im Schraubstock. Er fand ein Vergrößerungsglas, platzierte eine Tischlampe über der Klinge und untersuchte die winzige Vertiefung in der Nähe der Bruchstelle.
Durch die Lupe erkannte er, dass der vermeintliche Ma-
kel in Wirklichkeit ein Kennzeichen in der Form eines
gleichschenkligen Dreiecks mit jeweils einem Punkt an
den Ecken war.

Austin übertrug das Symbol auf einen Notizblock. Er
betrachtete es einige Sekunden lang, doch ihm wollte
nichts dazu einfallen. Er legte den Schreibblock beiseite
und ging aufs Deck hinaus, in der Hoffnung, dass die küh-

le Nachtluft die letzten Schlafreste aus seinem Bewusstsein vertrieb. Er machte einen tiefen Atemzug, aber der plötzlich verstärkt einströmende Sauerstoff erzeugte stattdessen ein Gähnen. Seine Synapsen brauchten einen stärkeren Reiz.

Er blickte zu den Lichtern der Kommandobrücke hinauf, die die Fenster des Steuerhauses erhellten. Die Nachtwache hatte immer eine Kanne mit frischem Kaffee bereitstehen. Er stieg über die Außentreppe zum Brückenflügel an Steuerbord. Der Klang einer männlichen Stimme drang durch die halb offene Tür nach draußen. Die Worte wurden eher geknurrt als gesprochen, und zwar mit einem Akzent, den Austin nicht auf Anhieb erkennen konnte. Aber ein Wort war deutlich zu verstehen.

Kane.

Kurt Austins geschärfter Instinkt meldete sich. Er entfernte sich von der Tür, drückte sich mit dem Rücken gegen die Außenwand der Brücke und schob sich lautlos zum Fenster. Er sah den Dritten Offizier Marla Hayes, ein männliches Besatzungsmitglied und Kapitän Gannon. Der Kapitän musste aus seiner Koje geholt worden sein, denn er trug ein Jackett über seinem Pyjama und Pantoffeln an den Füßen.

Vier Gestalten in Kampfanzügen umstanden den Kapitän, den Dritten Offizier und den Matrosen. Kapuzen verhüllten die Gesichter dreier Kommandosoldaten. Der vierte hatte sie abgestreift und zeigte ein asiatisches Gesicht mit jadegrünen Augen und einen kahl rasierten Schädel. Alle vier trugen kurzläufige Maschinenpistolen in der Armbeuge sowie Pistolen und lange Messer in ihren Gürteln an der Hüfte.

»Ich kann nur wiederholen: Dr. Kane ist nicht mehr auf

dem Schiff«, sagte Gannon soeben. »Er hat es schon vor Stunden mit einem Wasserflugzeug verlassen.«

Der kapuzenlose Kommandosoldat reagierte mit der Schnelligkeit einer angreifenden Klapperschlange. Seine freie Hand schoss nach vorn und traf den Solarplexus des Kapitäns.

»Lügen Sie mich nicht an!«, schnappte er.

Der Kapitän knickte nach vorne ein, brachte aber dennoch mühsam eine Antwort zustande.

»Kane ist nicht hier«, keuchte er. »Sie können ja das ganze verdammte Schiff durchsuchen, wenn Sie mir nicht glauben.«

»Nein, Captain«, sagte sein Widersacher. »*Sie* werden das Schiff durchsuchen. Rufen Sie alle Mann an Deck.«

Immer noch gekrümmt vor Schmerzen, griff Gannon widerstrebend zu einem Mikrofon der Lautsprecheranlage der *Beebe*. Als er mit dem Hörer am Ohr zögerte, rammte ihm sein Gegner den Lauf der Maschinenpistole brutal in die Seite, um seine Ungeduld zu unterstreichen.

Gannon krümmte sich, widerstand jedoch trotzig dem Drang, einen Schmerzlaut von sich zu geben. Er holte tief Luft und räusperte sich.

»Hier spricht der Kapitän. Alle Mann an Deck. Alle Offiziere und Mannschaften versammeln sich auf dem Schiffsheck.«

Gannons Gegner bellte einen Befehl und dann trieben er und zwei seiner Komplizen ihre Gefangenen zur Tür. Austin verfolgte das Geschehen und stieg eine Leiter hinauf, die zum Funkmast auf dem Dach des Steuerhauses führte. Von seinem Aussichtspunkt verfolgte er, wie die Gruppe zum Hauptdeck hinunterstieg. Er kletterte zurück und blickte durch ein Fenster. Ein Kommandosol-

dat war als Wache im Steuerzentrum des Schiffes zurückgeblieben.

Austin huschte die Treppe ins untere Deck hinab, öffnete leise die Tür von Zavalas Kabine, trat ein und stieß
die Gestalt unter der Bettdecke an. Zavala stöhnte, dann
schlug er die Decke zurück und setzte sich auf die Bett-
kante.

»Oh, hi, Kurt«, sagte er gähnend. »Was ist los?«

»Hast du nicht gehört, dass der Kapitän die Mannschaft
an Deck gerufen hat?«, fragte Austin.

Zavala rieb sich den Schlaf aus den Augen.

»Das habe ich schon gehört«, gab er zu, »aber ich gehöre ja nicht zur Mannschaft, also bin ich liegengeblieben.«

»Deine Fähigkeit zur Haarspalterei hat dir vielleicht den
Hals gerettet«, sagte Austin.

Zavala war sofort hellwach.

»Was ist los, Kurt?«

»Wir haben ungebetenen Besuch. Eine Bande schwer
bewaffneter Zeitgenossen in Ninja-Kluft.«

»Wie viele?«

»Ich weiß von vieren, aber es könnten auch mehr sein.
Sie suchen Kane. Gannon hat ihnen erklärt, Doc sei nicht
auf dem Schiff, aber sie glauben ihm nicht. Also musste er
die Mannschaft zusammenrufen.«

Zavala murmelte etwas auf Spanisch, dann sprang er
aus seinem Bett, schlüpfte in eine Jeans und eine Windjacke und zog sich seine Strickmütze über die Ohren, die ja
Glück bringen sollte.

»Wie sieht die Bewaffnung der Gegenseite aus?«, fragte er.

Austin berichtete ihm von den Maschinenpistolen und
den Pistolen, die die Kommandosoldaten bei sich hatten.

Zavala runzelte die Stirn. Keiner von ihnen hatte daran gedacht, zu dieser friedlichen Expedition Waffen mitzunehmen.

»Dann müssen wir erstmal improvisieren«, entschied Austin.

Zavala zuckte die Achseln.

»Wäre das was Neues?«, fragte er.

Austin warf einen Blick in den Korridor hinaus. Niemand war dort zu sehen, daher machte sich Austin auf den Weg zur Brücke, mit Zavala dicht hinter ihm. Der Soldat war immer noch auf dem Posten und zündete sich soeben eine Zigarette an. Austin deutete mit einem Finger auf seine Brust und dann zur Dachleiter. Zavala krümmte Zeigefinger und Daumen zu einem Okay-Zeichen. Sobald Austin das Dach erreicht hatte, klopfte Zavala gegen die Fensterscheibe und winkte dem Soldaten, der mit der Maschinenpistole im Anschlag aus der Brücke stürmte.

»*Buenas noches*«, sagte Zavala und zeigte ihm sein liebenswürdigstes Lächeln.

Zavalas südländischer Charme traf jedoch auf taube Ohren. Der Mann zielte auf Zavalas Bauchnabel. Zavala hob die Hände. Der Mann griff nach einem Sprechfunkgerät an seinem Gürtel, als Austin sich auf dem Dach bemerkbar machte.

»Huu-huu!«, rief er. »Ich bin hier oben!«

Der Mann blickte hoch und sah einen grauhaarigen Wasserspeier, der zu ihm herabgrinste. Er hob die Maschinenpistole, doch Austin sprang vom Dach herab und landete mit seinem gesamten Gewicht auf den Schultern des Mannes. Dieser wurde bei der Landung von mehr als zweihundert Pfund Muskeln und Knochen wie eine Lumpenpuppe zusammengefaltet und stürzte krachend auf das Deck.

Dabei rutschte ihm die Maschinenpistole aus der Hand. Zavala setzte hinter der Waffe her und fing sie geschickt auf, ehe sie über die Brückenkante rutschen konnte. Nun richtete er die Waffe auf den Mann, der reglos dalag.

»Hast du wirklich *huu-huu* gesagt?«, wollte er von Austin wissen.

»Für eine förmliche Vorstellung hatte ich nicht genügend Zeit.«

Austin stieß den Mann mit dem Fuß an und befahl ihm aufzustehen. Als keine Reaktion erfolgte, wälzte er ihn auf den Rücken und nahm ihm die Maske ab. Zum Vorschein kamen asiatische Gesichtszüge. Blut sickerte aus einem Mundwinkel.

»Wenn er aufwacht, braucht er einen guten Orthopäden«, stellte Zavala fest.

Austin tastete am Hals des Mannes nach seinem Puls.

»Das dürfte die geringste seiner Sorgen sein«, sagte er. »Besser wäre es, wenn er sich einen Totengräber sucht.«

Zavala trat die Zigarette aus, die dem Mann aus dem Mund geflogen war.

»Jemand hätte ihn darauf aufmerksam machen sollen, dass Rauchen schlecht für die Gesundheit ist«, sagte er.

Sie schleiften den Körper in den Brückenraum. Austin setzte schnell einen Notruf ab, während Zavala dem Mann seine Pistole abnahm. Sie schlichen aufs Deck hinunter. Indem sie die zahlreichen Schatten der Aufbauten nutzten, arbeiteten sie sich bis zum Heck vor. Die Scheinwerfer, die als Beleuchtung bei nächtlichen Operationen benutzt wurden, waren eingeschaltet worden und tauchten das Deck in ein grelles Licht. Die Mannschaft und die Offiziere drängten sich dicht zusammen und wurden von zwei Kommandosoldaten bewacht. Der kahl rasierte Mann hatte seine

Maschinenpistole auf Gannon gerichtet, während er mit der anderen Hand dem Kapitän ein Foto von Max Kane vor die Nase hielt.

Der Kapitän schüttelte den Kopf und deutete zum Himmel. Dabei wirkte er eher verärgert als ängstlich.

Der Mann stieß Gannon wütend zur Seite und wandte sich an die Besatzung der *Beebe*. Er hielt das Foto hoch.

»Sagt mir, wo sich dieser Mann versteckt«, rief er, »und wir lassen euch in Ruhe.«

Als niemand auf sein Angebot reagierte, ging er zu der Mannschaft hinüber, studierte ihre furchtsamen Mienen, dann packte er einen Arm, der Marla gehörte. Er zwang sie, sich hinzuknien, sah auf die Uhr und sagte: »Wenn Kane nicht in fünf Minuten hier erscheint, töte ich diese Frau. Danach wird jede Minute ein Mann erschossen, bis Kane aus seinem Versteck kommt.«

Auf dem Deck lag Austin bäuchlings neben Zavala und versuchte, den Kommandosoldaten ins Visier zu bekommen. Aber die Besatzung stand ihm im Weg. Selbst wenn er den Mann mit dem ersten Schuss erwischen sollte, schaffte er es vielleicht nicht mit den anderen beiden, die das Deck mit ein paar kurzen Feuerstößen aus ihren Maschinenpistolen leerfegen konnten. Er senkte seine Waffe und gab Zavala ein Zeichen. Kriechend zogen sie sich in den Schatten der Schiffsgarage zurück.

»Ich kann Kugelköpfchen nicht abknipsen«, sagte Austin. »Selbst wenn ich es schaffen sollte, können seine Freunde immer noch wild um sich schießen.«

»Was wir brauchen, ist ein *Tank*«, pflichtete ihm Zavala bei.

Austin starrte seinen Freund an und schlug ihm anerkennend auf die Schulter.

»Du bist ein *Genie*, Joe. Das ist genau das, was wir brauchen.«

»Ein Genie? Oh, verdammt«, sagte er, als sei ihm gerade etwas eingefallen. »Der *Humongous*? Das ist ein ROV, Kurt, kein Panzer.«

»Das ist aber auf jeden Fall besser als nichts«, sagte Austin.

Schnell skizzierte er einen Plan.

Zavala salutierte zum Zeichen, dass er verstanden hatte, dann eilte er zur Fernsteuerungsstation. Austin schlüpfte durch eine Tür in die Schiffsgarage und knipste das Licht an. Der Humongous war schon zur Tür gezogen worden, um für die Suche nach dem ROV am nächsten Morgen bereitzustehen.

Er hatte etwa die Ausmaße eines Land Rovers und verfügte über Gleisketten, die ihm gestatteten, sich auf dem Meeresgrund vorwärtszubewegen. Ein mit Schaumstoff gefüllter Schwimmkörper enthielt die Instrumente, die Scheinwerfer und die Ballasttanks. Sechs Strahldüsen ermöglichten dem Fahrzeug ein präzises Manövrieren unter Wasser, dazu trug es eine Batterie von Standbild- und Fernsehkameras, Magnetometern, Sonaren, Wasserprobenbehältern und Instrumenten zum Messen der Wasserbeschaffenheit, der Lichtdurchlässigkeit und der Temperatur.

Die beiden zurzeit zusammengefalteten Manipulatoren, die am vorderen Ende herausragten, konnten mit chirurgischer Präzision eingesetzt werden. Ihre Klauen vermochten winzigste Bodenproben aufzunehmen und in einen Sammelkorb unter dem Vehikel zu befördern.

Etwa zweihundert Fuß Versorgungsleitung lagen aufgerollt hinter dem ROV. Austin stand davor und wartete, während wertvolle Sekunden verstrichen. Dann flammten die Suchscheinwerfer des Fahrzeugs auf und seine Elektromotoren summten.

Austin bewegte die Arme vor den Kameras. Zavala sah ihn auf dem Monitor und wackelte mit den Manipulatoren zum Zeichen, dass er seinen Platz an den Kontrollen eingenommen hatte.

Austin umrundete das ROV und kletterte hinauf. Zavala startete das Fahrzeug. Der Humongous ruckte vorwärts, krachte gegen die Türflügel der Garage und drückte sie weit auf. Während er sich mit knirschenden Gleisketten auf das Deck schob, wedelte Zavala mit den Manipulatoren und ließ die Greifer auf- und zuschnappen, um die dramatische Wirkung zu erhöhen.

Marlas Möchtegern-Henker wirbelte zu den Garagentoren herum und sah ein gigantisches Krustentier auf sich zukommen. Marla nutzte den Moment der Ablenkung, sprang auf die Füße und rannte in Deckung. Einer der anderen Soldaten bemerkte den Fluchtversuch des Dritten Offiziers und zielte mit der Waffe auf die davonrennende Gestalt.

Austin feuerte eine Salve, die den Mann in Taillenhöhe durchlöcherte. Der kahlrasierte Mann und der andere Soldat verschwanden hinter einem Deckskran und überschütteten den Humongous mit einem Kugelregen. Sie schalteten die Suchscheinwerfer aus und dann erwischte eine Kugel auch die Kamera.

Im Kontrollraum wurde der Monitor schwarz. Zavala hielt das Vehikel zwar in Fahrt, hatte jedoch ohne die elektronischen Augen Schwierigkeiten, es zu lenken. Der Humongous wich wie betrunken nach rechts aus, stoppte mit einem Ruck, dann bewegte er sich nach links. Er wiederholte dieses Manöver, ständig beharkt von einem nicht enden wollenden Kugelregen. Plastik-, Schaum- und Metalltrümmer füllten die Luft, bis die Kugeln ein elektrisches Feuer entfachten.

Austin würgte, als beißender Qualm seine Lungen füllte. Er spürte, wie der Humongous unter ihm zertrümmert wurde. Er sprang vom Heck des unkontrolliert vorwärtsrollenden ROV und rannte zu einer Schiffsseite, warf sich hinter einen hohen Belüftungsschacht, landete auf dem Deck und rollte sich einige Yards zur Seite. Er stoppte und feuerte eine Salve direkt auf die Mündungsblitze vor sich. Jetzt war *er* mit einem Glückstreffer an der Reihe. Eine der Maschinenpistolen verstummte. Austin schoss weiter, bis er das Magazin seiner Waffe geleert hatte.

Kurz darauf nutzte der kahlrasierte Mann den Vorteil der Feuerpause und rannte zur Schiffsseite.

Austin trat ins Freie hinaus, zielte mit der leer geschossenen Waffe auf den flüchtenden Mann und rief: »Hey, Kugelkopf! Nicht so eilig! Der Spaß fängt gerade erst an!« Nun hob Austin die Maschinenpistole.

Der Mann blieb stehen und wandte sich in etwa zwanzig Fuß Entfernung zu Austin um. Der Humongous stand mittlerweile in Flammen, und das Gesicht des Mannes und seine seltsam grünen Augen waren im flackernden Feuerschein deutlich zu erkennen. Ein Lächeln breitete sich auf seinem brutalen Gesicht aus.

»Du bluffst«, sagte er. »Wenn du könntest, hättest du mich längst erschossen.«

»Bist du ganz sicher?«, fragte Austin und kniff ein Auge zu, als zielte er.

Entweder kaufte der Mann Austin seinen Bluff nicht ab oder es war ihm egal. Er hob seine eigene Maschinenpistole – und Austin glaubte schon, er würde sofort schießen. Doch der Mann stieß nur ein wütendes Knurren aus und rannte zur Reling, wobei er aus der Hüfte schoss. Austin ging in Deckung, und als er wieder wagte, den Kopf zu heben, war der Mann bereits verschwunden. Er hörte das Aufheulen eines Außenbordmotors und rannte ebenfalls zur Reling. Das Boot hatte bereits Fahrt aufgenommen und war innerhalb weniger Sekunden in der Dunkelheit verschwunden.

Er verfolgte die schäumende Kiellinie im dunklen Wasser und lauschte, während sich der Motorenlärm in der Nacht verlor, als er hinter sich auf dem Deck ein neues Geräusch hörte.

Schritte.

Austin drehte sich herum und duckte sich gleichzeitig, um sich sofort zu entspannen und wieder aufzurichten, da er erkannte, weshalb der Mann es vorgezogen hatte zu flüchten. Zavala hatte die Kontrollstation verlassen und kam gemütlich auf ihn zu. Sie holten sich Feuerlöscher und deckten den Humongous mit einem Schaumteppich zu.

»Das klang ja fast wie der Dritte Weltkrieg«, sagte Zavala, nachdem sie das Feuer unter Kontrolle bekommen hatten. »Freut mich, dass du noch heil bist.«

»Vielen Dank für dein rechtzeitiges Erscheinen«, erwiderte Austin. »Ich wünschte, ich könnte das Gleiche auch für den Humongous sagen«, fügte er mit einem Anflug von schlechtem Gewissen in der Stimme hinzu.

Staunend betrachtete Zavala das qualmende ROV, dessen Trümmer sich über das Deck verteilten.

»Jetzt weiß ich auch, warum die Videoübertragung gestorben ist«, sagte Zavala.

»Die ist nicht das Einzige, was gestorben ist«, sagte Austin.

Er ging zu den Leichen auf dem Deck hinüber, nahm dem Mann, der Marla hatte töten wollen, die Maske ab und blickte in ein verzerrtes grausames asiatisches Gesicht. Der zweite Mann war ebenfalls Asiat. Austin ließ den Blick über das Deck schweifen, das mit Patronenhülsen übersät war. Beißender Korditgestank hing in der qualmgeschwängerten Luft.

»Jetzt wissen wir also, weshalb die B3 angegriffen wurde«, sagte er. »Doc Kane … wir müssen mit ihm reden.«

»Viel Glück!«, wünschte ihm Zavala. »Doc hat nicht geringsten Zweifel daran gelassen, dass uns seine Arbeit nicht das Geringste angeht.«

Austins Lippen verzogen sich zu diesem ganz speziellen Lächeln, das nach Zavalas Erfahrung stets eine Menge Verdruss bedeutete.

»Das ist aber schade«, sagte Austin ganz ruhig. »Denn jetzt mache ich sie zu meinem ganz persönlichen Anliegen.«

15

Das Nummernschild der silbernen Mercedes S65 AMG Limousine, die aus der Tiefgarage unter dem fünfzig Stockwerke hohen Gebäude der Pyramid Trading Company herausrollte, trug lediglich die Zahl 3 und verriet, dass sich der Eigentümer des Wagens eines enormen Reichtums erfreute. Derartige Wunschkennzeichen wurden gegen Zahlung von Millionen von Dollars an wohlhabende und abergläubische Fahrzeughalter vergeben, die glaubten, dass ihnen eine besonders niedrige Zahl Glück brächte.

Um dieses Glück noch zu fördern, bestand die Karosserie des Wagens aus raketenfestem Panzerstahl. Die Fenster aus getöntem Glas waren kugelsicher. Die Unterseite war zum Schutz vor Bodenminen zusätzlich armiert. Der V-12-Motor unter der Haube hatte eine Leistung von 600 PS und konnte den Wagen bis auf 200 Meilen pro Stunde beschleunigen.

Ein bewaffneter Wächter in olivfarbenem Drillich saß vorn neben dem Fahrer. Als zusätzliche Sicherheitsmaßnahme befand sich der Mercedes zwischen zwei vierhundertdreiundneunzig PS starken Mercedes G55 AMG SUVs. In jedem SUV saßen ein Fahrer und fünf Wächter, mit Typ 79-Maschinenpistolen bewaffnet, die in China produziert worden waren – mit einer Feuerkraft von 500 Schuss pro Minute.

Der aus drei Fahrzeugen bestehende Wagenkonvoi folgte einer Route, die ihn von den Apartmenttürmen und schicken Clubs rund um den Oriental Pearl Tower wegführte, dem weltweit höchsten Gebäude seiner Art. Der Wagen und seine Begleitfahrzeuge rasten am Ufer des Yangtse entlang, verließen die Schnellstraße und rollten dann in Richtung der Armenviertel, die die blamable Kehrseite der größten und reichsten Stadt der Volksrepublik China darstellen.

Die Prozession drang tief in das Labyrinth der Slums vor und gelangte in die höllische Umgebung eines Niemandslandes, das so ausgebrannt und bar jeglichen menschlichen Lebens war, dass sich sogar die ärmsten Slumbewohner nicht dorthin wagten. Die Fahrzeuge bogen in eine schmale, unbeleuchtete Straße ein, rollten durch ein Tor und stoppten neben einem verlassenen aus Backstein erbauten Lagerhaus. Verwitterte Holzverschläge verdeckten die Fenster, Glasscherben und zersplitterte Kistenbretter bedeckten den mit Öl getränkten Lehmboden des Parkplatzes. Das Licht der Scheinwerfer wurde jedoch von einem mit Stacheldraht gekrönten Maschendrahtzaun reflektiert, der unter Strom stand.

Die Wächter verließen die SUVs und bildeten einen Kordon zwischen der Mercedes-Limousine und einer Laderampe. Der Mann, der neben dem Fahrer der Limousine gesessen hatte, stieg aus und öffnete die hintere Tür. Der einzige Fahrgast erschien und ging in Begleitung seines Leibwächters eilig zur Rampe. Während er die Rampentreppe hinaufstieg, glitt eine Schiebetür auf sorgfältig geölten Rollen lautlos auf.

Sie betraten das Lagerhaus, hinter ihnen schloss sich die Tür. Im grellen Licht der Leuchtstoffröhren an der Decke war zu erkennen, dass der Fahrgast des Mercedes ein beinahe kleinwüchsiger Mann in einem mittelblauen – in London maßgeschneiderten – Anzug war. Seine Seidenkrawatte war sorgfältig gebunden und die *Testoni*-Schuhe an seinen Füßen kosteten zweitausend Dollar das Paar. Er legte eine starre, beinahe militärische Haltung an den Tag.

Silbergraues, auf der linken Seite säuberlich gescheiteltes Haar verhalf Wen Lo zu einer onkelhaften Aura unauffälliger Seriosität, wie sie eher zu einem Angestellten am Empfang eines Drei-Sterne-Hotels gepasst hätte als zum Chef eines gigantischen Immobilien- und Finanzkonsortiums, das als Tarnung für weltweite Operationen in den Bereichen Prostitution, Glücksspiel und Drogenhandel diente.

Wen Los Gesicht war auffällig asymmetrisch, und zwar nicht was die rechte und linke Seite betraf, sondern den oberen und den unteren Teil. Die untere Hälfte seines Gesichts zeichnete sich durch rundliche Wangen und ein jungenhaftes Lächeln aus, während die obere Hälfte aus einer hohen Stirn, buschigen Augenbrauen und seelenlosen jadegrünen Augen bestand, die genauso emotionslos waren wie ein Abakus.

Hinter der Tür des Lagerhauses warteten drei Männer in blau-grünen Krankenhauskitteln und zwei schwer bewaffnete Wächter in braunen Sicherheitsuniformen. Bewaffnet waren die Wächter mit Tasern, Pistolen und Schlagstöcken, die an ihren breiten Ledergürteln hingen.

Ein wieselgesichtiger Mann mit Halbglatze, der gekleidet war, als käme er soeben aus einem Operationssaal, trat vor.

»Es ist eine hohe Ehre für uns, dass Sie uns besuchen, Herr«, sagte er mit einer knappen Verbeugung.

Wen Lo reagierte mit einem kaum merklichen Kopfnicken.

»Berichten Sie, wie Sie mit Ihrer Arbeit vorankommen, Dr. Wu«, sagte er.

»Wir machen Fortschritte«, antwortete Wu eilfertig lächelnd.

Obwohl die untere Hälfte von Wen Los Gesicht ebenfalls lächelte, blieben seine Augen kalt und starr.

»Dann zeigen Sie mir Ihre Fortschritte, Dr. Wu.«

»Sehr gerne, Herr.«

Wu geleitete Wen Lo und dessen Leibwächter durch ein System von zwei luftdichten Kammern und anschließend durch einen kurzen Korridor, der vor einer Tür aus dickem Panzerglas endete. Auf einen Wink Wus hin betätigte ein Wächter einen elektrischen Schalter, der die Tür entriegelte. Wu, Wen Lo und der Leibwächter betraten einen Zellenblock. Stahltüren, massiv bis auf kleine rechteckige Öffnungen, verschlossen ein Dutzend Zellen.

Während sie an den Zellen vorbeigingen, sagte Dr. Wu: »Männer und Frauen sind getrennt. Immer vier teilen sich eine Zelle. Wir achten darauf, dass sie ständig voll belegt sind.«

Ein paar Insassen pressten die Gesichter gegen die vergitterten Türöffnungen und flehten Wu und seine Gäste an, ihnen zu helfen. Wen Los Miene war bar jeden Mitleids. Er wandte sich an Wu.

»Woher kommen diese Laborratten?«, fragte er.

Dr. Wu wurde für seine Arbeit so reichlich entlohnt, dass er sich in einem der neuen Wolkenkratzer eine Wohnung mit Blick auf den Yangtse erlauben und seine Frau und seine Geliebte nach der jüngsten Mode kleiden konnte. Dafür musste er sich aber auch einreden, dass seine Forschung dem Wohl der Menschheit diente. Obgleich seine Arbeit erforderlich machte, dass er seine Menschlichkeit unter einer dünnen Schicht medizinischer Teilnahmslosigkeit verbarg, verblüffte ihn die Kälte von Wen Los Frage. Schließlich war er trotz allem immer noch ein Arzt.

»Als Mediziner nennen wir sie lieber Versuchspersonen«, sagte er.

»Na schön, Dr. Wu, Ihre Versuchspersonen werden Ihren Professionalismus sicherlich zu schätzen wissen. Aber Sie haben meine Frage noch nicht beantwortet.«

»Entschuldigen Sie, Herr«, sagte Wu. »Dieses Labor befindet sich mitten in einem Slum, wo es von Menschen nur so wimmelte. Da ist es ein Leichtes, Versuchspersonen anzulocken, indem man ihnen etwas zu essen und Geld verspricht. Dabei nehmen wir nur diejenigen, die sich noch in einem relativ guten körperlichen Zustand befinden. Die Bewohner der Slums geben nur selten Vermisstenmeldungen auf, und wenn, dann verfolgt die Polizei sie nicht allzu intensiv.«

Wen Lo sagte: »Zeigen Sie mir die nächste Phase. Ich habe schon viele Gefängnisse gesehen.«

Wu führte die beiden Männer aus dem Zellenblock zu einem Raum mit schwarzen Wänden. Eine Hälfte war verglast. Durch die Glasscheibe war eine Anzahl von Krankenbetten zu sehen, jedes belegt und in einer transparenten Röhre eingeschlossen. Die Gestalten in den Betten waren meist still, aber gelegentlich rührte sich jemand unter einem straff gezogenen Laken. Gestalten in weißen Schutzoveralls bewegten sich wie Gespenster zwischen den Betten, lasen elektronische Messgeräte ab und hantierten mit IV-Kathetern.

»Dies ist einer von mehreren Krankensälen«, sagte Wu. »Die Testpersonen darin wurden mit dem neuen Krankheitserreger infiziert und durchlaufen die verschiedenen

Entwicklungsstadien des Virus. Obwohl sich das Virus auf dem Wasserweg verbreitet, kann es auch durch Kontakt übertragen werden. Sie erkennen an der Art der Kleidung der Techniker und den separat belüfteten Zellen für jede Versuchsperson, dass wir jede Maßnahme ergreifen, um die Krankheit nicht aus diesen Räumen ausbrechen zu lassen.«

»Würden die Testpersonen sterben, wenn sie sich selbst überlassen blieben?«, fragte Wen Lo.

»Ja, Herr, das würden sie, und zwar innerhalb von vierundzwanzig Stunden. Die Krankheit würde ihren vorgeschriebenen Verlauf nehmen – und der wäre immer tödlich.«

Wen Lo wollte die nächste Phase sehen.

Sie gingen durch einen weiteren Korridor, durch noch mehr luftdicht verschließbare Türen, und betraten schließlich einen zweiten Beobachtungsraum ähnlich dem ersten. In diesem Raum, und zwar auf der anderen Seite der Glasscheibe, standen acht Krankenbetten unter hermetisch verschlossenen Glaskuppeln. Auf den Betten lagen vier Männer und vier Frauen. Ihre Gesichter sahen aus, als seien sie aus Mahagoni geschnitzt. Die Augen waren geschlossen, und es war kaum zu erkennen, ob sie noch lebten oder bereits tot waren.

»Das ist die dritte Phase«, erklärte Wu. »Diese Testpersonen zeigen den dunklen Hautausschlag, der für das Virus so typisch ist. Aber sie leben noch.«

»Sie nennen diese überreifen Gemüse in Ihrem kleinen Garten *lebendig,* Dr. Wu?«

»Ich gebe zu, besser wäre es, sie könnten aufstehen und umhergehen. Doch sie atmen noch und ihre lebenswichtigen Organe funktionieren. Das Heilmittel, mit dem wir experimentieren, erweist sich als wirksam.«

»Würden Sie sich infizieren und mit Ihrem Heilmittel behandeln lassen. Dr. Wu?«

Wu konnte die in dieser Frage enthaltene Drohung nicht überhören. Schweiß sammelte sich zwischen seinen Schulterblättern und sickerte an seinem Rücken hinab.

»Nein, das würde ich nicht tun. Das Mittel ist zurzeit noch nicht perfekt. Das Virus ist erschreckend! Seine Fähigkeit, sich schnellstens anzupassen und auf jede Art von Behandlung zu reagieren, die wir ausprobiert haben, macht unsere Aufgabe zwar schwierig, aber nicht unmöglich.«

»Mit anderen Worten, Sie haben versagt.«

Wen Los Lächeln konnte die Kälte in seinen Augen nicht mindern.

»Ein Erfolg ist gut ... möglich«, sagte Wu. »Aber es wird noch einige Zeit dauern. Wie lange genau, das weiß ich nicht.«

»Zeit ist genau das, was uns nur sehr begrenzt zur Verfügung steht, Wu.«

Dr. Wu konnte nicht entgehen, dass Wen Lo auf seinen Titel verzichtete. Er war dem Untergang geweiht. Er stotterte noch etwas von einer weiteren Chance, aber Wen Lo drohte ihm mit dem Finger.

Wu stand kurz davor, ohnmächtig zu werden, als ihm Wen Lo auf den Rücken klopfte.

»Keine Sorge, Wu«, sagte er. »Wir wissen Ihre schwierige Arbeit hier zu würdigen. Gegenwärtig sind wir im Begriff, ein vielversprechendes Mittel in unserer neu erworbenen seegestützten Einrichtung zu entwickeln.«

»Ich danke Ihnen für diese Chance«, sagte Wu. »Wann kann ich mit den neuen Tests beginnen?«

»Dazu wird die Zeit nicht ausreichen«, sagte Wen Lo. »Die Tests werden per Computersimulation durchgeführt.« Er drehte sich zu den Gestalten auf den Kranken-betten um. »Entsorgen Sie das Material. Desgleichen die Testpersonen im Zellenblock. Wir finden alleine hinaus.«

Nachdem Wen Lo und der Leibwächter gegangen waren, betrachtete Dr. Wu die ausgestreckten Gestalten in den Betten durch die Glasscheibe und seufzte tief. Er hatte fünfzig Versuchspersonen, an denen soeben Tests vorgenommen worden waren, und die meisten würden sterben, daher ging es vorwiegend darum, die Überreste zu … entsorgen. Aber die Personen im Zellenblock stellten ein besonderes Problem dar, und es wäre ein hässlicher Job, sich ihrer zu entledigen. Eilig kehrte er ins Hauptlabor zurück, um seine Leute von der Aufgabe zu unterrichten, die vor ihnen lag.

Eine Stunde später verließ Wen Lo den Fahrstuhl im obersten Stockwerk des Pyramid-Trading-Company-Gebäudes, wo sich seine kombinierte Penthouse-Büro-Suite befand. Er war allein, als er den großen Raum, der im Stil des französischen Empire eingerichtet war, durchquerte.

Vom Fußboden bis zur Decke reichende Fenster bildeten eine lange Zimmerwand, doch er schenkte dem Lichtteppich Shanghais keine Beachtung, sondern blieb vor einem hohen Wandschrank stehen und bellte ein Passwort. Ein im Schrank verstecktes Mikrofon leitete das Passwort durch ein Stimmidentifikationssystem: Der Schrank rollte beiseite und gab eine Stahltür frei.

Wen Lo legte eine Hand auf eine Platte, die die Papillarleisten seiner Fingerkuppen und seine Handlinien untersuchte. Die Tür öffnete sich mit einem leisen Klicken und gestattete ihm den Zutritt zu einem Raum von etwa zwanzig Quadratfuß Grundfläche. Der Raum war kreisrund, und die einzigen Möbel waren ein Tisch aus Plastik und

Aluminium sowie drei Sessel. Röhren, die wie übergroße Spotlights aussahen, hingen von der Decke herab. Die trügerische Kahlheit des Raums verschleierte seine Funktion als ein raffiniertes Kommunikationszentrum, dessen Wände und Decke ein komplexes System von Mikrofonen, Projektoren, Sendern und Empfängern enthielten.

Wen Lo ließ sich in einen Polstersessel sinken, blickte über den Tisch auf die anderen beiden Sessel und stieß ein einziges Wort hervor.

»*Anfangen.*«

Die LED-Beleuchtung in der Decke wurde matt – bis auf Lichtbalken, die jeweils einen Sessel erhellten. Die Luft in einem der Balken flimmerte, als würde sie extrem erhitzt werden, füllte sich mit Schlieren, verdunkelte sich, als winzige Wirbel – wie von Staubpartikeln – entstanden, bis sich eine verschwommene Silhouette formte, zuerst ohne feste Konturen, dann deutlicher werdend. Zuerst waren Schultern zu erkennen und dann ein Kopf. Details folgten: Augen und Nase, Fleisch und Kleidung. Nach kurzer Zeit betrachtete Wen Lo die dreidimensionale Laserprojektion eines Mannes, die so real erschien, dass er glaubte, sie berühren zu können.

Das Gesicht des Mannes war ein Spiegelbild von Wen Los Gesicht, was nicht verwunderte, denn sie waren zwei Teile eines Tripletts. Beide hatten die gleiche hohe Stirn, die buschigen Augenbrauen und unergründlichen Augen, jedoch war der Kopf des projizierten Mannes kahlrasiert. Während die Brutalität in Wen Los Gesicht nur vage angedeutet wurde, zeigte das projizierte Gesicht um Mund und Kinn eine ungeschminkte, im Straßenkampf erworbene Härte, die auf eine ungezügelte Gewalttätigkeit schließen ließ.

»Guten Abend, Bruder Chang«, sagte Wen Lo.

»Und einen guten Abend auch für dich, Bruder Wen Lo. Nummer Eins kommt gleich zu uns.«

Die Luft unter der dritten Lampe durchlief die gleiche flimmernde Sequenz. Das Hologramm, das im Sessel erschien, war das eines Mannes in einem roten Seidenmantel und mit einem runden schwarzen Hut mit hoher Krempe auf dem Kopf. Das Gesicht war lang und schmal, mit geschwungenen Augenbrauen auf einer ausgeprägten Stirn, lauernden grünen Katzenaugen und einem langen, dünnen Schnurrbart, dessen Enden bis unter sein Kinn herabhingen.

Wen Lo klatschte in die Hände, als er die Erscheinung erkannte.

»*Bravo!*«, sagte er. »Dr. Fu Manchu, wenn ich mich nicht irre.«

Das Hologramm reagierte mit einem klirrenden Kichern.

»Herzlichen Glückwunsch, Wen Lo«, sagte Fu Manchu. »Du siehst vor dir den Erzverbrecher, der sich anschickt, die Gelbe Gefahr gegen die zivilisierten Nationen der Welt zu entfesseln.«

Das in Seide gehüllte Sinnbild des Bösen war eine durch modernste Computer- und Lasertechnologie geschaffene Illusion aus Licht. Auch wenn die Gestalt des chinesischen Erzgauners fest und solide erschien, hatte sie doch nicht mehr Substanz als die literarische Figur der gleichnamigen von Sax Rohmer geschaffenen Serie. Das System, das die Drillinge zu ihren Treffen zusammenführte, konnte dahingehend manipuliert werden, dass es alle möglichen Daten von realen wie auch erfundenen Gestalten verarbeitete, um jedes gewünschte Abbild zu erzeugen. Frühere Treffen hatten schon unter dem Vorsitz Mao Tse-tungs oder Dschingis Khans stattgefunden.

Obwohl Fu Manchu eine Illusion war, von elektrischem Ektoplasma erzeugt, die auch das winzigste Detail naturgetreu wiedergab, gehörte die Stimme des grinsenden Bösewichts doch einer realen Person aus Fleisch und Blut, die ein kriminelles Imperium leitete, von dem Sax Rohmers Bösewicht nur träumen konnte.

In der Tradition der uralten Verbrechensorganisationen namens Triaden rangierten die Drillinge, die die ausgedehnte Organisation leiteten, nach Zahlen anstatt nach Namen, die ihnen entsprechend der Reihenfolge ihrer Geburt verliehen worden waren. Wen Lo war Zwei und leitete die kriminellen Unternehmungen der Triaden hinter einer dünnen Fassade der Ehrbarkeit. Chang war Drei und für das globale Bandennetzwerk verantwortlich, das die Chinatowns in jeder größeren Stadt unter seiner Kontrolle hatte. Der Drilling hinter der Fu-Manchu-Maske war als Chief Executive Officer tätig und kontrollierte alle kriminellen und legalen Operationen, eine Verantwortung, die zu seinem Namen, *Eins,* gehörte.

»Mir gefiel der Mann mit dem Beil aus den Tong Wars immer ganz besonders«, sagte Chang.

»Das überrascht mich angesichts deiner umsichtigen Führung unseres *eigenen* Mannes mit dem Beil überhaupt nicht«, sagte Fu Manchu. »Allerdings kam mir zu Ohren, dass sich diese Effizienz nicht auch auf deine Expedition zu den Bermudas erstreckte. Dr. Kane konnte vom Meeresgrund entkommen.«

»Unsere Maschine hat das Versorgungskabel der Bathysphäre durchtrennt. Es gab keine Möglichkeit, die Tauchkugel aus dieser Tiefe heraufzuholen.«

»Offensichtlich hat es aber doch jemand geschafft. Sein Name ist Kurt Austin. Die Fernsehberichte besagen, dass er Ingenieur und bei der NUMA beschäftigt ist. Wie erklärst du deinen fehlgeschlagenen Angriff auf das NUMA-Schiff?«

Mürrisch verzog Chang das Gesicht.

»Wir sind auf unerwarteten Widerstand gestoßen«, sagte er.

»Weitere Pannen können wir uns nicht leisten. Wir würden jetzt nicht derart in der Klemme stecken, wenn du dein Testlabor besser unter Kontrolle gehabt hättest, Wen Lo.«

Der dritte Drilling hatte das Unbehagen seines Bruders genussvoll verfolgt, doch nun war er an der Reihe, sich in seinem Sessel unter dem eisigen Blick des Erzgauners zu winden.

»Dafür übernehme ich die volle Verantwortung. Der Laborwächter, der das Virus in seine Heimatprovinz mitbrachte, hat die vorgeschriebenen Sicherheitsmaßnahmen nicht durchgeführt. Ich habe sie verstärkt und unseren Sicherheitsleuten jegliche Reisetätigkeit untersagt.«

»Hat sich das Virus denn noch weiter ausgebreitet?«, fragte Fu Manchu.

»Es ist aus der Quarantäne-Zone ausgebrochen. Die Regierung versucht, es einzudämmen.«

»Das ist nicht gut«, sagte Fu Manchu. »Unser Plan sah vor, das Virus gezielt freizulassen, sobald wir einen Impfstoff besitzen, um es unter Kontrolle zu halten. Wir werden versuchen, die Regierung zu erschüttern und unseren Nutzen aus der Verbreitung der Krankheit zu ziehen. Die gesamte menschliche Rasse auszulöschen, wäre aber ziemlich kontraproduktiv, meinst du nicht?«

»Es würde immerhin das Problem der Bevölkerungskontrolle in unserem Heimatland lösen.« Mühsam versuchte Wen Lo auf diese Weise, die aufkommende Spannung durch ein wenig Humor zu entschärfen.

»Das würde es sicher. Unglücklicherweise sind jedoch auch wir Teil dieser Bevölkerung. Gibt es irgendwelche Neuigkeiten über Dr. Kane?«

»Wir haben Bonefish Key überwacht«, sagte Chang. »Er ist nicht dorthin zurückgekehrt. Wir strecken noch immer unsere Fühler aus, aber es scheint ganz so, als sei er verschwunden.«

»Sein Verschwinden macht mir nicht so viele Sorgen wie die Möglichkeit, dass er sich darüber klargeworden sein könnte, dass er selbst das Ziel des Ganzen war. Und dass er diese Sorge anderen mitgeteilt haben könnte. Glücklicherweise ist er für den Abschluss des Projekts aber nicht mehr so wichtig. Doch die Arbeit in Bonefish Key darf keinesfalls wieder aufgenommen werden.«

»Die Einzige außer Dr. Kane, die das Projekt weiterführen könnte, ist Dr. Song Lee, die Wissenschaftlerin, die die Volksrepublik abgeordnet hat, um mit den amerikanischen Wissenschaftlern zusammenzuarbeiten«, sagte Chang. »Sie wird in Kürze abgezogen und entsorgt.«

»Sieh zu, dass es schnell und sauber geschieht«, sagte Fu Manchu. »Und zu dir, Bruder Wen Lo, wie sieht es mit dem Impfstoff aus?«

»Er wird bald zur Verfügung stehen, dann können wir die nächste Phase in Angriff nehmen.«

»Sehr gut. Ist das alles?«

»Vorerst ja«, sagte Wen Lo.

Fu Manchu senkte den Kopf und faltete die Hände. Sein böses Gesicht löste sich allmählich auf, zerfiel in dunkle

Flecken, die sich aufhellten und dann verschwanden. Sekunden später verschwand auch das zweite Hologramm.

Wen Lo erhob sich aus seinem Sessel und verließ den nunmehr leeren Raum. Es gab viel zu tun.

Grübelnd blieb Chang in seinem Sessel sitzen. Nachdem sein Angriff auf das NUMA-Schiff abgewehrt worden war, hatte er sich von einem schnellen Powerboot zum Festland bringen lassen. Von dort flog er mit einem gecharterten Privatjet in die Vereinigten Staaten. Er reiste in der Tarnung eines Handelsrepräsentanten ins Land ein und nahm an dem holografischen Treffen mit seinen Brüdern aus einem Lagerhaus in Virginia teil, das die Triade als Tarnung benutzte.

Auf ein kurzes Überlegen hin schaltete Chang einen Computer ein und tippte Kurt Austins Namen. Der PC führte ihn zur NUMA-Website und lieferte ihm die knappe Information, dass Austin dort den Posten eines Projekt-Ingenieurs bekleide. Austins Foto war ebenfalls verfügbar.

Chang betrachtete die korallenblauen Augen und das Lächeln, das ihn so lange zu verspotten schien, bis er es nicht mehr ertragen konnte. Er schaltete den PC aus und Austins Gesicht verblasste.

Das nächste Mal, wenn ich mit Kurt Austin zusammentreffe, schwor er sich, *sorge ich dafür, dass er für immer verschwindet.*

16

Der Kutter der Küstenwache von Bermuda hatte auf Kapitän Gannons Notruf sofort reagiert. Nach einem kurzen Blick auf die Leichen und auf die Patronenhülsen, die das Achterdeck übersäten, benachrichtigten die Männer der Küstenwache eilig den Marine Police Service. Nach wenigen Stunden legte ein Boot mit Experten der Spurensicherung am NUMA-Schiff an.

Die sechs Männer des CSI-Teams, die an Bord des Forschungsschiffes kletterten, sahen wie die Hausdiener eines Ferienhotels in Nassau aus. Mit Ausnahme von Detective-Superintendent Colin Randolph waren sie mit marineblauen Bermudashorts, hellblauen Oberhemden und Kniestrümpfen bekleidet. Als Offizier durfte allein Randolph ein weißes Oberhemd tragen.

Die Männer bildeten in ihrer adretten Kluft einen scharfen Kontrast zu Gannon, der immer noch seinen Pyjama trug, als er Randolph und seine Leute an Bord begrüßte. Der Kapitän ging zum Achterdeck voraus, wo sich Austin und Zavala mit den Besatzungsmitgliedern über die nächtlichen Ereignisse unterhielten. Der Inspektor schüttelte jedem der NUMA-Männer die Hand, dann betrachtete er mit großen Augen die Leichen, die zwischen den Patronenhülsen auf dem Deck lagen.

Der Detective-Superintendent war ein Mann Mitte vierzig mit rundem Gesicht. Sein Akzent verriet, dass er auf Barbados geboren war.

Wie ein Kugelfisch blies er die ausgebeulten Wangen auf.

»Lieber Himmel!«, staunte er. »Das sieht ja wie ein Schlachtfeld aus.« Dann fragte er mit einem Blick auf das von Kugeln durchlöcherte Wrack des Humongous: »Was ist *das* denn?«

»Das *war* mal ein ferngesteuertes Unterseefahrzeug zur Erforschung des Meeresbodens«, sagte Zavala.

»Nun, wie es aussieht wird dieser Schrotthaufen so bald nichts mehr erforschen.« Der Polizist schüttelte den Kopf. »Was ist damit passiert?«

»Austin hat das Fahrzeug als Deckung benutzt und die Scharfschützen haben es ihm unterm Hintern weggeschossen«, sagte Zavala.

Randolph sah zu Austin hinüber, dann musterte er Zavala mit durchdringendem Blick. Als er in den Gesichtern der beiden Männer nichts erkennen konnte, das den Verdacht nahelegte, Zavala könnte einen Scherz gemacht haben, befahl der Detective-Superintendent seinem Team, den Tatort mit gelbem Plastikband abzusperren.

Er wandte sich an den Kapitän.

»Ich wäre Ihnen sehr verbunden, wenn Sie mir schildern könnten, was sich in der vergangenen Nacht auf Ihrem Schiff abgespielt hat.«

»Mit Vergnügen«, sagte Gannon. »Gegen drei Uhr morgens enterten vier bewaffnete Männer von einem kleinen Boot aus mein Schiff und holten mich aus meiner Koje.« Er zupfte an der Vorderfront seines zerknautschten Pyjamas. »Wie Sie sehen, hatte ich keinen Besuch erwartet. Sie suchten Dr. Max Kane, einen Wissenschaftler, der an dem Bathysphären-Projekt beteiligt war.«

»Haben die Männer verlauten lassen, weshalb sie Dr. Kane suchten?«

Gannon zuckte die Achseln.

»Ihr Anführer war ein unangenehmer Bursche mit kahl rasiertem Schädel. Als ich ihm erklärte, Kane habe das Schiff längst verlassen, trieb er meine Mannschaft zusammen und drohte damit, sie einen nach dem anderen zu töten. Diese Drohung hätte er sicherlich auch wahrgemacht, wenn sich Kurt und Joe nicht eingeschaltet hätten.«

Randolph wandte sich daraufhin wieder an Austin und Zavala.

»Demnach sind Sie für diese Schweinerei verantwortlich.«

»Wir hatten zu dem Zeitpunkt kaum eine andere Wahl«, sagte Austin.

»Haben alle Forschungsschiffe der NUMA bewaffnete Sicherheitsleute an Bord?«

»Joe und ich hatten anfangs gar keine Waffen. Wir haben sie uns von den Scharfschützen geliehen. Und wir sind auch keine Sicherheitsleute, sondern NUMA-Ingenieure, die mit der Durchführung des Bathysphären-Projekts betraut waren.«

Austin hätte ebenso gut erklären können, er komme aus Frankreich. Randolphs Blicke schweiften über den Schauplatz des Geschehens und registrierten die Leichen, die Waffen, die neben ihnen lagen, und das demolierte ROV. Er biss sich auf die Unterlippe, und es war offensichtlich, dass er Schwierigkeiten hatten das blutbesudelte Deck mit Austins Erklärungen in Einklang zu bringen.

»Ingenieure«, wiederholte Randolph mit ausdrucksloser Stimme. Dann räusperte er sich und fragte: »Welche *Art* von Ingenieuren?«

»Ich bin Spezialist für Tiefseetauchen und Schiffsbergung«, sagte Austin. »Joe konstruiert und lenkt Unterwasserfahrzeuge. Er ... hat auch die Bathysphäre gebaut.«

»Und es waren nur Sie beide – *Ingenieure,* wie Sie behaupten – die, hoffnungslos in der Unterzahl, eine bewaffnete Bande überraschten und deren eigene Waffen benutzten, um zwei von ihnen zu töten?«

»*Drei*«, korrigierte Austin. »Auf der Kommandobrücke liegt noch eine dritte Leiche.«

»Wir hatten eben Glück«, ergriff Zavala das Wort, als könnte dies alles erklären.

»Was geschah mit dem vierten Mann – dem mit dem rasierten Schädel?«, wollte Randolph wissen.

»Er hatte ebenfalls Glück«, sagte Austin. »Er konnte fliehen.«

Randolph hatte auf der Polizeiakademie studiert und war ein erfahrener Polizist, doch auch ein ungeschulter Beobachter hätte gespürt, dass bei diesen beiden NUMA-Ingenieuren irgendetwas ... anders war. So entspannt und freundlich er auch erscheinen mochte, der breitschultrige Austin hatte doch eine dominierende Ausstrahlung, die auf mehr als nur seinen korallenblauen Blick, seine dichte graue Haarpracht und sein markantes Profil zurückzuführen war. Und der attraktive Zavala sah aus, als sei er soeben einem Monumentalfilm Hollywood'scher Prägung entstiegen, in dem er die Rolle des verwegenen Helden gespielt hatte.

»Ist es möglich, dass die Männer Piraten waren?«, fragte Randolph. »Bermuda ist ziemlich stark im Kreuzfahrt-Geschäft vertreten, und Gerüchte über Piraterie können da sehr geschäftsschädigend sein.«

»Piraterie ist zwar möglich, aber nicht wahrscheinlich«, erwiderte Austin. »Zum einen sind wir hier nicht in oder vor Somalia, und zum anderen waren die Typen überhaupt nicht an der wertvollen wissenschaftlichen Ausrüstung interessiert, auf die Piraten gewöhnlich ganz scharf sind, wenn sie ein Forschungsschiff erwischen. Sie wussten offenbar, das Dr. Kane an Bord war, und hatten es ausschließlich auf ihn abgesehen.«

»Du liebe Güte! Dann muss ich das wohl als einen gezielten Angriff betrachten.«

»Hat die Küstenwache irgendwelche Spuren gefunden?«, fragte Austin.

»Sie haben die gesamte Region um das Schiff herum abgesucht und werden weiterhin die Augen offen halten. Ich denke, das Boot mit den Männern, die das Schiff angegriffen haben, ist längst verschwunden. Ich wünsche ausführliche Aussagen von Ihnen, Gentleman, und von jedem Besatzungsmitglied an Bord. Kann ich Dr. Kane irgendwie erreichen?«

»Wir kennen seinen derzeitigen Aufenthaltsort auch nicht«, sagte Gannon. »Wir können aber versuchen, Verbindung mit ihm aufzunehmen.«

»Bitte tun Sie das, Käpt'n. Könnten Sie auch eine Liste mit allen an Bord befindlichen Personen zusammenstellen?«

»Ich werde mich sofort darum kümmern, Detective-Superintendent. Sie können Ihre Verhöre in der Kantine durchführen.«

»Vielen Dank für Ihre Mithilfe, Käpt'n.«

Während sich Gannon entfernte, um Randolphs Bitte zu erfüllen, sagte der Polizist: »Nun, Gentlemen, da Sie mit den Ereignissen der vergangenen Nacht so eingehend vertraut sind, haben Sie sicher nichts dagegen, zuerst befragt zu werden.«

»Wir erzählen Ihnen gerne alles, was Sie wissen wollen«, sagte Austin.

Nach einem allgemeinen Händeschütteln entfernte sich Randolph, um sein Team einzuweisen. Dabei schnaubte er wie ein Pferd.

»*Ingenieure*«, murmelte er.

Austin schlug vor, dass sich Zavala als Erster den polizeilichen Fragen stellen sollte, während er versuchte, Kane zu erreichen. Er entfernte sich ein Stück von den Aktivitäten auf dem Achterdeck und rief über sein Mobiltelefon die Auskunft an, um sich die Nummer des Bonefish Key Marine Centers geben zu lassen. Eine Computerstimme informierte ihn, dass das Labor für die Öffentlichkeit nicht zugänglich sei, und verwies Interessenten auf die Website des Centers.

Nach kurzer Überlegung wählte er eine andere Nummer aus seinem Telefonverzeichnis.

Eine leise, sachliche Frauenstimme meldete sich.

»Hi, Kurt«, sagte Gamay Morgan-Trout, »Glückwunsch. Paul und ich haben die Tauchfahrt der Bathysphäre im Fernsehen verfolgt, bis die Verbindung unterbrochen wurde. Wie war es da unten?«

»Tief und dunkel. Ich erzähl dir später mehr. Tut mir leid, deinen Studienurlaub in Scripps kurz unterbrechen zu müssen, aber du musst mir einen Gefallen tun. Ich möchte, dass ihr, du oder Paul, euch eine Einladung für das Meereslabor auf Bonefish Key in Florida verschafft. Sie wimmeln gewöhnlich alle Besucher ab, aber wenn jemand dort hineinkommen kann, dann seid ihr es.«

»Hat der Direktor von Bonefish Key nicht mit Joe in der B3 gesessen??«

»Er heißt Max Kane. Aber erwartet keine Hilfe von ihm.«

»Ich werde es versuchen, Kurt. Auf was soll ich besonders achten?«

»Keine Ahnung. Halte nur die Augen offen und merk dir alles, was dir irgendwie seltsam vorkommt.«

Gamay lachte leise.

»Ich liebe deine genauen Anweisungen, Kurt.«

»Das habe ich in einem Kurs für erfolgreiches Management gelernt. Er hatte den Titel *Wie man sich den Rücken frei hält für Fortgeschrittene 101.* In der ersten Lektion bringen sie einem bei, was man tun muss, damit einen niemals die Schuld trifft, wenn irgendetwas schiefgeht. Ruft mich an, wenn ihr es geschafft habt, nach Bonefish Key zu kommen. Joe und ich bleiben noch für ein, zwei Tage auf der *Beebe.*«

Austin unterbrach die Verbindung, dann trat er zur Schiffsreling. Er brannte vor Ungeduld. Er unterbrach zwar nur ungern den Urlaub, den sich Paul und Gamay Trout vom Special Assignments Team genommen hatten, aber bis er und Zavala es schafften, sich aus den polizeilichen Ermittlungen herauszuwinden, wären sie die Augen und Ohren des Teams.

Er betrachtete das Funkeln der Morgensonne auf dem Wasser. Manchmal meinte er scherzhaft, er leide unter dem sogenannten König-Neptun-Syndrom. Er hatte so viel Zeit seines Lebens auf oder in dem Ozean verbracht, dass er diese zu zwei Dritteln mit Wasser bedeckte Fläche der Erde als seine ureigene Domäne betrachtete.

Austin hatte das Bathysphären-3-Projekt als eine Möglichkeit konzipiert, bei jungen Menschen ein Bewusstsein für die Belange der See zu wecken.

Der bislang unbekannte Urheber der Attacken hatte diesen Versuch beinahe zum Scheitern gebracht.

Er wusste, dass seine Mittel begrenzt waren. Im Gegensatz zu König Neptun war Austin nicht in der Lage, mit der göttlichen Kraft eines Dreizacks einen Sturm zu entfesseln.

Ein kalter Glanz trat in seine Augen, und er kniff die Lippen zu einem freudlosen Lächeln zusammen.

Aber er hatte schon des Öfteren bewiesen, dass er einen Mordskrach schlagen konnte. Er konnte es kaum erwarten, das Schiff zu verlassen, um an den Toren der Unterwelt zu rütteln.

17

Das Seminar über globale Erwärmung, das Paul Trout leitete, neigte sich dem Ende zu, als sein Mobiltelefon vibrierte. Ohne seinen Satz zu unterbrechen, griff er in sein Jackett, schaltete das Telefon aus und rief die nächste Grafik auf dem Projektionsschirm auf, als er hinter seinem Rücken ein leises Gelächter hörte. Er blickte über die Schulter, um in Erfahrung zu bringen, was an einem Kuchendiagramm über den unterschiedlichen Salzgehalt von Meerwasser so belustigend sein mochte.

Niemand achtete auf die Grafik. Alle Augen im Raum sahen aus dem Fenster auf eine attraktive rothaarige Frau in einem Bikini. Auf dem Rasen vor dem Gebäude machte sie Hampelmannsprünge und winkte gleichzeitig mit einem Mobiltelefon.

Trouts Kopf senkte sich ein wenig, als blickte er nachdenklich über den Rand seiner Brille. Gleichzeitig zupfte er an der breiten bunten Fliege um seinen Hals.

Ein Seminarteilnehmer kicherte.

»Wer ist diese Verrückte da draußen?«

Der Anflug eines Lächelns spielte um Trouts Lippen.

»Ich fürchte, diese Verrückte ist meine Frau. Entschuldigen Sie mich bitte.«

Ein ungläubiges Seufzen erklang hinter Trout, während er den Unterrichtsraum verließ. Aber solche Reaktionen waren ihm nicht neu. Er war ein gut aussehender junger Mann mit großen braunen Augen und hellbraunem, in der

Mitte gescheiteltem Haar, das an den Schläfen in einer Art Großer-Gatsby-Stil zurückgekämmt war. In dem maßgeschneiderten Anzug, der seine sechs Fuß hohe Gestalt perfekt umhüllte, war er wie immer tadellos gekleidet. Aber während er häufig einen hintergründigen Sinn für Humor bewies, fanden die Leute oft, dass seine ernste Art zu dem weitaus lebhafteren Auftreten seiner Frau überhaupt nicht passen wollte.

Trout trat auf den Flur hinaus und schaltete sein Telefon ein. Eine Textnachricht erschien auf dem Display.

Kannst du reden?

Trout drückte die MEMORY-Taste, um den Anruf zu erwidern.

»Das war ja genau die richtige Show, die du meinem Seminar über Klimaveränderungen da geboten hast«, sagte Trout trocken. »Trainierst du, um bei den Rockettes aufgenommen zu werden?«

Fröhliches weibliches Gelächter perlte aus dem Telefon.

»Ich habe versucht, Sie anzurufen, aber Sie haben ja nicht geantwortet, Herr Professor«, sagte Gamay. »Dann habe ich vor deinem Fenster gewunken, bis ich im Gesicht blau anlief. Und – von meinem Bad heute Morgen trage ich noch den Bikini, deshalb habe ich in meiner Verzweiflung das Kleid ausgezogen, um mehr Haut zu zeigen. Offensichtlich hat das dann gewirkt.«

Paul grinste.

»Oh, gewirkt hat es tatsächlich«, sagte er. »Die Körpertemperatur eines jeden Mannes im Raum ist um mindestens zwei Grad gestiegen. Deine kleine Striptease-Nummer dürfte einen neuen Zyklus globaler Erwärmung in Gang gesetzt haben.«

»Tut mir leid«, sagte Gamay nicht besonders schuldbewusst, »aber Kurt hat angerufen. Er und Joe sind noch immer auf der *Beebe*.«

»*Kurt*? Warum hast du das nicht gleich gesagt? Wie ist die B3-Tauchfahrt verlaufen?«

»Ich habe ihm erzählt, wir hätten alles im Fernsehen verfolgt, bis die Verbindung abbrach. Er sagte, die Tauchfahrt sei *erinnerungswürdig* gewesen.«

»Seltsame Wortwahl. Was meinte er damit?«

»Er sagte, er werde später alles erklären. Aber es scheint, als seien damit alle Versuche, unsere Zeit als Liebespaar hier in Scripps wieder aufleben zu lassen, beendet. Kurt braucht jemanden, der nach Florida geht und das Bonefish Key Marine Center ein wenig unter die Lupe nimmt.«

»Was ist an Bonefish so interessant?«

»Auch das will er später erklären. Wir sollen dort ein wenig herumschnüffeln und ihm Bescheid sagen, wenn uns irgendwas komisch … also *seltsam* … vorkommt.«

»Aber für mich ist es ein wenig schwierig, aus meinem Zeitplan auszusteigen«, sagte Paul. »Ich habe noch zwei Tage Podiumsdiskussionen und Vorlesungen vor mir.«

»Ich habe mein Tauchprogramm beendet«, sagte Gamay. »Während du dein Seminar abschließt, mach ich mich schon mal auf den Weg nach Florida. Du kannst nachkommen, wenn du fertig bist.«

Paul sah auf die Uhr.

»Das können wir beim Mittagessen bereden«, entschied er. »Ich treff dich in der Cafeteria, nachdem ich meine Seminargruppe ein wenig abgekühlt habe.«

Die wirkungsvolle, wenn auch unorthodoxe Methode seiner Frau, auf sich aufmerksam zu machen, fand er zwar amüsant, aber überrascht hatte sie ihn nicht. Sie war für ihren Einfallsreichtum und ihre Furchtlosigkeit ganz typisch.

Ihre Offenheit stand in krassem Gegensatz zu Trouts Reserviertheit, wie sie bei den Bewohnern Neuenglands üblich ist. Aber sie hatten sich sofort zueinander hingezogen gefühlt, als sie sich das erste Mal im Ozeanografischen Institut von Scripps in La Jolla, Kalifornien, begegnet waren. Paul bereitete damals seine Dissertation in Meereskunde vor, während Gamay von Meeresarchäologie zu Meeresbiologie gewechselt hatte und ebenfalls ihre Dissertation in Angriff nahm.

Kennengelernt hatten sie sich dann während einer Exkursion von Scripps nach La Paz, Mexiko. Und im darauffolgenden Jahr hatten sie nach Abschluss ihres Studiums geheiratet. Der ehemalige NUMA-Direktor James Sandecker hatte ihre einzigartigen Talente schon früh erkannt und ihnen vorgeschlagen, dem von Austin geleiteten Special Assignments Team beizutreten. Nach ihrer letzten Mission waren sie eingeladen worden, nach Scripps zurückzukehren, und hatten die Chance sofort genutzt. Zwischen ihren Seminaren und Tauchaktivitäten hatten sie die Zeit damit verbracht, zu lieb gewonnenen Orten zurückzukehren und alte Freundschaften zu erneuern.

Trout ignorierte das allgemeine Grinsen, als er in den Seminarraum zurückkehrte und seinen Vortrag abschloss. Gamay erwartete ihn später bereits in der Cafeteria, als er dort eintrudelte. Erleichtert stellte er fest, dass sie wieder in ihr Kleid geschlüpft war.

Gamay war eine Fitnessfanatikerin und achtete sorgfältig auf eine ausgewogene Ernährung. Aber vorläufig hatte sie den Kampf gegen die stärkehaltige Diät auf dem Campus aufgegeben. So tauchte sie gerade ein langes Pommesfrites-Stück in eine Ketchup-Pfütze auf ihrem Teller und schob sie sich dann genussvoll in den Mund.

»Es ist gut, dass ich diesen Ort endlich verlassen kann«, beklagte sie sich. »Seit wir hier sind, muss ich an die zwanzig Pfund zugelegt haben. Ich habe das Gefühl, ich könnte jeden Moment platzen.«

Paul verdrehte die Augen. Gamay stand jeden Morgen um sechs Uhr zu ihrem Fünf-Meilen-Lauf auf, der sämtliche Spuren kulinarischer Exzesse beseitigte. Obwohl sie knapp unter sechs Fuß groß war, schleppte sie mit ihrer schmalhüftigen Gestalt nicht mehr als hundertdreißig Pfund Gewicht herum, das meiste davon war dank ihres aktiven Lebensstils Muskelgewebe.

Vielsagend betrachtete Paul ein hohes Glas, das eine schaumgekrönte erdbeerfarbene Mixtur enthielt.

»Vielleicht solltest du mal auf den Frappé verzichten«, sagte er.

Gamay strich sich eine Strähne ihres dunkelroten Haars aus den Augen und zeigte ihm ein strahlendes Lächeln, das die kleine Lücke zwischen ihren beiden Vorderzähnen entblößte.

»Es ist garantiert der letzte … versprochen.«

Ihre Augen bekamen einen verträumten Ausdruck, als sie einen tiefen Schluck aus ihrem Glas trank.

»Dieses Versprechen wirst du leicht einhalten können, jetzt, da du die Stadt verlässt. Was weißt du über Bonefish Key?«

Gamay tupfte den rosafarbenen Schaumkranz von ihrer Oberlippe ab.

»Nur was ich in wissenschaftlichen Magazinen gelesen oder im Internet gefunden habe. Es ist eine Insel vor der Westküste Floridas. Sie haben dort einige Entdeckungen im Bereich der Biomedizin gemacht und sich patentieren lassen. Es besteht überhaupt ein großes Interesse daran, irgendetwas in der Wildnis zu finden, mit dem sich gewisse Krankheiten bekämpfen und heilen lassen.«

»Ich erinnere mich noch an die Bioprospektoren, die wir vor einer Weile im Regenwald am Amazonas getroffen haben.«

Gamay nickte.

»Dahinter steckt der gleiche Grundgedanke, aber zunehmend herrscht Einigkeit darüber, dass die Ozeane mit ihrer unermesslichen Vielfalt an Stoffen, die möglicherweise pharmazeutisch und medizinisch eingesetzt werden können, den Regenwald in den Schatten stellen. Organismen, die im Meer existieren, sind, biologisch gesehen, um einiges dynamischer als Landlebewesen.«

Paul hörte sich das stirnrunzelnd an und meinte: »Wenn sich Kurt so sehr für das Meeresforschungszentrum interessiert, warum bittet er dann nicht Kane um Hilfe?«

»Die gleiche Frage habe ich ihm auch schon gestellt. Er meinte, von Kane sei keine Hilfe zu erwarten. Wir seien auf uns allein gestellt, und er werde –«

»Alles später erklären«, beendete Paul den Satz.

Gamay mimte die Erstaunte.

»Manchmal entwickelst du tatsächlich hellseherische Fähigkeiten.«

Er legte einen Zeigefinger gegen seine Schläfe.

»Meine übersinnlichen Kräfte sagen mir soeben, dass du mir den Rest deines Erdbeer-Frappé anbieten willst.«

Gamay schob das Glas quer über den Tisch.

»Was meinst du, wie wir an die Sache herangehen sollen, jetzt wo Kane aus dem Rennen ist?

»Du könntest deine NUMA-Zugehörigkeit einsetzen, um den Leuten einen Rundgang durch den Forschungskomplex aus dem Kreuz zu leiern.«

»Daran hab ich auch schon gedacht. Die Verbindung zur NUMA öffnet uns vielleicht die Eingangstür, aber ich weiß nicht, ob ich danach auch die Art von Zugang erhalten werde, die uns irgendetwas nützt.«

Paul nickte zustimmend.

»Du kriegst sicher die VIP-Behandlung, einen schnellen Rundgang mit irgend so einem PR-Heini, ein Schinkensandwich und dann ein freundliches *Auf Wiedersehen*. Dabei möchte Kurt, dass wir einen Blick hinter die Kulissen werfen.«

»Das war mein Eindruck. Ich brauche irgendeinen einleuchtenden Vorwand – und ich glaube, ich weiß auch schon, wo ich so etwas finden kann.«

»Während du dich darum kümmerst, versuche ich, noch einen Flug nach Florida für dich zu bekommen.«

Paul sah in seinem Büro vorbei, um Reisevorbereitungen zu treffen. Gamay begab sich in den Bootshafen, um ihrer Tauch-Crew Bescheid zu sagen, dass sie Scripps verlassen werde.

Sie schaffte ihre Tauchausrüstung in den Schlafraum, der ihr und Paul zugeteilt worden war. Dann rief sie einen befreundeten Kollegen des Meeresforschungszentrums an. Auf ihre wie immer direkte Art kam sie sofort auf den Punkt.

»Ich versuche, eine Übernachtung in Bonefish Key herauszuschinden. Ich kann mich erinnern, dass Sie mal erwähnt haben, Ihr Laden habe bei der Entwicklung von Heilmitteln gegen Asthma und Arthritis aus ozeanischen Quellen mit ihnen zusammengearbeitet.«

»Das ist richtig«, bestätige der Meeresbiologe Ed Nash. »Die meisten Betriebe, die auf diesem Gebiet tätig sind, gehen mit ihren Informationen sehr freizügig um. Bonefish

Key hingegen hält sich ausgesprochen bedeckt. Haben Sie sich mal an den Direktor, Dr. Kane, gewandt?«

»Es ist schwierig, an ihn heranzukommen.«

»Wie ich hörte, ist er viel unterwegs. Dann wird der Laden von einem Dr. Mayhew geleitet. Ich habe ihn bei einigen Konferenzen kennengelernt. Nicht gerade eine einnehmende Persönlichkeit, aber vielleicht kann ich Ihnen da helfen. Kane war mal beim Harbor Branch Marine Center in Fort Pierce, Florida, ehe er genügend Geld auftrieb, um Bonefish Key zu gründen. Ich habe einen Freund bei Harbor Branch, der ein alter Kollege Mayhews ist. Er ist mir noch etwas schuldig. Mal sehen, ob ich ihn erreichen kann.«

Während Gamay auf Nashs Rückruf wartete, schaltete sie ihren Laptop ein und informierte sich über Bonefish Key. Sie hatte gerade ein paar Minuten gelesen, als Dr. Mayhew anrief. Gamay erklärte ihr Interesse an Bonefish Key, ließ einfließen, dass sie sich in Scripps aufhalte, Freunde besuchen wolle und überlegt habe, bei dieser Gelegenheit dem Labor einen Besuch abzustatten. Mayhew äußerte sich zwar erfreut darüber, dass sich jemand von der NUMA für die Arbeit des Forschungszentrums interessiere. Aber ihr Besucherkontingent sei leider erschöpft.

»Das ist schade«, sagte Gamay. »Die NUMA hatte keine Probleme, bei dem B3-Projekt für Ihren Direktor ein passendes Quartier zu finden. Reden Sie doch mal mit Dr. Kane. Bestimmt würde er sich gerne für die Gastfreundschaft der NUMA revanchieren, wenn Sie ihn fragen.«

»Das ist nicht möglich.« Pause. »Wir haben ein Gästezimmer frei, aber nur für morgen Nacht. Zu schade, dass Sie sich gerade auf der anderen Seite des Landes aufhalten.«

Gamay erkannte die Lücke und stieß wie eine angreifende Kobra zu.

»Ich bin morgen bei Ihnen«, sagte sie.

»Ich kann Ihnen aber doch nicht zumuten, wegen eines einzigen Tages diese lange Reise zu unternehmen.«

»Das ist kein Problem, ich werde meine Pläne entsprechend ändern. Dann bleibe ich eben zwei Nächte. Wie komme ich am schnellsten zur Insel?«

Am anderen Ende der Leitung herrschte erstauntes Schweigen.

»Wenn Sie in Fort Myers sind, rufen Sie einen Mann namens Dooley Greene an. Er arbeitet für das Forschungszentrum und verfügt über ein Boot.«

Mayhew hatte schon beinahe aufgelegt, ohne ihr Greenes Telefonnummer zu nennen. Raffiniertes Kerlchen, dachte sie, während sie die Ziffern aufschrieb. Als Paul wenige Minuten später zurückkam, war sie bereits damit beschäftigt, ihre Reisetasche zu packen.

»Kommst du rein?«, fragte er.

»Es war mühsam, aber ich hab's geschafft.«

Sie berichtete ihm, wie sie Mayhew bekniet hatte.

»*Geschickt*«, sagte Paul. »Du wärst die ideale Verkäuferin beim Tele-Shopping. Die NUMA hat dich auf einen frühen Flug gebucht. Ich komme nach, sobald mein Seminar abgeschlossen ist.«

Den Rest des Nachmittags verbrachten sie spazieren gehend und Rad fahrend auf dem Campus, wo sie die Lieblingsorte ihrer Studentenzeit aufsuchten. Nach einem späten Abendessen packte sie noch eine Weile und dann gingen sie früh zu Bett. Am nächsten Morgen fuhr Paul Gamay zum Flughafen, verabschiedete sich von ihr mit einem Kuss und versprach, schon in zwei Tagen bei ihr zu sein.

Nach dem Start stieg die Maschine auf fünfunddreißigtausend Fuß Höhe und ging auf Reisekurs. Gamay lehnte sich in ihrem Sitz zurück und las die Informationen über Bonefish Key, die ihr Laptop ihr lieferte. Die Insel war ein schmaler Streifen Landes nicht weit von Pine Island im Golf von Mexiko. Bewohnt wurde die Insel von Indianern, ehe die Spanier sie in ein Fort und eine Handelsstation verwandelten. Später entwickelte sich die Insel zu einem Angelzentrum, das nach dem Fisch benannt wurde, der in den umliegenden Gewässern reichlich vorkam.

Um 1900 baute ein New Yorker Unternehmer ein Hotel, das später jedoch während eines Hurrikans zerstört wurde. Dann hatte die Insel kurz nacheinander eine ganze Reihe von Eigentümern. Nachdem ein weiterer Hurrikan den Versuch vereitelte, eine Gastwirtschaft zu betreiben, verkaufte der Eigentümer Bonefish Key an eine gemeinnützige Stiftung, und die Insel entwickelte sich im Laufe der Zeit zu einem bedeutenden Zentrum für die Erforschung von Meeresorganismen mit pharmazeutischem Potential.

Es war ein ruhiger Flug, den Gamay teilweise nutzte, um an dem Bericht über ihre Arbeit in Scripps zu feilen. Als die Maschine am Spätnachmittag auf dem Fort Myers Airport landete, hatte der Reisedienst der NUMA bereits einen Wagen mit Chauffeur bereitstellen lassen, der sie zur Landungsbrücke der Pine-Island-Fähre brachte.

Ein Power-Katamaran war am Kai vertäut. Die Haut des grauhaarigen Mannes am Steuer hatte eine nussbraune Tönung, die die Falten in seinem freundlichen Gesicht nur unzureichend kaschierte.

»Ich vermute, Sie wollen nach Bonefish«, sagte er. »Ich bin Dooley Greene. Ich biete Kurierfahrten für das Forschungszentrum an – und damit bin ich auch so etwas wie das offizielle Begrüßungskomitee.«

Gamay warf ihre Reisetasche ins Boot und kletterte mit einer Sicherheit an Bord, die verriet, dass sie einen erheblichen Teil ihres Lebens auf Schiffen und Booten verbracht hatte.

»Ich bin Dr. Morgan-Trout«, sagte sie und überraschte Dooley mit ihrem festen Händedruck. »Nennen Sie mich Gamay.«

»Danke, Dr. Gamay«, sagte er, da er Hemmungen hatte, auf ihren Titel zu verzichten. Trotz ihres informellen Auftretens wirkte ihre ausgeprägte Selbstsicherheit beinahe einschüchternd. Von ihrer Freundlichkeit ermutigt, fügte er hinzu: »Hübscher Name. Und ungewöhnlich dazu.«

»Mein Vater war ein großer Weinkenner. Er nannte mich nach seiner Lieblingstraube.«

»Das Lieblingsgetränk meines Vaters war billiger Gin«, sagte Dooley. »Da sollte ich wohl froh sein, dass er mich nicht *Juniper* genannt hat.«

Dooley löste die Leine und drückte das Boot vom Kai weg. Während sie auf die Bucht hinausglitten, schien er es nicht sehr eilig zu haben.

»Ich war Dockmaster im Bonefish Key Inn, als jeder Fischer und Skipper aus der Umgebung dort an der Bar herumhing. Nachdem das Hotel von Hurrikan Charlie weggeblasen wurde, machte der Eigentümer pleite. Als dann das Forschungszentrum das Anwesen kaufte, renovierten sie auch das Hotel. Dr. Kane bat mich, das Wassertaxi zu betreiben und die Vorräte zu transportieren. Ich hatte damals ziemlich viel damit zu tun, die Angehörigen des Personals hin- und herzubringen, aber das hat inzwischen deutlich nachgelassen.«

»Abgesehen vom Personal, haben Sie hier viele Besucher?«

»Nee. Die Leute im Labor sind nicht gerade die freundlichsten … na ja, *Wissenschaftler*.« Er schüttelte den Kopf. Dann, als ihm sein *faux pas* bewusst wurde, fügte er hinzu: »Oh, verdammt, Sie sind ja auch Wissenschaftlerin.«

»Ja, Dooley, aber ich bin eine *freundliche* Wissenschaftlerin«, sagte sie mit ihrem typischen bezaubernden Lächeln. »Und ich weiß, was Sie meinen. Ich habe mit Dr. Mayhew telefoniert.«

»Ausnahmen bestätigen die Regel«, sagte Dooley mit einem wissenden Grinsen.

Er griff in die Brusttasche seines Oberhemdes und holte eine abgegriffene Visitenkarte hervor, die er Gamay reichte.

»Ich wohne nicht auf der Insel«, erklärte er. »Rufen Sie mich an, wenn Sie wieder wegwollen. Sie bekommen hier allerdings keine Telefonverbindung, es sei denn, Sie klettern auf den Wasserturm.«

»Dr. Mayhew hat mich von der Insel aus angerufen.«

»Für Notfälle und die hohen Tiere haben sie schon eins, ein Funktelefon.«

Das Boot verließ das offene Wasser und schlängelte sich durch ein Labyrinth aus Mangroven. Gamay kam sich vor, als dränge sie in Joseph Conrads *Herz der Finsternis* vor. Schließlich ließen sie eine enge Biegung hinter sich und näherten sich einer Insel, die ein wenig höher aus dem Wasser ragte und solider als ihre Umgebung erschien. Die Spitze des Wasserturms, den Dooley erwähnt hatte, ragte wie ein chinesischer Reishut über die Bäume. Dooley machte das Boot an dem schmalen Kai fest und schaltete den Motor aus.

Ein grasbewachsener Hang stieg zu einem Innenhof und der Veranda eines weißen Gebäudes auf. Es stand versteckt zwischen kleinen Palmettopalmen, die von der Sonne ausgedörrt waren und deren Duft von einer leichten Brise zu ihnen herübergetragen wurde. Ein Schmuckreiher stolzierte am Strand entlang. Es war zwar ein ansichtskartenreifes Florida-Szenario, aber der Ort vermittelte Gamay ein Gefühl des Unbehagens. Vielleicht lag es an seiner Abgeschiedenheit oder an der verdorrten, sonnenverbrannten Vegetation, vielleicht war es aber auch nur die unnatürliche Starre, die alles beherrschte.

»Es ist so still«, sagte sie und senkte ihre Stimme unwillkürlich zu einem Flüstern herab. »Beinahe unheimlich.«

Dooley kicherte.

»Das Hotel, jetzt das Gästehaus, wurde auf einem indianischen Grabhügel errichtet. Früher gehörte die Insel den Calusa, ehe der weiße Mann sie tötete oder mit seinen Krankheiten ansteckte. Die Leute reden noch immer von bösen Mächten.«

»Wollen Sie damit sagen, dass es auf der Insel spukt, Dooley?«

»Nicht von indianischen Geistern, wenn Sie das meinen sollten. Aber alles, was hier gebaut wurde, fand ein schlimmes Ende.«

Gamay ergriff ihre Reisetasche und kletterte auf den Kai.

»Hoffen wir, dass das nicht auch auf meinen kurzen Besuch zutrifft, Dooley.«

Mit ihrer scherzhaften Bemerkung hatte sie versucht, die düstere Stimmung ein wenig aufzulockern, aber Dooley lächelte nicht, als er ihr auf den Kai folgte.

»Willkommen im Paradies, Dr. Gamay.«

18

Während Dooley mit Gamay über den Kai zur Insel ging, kam ihnen eine junge Asiatin entgegen.

»Hallo, Dr. Song Lee«, sagte Dooley. »Ich habe Ihren Kajak bereit gemacht, ehe ich nach Pine Island rübergefahren bin.«

»Vielen Dank, Dooley.«

Lees Blick sprang zu Gamay, die ihren Gesichtsausdruck als weder freundlich noch unfreundlich einschätzte. Wahrscheinlich war neutral das richtige Wort.

»Das ist Dr. Morgan-Trout«, stellte Dooley vor. »Sie ist für zwei Tage zu Besuch. Vielleicht können Sie beide mal eine gemeinsame Paddeltour unternehmen.«

»Ja, natürlich«, erwiderte Lee wenig begeistert. »Freut mich, Sie kennenzulernen, Doktor. Genießen Sie Ihren Aufenthalt.«

Lee streifte Gamays ausgestreckte Hand mit der ihren und setzte ihren Weg den Kai hinunter fort.

»Ist Dr. Lee schon lange hier?«, fragte Gamay.

»Ein paar Monate«, antwortete Dooley. »Sie spricht nicht viel über das, was sie hier tut, und ich frage auch nicht nach.«

Er blieb am Ende des Kais stehen.

»Weiter als bis hierher darf ich nicht«, sagte er. »Rufen Sie mich an, wenn Sie mich brauchen. Und denken Sie daran: Wenn Sie telefonieren wollen, müssen Sie auf den Wasserturm steigen.«

Gamay bedankte sich bei Dooley und sah ihm nach, bis sein Boot nicht mehr zu sehen war. Dann ergriff sie ihre Reisetasche und stieg die Treppe zum Innenhof hinauf. In diesem Augenblick flog die Tür des Gästehauses auf, und ein Mann in einem weißen Laborkittel eilte die Treppe von der Veranda herab. Er hatte die bemitleidenswert hagere Figur eines Marathonläufers. Die Hand, die er Gamay zur Begrüßung reichte, war so schlaff und feucht wie ein toter Fisch.

»Dr. Morgan-Trout, nehme ich an«, sagte er mit einem schnellen, abgezirkelten Lächeln. »Ich bin Dr. Charles Mayhew, der diensthabende Leiter dieses Irrenhauses, solange Dr. Kane abwesend ist.«

Gamay vermutete, dass Mayhew ihre Ankunft vom Gästehaus aus beobachtet hatte. Sie lächelte. »Vielen Dank, dass Sie mich als Gast auf Ihrer Insel dulden.«

»Es ist uns ein Vergnügen«, säuselte Mayhew. »Sie ahnen gar nicht, wie aufgeregt wir alle waren, als wir erfuhren, dass die NUMA Dr. Kane zu dem Tauchgang in der Bathysphäre eingeladen hat. Ich habe ihm dabei zugesehen. Nur schade, dass die Fernsehübertragung so frühzeitig abgebrochen wurde.«

»Bekomme ich Gelegenheit, Dr. Kane persönlich kennenzulernen?«, fragte Gamay.

»Er ist zurzeit mit einem Forschungsauftrag befasst«, sagte Mayhew. »Ich zeige Ihnen Ihr Zimmer.«

Sie gingen zur Veranda hinauf und traten durch eine breite Doppeltür in ein holzverkleidetes Foyer. Dahinter erstreckte sich ein geräumiger, sonniger Speisesaal, mit Rattanstühlen und Tischen aus dunklem Holz möbliert. Mit Fliegengittern versehene Fenster säumten den Saal auf drei Seiten. Ein kleinerer Raum, der an den Saal angrenzte, trug den Namen Dollar Bar. Dieser ging auf eine Zeit zurück, als die Gäste noch Dollarnoten signierten und sie an die Wand hefteten. Der Hurrikan habe dann aber alle Scheine weggeweht, erklärte Mayhew.

Gamays Zimmer lag an einem Flur, nur ein paar Schritte von der Bar entfernt. Entgegen Mayhews früherer Behauptung, sie seien ausgebucht, war sie der einzige Gast im Gästehaus. Ihr Einzelzimmer hatte Holzwände, ein eisernes Bettgestell mit dazu passender Kommode – und vermittelte den Eindruck schäbiger Gemütlichkeit. Eine zweite Tür führte zu einer ebenfalls mit Fliegengittern abgeschirmten Veranda, die einen Blick aufs Meer jenseits der kleinen Palmen gestattete. Gamay stellte ihre Reisetasche aufs Bett.

»Die Happy Hour beginnt in der Dollar Bar um fünf«, sagte Mayhew. »Fühlen Sie sich ganz wie zu Hause. Wenn Sie einen Spaziergang machen wollen, es gibt auf der ganzen Insel natürliche Wege. Ein paar Regionen wurden allerdings gesperrt, um eine Verunreinigung durch die Außenwelt zu vermeiden, aber diese Bereiche sind deutlich gekennzeichnet.«

Mayhew entfernte sich eilig mit seinem charakteristisch federnden Reebok-Schritt. Gamay klappte ihr Mobiltelefon auf, um Paul mitzuteilen, dass sie angekommen sei, als ihr Dooleys Hinweis einfiel, der Wasserturm sei der einzige Ort auf der Insel, der über eine Netzverbindung verfüge.

Sie folgte einem mit Muschelkalk bestreuten Fußweg an einer Reihe hübscher Wohnhütten vorbei bis zum Fuß des Wasserturms. Nachdem sie bis zu einer Plattform auf der Spitze emporgestiegen war, fing sie ein Signal auf, zögerte jedoch noch. Paul befand sich höchstwahrscheinlich gerade in einem Seminar … und sie wollte ihn nicht schon wieder stören. Daher verstaute sie das Telefon in ihrer Jacke.

Sie sah sich auf ihrem erhöhten Aussichtspunkt ein wenig die Gegend an. Die lange, schmale Insel hatte die Gestalt einer leicht deformierten Birne. Sie gehörte zu einer Gruppe von Magroveninseln, die aus der Luft betrachtet wie kleine Teppiche aussahen.

Gamay stieg wieder von dem Turm herunter, wobei diese leichte Anstrengung sie in der feuchtwarmen Luft schon zum Schwitzen brachte, und wanderte weiter, bis sie zu einem Mangrovendickicht kam, vor dem der Weg endete. Sie machte kehrt und sah sich das Wegenetz der Insel an, ehe sie in ihr Gästezimmer zurückkehrte. Nach einem erfrischenden Nickerchen duschte sie und trocknete sich ab, wobei sie von draußen gedämpftes Gelächter vernahm. Die Bar hatte soeben geöffnet.

Bekleidet mit einer weißen Shorts und einer hellgrünen Baumwollbluse, die die Farbe ihres dunkelroten Haars, das sie im Nacken zu einem lockeren Knoten zusammengerafft hatte, unterstrich, ging sie zur Dollar Bar. Die Unterhaltung verstummte beinahe, als sie eintrat, so ähnlich wie in einem alten Western, wenn sich der von allen gefürchtete Revolverheld durch die Schwingtüren in den Saloon schiebt.

Dr. Mayhew erhob sich von seinem Platz an einem Tisch in der Ecke, kam zur Bar herüber und begrüßte Gamay mit seinem wie angeknipst wirkenden Lächeln.

»Was kann ich Ihnen zu trinken holen, Dr. Trout?«, erkundigte er sich.

»Ein Gibson wäre jetzt genau das Richtige«, antwortete sie.

»Mit oder ohne Eis?«

»Ohne, bitte.«

Mayhew gab die Bestellung an den Barkeeper weiter,

einen muskulösen jungen Mann mit militärischem Bürstenhaarschnitt. Er schüttelte die Ginflasche, schenkte ein, spießte drei Zwiebeln auf einen Zahnstocher und bereitete an Stelle des klassischen Martini mit Olive einen Martini Gibson.

Mayhew geleitete Gamay mit ihrem Drink zu einem Tisch in einer Nische. Während er einen Stuhl für sie zurechtschob, machte er sie mit den vier Personen bekannt, die dort bereits saßen, und erklärte, dass sie alle zum Entwicklungsteam des Forschungszentrums gehörten.

Die einzige Frau am Tisch hatte kurzes Haar, ihr Gesicht wirkte eher jungenhaft als feminin. Dory Bennett stellte sich selbst vor und fügte hinzu, sie sei Toxikologin. Sie trank einen doppelten *mai tai*.

»Was verschlägt Sie denn auf Dr. Moreaus Insel?«, wollte die Frau wissen.

»Ich habe von dieser wunderschönen Bar gehört.« Gamay sah sich um, ließ den Blick über die kahlen Wände gleiten und fügte mit unbewegter Miene hinzu: »Es scheint, dass ein Dollar auch nicht mehr das ist, was er einmal war.«

Gelächter lief um den Tisch.

»Ah, eine Wissenschaftlerin mit Sinn für Humor«, stellte Isaac Klein, ein Chemiker, fest.

»Dr. Klein, wollen Sie damit andeuten, ich hätte keinen Sinn für Humor?«, fragte Dr. Bennett. »Zum Beispiel finde ich Ihre wissenschaftlichen Aufzeichnungen *sehr* spaßig.«

Diese Frotzelei löste weiteres Gelächter aus.

Dr. Mayhew sagte: »Dr. Bennett vergaß zu erwähnen, dass der Posten des stellvertretenden Direktors dieses Zentrums ebenfalls von einer Frau bekleidet wird: Lois Mitchell.«

»Werde ich sie kennenlernen?«, fragte Gamay.

»Nicht bevor sie zurückkommt von –« Dr. Bennett brach mitten im Satz ab. »Sie ist … auf einer Exkursion.«

»Lois arbeitet mit Dr. Kane zusammen«, erläuterte Dr. Mayhew. »Wenn sie hier ist, wird die Insel nicht so sehr von Männern dominiert, wie es auf den ersten Blick den Anschein hat.«

Gamay tat so, als hätte sie nicht bemerkt, wie Mayhew heimlich gegen Bennetts Arm getippt hatte, und sah zu den anderen Tischen, die zur Bar gehörten.

»Ist dies die gesamte Belegschaft des Labors?«, fragte sie.

»Eher so etwas wie eine Notbesatzung«, sagte Mayhew. »Die meisten unserer Kollegen arbeiten direkt an der Front.«

»Das muss aber eine ziemlich breite Front sein«, machte sie den lahmen Versuch, humorvoll zu klingen.

Dafür wurde sie mit einem ohrenbetäubenden Schweigen belohnt.

Schließlich brachte Mayhew ein Grinsen zustande.

»Ja, ich denke, das ist sie«, sagte er.

Er blickte zu den anderen hin, die seine Bemerkung als Aufforderung verstanden, sich zu einem mühsamen Lächeln zu zwingen.

Gamay hatte das Gefühl, als seien sie durch Drahtleitungen miteinander verbunden und als habe Mayhew den Schalter in der Hand.

»Ich habe auf dem Kai noch eine weitere Frau gesehen«, sagte sie. »Ich glaube, ihr Name war Dr. Lee.«

»O ja, Dr. Song Lee«, sagte Mayhew. »Ich habe sie nicht mitgezählt, da sie hier nur zu Besuch ist und nicht zur Belegschaft gehört. Sie ist äußerst zurückhaltend und nimmt sogar ihre Mahlzeiten allein in ihrer Hütte ein.«

Chuck Hallum, der Leiter der Immunologie-Abteilung,

sagte: »Sie hat in Harvard studiert und gehört zu den brillantesten Immunologen, die ich je kennengelernt habe. Apropos Inselbesucher, was hat Sie denn nun *wirklich* nach Bonefish Key geführt?«

»Mein Interesse an Meeresbiologie«, sagte Gamay. »Ich habe in den wissenschaftlichen Magazinen von Ihrer bahnbrechenden Arbeit im Bereich der Biomedizin gelesen. Außerdem habe ich die Absicht, Freunde in Tampa zu besuchen, und wollte mir die Gelegenheit nicht entgehen lassen, mich an Ort und Stelle zu informieren.«

»Kennen Sie denn die Geschichte des Meeresforschungszentrums?«, fragte Mayhew.

»Ich weiß nur, dass Sie nicht profitorientiert arbeiten und von einer Stiftung finanziert werden. Das ist aber auch schon alles«, sagte Gamay.

Mayhew nickte. »Als Dr. Kane das Labor gründete, stammten seine finanziellen Mittel aus dem Nachlass einer Absolventin der Universität von Florida, die einen nahen Angehörigen durch Krankheit verloren hatte. Das Testament wurde von verärgerten Familienangehörigen angefochten und die Geldmittel drohten zu versiegen, als er eine Stiftung gründete und aus anderen Quellen Geld zu beschaffen begann. Dr. Kane betrachtete Bonefish Key als ideales Forschungszentrum, da es sich weit entfernt von der Unruhe und den Störungen eines Universitätsbetriebs befand.«

Ein Klingelzeichen kündigte das Abendessen an. Sie begaben sich in den Speisesaal, wo sich der Barkeeper als Kellner betätigte. Die Mahlzeit bestand aus frisch gefangenem, *to the point* gebratenem Rotbarsch in Pekankruste. Als Wein wurde dazu ein erlesener französischer Sauvignon blanc serviert. Die Unterhaltung bei Tisch bestand vorwiegend aus launigem Smalltalk und hatte weniger die Arbeit auf der Insel zum Thema.

Nach dem Essen zogen die Wissenschaftler auf die Veranda und in den Innenhof um. Es wurde über alles Mögliche geschwatzt, nur nicht über die Angelegenheiten des Labors. Und als dann die Nacht hereinbrach und die Dunkelheit zunahm, zogen sich die meisten der Anwesenden in ihre Quartiere zurück.

»Wir gehen hier gewöhnlich sehr früh zu Bett«, erklärte Mayhew, »und sind schon bei Sonnenaufgang wieder auf den Beinen. Wir schließen die Bar, und nach zehn Uhr herrscht im Allgemeinen Ruhe.«

Mayhew stellte Gamay eher aus Höflichkeit noch einige Fragen über ihre Tätigkeit bei der NUMA, dann entschuldigte er sich aber und meinte nur noch, sie könnten ja am nächsten Tag zusammen frühstücken. Was von der Belegschaft noch übrig war, folgte seinem Beispiel – und am Ende saß Gamay alleine auf der Veranda und genoss die eigenartige Stimmung der subtropischen Nacht.

Gamay beschloss, nun endlich Paul anzurufen, und folgte also demselben Weg zum Wasserturm, den sie schon früher am Tag benutzt hatte. Die Muschelschalen, mit denen der Weg bestreut war, schimmerten und funkelten im hellen Licht des Mondes. Sie stieg zur oberen Plattform des Turms hinauf, verharrte jedoch auf halbem Weg. Eine weibliche Stimme drang zu ihr herab. Sie klang chinesisch.

Das Gespräch endete nach ein, zwei Minuten, und Gamay hörte leise Schritte. Sie hangelte sich die Leiter hinab und versteckte sich hinter einer Palmettopalme. Von dort aus beobachtete sie, wie Dr. Lee die Leiter herunterkam und sich dann eilig entfernte.

Gamay spazierte auf dem Weg zu den Wohnhütten. Alle waren dunkel – bis auf eine. Und deren Fenster verdunkelte sich kurz darauf ebenfalls. Sie stand da, betrachtete die dunkle Hütte und fragte sich, was Nancy Drew in einem solchen Fall wohl tun würde.

Sie entschied, zum Wasserturm zurückzukehren. Dort schickte sie eine Nachricht auf Pauls Telefon, in der sie ihm mitteilte, dass sie heil am Ziel angekommen sei. Danach kehrte sie in ihr Quartier zurück.

Sie setzte sich auf die kleine Veranda und rief sich die Eindrücke der wenigen Stunden, die sie bisher auf der Insel verbracht hatte, ins Gedächtnis. Ihr Einfühlungsvermögen war durch die Jahre als wissenschaftliche Beobachterin, zuerst als Meeresarchäologin und später als Meeresbiologin, geschärft worden.

Sie hatte sich Dooleys Andeutung, auf Bonefish Key geschehe mehr, als man auf den ersten Blick erkennen konnte, gemerkt. Der Mann, der ihre Drinks gemixt hatte, sah aus, als käme er direkt aus einer Bildreportage für das *Soldier-of-Fortune*-Magazin. Dann hatten Mayhew und seine Leute immer wieder krampfhaft gelacht und waren jeder Frage nach Dr. Kane, dem mysteriösen Projekt des Zentrums und dem Verbleib der restlichen Labormannschaft ausgewichen. Ihre Neugier wurde auch durch die junge asiatische Wissenschaftlerin geweckt, die ihr auf dem Kai die kalte Schulter gezeigt hatte, und durch die Tatsache, dass Mayhew offenbar ganz bewusst versäumt hatte, Dr. Song Lee zu erwähnen. Und nicht zuletzt dadurch, dass die anderen Wissenschaftler sie, Gamay, geradezu mieden, als sei sie eine Aussätzige.

Austin hatte sie gebeten, auf der Insel auf alles zu achten, das ihr irgendwie *seltsam* vorkam.

»*Unheimlich* würde besser passen, Kurt, alter Junge«, murmelte sie leise vor sich hin.

Nach Austins Maßstäben hätte Bonefish Key ein voll und ganz fröhlicher Ort sein müssen. Doch während sie in der Dunkelheit saß und den vielfältigen Geräuschen der Nacht lauschte, begann Gamay allmählich zu begreifen, weshalb Dooley nicht gelacht hatte, als er sie im Paradies willkommen hieß.

19

Detective-Superintendent Randolphs gutmütige Lässigkeit war irreführend. Er schien überall gleichzeitig zu sein. So beaufsichtigte er die Spurensicherungsexperten, die den Tatort des Verbrechens fotografierten und Beweismittel einsammelten, hörte sich die Zeugenaussagen an, um Diskrepanzen zwischen ihnen aufzuspüren, und kämmte die *Beebe* mit äußerster Sorgfalt von unten bis oben durch.

Alles, was ihm noch fehlte, um das Bild des Meisterdetektivs komplett zu machen, war ein karierter Deestalker-Hut und eine Meerschaumpfeife.

Der Detective-Superintendent und seine Leute arbeiteten bis tief in die Nacht, ehe sie die Schlafgelegenheiten nutzten, die Gannon für sie hatte vorbereiten lassen. Am nächsten Tag manövrierte der Kapitän auf Randolphs Bitte das Schiff näher an die Station des Marine Police Service auf dem Festland heran. Die Leichen wurden zwecks gründlicher Autopsien ins gerichtsärztliche Labor geschafft.

Nachdem Austin und Zavala ihre Aussagen gemacht hatten, säuberten sie die Bathysphäre und untersuchten sie auf mögliche Schäden hin. Bis auf einige Stellen, an denen durch den unerwarteten Absturz zum Meeresboden die Farbe abgeblättert war, hatte die tapfere kleine Tauchkugel die Strapazen ihres Ausflugs in die Tiefsee unbeschadet überstanden.

Austin hätte sich gewünscht, das Gleiche auch von dem

Humongous sagen zu können. Er beaufsichtigte die durch einen Kran vorgenommene Umladung des Wracks vom Deck der *Beebe* auf einen Sattelschlepper und den anschließenden Transport zu einer Garage auf dem Festland.

Zufrieden, dass sich dieses letzte umfangreiche Beweismittel in Händen der Polizei befand, bedankte sich Detective-Superintendent Randolph bei Gannon und seiner Mannschaft für ihre Kooperationsbereitschaft und erklärte, das Schiff könne sofort wieder ablegen. Außerdem versprach er, die Fragen von den Dutzenden von Reportern zu beantworten, die nun, da erste Einzelheiten über den Angriff nach draußen gedrungen waren, die Polizeistation belagerten.

Randolph brachte Austin und Zavala mit seinem Dienstwagen zum Flughafen, wo der NUMA-Jet parkte, mit dem sie von Washington herübergekommen waren. Zavala war ein erfahrener Pilot mit einer Lizenz für kleinere Düsenjets, und am späten Nachmittag lenkte er die Maschine auf dem Reagan National Airport zu einem Hangar, der für NUMA-Flugzeuge reserviert war. Danach trennten sich Austins und Zavalas Wege. Allerdings wollten sie sich schon am nächsten Tag in der Zentrale wieder treffen.

Austin wohnte in einem umgebauten viktorianischen Bootshaus. Es gehörte zu einem größeren Anwesen, das er seinerzeit erworben hatte, als er noch in der CIA-Zentrale im nahe gelegenen Langley arbeitete. Damals war es das, was die Immobilienmakler ein *renovierungsbedürftiges Investitionsobjekt* nannten. Es hatte nach Moder und Alter gerochen, doch seine Lage am Ufer des Potomac River hatte Austin animiert, tief in die Tasche zu greifen und selbst ungezählte Stunden aufzuwenden, um es in einen bewohnbaren Zustand zu versetzen.

Seinem gewöhnlichen Ritual folgend ließ Austin die Reisetasche in der Diele fallen, trat in die Küche und holte sich eine Flasche Bier aus dem Kühlschrank, dann ging er auf die Terrasse hinaus, um seine Lungen mit dem vertrauten lehmigen Wohlgeruch des Potomac zu füllen.

Er trank die Bierflasche aus, betrat sein Arbeitszimmer und setzte sich vor den Computer. Das Arbeitszimmer war für Austin eine Oase. Er verglich sich mit Schiffskapitänen, die der See überdrüssig sind und sich nach Kansas oder an irgendeinen anderen Ort fern des Meeres zurückziehen, wenn sie sich zur Ruhe setzen. Die See war eine anstrengende Geliebte, und so war es gut, sich ihrer Umarmung gelegentlich vollkommen zu entziehen. Bis auf ein paar Schiffsbilder von naiven Malern und Fotos von seiner kleinen Bootsflotte gab es in dem ganzen Haus nur wenig, das auf seine enge Verbindung zu der bedeutendsten Meeresforschungsinstitution der Welt hinwies.

Die Wände waren mit Bücherregalen bedeckt, die seine Sammlung philosophischer Werke beherbergten. Während er die alten Philosophen einerseits wegen ihrer erhabenen Weisheit immer wieder gerne las, lieferten ihre Schriften ihm andererseits auch die moralische Basis, die verhinderte, dass er von Selbstzweifeln heimgesucht wurde. Die Männer auf der *Beebe* waren nicht die Ersten, die er getötet hatte. Und unglücklicherweise würden sie wohl auch nicht die Letzten sein.

Über dem offenen Kamin hing ein Paar Duellpistolen an der Wand. Sie waren Teil einer umfangreichen Waffensammlung, die er als sein größtes Laster betrachtete. Während er die Pistolen wegen ihrer technischen Neuerungen bewunderte, erinnerten sie ihn darüber hinaus aber auch daran, wie wichtig das Prinzip Zufall in Situationen war, in denen es um Leben und Tod ging.

Er suchte eine Miles-Davis-CD aus seiner ebenfalls umfangreichen Jazzkollektion aus, dann machte er es sich in seinem Sessel gemütlich, hörte sich zwei Titel des epochalen Albums *Birth of the Cool* an, danach streckte er die Finger und begann zu tippen. Solange die Einzelheiten noch frisch in seinem Bewusstsein standen, wollte er wenigstens einen ersten Entwurf des Berichts über den Angriff auf die B3 fertigstellen.

Kurz nach Mitternacht kroch Austin in sein Bett oben im Turm des Bootshauses. Gegen sieben Uhr am nächsten Morgen wachte er erfrischt und ausgeruht auf. Er kochte sich eine ganze Kanne jamaikanischen Kaffee und toastete ein tiefgefrorenes Milchbrötchen, das er in seinem erschreckend leeren Kühlschrank fand. Derart gestärkt kehrte er dann wieder zu seinem Bericht zurück.

Daran nahm er überraschend wenige Änderungen vor. Nachdem er den Text danach noch einmal kurz überflogen hatte, schickte er ihn auf elektronischen Flügeln an den NUMA-Direktor Dirk Pitt.

Austin entschied, seinen Fleiß mit einer Ruderfahrt auf dem Potomac zu belohnen. Rudern war seine hauptsächliche Körperertüchtigung, wenn er zu Hause war, und im Wesentlichen dafür verantwortlich, dass seine breiten Schultern einen ständigen Zuwachs an Muskeln zu verzeichnen hatten. Er zog das leichtgewichtige Rennboot aus seinem Gestell unter dem Bootshaus.

Während die schlanke Nussschale über den Fluss glitt, beruhigten seine kontrollierten Skullschläge und die Schönheit der Flusslandschaft seine aufgewühlten Gedanken. Als sich der geistige Ballast – die Sabotage der B3, sein Kampf gegen das AUV, der nächtliche Überfall auf die *Beebe* – verflüchtigt hatte, war da noch immer die beunruhigende Schlussfolgerung, die sich aus diesen Ereignissen ergab: Jemand wünschte den Tod Max Kanes und würde keine Mühen scheuen, sich diesen Wunsch auch zu erfüllen.

Nach seinem Ruderausflug bugsierte Austin das Rennboot wieder auf seinen Ruheplatz, wusch sich unter der Dusche den Schweiß aus den Poren, rasierte sich und rief Paul Trout an.

Trout informierte Austin darüber, dass Gamay am Vortag nach Bonefish Key abgereist war. Inzwischen habe er eine Botschaft von ihr erhalten, dass sie eingetroffen sei, habe jedoch bisher noch nicht mit ihr gesprochen.

Austin lieferte daraufhin Trout eine knappe Zusammenfassung seines Berichts über die Attacken auf die Bathysphäre.

»Jetzt verstehe ich auch, weshalb du Gamay gesagt hast, die Tauchfahrt sei *erinnerungswürdig*«, erklärte Trout. »Wie machen wir jetzt weiter?«

»Ich hoffe, dass Gamay irgendetwas über Doc Kane herausbekommt. Er stellt im Augenblick unsere wichtigste Spur dar. Joe und ich werden unsere Notizen miteinander vergleichen und dann über unseren nächsten Schritt entscheiden.«

Austin versprach, Trout auf dem Laufenden zu halten, und taute dann ein weiteres Milchbrötchen auf, um damit ein Thunfischsandwich zuzubereiten. Er aß das Sandwich in der Küche und dachte wehmütig an die vielen köstlichen Mahlzeiten, die er in den Metropolen der Welt eingenommen hatte, als das Telefon trillerte.

Erst warf er einen Blick auf die Anrufer-ID, dann schaltete er den Lautsprecher ein und sagte: »Hallo, Joe, ich wollte dich auch gerade anrufen.«

Zavala kam sofort zur Sache.

»Kannst du gleich rüberkommen?«, fragte er.

»Da in Zavalas kleinem schwarzem Notizbuch mehr Frauen aufgelistet sind als im Telefonbuch von D. C. weiß ich, dass du dich unmöglich einsam fühlen kannst. Was ist denn los?«

»Ich habe etwas gefunden, das ich dir unbedingt zeigen muss.«

Austin konnte die Erregung in Zavalas sonst so ruhiger Stimme deutlich hören.

»Ich bin in einer Stunde bei dir«, sagte er.

Auf See bestand Austins typische Arbeitskleidung aus einem Hawaiihemd, Shorts und Sandalen. Den Wechsel vom Seefahrer zum Landbewohner empfand er stets als einen kleinen Schock. Schuhe fühlten sich an seinen Füßen wie Schraubstöcke an, seine Beine wurden von Hosenbeinen eingeengt, und der Kragen seines blauen Oberhemdes kratzte unangenehm am Hals. Während er in seinen marineblauen Leinenblazer schlüpfte, verzichtete er auf eine Krawatte. Sie wäre ihm wie eine Schlinge vorgekommen, die ihm die Luft abdrückte.

Im Gegensatz zu Dirk Pitt, der Oldtimer-Wagen sammelte und für jede Situation ein passendes Exemplar zu besitzen schien, steckte Austin seine ganze Leidenschaft in antike Duellpistolen und fuhr stattdessen einen türkisfarbenen Jeep Cherokee aus dem Wagenpark der NUMA.

Auf den Straßen herrschte dichter Verkehr, doch Austin kannte einige Abkürzungen und stoppte weniger als eine Stunde nach Joes Anruf vor einem kleinen Haus in Arlington.

Am Eingang zur ehemaligen Bibliothek tippte er den Einlasscode in das Tastenfeld ein und betrat den Wohnbereich. Die Räumlichkeiten, die früher von Bücherregalen beherrscht wurden, sahen jetzt wie das Innere eines Lehmziegelhauses in Santa Fe aus. Dunkelrote mexikanische Fliesen bedeckten den Fußboden, die Türdurchgänge waren gewölbt und die Nischen der weiß getünchten Wände mit Kunstgegenständen gefüllt, die Zavala bei seinen Reisen nach Morales – woher seine Familie stammte – gesammelt hatte. Sein Vater, ein begabter Tischler, hatte die wunderschönen Möbel geschaffen.

Austin rief Zavalas Namen.

»Bin unten in Frankensteins Labor«, antwortete Zavala aus dem Keller, wo er seine Freizeit verbrachte, wenn er nicht gerade an seiner Corvette herumbastelte.

Austin stieg die Treppe zu der hell erleuchteten Werkstatt hinunter. Zavala hatte jeden Quadratzoll des ehemaligen Buchlagers für seine funkelnde Kollektion von Drehbänken, Bohr- und Fräsmaschinen genutzt. Seltsam geformte Metallteile, deren Funktion nur Zavala kannte, hingen an den Wänden neben Schwarz-Weiß-Zeichnungen altertümlicher Maschinen.

In Glasvitrinen befanden sich maßstabsgetreue Modelle der hochmodernen Unterwasserfahrzeuge, die Zavala für die NUMA konstruiert hatte. Auf einem Tisch aber stand eine Stuart-Dampfmaschine, die er gerade restaurierte. Zavala hatte keine Hemmungen, sich die Hände schmutzig zu machen, wenn es darum ging, an mechanischen Apparaten herumzubasteln. Aber heute saß er vor einem Computermonitor und wandte Austin den Rücken zu.

Dieser sah sich in dem verwirrenden Heiligtum um, das Zavala sich da geschaffen hatte.

»Hast du schon mal daran gedacht, dort weiterzumachen, wo Dr. Frankenstein aufgehört hat?«, fragte er.

Lächelnd drehte sich Zavala in seinem Sessel um.

»Monster aus altem Maschinenschrott zu erschaffen, ist doch ein alter Hut, Kurt. Roboter sind das Gebot der Stunde. Nicht wahr, Juri?«

Ein Tyrannosaurus Rex, etwa zehn Inches groß, mit einer Plastikhaut in der Farbe und Beschaffenheit einer Avocado, stand neben dem Computer. Er wackelte mit dem Kopf, scharrte mit den Klauenfüßen, rollte mit den Augen, öffnete sein mit spitzen Zähnen bewehrtes Maul und sagte: *Sí, Señor Zavala.*

Austin zog sich einen Hocker heran.

»Wer ist denn dein grüner Freund?«

»*Juri,* eine Abkürzung für Jurassic Park. Hab den kleinen Kerl im Internet aufgestöbert. Er ist für etwa zwanzig Funktionen programmiert. Ich habe noch ein bisschen an seinen Innereien herumgeschraubt, damit er Spanisch spricht.«

»Ein zweisprachiger T-Rex«, sagte Austin anerkennend. »Ich bin beeindruckt.«

»War nicht besonders schwierig«, sagte Zavala. »Seine Schaltkreise sind relativ simpel. Er kann sich bewegen und zubeißen und auf äußere Reize reagieren. Man muss ihm nur ein paar zusätzliche Muskeln, größere Zähne und optische Sensoren verpassen und ihn in eine wasserdichte Hülle stecken, und schon hat man so etwas wie einen mechanischen Hai, der einen Austin-Burger als wohlschmeckenden Imbiss betrachtet.«

Zavala rollte mit seinem Sessel ein Stück zur Seite, damit Austin einen Blick auf den Monitor werfen konnte. Vor einem tiefschwarzen Hintergrund rotierte gemächlich das dreidimensionale leuchtend blaue Bild des AUV, das einem Mantarochen ähnelte, das Kabel der Bathysphäre durchgeschnitten und Austin angegriffen hatte.

Austin stieß einen leisen Pfiff aus.

»Das ist es. Wo hat du dieses Ding gefunden?«

»Ich habe mir noch mal das Video vorgenommen, das die Kamera des Hardsuit aufgenommen hat.«

Mit einem Mausklick ließ Zavala den Kampf mit dem AUV ein weiteres Mal ablaufen. Zu sehen waren eine schnelle Folge von Bildern, eine Wolke von Luftbläschen und kurze Eindrücke des Vehikels.

»Ich habe dir nicht allzu viel Material geliefert«, stellte Austin fest.

»Mir hat's gereicht. Ich hab die Bewegungen verlangsamt und einige Details herausgefiltert. Damit habe ich ein grobes Modell des AUV hergestellt und es dann mit den ferngesteuerten Unterwasserfahrzeugen in meiner Datenbank verglichen. Darin habe ich praktisch jedes jemals hergestellte Vehikel gespeichert. Anfangs konnte ich dieses Ding aber nirgendwo finden.«

»Mein erster Eindruck war, dass es dem Manta ähnelte, diesem Unterseeboot, das die Navy für die Suche und Zerstörung von Unterwasserminen entwickelt hat.«

»Kein schlechter Gedanke«, sagte Zavala. »Da ist der Manta. Es gibt einige Merkmale, wie man sie auch bei einem computer-konstruierten Modell finden kann. Aber dein Gegner verfügte nicht über die Absetzvorrichtungen für miniaturisierte Minensuchmodule und Abschussrohre für Torpedos, mit denen das Navy-Modell ausgerüstet ist.«

»Das war auch gut so. Wir beide wären jetzt nicht hier, wenn unser kleiner Freund bewaffnet gewesen wäre.«

»Nachdem ich die militärischen Modelle durchgegangen bin, habe ich bei den wissenschaftlichen gesucht. Die meisten AUVs, die ich da fand, waren torpedoförmig wie der ABE des Woods Hole Oceanographic Institute oder der Rover von Scripps. Nachdem militärische und wissenschaftliche Modelle ausgeschlossen werden konnten, habe ich mich bei den industriellen umgeschaut. Aber ich wurde weder bei der Öl- und Gassuche noch im Bereich der Kommunikationstechnik fündig, also versuchte ich mein Glück beim kommerziellen Fischfang.«

Er rief einen Artikel aus einer Fachzeitschrift für Fischwirtschaft auf.

Austin betrachtete die Fotos, die zu dem Artikel gehörten, und lächelte.

»Volltreffer«, sagte er.

»Das Vehikel, auf das sich der Artikel bezieht, wird dazu benutzt, experimentelle Fischnetze zu filmen«, sagte Zavala.

»Daher auch die Manta-Form«, warf Austin ein. »Man braucht etwas, das flach und glatt ist, um sich unter den Netzen bewegen zu können, ohne mit hervorstehenden Teilen daran hängenzubleiben.«

»Die Zangen ermöglichen es dem AUV, verknotete Netze durchzuschneiden«, sagte Zavala. »Es wurde von einer chinesischen Firma namens Pyramid Seafood Exports eingesetzt.«

»Einer chinesischen Firma? Das ist ja aufschlussreich. Die Männer, die das Schiff angriffen, waren ohne Zweifel Asiaten. Und ihre Waffen stammten aus chinesischer Produktion.«

»Ich habe den Namen gegoogelt«, sagte Zavala. »Pyramid Seafood Exports haben ihre Zentrale in Shanghai, aber sie operieren weltweit.«

Austin war irritiert. »Warum aber sollte ein legitimes Fischereiunternehmen in die Angriffe auf die *Beebe* und die Bathysphäre verwickelt sein?«

»Diese Frage kann ich dir vielleicht beantworten, nachdem ich im Laufe des Tages meine Freundin Caitlin Lyons von der Asian Crime Unit des FBI getroffen habe«, sagte Zavala.

Austin musste zugeben, dass sich Zavalas dichtes Frauen-Netzwerk gelegentlich als äußerst nützlich erwies.

»Hast du schon irgendeine Idee, wie der Angriff auf die B3 eingefädelt worden sein könnte?«, fragte Austin.

»Das Fahrzeug könnte von jedem der Presse- und Partyschiffe, die die Tauchfahrt beobachtet haben, gestartet worden sein«, sagte Zavala.

»Vielleicht hat jemand beobachtet, wie es auf die Reise geschickt wurde«, sagte Austin. »Wir könnten Detective-Superintendent Randolph und die Küstenwache von Bermuda darauf ansetzen.«

»Keine schlechte Idee, aber ich vermute, dass das Vehikel bereits Stunden vor dem Tauchgang der Bathysphäre im Wasser war, sich in einer Art Schlafmodus befand und darauf programmiert war, nach einer bestimmten Zeitspanne aufzuwachen und mit der Jagd zu beginnen. Es hätte auch von der Oberfläche irgendwo in der Nähe der *Beebe* gesteuert werden können.«

»Und wie soll es sein Ziel aufgefasst haben?«

»Ein Sonar in Kombination mit optischen Sensoren brauchte nur nach einer vertikalen Leine Ausschau zu halten. Das AUV nähert sich dem Tragkabel der B3. Schnipp, schnipp. Und weg ist die Bathysphäre.«

»Und mit ihr Doc Kane und sein geheimnisvolles Forschungsprojekt, das Auswirkungen auf jeden Menschen auf dem Planeten haben soll.«

»Hast du eigentlich irgendwas von Kane gehört, seit er in unbekannte Gefilde entschwunden ist?«, wollte Zavala wissen.

»Ich habe eine Reihe offizieller und nicht offizieller Kanäle angezapft«, antwortete Austin. »Bonefish Key ist wahrscheinlich unser einziger Anhaltspunkt.«

»Ich bezweifle, dass er sich dort aufhält. Jemand wollte, dass er auf dem Meeresgrund einen grässlichen Tod findet. Bonefish Key wäre der erste Ort, wo man nachgesehen hätte, als man herausfand, dass er nicht auf der *Beebe* war.«

Ein erschreckter Ausdruck huschte über Austins gebräuntes Gesicht.

Er angelte sein Mobiltelefon aus der Tasche und wählte die Nummer von Paul Trout.

»Hast du schon etwas von Gamay gehört?«, fragte er.

»Ich habe mehrmals versucht, sie zu erreichen, aber meine Rufe dringen nicht durch«, sagte Trout.

»Versuch's weiter«, sagte Austin. »Ich bin gerade bei Zavala. Vielleicht war ich zu leichtsinnig, als ich euch bat, in Kanes Labor herumzuschnüffeln. Gamay hätte vor möglichen Gefahren von Seiten der Leute gewarnt werden müssen, die Kane ausschalten wollen.«

»Mach dir keine Sorgen, Kurt«, sagte Trout. »Gamay kann ganz gut auf sich selbst aufpassen.«

»Das weiß ich«, sagte Austin. »Bitte sie trotzdem, vorsichtig zu sein und kein Risiko einzugehen.«

Nachdem er die Trouts gewarnt hatte, rief Austin in der NUMA-Zentrale an und bat um Informationen über die Pyramid Trading Company. Das Computerzentrum der Agentur, das von dem Cybergenie Hiram Yeager geleitet wurde, war eine der ergiebigsten Fundgruben der Welt für spezialisierte Informationen. Die leistungsfähigen Computer der NUMA waren mit Datenbanken auf der ganzen Welt verlinkt und konnten Unmengen von Informationen über alles liefern, das mit den Weltmeeren zu tun hatte.

Austin sagte zu Zavala, er wolle sich wieder mit ihm in Verbindung setzen, nachdem er die Ergebnisse der Computersuche studiert hätte. Dann stieg er in seinen Jeep und fuhr zu dem dreißig Stockwerke hohen und mit grünem Glas verkleideten Turm am Ufer des Potomac hinüber, der die Zentrale der NUMA beherbergte. Er parkte in der Tiefgarage und fuhr mit dem Lift in sein spartanisch eingerichtetes Büro hinauf.

Ein dicker Schnellhefter lag auf seinem Schreibtisch, zusammen mit der knappen Mitteilung »Viel Spaß damit!« In Yeagers Handschrift.

Er schlug den Schnellhefter auf, hatte jedoch kaum die erste Seite gelesen, als sein Telefon summte. Die Anrufer-ID konnte keine Teilnehmernummer liefern.

Nachdem er den Hörer abgenommen hatte und die charakteristische forsche Männerstimme hörte, begriff er auch weshalb. Sie gehörte James Sandecker, dem Gründer und langjährigen Direktor der NUMA, ehe er zum Vizepräsidenten der Vereinigten Staaten ernannt wurde, nachdem der gewählte zweite Mann im Staat gestorben war. Wie üblich kam Sandecker sofort zur Sache.

»Pitt hat mir Ihren Bericht über die B3 zukommen lassen. Was zur Hölle ist da los, Kurt?«

Austin konnte Sandeckers funkelnde blaue Augen und seinen flammend roten Spitzbart, jahrelang ein fester Bestandteil der NUMA, geradezu vor sich sehen.

»Ich wünschte, ich wüsste es, Admiral«, sagte Austin und gab Sandeckers redlich verdientem Navy-Titel den Vorzug vor seinem neu verliehenen politischen.

»Wie geht es Zavala nach dieser Strapaze?«

»Joe ist okay, Admiral.«

»Das ist gut. Wenn Zavala das Zeitliche gesegnet hätte, wäre die Hälfte der weiblichen Bevölkerung Washingtons in tiefe Trauer verfallen, und wir hätten die Stadt schließen müssen … Dann diese Attacke auf die *Beebe … schockierend*. Es war ein Wunder, dass niemand zu Schaden kam. Machen Sie irgendwelche Fortschritte?«

»Wir glauben, dass es eine Verbindung nach China gibt«, sagte Austin. »Das ROV, das mich und die B3 aufs Korn genommen hat, ist das gleiche Modell, das von einem chinesischen Fischfangunternehmen eingesetzt wird, das wiederum Teil eines multinationalen Konzerns namens Pyramid Trading ist. Die Männer, die das Schiff angegriffen haben, benutzten chinesische Waffen und waren Asiaten. Sollten irgendwelche kriminellen Verbindungen existieren, wird Joe sie aufdecken. Ich werde mich bei der Polizei von Bermuda erkundigen, ob ihre Spurenexperten etwas zutage gefördert haben, das für uns von Nutzen sein könnte. Wir glauben, dass Doc Kanes Forschungsprojekt der Schlüssel zu allem ist. Gamay ist zurzeit auf Bonefish Key und sieht sich das Labor an.«

Sandecker lachte verhalten.

»Ich weiß nicht, wie Gamay es geschafft hat, sich dort hineinzuschwindeln, aber sie wird sicher nicht allzu viel in Erfahrung bringen. Die Arbeit, die dort geleistet wird, ist streng geheim.«

»Das klingt, als wüssten Sie Bescheid, was in dem Labor geschieht.«

»Ich weiß es besser, als mir lieb ist. Dies ist Teil einer ganz großen Sache, Kurt, und wir müssen schnell reagieren. Die Situation droht, außer Kontrolle zu geraten. Ich werde eine Konferenz einberufen, in deren Verlauf alle relevanten Fragen beantwortet werden müssen. Ich rufe Sie in etwa einer Stunde wieder an, also halten Sie sich bereit. In der Zwischenzeit sollten Sie Ihre Sachen für eine kurze Reise zusammenpacken.«

»Ich habe nach meiner letzten Mission noch nicht einmal richtig ausgepackt.«

»Das ist doch gut. Sie und Joe müssen unverzüglich aufbrechen. Ich arbeite noch an den Einzelheiten und habe keine Zeit, mich eingehender dazu zu äußern. Lassen Sie sich von niemandem weismachen, dass der Job eines VP so wertlos ist wie ein Eimer Spucke.«

Sandecker legte ohne Abschiedsformel auf. Austin starrte das Telefon in seiner Hand an.

Er schob alle spekulativen Gedanken beiseite und war schon bald in den Schnellhefter auf seinem Tisch vertieft. Er brauchte nicht lange, um sich darüber klarzuwerden, dass Pyramid Trading keine gewöhnliche Firma war.

20

Gamay war an diesem Tag schon früher durch die dünnen Balken Sonnenlicht geweckt worden, die durch die Jalousien vor den Fenstern drangen. Sie schlüpfte aus dem Bett und zog sich ihre Laufshorts, ein Turnhemd und Sportschuhe an. Nachdem sie ihr Zimmer über die Veranda verlassen hatte, machte sie ein paar Aufwärmübungen, wanderte zum Start der Laufstrecke auf der Rückseite des Gästehauses und verfiel in einen langsamen Trab, der sich nach und nach zu einem zügigen Dauerlauf steigerte.

Jeder Schritt auf dem mit Muschelkalk bestreuten Weg erzeugte ein leises Knirschen. Gamay lief mit athletischer Eleganz und unter Einsatz einer ganz speziellen Bewegungsökonomie, die gewährleistete, dass sie, wenn sie jemals im Zuge einer Seelenwanderung wiederauferstehen sollte, als Gepardin zurückkehren würde. So rannte sie jeden Morgen, eine Gewohnheit, die bis in ihre frühe Jugend zurückreichte, als sie zusammen mit einer Jungenbande die Straßen von Racine unsicher gemacht hatte.

Gamay hörte Laufschritte, wandte sich um und sah Dr. Mayhew von hinten herankommen.

Er holte auf und lief dann neben ihr her.

»Guten Morgen, Dr. Trout!«, sagte er ein wenig außer Atem. »Genießen Sie Ihren Frühsport?«

»Ja, sehr, vielen Dank.«

»Gut.« Er knipste sein schnelles Lächeln an. »Dann bis zum Frühstück.«

Mayhew legte einen Schritt zu, schob sich an Gamay vorbei und verschwand hinter einer Biegung.

Die legendäre Luftfeuchtigkeit Floridas verdrängte schon bald die Morgenfrische, und Gamay kehrte schweißgebadet in ihr Zimmer zurück. Sie duschte und schlüpfte in eine frische Shorts, ein ärmelloses Oberteil und Sandalen. Danach folgte sie dem Klang lebhafter Stimmen in den Speisesaal.

Dr. Mayhew winkte Gamay zu der Gruppe, die sie am Vorabend kennengelernt hatte, und deutete dann einladend auf einen freien Stuhl. Das am Tisch bevorzugte Gericht dieses Morgens war das Tomaten-Käse-Omelett. Es war in jeder Hinsicht großartig zubereitet und wurde mit frischem selbstgebackenem Brot aus Hafermehl serviert.

Gamay machte aus ihrer Freude über diese kulinarische Köstlichkeit kein Hehl und Mayhew sagte: »Die Küche hier ist tatsächlich eine der Vergünstigungen, auf denen wir bestanden, ehe wir uns auf Bonefish Key in die freiwillige Verbannung begaben.«

Er leerte seine Kaffeetasse und tupfte sich die Lippen mit einer Serviette ab. Dann griff er unter seinen Stuhl und reichte Gamay einen Plastikbeutel mit einem frischen Laborkittel.

»Bereit für den Rundgang, Dr. Trout?«

Gamay erhob sich, zog sich den Kittel über und knöpfte ihn zu.

»Wann immer Sie wollen, Dr. Mayhew.«

Er reagierte mit seinem unvermeidlichen Einschaltlächeln.

»Folgen Sie mir«, sagte er.

Sie nahmen einen nicht näher gekennzeichneten, ebenfalls mit Muschelkalk bestreuten Weg abseits des Hauptweges und erreichten einen einstöckigen, in hellem Moosgrün gestrichenen Betonbau. Die Luft vibrierte vom Summen unsichtbarer Elektromotoren.

»In diesem Gebäude findet das statt, was wir Grundstoffpflege nennen«, sagte Mayhew. »Es mag vielleicht wie eine Garage aussehen, aber dieses Labor steht an vorderster Front der biomedizinischen Forschung«, sagte Mayhew.

Im Innern herrschte nur gedämpftes Licht, und Gamay erkannte schnell, dass das Labor Dutzende von großen, beleuchteten Fischbecken beherbergte. Zwei weiß bekittelte Techniker mit Schreibbrettern in den Händen wanderten von Becken zu Becken. Bis auf ein flüchtiges Kopfnicken schenkten sie den Besuchern keine weitere Beachtung. Ein penetranter Fischgeruch lag in der feuchtschwülen Luft.

»Diese Meerwasserbecken werden sorgfältig überwacht, damit in ihnen ganz genau die Verhältnisse herrschen wie in der natürlichen Umgebung der Kreaturen, die in ihnen leben«, erklärte Mayhew.

»An wie vielen unterschiedlichen Organismen nehmen Sie Ihre Forschungen denn vor?«, fragte Gamay.

»An Dutzenden von Arten und Unterarten. Aber lassen Sie mich Ihnen den derzeitigen Star unserer Show zeigen.«

Mayhew ging zu einem Becken hinüber, in dem mehrere leuchtend rote Kugeln von Grapefruitgröße hausten. Kurze, spitze Tentakel umgaben ihre Mundöffnungen. Sie besetzten die Steine in den Becken wie ein festlicher Schmuck.

»Reizend«, sagte Gamay. »Das muss die berühmte Sea Flower sein, von der ich in wissenschaftlichen Magazinen schon gelesen habe.«

»Die Belegschaft gibt den Lebewesen gerne einfache Namen«, erklärte Mayhew. »Das schützt unsere Zungen vor schmerzhaften Verrenkungen beim Aussprechen lateinischer Ausdrücke. Wir haben die Sea Star und die Sea Blossom und so weiter. Es steckt schon eine gewisse Ironie darin, wenn man sich klarmacht, dass diese wunderschönen Lebewesen wirkungsvolle Tötungsmaschinen sind, raffiniert konstruiert, um kleine Fische in ihrer Nähe anzulocken, sie zu stechen und anschließend zu verzehren.«

»Es gibt noch eine weitere Ironie«, sagte Gamay. »Obwohl sie giftig sind, können sie vielleicht sogar Krankheiten heilen.«

»Töten und Heilen müssen einander nicht ausschließen. Curare ist auch ein gutes Gift, das in der Medizin Anwendung findet. Botox ebenfalls.«

»Erzählen Sie mir von der Sea Star, Dr. Mayhew.«

»Gern. Diese kleine Schönheit ist mit einem anderen Schwamm verwandt, der 1984 entdeckt wurde. Das Harbor Branch Marine Center führte damals mit dem Sea-Link-U-Boot Tauchfahrten in der Nähe der Bermuda-Inseln durch. Sie fanden ein Stück Schwamm in der Saugröhre des U-Boots. Der Schwamm enthielt eine Chemikalie, die bei Labortests Krebszellen abtötete.«

»Eine aufregende Entdeckung«, sagte sie.

Mayhew nickte.

»Und gleichzeitig frustrierend«, sagte er.

»In welcher Hinsicht, Dr. Mayhew?«

»Wissenschaftler suchten zwanzig Jahre lang erfolglos nach einem vollständigen Schwamm. Dann hatte jemand eine geniale Idee: Warum tauchte man nicht tiefer und suchte den Schwamm in seinem natürlichen Lebensraum. Schon beim ersten Tauchgang fanden sie genügend Schwämme für einige *Jahre* Forschung.

Die Wissenschaftler hatten den Schwamm vorher an Orten gesucht, wo andere Pflanzen und Lebewesen gediehen.

Ihr Schwamm lebte jedoch in einer Tiefe von eintausend Fuß, wo der Boden praktisch kahl war.«

»Haben Sie bei der Sea Star die gleiche Suchprozedur angewendet?«, fragte Gamay.

»Im Grunde ja. Wir fanden winzige Bruchstücke einer unbekannten Art nicht weit von den Harbor-Branch-Tauchpositionen entfernt, legten ein Lebensraumprofil an und erzielten damit einen Volltreffer! Wir fanden ganze Schwämme, die ebenfalls dieses Gift enthielten, das Krebszellen abtötete.«

»Werden die Fähigkeiten der Sea Star denn auch ihrer Schönheit gerecht?«, fragte Gamay.

»Die Harbor-Branch-Probe produzierte eine Chemikalie, die einige Dutzend Mal stärker war als die wirkungsvollste medizinische Droge. Die Star ist zweimal so stark.«

»Höre ich da so etwas wie Selbstgefälligkeit in Ihrer Stimme, Dr. Mayhew?«

Der Wissenschaftler verzog den Mund zu einem Lächeln, das wenigstens dieses eine Mal nicht wie auf sein Gesicht geklebt aussah.

»Wir haben noch einen langen mühevollen Weg vor uns, ehe wir die Chemikalie einem Pharmaziehersteller zur Verfügung stellen können, um damit klinische Tests durchzuführen. Wir müssen eine Methode entwickeln, um die Chemikalie in ausreichender Menge herzustellen. In der freien Natur Schwämme zu sammeln, das ist weder ökonomisch noch ökologisch sinnvoll.«

»Sicherlich haben Sie auch schon daran gedacht, Schwämme in Aquakulturen zu züchten«, sagte Gamay.

»Wir erforschen diese Möglichkeit. Noch besser wäre es, die Mikroorganismen zu züchten, die diese Chemikalie erzeugen. Das würde uns dem Ziel, diese Chemikalie zwecks weiterer Verbreitung synthetisch herzustellen, entscheidend näher bringen.« Er zuckte die Achseln. »Zuerst einmal müssen wir herausfinden, wie sie überhaupt wirkt.«

»Da haben Sie ja noch einiges an Arbeit vor sich, Dr. Mayhew.«

»Richtig, aber der potentielle Lohn dieser Arbeit ist schwindelerregend. Man betrachtet die Biomedizin als die bedeutendste zukünftige Quelle für pharmazeutische Produkte.«

Gamay sah sich im Labor um.

»Was befindet sich in den anderen Becken?«

»Weitere Schwämme verschiedenster Art. Jeder Typ hat seine speziellen chemischen Eigenschaften. Wir suchen nach Heilmitteln für eine Unmenge von Krankheiten. Zum Beispiel haben wir Korallentypen, die antibakterielle und antivirale Wirkstoffe produzieren sowie schmerzstillende Stoffe, die weitaus stärker sind als Morphium, jedoch ohne die suchtbildenden Eigenschaften. Die Möglichkeiten sind unüberschaubar.«

Mayhew machte Anstalten, den Rundgang fortzusetzen.

»Ich bin ein wenig verwirrt«, sagte Gamay und widersetzte sich dem Druck seiner Hand, mit der er sie weiterschieben wollte. »Ich habe auf Ihrer Website gelesen, dass Sie auch andere Wirbellose erforschen. Ich sehe hier aber gar keine *Cnidaria*.«

Die Bemerkung schien Mayhew zu überrumpeln. Er ließ die Hand von ihrem Ellbogen sinken und blickte unwillkürlich zum abgesperrten Teil des Labors.

»Quallen? Nun …«

Mayhew mochte ja ein erfahrener Wissenschaftler sein, doch wenn es um Geheimhaltung ging, war er ein blutiger Anfänger. Gamay folgte seinem verräterischen Blick und zeigte ihm ihr charmantestes Lächeln. Indem sie seinen Arm ergriff, drängte sie ihn zur Tür.

»Ich wette, das haben Sie vergessen«, sagte sie.

»Das ist es nicht«, sagte er. »Es ist eher so … wir stören sie nicht so gerne.« Er wand sich unter ihrem forschenden Blick. »Nun, ich denke, es wird keinen Schaden anrichten.«

Er öffnete die Tür und geleitete Gamay in einen Raum, der bis auf das Licht, das von einem hohen runden Plastikbecken ausging, völlig dunkel war. Es hatte einen Durchmesser von etwa vier Fuß und war etwa acht Fuß hoch.

Das Licht stammte von ungefähr einem Dutzend Quallen, jede war etwa so groß wie ein Kohlkopf. Sie sandten ein pulsierendes bläuliches Leuchten aus, waren ständig in Bewegung, stiegen in einem eleganten, hypnotischen Unterwassertanz vom Boden zur Spitze des Beckens auf und ließen sich wieder absinken.

Eine Gestalt auf einer Leiter, die sich über den oberen Rand des Beckens beugte, wandte sich bei der Störung zu ihnen um. Das geheimnisvolle Licht erhellte das Gesicht Dr. Bennetts, der Toxikologin. Sie wirkte überrascht.

»Dr. Mayhew, ich habe nicht damit gerechnet –«

»Ich habe Dr. Mayhew bedrängt, mir auch diesen Teil des Labors zu zeigen«, erklärte Gamay. »Ich hoffe, ich störe Sie nicht.«

Bennett sah Mayhew an, der zustimmend nickte.

»Ganz und gar nicht«, sagte Bennett mit einem halbherzigen Lächeln. Sie hielt ein langstieliges Netz hoch. »Diese Prozedur ist zuweilen aber … nicht ganz ungefährlich.«

Gamay registrierte Bennetts Schutzhandschuhe, die transparente Gesichtsmaske und ihren Overall. Dann konzentrierte sie sich wieder auf die wallenden rundlichen Formen und ihren seltsamen akrobatischen Tanz. Fadendünne Tentakel hingen von einem kranzähnlichen Ring herab, der rund um den Körper der Kreatur verlief. Ihre Bioluminiszenz reichte aus, um dabei zu lesen.

»In all den Jahren, die ich nun schon Tauchsport mache«, sagte Gamay, »habe ich noch nie etwas so Schönes gesehen.«

»Oder etwas derart Tödliches«, fügte Mayhew hinzu, während er hinter sie trat. »Die Medusen in diesem Becken produzieren ein Gift, das eine Kobra vor Neid erblassen ließe.«

Gamay kramte in ihrem Gedächtnis.

»Das ist eine Würfelqualle, nicht wahr?«, fragte sie.

»Richtig. *Chironex fleckeri,* die Seewespe. Es gibt fast einhundert bestätigte Todesfälle durch ihren Stich, der einen Menschen in weniger als drei Minuten töten kann. Ich schlage vor, wir treten ein wenig zurück, um Dr. Bennett nicht zu behindern.«

Dr. Bennett klappte die Maske wieder vor ihr Gesicht und tauchte das Netz ins Becken.

Überrascht verfolgte Gamay, dass die Quallen vor dem Netz nicht zurückwichen, sondern sich darum drängten. Problemlos ließ sich ein Exemplar einfangen und in ein Becherglas umsetzen. Dabei verstärkte sich die Färbung der Qualle, und sie pulsierte schneller, als sei sie erregt.

»Ich habe ein solches Verhalten noch nie bei Quallen beobachtet«, sagte sie. »Gewöhnlich meiden sie doch alles, wovon eine Bedrohung ausgehen könnte.«

»Quallen sind Raubtiere«, erklärte Mayhew, »aber die meisten Arten lassen sich einfach treiben und finden ihre Nahrung eher zufällig. Das Auge ist bei Quallen höher entwickelt, so dass sie ihre Beute eher *sehen* können, und nicht nur wittern. In Kombination mit ihrer auf dem Druckstrahlprinzip beruhenden Fortbewegungsfähigkeit kann eine Qualle ihre potentielle Beute regelrecht jagen.«

Irritiert schüttelte Gamay den Kopf. »Ich glaube, ich habe nicht richtig verstanden. Sie sagten, die *meisten Arten*. Sie meinten doch, dies seien Würfelquallen.«

Dr. Mayhew erkannte, dass er mehr verraten hatte, als beabsichtigt gewesen war.

»Ich habe mich gerade versprochen«, korrigierte er sich schnell. »Tatsächlich ist diese Art mit der Seewespe eng verwandt. Sie ist allerdings höher entwickelt und zeigt ein aggressives Verhalten.«

»Ich habe noch nie eine Seewespe mit dieser Färbung gesehen«, sagte Gamay.

»Ich auch nicht. Wir haben uns alle möglichen Namen einfallen lassen, ehe wir uns auf Blaue Meduse einigten.«

»Welche pharmazeutischen Möglichkeiten bietet sie?«

»Wir stehen noch am Anfang unserer Untersuchungen, aber die chemische Substanz, die sie produziert, ist komplexer als alles, was wir bisher gefunden haben. Mit dieser kleinen Kreatur zu experimentieren ähnelt dem Versuch, ein ungezähmtes Wildpferd zu reiten.«

»Faszinierend«, sagte Gamay.

Mayhew sah auf die Uhr.

»Vielen Dank, Dr. Bennett«, sagte er. »Wir lassen Sie jetzt mit Ihren giftigen Freunden allein.«

Gamay wehrte sich nicht, als Mayhew sie aus dem Raum und zurück ins Hauptlabor geleitete. Er zeigte ihr noch einige andere Arten, mit denen Untersuchungen angestellt wurden, dann verließen sie das für die Grundstoffpflege reservierte Gebäude und gingen ein kurzes Stück weiter zu einem anderen Betonbau.

In diesem Labor standen weniger Becken als im ersten.

Meereswissenschaftler unterscheiden zwischen *Wetlabs*, in denen Tierarten gehalten und präpariert werden, und *Drylabs*, in denen Computer und hochempfindliche Analyseapparate bereitstehen. Dies sei beides, erklärte Mayhew. Im *Wetlab*-Bereich wurden Chemikalien extrahiert und mit Bakterien und Viren zusammengeführt, um die sich daraus ergebenden Reaktionen zu beobachten.

Sie hielten sich in diesem Labor bedeutend länger auf als im ersten, und als Gamay keine Fragen mehr einfielen, war es schon fast Mittag.

»Ich bin so hungrig wie ein Löwe«, sagte Mayhew. »Wir sollten essen gehen.«

Die Küche servierte Hamburger in Gourmetqualität. Mayhew schwatzte in einem fort über nichts Bestimmtes, und Gamay kam zu dem Schluss, dass er Zeit schinden wollte. Nach ihrer langen Pause wurde der Rundgang noch in einem dritten Gebäude fortgesetzt, in dem ausschließlich Computer und keine Wasserbecken untergebracht waren.

Mayhew erklärte, dass die Computer Chemikalien und Krankheiten schneller miteinander kombinieren konnten, als dies durch praktische Versuchsreihen möglich war. Hier entdeckte Gamay Dr. Song Lee. Sie saß vor einem Computermonitor und ließ sich durch nichts von ihrer Arbeit ablenken.

Der Rundgang war am späten Nachmittag beendet. Zum ersten Mal, seit sie ihm begegnet war, schien Mayhew sich zu entspannen. Er entschuldigte sich und fragte sie, ob es ihr etwas ausmache, wenn er sie nicht zurück zum Gästehaus begleite.

»Überhaupt nicht«, beruhigte sie ihn. »Wir sehen uns in der Bar.«

Nachdem sie den Laborbereich verlassen hatte, kam sich Gamay so vor, als sei sie ständig abgewimmelt worden. Seit sie sich auf dieser Insel befand, hatte man sie mit Getränken und Speisen versorgt und eine eilige Besichtigungstour mit ihr veranstaltet, um sie am nächsten Morgen schnellstens wieder loszuwerden.

Mayhew hatte mit seiner Furcht vor der Aufmerksamkeit eines kundigen Beobachters völlig recht. Sie mochte die Wachsamkeit, mit der er jeden ihrer Schritte beobachtete, als unbeholfenen Versuch zuvorkommender Gastfreundschaft werten, doch es war ganz offensichtlich, dass er sie, was die Insassen des Quallenbeckens betraf, in die Irre zu führen versucht hatte.

Gamay hatte Mayhews Verschleierungsbemühungen jedoch auf Anhieb durchschaut. Die übertrieben kollegial agierende kleine Forschergruppe war lediglich eine Fassade. Kein noch so launiges Treffen in der Bar konnte die Tatsache kaschieren, dass die Insel ein geheimer, hermetisch abgeriegelter, unter immensem Druck stehender Ort war. Die Leute lachten einfach zu laut oder – im Fall von Dr. Mayhews – knipsten zu schnell ein falsches Grinsen an.

Gamay schlenderte auf den Kai hinaus, um frische Luft zu schnappen. Dooley Green war gerade damit beschäftigt, ein Boot mit einem frischen Farbanstrich zu versehen. Er sah sie näher kommen und nahm den Zigarrenstummel aus dem Mund.

»Hallo, Dr. Gamay. Hat Dr. Mayhew Ihnen die Labors gezeigt?«

»Es war zwar nur ein kurzer Rundgang, aber trotzdem interessant«, erwiderte sie mit unbewegter Miene.

Dooley entging die reservierte Reaktion nicht.

»Hab ich mir schon gedacht«, sagte er mit seinem typischen Kürbiskopfgrinsen.

»Ich habe Dr. Song Lee in einem der Labors gesehen«, sagte sie. »Ist sie um diese Zeit nicht immer mit ihrem Paddelboot unterwegs?«

Dooley nickte. »So pünktlich wie ein Maurer. Sie wird sicher gleich kommen.«

Gamay deutete auf das Gestell, in dem die kleinen Boote lagen.

»Kann ich mir eins davon ausleihen, Dooley? Ich habe ein paar Stunden Zeit und würde gerne einen Ausflug in die Mangroven unternehmen.«

Dooley tauchte den Farbpinsel in eine Dose Terpentin.

»Ich kann Sie in meinem Boot herumfahren, Dr. Gamay. Dann bekommen Sie einiges mehr zu sehen und können sich das Paddeln sparen.«

Da sie nicht wusste, wie sie die Zeit besser nutzen konnte, stieg Gamay in Dooleys Boot. Er legte vom Kai ab und gab Gas, sobald sie die Insel hinter sich gelassen hatten. Die beiden Bootsrümpfe glitten durch das ruhige Wasser wie Scheren durch Seide. Nach wenigen Minuten bogen sie in eine kleine von Mangroven gesäumte Bucht ein.

Dooley stand an der Steuerkonsole, die kalte Zigarre zwischen den Zähnen. Die Augen zusammenkneifend, weil ihn das vom Wasser reflektierte Sonnenlicht blendete, lenkte er das Boot zu einem alten hölzernen Kabinenkreuzer, der an der Spitze einer Mangroveninsel im Wasser lag. Der Kreuzer hatte Schlagseite, und das Heck befand sich unter Wasser. Die Fensterscheiben fehlten, und im verfaulenden Holzrumpf klaffte in Höhe der Wasserlinie ein Loch, das groß genug war, um hindurchschwimmen zu können.

»Der Hurrikan hat das Wrack auf eine Austernbank geschoben«, sagte Dooley und verlangsamte die Fahrt. »Es ist ein guter Orientierungspunkt, wenn man in den Mangroven unterwegs ist. Man kann sich hier trotz GPS und Kompass leicht verirren.«

Das Boot hatte die Spitze von Bonefish Key, einen lang gestreckten Streifen Land, der die Form eines Hemdzipfels hatte, umrundet. Der Kai des Forschungszentrums war nicht mehr zu sehen und Palmettopalmen versperrten den Blick auf den Wasserturm. Die flachen gleichförmigen Inseln wiesen keine auffälligen Merkmale auf, die man sich als Orientierungspunkte hätte merken können, und die Perspektive änderte sich zudem ständig.

»Sie kennen diese Gewässer sicherlich so gut wie Ihre Westentasche«, sagte Gamay.

Dooley sah blinzelnd auf die in der Sonne funkelnde Wasserfläche hinaus.

»Zuerst sieht alles gleich aus, aber im Laufe der Zeit merkt man sich Details, die die meisten Leute gar nicht sehen.« Er öffnete eine Vorratskiste und holte eine voluminöse Brille heraus. »Ich pfusche schon mal, wenn ich nachts zum Angeln rausfahre«, sagte er grinsend. »Ich hab mir diese Nachtsichtbrille übers Internet besorgt. Im Bootshaus habe ich noch eine zweite als Reserve.«

»Wo ist Dr. Lee eigentlich immer mit ihrem Kajak unterwegs?«

»Sie paddelt meistens an der Rückseite des Riffs vor dem Strand entlang. Dort gibt es ziemlich viele Vögel. Ich zeig es Ihnen.«

Dooley steuerte auf eine Lücke zwischen zwei Mangroven zu. Die Durchfahrt wurde enger und endete plötzlich. Dooley stoppte das Boot und reichte Gamay ein Fernglas. Sie blickte hindurch und sah Dutzende von Schmuckreihern und Kanadareihern, die auf der Suche nach Nahrung im seichten Wasser umherwateten.

Sie machte Dooley auf einen Holzstab aufmerksam, der ein paar Fuß vom Strand entfernt aus dem Wasser ragte.

»Der markiert einen Weg, der über die Insel führt. Nach ein paar hundert Yards ist man auf der anderen Seite und kommt zu einer Stelle, die sich hervorragend zum Brandungsfischen eignet.«

Dooley gab Gas, und sie verließen die V-förmige Bucht in Richtung des Bootswracks. Er machte eine scharfe Kurve und nahm dann wieder Kurs auf Bonefish Key. Der Wasserturm kam wieder in Sicht, und Minuten später drosselte Dooley das Tempo und legte am Kai an. Gamay machte das Boot mit den Leinen an Bug und Heck fest. Sie bedankte sich bei Dooley und lieh sich eine Karte der örtlichen Gewässer bei ihm, um sich anzusehen, wo genau sie herumgekurvt waren.

Sie kam an Dr. Lee vorbei, die gerade zu ihrem täglichen Paddelausflug unterwegs war. Gamays Gruß wurde ebenso höflich erwidert wie bei ihrer ersten Begegnung.

Dann erreichte sie die Spitze des Hügels oberhalb des Bootshafens und blickte Lee nach, bis sie mit ihrem Kajak hinter einer Biegung verschwand.

Als Gamay einen Blick über die wunderschöne Inseloberfläche schweifen ließ, erkannte sie, dass sie irgendwie ramponiert wirkte. Die Mangroven waren zum großen Teil abgestorben, und sogar das höher liegende Gelände war nach dem Hurrikan nicht richtig getrocknet. Die Folge war ein fauliger Geruch, der den Duft der zahlreichen Blumen überdeckte und wie ein Pesthauch auf der Insel lag.

Sie rümpfte die Nase.

Dieser Ort stinkt in mehr als einer Hinsicht, dachte sie.

21

Joe Zavala saß hinterm Lenkrad seiner 1961er Chevrolet Corvette und rollte mit gut zehn Meilen über dem Tempolimit über die Interstate 95 nach Quantico, Virginia. Das Verdeck des Kabrioletts war heruntergeklappt, der kraftvolle V-8-Motor brummte unter der Haube wie ein zufriedener Tiger, eine CD von Ana Gabriel drehte sich im Player, der Wind spielte mit seinem dunkelbraunen Haar, er stand auf der Lohnliste der NUMA und – er war im Begriff, eine schöne Frau zu treffen. Das Leben war herrlich.

Etwa vierzig Meilen südwestlich von Washington verließ er den Highway, bog auf eine baumbestandene Straße ab und fuhr durch eine ländliche Umgebung, in der gelegentlich Militärfahrzeuge und Kasernenbauten zu sehen waren. Schließlich gelangte er zu einem Kontrollposten, der mit einem bewaffneten Wächter bemannt war. Er zeigte dem Wächter seinen NUMA-Ausweis, wartete, bis sein Name auf einer Besucherliste abgehakt wurde, und folgte den Hinweisschildern bis zum Hauptgebäude der FBI-Akademie.

Umgeben von rund 150 Hektar Wald war die Akademie in den 1970ern unter Leitung von J. Edgar Hoover auf der Marine-Corps-Basis erbaut worden. Der campusähnliche Komplex bestand aus einundzwanzig in beruhigendem Gelb gehaltenen Gebäuden, die durch ein Netz von rundum verglasten Laufgängen miteinander verbunden waren.

Zavala betrat das Hauptgebäude durch den Vorderein-

gang und schlenderte an einem sprudelnden Springbrun-
nen vorbei in die als Atrium gestaltete Vorhalle. Er meldete
sich an einem Empfangspult und sagte, er sei mit Agen-
tin Caitlin Lyons verabredet. Er erhielt ein Sicherheitsab-
zeichen mit seinem Namen darauf, das er sich anstecken
musste. Dann wurde ihm eine junge Frau zugeteilt, die
ihn durch das Labyrinth aus Gebäuden und langen Flu-
ren führen sollte.

Er hörte Lärm, der wie die legendäre Schießerei im O.
K. Corral klang – und wusste, dass er sich in der Nähe des
Schießstands befand. Seine Führerin ließ ihn eintreten und
deutete auf eine Reihe von Kabinen.

»Nummer zehn«, sagte sie. »Ich warte draußen auf Sie.
Hier ist es mir ein wenig zu laut. Lassen Sie sich Zeit.«

Zavala bedankte sich mit einem Kopfnicken und ließ sich
von einem Angestellten ein Paar Ohrenschützer geben.
Dann trat er auf eine Kabine zu und blieb hinter einer Frau
stehen, die auf eine männliche Silhouette schoss. Sie hatte
die Pistole mit beiden Händen gepackt, jagte langsam und
methodisch Kugeln in ihr Ziel und traf es an Stellen, die
sich als tödlich erwiesen hätten, wenn die Kugeln menschliches Fleisch und kein Papier durchschlagen hätten.

Zavala hatte wenig Lust, eine ausgebildete FBI-Agentin
zu erschrecken, während sie eine Waffe in der Hand hielt.
Er wartete geduldig, bis sie sich umwandte und ihn entdeckte. Sie gab ihm mit der Hand ein Zeichen, in die Kabine zu kommen. Dort tauschte sie das leere Magazin gegen ein gefülltes aus, reichte ihm die Pistole und deutete
danach auf die Zielscheibe.

Die Walther PPK war eine Lieblingswaffe Zavalas und lag
vertraut und angenehm in seiner Hand. Er hob sie bis auf
Augenhöhe an, legte den Sicherungsflügel um und feuer-

te in schneller Folge sechs Schüsse ab. Jede Kugel traf in den inneren Kreis der Zielscheibe über dem Herzen der Silhouette.

Er sicherte die Waffe wieder und gab sie der Frau zurück. Sie drückte auf einen Knopf, der die Zielscheibe bis dicht vor die Kabine fahren ließ. Sie steckte einen Finger in eines der Einschusslöcher, die Zavalas Kugeln hinterlassen hatten, und sagte etwas, das er nicht hören konnte. Er nahm die Ohrenschützer ab, und sie wiederholte es.

»Angeber.«

Sie verstaute die Pistole in ihrem Gürtelholster und deutete auf ihre Armbanduhr. Dann gingen sie zur Tür und gaben ihre Ohrenschützer ab. Die Führerin wartete im Flur, aber Caitlin meinte, sie werde Zavala zum Foyer bringen, sobald ihr Treffen beendet sei.

»Komm, wir gehen ein Stück«, sagte sie.

Sie schlenderten über einen schattigen Weg, weit entfernt vom Schusslärm und ungestört von dem Kordit-Gestank.

Caitlin Lyons war eine attraktive Frau in den Dreißigern, und wenn sie nicht mit dem schwarzen kurzärmeligen Overall mit der Schusswaffe am Gürtel bekleidet gewesen wäre, hätte man sie durchaus für ein Mitglied der Celtic Women, jener berühmten Musical-Truppe, halten können. Sie hatte einen pfirsichfarbenen Teint und bemerkenswert geschwungene blau-grüne Augen. Ihr dunkelblondes Haar war unter eine schwarze Baseballmütze mit den Lettern FBI auf dem Schirm gestopft.

»Das war gar nicht übel geschossen, Joe. Hast du schon mal daran gedacht, zum FBI zu kommen?«

»Gern, sobald sie eine Marineabteilung haben«, erwiderte Zavala.

Caitlin lachte. »Du warst sehr mutig, als du von hinten kamst, während ich eine Waffe in der Hand hatte.«

»Hätte ich mir Sorgen machen müssen?«

»Du weißt ja, was man über betrogene Frauen sagt …«

Zavala krümmte sich innerlich. Mit seinem guten Aussehen und seinen lässigen Umgangsformen war er der Schwarm vieler Frauen in Washington. Er war mal mit Caitlin ausgegangen, aber ihre aufblühende Romanze war dann durch eine Mission des Special Assignment Teams unterbrochen worden. Und bis zu diesem Tag hatte er nichts mehr von sich hören lassen.

»*Betrogen* ist ein hässliches Wort, Cate. Ich hatte nach meinem letzten Job wirklich die Absicht, mich bei dir zu melden.«

»Wie wäre es dann mit *verlassen? Sitzengelassen? Im Stich gelassen? Allein gelassen?*« Sie sah die Not in seinem Gesicht. »Keine Sorge, Joe«, lenkte sie lächelnd ein, »ich bin nicht sauer, weil du mich wegen einer NUMA-Mission im Stich gelassen hast. Ich bin Polizistin. Wahrscheinlich hätte ich das Gleiche getan. Außerdem war ich gar nicht so scharf auf etwas Festes. Das FBI fordert einen mindestens genauso wie die NUMA. Und wenn ich Sehnsucht nach dir haben sollte, brauche ich nur den Fernseher einzuschalten – und schon sehe ich diesen gut aussehenden Südländer. Ich habe nämlich den Tauchgang der Bathysphäre verfolgt. Sehr aufregend.«

»Der aufregendste Teil war aber das, was du *nicht* gesehen hast.«

Caitlin sah ihn fragend an. Er deutete auf eine Parkbank am Weg. Sie setzten sich, und Zavala erzählte ihr von dem Angriff auf die Bathysphäre, von Austins heikler Rettungsaktion und von der Verbindung zur Pyramid Trading

Company. Als er seinen Bericht beendet hatte, ergriff sie seine Hand und drückte sie.

»Du bist zwar ein Schuft und ein Hallodri, Joe, aber ich wäre am Boden zerstört gewesen, wenn dir irgendetwas zugestoßen wäre.« Sie kniff ihm zärtlich in die Wange. »Nun, wie kann ausgerechnet ich dir dabei helfen, ein Verbrechen auf dem Meer aufzuklären? Wie du selbst gesagt hast, ich bin doch eine eingefleischte Landratte.«

»Du bist aber auch eine Expertin für asiatische Verbrechen, und das bin ich nicht.«

Zavala beschrieb das dreieckige Zeichen, das Austin auf der Schneidklinge des AUV entdeckt hatte, und die Verbindung zwischen dem Unterwasserroboter, der die Bathysphäre angegriffen hatte, und der Fischfanggesellschaft, die zur Pyramid Trading Company gehörte.

Sie stieß einen leisen Pfiff aus.

»*Pyramid*. Die Schlimmsten der Schlimmen. Du hättest dir keinen übleren Gegner aussuchen können, wenn sie es wirklich sind. Du und Kurt, ihr könnt euch glücklich schätzen, noch am Leben zu sein.«

»Was weißt du über Pyramid?«

»Ich will mal etwas weiter ausholen, damit du dir ein besseres Bild machen kannst«, sagte Caitlin. »Meine Aufgabe besteht darin, asiatische Verbrechen und Verbrecher so weit wie möglich von den Vereinigten Staaten fernzuhalten, und solche Verbrechen aufzuklären, wenn sie begangen wurden. Es ist aber eigentlich ein aussichtsloser Kampf. Schon seit dem frühen zwanzigsten Jahrhundert haben wir asiatische kriminelle Organisationen in unserem Land, angefangen mit den chinesischen Tongs.«

»Haben die Tongs nicht den Begriff *Mann mit der Axt* geschaffen?«, fragte Zavala.

»Die Axtmänner waren die chinesischen Gangster, die während der Tong-Kriege gegeneinander gekämpft haben. Die Tongs begannen als harmlose Freizeitclubs und entwickelten sich nach und nach zu Gangsterbanden. Es gibt sie sogar heute noch als Teil eines internationalen Netzwerks, das von den großen kriminellen Organisationen, den sogenannten Triaden, beherrscht wird. Deshalb ist das Dreieck, das du mir beschrieben hast, auch so interessant.«

»In welcher Hinsicht?«

»Der Begriff *Triaden* wurde von den Engländern geprägt, die schon früh sahen, dass das chinesische Symbol für eine Geheimgesellschaft ein Dreieck war.«

Zavalas Augen verengten sich.

»Du hast recht«, sagte er, »das ist wirklich interessant.«

»Das Dreieck symbolisiert die Einheit von Himmel, Erde und Mensch«, sagte Caitlin. »Pyramid benutzt es daher als Markenzeichen für seine legitimen Unternehmungen. Aber sie sind noch immer an Erpressung, Mord, Prostitution, Drogenhandel, Wucherei und Geldwäsche beteiligt.«

»Das sind ja schließlich auch altbewährte Wirtschaftszweige«, sagte Zavala.

»Außerdem unterhalten sie ein weltweites Netz von Gangsterbanden in jeder größeren Stadt. Die Namen fangen alle mit *Ghost* an: die Ghost Devils, die Ghost Spirits, die Ghost Dragons. Du verstehst, was ich meine. Sie erledigen die Schmutzarbeit: Einschüchterung, Zwangsmaßnahmen, Mord. Sie sind bereit, auf Befehl sofort zuzuschlagen.«

»Was ist mit der legalen Seite?«

»Die kriminellen Aktivitäten sind sozusagen die Basis, aber sie haben sich auch zu einer traditionsfreien Organisation mit ausländischen Partnern und legitimen Unternehmungen entwickelt: Fabrikation, Immobilien, Kinofilme, Pharmazeutika. Und, wie du schon feststellen durftest, kommerzieller Fischfang. Einige Abteilungen sind in Schwierigkeiten geraten, weil sie verunreinigte, gefährliche Produkte hergestellt haben.«

»Hat die Unternehmensführung von Pyramid ein menschliches Gesicht?«

»Ja, genau genommen hat sie sogar *drei* Gesichter. Es heißt, dass die Firma von Drillingen geleitet wird.«

»Das ist … ziemlich ungewöhnlich.«

»Nicht wenn man sich den Umfang ihres Wirtschaftsimperiums vor Augen führt. Pyramid ist wie ein eigener Staat. Dieser ›Staat‹ hat ein umfangreiches Finanzministerium, eine ganze Armee von gehorsamen Gangstern und ein diplomatisches Corps, das mit der chinesischen Regierung Kontakt hält, die aus alter Tradition schon immer die Triaden unterstützt hat. Dieser Staat unterhält Banden, und zwar in jedem Land der Erde inklusive der Vereinigten Staaten. Er ist die größte kriminelle Organisation in China, wahrscheinlich sogar in der ganzen Welt.«

»Wie kann man so etwas bekämpfen?«, fragte Zavala.

»Nur unter großen Schwierigkeiten. Asiatische Verbrecherorganisationen sind schlau, reich, mehrsprachig und flexibel. Verbesserte Reise- und Kommunikationsmöglichkeiten erlauben ihnen, in globalem Rahmen zu operieren. Wir können ihren Straßenbanden zwar das Leben schwermachen und ihnen auf finanzieller Ebene den einen oder anderen Schaden zufügen, doch bis jetzt hat sie das gleichgültig gelassen.«

»Was hat sich geändert?«

»Sie haben es auf einmal mit dem einzigen Gegner zu tun, der ihnen ernsthaft etwas anhaben kann: der chinesischen Regierung. Sie versucht nämlich, Pyramid das Handwerk zu legen.«

»Moment mal, hast du nicht gerade gesagt, dass die Regierung die Triaden immer unterstützt hat?«

»Das ist aber Vergangenheit. Zwischen dem, was legal ist, und dem, was kriminell ist, existiert in China eine große graue Zone. Sie ist der Bereich, in dem die Triaden tätig sind. Die Regierung hat das bisher nicht unterbunden, weil die Triaden Geld verdienen, die Ordnung aufrechterhalten und sich stets patriotisch gezeigt haben.«

»Warum dann dieser plötzliche Meinungswechsel?«

»Das chinesische Militär macht seit Jahren Geschäfte mit den Triaden. Pyramid pflegt besonders enge Kontakte zur Armee und verhilft ihr zu hohem politischem Einfluss, um die eigenen kriminellen Interessen zu verteidigen. Aber die Regierung befürchtet, dass dieses Arrangement Pyramid zu mächtig werden lässt. Sie haben Tausende von korrupten Mitgliedern des Nationalen Volkskongresses ins Gefängnis gesteckt, doch nach den Sicherheitsskandalen haben sie erst recht angefangen aufzuräumen. China lebt von seinen Exporten. Und alles, was ihnen schadet, bedroht die Stabilität des Landes und daher auch die seiner Führung.«

»Erzähl mir von den Drillingen«, bat Zavala.

»Da gibt es nicht viel zu erzählen. An Stelle von Namen geben Triaden ihren Leuten Nummern, die ihrem Rang entsprechen. Der Chef von Pyramid ist ein unermesslich reicher Knabe namens Wen Lo. Niemand hat die beiden anderen Drillinge jemals zu Gesicht bekommen. Triaden gruppieren sich gewöhnlich niemals um eine zentrale Führungsperson, aber Pyramid hat genau dies getan – was der Regierung noch zusätzliche Sorgen macht.« Sie hielt kurz inne. »Jetzt bin ich aber an der Reihe, Joe. Warum sollte eine chinesische Triade die Bathysphäre sabotieren?«

»Kurt glaubt, dass sie es auf Dr. Kane abgesehen haben, und zwar wegen eines geheimen Projekts, an dem er mitarbeitet. Klingt das irgendwie plausibel?«

»Bei dieser Bande ist alles möglich. Was soll ich also tun?«

»Ich hatte gehofft, du könntest ein wenig herumschnüffeln und sehen, was du zu Tage fördern kannst.«

Caitlin schüttelte den Kopf. »Ich will mich ja nicht zieren, aber was kannst du mir als Gegenleistung anbieten?«

»Eine Fahrt in meiner Corvette und ein romantisches Abendessen in einem alten Landgasthof in Virginia.«

»Kenne ich schon, war ich schon, *señor*. Eines solltest du wissen, Joe, wenn Pyramid in irgendetwas verwickelt sein sollte, dann ist es immer eine ganz große Sache. Pyramid gibt sich nicht mit Kleinkram zufrieden.«

»Könnte die neue harte Gangart der Regierung etwas mit den Vorfällen zu tun haben, über die wir gerade sprachen?«

»Möglich. Pyramid reagiert wie eine gereizte Schlange, seit die Säuberungsaktionen begonnen haben. Sie haben Polizisten, Richter und hochrangige Beamte getötet, um die Regierung zu warnen, die Finger von ihnen zu lassen. Aber ich kann keine Verbindung zu euerm Dr. Kane erkennen.«

»Ich auch nicht. Kannst du mir nicht weiterhelfen?«

»Ich mache dich mit Charlie Yoo bekannt. Er ist ein Agent, den der chinesische Sicherheitsdienst hierhergeschickt hat, um beim FBI zu arbeiten. Ein Spezialist für Bandenkriminalität. Pyramid hat einen Fehler gemacht, nämlich indem sie dich und Kurt unterschätzt haben. Aber ein paar Ratschläge …«

»Wir hören uns immer die Ratschläge eines Profis an, Cate.«

Caitlin legte eine Hand auf ihr Holster. Es war eine reflexartige Geste, als spürte sie irgendeine Gefahr.

»Das ist gut, Joe, denn so wie ich Pyramid einschätze, werden sie dich und Kurt im Visier haben. Und ein zweites Mal schießen sie nicht daneben.«

Tausende Meilen von Virginia entfernt hatte Oberst Ming die Silben *Pyramid Trading* ebenfalls auf den Lippen. Der schlanke, bescheiden auftretende Mann mit dem silbergrauen Haar stand vor einem heruntergekommenen Gebäude in den Slums von Shanghai. Offenbar war der Versuch unternommen worden, das Gebäude niederzubrennen, doch die Feuerwehr, die alarmiert worden war, um zu verhindern, dass das Feuer auch auf die nahegelegenen Slums übergriff, hatte den Brand im Ansatz erstickt.

Der Qualm brannte noch immer in den Augen des Oberst, obwohl er mehrere hundert Fuß vom Gebäude entfernt war. Er wollte nicht, dass sich die Asche, die noch immer in der Luft schwebte, in den Falten seiner makellos gebügelten Uniform festsetzte. Selbst wenn er hätte näher herangehen wollen, wäre er durch den Kordon von Dekontaminationsfahrzeugen und eine Postenkette bewaffneter Polizisten davon abgehalten worden.

Er wandte sich an den Vertreter des Gesundheitsministeriums, der ihn angerufen hatte.

»Ich weiß nicht, weshalb Sie mich gebeten haben herzukommen«, sagte Ming. »Es scheint doch, als hätte die Stadt die Situation fest im Griff. Offenbar besteht keine Notwendigkeit, das Militär zur Kontrolle der Bevölkerung einzusetzen.«

»Dies war kein gewöhnliches Gebäude, und es war auch kein gewöhnliches Feuer«, sagte der Minister, dessen Name Fong lautete. »Hier wurden irgendwelche medizinischen Tests durchgeführt.«

»Dies scheint aber nicht gerade der ideale Platz für derartige Aktivitäten zu sein. Sind Sie da ganz sicher?«

Fong nickte.

»Wir fanden eine Reihe von Leuten, die in Zellen eingesperrt waren«, sagte er. »Sie waren zurückgelassen worden, um mit dem Gebäude zu verbrennen, aber glücklicherweise konnten sie noch reden, auch wenn sie sich in einem schlechten Zustand befanden. Sie berichteten, sie seien entführt worden – und dass viele Menschen aus den Zellen herausgeholt wurden, ohne je wieder zurückzukehren. Wir glauben, dass sie in andere Labore gebracht wurden. Und dem technischen Gerät nach zu urteilen, das wir fanden, hat man dort mit ihnen irgendwelche Experimente durchgeführt.«

»Welche Art von Experimenten, Fong?«

»Das wissen wir nicht genau. Aber wir fanden Spuren eines Viren-Stamms, der unserem Ministerium große Sorgen bereitet. Es ist das gleiche Virus, das in einem Dorf im Norden so etwas wie eine kleine Seuche ausgelöst hat. Die Person, die das Virus verbreitete, kam aus Shanghai.«

»Was für ein Zufall«, sagte Ming.

»Umso mehr, als die Person beim Sicherheitsdienst der Pyramid Trading beschäftigt war, die hier in der Stadt ansässig ist. Und was geradezu unglaublich ist, Pyramid ist auch noch Besitzer dieses Gebäudes.«

»Ich glaube, ich weiß, worauf Sie hinauswollen, Fong. Es ist allgemein bekannt, dass die Armee in Partnerschaft mit Pyramid eine ganze Reihe von Freudenhäusern betreibt.

Aber es gibt keinerlei Verbindung zu diesem hier«, sagte er mit einer ausholenden Handbewegung.

»Das verstehe ich zwar, Oberst, aber vielleicht überdenken Sie Ihre Partnerschaft trotzdem noch einmal, wenn ich Ihnen erzähle, was wir sonst noch in dem Gebäude gefunden haben: die Überreste von Dutzenden von Menschen, und zwar in einem Krematorium. Wir nehmen an, dass sie bei den Experimenten … *benutzt* wurden.«

Mings Reaktion war eine Mischung aus Angst und Abscheu, Angst, dass sein Name mit Pyramid in Verbindung stehen könnte, und Abscheu wegen der Experimente.

Er starrte auf das Gebäude und versuchte – allerdings ohne Erfolg – , sich das Grauen vorzustellen, das sich innerhalb seiner Mauern abgespielt haben mochte.

»Ich danke Ihnen, Herr Minister«, sagte er. »Ich werde mich darum kümmern und entsprechende Schritte einleiten.«

»Das hoffe ich«, sagte Fong. »Das ist alles nicht gut für China. Wer immer die Verantwortung dafür trägt, er muss zur Rechenschaft gezogen werden. Aber das muss unauffällig geschehen.«

»Ich bin völlig Ihrer Meinung, was die Notwendigkeit absoluter Diskretion betrifft«, sagte Oberst Ming. »Und ich glaube, ich weiß auch schon ganz genau, wo ich damit anfangen muss.«

22

Dooley Green blickte von dem Außenbordmotor hoch, den er am Ende des Kais reparierte. Sein Mund verzog sich zu einem Zahnlückengrinsen, als er die junge asiatische Frau sah, die auf ihn zukam.

»Hallo, Doktor«, sagte er. »Wollen Sie wieder versuchen, Ihren roten Vogel zu erwischen?«

Dr. Lee tippte gegen das Zoomobjektiv der Digitalkamera, die an einem Tragriemen um ihren Hals hing.

»Ja, Dooley. Sie wissen doch, wie sehr ich mir wünsche, ein Foto von diesem wunderschönen Rosalöffler zu schießen.«

»Löffler können ganz schön raffiniert sein«, sagte er. »Das Kajak wartet schon auf Sie. Ich hole Ihre Ausrüstung.«

Dooley legte seinen Schraubenzieher beiseite und holte das Kajakpaddel und die Schwimmweste aus dem Bootsschuppen. Er und Lee gingen über den Strand zu einem hellblauen Glasfiberkajak, das mit dem Bug halb im Wasser lag. Lee schob die Arme in die Weste und schloss die Schnallen, dann schlängelte sie ihren schlanken Körper in den Sitz. Dooley reichte ihr das Paddel und schob das Boot vollends ins Wasser.

»Wenn Sie von Ihrem Ausflug zurückkommen, bin ich wahrscheinlich noch auf dem Festland, daher … legen Sie Ihre Sachen doch einfach in den Bootsschuppen. Viel Glück mit Ihrem Löffler«, rief Dooley. »Und achten Sie auf Großvater ›Gator!‹«

Zum Dank für die Warnung winkte Lee mit dem Paddel. »Danke, Dooley. Ich halte die Augen offen.«

Die Warnung war ein privater Scherz. Als Song Lee auf Bonefish Key eingetroffen war, hatte Dooley ihr von dem Monsteralligator erzählt, der in den Mangroven lauerte. An ihrer erschreckten Miene erkennend, dass sie ihm seine Geschichte glaubte, hatte er ihr aber schnell erklärt, dass seit Jahrzehnten kein Alligator mehr auf Bonefish Key gesichtet worden war.

Dooley blickte Lee nach, während sie mit dem Kajak zur Mündung des kleinen Meeresarms paddelte, und dachte, wie sehr ihm die junge chinesische Wissenschaftlerin schon ans Herz gewachsen war. Er war noch nicht zu alt, um ihre blumengleiche Schönheit nicht bewundern zu können, aber sein Interesse war alles andere als lüstern. Lee war etwa dreißig, und damit im gleichen Alter wie seine Tochter, die schon seit Jahren nichts mehr mit ihm zu tun haben wollte. Er hatte aufgehört zu trinken, nachdem er den Garnelenfangbetrieb der Familie mit Gin, Poker und mehreren Ehefrauen in die Pleite gesteuert hatte. Aber er und seine Tochter hatten noch immer nicht wieder zueinandergefunden.

Während Dooley wieder zu seinem Außenbordmotor zurückkehrte, paddelte Lee am Ufer der Insel entlang und gelangte von den Mangroven in eine kleine Bucht. Sie hielt auf den gestrandeten Kabinenkreuzer zu. Dann verließ sie die Bucht und lenkte ihr Boot in die trichterförmige Einfahrt, in die Dooley früher an diesem Tag während seines Ausflugs mit Gamay schon einmal hinausgefahren war. Eine leichte Turbulenz im Wasser beobachtend, ließ Lee ihre Paddel ruhen und wurde schon einen Moment später belohnt, als ein schwarz glänzender, von Schiffsschrauben zernarbter Rücken durch die Wasseroberfläche brach.

Eine Seekuh!

Sie schoss einige Fotos, während das schwerfällige Säugetier wieder versank, um auf dem Meeresboden zu grasen. Lee setzte ihr Paddel wieder ein, um tiefer in die Mangrovenbucht vorzudringen. Die Abstände zwischen den Mangroven verringerten sich von einer Viertelmeile bis auf zweihundert Fuß.

Ein Kanadareiher startete mit mächtigem Flügelschlag. Lee blickte dem Vogel nach, bis er nicht mehr zu sehen war, dann richtete sie ihr Fernglas auf ein Paar Schmuckreiher, die im seichten Wasser nach Beute stocherten. Ihr Herz übersprang einen Schlag, als sie hinter einem der Vögel einen pinkfarbenen Schimmer zu erkennen glaubte.

Die Schmuckreiher wanderten weiter, und sie nahm die Kamera zur Hand. Auf dem Sucherdisplay sah sie einen Vogel, der wie ein Flamingo mit Entenschnabel aussah. Sie machte ein paar Fotos von dem Rosalöffler und sah sich dann die Bilder an. Sie waren allesamt gut geworden. Lee lächelte versonnen, während sie wieder das Paddel zur Hand nahm.

Mit ein paar Schlägen lenkte sie das Kajak zu einem verwitterten grauen Holzpfosten, der am Rand der Mangroven aus dem Wasser ragte. Er markierte eine schmale Lücke in dem ansonsten undurchdringlichen Gewirr von Wurzeln. Der Rumpf des Kajaks scharrte über eine Austernbank und schob sich dann auf das Ufer.

Lee stieg in das warme knietiefe Wasser. Obwohl sie wusste, dass Dooleys riesiger Alligator ein Fabeltier war, beeilte sie sich doch, das Kajak auf den schmalen Strand zu ziehen.

Sie schwang sich einen Rucksack auf die Schulter, in dem sich ein Vorrat an Trinkwasser und Energieriegel befand, und marschierte etwa einhundert Fuß weit durch einen Tunnel von Bäumen, bis sie in offenes Gelände kam. Ein weißer Sandweg schlängelte sich einige hundert Yards durch Kakteen und niedrige Büsche zur anderen Seite der Insel.

Ein frischer Windhauch vom türkisfarbenen Golf von Mexiko kühlte Lees Gesicht, als der Weg an einem Strand endete. Sie spazierte noch ein kurzes Stück, ließ sich dann in den Sand sinken und lehnte sich mit dem Rücken gegen einen vom Meerwasser silbern gefärbten Treibholzbalken.

Ein Fischerboot mit blauem Rumpf ankerte jenseits der Brandungslinie. Sonst aber hatte sie den Strand für sich. Sie hatte das Boot während der vergangenen Woche mehrmals gesehen, aber es hatte sich stets in respektvoller Distanz gehalten. Sie inspizierte es durch ihr Fernglas, konnte an Deck jedoch niemanden sehen.

Als sie Monate zuvor auf Bonefish Key eingetroffen war, hatte Dr. Lee von Dr. Kane den Rat bekommen, sich irgendeine Freizeitbetätigung zu suchen, um sich zumindest zeitweise von ihrer Arbeit abzulenken. Einige Wissenschaftler beugten einem Burnout vor, indem sie angelten, andere spielten Schach oder lasen intensiv. Einige wenige allerdings verbrachten zu viel Zeit in der Dollar Bar. Die täglichen Kajakausflüge in die Mangroven waren ihre Rettung gewesen. Die Pause, die sie sich jeden Nachmittag gönnte, frischte ihren Energievorrat auf und gestattete ihr, bis tief in die Nacht zu arbeiten.

Da sich das Projekt mit Riesenschritten seinem Ende näherte, würde sie die abgeschiedene Schönheit der Insel sicherlich vermissen, wenn sie nach China zurückkehrte. Sie fragte sich, ob ihre Regierung sie wohl belohnen oder ihre Arbeit wenigstens lobend erwähnen würde oder ob sie sang- und klanglos ihre Tätigkeit als Landärztin wiederaufzunehmen hätte.

Sie gab ihrer Müdigkeit nach und schlief ein. Als sie nach einer Weile aufwachte, warf sie einen Blick auf die Uhr. Sie blickte über den Strand hinweg und stellte fest, dass das Boot mit dem blauen Rumpf verschwunden war. Sie runzelte die Stirn. Endlich war sie völlig ungestört, aber nun wurde es Zeit, an ihren Arbeitsplatz zurückzukehren. Sie stand auf, klopfte sich den Sand von der Shorts und ging über die Insel zu ihrem Kajak.

Als Lee unter dem dichten Laubdach hervortrat, erkannte sie, dass das Kajak nicht mehr dort lag, wo sie es am Strand zurückgelassen hatte. Sie stellte ihren Rucksack auf den Boden, watete hinaus ins Wasser und suchte die Lagune ab.

Von dem Kajak war nirgendwo etwas zu sehen.

Lee drehte sich wieder zur Insel um, sah im Gras blaues Plastik und atmete erleichtert auf. Das Kajak war auf einer Seite des Strandes ins hohe Gras geschleift worden. Sie fragte sich, warum jemand so etwas tun könnte, und ging zu dem Grasfleck hinüber, um ihr Paddelboot herauszuziehen. Es war ein abgelegener, einsamer Ort, und es erfüllte sie mit Unbehagen zu wissen, dass sich noch jemand anders auf der Insel aufhielt.

Sie schleppte das Kajak zum Wasser zurück, als sie ein Prickeln verspürte, das nichts mit der Sonnenhitze in ihrem Nacken zu tun hatte. Sie fuhr herum und sah am Strand einen Mann, dessen Augen von einer dunklen Sonnenbrille verdeckt wurden.

Er war lautlos zwischen den Büschen aufgetaucht und versperrte Lee jetzt den Weg zum Wasser. Seine Erscheinung machte ihr Angst. Die asiatischen Gesichtszüge wirkten wie auf einem Amboss geschmiedet. Sein schmallippiger Mund sah aus, als könnte nicht einmal ein Brecheisen ihn zu einem Lächeln verformen. Er trug Shorts, und die Muskeln seiner Arme und Beine schienen fähig zu sein, seine Fäuste oder Füße durch eine Ziegelmauer zu rammen.

Was ihn allerdings noch gefährlicher erscheinen ließ, war die Maschinenpistole, die in seiner Armbeuge ruhte. Die Mündung zielte genau auf ihr Herz.

Trotz ihrer auflodernden Angst schaffte Lee es, eine Frage zu krächzen.

»Wer sind Sie?«, sagte sie.

»Ich bin der Geist, der alles sieht«, erwiderte der Mann mit unbewegter Miene.

Was für ein Unfug, dachte Lee. Der Mann war offensichtlich geistig gestört. Sie bemühte sich, die Situation unter Kontrolle zu bekommen.

»Haben Sie sich an meinem Paddelboot zu schaffen gemacht?«, fragte sie.

Sie glaubte, ein leichtes Kopfnicken bei ihm wahrnehmen zu können.

»Dann wäre ich Ihnen dankbar, wenn Sie mir dabei helfen würden, es wieder zurück ins Wasser zu ziehen.«

Zum ersten Mal lächelte er und ließ die Maschinenpistole sinken. Überzeugt, dass ihr Bluff vielleicht gewirkt hatte, wandte sie sich um und bückte sich zu dem Boot hinunter.

»Dr. Lee?«

Als sie ihren Namen hörte, begriff sie, dass dies kein zufälliges Zusammentreffen war. Sie gewahrte aus dem Augenwinkel eine schnelle Bewegung, als der Mann die Pistole hob und sie mit dem Kolben zuerst nach unten zucken ließ. Sie spürte in ihrem Hinterkopf eine Explosion und sah einen weißen Blitz, während sich Dunkelheit auf sie herabsenkte. Sie verlor das Bewusstsein, ehe sie mit dem Gesicht zuerst in den Morast stürzte.

23

Das J. Edgar Hoover Building auf der Pennsylvania Avenue, das die Verwaltungszentrale des FBI beherbergt, steht in einem krassen Gegensatz zu dem bukolischen, von Bäumen überschatteten Campus in Quantico. Der wuchtige, sieben Stockwerke hohe Bau wurde im brutalen architektonischen Stil der 1960er aus Beton gegossen. Das Hoover wurde nach den Attentaten vom 11. September noch festungsähnlicher. Führungen für Besucher wurden eingestellt, und den ersten Stock sicherte man durch massive Barrieren.

Caitlin Lyons hatte bereits telefonisch veranlasst, dass Zavala der Eintritt ins innere Heiligtum des FBI erleichtert wurde. Es gab wieder das Besucherabzeichen und den freundlichen Führer, diesmal war es ein ernster junger Mann, der sich wunderbarerweise in dem Korridorlabyrinth zurechtfand, ohne eine Landkarte oder das GPS zu Rate ziehen zu müssen.

Der Führer blieb vor einer neutral wirkenden Tür stehen und klopfte leise. Eine Stimme auf der anderen Seite der Tür forderte zum Eintreten auf. Zavala bedankte sich bei dem Mann und öffnete sie.

Dahinter befand sich ein Büro, das nur wenig größer war als der graue Stahlschreibtisch und die Stühle, die es füllten. Die Wände waren bis auf ein Schwarz-Weiß-Foto von der Chinesischen Mauer kahl.

Ein Mann saß hinter dem Schreibtisch und unterhielt sich am Telefon auf Chinesisch. Er deutete auf einen Stuhl und lud Zavala mit einer Handbewegung zum Sitzen ein, schwatzte noch gut eine Minute weiter, beendete dann das Gespräch und legte den Hörer zurück auf die Gabel. Nun sprang er auf wie ein Kastenteufel, schüttelte Zavala die Hand, als versuchte er, Wasser aus einer widerstrebenden Pumpe herauszulocken. Danach ließ er sich wieder auf seinen Platz sinken.

»Tut mir leid, dass ich Sie habe warten lassen«, sagte er, »Ich bin Charlie Yoo.« Er lächelte freundlich. »Bitte keine Scherze über meinen Nachnamen. Ich habe den Vergleich mit einem Jo-jo so oft gehört, dass es mir für den Rest meines Lebens reicht.«

Yoo war ein bleistiftdürrer Mann Mitte dreißig. Er trug einen modern geschnittenen grau glänzenden Anzug mit kobaltblauem Oberhemd und blau-rot gestreifter Krawatte. Diese Aufmachung passte eher zu einer Cocktailparty im Willard Hotel als in dieses FBI-Gebäude, wo konservative dunkelblaue Anzüge die Norm waren. Außerdem sprach man dort Englisch mit New Yorker Akzent und spuckte die Sätze regelrecht heraus.

»Freut mich, Sie kennenzulernen, Agent Yoo. Ich bin Caitlins Freund, Joe Zavala.«

»Der Mann von der NUMA … eine tolle Organisation, Joe. Bitte nennen Sie mich Charlie. Caitlin ist eine fantastische Frau und eine hervorragende Polizistin. Sie sagte, Sie interessieren sich für die Pyramid-Triade.«

»Das stimmt. Sie dachte, Sie könnten mir vielleicht behilflich sein.«

Yoo lehnte sich in seinem Sessel zurück und stützte die Fingerspitzen gegeneinander.

»Entschuldigen Sie die Frage, Joe, aber die NUMA ist ein Unterwasser-Unternehmen, soweit ich gehört habe.

Warum interessiert sich jemand von der NUMA für das chinesische organisierte Verbrechen?«

»Normalerweise tun wir das auch nicht. Aber jemand hat versucht, eine NUMA-Operation zu sabotieren, und es gibt Indizien, die darauf hinweisen, dass der für den Fischfang zuständige Zweig der Pyramid Trading darin verwickelt sein könnte.«

Yoo zog die Augenbrauen hoch – ganz wie Groucho Marx.

»Entschuldigen Sie meine Skepsis, Joe, aber das sieht nicht nach der typischen Vorgehensweise von Pyramid aus. Welche Beweise haben Sie?«

»Ich muss Ihnen noch einige zusätzliche Informationen geben. Vor ein paar Tagen hat die NUMA die Bathysphäre 3, einen Nachbau der historischen Tauchglocke, vor den Bermuda-Inseln zu Wasser gelassen. Der Tauchgang wurde in die ganze Welt übertragen ... Vielleicht haben Sie ihn im Fernsehen verfolgt ...«

Yoo spreizte die Hände, und seine offenen Handflächen meinten *nein*.

»Ich war ziemlich beschäftigt, Joe, und hatte kaum Zeit zum Fernsehen. Ist das die Mission, die Pyramid angeblich sabotiert haben soll?«

Zavala nickte.

»Ich habe die Tauchglocke konstruiert«, sagte er, »und Kurt Austin, mein Partner bei der NUMA, war der Projektleiter. Der interessanteste Teil des Tauchgangs wurde nicht übertragen, da ein Unterwasser-Roboter das Tragkabel der Bathysphäre durchtrennt hat.«

»*Wow!*«, machte Yoo mit einem breiten Grinsen auf seinem jungenhaften Gesicht. »Ein Unterwasser-*Roboter*. Das ist ziemlich starker Tobak, Joe.«

»Das habe ich in dem Augenblick auch noch gedacht. Als das Kabel gebrochen schien, versank die Kugel eine halbe Meile tief im Schlick.«

Yoo beugte sich über den Schreibtisch. Er lachte nicht mehr.

»Sie scherzen, oder? Das ist ja unglaublich! Wie konnten Sie sich daraus wieder befreien?«

»Kurt ist getaucht, hat uns aus dem Schlick befreit, und dann konnten wir unser Auftriebssystem aktivieren. Während wir aufstiegen, machte der Roboter Jagd auf Austin. Er wehrte das Ding ab und schnappte sich eine der Scheren, mit denen es das Kabel durchgeschnitten hat. Diese Schere war mit einem Dreieck gekennzeichnet, das mit dem Markenzeichen der Pyramid Trading identisch ist.«

Yoo schüttelte den Kopf.

»Für einen Moment hatten Sie mich fast überzeugt. Tut mir leid, Joe, aber dieses Dreieck ist ein ziemlich weit verbreitetes Symbol. Es könnte alles Mögliche bedeuten.«

»Ich gebe Ihnen recht, Charlie, bis auf einen Punkt. Der Roboter entspricht genau der Maschine, die die Fischfangabteilung von Pyramid benutzt, um ihre Netze zu inspizieren.«

»Wissen Sie das genau?«

Zavala nickte.

»Ich bin mir ganz sicher, Charlie.«

Zavala holte eine zusammengefaltete Kopie des Magazinartikels über das AUV des Fischfangzweigs der Pyramid Trading aus der Tasche und strich die Falten auf dem Schreibtisch glatt. Er legte die Fotos daneben, die Austins Hardsuit-Kamera aufgenommen hatte. Yoo las den Artikel und studierte die Fotos.

»*Wow!*«, sagte Yoo. »Okay, Sie haben gewonnen …

Pyramid hat Ihren Tauchgang also sabotiert. Aber warum?«

»Ich habe keine Ahnung. Deshalb habe ich mich ja auch mit Caitlin in Verbindung gesetzt. Sie meinte, Pyramid Trading seien die Schlimmsten der Schlimmen, was die chinesischen Triaden betrifft.«

»Pyramid spielt sicherlich eine wichtige Rolle. Aber sie sind eine von Hunderten Triaden in den Städten Chinas. Hat Caitlin Ihnen erklärt, was ich tue?«

»Sie meinte, Sie seien ein Experte für chinesische Banden auf der ganzen Welt.«

»Ich bin sogar weit mehr als nur ein Experte, ich bin ein ehemaliges Bandenmitglied. Eigentlich stamme ich nämlich aus Hongkong. Meine Eltern sind dann irgendwann nach New York ausgewandert.«

»Daher der amerikanische Akzent«, sagte Zavala.

»Ich habe mein Englisch in der Mulberry Street gelernt. Dort trat ich den Ghost Shadows bei, einer der größten Banden des Landes.«

»Caitlin sagte, die Ghost Shadows seien eine Pyramid-Bande.«

»Das ist richtig. Meine Familie hat erkannt, was da geschah, und ist nach China zurückgekehrt, um mich von den Banden fernzuhalten. Mein Vater betrieb eine Fahrradreparaturwerkstatt und sorgte dafür, dass ich so ausschließlich beschäftigt war, dass ich schlicht und einfach immer zu müde war, um mich in Schwierigkeiten zu bringen. So blieb ich sauber und ging später brav aufs College. Jetzt gehöre ich zu einer Spezialeinheit des Ministeriums für Innere Sicherheit.«

»Und wie sind Sie nach Washington gekommen?«, fragte Zavala.

»Ihre Leute haben meine Kenntnisse gebraucht. Ich bin aber auch nur für ein paar Monate hier, um mit dem FBI Erfahrungen auszutauschen. Dieses Büro ist nur eine vorübergehende Einrichtung, wie Sie wahrscheinlich längst erkannt haben.«

»Caitlin sagte, Pyramid breche mit den alten Traditionen und festige ihre Macht. Das sei auch einer der Gründe, weshalb sie Ärger mit der chinesischen Regierung hätten. Das – und die Skandale im Zusammenhang mit kontaminierten Produkten.«

»Caitlin ist die Expertin für die Triaden«, sagte Yoo. »Ich schließe mich ihrer Auffassung an.«

»Sie hat außerdem erzählt, der erste Mann bei Pyramid sei ein Knabe namens Wen Lo.«

Yoo schien für einen kurzen Moment innezuhalten, ehe er sich dazu äußerte.

»Wie ich schon sagte«, begann er, »Caitlin weiß über die Triaden besser Bescheid. Ich kenne mich mit der Organisation und den Straßenaktivitäten aus, aber andere können Ihnen alles über die Anführer erzählen.«

Yoo ließ sich für weitere fünf Minuten über Bandenrituale und Machtstrukturen aus, ehe er auf die Uhr schaute.

»Es tut mir leid, das Ganze abbrechen zu müssen, Joe, aber ich habe noch eine wichtige Verabredung.«

»Kein Problem«, sagte Zavala. Er erhob sich von seinem Stuhl. »Vielen Dank für Ihre Zeit, Charlie. Sie waren eine große Hilfe.«

Sie wechselten einen Händedruck, und Yoo gab dem Empfang Bescheid. Dann standen sie noch eine Weile draußen im Flur, da der Führer wenige Minuten später erschien, um Zavala unter seine Fittiche zu nehmen.

Yoo lächelte seinen Besucher an.

»Sie haben mit Ihrer Roboter-Geschichte meine Neugier geweckt. Ich hör mich mal um und sehe zu, ob ich mehr darüber rausbekommen kann.«

Yoo notierte sich Zavalas Mobilfunknummer und wünschte ihm viel Glück. Dann kehrte er in sein Büro zurück und verschloss die Tür. Er nahm hinter seinem Schreibtisch Platz und wählte mit steinerner Miene eine Nummer auf seinem Mobiltelefon. Das Rufsignal raste mehrmals um die Welt, lief durch mehrere Filter und Umleitungen, bis es nicht mehr zurückverfolgt werden konnte.

»Berichten Sie, Nummer 39«, verlangte eine barsche Stimme.

»Er ist soeben gegangen«, sagte Yoo.

»Was weiß er?«

»Viel zu viel.«

Yoo lieferte eine knappe Zusammenfassung seiner Unterhaltung mit Zavala.

»Das ist ein glücklicher Zufall«, sagte die Stimme. »Zavala ist nur ein kleiner Fisch. Benutzen Sie ihn als Köder. Schnappen Sie sich Austin lebend und bringen Sie ihn zu mir.«

»Ich werde mich sofort darum kümmern«, versprach Yoo.

»Beeilen Sie sich aber«, sagte die Stimme.

Als Zavala mit seiner Corvette auf der Rückfahrt zur NUMA-Zentrale war, summte sein Mobiltelefon. Es war Charlie Yoo.

»Hi, Joe, lange nichts mehr voneinander gehört. Sehen Sie, ich habe etwas für Sie – etwas über die Pyramid-Triade.«

»Das ging aber schnell«, sagte Zavala ehrlich überrascht.

Er hatte Yoo, was die Polizeiarbeit betraf, eher für ein Leichtgewicht gehalten.

»Wir hatten Glück. Informationen vom FBI zu bekommen ist so mühsam wie Zähne ziehen. Sie holen alles aus einem heraus, bis nichts mehr übrig ist, aber ich bin ein Fremder, daher trauen sie mir noch nicht so richtig über den Weg. Wie dem auch sei, sie überwachen zurzeit einen Schmugglerring, der mit der Bande in Verbindung steht. Nachdem ich ihnen von unserem Gespräch erzählt habe, haben sie uns eingeladen, ihren Einsatz zu begleiten. Das verschafft Ihnen vielleicht die Gelegenheit, sich mit anderen Spezialisten für asiatische Verbrecherbanden zu unterhalten. Es könnte ganz schön aufregend für Sie werden, wenn sie zuschlagen.«

»Wann und wo?«, fragte Zavala.

»Später, aber noch im Laufe des heutigen Tages, auf der anderen Seite des Flusses. Sind Sie interessiert? Ihr Partner Austin ist ebenfalls eingeladen, wenn er nicht anderweitig beschäftigt ist.«

»Ich frage ihn und melde mich wieder bei Ihnen.«

Zavala unterbrach die Verbindung und rief Austin an, um ihm von Yoos Einladung zu berichten.

»Ich erwarte in wenigen Minuten einen Anruf von Sandecker«, sagte Austin. »Keine Ahnung, was der alte Fuchs in petto hat. Ich melde mich später bei dir.«

»Ruf mich an, wenn du dich frei machen kannst. Und lass dich von Sandecker nicht zu lange aufhalten.«

»Keine Chance, mein Freund«, sagte Austin und fügte hinzu, was ihm später noch sauer aufstoßen sollte: »Verdammt, Joe, ich könnte es doch nicht ertragen, wenn du den *ganzen* Spaß hast.«

24

Die zweite Happy Hour in der Dollar Bar war eine Wieder-holung der ersten. Das nichtssagende Geplapper am Tisch zerrte an Gamays Nerven, aber sie musste einräumen, dass der Gibson geradezu perfekt und die nachfolgende Mahl-zeit – frisch gefangene Garnelen in einem würzigen Jambalaya – einfach köstlich war.

Mayhew wartete höflich bis zum Dessert, ehe er seine Ankündigung machte.

»Dooley holt Sie morgen früh pünktlich um Viertel nach neun ab«, sagte er. »Sie können gleich nach dem Frühstück aufbrechen. Es war uns ein Vergnügen, Sie als Gast bei uns zu haben, Dr. Trout. Wir werden sehr bedauern, dass Sie schon abreisen.«

Mayhews breites Grinsen stand in krassem Widerspruch zu seinem wortreich geäußerten Bedauern über Gamays bevorstehende Abreise. Sie fragte sich, wie lange er wohl sein Lächeln durchhalten würde, wenn sie darauf bestünde, noch einen weiteren Tag zu bleiben.

»Und ich verabschiede mich nur ungern«, sagte Gamay und lieferte damit eine schauspielerische Leistung, die einer Ethel Barrymore würdig gewesen wäre. »Vielen Dank für Ihre Gastfreundschaft, und auch dafür, dass Sie mir einen Einblick in die wunderbare Arbeit gestattet haben, die Sie und Ihre Belegschaft in dieser paradiesischen Umgebung leisten.«

Mayhew war von seiner Rolle als perfekter Gastgeber

derart eingenommen, dass ihm der verhüllte Sarkasmus in ihren Worten völlig entging. Auf seine Empfehlung hin zogen sie auf den Patio um, wo sie einen letzten Absacker nehmen und den Sonnenuntergang genießen wollten.

Die Wissenschaftler fanden sich in kleinen Gruppen zusammen und unterhielten sich mit gedämpften Stimmen. Gelegentlich hörte Gamay einen wissenschaftlichen Begriff und schloss daraus, dass sie über ihre Forschungsarbeit diskutierten.

Gegen neun Uhr hatten sich die Angehörigen des Forscherteams in ihre Quartiere zurückgezogen und Gamay allein zurückgelassen. Sie wartete eine weitere halbe Stunde, bis sich alle zu Bett begeben hatten, und folgte dann dem Muschelweg zu Song Lees Hütte. Die Fenster waren dunkel.

Gamay kletterte auf die kleine Veranda und klopfte zuerst leise an die Tür, dann etwas lauter. Niemand meldete sich.

Zu ihrer Überraschung war die Tür nicht verschlossen. Sie trat ein und knipste das Licht an. Sie brauchte nur ein paar Sekunden, um zu erkennen, dass die Hütte leer war. Sie fand keinerlei Anzeichen, dass Lee allein in ihrer Hütte zu Abend gegessen hatte. Gamay knipste die Beleuchtung wieder aus und eilte zum Kai hinunter. Lees Kajak befand sich nicht im Bootsschuppen.

Gamay überlegte, was sie tun sollte. Sie könnte Dr. Mayhew und die restliche Belegschaft wecken, aber auf Grund der allgemeinen Neigung zur Geheimhaltung auf der Insel musste sie damit rechnen, von den weiteren Aktionen ausgeschlossen zu werden.

Spontan hob Gamay das zweite Paddelboot aus dem Gestell und trug es zum Strand hinunter.

Dann hatte sie noch eine andere Idee und rannte zum Bootshaus zurück, um sich Dooleys Nachtsichtbrille zu holen. Sie setzte sie auf, schob das Kajak ins Wasser, stieg ein und paddelte eilig los.

Sie folgte der Küstenlinie der Insel und glitt auf die Bucht hinaus. Der gestrandete Kabinenkreuzer war als grünlich schimmerndes Gebilde durch die Brille zu erkennen. Sie paddelte auf ihn zu, um sich zu orientieren, dann nahm sie Kurs auf die trichterförmige Bucht, die ihr Dooley auf ihrem Ausflug gerade gezeigt hatte.

Die Mangroven schoben sich von beiden Seiten dicht an sie heran. An der engsten Stelle des Meeresarms fand sie den Pfosten, der die Lücke in den Mangroven markierte. Sie paddelte an Land, stieg aus dem Kajak und zog es an den Strand, als sie über Song Lees Rucksack stolperte, der einsam im Sand lag.

Gamay blickte sich um und sah etwas im Gras glänzen. Lees Kajak.

Gamay bewegte sich landeinwärts und folgte dem gewundenen Pfad durch ein Baumdickicht. Dabei hielt sie das Holzpaddel in einer Hand, wie eine Waffe. Der Pfad verließ die Baumgruppe und schlängelte sich zwischen Kakteen und niedrigen Büschen dahin. Das Plätschern der Wellen am Strand lieferte einen passenden Hintergrund zum Chor der Insekten.

Dank der Nachtsichtbrille kam Gamay auf dem Pfad schnell vorwärts. Dort, wo er am Strand endete, blieb sie stehen und sah sich noch einmal um. Zwei unterschiedliche Fußspuren führten vom Strand weg. Wie ein Jagdhund, der eine Witterung aufnahm, folgte sie den Fußspuren um eine Biegung. Mittlerweile war sie in einen leichten Trab verfallen und wurde erst langsamer, als sie in einiger

Entfernung ein gelbes Leuchten wahrnahm. Es gehörte zu einem Haus, das teilweise von Bäumen und Büschen verborgen war. Sie schlich näher heran und erkannte, dass das Licht durch eine Verandatür und ein Fenster nach draußen drang.

Geduckt huschte sie bis zum Haus und drückte sich ein paar Fuß vom Fenster entfernt mit dem Rücken an die Hauswand. Sie konnte einen Mann und eine Frau hören, die auf Chinesisch erregt miteinander diskutierten. Dabei wurden ihre Stimmen stetig lauter. Der Mann klang wütend und die Frau hatte offensichtlich Angst.

Gamay tastete sich an das Fenster heran, schob die Brille auf die Stirn und blickte durch die Fensterscheibe in einen sparsam möblierten Raum, der von Gascampinglampen erhellt wurde.

Song Lee saß an einem Küchentisch einem brutal aussehen Asiaten gegenüber, der mit einer Shorts und einem T-Shirt bekleidet war. Eine Maschinenpistole lag auf einer Anrichte neben dem Kochherd. Der Mann war soeben im Begriff, die Geduld zu verlieren. Er holte mit einer Hand aus und schlug Lee ins Gesicht. Der Hieb fegte sie von ihrem Stuhl, und sie stürzte zu Boden.

Der Mann wandte sich von Lee ab, um seine Waffe zu ergreifen, was ein großer Fehler war. Song Lee richtete sich auf den Knien auf und angelte sich ein Steakmesser aus einem Regal in Reichweite. Die Klinge blitzte kurz auf, als sie das Messer in den Oberschenkel des Mannes rammte und wieder herauszog. Mit einem lauten Schmerzensschrei ließ er die Maschinenpistole auf den Boden fallen und umklammerte mit beiden Händen sein blutendes Bein.

Lee sprang auf und stürzte zur Tür. Mit einem lauten Wutschrei setzte der Mann hinter ihr her, aber sie war zu schnell für ihn. Sie stürmte durch die Verandatür und rannte zum Strand hinunter.

Der Mann hob die Pistole vom Boden auf und humpelte zur Tür. In der Türöffnung stehend brüllte er etwas auf Chinesisch, dann brachte er die Maschinenpistole in Anschlag.

In diesem Moment trat Gamay aus dem Schatten des Hauses, hob das Kajakpaddel hoch und schmetterte es dem Mann mit aller Kraft auf den Kopf. Der Griff zersplitterte dabei wie ein Streichholz, der Mann brach zusammen und landete bäuchlings auf seiner Pistole.

Gamay hoffte, der Schlag möge ihn ausgeschaltet haben, doch er begann schon bald zu stöhnen und sich zu bewegen.

Sie schob sich die Brille wieder vor die Augen und spurtete über den Strand. Als sie eine Gestalt ungefähr hundert Fuß entfernt wegrennen sah, rief sie Song Lees Namen. Die Wissenschaftlerin stoppte und drehte sich herum, um ihre Verfolgerin zu erwarten. Dabei streckte sie das Steakmesser abwehrend vor.

Gamay riss sich die Brille vom Gesicht.

»Ich bin's ... Dr. Trout!«

»Dr. ... Was tun Sie hier?«

»Ich bin Ihnen gefolgt.«

Gamay blickte zum Haus.

»Wir haben jetzt keine Zeit zum Reden«, sagte sie. »Ich konnte Ihren Freund nur für ein paar Sekunden außer Gefecht setzen.«

Gamay schleuderte das nutzlose Paddel beiseite, und dann rannten sie und Lee am Strand entlang. In ihrer Eile verfehlten sie aber den Pfad, der über die Insel führte, und mussten ein Stück zurücklaufen, was sie einige Zeit kostete. Gamay übernahm die Führung und schon nach wenigen Minuten befanden sie sich auf der anderen Seite der Insel. Sie ließ sich von Song dabei helfen, das Kajak aus dem hohen Gras zu zerren.

Leise Schritte erklangen auf dem Pfad, und Sekunden später brach eine Gestalt zwischen den Büschen hervor. Der Mann, der Song Lee in seiner Gewalt gehabt hatte, knipste eine Taschenlampe an und gab ein triumphierendes Schnauben von sich. Er war überrascht, Gamay vor sich zu sehen, jedoch nur für einen winzigen Augenblick. Dann schwang er schnell die Lampe und seine Waffe herum und richtete sie für einen sicheren Treffer auf ihren Bauch.

Wie ein wütender Bulle griff Gamay an. Sie erwischte den Mann in der Magengrube. Seine Bauchmuskeln waren hart wie Beton. Er hämmerte den Kolben seiner Waffe auf ihren Kopf und schickte sie zu Boden. Durch einen grauen Nebel traf sie mit der Faust sein verwundetes Bein und hörte ihn abermals schmerzerfüllt aufschreien.

Lee sprang auf den Rücken des Mannes, klammerte sich an ihn, doch er schüttelte sie ab, und sie landete im Sand. Reglos stand er da, starrte sie an, dann rutschte die Pistole aus seiner Hand, und er brach zusammen, als wäre sämtliche Luft aus seinem Körper gewichen. Der Lichtstrahl der Taschenlampe glitt über den Holzgriff des Steakmessers, das aus seiner Brust ragte.

Während Gamay der Wissenschaftlerin auf die Füße half, starrte Lee auf ihr tödliches Werk.

»So etwas habe ich noch nie getan«, sagte sie. »*Niemals.*«

»Sie werden sich daran gewöhnen«, sagte Gamay. »Wer ist das?«

»Das weiß ich nicht. Er tauchte auf, als ich am Strand eingeschlafen war. Er sagte, er habe mich beobachtet und dass noch andere mit einem Boot kämen, um mich von hier wegzubringen.«

Gamay legte plötzlich eine Hand auf Lees Arm.

»*Hören Sie*«, sagte sie.

Erregte Stimmen, die sich auf Chinesisch unterhielten, erklangen auf dem Pfad. Die *anderen* waren eingetroffen.

Lees Kajak wurde aufgerichtet und zum Wasser gezogen. Sie holte ein Reservepaddel aus Plastik und Aluminium für Gamay hervor. Dann schoben sie ihre Kajaks ins Wasser und begannen wie wild zu paddeln. Sie waren etwa hundert Fuß von den Mangroven entfernt, als Lichtstrahlen aufflammten und das Wasser in ihrer Nähe absuchten.

Die Strahlen wurden von den glänzenden Glasfiberrümpfen reflektiert. Gamay wies Lee an, sich in Strandnähe zu halten, wo sie ein schlechteres Ziel abgäben. Sie spannte sich innerlich, wartete auf Gewehrfeuer, doch die Lichter erloschen.

»Sie kehren zu ihrem Boot zurück«, sagte Song Lee. »Sie werden das andere Ende der Insel umrunden und uns abfangen.«

»Wie lange brauchen sie bis dorthin?«, fragte Gamay, ohne den Rhythmus ihrer Paddelschläge zu unterbrechen.

»Fünf oder … zehn Minuten vielleicht. Was sollen wir jetzt tun?«

»Um unser Leben paddeln … was sonst?«

Sie legten ihre ganze Kraft in jeden Paddelschlag und ließen die kleine Bucht hinter sich, doch der Lärm eines Bootsmotors zerriss schon bald die nächtliche Stille. Der grelle Lichtstrahl eines Suchscheinwerfers wanderte langsam auf dem Wasser hin und her. Am Ufer gab es keine Stelle, wo sie an Land gehen und sich verstecken konnten. Dicke, knorrige Wurzelstränge ragten aus dem Mangrovendickicht und bildeten eine unüberwindliche Barriere.

Eine Silhouette tauchte vor ihnen auf. Sie näherten sich dem gestrandeten Kabinenkreuzer. Gamay paddelte direkt auf das alte Boot zu, Lee dicht hinter ihr. Sie kletterten an Bord des Wracks, zogen ihre Boote hinter sich her und legten sich flach auf die verrottenden Decksplanken.

Durch Spalten und Risse im Rumpf konnten sie verfolgen, wie der Lichtstrahl an dem Kreuzer vorbeiglitt. Für eine Sekunde schöpfte Gamay Hoffnung, doch diese verflog sehr schnell, als das verfolgende Boot seine Richtung änderte, das Wrack umkreiste und sich näherte. Der Lichtstrahl drang durch die Risse im Holzrumpf und erhellte ihre Gesichter.

Die Verfolger der Frauen überschütteten den Kabinenkreuzer mit Gewehrfeuer, begannen am aufragenden Bug und wanderten dann weiter zum Heck. Sie nahmen sich Zeit und jagten Salve für Salve in das Steuerhaus. Holzsplitter regneten auf die Frauen herab. Gamay bedeckte den Kopf mit den Händen und verfluchte ihre eigene Dummheit. Das Einzige, was sie erreicht hatten, indem sie auf das alte Boot geklettert waren, war, dass sie den Schützen Gelegenheit gaben, ihre Schießkünste zu trainieren. So war es nur noch eine Frage von Sekunden, bis die Kugeln lebendige Ziele fanden.

Dann verstummte das Gewehrfeuer.

Gamay erwartete, dass die Angreifer das Wrack stürmten, doch stattdessen segelte eine Flasche, gefüllt mit brennendem Benzin, in hohem Bogen durch die Luft und zerplatzte auf dem Deck. Die Flammen des Molotowcocktails breiteten sich knisternd aus und leckten an ihren Füßen. Die Hitze wurde unerträglich. Beide Frauen erhoben sich, da sie es vorzogen, erschossen zu werden statt elendiglich zu verbrennen. Doch das Boot mit ihren Verfolgern entfernte sich mit zunehmendem Tempo. Mittlerweile war der Kabinenkreuzer ein einziges Flammenmeer.

»*Springen Sie!*«, schrie Gamay.

Sie tauchten ins Wasser und schwammen so schnell es ging von dem brennenden Wrack weg. Sie nahmen Kurs auf das nächste Mangrovendickicht und hatten erst ein kurzes Stück der Strecke zurückgelegt, als sie schon wieder das Dröhnen eines Bootsmotors hörten und den Lichtstrahl eines Suchschweinwerfers auf sich zugleiten sahen.

Gamays Hoffnungen zerschlugen sich augenblicklich. Die Schützen kamen zurück, um ihr Werk zu vollenden.

Das Boot wurde langsamer, und der Lichtkegel huschte über die Wasserfläche und fand schließlich die beiden Schwimmerinnen. Gamay rechnete damit, dass eine Gewehrsalve das Letzte wäre, das sie jemals hören würde, doch stattdessen erklang eine vertraute Stimme.

»*Gamay*«, rief Paul Trout, »*bist du das?*«

Sie hörte auf zu schwimmen und begann Wasser zu treten. Dann reckte sie eine Hand in die Luft. Das Boot glitt näher heran, ragte als bedrohlicher Schatten über ihnen auf, und sie sah hoch und endeckte Paul Trouts kräftigen Arm, der nach unten reichte, um sie in Sicherheit zu hieven.

25

Indem er sich an Charlie Yoos Instruktionen hielt, lenkte Zavala seine Corvette auf den Parkplatz des Eden Center in Falls Church, Virginia. Der chinesische Agent erwartete Zavala neben dem Uhrenturm des Einkaufzentrums in einem schwarzen Ford Crown Victoria, der der Regierung gehörte. Er drehte das Fenster herunter.

»Wo ist Ihr Freund Austin?«

»Kurzzeitig verhindert«, sagte Zavala. »Er kommt später nach. Oder wir können warten.«

Yoo runzelte die Stirn, gab Zavala ein Zeichen, er solle sich einen Augenblick gedulden, und drehte das Fenster wieder hoch. Zavala konnte sehen, wie Yoos Lippen sich bewegten, und nahm an, dass er sich über eine drahtlose Bluetooth-Verbindung mit jemandem beriet. Dann glitt das Fenster wieder nach unten.

»Die Leute, die die Überwachung durchführen, meinten, wir sollten gleich rüberkommen. Sie können Austin später anrufen und ihm erklären, wo Sie sind. Steigen Sie ein.«

Zavala gefiel die Vorstellung nicht, seine geliebte Corvette auf einem öffentlichen Parkplatz zurückzulassen, doch er klappte das Verdeck hoch, schloss die Türen ab und glitt auf den Beifahrersitz des Crown Victoria. Yoo verließ den Parkplatz, fuhr durch Seven Corners und zum Wilson Boulevard und nahm nach einigen Meilen eine Abfahrt. Nicht lange, und sie erreichten einen Gewerbepark, der aus großen stahlblechverkleideten Gebäuden bestand, die sich über mehrere Blocks erstreckten. Bis auf bernstein-farbene Sicherheitslampen über den schwarzen Toren einer Laderampe wirkte das Gelände dunkel und offensichtlich verlassen.

Zavala erwartete, dass Yoo den Wagen parkte, ehe sie den Überwachungsposten erreichten, und sie den Rest des Weges dann zu Fuß zurücklegten. Yoo verlangsamte den Wagen tatsächlich bis auf Schritttempo, riss dann aber, ohne anzuhalten, das Lenkrad nach rechts und beschleunigte durch ein offenes Tor mit einem Schild, das die Aufschrift GOOD LUCK FORTUNE COOKIES trug.

Yoo behielt den Fuß auf dem Gaspedal, beschrieb einen engen Bogen und lenkte den Wagen auf eine Garagentür zu. Während der Wagen auf das schwarze Quadrat zurollte, wappnete sich Zavala schon für den Aufprall, doch dann enthüllten die Scheinwerfer, dass das Tor fast sperrangelweit offen stand. Yoo trat erst innerhalb des Lagerhauses auf die Bremse, so dass der Wagen ausbrach und in eine Wand aus Pappkartons rauschte.

Der Kühlergrill bohrte sich mit einem lauten Krachen in die Kartonmauer. Die Kartons platzten auf und Dutzende von in Plastikfolie eingeschweißten Glückskeksen ergossen sich über die Motorhaube.

Die Airbags des Wagens explodierten und sorgten für eine zusätzliche Dämpfung des Aufpralls.

Zavala hielt unwillkürlich die Luft an, dann griff er nach unten und öffnete seinen Sicherheitsgurt. Während er den Airbag zur Seite schob, sah er, dass Yoo nicht auf dem Fahrersitz saß. Alles andere als elegant wand sich Zavala aus dem Wagen und sackte auf ein Knie. Zavala war nicht so leicht in Rage zu bringen, aber als er auf die Füße kam, hätte er Yoo am liebsten den Kopf abgerissen.

Die Deckenbeleuchtung flammte auf. Charlie Yoo war nirgendwo zu sehen, aber Zavala war dennoch nicht allein.

Mehrere Asiaten umringten ihn, alle mit schwarzen Trainingsanzügen bekleidet und mit Maschinenpistolen bewaffnet, die auf seine Körpermitte zielten.

Der Mann, der Zavala am nächsten stand, rammte ihm den Lauf seiner Waffe in den Bauch.

»Bewegen Sie sich«, befahl er.

26

Austin blätterte die letzte Seite des umfangreichen Dossiers über die Pyramid Trading Company um, lehnte sich in seinem Sessel zurück und rieb sich die Augen. Das Bild, das sich aus den Aufzeichnungen ergab, zeigte ein Unternehmen, dem ein Menschenleben nichts bedeutete. Pyramid hatte mehr als dreihundert schädliche Produkte exportiert, darunter verdorbenen Fisch, verunreinigte Tiernahrung, unsichere Autoreifen und giftige Zahncreme, Süßwaren, Vitaminpräparate und Arzneien. Erst auf internationalen Druck hatte die chinesische Regierung Probleme mit Pyramid eingeräumt und sich verpflichtet, die Situation zu bereinigen. Aber nichts von dem, was Austin gelesen hatte, lieferte eine Erklärung, weshalb Pyramid daran interessiert sein könnte, Kane und sein Forschungsprojekt zu behindern.

Austin trat an ein Fenster und blickte auf die Lichter Washingtons hinab, als würden sie jeden Augenblick zu einer Kristallkugel verschmelzen, die die Fragen beantworten konnte, die gerade in seinem Kopf herumwirbelten. Das Telefon summte, er nahm den Hörer ab und hörte die so unverwechselbare wie befehlsgewohnte Stimme Admiral Sandeckers.

»Kurt, bitte seien Sie in fünf Minuten unten.«

Dann legte er ohne weitere Erklärungen auf.

Austin deponierte den Pyramid-Ordner in einer Schreibtischschublade, löschte das Licht und ging zum Fahrstuhl.

Auf die Sekunde genau fünf Minuten später trat er aus dem Haupteingang der NUMA-Zentrale, während ein dunkelblauer Chevrolet Suburban SUV am Bordstein anhielt.

Ein junger Mann in Marineuniform stieg aus dem Geländewagen und begrüßte Austin. Er erkannte Lieutenant Charlie Casey, einen aufstrebenden Offizier, den Sandecker ihm während eines Empfangs im Weißen Haus vorgestellt hatte.

»Hallo, Kurt«, sagte Casey. »Springen Sie rein.«

Austin setzte sich mit Casey auf den Rücksitz, und der Geländewagen fädelte sich in den dichten Straßenverkehr Washingtons ein.

»Schön, Sie mal wiederzusehen, Lieutenant. Was ist denn los?«

»Entschuldigen Sie die Geheimniskrämerei, Kurt, aber der Admiral hat mich angewiesen, vorerst keine Fragen zu beantworten.«

»Okay. Wie wäre es aber, wenn Sie mir einfach sagten, wohin wir fahren?«

»Nicht *wir*. Wohin *Sie* fahren.« Casey streckte die Hand aus. »Dorthin.«

Der Geländewagen war nach der NUMA-Zentrale nur zwei Blocks weit gefahren, ehe er wieder am Bordstein anhielt. Austin bedankte sich bei Casey, stieg aus dem SUV und ging zum Eingang eines Restaurants. Eine Neonschrift verriet den Namen: *Aegean Grotto.*

Der Restaurantinhaber, ein mit überschäumendem Temperament gesegneter Grieche namens Stavros, der von der Insel Naxos stammte, überfiel Austin bereits beim Eintreten.

»Guten Abend, Mr Austin. Wie läuft es denn so im Fischhaus?«

Stavros verwendete diesen Spitznamen für die NUMA-Zentrale, in der viele seiner Stammgäste als Wissenschaftler oder Techniker arbeiteten.

»Fischig wie immer«, erwiderte Austin lächelnd. »Ich bin mit jemandem verabredet.«

»Ihr Freund ist bereits vor ein paar Minuten eingetroffen«, sagte Stavros. »Ich habe ihn an den Admiralstisch gesetzt.«

Er geleitete Austin zu einer Nische im hinteren Teil des Speisesaals. Admiral Sandecker hatte zu jener Zeit, als er noch die NUMA geleitet hatte, oft in diesem Restaurant gegessen. Der Tisch bot ein Mindestmaß an Ungestörtheit und einen Blick auf den Speisesaal. Die blauen Wände, die den Tisch umgaben, waren mit Kalmaren, Oktopussen und verschiedenen anderen kulinarischen Grundprodukten aus Stavros' Küche geschmückt.

Der Mann, der am Tisch saß, begrüßte Austin mit einem Kopfnicken.

Austin nahm Max Kane gegenüber Platz.

»Hallo, Doc«, sagte er. »Das ist aber eine freudige Überraschung.«

»Ich bin schockiert, dass Sie meine Maskerade so schnell durchschaut haben.«

»Für eine Sekunde haben Sie mich beinahe getäuscht, Doc, dann fiel mir auf, dass Ihre Haarpracht eine leichte Schlagseite nach Steuerbord hat.«

Kane nahm die schwarze Perücke vom Kopf. Mit einer lässigen Handbewegung ließ er sie wie eine Frisbeescheibe zu einem Tisch in der Nähe, an dem zwei Männer saßen, hinübersegeln. Die Perücke landete beinahe in einer Terrine mit Avgolemono-Suppe. Erst schickten sie Kane einen strafenden Blick, dann stopfte sich ein Mann das Haarteil unter das Jackett seines dunklen Anzugs und widmete sich wieder seiner Mahlzeit.

Kane brach in schallendes Gelächter aus.

»Gucken Sie nicht so besorgt, Kurt. Die beiden sind meine Babysitter. Sie haben darauf bestanden, dass ich in der Öffentlichkeit diese Matte trage.«

Austin lächelte verkniffen, doch ihm war keineswegs zum Scherzen zumute. In der kurzen Zeit, die er den eigenwilligen Mikrobiologen kannte, hatte Austin beinahe ein Mitglied seines Teams verloren, miterlebt, wie das B3-Projekt vereitelt wurde, und sich eine halbe Meile unter der Meeresoberfläche eines Untersee-Roboters erwehren müssen. Er wollte Antworten und keine spaßigen Perückenwürfe, ganz gleich wie kunstvoll sie auch ausgeführt wurden. Er gab Stavros ein Zeichen, reckte zwei Finger in die Höhe, wandte sich dann wieder zu Kane um und fixierte ihn mit seinen korallenblauen Augen.

»Was zum Teufel ist hier eigentlich los, Doc?«, fragte er.

Kane sackte auf seinem Stuhl in sich zusammen, als wäre sämtliche Luft aus ihm entwichen.

»Tut mir leid, Kurt, aber ich habe die letzten Tage mit diesen Kerlen in einem Versteck zugebracht und ausschließlich von Pizza und chinesischem Fastfood gelebt. Ich fange wohl allmählich an durchzudrehen.«

Austin reichte Kane die Speisekarte.

»Da haben Sie ein wirksames Gegenmittel zu Ihrer Fastfood-Diät. Ich empfehle den *Psari Plaki,* Fisch auf athenische Art, *Tsatziki* und *Taramasalata* als Beilagen.«

Als Stavros die beiden Gläser Ouzo servierte, bestellte Austin zweimal die wohlschmeckende Fischplatte. Dann hob er sein Glas und sagte, während er Kane in die Augen blickte: »Auf die Entdeckung, die jeden Mann, jede

Frau und jedes Kind auf diesem Planeten beeinflussen wird.«

»Joe muss Ihnen von meinem Geständnis im Angesicht des Todes erzählt haben.«

»Er meinte, die Aussicht auf ein nasses Grab habe Ihnen bis zu einem gewissen Grad die Zunge gelöst.«

Kane presste die Lippen zu einem bitteren Grinsen zusammen.

»Ich vermute, ich schulde Ihnen eine Erklärung«, sagte er.

»Das denke ich auch«, sagte Austin.

Kane trank seinen Ouzo und seufzte genussvoll.

»Seit zwei Jahren bin ich Vorsitzender einer wissenschaftlichen Beratergruppe mit der aufschlussreichen Bennenung *Board of Marine Biology* … kurz *BOMB*«, sagte Kane. »Dieser Institution gehören einige der brillantesten Köpfe auf dem Gebiet der Meeresbiomedizin an. Wir arbeiten mit dem National Research Council zusammen und empfehlen der Regierung vielversprechende wissenschaftliche Entdeckungen.«

»Und was war Ihre so vielversprechende Entdeckung, Doc?«

»Etwa ein Jahr, nachdem ich mit dem Labor nach Bonefish Key umgezogen bin, stießen wir auf eine seltene Quallenart, die mit der Seewespe verwandt ist. Wir nannten sie die Blaue Meduse, weil sie ein erstaunlich helles blaues Leuchten erzeugte. Doch noch mehr war es das Gift, das diese Kreatur produzierte, das uns völlig umhaute.«

»Wie das, Doc?«

»Das Gift der Meduse war nicht tödlich, sondern es lähmte die Beute, so dass die Meduse sich stets einer lebendigen Nahrung bedienen konnte. Das ist in der Natur keine so ungewöhnliche Praxis. Spinnen und Wespen haben stets einen frischen Imbiss auf Lager.«

Austin deutete mit einem Kopfnicken auf das Hummerbecken des Restaurants.

»Menschen verfahren genauso.«

»Demnach verstehen Sie, was ich meine. Die Rinder und Schweine, die wir zu Steaks und Koteletts verarbeiten, erfreuen sich einer besseren medizinischen Versorgung als viele Menschen. Wir stopfen diese Tiere sogar mit Antibiotika und anderen Arzneien voll, um sie so gesund wie möglich zu halten, bis wir sie verzehren können.«

»Viehzucht und Tierhaltung sind nicht gerade mein Spezialgebiet, Doc. Was bezwecken Sie damit?«

»Das Toxin der Blauen Meduse ist die komplexeste natürlich erzeugte chemische Substanz, die mir je untergekommen ist. Sie erzeugt eine Barriere, die Pathogene auf Distanz hält. Die todgeweihte Beute erfreut sich bester Gesundheit, während sie darauf wartet, verzehrt zu werden.« Kane beugte sich über den Tisch und ließ die Stimme zu einem Flüstern herabsinken. »Stellen Sie sich nur einmal vor, wir könnten diesen Schutz einem Heilmittel für Menschen hinzufügen.«

Austin ließ sich Kanes Worte durch den Kopf gehen.

»Dann hätten Sie eine Pille gegen alle Leiden«, sagte Austin. »Also das, was die Quacksalber früher vollmundig als Allheilmittel angepriesen haben.«

»*Bingo!* Nur dass es kein Schwindelpräparat wäre. Uns stünde damit ein medizinisches Wundermittel zur Verfügung, das einige der schlimmsten Geißeln der Menschheit unwirksam machen könnte, nämlich die Krankheiten, die durch Viren erzeugt werden, vom ordinären Schnupfen bis zum Krebs.«

»Warum dann diese Geheimhaltung?«, fragte Austin. »Wenn die Menschen wüssten, dass Sie ein Allheilmittel entdeckt haben, würde Ihnen die Welt doch Denkmäler errichten.«

»Verdammt, Kurt, zuerst haben wir uns schon als Anwärter auf den Nobelpreis in Medizin betrachtet. Doch nachdem sich die erste Begeisterung gelegt hatte, erkannten wir, dass wir im Begriff waren, die Büchse der Pandora zu öffnen.«

»Von der pharmazeutischen Industrie und von den Versicherungen würden Sie sicherlich keine Dankesbriefe erhalten«, sagte Austin. »Aber auf lange Sicht bekämen wir eine gesündere Welt.«

»Es ist aber genau diese lange Sicht, die uns Sorgen bereitete«, sagte Kane. »Angenommen, wir stellen diesen Segen der Welt bedingungslos zur Verfügung. Ein uneingeschränkt verfügbares Allheilmittel geht in die Produktion. Die durchschnittliche Lebenserwartung steigt in astronomische Höhen. An Stelle von sechs Milliarden Erdbewohnern hätten wir schon bald zehn bis zwölf Milliarden. Stellen Sie sich vor, welche Folgen das für unsere Land-, Wasser-, Nahrungs- und Energieressourcen hätte.«

»Es käme zu Aufständen, Kriegen, gestürzten Regierungen und Hungersnöten.«

Kane spreizte die Hände, als sagte er *Voilá!*

»Und jetzt stellen Sie sich vor, was geschähe, wenn wir die Entdeckung geheim hielten.«

»Nichts bleibt für immer geheim. Irgendetwas würde heraussickern. Diejenigen, die keinen Zugang zu der Medizin hätten, würden sich gegen die wenden, die sie besitzen. Menschen mit lebensbedrohlichen Krankheiten würden die Rathäuser stürmen. Das nackte Chaos bräche aus.«

»Der Wissenschaftsrat ist zur gleichen Schlussfolgerung gelangt«, sagte Kane. »Wir steckten in einem Dilemma. Daher fertigten wir einen Bericht an, den wir der Regierung zukommen ließen. Dann schaltete sich das Schicksal ein. In China brach eine Epidemie aus, ausgelöst durch ein Influenza-Virus mit dem Potential, eine weltweite Pandemie in Gang zu setzen, die Millionen von Todesopfern fordern würde. Und jetzt raten Sie mal … Unser verrücktes kleines Labor hatte den Schlüssel zu dem Heilmittel, um diese Katastrophe zu verhindern.

»Die Blaue Meduse?«

»Jawohl.«

»Meinten Sie das, als Sie sagten, Ihre Forschung habe Auswirkungen auf den gesamten Planeten?«

Kane nickte.

»Wie sich gezeigt hat, stellt unsere Forschung die einzige Hoffnung dar, das Virus mit Aussicht auf Erfolg zu bekämpfen«, fuhr er fort. »Die Regierung übernahm das Labor, verriegelte die Türen und kam mit der chinesischen Regierung überein, die Forschung so lange geheim zu halten, bis wir eine synthetische Version dieser chemischen Substanz entwickelt hätten. Sie ließen zur Tarnung die Nachricht verbreiten, die Epidemie sei auf ein SARS-Virus zurückzuführen und daher kontrollierbar. Was aber nicht zutrifft. Es handelt sich um einen mutierten Erregerstamm, der noch virulenter ist als das Virus, das die Grippe-Pandemie von 1918 ausgelöst hat. In einem Jahr hat dieses Virus Millionen Menschenleben gefordert.«

Austin stieß einen leisen Pfiff aus.

»Angesichts der heutigen weltweiten Reisemöglichkeiten«, sagte er, »bedeutete die Zahl von 1918 nicht mehr als den Bruchteil der heutigen Opfer.«

»Diesmal, Kurt, geht es um den ganzen Planeten. Die Regierung erklärte unsere Forschungsergebnisse zur Geheimsache und machte sämtliche Labormitarbeiter zu Regierungsangestellten, damit jeder, der unbefugte Äußerungen von sich gibt, wegen Hochverrats belangt werden kann. Außerdem haben sie Vertreter des Weißen Hauses und des Militärs in den Wissenschaftsrat geschickt. Danach verlagerten sie den größten Teil der Forschung in ein geheimes Unterseelabor.«

»Warum ist man nicht auf Bonefish Key geblieben?«, fragte Austin.

»Viel zu öffentlich. Aber es gab auch praktische Gründe. Wir beabsichtigten eine größere Nähe zu unserem Forschungsobjekt. Die Blaue Meduse war früher weit verbreitet, doch mittlerweile kommt sie hauptsächlich nur noch in einem speziellen Tiefseegraben und in seiner näheren Umgebung vor. Und wir wollten unter strengster Quarantäne arbeiten. Wir haben eine stärkere Version der Meduse entwickelt, eine Art Superqualle, ein gefährliches Raubtier, das man nur ungern in seinem Swimmingpool antreffen möchte.«

»Wollen Sie damit andeuten, dass Sie da mit bösartigen … mutierten Lebensformen herumexperimentiert haben, Doc?«

»Im Grunde genommen, ja.«

»Was würde passieren, wenn sie in die freie Wildbahn gelangen?«

»Keine Sorge, es besteht keine Gefahr, dass sie die gesamte Biomasse der Weltmeere vernichten. Sie können sich nicht vermehren und würden am Ende absterben. Wir haben bei unseren Genmanipulationen sorgfältig darauf geachtet, dass die Möglichkeit der Vermehrung ausgeschlossen wird.«

»Trotzdem ist es wie ein Spiel mit Dynamit, Doc. Mutter Natur lässt sich nicht so gerne ins Handwerk pfuschen.«

»Ich weiß, ich weiß«, sagte Kane gepresst. »Aber wir standen von Seiten der Regierung unter enormem Druck. Wir benötigten größere Mengen des Toxins, um unsere Experimente zur Synthetisierung mit Aussicht auf Erfolg durchführen zu können, daher züchteten wir eben größere Medusen. Die veränderten Kreaturen waren um einiges aggressiver als die ursprünglichen – und die Wirksamkeit des Toxins, das sie hervorbrachten, übertraf alles bisher Dagewesene.«

»Ehe Sie auf die *Beebe* kamen, waren Sie in der Südsee«, stellte Austin fest. »Wurde das Labor dorthin gebracht?«

»Ja. Um genau zu sein, nach Mikronesien. Die Regierung benutzte ein Unterseeobservatorium, das von der Navy entwickelt wurde. Wir nennen es Davy Jones's Locker. Ich arbeitete gerade dort, als ich hörte, dass ich für die B3-Tauchfahrt nominiert worden war. Das Projekt stand dicht vor seinem Abschluss, daher übertrug ich meiner Assistentin Lois Mitchell die Leitung und nahm Urlaub. Den Rest kennen Sie.«

»Nur bis zu dem Punkt, als das Navy-Flugzeug Sie von der *Beebe* abholte.«

»Auf der Beebe wurde ich davon benachrichtigt, dass das geheime Labor etwa zum gleichen Zeitpunkt verschwand, an dem auch die B3 angegriffen wurde. Das Sicherheitsschiff, das das Labor beschützen sollte, wurde von einer Rakete, die möglicherweise von einem U-Boot abgeschossen wurde, schwer beschädigt. Der gesamte unterseeische Komplex aus Laborbereichen und Wohnquartieren sowie die gesamte Besatzung verschwanden vom Meeresgrund. Die Navy sucht noch immer danach.«

Austin starrte Kane kopfschüttelnd an.

»Sie stecken voller Überraschungen, Doc.« Stavros erschien mit ihrer Bestellung aus der Küche. »Warum erzählen Sie mir während der Vorspeise nicht ein wenig mehr darüber?«

Während sie sich von dem Fladenbrot bedienten, berichtete Kane von dem Angriff auf das Versorgungsschiff und beschrieb die Abdrücke, die auf dem Meeresboden zurückgeblieben waren. Als Kane von Austin wissen wollte, ob er eine Idee hätte, wie das Labor vom Fleck hatte bewegt werden können, meinte dieser, er würde Zavala mit diesem Problem konfrontieren. Dann hatte er noch eine eigene Frage.

»Wie weit war die Forschung fortgeschritten, als das Labor verschwand?«

»Wir hatten gerade die Mikroorganismen identifiziert, die die Substanz in der Qualle hervorbrachten. Damit standen wir kurz davor, die synthetisierte Version in größeren Mengen herstellen zu können. Wir wollten die klinischen Tests überspringen und uns mit Laborversuchen und Computermodellen zufriedengeben, während wir bereits mit der Auslieferung begannen. Anders hätten wir nicht genug Zeit gehabt. Wir mussten das Medikament in ausreichender Menge zur Verfügung haben, falls das Virus über die chinesische Grenze gelangte und sich in anderen Ländern ausbreitete.«

»Haben Sie mal darüber nachgedacht, wer vielleicht hinter dem Verschwinden des Labors stecken könnte?«, wollte Austin wissen.

»Ich wälze diese Frage schon seit Tagen in meinem Kopf herum. Alles, was ich mir damit aber eingehandelt habe, waren heftige Kopfschmerzen.«

»Sie erzählten, dass Ihr Versorgungsschiff mit einer Rakete ausgeschaltet wurde und die Rakete wahrscheinlich von einem U-Boot gestartet worden war. Nur eine Regierung oder eine große Organisation hätte die Mittel, um die Bathysphäre anzugreifen und das Labor von seinem Standort zu entfernen«, sagte Austin.

»Genau mein Gedanke. Daraus folgt aber, dass auch nur eine Regierung über die Mittel und Möglichkeiten verfügt, dieses Durcheinander zu entwirren. Ohne dieses Labor können wir gegen die Pandemie nichts ausrichten. Das Virus breitet sich in China aus. Sobald es dort städtische Regionen erreicht, wird es auch über die Landesgrenzen springen.«

»Die Navy muss Suchschiffe losschicken.«

»Sie durchkämmen das gesamte Gebiet. Die Leute, die hinter diesen Aktivitäten stecken, haben sicherlich mit einer Suche seitens der Navy gerechnet und sich dagegen gewappnet. Ein Vertreter des Weißen Hauses ließ bei einer unserer Konferenzen verlauten, er habe gehört, dass Präsident Sandecker wahre Lobeshymnen auf Sie singt, und ich habe Sie in Aktion gesehen, als die Bathysphäre schon so gut wie verloren war. Daher äußerte ich den Wunsch, mit Ihnen Kontakt aufzunehmen. Und da wären wir.«

»Und hier ist Ihr Abendessen«, sagte Austin.

Er bestellte zum Fisch einen Weißwein von der Insel Santorin. Während der nächsten halben Stunde unterhielt Austin seinen Gesprächspartner mit Berichten von seinen Tauchgängen in die Caldera der Insel und mit der Theorie, dass Santorin möglicherweise der Standort des sagenumwobenen Atlantis gewesen sei. Danach schob er seinen leeren Teller zurück und bestellte sich einen Vanillepudding und einen starken griechischen Kaffee.

»Und?«, fragte Kane erwartungsvoll.

»Ich tue, was ich kann, aber Sie müssen mir gegenüber völlig offen sein, Doc. Sie sollten nichts zurückhalten. Und ich muss mich jederzeit mit Ihnen in Verbindung setzen können.«

»Sie haben meine volle Unterstützung, Kurt.« Er blickte zu seinen Leibwächtern hinüber. »Meine Babysitter gucken schon böse. Ich muss mich verabschieden. Sie glauben, dass irgendwo eine ganze Armee von Attentätern darauf wartet, mich endlich aus dem Weg räumen zu können.«

»Seien Sie nicht zu streng mit ihnen, sie wollen Sie nur am Leben halten. Ich zahle das Essen.«

Kane notierte noch eine Nummer, wo er zu erreichen war. Dann sah Austin dem Wissenschaftler aufmerksam nach, als er das Restaurant mit den beiden Männern im Schlepptau verließ. Schließlich nahm er von Stavros die Rechnung entgegen.

Lieutenant Casey wartete vor dem Restaurant im Geländewagen der Navy. Diesmal stieg Austin unaufgefordert ein.

»Schön, Sie wiederzusehen, Lieutenant.«

Casey reichte ihm ein Telefon, Sandeckers Stimme drang krächzend heraus.

»Hat Dr. Kane Sie ins Bild gesetzt, Kurt?«

»Er hat mir von der Erforschung der Blauen Meduse und dem verschwundenen Labor berichtet.«

»Gut. Diese Affäre wird noch völlig außer Kontrolle geraten, wenn wir das Labor nicht bald finden und diesen Impfstoff nicht in die Finger bekommen. Sie müssen Davy Jones's Locker finden. Dafür stelle ich Ihnen die gesamte Navy zur Verfügung.«

»Wie viel Zeit haben wir, Admiral?«

»Die Computer der CDC kommen zu dem Ergebnis, dass das Virus in zweiundsiebzig Stunden von Mitternacht an gerechnet in den größeren Städten Chinas zuschlagen wird. Danach dauert es nur noch ein paar Wochen, bis es sich auf der ganzen Welt verbreitet hat.«

»Demnach bleibt uns also noch etwas Zeit.«

»Kaum. Wenn das Virus erst einmal die Grenzen Chinas überschritten hat, ist es nicht mehr aufzuhalten. Der Präsident hat bereits die Nationalgarde mobil gemacht, damit er den nationalen Notstand ausrufen kann.«

»In diesem Fall nehme ich jede Hilfe an, die Sie mir anbieten, Sir.«

»Wenn Sie mehr brauchen, wenden Sie sich an Casey oder direkt an mich. Halten Sie sich nicht mit irgendwelchen Dienstwegen auf.« Seine Stimme wurde leiser, eindringlicher. »Viel Glück, Kurt. Und passen Sie auf Ihren liebeshungrigen mexikanischen Freund auf.«

Austin gab das Telefon zurück.

»Wann brechen wir auf, Lieutenant?«

»Ich hol Sie ab, so dass wir um drei Uhr früh am Flughafen sind.« Er hielt kurz inne, dann meinte er: »Nur damit Sie es wissen, ich habe eine Frau und zwei Kinder, Kurt. Ich habe gehört, dass es keine Möglichkeit mehr geben wird, sie zu schützen, wenn dieses verdammte … Zeug erst die USA erreicht hat.«

»Das sind drei gute Gründe, um sich zu beeilen.«

Austin vereinbarte mit Casey, dass sie sich in ein paar Stunden treffen sollten, und stieg vor dem NUMA-Turm aus dem Wagen. Auf dem Weg zu seinem Büro, um die Pyramid-Akte zu holen, wählte er Zavalas Nummer, erhielt jedoch keine Antwort. Das überraschte ihn nicht. Möglich, dass sein Freund zu dem Überwachungsteam gestoßen war und nicht reden konnte. Austin hinterließ ihm eine Nachricht mit der Bitte, so bald wie möglich zurückzurufen.

Austin klemmte sich die Akte unter den Arm, betrat den Lift und fuhr dann in den fünfzehnten Stock hinauf. Er folgte dem Korridor bis zu einer Tür mit der Aufschrift NUMASAT und betrat einen matt erleuchteten Raum, der von einer breiten gekrümmten Wand aus flackernden Fernsehschirmen beherrscht wurde. Die Bildschirme lieferten Informationen, die das Satellitensystem der NUMA aufzeichnete. Es war ein recht komplexes Netzwerk, das Einzelheiten über die Weltmeere sammelte und sie dann Wissenschaftlern und Universitäten zur Verfügung stellte.

Der Chef dieses Kommunikationsnetzes war ein genialer Exzentriker namens Jack Wilmut, der das System von einer ausgeklügelten Konsole in der Mitte des Raums, umgeben von Workstations, überwachte. Von seinem Platz aus konnte er jedes Forschungsprojekt, jedes Schiff und jeden im Einsatz befindlichen Mitarbeiter der NUMA verfolgen. Er sah Austin auf sich zukommen, und ein Lächeln erschien auf seinem rundlichen Gesicht.

»Das ist aber eine Überraschung, dich hier in der Zentrale anzutreffen, Kurt.«

Austin schob einen Stuhl zur Konsole.

»Mach keine Witze, Jack, du könntest in einer Sekunde feststellen, wo ich mich gerade aufhalte. Du musst mir einen Gefallen tun. Ich habe den Kontakt zu Joe verloren. Kannst du ihn mal suchen?«

Wilmut ordnete die kunstvoll über seine Halbglatze gekämmten Haarsträhnen.

»Wahrscheinlich treibt er sich in Washington herum, bestimmt in irgendeinem Freudenhaus«, sagte er. Als er an

Austins konsternierter Miene erkannte, dass es ihm todernst war, fügte er mit Nachdruck hinzu: »Ich tue mein Bestes. Was hat er denn?«

»Da wäre erst einmal ein Transmitter in seiner Corvette.«

»Das ist einfach«, sagte Wilmut.

Er tippte auf einige Tasten seines Keyboards und Sekunden später zeigte der Bildschirm einen blinkenden roten Stern auf einem Stadtplan von Falls Church. Die genaue Ortsbezeichnung erschien in einer Box neben dem Stern.

»Der Wagen steht im Eden Center. Wahrscheinlich hat er dort angehalten, um sich einen vietnamesischen Imbiss zu genehmigen.«

Das Eden Center war ein Komplex mit Geschäften und Restaurants, die vorwiegend von der vietnamesischen Bevölkerung von Falls Church frequentiert wurden.

»Er mag keine vietnamesische Küche«, sagte Austin. »Such mal sein Telefon.«

Wilmut fand Zavalas Mobiltelefon mit Hilfe seines GPS-Chips.

Ein zweiter blinkender Stern erschien in den Außenbezirken der Stadt, mehrere Meilen vom ersten entfernt. Wilmut vergrößerte den betreffenden Ausschnitt des Stadtplans und rief dann das zugehörige Satellitenbild auf. Der Stern befand sich auf einem von zwei Dutzend Rechtecken. Offenbar waren das die Dächer großer Gebäude. Wilmut vergrößerte nun den Bildausschnitt.

»Sieht aus wie ein Gewerbepark«, sagte er. »Alle Gebäude sind sich ziemlich ähnlich.«

»Ich brauche eine Adresse«, sagte Austin.

Wilmut drückte auf einen Knopf, und auf dem Bildschirm erschien in großen Lettern: GOOD LUCK FOR-

TUNE COOKIE COMPANY. Er musste lachen und sagte dann: »Offenbar mag er chinesische Küche.«

Austin bedankte sich bei Wilmut und fuhr mit dem Lift in die Garage hinunter, um seinen Jeep Cherokee zu holen. Während er am Potomac entlangfuhr, fand er Caitlins Nummer in seinem Verzeichnis. Sie erkannte seine Stimme sofort.

»Das muss meine Glückswoche sein«, sagte sie. »Die beiden attraktivsten Männer der NUMA wollen mich sprechen. Wie geht es Ihnen, Kurt?«

»Ich mache mir wegen Joe ein wenig Sorgen. Wissen Sie etwas über eine Überwachungsaktion der asiatischen Abteilung des FBI, an der Charlie Yoo beteiligt ist?«

»Da läuft nichts, Kurt. Charlie ist Gast des Bureau. Er wird nach unserem freien Ermessen über Sondereinsätze informiert – und so etwas ist bei uns im Augenblick nicht geplant.«

»Das hab ich mir schon gedacht«, sagte Austin. »Danke für Ihre Hilfe, Caitlin.«

»Was zum Teufel –«

Austin schaltete aus, und die unbeendete Frage verhallte im Äther. Mit nur einer Hand am Lenkrad programmierte er schnell die Adresse, die Wilmut ihm genannt hatte, in das bordeigene GPS-System.

Als Nächstes griff er in eine Halterung unter seinem Sitz, holte das Holster mit seinem Bowen Revolver hervor und legte es neben sich auf den Beifahrersitz. Dann rammte er den Fuß aufs Gaspedal.

27

Dooleys Vintage Single-wide Mobile Home auf einem Pine-Island-Kanal war kein Fünf-Sterne-Hotel, doch es hatte eindeutige Vorzüge, die das Four Seasons nicht bieten konnte.

Pine Island war einige Meilen von Bonefish Key entfernt. Der Trailer bot einen Meerblick. Und da saß Dooley Green in einem Deckstuhl am Ende eines baufälligen Anlegestegs, Zigarrenstummel zwischen den Zähnen, eine 16-gauge Schrotflinte im Schoß, wachsam nach Verdruss Ausschau haltend.

Dooley verließ sich auf seine profunden Kenntnisse der örtlichen Gewässer und hatte direkten Kurs aufs Festland genommen. Er hatte die Positionslichter seines Bootes ausgeschaltet gelassen, bis er in einen Kanal einbog, der mit Mobile Homes gesäumt war. Während sich das Boot an den Kai heranschob und Dooley den Motor ausschaltete, stellte Gamay Paul zur Rede.

»Bevor ich vor Neugier platze, verrate mir doch bitte, wie du es geschafft hast, von einer Küste zur anderen zu gelangen und im genau richtigen Moment aufzutauchen, um die Prinzessinnen in der Not zu retten. Du solltest doch eigentlich erst in zwei Tagen hier sein.«

»Kurt rief an und meinte, er hätte dich möglicherweise unwissentlich in Gefahr gebracht. Ich konnte dich per Mobiltelefon nicht erreichen, also habe ich die Seminare verschoben und bin sofort nach Florida geflogen.«

»Und wie bist du auf Dooley gestoßen?«

»Noch mehr Glück: Er ist auf mich gestoßen«, sagte Paul. »Ich war in der Marina von Pine Island auf der Suche nach einer Möglichkeit, schnell nach Bonefish Key zu kommen, sah bei den Booten nach und hoffte inständig, jemand hätte den Zündschlüssel stecken lassen, als Dooley mich entdeckte und fragte, was ich vorhätte. Als ich deinen Namen nannte, bot er sofort an, mich nach Bonefish zu bringen. Dort stellte er dann fest, dass die beiden Paddelboote verschwunden waren … und rechnete sich aus, wo du sein könntest.

»Danke, Dooley«, sagte Gamay. Sie hauchte ihm einen Kuss auf die Wange. »Sicherlich fragen Sie sich, was das alles zu bedeuten hat.«

»Hier lernt man schnell, dass es gesünder ist, sich um seine eigenen Angelegenheiten zu kümmern, Dr. Gamay, aber ich gebe zu, dass ich schon ganz gerne wüsste, was hier eigentlich los ist.«

»Da sind Sie nicht der Einzige.«

Gamay sah zu Song Lee hinüber, die während der Fahrt zum Festland zusammengekauert auf ihrem Platz gesessen hatte.

Dooley machte das Boot fest und ging voraus zu seinem Trailer. Er holte ein Sechserpack Cola Light aus dem Kühlschrank, verteilte drei Dosen unter seinen Gästen und öffnete eine Tüte Goldfish-Kräcker. Dann holte er wortlos seine Schrotflinte aus einem abgeschlossenen Schrank. Mit der 16-gauge Flinte unterm Arm und dem Rest des Sechserpacks in der anderen Hand spazierte er auf den Kai hinaus.

Song Lee und die Trouts zogen sich in den Trailer zurück und versammelten sich um einen verchromten Küchentisch. Die Wissenschaftlerin trank sofort von ihrer Coca Cola und starrte ins Leere.

Gamay spürte, dass Lee von dem Ausmaß an Gewalt, das sie erlebt hatte, unter Schock stand.

»Es ist okay, Dr. Lee«, sagte sie. »Sie sind jetzt in Sicherheit.«

Lee wandte den Kopf, und Gamay sah in ihren Augen Tränen glitzern.

»Ich bin Ärztin«, sagte Lee. »Ich soll doch Leben *retten*, sie aber nicht zerstören.«

»Sie haben *unsere* Leben gerettet«, sagte Gamay. »Dieser Mann und seine Freunde hätten uns beide getötet.«

»Das weiß ich. Trotzdem ...«

»Sie haben keine Idee, wer sie sein könnten?«, fragte Paul.

Lee wischte die Tränen mit dem Handrücken ab.

»Er sagte, er habe mich schon tagelang beobachtet«, antwortete sie. »Er hatte schon auf mich gewartet, als ich das Boot am Strand zurückgelassen hatte, und zwang mich dann, ihn zum Haus zu begleiten. Wir warteten dort auf irgendwelche Leute, die mich abholen und wegbringen wollten. Ich flehte ihn an. Wir diskutierten. Und dann schnappte ich mir das Messer und flüchtete.«

Gamay legte eine Hand auf Lees Arm.

»Ich denke, Sie sollten lieber ganz von vorne anfangen«, sagte Gamay.

Lee trank ihre Coca Cola wie ein durstiger Hafenarbeiter, dann begann sie mit ihrer Geschichte.

Sie war in einem ländlichen Bezirk in China geboren worden, hatte auf der Schule eine besondere Begabung für Naturwissenschaften gezeigt und mit einem Stipendium der chinesischen Regierung in den Vereinigten Staaten studiert. Dann hatte sie aus erster Hand die schrecklichen Folgen der Krankheit unter den ärmeren Bürgern in China beobachten können und wollte etwas dagegen tun. An der Harvard Medical School spezialisierte sie sich in Immunologie und absolvierte ihre praktische Ausbildung im Massachusetts General Hospital.

Nach ihrer Rückkehr nach China fand sie in einem Regierungsprogramm Arbeit, das die Verbesserung des allgemeinen Gesundheitszustands von Slumbewohnern zum Ziel hatte. Die Maßnahmen hatten eine erhöhte Prävention zum Ziel und sorgten dafür, dass die Leute geimpft wurden und dass die möglichen Krankheitsquellen im Wasser und in der Luft beseitigt wurden. Ihre Erfolge verschafften ihre eine Stellung in einem Krankenhaus, wo sie zu der Zeit tätig war, als die SARS-Epidemie ausbrach.

Schließlich erzählte Lee, wie sie aufs Land verbannt wurde, nachdem sie die Reaktion der Regierung auf die SARS-Seuche kritisiert hatte, und dann von ihrer Rehabilitation und ihrer Mission auf Bonefish Key, um an der Entwicklung eines Impfstoffs mitzuarbeiten, und zwar auf der Basis eines Meereslebewesens und gegen einen neuen Virenstamm.

»Die Blaue Meduse?«

»Richtig.« Sie schien überrascht zu sein. »Sie ist mit der hochgiftigen Seewespe verwandt. Woher wissen Sie darüber Bescheid?«

»Ich habe Dr. Mayhew bearbeitet, bis er mir das Forschungslabor zeigte.«

»Ich bin verblüfft, das er Ihnen gestattet hat, sich dort umzusehen«, sagte Song Lee. Sie starrte Gamay an, als sehe sie sie zum ersten Mal. »Mir wird soeben bewusst, dass ich gar nicht weiß, wer Sie eigentlich sind.«

»Ich bin Meeresbiologin bei der NUMA. Ich kam nach Bonefish Key, weil ich mich für Meeresbiomedizin interessiere.«

»So wie es aussieht, hatten Sie aber mehr Interesse an *mir*«, sagte Lee.

»Manchmal ergeben sich die Dinge einfach ...«, sagte Gamay.

Lee lächelte.

»Sie klingen wie ein chinesischer Philosoph, Dr. Trout. Wie dem auch sei, ich bin dankbar für Ihr Interesse, sonst wäre ich jetzt nicht hier.«

»Dr. Mayhew deutete an, die Blaue Meduse sei eine neue Art.«

»Das ist richtig. Größer und aggressiver als die Seewespe. Nachdem die Forschung ins neue Labor verlegt wurde, wollten sie durch Genmanipulation ein noch stärkeres Toxin herstellen.«

»Ich hatte gar keine Ahnung, dass es noch ein anderes Labor gab«, sagte Gamay.

»Es war auch geheim. Sie nannten es Davy Jones's Locker. Dr. Kane und Lois Mitchell, seine Assistentin, verließen Bonefish Key und nahmen eine Anzahl Wissenschaftler und Techniker dorthin mit. Dr. Mayhew blieb mit dem restlichen Personal zurück, um zu gewährleisten, dass die ursprüngliche Forschungsarbeit fortgesetzt wurde. Ich beschäftigte mich mit der möglichen Ausbreitung des Virus und damit, wie man es am besten eindämmen konnte.

»Wie groß war die Wirksamkeit des Medikaments, das aus dem Toxin gewonnen wurde?«, wollte Paul wissen.

»Zuerst nur begrenzt«, sagte Lee. »Das Toxin der Meduse ist äußerst unberechenbar. Schon die winzigste Menge könnte einen Menschen töten … und anfangs starben tatsächlich mehr Versuchstiere, als geheilt wurden. Dann erzielten wir einen bedeutenden Durchbruch, als wir die molekulare Struktur der Mikrobe, die das Toxin produziert, identifizierten. Wir standen dicht vor seiner Synthese. Der nächste Schritt wären klinische Tests gewesen.«

Song Lees Lider waren schwer geworden, während sie sprach, und Gamay empfahl ihr, sich auf dem Sofa auszustrecken. Dann verließen sie und Paul den Trailer und traten in die warme Floridanacht hinaus.

»Vielen Dank, dass du uns gerettet hast, edler Ritter«, sagte Gamay.

»Tut mir leid, dass Dooley und ich erst so spät kamen«, sagte Paul. »Was hältst du von Song Lees Geschichte?«

»Ich weiß mit Sicherheit, dass sie den Mann, den sie getötet hat – oder auch seine schießwütigen Freunde –, nicht erfunden hat, daher nehme ich an, dass ebenso alles andere, was sie erzählt, der Wahrheit entspricht.«

»Ich rede mal mit Dooley. Vielleicht kann er die Lücken füllen.«

Als sich Trout dem Kai näherte, roch er Zigarrenrauch, ehe er Dooley sah. Trout wollte etwas sagen, aber Dooley gab ihm ein Zeichen zu schweigen. Trout lauschte und hörte das leise Brummen eines Motors auf dem Kanal. Dooley zertrat den Zigarrenstummel, griff nach Trout und zog ihn hinter einen Stapel Fischkisten in Deckung.

Das Motorengeräusch kam näher, und ein Boot schob sich in den Kanal. Es bewegte sich im Kriechtempo vorwärts, wobei sein Suchscheinwerfer hin und her schwenkte, bis es das Ende des Kanals erreichte, wendete und wieder Kurs aufs offene Wasser nahm.

Dooleys Schrotflinte folgte dem Boot, bis sein Motor

nicht mehr zu hören war. Dann zündete er sich eine frische Zigarre an.

»Ich halte weiter Wache, aber ich denke allerdings schon, dass es doch besser wäre, wir würden Dr. Lee von hier fortbringen«, sagte er.

»Dem kann ich nicht widersprechen«, gab Trout ihm recht.

Trout kehrte zum Trailer zurück. Während er Gamay von dem verdächtigen Boot berichtete, summte sein Mobiltelefon. Er warf einen Blick auf die Anrufer-ID. Kurt rief an, um sich nach Gamay zu erkundigen.

»Ich bin jetzt in Florida«, sagte Trout. »Gamay geht es gut. Aber wir hatten Ärger vor Bonefish Key.«

»Welchen Ärger?«

»Gamay wurde zusammen mit einer Wissenschaftlerin von Bonefish Key angegriffen. Eine Dr. Song Lee, die sich mit der sogenannten Blauen Meduse befasst.«

»Ich möchte mich persönlich mit Dr. Lee unterhalten«, sagte Austin. »Die NUMA soll schnellstens ein Flugzeug runterschicken, um euch abzuholen. Joe und ich verlassen die Stadt in ein paar Stunden. Wir treffen uns am Flughafen.«

»Ich werde mich sofort darum kümmern.«

»Danke. Du musst mir noch einen Gefallen tun.« Er nannte Trout eine Telefonnummer. »Ruf Cate Lyons an, Joes Freundin beim FBI, und entschuldige dich bei ihr für mich, dass ich ihr so abrupt das Wort abgeschnitten habe. Sag ihr, ich sei unterwegs zur Glückskekse-Fabrik in Falls Church. Ich muss los.«

Kurz darauf übermittelte Trout Austins Nachricht an Lyons, die sich bedankte. Während er die Nummer des NUMA-Reisedienstes wählte, sagte er: »Wir fliegen heute zurück nach Washington. Kurt möchte so bald wie möglich mit Song Lee sprechen.«

Gamay schüttelte den Kopf.

»Kurts Instinkt war mal wieder genau richtig«, sagte sie. »Er meinte, ich solle auf alles achten, was mir auf Bonefish Key komisch vorkommt.«

»Viel komischer kann es eigentlich nicht mehr werden«, sagte Paul.

Gamay betrachtete die schlafende Chinesin und dachte daran, wie knapp sie auf dem gestrandeten Boot dem Tod entronnen waren. Dann sah sie die ernste Miene ihres Mannes.

»Wenn es aber so komisch ist«, meinte sie, »warum lacht dann niemand?«

28

Ein paar Minuten vor seinem Telefonat mit Trout war Austin an der Corvette vorbeigefahren, die neben dem Glockenturm des Eden Centers parkte. Er dachte sich, dass Zavala gute Gründe haben musste, sein Schmuckstück unbewacht dort stehen zu lassen. Dann fuhr er zum Wilson Boulevard und fädelte sich in den schwerfällig dahinkriechenden Verkehr ein. Nach und nach wurden die Einkaufszentren und Wohnviertel spärlicher, und am Ende rollte er durch ein Gewerbegebiet.

Sein GPS-Gerät zeigte an, dass er noch etwa einen Block von seinem Ziel entfernt war. Da er davon ausging, dass ein türkisfarbener Cherokee unnötig Aufmerksamkeit erregen würde, parkte Austin in einer Gasse zwischen zwei Industriebauten. Zu Fuß erreichte er die Einfahrt der Glückskekse-Fabrik. Der Parkplatz war leer, das einzige Licht kam von einer Lampe über der Tür zum Verwaltungsbüro.

Das Tor war verriegelt. Austin ging an einem Maschendrahtzaun entlang zum Hintereingang. Er drückte das Tor auf und begab sich zur hinteren Laderampe, die von einer einzigen Glühbirne erhellt wurde. Dabei hielt er sich so gut es ging im Schatten des Gebäudes.

Er fragte sich, ob er überhaupt an der richtigen Adresse war. Seine Zweifel verflogen allerdings, als eine Gestalt hinter einem Abfallcontainer hervortrat und Austin mit einer grellen Taschenlampe blendete.

Eine tiefe Stimme befahl: »Keinen Schritt weiter, Soldat. Und schön die Hände hoch.«

Austin blieb wie angewurzelt stehen und gehorchte. Er spürte eher, als dass er sah, wie jemand hinter ihn trat. Dann bemerkte er schon, wie seine Pistole aus dem Holster gezogen wurde.

»Schon besser«, sagte die Stimme. »Umdrehen … aber langsam. Ich warne Sie. Diese Typen nennen sich Ghost Devils – und das sind sie auch. An Ihrer Stelle würde ich mich nicht mit denen anlegen.«

Mindestens ein halbes Dutzend Gestalten waren aus den Schatten aufgetaucht.

»Sind Sie ein Geist oder ein Teufel?«, fragte Austin.

Der Mann kam näher.

»Nur jemand, der seinen Job erledigt. Der Name ist Phelps.« Er richtete die Taschenlampe auf sein eigenes Gesicht, das mit seinem Grinsen einer Halloween-Maske glich. »Hier wimmelt es von Kameras. Nicht mal eine Motte käme hier unbemerkt rein. Wir beobachten Sie, seit Sie vor dem Tor aufgetaucht sind. Vielen Dank, dass Sie es mir so leicht gemacht haben.«

»Es war mir ein Vergnügen. Aber woher wollen Sie wissen, dass ich mich nicht ganz bewusst schnappen ließ?«

»Ich weiß es nicht, deshalb sind wir ja auch so vorsichtig.«

»Wo ist Joe?«, wollte Austin wissen.

Phelps richtete die Taschenlampe auf das Tor der Laderampe.

»Dort entlang«, befahl er.

Das Tor glitt auf. Phelps ging voraus, stieg die Treppe zur Rampe hinauf und dirigierte Austin durch das Tor ins dunkle Lagerhaus hinein. Phelps betätigte einen Schalter, und das Innere des Gebäudes wurde in grelles Licht getaucht. Der Raum war leer bis auf einen Stapel zerdrückter Pappkartons vor einer Wand und zwei Stühlen, die nebeneinander vor einer Projektionsfläche standen.

»Das Geschäft mit den Glückskeksen läuft offenbar nicht so gut«, stellte Austin fest.

»Das ist nur eine Tarnung«, sagte Phelps. »Gewöhnlich werden hier über die Grenze geschmuggelte Ausländer untergebracht. Außerdem dürfte Ihr Vorrat an Glück erschöpft sein. Die Leute, für die ich arbeite, sind ganz und gar nicht erfreut über Sie.«

Austin hätte ihm sicher darin zugestimmt, dass seine Aussichten auf ein langes Leben in diesem Augenblick ziemlich trübe waren. Außer von Phelps wurde er von den Asiaten in Schach gehalten, alles Männer Mitte zwanzig: in schwarzen Trainingsanzügen und Turnschuhen. Sie hatten sich rote Halstücher um die Köpfe gebunden und sahen gefährlich unberechenbar aus. Aber so großspurig, wie sie mit ihren Waffen herumhantierten, schienen sie auch nicht viel von Disziplin zu halten.

Phelps war ein hochgewachsener Mann Ende vierzig. Er trug Jeans, Doc-Martens-Stiefel und ein schwarzes T-Shirt, das seine sehnigen Arme überzeugend zur Geltung brachte. Sein Kopf wurde von einer Baseballmütze der U.S. NAVY SEALS bedeckt. Und jetzt hatte er Austins Bowen Revolver in der Hand und betrachtete ihn bewundernd.

»Ein schönes Stück«, sagte er.

»Danke. Wann bekomme ich ihn zurück?«

Phelps lachte glucksend und schob die Pistole in ihr Holster, das er an seinem Gürtel befestigte. Er sah auf die Uhr und rief zwei Ghost Devils etwas zu. Sie verschwanden durch eine Tür im vorderen Teil des Gebäudes und kamen kurz darauf mit Zavala zurück. Sie stießen ihn zu einem der Stühle hinüber und dirigierten Austin auf den anderen. Beide Männer wurden mit Handschellen an die Armlehnen gefesselt.

Zavalas Gesicht war mit getrocknetem Blut verklebt, aber er brachte dennoch ein Lächeln zustande, als er Austin entdeckte.

»Hi, Kurt, nett von dir, dass du die Party gestört hast. Sollen wir wieder verschwinden?«

»Da musst du Mr Phelps fragen. Bist du okay?«

»Charlie Yoo hat mich ausgetrickst, und einige dieser Typen haben mein Gesicht als Punchingball missbraucht, aber soweit ich feststellen kann, ist nichts gebrochen.«

»Wir dürfen nicht vergessen, uns bei ihnen für ihre Gastfreundschaft zu revanchieren.«

Zavala verzog die blutigen Lippen zu einem Grinsen.

»Das mag ich so an dir, Kurt. Dein Glas ist immer halb voll. *Au* –«

Im Lagerhaus wurde es in diesem Augenblick dunkel, und die beiden Männer waren von nahezu undurchdringlicher Schwärze umgeben. Nach einem kurzen Moment flammte direkt über ihnen ein Scheinwerfer auf: Sie saßen in einem weißen Lichtkegel. Dann flammte ein zweiter Scheinwerfer etwa fünfundzwanzig Fuß von der Stelle entfernt auf, wo sie saßen.

Die Projektionswand war verschwunden. Dafür war ein Tisch zu sehen, der in ein grünliches Flimmern getaucht war. Hinter dem Tisch saß eine Frau, die die beiden Männer der NUMA zu betrachten schien. Bekleidet war sie mit einem dunkelroten zweiteiligen Kostüm, ein Umhang gleicher Farbe bedeckte ihre Schultern. Ihr dunkles Haar war in der Mitte gescheitelt, und hohe geschwungene Augenbrauen umrahmten eurasische Gesichtszüge.

Austin starrte sie ungläubig an.

»Das ist ja völlig verrückt«, flüsterte er, »aber ich kenne sie. Das ist doch … die *Drachenlady*.«

»Ich habe schon hässlichere Drachen gesehen. Warum stellst du mich ihr nicht vor?«

»Ich weiß nicht, ob ich das kann, Joe. Die Drachenlady war … keine reale Person.«

Zavala drehte sich um und musterte Austin, als habe er den Verstand verloren.

»Ich bin es doch, dessen Gehirn herumgestoßen wurde«, sagte Zavala. »In meinen Augen sieht sie ganz schön real aus.«

»Das finde ich auch, Joe, aber die Drachenlady war eine Figur in einem Comicstrip. *Terry und die Piraten* … Die sprichwörtliche *femme fatale*. Mein Vater hat mir immer daraus vorgelesen, als ich ein Kind war. Sie hat immer eine Menge Ärger verursacht. Verdammt. Wie hieß sie noch?«

Die Lippen der Frau verzogen sich zu einem Lächeln.

»Mein Name ist *Lai Choi San*«, sagte sie mit einer Stimme, die verführerisch geklungen hätte, wenn sie nicht bar jeden Gefühls gewesen wäre. »Bravo, Mr Austin. Nur wenige Leute wissen, dass ich überhaupt einen anderen Namen habe. Auf dieses Zusammentreffen habe ich mich schon gefreut.«

»Ich wünschte, ich könnte das Gleiche behaupten«, erwiderte Austin. »Nun, da wir so gute Freunde sind, können Sie uns vielleicht verraten, weshalb Sie uns hierher eingeladen haben.«

Er konnte kaum fassen, dass er sich ernsthaft mit einer Comicstrip-Figur unterhielt. Als Nächstes schwatzte er vielleicht noch mit Roger Rabbit.

»Zuerst einmal möchte ich, dass Sie mir mitteilen, wo Dr. Kane sich zurzeit aufhält«, sagte sie.

Austin zuckte die Achseln.

»Kane steht unter dem Schutz der Regierung. Ich kann Ihnen nicht sagen, wo sie ihn festhalten. Offenbar trachtet ihm jemand nach dem Leben.«

»*Tatsächlich?*«, gurrte sie. »Wer möchte dem brillanten Doktor denn so etwas Schreckliches antun?«

»Dieselben Leute, die das Labor entführt haben, das aus dem Gift der Meduse einen Impfstoff entwickelt hat.«

Die Frau starrte ihn mit brennenden Augen an, und ihr Gesicht schien tatsächlich vor Zorn zu leuchten. Austin hielt dies jedoch lediglich für einen optischen Trick.

»Was Sie aber nicht wissen«, sagte sie, »ist, dass Pyramid das neue Virus *geschaffen* hat. Unsere pharmazeutische Abteilung experimentierte mit einem Influenza-Impfstoff für den Weltmarkt und produzierte unabsichtlich einen noch virulenteren und anpassungsfähigeren Stamm. Sie wollten ihn zwar vernichten, aber klügere Köpfe haben das verhindern können.«

»Warum haben diese klügeren Köpfe die Ausbreitung des Virus nicht unterbunden?«

»Das war ein Unfall, etwas, das wir gerne vermieden hätten, bis uns das Gegenmittel zur Verfügung stand, das wir natürlich zuerst an die Mitglieder meiner Organisation verteilt hätten. Sehen Sie, das Virus passte hervorragend in unseren Plan, die Regierung zu destabilisieren. Schon die SARS-Epidemie hätte beinahe den Sturz unserer Führungspersonen ausgelöst. Stellen Sie sich nur einmal vor, wie die Öffentlichkeit auf ihre Unfähigkeit, ein noch tödlicheres Virus in den Griff zu bekommen, reagieren würde. Die Menschen dürften miterleben, wie Pyramid auf den Plan tritt und die ganzen Massen heilt. Im Gegenzug würden wir an Macht und Reichtum gewinnen. Wir würden die chinesische Regierung ablösen.«

»Ist Ihnen eigentlich klar, dass das Virus in zwei Tagen Ihre größeren Städte erreicht?«

»Es war nur eine Frage der Zeit, ganz gleich, was die Regierung unternimmt. Je mehr, desto besser.«

Austin starrte die Erscheinung an.

»Sie sind bereit, Tausende Ihrer Landsleute sterben zu lassen, nur um der Regierung Ärger zu bereiten?«, fragte er.

»Sie wissen sehr viel und doch sehr wenig«, sagte sie. »Was bedeutet es schon, wenn wir ein paar Hundert oder sogar ein paar Millionen Chinesen töten? Wir haben doch eine Milliarde Menschen. Eine Epidemie wäre für die Bevölkerungskontrolle sehr viel wirksamer als die Ein-Kind-pro-Paar-Regel.«

»Sie werden das Virus niemals unter Kontrolle halten können, nicht einmal mit dem Impfstoff, an dem das Labor gearbeitet hat. Es wird viel zu schnell weiterwandern. In gut einer Woche dürfte es sich in jedem Land der Erde festgesetzt haben.«

»Meinen Sie nicht, dass der Tod von Millionen für die Leute das überzeugendste Argument ist, unseren Impfstoff zu kaufen?«, fragte sie. »Betrachten Sie das Ganze als Marketing- und Werbeaktion.«

»Sie sind doch vollkommen wahnsinnig, wenn Sie glauben, dass ein solches Vorhaben gelingen wird«, sagte er.

»Es ist unsere Regierung, die wahnsinnig ist. Pyramid gehört seit Generationen zu unserer Familie. Frühere Regierungen, die versucht haben, unsere Organisation zu zerstören, haben dafür einen hohen Preis bezahlt. Wir waren schon hier, lange bevor unsere so genannten Führer auch nur geboren wurden. Wir lassen uns nicht in den Mülleimer der Geschichte werfen.«

Die Gestalt am Tisch schien zu glühen, während sie in eine Hasstirade gegen die chinesische kommunistische Regierung verfiel, weil sie die Frechheit besaß, sich mit einer Organisation anzulegen, deren Wurzeln mehrere Hundert Jahre in die Vergangenheit zurückreichten.

Zavala hatte die Frau wie gebannt angestarrt.

»Kurt«, flüsterte er, »ich kann durch sie hindurchschauen. Achte mal auf ihren rechten Arm.«

Austin konzentrierte sich auf den rechten Arm, der sich bewegte. Durch den Stoff ihres weit geschnittenen Seidenärmels konnte er gelegentlich die Struktur der Backsteinwand hinter ihr erkennen.

»Du hast recht«, sagte er. »Sie ist lediglich eine Projektion, ebenso wie Max.« Damit nannte er den Namen, mit dem Hiram Yeager die von seinem interaktiven Computer erzeugte holographische Darstellung bezeichnet hatte.

Die Drachenlady bemerkte Austins spöttisches Grinsen und unterbrach ihre Hetztirade.

»Sie sind ein seltsamer Mann, Mr Austin. Haben Sie denn keine Angst vor dem Tod?«

»Nicht wenn es um jemanden geht, der nicht mal realer ist als ein Comicstrip.«

»Genug!«, fauchte sie. »Ich zeige Ihnen, wie real ich bin. Mein Bruder Chang erwartet Ihre Ankunft. Er wird dafür sorgen, dass Ihr Tod lang und schmerzvoll sein wird.«

Auf Chinesisch gab sie einen Befehl – und die Wächter kamen näher.

»Warten Sie!«, rief Austin. »Was ist, wenn ich Dr. Kane hierherschaffen kann?«

Sie bellte einen zweiten Befehl, und die Wachen blieben sofort stehen.

»Sie sagten, Kane befinde sich in Schutzhaft«, sagte sie, »und sei unerreichbar.«

»Ich habe gelogen … Das tue ich sehr oft.«

»Das stimmt«, meldete sich Zavala zu Wort. »Kurt ist einer der dreistesten Lügner, die ich kenne.«

Austin schickte Zavala einen schnellen Blick, der ihm sagte, dass er jetzt ein wenig zu dick auftrug.

»Lassen Sie mich telefonieren«, sagte Austin und sah die Drachenlady wieder an, »und ich stelle ihm eine Falle.«

Austin versuchte Zeit zu gewinnen und seine Häscher zu überreden, ihn von seinem Stuhl zu befreien. Sein augenblicklicher Plan bestand darin, aufzuspringen und sich irgendeine Waffe zu schnappen. Es war ein Würfelspiel, aber es war auch alles, was er hatte.

»Ein vergeblicher Versuch, Mr Austin«, sagte sie. »Mich interessiert gar nicht mehr, ob Kane lebt oder stirbt. Sein Projekt steht kurz vor der Vollendung, und seine Dienste werden nicht mehr benötigt … Leben Sie wohl.«

Austin erwartete, dass die Ghost Devils wieder vorrückten, doch sie hielten die Pistolen vor der Brust und starrten zum hinteren Ende des Lagerhauses.

Das Hologramm flimmerte.

»Was ist das?«, fragte die Frau.

Als Antwort erklang eine Lautsprecherstimme von draußen.

»Hier ist das FBI. Legen Sie die Waffen nieder und kommen Sie mit erhobenen Händen heraus!«

Es war die Stimme einer Frau, die durch ein Megaphon verstärkt wurde.

Gordon Phelps hatte das Gespräch zwischen Austin und dem Hologramm verfolgt. Er trat jetzt aus dem Schatten in den Lichtkegel, gab den Ghost Devils auf Chinesisch einen Befehl und sagte dann auf Englisch zu Austin und Zavala: »Lauft nicht weg, Freunde.«

Dann rannten er und die Wächter nach hinten zum Tor der Laderampe.

Austin und Zavala wechselten einen schnellen Blick.

»Jetzt oder nie«, sagte Austin.

Er stemmte sein Handgelenk gegen die Fessel, erhob sich von seinem Stuhl und schleifte ihn hinter sich her, während er auf die Drachenlady zuging. Nach ein paar Schritten hob er den Stuhl bis in Brusthöhe hoch, so dass die Stuhlbeine nach vorne ragten.

Zavala folgte seinem Beispiel und nahm eine ähnliche Position ein.

Gemeinsam rannten sie auf den Tisch zu.

Eine reale Person hätte sie kommen sehen, sich geduckt und wäre geflüchtet. Aber das System aus Kamera, Projektoren, Mikrofonen und Computern, das die holographische Projektion mit Leben füllte, war zu menschlichen Instinkten gar nicht fähig.

Die Gestalt wirkte wie eingefroren. Nur ihre Gesichtszüge veränderten sich, und Austin und Zavala hielten beinahe inne, als sich die Drachenlady in einen Mann mit glühenden Augen und einem roten Seidenhut und danach in eine Serie von furchteinflößenden weiblichen und männlichen Gesichtern verwandelte. Dann verschwamm das letzte Gesicht an den Rändern und zerfloss zu einer Wolke wirbelnder und funkelnder Staubkörner.

Als Austin und Zavala den Tisch erreichten und umstürzten, war der Platz dahinter leer. Sie rappelten sich auf die Füße und sahen Phelps im Lichtkegel stehen, wo soeben noch sie selbst gesessen hatten. Er zielte mit der Bowen in ihre Richtung.

»Der Chefin wird das gar nicht gefallen«, sagte er träge.

»Nein, das wird es wohl nicht«, pflichtete Austin ihm bei. »Und das ist verdammt schade.«

Phelps Mundwinkel rutschten ein wenig hoch.

»Was haben Sie gerade über den Laborimpfstoff und das Virus gesagt?«, fragte er.

»Die amerikanische und die chinesische Regierung haben im Geheimen damit begonnen, einen Impfstoff gegen das tödliche Virus zu entwickeln, aber das Unternehmen Ihrer Chefin hat das Labor gestohlen.«

»Über das Labor weiß ich Bescheid«, sagte Phelps. »Ich war es schließlich, der das verdammte Ding abtransportiert hat.«

»Wenn das stimmt«, sagte Austin, »dann wissen Sie ja auch, wo sich das Labor befindet. Arbeiten Sie mit uns zusammen, um es diesen Clowns wieder wegzunehmen.«

»War das Ihr Ernst, dass sich der Erreger bis zu den Staaten ausbreitet?«

Austin blickte ihm in die Augen.

»Was denken Sie denn, Phelps? Was denken Sie wirklich?«

»Es geht nicht um das, was ich denke, sondern um das, was ich weiß«, sagte Phelps. »Meine Familie lebt in den Staaten«, fügte er nach einer Pause hinzu.

»Es gibt nichts, was sie vor einer Erkrankung schützen kann«, sagte Austin. »Das können Sie doch nicht zulassen.«

»Das werde ich auch nicht. Aber ich muss es auf meine Art und Weise tun, und ich tue es alleine.«

Er drehte sich halb um, als in einiger Entfernung weitere Schüsse und laute Rufe erklangen.

Er griff in seine Hemdtasche, holte die Schlüssel zu den Handschellen hervor und legte sie auf den Boden. Dann löste er das Holster von seinem Gürtel, schob die Bowen wieder hinein und bückte sich, um es mit einer schnellen Handbewegung über den Boden schleudern, bis es nicht mehr zu sehen war. Eine Sekunde später tauchte er in der Dunkelheit unter.

Als die Lagerhausbeleuchtung kurz darauf aufflammte, war er schon verschwunden. Cate Lyons hatte eine Hand am Lichtschalter und die andere auf ihrer Pistole. Sie entdeckte Austin und Zavala und eilte zu ihnen hinüber.

»Seid ihr okay? Mein Gott, Joe, du siehst ja schlimm aus. Tut mir leid, dass ich so spät komme. Ich hab auf Unterstützung gewartet. Sie durchsuchen gerade das Gebäude, aber ich glaube, alle konnten fliehen. Will mir nicht einer von euch verraten, was hier überhaupt los ist?«

Austin hob den Schlüssel auf, öffnete seine Handschellen und tat das Gleiche bei Zavala. Er erhob sich und holte seine Bowen.

»Wir erzählen Ihnen, was wir wissen. Am besten während unserer Rückfahrt nach Washington«, sagte er. Austin klemmte das Holster wieder an seinen Gürtel. »Danach möchten wir uns mit einem gewissen Agenten Yoo unterhalten.«

29

Nachdem er Zavala nach Church Falls gelockt hatte, kehrte Charlie Yoo in die FBI-Zentrale zurück. Er schwatzte kurz mit einem Agenten der Asian Crime Unit, um Informationen aufzuschnappen, die er später an seine Auftraggeber weiterleiten konnte. Als Angehöriger einer der größten kriminellen Organisationen der Welt verspürte er ein perverses Vergnügen dabei, sich ungehindert in den Hallen der bedeutendsten Agentur für Verbrechensbekämpfung bewegen zu können. Er hielt sich noch immer im Hoover Building auf, als Caitlin Lyons anrief und fragte, ob sie sich nicht auf einen Drink in einer Bar in Georgetown treffen könnten. Yoo war sofort einverstanden. Caitlin war für jeden möglichen FBI-Klatsch eine ergiebige Quelle – und außerdem war sie eine attraktive Frau.

Er fuhr mit dem Lift in die Tiefgarage hinunter und ging zu seinem Wagen, als Lyons hinter einem Betonpfeiler hervortrat.

»Hallo, Charlie«, sagte sie.

Yoo schenkte ihr sein freundlichstes Lächeln.

»Hab ich was falsch verstanden?«, fragte er. »Ich hatte angenommen, wir treffen uns in der Bar.«

»Ich dachte, ich erspare Ihnen die Fahrt. Sie müssen ziemlich müde sein, nachdem Sie meine Freunde Joe und Kurt in eine tödliche Falle gelockt haben.«

Yoo behielt sein Grinsen mit einiger Mühe bei und griff mit einer Hand in sein Jackett.

»Hi, Charlie. Wie geht's denn so?«

Zavala war hinter ihm erschienen.

Yoo zog die Hand aus dem Jackett und fuhr herum.

»*Joe!*«, sagte er. »Das freut mich aber, Sie zu sehen. Das ist eine Riesenüberraschung …«

»Dass ich noch am Leben bin?«

»Häh? Ich weiß gar nicht, wovon Sie reden, Joe. Irgendwie wurden wir im Lagerhaus getrennt.«

Yoos Hand glitt schon wieder in einer Art und Weise unter sein Jackett, die einem ungeübten Beobachter zufällig und zwanglos erschienen wäre.

»Wie wäre es mit einer kleinen Wette, Charlie?«, sagte Zavala. »Ich setze fünf Dollar darauf, dass Lyons Ihnen ein Loch in den Hinterkopf schießt, ehe Sie die Pistole aus dem Holster geholt haben.«

»Ich habe heute eine Glückssträhne«, sagte sie. »Setz zehn Dollar.«

Sie hatte die Arme ausgestreckt und hielt die Pistole mit beiden Händen.

»Ziehen Sie langsam das Jackett aus, und werfen Sie es auf den Boden«, befahl Zavala.

Yoo gehorchte. Zavala trat vor und erleichterte ihn um seine beiden Pistolen, nicht nur die im Schulterhalfter, sondern auch die in seinem Gürtelhalfter. Als er ihn filzte, fand Zavala auch noch den kurzen Dolch in der Unterschenkelscheide.

»Und jetzt machen wir einen kleinen Ausflug, Charlie«, sagte er.

Zavala reckte den Arm in die Luft, als wolle er ein Taxi anhalten. Scheinwerfer flammten auf. Ein Wagen kam mit quietschenden Reifen aus dem Nichts und stoppte mit kreischenden Bremsen direkt vor Yoo. Zavala holte eine

Rolle Klebeband hervor, fesselte Yoos Hände auf dem Rücken, klebte erst einen Streifen über seine Augen, dann einen zweiten über seinen Mund. Danach stieß er Yoo auf den Rücksitz und setzte sich dicht neben ihn. Caitlin Lyons stieg von der anderen Seite ein.

Schweigend fuhren sie eine halbe Stunde, ehe sie anhielten. Sie zogen Yoo aus dem Wagen und trieben ihn eine kurze Treppe hinunter. Dann stießen sie ihn in einen Sessel – und das Klebeband wurde von seinen Augen und seinem Mund entfernt. Er sah sich in dem sparsam möblierten Raum misstrauisch um.

»Wo sind wir?«

»In einem FBI-Versteck«, antwortete Lyons.

Sie nahm am gegenüberliegenden Ende eines rechteckigen Tisches Platz. Zavala saß an einer Seite und betrachtete Yoo ohne einen Anflug von Freundlichkeit in seinem ramponierten Gesicht. Zavala gegenüber saß ein blonder Mann, dessen Augen Yoo fixierten, als handelte es sich um einen blauen Zwillingslaser.

»Mein Name ist Kurt Austin«, stellte sich der Mann vor. »Für wen arbeiten Sie?«

»Für die chinesische Sicherheitsbehörde«, sagte Yoo.

Austin seufzte und warf Lyons einen auffordernden Blick zu.

»Charlie«, sagte Caitlin Lyons, »erinnern Sie sich noch, wie wir einmal auf dem Schießstand waren und ich Ihnen zeigte, wie gut ich schießen kann?« Sie nahm die Pistole aus dem Schoß und richtete sie auf Yoo. »Beantworten Sie Kurts Frage, oder ich schieße Ihnen ein drittes Auge.«

Yoo schluckte krampfhaft.

»Außerdem arbeite ich noch für die Pyramid Triade«, sagte er.

Austin gab der Frau ein Zeichen, die Pistole zu senken.

»Was ist Ihre Aufgabe?«, fragte er.

»Ich habe die Bande nie verlassen«, sagte Yoo. »Ich bin ein hochrangiger Fußsoldat. Ich treffe keine Entscheidungen. Ich befolge ausschließlich Befehle.«

»Wer hat Ihnen befohlen, Joe zum Lagerhaus der Fortune Cookie zu bringen?«

»Nachdem Joe in meinem Büro gewesen ist, habe ich seinen Besuch weitergemeldet. Gewöhnlich rede ich nur mit demjenigen, der in der Rangfolge direkt über mir steht. Mit keinem Höherrangigen. Auf diese Weise kann ich nicht viel verraten, falls ich verhaftet werde. Diesmal habe ich jedoch mit dem obersten Boss gesprochen.«

Austins Gedanken kehrten zu dem Überfall auf die *Beebe* zurück.

»Sie sind schon lange bei der Triade«, sagte er. »Was wissen Sie über ein Mitglied Ihrer Organisation mit kahl rasiertem Schädel und notorisch schlechter Laune?«

Yoo blinzelte überrascht.

»Das klingt nach Chang«, sagte er, »es ist auch der, mit dem ich gesprochen habe. Er ist weltweit für das Bandennetzwerk zuständig, Typen wie die Ghost Devils. Kennen Sie ihn?«

Austin ignorierte die Frage.

»Wer sind die anderen Führer?«, fragte er stattdessen.

»Nun kommen Sie schon, Charlie«, sagte Caitlin Lyons ungeduldig, als Yoo zögerte. »Wir wissen, dass Weng Lo der erste Mann von Pyramid ist.«

»Möglich«, sagte Yoo. »Ja, ich denke schon.«

»Erzählen Sie mir von Phelps«, sagte Austin. »Er hat die Bande im Lagerhaus angeführt.«

»Die Ghost Devils sind die für D. C. zuständige Bande.

Sie operieren von diesem Lager für … Glückskekse aus. Dorthin werden die Befehle des obersten Chefs übermittelt. Man weiß nie, ob es ein Mann oder eine Frau ist. Aber das müssen Sie zugeben, das Hologramm ist doch wirklich toll, oder?«

Yoo blickte in die harten Gesichter, da verging ihm das Grinsen.

»Okay«, sagte er und wand sich in seinem Sessel. »Phelps ist ein Söldner, ein gemieteter Killer. Ich weiß nicht viel über ihn, er kommt und geht. Er erledigt wichtige Jobs für die Triade.«

»Ist es nicht ungewöhnlich, dass ein Fremder einen derart hohen Rang einnimmt?«, fragte Austin.

»Die oberste Leitung hat nicht allzu viel Vertrauen zu Chinesen. Sie trauen sich noch nicht mal untereinander, deshalb benutzen sie die Hologramme. Auf diese Art und Weise können sie an jedem Punkt der Erde auftauchen und ihre Befehle geben, ohne wirklich dort zu sein.«

»Warum wollten Ihre Bosse Joe und mich entführen?«

»Sie mögen Sie nicht. Ich sagte Phelps, dass sie mit dem Feuer spielen, wenn sie sich jemanden von einer Regierungsbehörde wie der NUMA schnappen. Er sagte, das interessiere ihn nicht, die Befehle kämen von ganz oben. Sie hofften, dass Sie beide dort auftauchen würden, aber am Ende musste Joe den Köder spielen.«

»Wie konnten Sie sicher sein, dass ich Joe finden würde?«

»Phelps wollte als FBI-Agent anrufen und Ihnen Joes Aufenthaltsort durchgeben. Ich nehme aber an, diese Nachricht ist gar nicht bei Ihnen angekommen.«

»Ich nehme auch an, dass sie das nicht ist.«

Austin stellte eine Überraschungsfrage.

»Was wissen Sie über Bonefish Key?«

Yoo sah ihn mit einem leeren Blick an, der unmöglich gespielt sein konnte.

Austin war zwar überzeugt, dass Yoo mehr wusste, als er herausließ, und dass er in der Triade einen höheren Rang einnahm, als er zugab. Aber an dieser Stelle beendete er das Verhör.

»Erst einmal habe ich genug.«

»Kann ich wieder nach Hause zurück?«, fragte Yoo.

»Nachdem wir uns noch ein wenig unterhalten haben«, sagte Caitlin Lyons, »bringen wir Sie nach D. C. Aber damit ist die Angelegenheit nicht beendet.«

»Ich kann Ihnen ein Geschäft vorschlagen«, sagte Yoo.

»Reden wir darüber.«

»Gut«, sagte sie. »Sie werden uns Informationen über die Triade liefern. Wenn wir allerdings glauben, dass Sie uns an der Nase herumführen, lassen wir über unsere Leute in Hongkong durchsickern, dass Sie ein Verräter sind.«

»Das wäre nicht sehr gesund für mich«, sagte Yoo. »Ich tue es.«

Sie stellten ihm noch weitere Fragen, bis sie entschieden, dass sie nicht mehr viel aus ihm herausholen konnten. Sie fesselten ihn wieder, klebten ihm die Augen zu und fuhren zum Hoover Building zurück. Dort nahmen sie ihm das Klebeband ab und ließen ihn auf der Straße aussteigen. Anschließend fuhren sie zur NUMA zurück.

»Ich bin völlig durcheinander«, sagte Caitlin Lyons. »Was hatte das gerade zu bedeuten?«

»Die Pyramid Triade hat ein Grippevirus entwickelt, mit dem sie die chinesische Regierung stürzen will«, sagte Austin. »Sie haben das Labor in ihre Gewalt gebracht, in dem an einem Impfstoff gegen dieses Virus gearbeitet wird, und sobald die Triade die Regierung gestürzt hat, wird Pyramid den Impfstoff weltweit anbieten und damit Milliarden verdienen.«

»Hunderttausende Menschen werden aber sterben, ehe es dazu kommt«, sagte sie.

»Glauben Sie, dass dies Pyramid irgendetwas ausmacht?«, fragte er.

»Nicht nach dem, was ich gesehen habe. Womit fangen wir an?«

»Sorgen Sie dafür, dass die Asian Crime Unit die Ghost Devils sprengt und aus dem Verkehr zieht. Währenddessen machen Joe und ich uns auf die Suche nach dem Labor.«

»Was soll ich mit Charlie Yoo tun?«

»Benutzen Sie ihn, und dann – weg mit ihm.«

»Das gefällt mir«, sagte sie mit einem bösartigen Grinsen.

Lyons setzte sie am NUMA-Turm ab. Austin und Zavala kehrten nach Hause zurück, um ihr Gepäck zu holen, und verabredeten sich, am Flughafen wieder zusammenzutreffen.

Austin schaltete sein Mobiltelefon ein, während er nach Hause fuhr. Er hatte es vorhin im Wagen liegen gelassen, als er sich die Keksfabrik angesehen hatte. Nun hörte er sich Phelps' Nachricht an, in der dieser sich als FBI-Agent ausgab. Demnach hatte Yoo also wenigstens in einem Punkt die Wahrheit gesagt.

Austin schaltete das Telefon wieder aus und trat aufs Gaspedal.

Wie immer war die Zeit der entscheidende Gegner.

30

Um drei Uhr morgens rollte der dunkelblaue SUV zu einem Hangar auf dem Reagan National Airport und parkte neben einem schlanken Cessna Citation X-Jet, auf dessen türkisgrünem Rumpf das NUMA-Symbol in Schwarz prangte. Austin und Casey stiegen aus, und der Lieutenant übergab eine DIN-A4-große Plastiktasche.

»Dieses Päckchen enthält alle Einzelheiten der Mission, über die wir uns während der Fahrt unterhalten haben«, sagte Casey. »Viel Glück, Kurt. Und achten Sie auf Haifische.«

»Vielen Dank, Lieutenant«, sagte Austin, während sie einen Händedruck wechselten. »Aber ich ziehe einen mit einer Rückenflosse bewehrten Menschenfresser einem Schwarm scharfzähniger Politiker und Regierungsbürokraten, die sich in den Fluten des Potomac tummeln, in jedem Fall vor.«

Casey grinste vielsagend.

»Ich werde darauf achten, stets meine Hai-Abwehr zur Hand zu haben.«

»Ich dachte, dass eine andere Art von Abwehrmittel für Washington viel geeigneter wäre, aber ich wünsche Ihnen auf jeden Fall viel Glück.«

Austin holte seine Reisetasche aus dem Geländewagen und reichte sie einem Gepäcksortierer, der sie in den Frachtraum des Jets lud. Mit dem Paket unterm Arm stieg er zur offenen Tür hinauf und blieb dort stehen. Scheinwerfer nahmen die Citation ins Visier, und laute Salsamusik erklang, während Zavalas rote Corvette mit offenem Verdeck über das Flugfeld raste.

Der Wagen kam quietschend neben dem Hangar zum Stehen und Zavala winkte. Austin schüttelte den Kopf. Als wollte er damit seine ruhige Art kompensieren, verlief Zavalas Eintreffen an einem Bestimmungsort niemals unauffällig. Vielmehr inszenierte er seine Ankunft stets als dramatischen Auftritt. Austin winkte zurück, dann betrat er die luxuriöse Kabine des Jets und ließ das Paket auf einen Couchtisch fallen. Während Austin zum Cockpit ging, um sich mit dem Piloten und dem Copiloten zu unterhalten, klappte Zavala das Verdeck des Kabrioletts hoch, schnappte sich seine Reisetasche, drückte sie dem Gepäcksortierer in die Hand und stürmte an Bord. Als er in die Kabine trat, kam Austin gerade von seinem Schwätzchen zurück.

»Wir sind genau im Zeitplan«, informierte er Zavala.

Die Sitzgelegenheiten in der Kabine bestanden aus einer Gruppe beiger Ledersessel und einer Couch, die alle zu Betten umfunktioniert werden konnten. Zavala streckte sich in einem der üppig gepolsterten Sessel aus, gähnte ausgiebig und sagte: »Hast du eine Ahnung, wohin die Reise geht?«

»Kein bisschen.«

Austin ließ sich auf das Sofa sinken und nahm das Paket vom Tisch. Er hielt es so hoch, dass Zavala den roten GEHEIM-Aufkleber auf der Oberseite sehen konnte.

»Unsere Marschbefehle«, verkündete er.

Er erbrach das Siegel mit dem Daumennagel und holte einen dicken Stapel Papiere heraus. Er faltete die erste Seite, die mit Diagrammen bedeckt war, auseinander und gab sie dann an Zavala weiter. Zavala warf einen kurzen Blick auf die Diagramme und las dann die in großen Blockbuchstaben gedruckten Worte:

U.S NAVY UNDERSEA HABITAT
AND OBSERVATORY

Zavala blickte von den Diagrammen hoch.

»Das sind die Konstruktionspläne von Davy Jones's Locker«, sagte er mit aufgeregt funkelnden Augen.

Austin nickte.

Geradezu liebevoll breitete Zavala die Zeichnungen auf dem Tisch aus. Er studierte jedes Detail der Kugeln und Verbindungsgänge mit der gleichen Aufmerksamkeit, die manche Männer einem besonders aufreizenden Pin-up-Foto schenken würden. Als genialer Konstrukteur von Dutzenden Unterseefahrzeugen der NUMA interessierte er sich vor allem für das Versorgungsboot und die Unterseevehikel zum Einsammeln von organischen Proben. Nach wenigen Minuten fällte er sein Urteil aus Sicht eines Schiffsingenieurs, der sich schon oft mit den lästigen Widrigkeiten wie Strömungen, Tiefe, Druck und Salzwasser hatte auseinandersetzen müssen.

»Brillant«, sagte Zavala mit einem Ausdruck unverhohlener Bewunderung. Er legte die Stirn in nachdenkliche Falten. »Es ist doch kaum zu glauben, dass etwas mit diesen Dimensionen einfach so verschwinden kann.«

»Die Konstruktion des Labors hat seine Entführung vielleicht erst möglich gemacht«, sagte Austin. »Wie du erkennen kannst, wurde es als mobiles Untersee-Observatorium entworfen. Lieutenant Casey erzählte, dass die Navy die einzelnen Komponenten erst an Land gebaut hat, sie dann in speziell für diesen Zweck geschaffenen Leichtern aufs

Meer hinausschleppte, dann die Komponenten zusammenfügte und das Labor schließlich auf seine Position absenkte. Sie machten es durch den Einbau entsprechender Systeme schwimmfähig, und die Kugeln und Verbindungsgänge wurden verstärkt, damit das Labor bewegt werden konnte, ohne dass es auseinanderbrach. Hinzu kam ein Stabilisierungssystem, um es während des Schwimmvorgangs in der Horizontalen zu halten.«

Zavala nahm einen Kugelschreiber aus der Hemdtasche und legte ihn auf die Zeichnung.

»Stell dir vor, dieser Stift ist ein U-Boot oder ein großes Tauchfahrzeug«, sagte er. »Es macht am Labor fest, dann wird das Labor aufgepumpt, bis der Auftrieb es schweben lässt, und danach ziehen sie es einfach weg.«

»Genial wie wir sind, denken wir mal wieder in die gleiche Richtung«, sagte Austin. »Die russische Regierung bietet schon seit Langem ihre Typhoon-Flotte als Lastesel für arktische Gewässer an. Vielleicht haben sie ja einen Käufer gefunden.«

»Das würde aber nur einen Teil des Rätsels lösen«, sagte Zavala. »Wenn dies ein so großes Geheimnis ist, woher wussten die Entführer dann, dass Davy Jones's Locker überhaupt existiert – und auch den Standort?«

»Die Sicherheitsbelange des Labors wurden einer Privatfirma übertragen«, sagte Austin, »und das könnte die Schwachstelle gewesen sein. Die Navy hat sich mit den Überlebenden des Versorgungsschiffes unterhalten. Lieutenant Casey sagte, die Mannschaft habe kurz vor dem Angriff von ihrer Sicherheitsfirma den Auftrag erhalten, einen Angestellten zum Labor hinunterzubringen. Sie beschrieben ihn als freundlichen Typen mit Südstaatenakzent.

Phelps hat zugegeben, das Labor entführt zu haben. Was er aber nicht gesagt hat, ist, dass der Firmenangehörige, der seinen Besuch autorisierte, bei einem Verkehrsunfall ums Leben kam. Ich vermute, er wurde genötigt, Phelps eine Besuchserlaubnis zu verschaffen, und dann eliminiert.«

»Eine glückliche Fügung«, sagte Zavala. »Wie war die letzte Position des Labors?«

Austin holte eine Landkarte aus der Plastikhülle und breitete sie auf dem Couchtisch aus. Eine Region im Pazifischen Ozean in der Nähe der Insel Pohnpei in Mikronesien war mit einem schwarzen Fettstift eingekreist worden.

Zavala lehnte sich zurück und verschränkte die Hände hinter dem Kopf.

»Verdammt, *das* ist ja eine Riesenhilfe«, sagte er mit säuerlicher Miene. »Es kann Monate dauern, dieses Labor zu finden.«

»Sandecker sagt, wir müssten die Angelegenheit in weniger als zweiundsiebzig Stunden erledigen«, sagte Austin.

»Mich überrascht, dass der alte Seebär uns nicht gebeten hat, in unserer Freizeit auch noch schnell das Problem der weltweiten Ernährungs- und Energieknappheit zu lösen.«

»Bring ihn bloß nicht auf dumme Gedanken«, warnte Austin. »Am Ende müssen wir in der Kaffeepause auch noch die Weltmeere säubern.«

Der Lärm sich nähernder Düsentriebwerke zerbrach die morgendliche Stille. Austin stand auf und ging zur Tür. Ein NUMA-Jet rollte zum Hangar. Die Triebwerke verstummten, drei Gestalten erschienen und gingen über das Flugfeld zur Citation hinüber. Austin erkannte Paul Trouts hochgewachsene, schlanke Figur und Gamays rotes Haar. Die Asiatin, die neben den Trouts herging, kannte er dagegen nicht.

Austin begrüßte die Trouts und riet Paul, den Kopf beim Betreten der Kabine einzuziehen. Dann hieß er die Asiatin mit einem freundlichen Lächeln willkommen.

»Sie müssen Dr. Song Lee sein«, sagte Austin und streckte ihr die Hand entgegen. »Ich bin Kurt Austin. Dies ist Joe Zavala. Wir sind Kollegen der Trouts bei der NUMA. Vielen Dank, dass Sie nach Washington gekommen sind.«

»Und vielen Dank meinerseits, dass Sie Paul und Gamay nach Bonefish Key geschickt haben, Mr Austin«, erwiderte Lee. »Ohne ihr rechtzeitiges Erscheinen wäre ich jetzt nicht mehr am Leben.«

Kurt betrachtete ihre blumengleiche Schönheit mit Wohlgefallen.

»Das wäre wirklich eine Tragödie gewesen, Dr. Lee«, sagte er. »Bitte nehmen Sie Platz. Wir haben nicht viel Zeit, und Sie müssen eine Menge Fragen auf der Zunge haben.«

Song Lee machte es sich auf dem Sofa bequem und sah sich staunend um. Mit ihren physischen Fähigkeiten, ihrer gelassenen Selbstsicherheit und ihren lockeren Sprüchen im Angesicht drohender Gefahr waren ihr die Trouts überlebensgroß erschienen. Aber dieser Mann mit seinen hellen Haaren und breiten Schultern und den markanten bronzebraunen Gesichtszügen war noch fesselnder. Austins höfliche Umgangsformen konnten die Furchtlosigkeit und den Wagemut, den sie in seinen korallenblauen Augen erkannte, nicht verbergen. Und sein dunkelhäutiger Freund Zavala hatte die Aura eines Piratenhäuptlings, der mit Leichtigkeit den Degen schwingen konnte.

»Die Trouts haben mir von dem Angriff auf die Bathysphäre berichtet«, sagte Lee. »Wissen Sie auch, wo sich Dr. Kane jetzt aufhält?«

»Er befindet sich in einer Art Schutzhaft. Ich habe gestern mit Dr. Kane gesprochen … und er informierte mich ausführlich über die Arbeit auf Bonefish Key und das Unterseelabor mit dem beziehungsreichen Namen Davy Jones's Locker.«

Lees Mund klappte auf.

»Ich wusste natürlich von dieser geheimen Einrichtung«, sagte sie, »aber ich hatte keine Ahnung, dass es sich unter Wasser befindet!«

»In der Südsee, um genau zu sein. Und zwar in mikronesischen Gewässern in dreihundert Fuß Tiefe.«

Lee schüttelte wie benommen den Kopf.

»Ich hatte schon erwartet, dass Dr. Kane ziemlich unkonventionell ist«, sagte sie, »aber so etwas wie *das* hätte ich mir doch niemals träumen lassen.«

Austin fuhr fort.

»Die Arbeit und der Standort des Labors wurden zwar strikt geheim gehalten, aber trotzdem wurde es mitsamt seinem Personal entführt. Joe und ich glauben, dass das Verschwinden des Labors, der Angriff auf die Bathysphäre und der Versuch, Sie zu entführen, miteinander in Zusammenhang stehen. Dr. Kane hat mir von dem Medusen-Projekt erzählt. Was genau war Ihre Aufgabe in dem Labor in Florida.«

»Ich bin Virologin, mit dem Spezialgebiet Epidemiologie«, sagte Lee. »Ich war auf Bonefish Key, um Berechnungen über den möglichen Verlauf einer Epidemie und auch darüber anzustellen, wie wir unsere Ressourcen und die Anlagen zur Impfstoffherstellung am besten verteilen und einsetzen können.«

»Damit spielen Sie eine entscheidende Rolle im Rahmen des Projekts.«

»Das denke ich auch. Ohne eine Strategie zur Anwendung und Verteilung des Impfstoffs wäre er so gut wie nutzlos. Es wäre genauso, als schickte ein General seine Truppen ohne irgendeinen Plan in eine Schlacht.«

»Welche Auswirkungen hätte es auf das Projekt gehabt, wenn Sie tatsächlich entführt worden wären?«

»Keine wesentlichen«, sagte sie mit einem Achselzucken. »Die Pläne sind fast alle unter Dach und Fach und warten nur darauf, dass ein einsatzfähiger Impfstoff in ausreichenden Mengen zur Verfügung steht. Jetzt aber, wo das Labor verschwunden ist, dürfte die Chance, dass dies gelingt, wahrscheinlich eher gering sein.«

»Geben Sie die Hoffnung nicht auf, Dr. Lee. Nach dem Labor wird mit allen Mitteln gesucht. Joe und ich sind unterwegs nach Mikronesien, um bei dieser Suche möglicherweise zu helfen.«

Lee blickte auf die Landkarte auf dem Tisch.

»Sie wollen nach Pohnpei?«, fragte sie.

»Sieht so aus«, antwortete Austin. »Waren Sie schon mal dort?«

»Nein, aber die Insel bildet das Epizentrum einer tödlichen Seuche, die Mitte des neunzehnten Jahrhunderts eine Walflotte im Pazifik heimgesucht hat. Das ist höchst bedeutsam.«

»In welcher Hinsicht, Dr. Lee?«

»Auf der Harvard Medical School habe ich für einen Professor Codman eine Abhandlung geschrieben, die auf einem Artikel basierte, auf den ich in einem alten medizinischen Journal gestoßen bin. Der Arzt, der diesen Bericht veröffentlichte, hat statistische Daten über eine Gruppe von Walfängern aus New Bedford zusammengetragen, die für den größten Teil ihres späteren Lebens von Krankheiten verschont wurden.«

Austin versuchte, einen Blick auf seine Uhr zu werfen, ohne dass es störend auffiel. Er hatte wenig Interesse an seltsamen medizinischen Phänomenen. Das Heulen der warmlaufenden Motoren des Citation Jets lieferte ihm den willkommenen Anlass, das Gespräch zu beenden.

»Es war mir ein großes Vergnügen, Sie kennengelernt zu haben«, sagte er. »Wir starten jetzt gleich …«

»Hören Sie mir ruhig noch einen Augenblick zu, Mr Austin«, sagte Lee und erhob die Stimme über den Motorenlärm.

Austin nahm die unerwartete Bestimmtheit mit einem Lächeln zur Kenntnis.

»Dann fahren Sie fort, Dr. Lee, aber bitte … fassen Sie sich kurz.«

Sie nickte.

»Die Männer der Untersuchungsgruppe gehörten alle zur Mannschaft des Walfangschiffes *Princess*. Sie erkrankten, nachdem das Schiff in Pohnpei angelegt hatte.«

»Ich sehe keine Verbindung zum Labor …«

Jetzt war es Song Lee, die ungeduldig wurde.

»Aber sie ist doch ganz offensichtlich, Mr Austin. Die Mannschaft hat überlebt! Wenn das nicht Ihre Neugier weckt, dann vielleicht dies hier. Die Symptome der Krankheit waren mit denen der letzten Epidemie nahezu identisch. Die Matrosen hätten eigentlich sterben müssen, stattdessen erfreuten sie sich für den Rest ihres Lebens bester Gesundheit.«

»Wollen Sie damit sagen, dass das, was die Walfänger geheilt hat, auch gegen dieses neue Virus wirksam sein könnte?«, fragte Austin.

»Genau.«

Austins Denkapparat sprang an. Eine Gruppe Walfänger

erreichte, ohne jemals ernsthaft zu erkranken, ein hohes Alter, und zwar nach einem Abstecher nach Mikronesien, jener Region, wo die blaue Meduse vorkommt. Nun brachte er dies mit dem in Verbindung, was ihm Kane von dem Toxin erzählt hatte, nämlich dass es eine Beute gesund erhält, bis sie verzehrt wird. Er sah seine Kollegen an.

»Das Logbuch der *Princess*, und zwar von dieser Expedition, das ... wäre sicherlich eine interessante Lektüre«, meinte Paul.

»Ich habe versucht, das Logbuch von 1848 über die Widener Bibliothek in Harvard zu beschaffen«, sagte Lee. »Meine Recherchen führten mich nach New Bedford. Ein Antiquar namens Brimmer meinte damals, er könne das Buch vielleicht aufstöbern. Aber da ich gerade im Begriff war, nach Hause zurückzukehren, habe ich die ganze Angelegenheit im Sande verlaufen lassen.«

Die Stimme des Piloten meldete sich aus dem Cockpit.

»Wir haben soeben die Startgenehmigung erhalten. Sobald Sie da hinten bereit sind ...«

»Danke, Dr. Lee«, sagte Austin. »Ich schneide Ihnen nur ungern das Wort ab, aber wir wollen tatsächlich gleich starten.«

»Ich komme mit Ihnen«, sagte sie einfach, ohne lange nachzudenken.

Diese Entscheidung war wie von selbst über ihre Lippen gekommen, doch dann unterstrich sie die Worte noch, indem sie die Zähne zusammenbiss und das Kinn in die Höhe reckte.

»Das ist aber gar nicht möglich«, sagte Austin. »Wir werden ständig unterwegs sein, und die Lage könnte sich zuspitzen. Joe hat die bislang unbestätigte Information, dass eine chinesische Triade namens Pyramid in die Angelegenheit verwickelt ist.«

»Eine *Triade?*« Sie hatte ihre Überraschung schnell überwunden. »Warum sollte sich eine Triade für die Suche nach einem antiviralen Impfstoff interessieren?«

Zavala beantwortete die Frage.

»Die Triade hat das Virus im Zuge eines Plans entwickelt, die chinesische Regierung zu stürzen«, sagte er. »Ihr Impfstoff hätte deren Pläne zum Scheitern gebracht. Sie mussten also das Labor in ihre Gewalt bekommen, um zu verhindern, dass der antivirale Impfstoff auch von anderen benutzt werden konnte.«

»Das ist eigentlich unfassbar«, sagte Song Lee, »aber es leuchtet ein. Meine Regierung hat geradezu Todesangst vor sozialen Unruhen. Deshalb reagiert sie auch so hart auf jedes noch so geringe Anzeichen von organisiertem Protest. Ein Grund mehr für Sie, mich mitzunehmen. Ich sollte auf jeden Fall an jedem Versuch beteiligt sein, etwas aufzuhalten, das meine Landsleute in Gang gesetzt haben. Ich bin bis ins Kleinste mit dem Forschungsprogramm vertraut – und wir könnten auf Pohnpei auf etwas Wichtiges stoßen.«

Austin betrachtete Lees versengt riechende Kluft aus T-Shirt und Shorts, offensichtlich waren es dieselben Kleider, die sie schon auf Bonefish Key getragen hatte.

»Sie würden mit extrem wenig Gepäck reisen, Dr. Lee. Wir können Ihnen höchstens eine Zahnbürste geben, aber nicht viel mehr.«

»Ich nehme diese Zahnbürste gerne an – und Kleider kann ich kaufen, wenn wir dort sind.«

Austin lehnte sich zurück und verschränkte die Arme. Trotz seiner abweisenden Körpersprache gefiel ihm Song Lees mutige Reaktion.

»Fahren Sie fort, Dr. Lee. Sie haben dreißig Sekunden, um Ihre Argumente vorzubringen.«

»Ich glaube, dass diese bläuliche Qualle, mit der das Labor seine Forschungen betrieben hat, Bestandteil irgendeiner Eingeborenenmedizin war, mit der die Mannschaft der *Princess* kuriert wurde. Und wenn wir den Ort finden, wo das geschah, könnte uns das zum Labor führen.«

»Dies ist aber nur eine sehr vage Chance, Dr. Lee.«

»Das weiß ich, Mr Austin. Aber es ist wenigstens *etwas*. Im Augenblick haben wir dagegen gar nichts. Und bitte sagen Sie jetzt nicht, dass es gefährlicher ist als diese Mangrovenwälder in Florida, wo ich entführt wurde und beinahe erschossen worden wäre.«

Zavala lachte verhalten.

»Eins zu null für die Lady«, sagte er.

Austin wandte sich an die Trouts.

»Was meint ihr dazu?«, fragte er.

»Ich hatte schon überlegt, ob ich Dr. Lee nicht zu meiner Tante Lizbeth auf Cuttyhunk Island schicken soll, bis die Gefahr vorüber ist«, sagte Paul.

Gamay kicherte belustigt.

»Ich kenne deine Tante Lizzy. Sie würde diese arme Frau mit ihrem ständigen Gerede über selbstgemachte Pfirsichmarmelade sicher an den Rand des Wahnsinns treiben.«

»Gamay hat mit Lizzy … recht«, sagte Paul. »Und Dr. Lee hat auch recht, wenn sie sagt, dass sich ihre Kenntnisse, was die Laborarbeit betrifft, als nützlich erweisen können. Ich weiß, wie wichtig jede Rückversicherung für dich ist.«

Austin hatte in der NUMA den Ruf, gelegentlich einen Wagemut an den Tag zu legen, der an Leichtsinn grenzte. Diejenigen, die mit ihm zusammenarbeiteten, wie die

Trouts zum Beispiel, wussten, dass die Risiken, die er einging, stets genauestens kalkuliert waren. Er glich damit jenen Glücksspielern aus seligen Flussdampferzeiten, die nicht nur einen Derringer, sondern gleich zwei im Ärmel hatten.

Austin hob in einer Geste der Hilflosigkeit die Hände.

»Sieht so aus, als wäre ich überstimmt worden, Dr. Lee.« Er schaltete das Interkom zum Cockpit ein. »Wir können in fünf Minuten starten«, teilte er dem Piloten mit.

Gamay fragte: »Was sollen wir tun, während du in Mikronesien bist?«

»Meldet euch bei Lieutenant Casey, und informiert ihn darüber, dass Dr. Lee uns begleitet. Nehmt auch mit Joes Freundin beim FBI Verbindung auf, und setzt sie ins Bild.« Er überlegte kurz, dann meinte er: »Ach ja, versucht doch bitte irgendwie, dieses Logbuch der *Princess* aufzustöbern.«

»Wir fangen bei Perlmutter an und halten dich auf dem Laufenden«, sagte Paul.

Die Trouts wünschten den anderen viel Glück und verließen die Maschine. Dann verfolgten sie, wie die Citation X die Rollbahn hinunterjagte und regelrecht in den Himmel sprang.

Paul blickte zu dem rosigen Schimmer hinauf, mit dem die Morgendämmerung die Wolkensäume färbte.

»Morgenrot Schönwettertod«, sagte er.

»Mit diesem Unsinn war Schluss, als die ersten Wettersatelliten ins All geschossen wurden, Captain Courageous«, sagte Gamay.

Paul stammte aus einer Familie, die seit Generationen der Fischerei nachging: Wetterregeln waren stets vom Vater an den Sohn weitergegeben worden. Gamay reagierte immer gereizt, wenn Paul in seinem Verhalten den alten Seebären durchscheinen ließ.

Er lächelte verhalten. »Ein Sturm ist nun mal ein Sturm.«

Da ergriff sie seinen Arm und sagte: »Zieh deine Schlechtwetterkleidung an. Du hast doch noch gar keinen richtigen Sturm erlebt, der mit dem Unwetter zu vergleichen ist, das entfesselt wird, wenn man Perlmutter zu früh aus dem Bett holt.«

31

St. Julien Perlmutter arbeitete gewöhnlich bis tief in die Nacht und schlief bis lange nach Sonnenaufgang. Daher hatte seine gewohnt fröhliche Begrüßung einen scharfen Unterton, als das Telefon neben seinem Kingsize-Wasserbett wie ein Schiffsgong anschlug und den berühmten Schifffahrtshistoriker aus tiefem Schlaf weckte.

Seine fleischige Patschhand griff zum Nachttisch, angelte den antiken französischen Telefonhörer aus der Gabel und hielt ihn an sein Ohr. Noch immer weit benommener als ein Preisboxer nach einem fünfzehn Runden dauernden Schlaghagel meldete er sich mit dröhnender Stimme: »St. Julien Perlmutter hier am Apparat. Sagen Sie, was Sie wollen, und fassen Sie sich so kurz wie möglich. Und halten Sie eine einleuchtende Erklärung parat, weshalb Sie zu einer derart unchristlichen Zeit anrufen.«

»Guten Morgen, Julien«, sagte eine einschmeichelnde weibliche Stimme. »Ich hoffe, ich habe dich nicht geweckt.«

Die roten Gesichtszüge, die fast vollständig unter einem dichten grauen Bart verborgen waren, machten eine wunderbare Hyde-zu-Jekyll-Verwandlung durch. Der finstere Blick verschwand, die himmelblauen Augen funkelten plötzlich gutgelaunt, und die rosigen Lippen unter der kleinen tulpenförmigen Nase entspannten sich zu einem warmen Lächeln.

»Guten Morgen, meine liebe Gamay«, schnurrte Perlmutter, »natürlich hast du mich nicht geweckt. Ich befand mich gerade in diesem wonnigen Zustand zwischen Schlafen und Erwachen und träumte von einem Frühstück.«

Gamay kicherte leise. Es geschah selten, dass der an die vierhundert Pfund schwere Perlmutter einmal *nicht* an Essen dachte.

»Das freut mich zu hören, Julien, denn Paul und ich würden gerne rüberkommen und dich besuchen. Wir bringen dir auch eine Überraschung mit.«

Perlmutter schnalzte bei dieser Aussicht mit der Zunge.

»Ich setze schon den Kaffee auf«, sagte er. »Ihr wisst ja, wo ich wohne.«

Er legte den Telefonhörer auf die Gabel und schwang die Beine aus dem Bett, das in dem Alkoven eines beeindruckenden Wohnschlafzimmers stand. Perlmutter wohnte in der N Street in einem Kutscherhaus hinter zwei mit wildem Wein überwucherten Villen, nur ein paar Blocks von Trouts eigenem Haus entfernt. Die hohen Bücherregale, die jede Wand verdeckten, bogen sich unter dem Gewicht von Tausenden von Büchern. Weitere Bücher waren auf Tischen und Stühlen aufgestapelt, oder sie bildeten auf dem Fußboden gefährlich schiefe Türme und bedeckten sogar das Fußende des wogenden Wasserbettes.

Das Erste, das Perlmutter jeden Morgen sah, wenn er blinzelnd die Augen öffnete, war, was viele Experten als die grandioseste Anhäufung von historischer Schiffsliteratur betrachteten, die jemals zusammengetragen wurde. Gelehrte auf der ganzen Welt wurden angesichts dieser umfangreichen Sammlung grün vor Neid. Ständig wimmelte er Museen ab, die sich von ihm wünschten, er möge diese Kollektion doch ihren Bibliotheken spenden.

Während er sich einen Morgenmantel mit rot-goldenem Paisleymuster über den purpurnen Seidenpyjama zog, schob Perlmutter die kleinen Füße in weiche Lederpantoffeln. Er begab sich in die Küche, um eine Kanne Papua-Neu-Guinea-Kaffee aufzubrühen. Dann wusch er sich das Gesicht und putzte sich die Zähne. Er füllte eine antike Limoges-Porzellantasse mit dem dunklen, schokoladigen Kaffee. Sein berauschender Duft ließ ihn beinahe in Ohnmacht fallen.

Ein Schluck von dem starken Gebräu machte ihn schlagartig hellwach. Als die Türklingel ertönte, fühlte er sich schon fast wie ein vollwertiger Mensch. Er öffnete die Tür, und sein Lächeln verflog, als seine Augen die Inschrift DUNKIN' DONUTS auf dem flachen Karton in Pauls Händen lasen. Perlmutter wich wie ein Vampir vor einem Knoblauchzopf zurück und wäre sicher ins Haus geflüchtet, wenn Trout nicht den Deckel des Kartons geöffnet hätte.

»Ist doch nur ein kleiner Scherz«, sagte Paul mit einem koboldhaften Grinsen.

»Wir haben diese Köstlichkeiten aus dem Feinkostladen um die Ecke«, sagte Gamay. »Räucherlachs, Blini und Kaviar und frische Croissants. Zwar nicht mit deinen kulinarischen Wunderwerken zu vergleichen, aber wir dachten, dass du so früh am Morgen noch keine Lust haben wirst, die Küche anzuwerfen.«

Perlmutter legte eine Hand auf die Brust und nahm mit der anderen den Karton, hielt ihn weit von sich, als befürchtete er, sich daran zu beschmutzen, und ging voraus ins Haus.

»Für einen Augenblick hattet ihr mich fast überzeugt«, sagte er jetzt wieder in seiner gewohnt fröhlichen Art. »Ihr seid offensichtlich viel zu viel Zeit mit diesem jungen Tunichtgut Austin zusammen. Wo treiben Kurt und Joe sich eigentlich grade herum? Das Letzte, was ich hörte, war, dass sie mit diesem Bathysphären-Replikat in der Tiefsee herumgetaucht sind.«

»Sie sind zu einer Mission in Mikronesien unterwegs«, sagte Gamay.

»Mikronesien?«, wiederholte Perlmutter. »Dahin möchte ich auch einmal. Wie ich hörte, feiert man dort besondere Anlässe mit unermesslichen Mengen an Speisen.«

Perlmutter geleitete seine Gäste in die Küche, schenkte in zwei weitere Tassen Neu-Guinea-Kaffee und verteilte den frühen Brunch auf drei Porzellantellern. Dann nahmen sie an einem auf Hochglanz polierten dunklen Küchentisch Platz: eine der wenigen ebenen Flächen im Kutscherhaus, die nicht mit Bücherstapeln belegt waren.

»Entschuldige diesen frühen Überfall«, begann Paul, »aber es ist leider ziemlich dringend. Wir suchen das Logbuch eines Neu-England-Walfangschiffes namens *Princess* – und zwar für das Jahr 1848. Wir hofften, dass du uns einen Tipp geben kannst, wo wir anfangen sollten.«

Perlmutters buschige Augenbrauen führten einen regelrechten Tanz auf.

»Caleb Nyes Schiff!«, rief er aus.

Gamay legte den Kopf in den Nacken und lachte schallend los.

»Du versäumst es niemals, einen zu überraschen, Julien«, sagte sie. »Wir nennen den Namen eines Walfangschiffes, eines von Hunderten, und schon hast du den Namen des Kapitäns auf der Zunge.«

»Aber nur weil der junge Mann etwas erlebt hat, das in die Annalen des Walfangs eingegangen ist. Caleb war der Grünschnabel des Schiffes, eine Position, die stets das jüngste Mannschaftsmitglied einnahm. Er behauptete, von einem Pottwal verschluckt worden zu sein. Diese Geschichte erfuhr zu seiner Zeit eine weite Verbreitung.«

»Ist das überhaupt möglich?«, fragte Paul.

Perlmutter knabberte nachdenklich an einem Croissant, dann erläuterte er: »Über dies Frage wird seit Jonas diskutiert. Nye war nicht der Einzige, der behauptete, dass er von einem Pottwal verschlungen wurde. Im Jahr 1891, einige Jahre nach Nyes Abenteuer, verschwand ein Walfänger namens James Bartley, der mit seinem Schiff, der *Star of the East,* vor den Falklandinseln im Südatlantik kreuzte. Und zwar verschwand er spurlos, nachdem ein Pottwal sein Boot zum Kentern gebracht hatte. Als die Mannschaft den Wal später aufschnitt und zerlegte, fanden sie Bartley – zwar zusammengekauert, aber lebend – in seinem Magen. Seine Haut und sein Haar waren völlig ausgebleicht, wahrscheinlich von den Verdauungssäften des Säugetiers. Nach ein paar Wochen Ruhe kehrte er wieder an seine Arbeit zurück. Zumindest lautet so die Geschichte …«

»Ich höre einen Unterton von Skepsis in deiner Stimme«, stellte Paul fest.

»Aus gutem Grund. Bartleys Geschichte ist eine dieser Legenden, die nicht totzukriegen sind, ebenso wie die Berichte von Bigfoot oder dem Monster von Loch Ness. Gelegentlich meldet sich irgendein Schriftsteller bei mir, der diese alte Mär aus der Versenkung hervorholt. Ich verweise solche Interessenten immer auf die Erkenntnisse von Edward B. Davis, der dieser Erzählung auf den Grund gegangen ist.«

»Und zu welchen Schlussfolgerungen kommt er?«, fragte Paul.

»Davis studierte jedes Dokument, das sich mit Bartleys Geschichte beschäftigt hat und das er finden konnte. Es gab tatsächlich ein Schiff namens *Star of the East,* aber nichts, was den Bericht bestätigen würde, dass Bartley in einem Londoner Krankenhaus wegen Schädigungen seiner Haut durch die Verdauungsflüssigkeiten eines Wals untersucht worden wäre. Darüber hinaus erklärt die Frau des Kapitäns, dass die Geschichte reinstes Seemannsgarn sei. Die *Star* war gar kein Walfangschiff, und die Briten sind zu jener Zeit der Waljagd vor den Falklandinseln überhaupt nicht nachgegangen. Trotz dieser klaren Aussagen haben die Geschichten über Bartleys bemerkenswertes Schicksal die Jahre überdauert.«

Paul wandte sich an Gamay.

»Du bist die Meeresbiologin in der Familie. Wäre es einem Pottwal möglich, einen Menschen zu verschlucken?«

»Man hat in den Mägen von Pottwalen schon Riesenkalmare gefunden, also wäre es rein physiologisch wahrscheinlich durchaus möglich.«

Perlmutter schob sich eine Gabel mit Räucherlachs in den Mund, tupfte sich die Lippen ab und empfahl seinen Besuchern, ebenfalls davon zu kosten.

»Davis vertrat die Theorie, dass Bartley aus seiner von Natur aus bleichen Haut Kapital schlagen wollte«, sagte er. »Er benutzte den Namen eines realen Schiffes, tauchte mehrmals in Zeitungsberichten auf und hat vielleicht sogar einen Freund überredet, die Rolle des Kapitäns zu spielen. Wahrscheinlich ist er auch zum Zirkus gegangen, um sich als ›Jonas des Zwanzigsten Jahrhunderts‹ zu verkaufen.«

Gamay runzelte nachdenklich die Stirn.

»Faszinierend«, sagte sie, »aber was hat das mit Caleb Nye und der *Princess* zu tun?«

Perlmutter schob seinen leeren Teller beiseite und erhob sich von seinem Platz. Er wusste genau, wo jedes Teil seiner umfangreichen Sammlung zu finden war. Also öffnete er einen hohen stählernen Aufbewahrungsbehälter und erklärte, dass der Schrank zum Schutz der darin gelagerten Papiere feuchtigkeitsdicht und temperaturgeregelt sei. Gleichzeitig holte er ein zwei mal drei Fuß großes Plakat hervor. Darauf stand in großen Lettern in Zirkusschrift, dass CALEB NYE, ein *lebender Jonas,* in der FIRST PARISH METHODIST CHURCH in WORCHESTER, MASS. auftreten werde, um seine Geschichte zu erzählen. Das handgemalte Bild auf dem Plakat zeigte einen Pottwal, der ein Walfangboot angriff.

»Ich vermute, Bartley erfuhr von Calebs Auftritten und beschloss, eine eigene Show zusammenzustellen«, sagte er. »Nachdem ich eine weitere Anfrage von einem Klatschreporter erhielt, beschloss ich, die Recherchen, die Davis angestellt hat, fortzusetzen. Dabei entdeckte ich, dass fünfzig Jahre vor Bartley besagter Caleb Nye die Attraktion einer Kuriositätenshow gewesen war, die ihn dem Publikum als modernen Jonas verkauft hat.«

»War demnach Calebs Geschichte lediglich eine frühere Version des ganzen Schwindels?«, wollte Gamay wissen.

Perlmutter zupfte an seinem Bart.

»Ich glaube nicht. Im Gegensatz zu Bartley hatte Caleb Nye tatsächlich auf einem Walfangschiff im Pazifischen Ozean gearbeitet – und Zeugenaussagen bestätigten, dass er von einem Wal verschluckt wurde. Er legte Erklärungen des Schiffsführers, Kapitän Horatio Dobbs, und mehrerer Mannschaftsangehöriger vor, die seine Geschichte bestätigen. Ich glaube, Bartley hat sich dann Nyes Geschichte zu eigen gemacht. Unglücklicherweise lässt Bartleys Geschichte Nyes Schilderung in einem trüben Licht erscheinen. Ihr sagtet doch, ihr wäret auf der Suche nach dem Logbuch der *Princess* aus dem Jahr 1848?«

»Richtig«, bestätigte Paul. »Wir haben gehofft, dass du uns bei der Suche helfen kannst.«

»Eine absolut weise Entscheidung. Ich schlage vor, dass ihr bei Rachael Dobbs anfangt.«

»Ist diese Rachael denn mit dem braven Kapitän verwandt?«, wollte Gamay wissen.

»Sie ist eine Ur-Ur-Urenkelin, wohnt in New Bedford und ist Kuratorin des Dobbs-Museums. Ich habe mich mal mit ihr unterhalten, als ich in dieser Angelegenheit recherchierte.«

»Wir könnten in zwei Stunden dort sein«, sagte Paul.

»Hervorragend. Ich rufe sie an.«

Perlmutter blätterte in einem Rolodex und wählte dann eine Nummer. Er unterhielt sich angeregt mit jemandem, dann legte er auf und sagte: »Sie erwartet euch um drei Uhr, aber sie hatte schon jetzt gute und schlechte Neuigkeiten. Die gute Neuigkeit ist, dass das Logbuch von 1848 Caleb Nye ausgehändigt wurde. Die schlechte Nachricht ist, dass Nyes Bibliothek durch ein Feuer zerstört wurde.«

»Ich nehme an, dann fahren wir lieber gar nicht erst nach New Bedford«, stellte Paul mit einem enttäuschten Kopfschütteln fest.

»Warum seid ihr Neu-Engländer immer so pessimistisch?«, fragte Gamay.

»Weil wir Realisten sind«, entgegnete er. »Ohne das Logbuch des Schiffes wissen wir doch nicht, wo die *Princess* angelegt hat, nachdem sie Pohnpei verließ.«

»Richtig«, sagte sie. »Aber vielleicht brauchen wir das Logbuch gar nicht, wenn wir uns ganz auf Caleb Nye konzentrieren.«

»*Natürlich!*« Paul schnippte mit den Fingern. »Caleb war ja Augenzeuge der Reise. Er hat Hunderten von Menschen von seinen Erlebnissen berichtet. Vielleicht finden wir irgendwo etwas mit Einzelheiten über seine Reise.«

»Es lohnt sich aber wirklich, mit Mrs Dobbs zu reden«, sagte Perlmutter. »Übrigens habt ihr mir gar nicht verraten, weshalb ihr euch für das alte Logbuch so interessiert.«

»Das ist eine lange Geschichte, St. Julien«, sagte Paul. »Die erzählen wir dir beim Abendessen, wenn wir wieder zurück sind. Du suchst das Lokal aus, und wir zahlen.«

Dieser Vorschlag lenkte Perlmutter sofort von dem Logbuch ab, was auch Pauls Absicht gewesen war.

»Da gibt es ein neues französisches Restaurant in der Nähe des Watergate Hotels, das ich schon längst mal ausprobieren wollte«, sagte Perlmutter. »Aber zurück zur Tagesordnung.«

Er fuhr mit den Fingern über eine Abteilung der Bücherregale und begann Bücher herauszuziehen. Minuten später verließen die Trouts das Kutscherhaus: beladen mit zahlreichen Bänden aus Perlmutters Walfang-Kollektion. Sie stapelten sie auf dem Rücksitz des Mini Cooper Clubman, den sie als Stadtwagen benutzten.

Während der kurzen Fahrt zurück zu ihrem Stadthaus sagte Paul: »Ich hasse es, schon wieder den Pessimisten zu spielen, aber Kurt und Joe haben sich eine schwierige Aufgabe vorgenommen. Das vermisste Labor zu finden, ist vielleicht unmöglich. Wir könnten vielleicht etwas Sinnvolleres tun, als uns mit einem Walfänger aus dem neunzehnten Jahrhundert zu befassen, dessen Abenteuer irgendwelche Auswirkungen auf unseren Fall haben können … oder auch nicht.«

Gamay nickte.

»Mir ist durchaus klar, dass sich dieser Ausflug am Ende als reine Zeitverschwendung herausstellen kann«, sagte sie, »aber an einer Tatsache kommen wir nicht vorbei.«

»Und die wäre?«

»Caleb Nye ist alles, was wir haben.«

32

Während die Citation X mit sechshundert Meilen in der Stunde über den nordamerikanischen Kontinent nach Westen jagte, herrschte in der Kabine, in der die Passagiere mit dreiundvierzigtausend Fuß Luft unter ihren Kopfkissen schliefen, allgemein Ruhe.

Song Lee war die Erste, die sich ihrer Müdigkeit ergab, gefolgt von Joe Zavala, der es sich in einem üppig gepolsterten Sessel gemütlich gemacht und sich ausgestreckt hatte. Kurt Austin hatte noch für kurze Zeit gelesen, dann hatte er Caseys Akte beiseitegelegt und einen Blick auf Song geworfen, die auf dem Sofa schlief. Ihre nackten Beine ragten unter der Decke hervor. Austin zog die Decke zurecht, dann ging er zum Cockpit und funkte den Manager der Bodenmannschaft auf dem Los Angeles Airport an. Er kehrte zurück, ließ sich in einem anderen Sessel nieder und war innerhalb von Minuten in einen tiefen Schlaf gesunken.

Als die Passagiere die Maschine auf dem LAX verließen, um sich die Füße zu vertreten, stand der Manager der Bodenmannschaft schon bereit, um Lee eine Plastiktasche auszuhändigen. Auf Austins Bitte hatte er seine Ehefrau benachrichtigt, die daraufhin frische Kleidung als Ersatz für das angesengte T-Shirt und die Shorts eingepackt hatte, die Lee nun schon seit Bonefish Key am Leib hatte.

Als sie die Tasche öffnete, stieß sie einen Freudenschrei aus und verschwand im Hangar, um die Sachen sofort anzuprobieren. Sie schaffte es, vorher noch schnell zu duschen und nach dem Umziehen ein kurzes Telefongespräch zu führen. Dann stieg der Jet in den Himmel und nahm Kurs auf Honolulu. Während die Küste Kaliforniens hinter ihnen verschwand, kam Lee herüber und nahm neben Austin Platz, der sich mit Zavala über die Land- und Seekarten in Lieutenant Caseys Paket unterhielt. Sie trug eine klassische schwarze Baumwollhose und eine ärmellose weiße Baumwollbluse, die ihre schlanke Figur reizvoll zur Geltung brachte.

»Wenn ich mich nicht irre, haben Sie für meine neue Garderobe gesorgt«, sagte sie. »Vielen Dank, Kurt. Die Sachen passen wie angegossen.«

»Seeleute haben eine ganz besondere Fähigkeit, mit den Augen Maß zu nehmen«, sagte Austin.

Er sah, wie Zavala anzüglich grinste, und erkannte in diesem Augenblick, dass er Song Lees ranken und schlanken Körper mit einem Schiffsrumpf verglichen hatte. Schnell das Thema wechselnd sagte er: »Dies sind die Grundrisszeichnungen von Dr. Kanes Unterseelabor. Können Sie uns anhand dieser Skizzen erklären, was dort geschah?«

»Im Groben vielleicht.« Sie studierte die Zeichnungen. »Die Kugeln mit den Beschriftungen WOHNQUARTIERE und VERWALTUNG brauchen nicht näher erläutert zu werden. Diejenigen, die mit LABOR und MATERIAL-ERZEUGUNG bezeichnet wurden, erzählen aber eigentlich auch nur einen Teil der Geschichte.«

»Wir haben eine Menge Zeit. Mich interessiert die ganze Geschichte brennend, Song.«

Sie kratzte sich nachdenklich am Kinn und sagte dann: »Stellen Sie sich das Medusen-Projekt als eine Art Schauspiel in drei Akten vor. Der erste Akt war die Grundlagenforschung über Quallengifte auf Bonefish Key. Der zweite Akt umfasst dann die praktische Anwendung der Forschungsergebnisse mit dem Ziel, künstlich einen Impfstoff herzustellen, woran in Davy Jones' Locker gearbeitet wurde. Der dritte Akt wäre dann die eigentliche Produktion des Impfstoffs in großen Mengen in eigens dafür eingerichteten Anlagen. Wir befanden uns gerade in der Pause zwischen Akt zwei und drei.«

»Weshalb waren Sie so viel erfolgreicher als andere Labore, die in diesem Bereich der Meeresbiotechnologie tätig waren?«, wollte Austin wissen.

»Weil Dr. Kane ein Genie ist«, erklärte Lee. »Er hat die besten Experten auf einem völlig neuen Gebiet mit der Bezeichnung System-Biologie zusammengetrommelt. Die Forschung bestand aus Proteinanalyse, Genomik und Mathematik. Das Labor bediente sich hoch entwickelter Computertechnik, um alle Ergebnisse miteinander zu verschmelzen.«

»Inwieweit unterschied sich diese Herangehensweise denn von anderer … konventioneller Forschungsarbeit?«, fragte Austin.

»Der Unterschied besteht darin, ob man durch ein Teleskop schaut oder die Szene mit beiden Augen betrachtet. Das Labor hat Hunderte von Augen, die Informationen aufnehmen, die dann zwecks Analyse in die Datenbank eines Computers übernommen werden. Trotzdem war ein erheblicher Aufwand nötig, um die molekulare Struktur des Medusengifts zu entziffern und die immunulogische Abwehrreaktion zu analysieren, die es in einem lebenden Organismus auslöst.«

»Dr. Kane erwähnte die Entwicklung einer größeren und giftigeren genetisch modifizierten Meduse«, sagte Austin.

Lee nickte.

»Er wollte mehr Toxin und einen helleren Organismus schaffen«, sagte sie.

»Mir ist klar, dass eine Qualle umso mehr Gift produziert, je größer sie ist«, erwiderte er. »Was hat es denn mit der Biolumineszenz auf sich?«

»Die Helligkeit der Kreatur liefert Hinweise auf die molekularen Prozesse. Sie ist eine Art biologisches Thermometer. Das Ziel war, den Impfstoff in größerer Menge herzustellen. Wir übertrugen die Gene, die für die Entstehung der wichtigen Bestandteile verantwortlich waren, auf ein Bakterium, das verhältnismäßig schnell und einfach für den Impfstoff kultiviert werden konnte.«

»Dr. Kanc erklärte, dass das Gift der Meduse nicht auf Anhieb tödlich wirkt, sondern das Opfer nur lähmt, dabei aber gesund und frisch erhält.«

»Eine antivirale Substanz soll die Pathogene unschädlich machen, ohne den Wirt zu schädigen. Das Gift der Meduse ging darüber hinaus und schützte die Gesundheit des Wirts ... zumindest für einen gewissen Zeitraum. Man nennt diesen Prozess Hormesis. In kleinen Dosierungen verabreicht, kann ein Toxin in einem Körper Heilungsprozesse in Gang setzen, ja, unter Umständen sogar den Alterungsprozess verzögern. Es funktioniert genauso wie eine Art Fitnesstraining, indem der Körper gewissen Belastungen ausgesetzt wird, die seinen Metabolismus stärken.«

»Was uns nicht tötet, macht uns stark«, fasste Austin zusammen.

»Das trifft es genau«, sagte Lee.

»Könnte diese ... Hormesis auch bei der New-Bedford-Anomalie eine Rolle gespielt haben?«

»Sie könnte sogar die *entscheidende* Rolle gespielt haben.

In der richtigen Menge verabreicht, könnte das Medusengift die Gesundheit der betroffenen Organismen verbessert und ihr Leben verlängert haben.« Lee sah ihn an. »Jetzt habe *ich* aber eine Frage.«

»Nur zu.«

»Sie und Joe und die Trouts ... Sie haben offensichtlich auch schon früher zusammengearbeitet. Wer und was sind Sie eigentlich?«

Austin antwortete Lee auf eine Weise, die ihre Neugier befriedigte, ohne dass dabei allzu viel über die Funktion seines Teams verraten worden wäre.

»Wir alle gehören zu einem ganz speziellen NUMA-Team, das gewisse geheimnisvolle Erscheinungen erforscht, die scheinbar jeder Logik widersprechen«, sagte er.

»Dieses Geheimnis gehört ganz sicher zu dieser Kategorie«, sagte sie. »Vielen Dank für Ihre Offenheit.«

»Und ich danke Ihnen, dass Sie mich über die Forschungsarbeit des Labors aufgeklärt haben. Reden wir doch mal über das neue Grippevirus. Wie schlimm wären denn die Folgen, wenn sich die Epidemie über die Grenzen Chinas hinweg ausbreitet?«

»*Sehr* schlimm. SARS hat um die achttausend Menschen befallen und weniger als eintausend sind gestorben. Wenn das jetzige Virus in unserem Land zuschlägt, dürfte es mindestens an die zweihunderttausend Menschen töten.«

»Und höchstens?«

»Die Opfer würden sicher in die Millionen gehen. Aber auch wenn es nur einige Hunderttausend sind, müsste die Epidemie das Gesundheitssystem jedes Landes überfordern. Viele der Menschen, die den Tod finden werden, sind im Bereich der Gesundheitsdienste tätig, wodurch sich die Katastrophe erheblich ausweiten würde. Die industrialisierte Welt müsste mit siebenhunderttausend Todesopfern und mehr als zwei Millionen Krankheitsfällen rechnen … *Minimum*. Entwicklungsländer würden allerdings erheblich schlechter abschneiden. Allein die Kosten würden sich auf eine Billiarde Dollar belaufen.«

Austin biss die Zähne zusammen, als er diese furchterregende Prognose hörte.

»Sie haben soeben eine globale Katastrophe beschrieben, Song.«

»Das ist sogar noch milde ausgedrückt. Die Gesundheitsorgane fürchten schon seit Jahren das Auftreten eines mutierten Grippevirus. Auch ohne Unterstützung kann sich das Virus neu schaffen, seine genetischen Eigenschaften verändern und Menschen befallen, die dagegen nicht immun sind.«

»Die Medizin hat heutzutage viel mehr Abwehrmittel zur Verfügung als bei früheren Epidemien«, sagte er.

»Das gilt auch für den Transport«, sagte sie. »Ein Träger, der in den Vereinigten Staaten oder in China infiziert wurde, kann innerhalb von Stunden die Krankheit an jeden Punkt der Erde transportieren. Bereits vorhandene Impfstoffe sind nutzlos, weshalb es so wichtig ist, diesen Meduscnimpfstoff zu entwickeln.«

»Wie verbreitet sich das neue Virus?«

»Das alte Virus wird durch Kontakt übertragen. Der mutierte Stamm breitet sich möglicherweise genauso aus, aber, was noch beunruhigender ist, er kann auch den Wasserweg wählen.«

»Heißt das, er könnte ins Grundwasser gelangen?«

»Ja. Diese Möglichkeit besteht.«

»Was zur Folge hätte, dass das Virus im Trinkwasser vorkommt.«

»Damit wäre seine Ausbreitung noch schwerer zu kontrollieren. Jeder Mensch trinkt doch unbedingt Wasser, während ein persönlicher Kontakt bis zu einem gewissen Grad noch steuerbar ist. So oder so ist es hoch infektiös. Gut möglich, dass die gesamte Menschheit infiziert wird.«

Lee wagte kaum, sich die Folgen ihrer sachlichen Analyse auszumalen, und erwartete, dass Austin ihren Pessimismus teilte. Doch zu ihrer Überraschung sagte er nur: »Vielen Dank für Ihre Informationen, Dr. Lee, aber das können wir nicht zulassen.«

»Was wollen Sie denn tun?«

»Sobald wir das Labor gefunden haben, sorgen wir dafür, dass das Personal in Sicherheit gebracht wird. Dann nehmen wir die Forschung wieder auf und beginnen mit der Produktion des Impfstoffs. Danach nehmen wir uns die Triade vor. Wie klingt das in deinen Ohren, Joe?«

»Das klingt, als bräuchten wir etwas Anständiges zu essen, um unsere Arbeit gut erledigen zu können. Ich seh mal nach, was ich in der Küche finden kann.«

Austin hatte seine Strategie so lässig skizziert, als plane er ein Fußballspiel. Anstatt in Panik zu geraten, stellte Zavala ein Frühstück zusammen. Lee erkannte in den Gesichtern der beiden Männer keinerlei Anzeichen von Wahnsinn oder Galgenhumor, sondern nur ruhige Entschlossenheit und einen stählernen Willen.

Zum ersten Mal, seit sie vom Verschwinden von Davy Jones' Locker erfahren hatte, empfand sie so etwas wie Hoffnung.

33

Die Trouts mussten bis zum Nachmittag auf einen freien NUMA-Jet warten, doch der New Bedford Regional Airport war nur eine Flugstunde von Washington entfernt. Während Gamay an Hand des Navigationssystems den Weg erklärte, lenkte Paul den gemieteten Mini Cooper an den stattlichen Häusern vorbei, die die Country Street säumten, und bog in die hufeisenförmige Einfahrt ein. Ein Schild vor dem kürbis-und-senffarbenen Greek-Revival-Bau wies das Haus als das CAPTAIN HORATIO DOBBS MUSEUM AND GARDENS aus.

Die Trouts stiegen zwischen hohen dorischen Säulen zum Eingang hinauf und betätigten die Klingel. Eine Frau mittleren Alters öffnete die Tür.

»O je!«, rief sie, und ihr Lächeln verflog. »Ich dachte, es sei der Elektriker.«

Gamay schüttelte den Kopf. »Ich fürchte nein. Wir kommen von der National Underwater and Marine Agency. Wir haben Sie heute Vormittag aus Washington angerufen.«

Das Lächeln kehrte zurück.

»Ach ja, Perlmutters Freunde. St. Julien ist ein reizender Mann. Kommen Sie bitte herein. Ich bin Rachael Dobbs. Entschuldigen Sie, dass ich ein wenig aufgeregt bin. Die Dobbs Foundation hat anlässlich eines Jazzkonzerts heute Abend ein Zelt gemietet und … es gibt noch ein Problem mit der Lautsprecheranlage.«

Die Trouts betraten einen hohen Vorraum und folgten Rachael durch einen langen Flur. Der Parkettboden war auf Hochglanz poliert. Vor zwei Ölgemälden blieb sie stehen. Der bärtige Mann auf einem der Bilder hielt einen Sextanten in seinen großen Händen. Hart blickende graue Augen funkelten über einer Hakennase. Die Frau auf dem anderen Bild trug ein dunkles Samtkleid mit einem schlichten Spitzenkragen um ihren schlanken Hals. Große braune Augen musterten den Betrachter. Ein leichtes Lächeln spielte um ihre Lippen, als amüsiere sie sich über einen Scherz, den sie soeben gehört hatte.

»Dies sind meine Ur-Ur-Urgroßeltern. Kapitän Horatio und Hepsa Dobbs«, sagte Rachael.

Hepsa und Rachael hatten das gleiche karottenrote Haar.

»Die Ähnlichkeit ist verblüffend«, sagte Paul.

»Mit Hepsas rotem Haar bin ich ja noch zufrieden, aber von der Nase des Kapitäns hätte es ruhig etwas weniger sein können«, sagte sie. »Wie Sie sehen, hatte er eine ziemlich große.«

Rachael Dobbs führte die Trouts durch die Villa und stellte ihnen dabei die Familienmitglieder vor, deren Porträts fast alle Wände zierten. Die Männer trugen breitkrempige Quäkerhüte, die Frauen züchtige Hauben.

Sie deutete auf eine Vitrine, in der ein zerbeulter Zylinder ausgestellt war.

»Das war der glückbringende Chapeau des Kapitäns. Er trug ihn bei jeder Waljagd.«

Sie gingen hinaus auf eine breite Terrasse mit Blick auf einen klassischen englischen Garten, der mit Rosensträuchern gesäumt war. Sie ließ die Trouts an einem von einem Sonnenschirm überspannten Tisch auf dem Patio Platz nehmen und brachte Gläser mit eisgekühltem Tee heraus.

»Danke für den Rundgang«, sagte Gamay. »Das Haus ist wunderschön.«

»Der Kapitän und seine Frau sind seinerzeit vom Johnny Cake Hill hier heraufgezogen. Die Walhändler wünschten sich größere Häuser und Gärten, die ihren hohen gesellschaftlichen Stand signalisieren sollten. Nun, wie kann ich Ihnen behilflich sein? St. Julien sagte am Telefon, Sie interessierten sich für eins der Logbücher des Kapitäns.«

»Uns erreichte die Anfrage eines Virologen, der sich nach einer Epidemie erkundigte, die im Jahr 1884 die Pazifik-Walfangflotte heimsuchte«, sagte Gamay. »Wir untersuchen Logbücher aus dieser Zeit daraufhin, ob in ihnen irgendwelche Hineise auf dieses Ereignis zu finden sind.«

Rachael hob eine Augenbraue.

»Die Reise von 1848 war die letzte Walfangexpedition des Kapitäns«, sagte sie. »Er hat sich nach dieser Reise zur Ruhe gesetzt.«

»War das nicht ungewöhnlich?«, fragte Paul. »Nach dem, was ich gehört habe, war Ihr Vorfahr ein äußerst erfolgreicher Walfänger.«

»Er war vermutlich sogar der beste seiner Zeit. Und Sie haben recht: Es war seltsam, dass er auf dem Höhepunkt seines Erfolges seinen Abschied vom Ozean nahm. Von der Jungfernfahrt seines Schiffes kehrte er voll beladen mit Walrat zurück und hätte jedes Kommando haben können, nach dem ihm der Sinn stand. Er sagte, er wolle mehr Zeit mit Hepsa verbringen, die er vor jener letzten Expedition ehelichte.«

»Ich kann gut verstehen, dass er zu Hause bleiben wollte«, sagte Paul. »Ihre Ahnin war ja eine wunderschöne Frau.«

Rachael nahm das indirekte Kompliment mit einem Erröten zur Kenntnis.

»Vielen Dank. Der Kapitän arbeitete dann für die Rotch-Familie. Sie erfand das Modell der so genannten *vertikalen Integration,* die auch heute noch bei multinationalen Unternehmen zur Anwendung kommt, und führten sie in die Walfangindustrie ein.« Sie hielt für einen Moment inne, dann sprach sie weiter: »Laut der Familiensage der Dobbs muss während jener letzten Reise etwas geschehen sein, das seine Ansichten von Grund auf geändert hat.«

»Das Gesicht in diesem Porträt des Kapitäns ist nicht das Gesicht eines Mannes, der sich leicht ins Bockshorn jagen lässt«, sagte Paul.

»Da haben Sie recht, Mr Trout. Der Kapitän war Harpunier, ehe er sich nach oben arbeitete. Jemand, der in einem zerbrechlichen hölzernen Boot steht und bereit ist, mit einem siebzig Fuß langen Wal die Kräfte zu messen, ist kein Feigling.«

Gamay beugte sich vor.

»Könnte die Caleb-Nye-Episode etwas mit der Entscheidung des Kapitäns zu tun haben?«, fragte sie.

Rachael schüttelte den Kopf.

»Calebs Abenteuer wäre eine wundervolle Geschichte gewesen, die der Kapitän sicherlich mit Freuden anderen Schiffskapitänen erzählt hätte«, sagte sie.

»Ich glaube, Sie hatten St. Julien gegenüber schon erwähnt, dass das Logbuch der Reise von 1848 zerstört worden sei«, sagte Gamay.

»Unglücklicherweise ja«, bestätigte Rachael seufzend. »Calebs Walfangbibliothek ging in Flammen auf, als sein Haus verbrannte. Es muss ihm das Herz gebrochen haben, seine geliebte Büchersammlung verloren zu haben.

Auf dem Grundstück der alten Nye-Villa in Fairhaven steht jetzt ein Altersheim.«

»Ist es nicht seltsam, dass der Kapitän sein Logbuch einem ehemaligen Mannschaftsmitglied überließ?«, fragte Gamay.

»Eigentlich nicht. Der Kapitän wusste wahrscheinlich von Calebs Büchersammlung. Außerdem bestand zwischen diesen beiden Männern eine ganz seltsame Verbindung. Es heißt, der Kapitän habe sich für den unglücklichen Zustand des jungen Mannes persönlich verantwortlich gefühlt. Er gab eine eidesstattliche Erklärung ab, dass die Jonas-Geschichte vollständig den Tatsachen entsprach. Sie wurde immer während der Show verlesen und half Caleb, ein reicher Mann zu werden.«

»Hat Caleb jemals ein Buch über sein Abenteuer geschrieben?«

»Nicht dass ich wüsste. Er unternahm jahrelange Vortragsreisen unter der Leitung eines P.-T.-Barnum-Typen, eines Organisationstalents namens Strater, und sie verkauften während ihrer Gastspiele Broschüren, daher war das wahrscheinlich um einiges lukrativer als ein Buch. Es muss damals viel über Caleb geschrieben worden sein. Sie könnten zum Beispiel mal einen Blick ins Zeitungsarchiv werfen.«

Rachael entschuldigte sich, um auf die Türklingel zu reagieren, und kam kurz darauf zurück.

»Jetzt ist der Elektriker hier. Wir können später weiterreden, wenn Sie so lange warten wollen.«

»Wir haben nicht viel Zeit«, sagte Gamay. »Könnten Sie uns vielleicht noch einen Tipp geben, wie und wo wir mehr über Caleb Nye in Erfahrung bringen können?«

»Fangen Sie doch gleich in unserem Keller an. Wir be-

sitzen einen Teil des Dioramas, das Nye bei seinen Vor-
trägen benutzt hat. Er hat es einer Bibliothek gespendet,
aber dort hatte man keinen Platz dafür und transportierte
es hierher. Wir hatten jedoch ebenfalls keinen Platz, um es
aufzubauen. Vielleicht darf ich es Ihnen mal zeigen, wenn
ich nicht so viel zu tun habe.

Außerdem gibt es noch das New Bedford Whaling Museum. Und die örtlichen historischen Vereine. Aber da Sie
wenig Zeit haben, ist da eventuell noch eine andere Möglichkeit. Allerdings empfehle ich sie Ihnen nur ungern.«

»Wir greifen nach jedem Strohhalm«, sagte Paul. »Erzählen Sie mal.«

»Nun ja«, sagte sie mit einem Achselzucken, »vielleicht
reden Sie einfach mit Harvey Brimmer. Er handelt mit alten Dokumenten und hat einen Laden in der Nähe des
Seamen's Bethel auf dem Johnny Cake Hill. Von Zeit zu
Zeit gräbt er die erstaunlichsten alten Schriftstücke aus.«

»Warum haben Sie gezögert, uns Mr Brimmer zu empfehlen?«, wollte Paul wissen.

»Harvey steht in dem Ruf, Vorauszahlungen zu verlan-
gen und dann die Dokumente nicht beizubringen, die er
eigentlich hatte suchen sollen. Es gibt Gerüchte über Fäl-
schungen und den Handel mit gestohlenen Dokumenten,
aber entweder sind die Gerüchte falsch oder er ist zu gerissen, um sich erwischen zu lassen. Ich glaube eher das
Letztere.«

»Vielen Dank für die Warnung«, sagte Paul. »Wir nehmen uns schon in Acht, wenn wir mit Mr Brimmer reden.«

»Bitte verraten Sie Harvey nicht, dass ich ihn erwähnt
habe. Er könnte das als Erlaubnis betrachten, den Namen
Dobbs für Werbezwecke zu missbrauchen.«

Die Trouts überreichten Rachael einen ansehnlichen Beitrag für die Spendenbüchse des Museums. Auf dem Weg nach draußen blieb sie vor einem großformatigen Fotodruck stehen, der einen ausgedehnten Webereikomplex zeigte.

»Das ist die Dobbs-Weberei. Der Kapitän wurde noch wohlhabender, als er in die Stoffherstellung investierte. Er war kerngesund und hätte sicherlich ein langes Leben gehabt, wenn ihm nicht ein schwerer Holzbalken auf den Kopf gefallen wäre. Viel Glück bei Ihrer Suche«, sagte sie zum Abschied und eilte davon, um sich mit dem Elektriker zu besprechen.

»War Brimmer nicht der Typ, an den sich Song Lee schon gewandt hatte, als sie das Logbuch suchte?«, fragte Paul.

»Ich bin sicher, dass dies sein Name war«, sagte Gamay. »Vielleicht haben wir ja mehr Erfolg als sie.«

Nachdem sie die Dobbs-Villa verlassen hatten, fuhren die Trouts nach Norden ins Hafenviertel. Das ehemalige Weltzentrum der Walindustrie war im Laufe der Jahrhunderte zu ein paar Blocks historischer Gebäude zusammengeschrumpft. Untereinander verbunden durch Kopfsteinpflaster-Straßen, sahen die alten Speicher und Läden für Schiffsausrüstung, die in den Zeiten der Walrat verarbeitenden Industrie in voller Blüte gestanden hatten, auf die Fischfangflotte und die Fischfabriken herab, die den Acushnet River säumten.

Brimmers Laden befand sich im Parterre eines dreistöckigen Schindelbaus. Unter der abblätternden roten Farbe kam die graue Grundierung zum Vorschein. Das schwarze Holzschild über dem Ladeneingang war aber derart verblichen, dass die Aufschrift H. BRIMMER ANTIQUE BOOKS, MAPS AND DOCUMENTS kaum noch zu entziffern war.

Die Trouts betraten den Laden und brauchten einige Zeit, um ihre Augen an das Dämmerlicht zu gewöhnen. Mehrere Aktenschränke waren vor den Wänden aufgereiht worden, die mit Gemälden von verschiedenen Motiven des Walfanggewerbes bedeckt waren. In der Mitte des Raums stand ein großer Holztisch mit zwei Bankerlampen mit grünen Schirmen. Dutzende von Land- und Seekarten in allen möglichen Formaten bedeckten den Tisch.

Eine Tür im hinteren Teil des Ladens öffnete sich auf das Klingeln der Türglocke hin, und ein hagerer Mann kam heraus.

Er musterte die Trouts durch dicke Brillengläser. Diese Besucher gehörten ganz gewiss nicht zu der Schar akademischer Sammler und gelegentlicher Touristen, aus denen seine Kundschaft gewöhnlich bestand. Mit seinen einen Meter neunzig Größe war Paul größer als die meisten Männer, und Gamay war eine anziehende Erscheinung, die eher durch selbstsichere Ausstrahlung auffiel als durch ihre Schönheit.

»Guten Tag«, sagte der Mann lächelnd. »Ich bin Harvey Brimmer. Kann ich Ihnen behilflich sein?«

Brimmer hätte leicht die Rolle eines Dorfdrogisten in einem Frank-Capra-Film spielen können. Er war knapp mittelgroß und hatte eine leicht gebückte Körperhaltung, als verbrächte er die meiste Zeit über seinen Schreibtisch gebeugt. Sein schütteres, grau meliertes Haar war in der Mitte gescheitelt. Er trug eine graue Anzughose und ein weißes Oberhemd. Die dunkelblaue Krawatte hatte er zu einem Windsorknoten gebunden.

»Ich bin Paul Trout, und das ist meine Frau Gamay. Wir suchen alles, was Sie an Material über Caleb Nye anbieten können.«

Brimmers wässrig blaue Augen weiteten sich hinter den Gläsern seines stählernen Brillengestells.

»Caleb Nye! Nun, das ist ein Name, den ich nicht gerade oft höre. Wie kommt es denn, dass Sie unseren heimischen Jonas kennen?«

»Meine Frau und ich interessieren uns ein bisschen für Walfanggeschichte. Wir stießen im Zusammenhang mit Kapitän Horatio Dobbs auf Calebs Namen. Dann waren wir gerade unterwegs zum Walfangmuseum ... und haben Ihren Laden entdeckt.«

»Nun, Sie haben Glück. Ich kann an einige Broschüren seines Wanderzirkus herankommen. Ich bewahre sie in meiner Werkstatt auf.«

»Wir haben uns gefragt, ob es vielleicht irgendwelche Logbücher der *Princess* gibt, die den Brand von Calebs Villa überstanden haben«, sagte Gamay.

Brimmer runzelte die Stirn.

»Das Feuer war eine Tragödie. Als Antiquar kann ich nur vage vermuten, wie viele alte Bände er in seiner Bibliothek aufbewahrt hatte, aber nicht alle sind verloren. Vielleicht kann ich sogar ein Logbuch der *Princess* herbeischaffen. Sie fuhr viele Jahre zur See, ehe sie der Stone Fleet einverleibt wurde und während des Bürgerkrieges im Hafen von Charleston versank. Die Logbücher gingen an verschiedene Museen und Privatsammler. Ich brauche aber einen Vorschuss, ehe ich mit der Suche beginne.«

»Natürlich«, sagte Gamay. »Meinen Sie, Sie könnten das Logbuch von 1848 finden?«

Brimmers Augen verengten sich.

»Warum dieses besondere Logbuch?«

»Es war Kapitän Dobbs' letzte Walfangreise«, erwiderte sie. »Wir bezahlen Ihnen jeden Preis.«

Brimmer kratzte sich am Kinn.

»Ich glaube, ich kann Ihnen in dieser Angelegenheit tatsächlich helfen«, sagte er.

»Demnach wurde das Logbuch nicht vernichtet?«, fragte Paul.

»Es gibt eine Geschichte über Caleb Nye, die nur wenigen bekannt ist. Er heiratete ein Mädchen aus Fairhaven, doch die Familie war nicht sonderlich erfreut über ihre Ehe mit jemandem, der von allen nur als Freak betrachtet wurde, so reich er auch sein mochte, und hielt die Angelegenheit weitgehend geheim. Die Nyes hatten sogar eine Tochter, die einige Bücher aus der Bibliothek als Aussteuer erhielt. Ich kann mich mal umhören, aber das dauert ein paar Stunden. Kann ich mich bei Ihnen melden?«

Paul reichte Brimmer eine Visitenkarte mit seiner Mobilfunknummer.

Brimmer erkannte das Logo.

»Die NUMA? Ich fühle mich geehrt. Sie arbeiten für eine berühmte Organisation.«

»Danke. Das … finden wir auch«, sagte Paul. »Bitte geben Sie uns Bescheid, sobald Sie etwas in Erfahrung gebracht haben.«

Gamay unterschrieb einen Vertrag und füllte einen Scheck in Höhe des nicht gerade bescheidenen Such-Honorars aus. Sie besiegelten die Vereinbarung mit einem Händedruck.

Harvey Brimmer blickte durch das Fenster seines Ladens, bis die Trouts nicht mehr zu sehen waren, dann hängte er ein Schild mit der Aufschrift GESCHLOSSEN an die Tür und begab sich sofort in sein Büro hinter dem Verkaufsraum. Die Dokumente und Landkarten in seinem Laden waren überteuerte Kopien von Originalen oder billige Antiquitäten für unkundige Touristen.

Brimmer griff nach dem Telefon und wählte eine Nummer aus seinem Rolodex.

»Harvey Brimmer«, meldete er sich bei der Person am anderen Ende der Leitung. »Wir haben uns vor ein paar Tagen über ein seltenes Buch unterhalten. Ich habe einige Käufer, die am selben Objekt interessiert sind. Möglich, dass der Preis steigt. Ja, ich kann auf Ihren Anruf warten. Aber nicht sehr lange.«

Er legte auf und lehnte sich mit zufriedener Miene zurück. Er erinnerte sich an das erste Mal, dass jemand nach dem *Princess*-Logbuch von 1848 gefragt hatte. Der Anruf war schon vor Jahren von einer Frau aus Harvard gekommen. Er hatte ihr gesagt, er werde eine Suchmeldung herausgeben, doch sie meinte, er müsse noch einige Zeit warten, da sie im Begriff sei, nach China zurückzukehren. Er hatte die Anfrage beinahe vergessen, bis dann vor ein paar Wochen ein junger Asiate in seinem Laden erschien und sich nach dem gleichen Objekt erkundigte. Der Mann war ein ungewöhnlicher Kunde, jung und nicht allzu vertrauenerweckend, und er machte aus seiner Verärgerung kein Hehl, als er hörte, dass das Buch nicht lieferbar sei.

Brimmer konnte nicht wissen, dass der Besuch des jungen Mannes erfolgte, nachdem Song Lee Dr. Huang von Bonefish Key aus anrief und die Geschichte von der New-Bedford-Anomalie erwähnte. Sie erklärte ihrem Gönner, sie sei überzeugt, dass diese medizinische Kuriosität Auswirkungen auf ihre Arbeit habe und dass sie in Erwägung ziehe, nach New Bedford zu reisen, wenn es ihre Zeit erlaube, um einen Antiquar namens Brimmer aufzusuchen.

Wie befohlen hatte Dr. Huang die Einzelheiten jeder Unterhaltung mit der jungen Epidemiologin weitergemeldet. Innerhalb weniger Minuten war der Befehl, Brimmers Laden einen Besuch abzustatten, an einen Freizeitclub in der Chinatown von Boston übermittelt worden. Kurz danach betrat der Anführer des örtlichen Ghost-Devils-Ablegers Brimmers Laden und erklärte, er sei auf der Suche nach dem 1848er Logbuch der *Princess*.

Und jetzt kam dieses Paar von der NUMA.

Brimmer hatte keine Ahnung, was da los war, aber es gab nichts, was dem Händler lieber war als Sammler, die gegeneinander boten. Er würde einfach so tun, als ob … und einige Telefongespräche führen. Er würde die Vorschüsse aller drei Parteien behalten und ihnen stattdessen irgendetwas anderes anbieten. Schließlich war er ein Meister der Lockvogeltaktik. Die Geschäfte liefen in letzter Zeit nur schleppend, und dies hier versprach endlich mal ein profitabler Tag zu werden.

Was er aber nicht wusste, war, dass es wahrscheinlich auch sein *letzter* Tag werden würde.

Die Trouts traten aus dem dämmrigen Laden in den nachmittäglichen Sonnenschein und stiegen den Johnny Cake Hill hinauf zum Seamen's Bethel. Sie steckten ein paar Geldscheine in die Spendenbüchse und betraten das Innere der alten Walfängerkirche. Die Kanzel war einige Jahre zuvor dergestalt umgebaut worden, dass sie wie zu Herman Melvilles Zeiten wie ein Schiffsbug aussah.

Paul wartete, bis zwei Touristen hinausgegangen waren, und wandte sich dann an Gamay.

»Was hältst du von Brimmer?«, fragte er.

»Ich halte ihn für einen aalglatten alten Fuchs«, sagte

sie. »Ich denke, wir sollten uns von seinem Anruf nicht zu viel versprechen. Er wird das erste Logbuch, das er findet, mit einem neuen Datum versehen und versuchen, es uns zu verkaufen.«

»Hast du bemerkt, wie sich seine Miene veränderte, als wir Kapitän Dobbs' Logbuch von 1848 erwähnten?«, fragte Paul.

»Das war ja nicht zu übersehen«, antwortete sie. »Brimmer hat dann völlig vergessen, seine Rolle als hilfsbereiter Einheimischer weiterzuspielen.«

Paul ließ den Blick über die Marmortafeln an den Wänden wandern, in die die Namen der Kapitäne und Matrosen eingraviert worden waren, die alle in den fernen Winkeln der Welt verschollen waren.

»Diese alten Walfänger waren wirklich stahlharte Burschen«, stellte er fest.

»Einige waren noch etwas härter als andere«, sagte sie, »wenn man Song Lees Geschichte über den New-Bedford-Erreger Glauben schenkt.«

Paul schürzte die Lippen.

»Dieses medizinische Phänomen ist gewissermaßen eine Verbindung zwischen der Vergangenheit und der Gegenwart. Ich würde gern die Abhandlung lesen, die Lee in Harvard geschrieben hat.«

Gamay holte ihr Blackberry aus der Handtasche. »Erinnerst du dich noch an den Namen von Lees Professor?«

»Wie könnte ich den vergessen?«, erwiderte Paul lächelnd. »Sein Name war Codman.«

»Trout … Cod … Warum werdet ihr Neu-Engländer nur alle nach Fischen benannt?«

»Weil unsere Väter keine Weinkenner waren.«

»*Touché*«, sagte sie.

Als Gamay geboren wurde, hatte ihr tiefrotes Haar ihren Wein trinkenden Vater bewogen, seine Tochter nach der Beaujolais-Traube zu benennen.

Sie rief die Harvard Medical School auf ihrem Black-Berry auf, gab den Namen Codmans in ein Personensuchfeld ein und wählte die Nummer, die daraufhin auf dem Display erschien. Ein Mann, der sich Lysander Codman nannte, meldete sich.

»Hallo, Dr. Codman? Mein Name ist Doktor Gamay Morgan-Trout. Ich bin eine Freundin Dr. Song Lees. Ich hoffe, Sie erinnern sich noch an sie.«

»Dr. Lee? Wie könnte ich diese brillante junge Frau vergessen? Wie geht es ihr?«

»Wir haben sie gestern noch gesehen, es geht ihr gut. Sie arbeitet mit einigen meiner Kollegen bei der NUMA zusammen und hat einen Aufsatz erwähnt, den sie in Harvard geschrieben und an Sie weitergeleitet hat. Er behandelte ein medizinisches Phänomen, das New-Bedford-Anomalie genannt wird.«

»O ja«, sagte Codman. Gamay konnte ihn lachen hören. »Es war ein ungewöhnliches Thema.«

»Wir informierten Song Lee, dass wir in der Nähe seien, und sie fragte, ob mein Mann und ich nicht vorbeikommen und ein Exemplar für sie abholen können. Sie hat das Original verloren.«

Der Professor hatte keinen Grund, eine Arbeit von einem der zahlreichen Studenten, die seine Vorlesungen besucht hatten, zu behalten, aber er sagte: »Normalerweise bewahre ich die Arbeit eines Studenten nicht auf, aber das Thema war in diesem Fall so bizarr, daher nahm ich es in das Buch der Toten auf – das ist ein Begriff, mit dem Charles Fort all das benennt, was nicht eindeutig bewiesen, aber auch nicht als falsch verworfen werden kann. Ich bin sicher, dass ich eine Kopie besorgen kann.«

Gamay gab Paul mit dem Daumen ein Siegeszeichen.

»Vielen Dank, Professor. Wir sind in gut einer Stunde bei Ihnen, wenn es Ihnen recht ist.«

Sie gab die Adresse von Codmans Büro in ihren Black-Berry ein und eilte mit Paul aus der Wahlfängerkirche zu ihrem Wagen. Minuten später verließen sie die Stadt in nördlicher Richtung.

34

Die Stimme des Piloten drang knisternd aus dem Lautsprecher der Bordsprechanlage der Citation X.

»Tut mir leid, Sie zu wecken, aber wir nähern uns jetzt Pohnpei und werden in ein paar Minuten landen. Bitte vergewissern Sie sich, dass Sie Ihre Sicherheitsgurte ordnungsgemäß angelegt haben.«

Austin gähnte einmal und blickte zu Zavala hinüber, der sogar ein Erdbeben verschlafen würde. Dann sah er aus dem Fenster hinaus auf die Landebahn auf Deketik Island und den eine Meile langen Fahrdamm, der die Verbindung zur Hauptinsel darstellte. Bis auf ein paar verirrte Wolken war der Himmel klar.

»Willkommen auf Bali Ha'i«, sagte Austin zu Song Lee, die sich den Schlaf aus den Augen rieb.

Song runzelte die Stirn, verwirrt über Austins Anspielung auf die mystische Insel, die im Musical *South Pacific* eine Rolle spielte. Sie drückte sich die Nase am Plexiglasfenster platt. Die Insel unter ihnen war annähernd kreisrund und von einem schmalen Barriereriff umgeben, das eine riesige tiefblaue Lagune umschloss. Üppige grüne Wälder, durchsetzt mit Wasserfällen, bedeckten die Hänge des Berges im Süden, der die Insel überragte.

»Es ist *wunderschön*«, sagte sie.

»Ich habe hier vor zwei Jahren mit einem NUMA-Forschungsschiff Halt gemacht«, berichtete Austin. »Der hohe Vulkan ist der Mount Nahna Laud. Er inspirierte europäische Entdecker, diesen Ort Ascension Island zu taufen. Ihnen kam es so vor, als ragte der Berg bis in den Himmel.«

»Gibt es irgendeinen Ort auf der Welt, an dem Sie noch nicht gewesen sind?«, fragte Lee.

»Wenn er irgendwie mit dem Meer Berührung hat, dann war ich wohl schon dort«, sagte Austin. »Sehen Sie, man kann die Ruinen der alten Stadt Nan Madol an der Südostküste der Insel sehen. Sie nennen es auch das Venedig der Südsee. Vielleicht können wir uns dort mal umsehen, wenn wir unsere anderen Angelegenheiten erledigt haben. Wissen Sie was, ich lade Sie zu einem Abendessen mit Meerblick ein und mache Sie mit *sakau* bekannt. So wird das Feuerwasser genannt, das die Einheimischen aus Pfefferpflanzen herstellen.«

Neugierig betrachtete Song Kurts markantes Gesicht. Er freute sich ganz offensichtlich wie ein Kind darauf, nach Nan Madol zurückzukehren. Die Tatsache, dass er eine fast unlösbare Aufgabe vor sich hatte und das Leben von einigen hunderttausend Menschen in seiner Hand lag, schien ihn nicht im Mindesten zu belasten. Seine Selbstsicherheit musste eine ansteckende Wirkung haben, dachte sie, denn sie sagte plötzlich: »Ja, das würde mir gefallen. Vielleicht können wir früher oder später Nan Madol besuchen. Ich habe schon früher daran gedacht, dass es Auswirkungen auf diese *Angelegenheit* haben könnte, wie Sie es genannt haben.«

»In welcher Hinsicht, Dr. Lee?«

»Ich beziehe mich da auf eine kleine Geschichte des Ersten Offiziers der *Princess*. Die Insel, an der das Schiff angelegt hatte, nachdem die Mannschaft erkrankt war, soll Walfängern feindlich gesonnen gewesen sein. Nachdem sie dort vor Anker gegangen waren, unternahm der Kapitän einen kurzen Abstecher an Land, um sich zu vergewissern, ob dort Eingeborene anzutreffen seien. Sie fanden zwar niemanden, stießen jedoch auf einige Ruinen. Der Kapitän bemerkte dann die seltsamen Gravuren, die offenbar denen ähnelten, die er an einem Tempel in Nan Madol gesehen hatte.«

»Wenn wir also auf eine Insel treffen, mit Ruinen … ähnlich denen in Nan Madol«, sagte Austin, »besteht die Möglichkeit, dass die *Princess* dort Halt gemacht hat.«

»Das war meine Vermutung«, sagte Lee.

»Wie soll uns das aber auf der Suche nach dem Labor helfen? Vergessen Sie nicht, Dr. Lee, dass dies der eigentliche Grund für unseren Ausflug nach Mikronesien ist.«

»Ja, ich weiß. Aber als ich auf Bonefish Key war, hörte ich, dass im Labor die blaue Meduse knapp werde und man dringend Nachschub bräuchte.«

»Kane sagte, dass ein mutierter Stamm entwickelt worden sei«, sagte Austin. »Warum hätten sie dann weitere Exemplare der ursprünglichen Art brauchen sollen?«

»Zu diesem Zeitpunkt wusste noch niemand mit Sicherheit, dass die Mutation die Lösung war«, sagte Lee, »weshalb die Forschung sich auch in andere Richtungen bewegen musste. Es gab einen Plan, die Meduse aus einer neuen Quelle zu beschaffen. Wenn das Labor noch immer an dem Impfstoff arbeitet, braucht es die Meduse. Was bedeutet, dass – wenn wir die Quelle finden – das Labor nicht allzu weit entfernt sein kann.«

»Wäre es denn nicht so, dass Dr. Kane weiß, wo sich diese neue Quelle befindet?«

»Nicht unbedingt. Er hat einen großen Teil der Alltagsarbeit Dr. Mitchell überlassen.«

Austin überlegte kurz, dann sagte er: »Ich kenne einen

Fremdenführer namens Jeremiah Whittles, der in Kolonia wohnt. Das ist die Hauptstadt von Pohnpei und zugleich die größte Stadt auf der Insel. Whittles brachte mich zu den Ruinen, als ich das letzte Mal hier gewesen bin. Er verfügt über ein geradezu enzyklopädisches Wissen über Nan Madol. Ich glaube, es würde sich lohnen, ihm einen Besuch abzustatten. Vielleicht weiß er etwas, das uns weiterhelfen kann.«

Die Citation X drehte noch eine letzte Runde, dann setzte sie sanft auf der einzigen Rollbahn auf. Am Ende der Piste wendete der Jet und rollte auf ihr zum Flugplatzgebäude zurück.

Die Fahrtreppe stieß gegen den Rumpf. Austin drückte die Tür auf und verließ das Flugzeug. Gleichzeitig füllte er seine Lungen mit der warmen Luft, die mit dem süßen Duft tropischer Blumen erfüllt war. Es schien so, als betrete man eine Sauna, doch niemand beklagte sich nach den vielen Stunden in der temperierten Kabine über die Hitze oder die Luftfeuchtigkeit.

Der freundliche Zollbeamte stempelte ihre Reisepässe und hieß sie in den Föderierten Staaten von Mikronesien willkommen. Lee hatte ihren Reisepass auf Bonefish Key zurückgelassen, aber ein Anruf des Außenministeriums in Honolulu hatte für die Bereitstellung vorläufiger Papiere gesorgt, die ihr eine ungehinderte Ein- und Ausreise ermöglichten.

Die Vorhalle war verlassen – bis auf einen Mann, der ein Schild mit der Aufschrift NUMA hochhielt. Er trug eine Baseballmütze, ausgebeulte Cargoshorts, Sandalen und ein weißes T-Shirt mit vier weißen Sternen in einem azurblauen Rechteck auf der Brust, der Flagge Mikronesiens.

Austin stellte sich und seine Begleiter vor.

»Freut mich, Sie kennenzulernen«, sagte der Mann. »Ich bin Fähnrich Frank Daley. Entschuldigen Sie meine Verkleidung. Die Einheimischen sind zwar an Navy-Personal gewöhnt, aber wir versuchen so wenig wie möglich aufzufallen.«

Trotz seiner Kleidung entlarvten Daleys stramme Haltung, sein kurzer Bürstenhaarschnitt und ein Kinn, das so glatt rasiert war, dass es glänzte, ihn eindeutig als Vertreter des Militärs.

»Es sei Ihnen verziehen, Fähnrich«, sagte Austin. »Was haben Sie für uns geplant?«

»Draußen wartet ein Hubschrauber, um Sie zu dem Suchkommando zu bringen, das sich auf meinem Schiff befindet, dem Kreuzer *Concord*.«

Während sie zu dem grauen Sikorsky Skyhawk gingen, der schon auf ihre Ankunft gewartet hatte, erkundigte sich Austin bei Daley nach dem Stand der Suche.

»Wir haben einige hundert Quadratmeilen aus der Luft und zu Wasser durchgekämmt«, sagte der Fähnrich. »Bisher allerdings ohne Erfolg.«

»Haben Sie auch Sonarbojen zum Aufspüren von Unterwasseraktivitäten eingesetzt?«

Daley tätschelte die Nase des Skyhawk.

»Dieser Vogel wurde für die U-Boot-Abwehr gebaut. Er verfügt über die modernsten akustischen Sensoren. Die Aufzeichnungen der Sensoren werden zum Schiff gesendet und dort einer Computeranalyse unterzogen. Bisher alles negativ, Sir.«

»Wurde der Standort des Labors gründlich untersucht?«, fragte Zavala.

»So gründlich, wie es mit einem ROV nur möglich ist«, antwortete Daley.

»Ich habe gehört, dass auch ein NUMA-Schiff an der Suche beteiligt sein soll«, sagte Zavala. »Mal sehen, ob ich mir dort ein Tauchfahrzeug ausleihen und mich selbst da unten umsehen kann.«

Austin dachte an seine Unterhaltung mit Song Lee.

»Dr. Lee hat eine Spur, der wir auf der Insel gerne nachgehen würden«, sagte er. »Könnten Sie Joe zum Schiff bringen und uns in ein paar Stunden abholen?«

»Mir wurde gesagt, dass sich die gesamte Navy für Sie bereithält, Mr Austin«, sagte Daley. »Der Chopper schafft zweihundert Meilen in der Stunde. Wir sind in Kürze wieder auf der Insel.«

Austin ging zu Zavala hinüber, der ihr Gepäck in den Helikopter lud.

»Song hat ein paar interessante Dinge über Nan Madol herausbekommen«, sagte er, »und die könnten für die Suche nach dem Labor förderlich sein. Kannst du die Suchoperation beaufsichtigen, während wir uns an Ort und Stelle umsehen?«

»Moment mal, Kurt. Du verschwindest mit der reizenden Dr. Lee, während ich da unten im Schlamm herumwühle. Kommt dir daran irgendwas seltsam vor, Partner?«

»Nichts – soweit ich erkennen kann, *Partner*«, sagte Austin.

»Ich muss zugeben, dass du damit nicht ganz unrecht hast«, sagte Zavala grinsend. »Wir sehen uns also in ein paar Stunden.«

Er stieg mit Daley in den Helikopter. Die beiden General-Electric-Motoren sprangen an, und die Rotoren setzten sich in Bewegung. Das fünfundsechzig Fuß lange Luftfahrzeug stieg auf, verharrte in einigen hundert Fuß Höhe, drehte sich dann langsam und flog über die Lagune in Richtung des offenen Meeres.

Während der Hubschrauber Joe zur Suchflotte brachte, verließen Austin und Lee das Flughafengebäude und hielten gleich nach einem Taxistand Ausschau. Ein junger Mann Mitte zwanzig – mit an die dreihundertfünfzig Pfund Lebendgewicht – lehnte an einem altersschwachen hellbraunen Pontiac Station Wagon mit einer Karosserie aus Holzimitat und der Aufschrift KOLONIA TAXI CO. auf der Tür. Austin ging auf den Mann zu und fragte ihn, ob er einen Fremdenführer namens Jeremiah Whittles kenne.

»Sie meinen Old Jerry? Natürlich. Er hat sich aber zur Ruhe gesetzt. Wenn Sie einen Fremdenführer brauchen, kann ich Ihnen meinen Cousin empfehlen.«

»Danke, aber ich möchte speziell mit Jerry reden«, sagte Austin. »Können Sie mich zu ihm bringen?«

»Kein Problem«, sagte der Mann lächelnd. »Er wohnt in Kolonia. Steigen Sie ein.«

Austin hielt die Tür für Song Lee auf, dann nahm er neben ihr Platz. Der Fahrer, der sich ihnen als Elwood vorstellte, zwängte seinen massigen Körper in den Fahrersitz, wobei die Federung protestierend ächzte und das Chassis Schlagseite bekam. Während Elwood startete, folgte ihm ein schwarzer Chevrolet Silverado Pick-up, der mehrere Wagenlängen entfernt hinter dem Kombiwagen geparkt hatte, über den Fahrdamm nach Kolonia, einer Stadt mit etwa sechstausend Einwohnern, deren heruntergekommene Main Street die Aura einer alten amerikanischen Westernstadt ausstrahlte. Elwood bog von der Main Street in ein Wohnviertel ab und stoppte vor einem adretten gelben Haus.

Der Silverado fuhr an dem Pontiac vorbei und parkte ein

kurzes Stück weiter, von wo aus der Fahrer im Rückspiegel beobachten konnte, wie Austin und Lee zur Haustür gingen. Austin klingelte und hörte jemanden im Haus hallo sagen. Sekunden später öffnete ein schwächlicher Mann, der um die achtzig Jahre alt war, die Tür.

Zuerst lächelte Jeremiah Whittles Lee an. Dann wanderte sein Blick weiter zu Austin, und ein Strahlen glitt über sein Gesicht.

»Ist das etwa Kurt Austin von der NUMA? Mein Gott, ich glaub's nicht! Wie lange ist das her?«

»Viel zu lange, Whit. Wie geht es Ihnen?«

»Älter bin ich, ja, aber nicht unbedingt weiser. Was führt Sie auf meine schöne Insel, Kurt?«

»Ein Auftrag der Navy. Ich zeige Dr. Lee die Gegend. Sie interessiert sich für Nan Madol – und mir fiel niemand ein, der besser darüber Bescheid weiß, als der bekannteste Fremdenführer von Pohnpei.«

»Sagen Sie lieber: der bekannteste *ehemalige* Fremdenführer«, korrigierte Whittles. »Kommen Sie herein.«

Mit seiner rosigen Glatze, der schmalen Adlernase, den freundlichen, aber stets wachsamen Augen hinter den dicken Brillengläsern und leicht gebeugten Schultern bot Whittles den Anblick eines freundlichen Bussards.

»Ich hörte schon, Sie hätten sich zur Ruhe gesetzt«, sagte Austin.

»Mein Gehirn ist immer noch hellwach und so voll mit historischen Fakten wie ein alter Kochkessel. Aber die Wirbelsäule wurde allmählich steif, und ich konnte den Kopf nur noch mühsam bewegen, was nicht gerade günstig ist, wenn man seine Gäste auf besondere Sehenswürdigkeiten aufmerksam machen möchte. Ich musste immer den ganzen Körper drehen, so wie ein Zinnsoldat. Und dann ließen meine Augen nach. Nicht gerade die besten Voraussetzungen für einen Fremdenführer! Daher dachte ich, es ist wohl am besten, ich quittiere meinen Dienst.«

Whittles ging voraus durch Räume, die mit zahllosen Objekten mikronesischer Volkskunst gefüllt waren. Es gab Masken, Totems und geschnitzte bizarre Figuren an jeder Wand und in jeder Nische. Er platzierte seine Gäste auf einer Veranda und schlurfte davon, um eisgekühltes Mineralwasser zu holen.

Während seiner Reisen rund um die Welt war Austin immer wieder solchen Leuten wie Whittles begegnet, reiselustigen Engländern, die sich als Fremdenführer berühmten Kirchen, alten Palästen und vergessenen Tempeln verschreiben, im Laufe der Jahre ein profundes Wissen über die Objekte ihrer Zuneigung erwerben und so zu einer gewissen Prominenz gelangen.

Austin hatte Whittles während einer Besichtigungstour in Nan Madol kennengelernt: Der Umfang und die Qualität seiner historischen und kulturellen Kenntnisse hatten ihn zutiefst beeindruckt. Jahre zuvor hatte Whittles als Navigator auf einem Handelsschiff gearbeitet, das in Pohnpei Zwischenstation gemacht hatte, und war von der Schönheit und der Geschichte der Insel auf Anhieb verzaubert worden. Nachdem er sich dank ausreichender Ersparnisse schon früh aus der Handelsmarine zurückgezogen hatte, war er auf die Insel umgezogen und führte seitdem ein geradezu mönchisches Leben, dessen Mittelpunkt die Ruinen darstellten. Nan Madol wurde nicht nur sein Lebensunterhalt, sondern – sein ganzes Leben.

Whittles kam mit dem Wasser zurück, ließ sich in einem Sessel nieder und fragte Lee, was sie über Nan Madol wüsste.

»Nicht viel, muss ich gestehen«, sagte sie. »Nur dass es das Venedig der Südsee genannt wurde.«

»Nan Madol ist mit der Stadt an der Adria aber gar nicht zu vergleichen«, sagte er, »doch es ist nichtsdestoweniger beeindruckend. Es besteht aus zweiundneunzig künstlich angelegten Inseln und wurde um 1100 angelegt. Die Erbauer transportierten mit Flößen sechseckige Basaltsteine ins Watt und auch zum Riff vor Temwen Island, einige davon waren bis zu zwanzig Fuß lang, und stapelten sie horizontal aufeinander, um auf diese Weise künstliche Inseln in der Art hoher Warften zu schaffen. Ein System seichter Kanäle verbindet die Inseln miteinander. Dass die Stadt so abgelegen und geheimnisvoll ist und sich an einer Stelle befindet, wo niemand mit einem solchen Bauwerk rechnen würde, hat Theorien Nahrung gegeben, dass Nan Madol Teil des versunkenen Kontinents Mu oder Lemura sein könnte.«

»Was denken Sie denn selbst, Mr Whittles?«, fragte Lee.

»Ich befürchte, die Wirklichkeit ist um einiges prosaischer, aber immer noch fantastisch genug. Die Stadt war eine Ansammlung von Tempeln, Verwaltungsgebäuden, Mausoleen, Wohnhäusern für Priester und Adlige und einem See, in dem angeblich ein heiliger Aal lebte ... Wie kann ich Ihnen behilflich sein, Dr. Lee?«

»Wissen Sie von irgendwelchen Ruinen, die mit ungewöhnlichen Gravuren versehen sind, die denen auf einer anderen Insel gleichen?«

»Nur von einer«, sagte Whittles. »Dem Tempel des sogenannten Kults der Heilenden Priester. Ich habe Berichte von noch einem ähnlichen Tempel an einem anderen Ort gehört, habe sie jedoch nie überprüfen, geschweige denn bestätigen können.«

»Um was genau handelte es sich bei diesem Kult?«, fragte Austin.

»Er hat seinen Ursprung auf einer der Inseln in der Nähe Pohnpeis. Die Priester reisten von Insel zu Insel, um die Kranken zu pflegen, und wurden für ihre Wunderheilungen berühmt.«

Austin wechselte einen vielsagenden Blick mit Lee.

»Als Ärztin«, sagte sie, »interessiere ich mich natürlich besonders für diese Heilungen.«

»Ich wünschte, ich könnte Ihnen mehr erzählen«, sagte Whittles, »aber die Zivilisation zerfiel auf Grund furchtbarer Kriege. Und während der Kult ebenfalls ausstarb, besteht immerhin die Möglichkeit, dass seine Glaubensinhalte und seine Zeremonien in einfacherer Form überlebt haben. Das meiste von dem, was wir heute wissen, wurde in mündlicher Form weitergetragen. Es gibt aber keine schriftlichen Unterlagen darüber.«

»Könnte man die Gravuren nicht als schriftliche Aufzeichnungen betrachten?«, fragte Austin.

»Sicher«, sagte Whittles. »Aber soweit ich erkennen konnte, sind sie eher symbolischer und allegorischer Natur und nicht als historische Zeugnisse zu verstehen.«

»Was stellen die Gravuren in Nan Madol denn dar?«, fragte Lee.

»Ich kann es Ihnen besser *zeigen* als erklären«, sagte Whittles.

Er ging in sein Arbeitszimmer, kramte in den Aktenschränken dort herum und kam mit einem brauen Umschlag zurück. Er öffnete ihn und holte einen Stapel Fotos heraus, fächerte sie auf wie ein Kartenspiel, suchte eins aus und reichte es dann Lee.

»Dies ist die Fassade des Tempels, und zwar von einem

Kanal aus gesehen«, erklärte er. »Unter dem Boden des Tempels befindet sich ein Hohlraum, der früher mal mit Wasser gefüllt gewesen sein muss. Das Foto zeigt die Gravuren im Innern des Tempels.«

Lee betrachtete das Foto einige Sekunden lang, dann gab sie es an Austin weiter, der die glockenförmigen Gebilde darauf studierte und schließlich aufblickte.

»Quallen?«, fragte er.

»Es scheint so«, sagte Whittles. »Ich kann mir allerdings nicht erklären, weshalb sie die Wände eines Tempels mit diesen Lebewesen verziert haben. Aber, wie ich schon erzählt habe, es gibt da einen kleinen See, der den heiligen Aal beherbergt. Also warum nicht auch einen für Quallen?«

»Ja, warum eigentlich nicht?«, sagte Lee, und ihre Augen funkelten aufgeregt.

»Ich würde mir diesen Ort gerne einmal in natura ansehen«, sagte Austin. »Können Sie uns beschreiben, wo er sich befindet?«

»Ich kann Sie sogar hinführen, aber ich hoffe, dass Sie Ihre Badesachen mitgebracht haben. Die Plattform, auf der der Tempel stand, wurde von einem Erdbeben vor einem Jahr in Mitleidenschaft gezogen und ist im Kanal versunken. Nicht sehr tief. Ungefähr zwölf Fuß oder so.«

Austin sah Lee fragend an.

»Was möchten Sie, Ma'am? Schnellstens zu unserem Schiff weiterreisen oder Nan Madol besichtigen?«

»Ich denke, die Antwort auf diese Frage liegt auf der Hand«, erwiderte sie.

Eingedenk der Entschlossenheit, die er bei ihr bisher hatte beobachten können, überraschte ihn ihre Reaktion ganz und gar nicht.

Austin bat um das örtliche Telefonbuch und hatte innerhalb weniger Minuten ein Motorboot und eine Taucherausrüstung gemietet. Whittles markierte den Standort des Tempels auf einer Touristenkarte der Ruinenstadt. Sie bedankten sich bei dem alten Mann und kehrten zu dem wartenden Pontiac zurück. Als das Taxi in Richtung Hafen losfuhr, setzte sich auch der Chevy Silverado in Bewegung und folgte in gebührendem Abstand.

35

Dr. Lysander Codman begrüßte die Trouts in der Vorhalle eines Gebäudes am Rand der großzügigen Rasenfläche an der Longwood Avenue, wo die Harvard Medical School Teil einer Universität war, zu der die renommiertesten Institute des Landes gehörten. Der Professor war ein hochgewachsener schlaksiger Mann in den Sechzigern. Er hatte jene Art eines länglichen Gesichts, das von kräftigen Zähnen geprägt war und zu der Vermutung Anlass gab, dass auf der Ahnentafel der ein oder anderen alten Yankee-Familie auch schon mal ein Pferd zu finden gewesen sein muss.

Codman ging durch einen Flur voraus und dirigierte die Trouts in sein geräumiges Büro. Er forderte seine Besucher auf, es sich gemütlich zu machen, und füllte Tassen mit Earl Grey aus einem elektrischen Teebereiter. Dann ließ er sich in seinen Schreibtischsessel fallen, stellte einige Fragen über ihre Tätigkeit bei der NUMA und hielt einen broschierten Bericht hoch, so dass die Trouts den Titel auf dem dunkelblauen Einband lesen konnten:

DIE NEW-BEDFORD-ANOMALIE
IMMUNREAKTIONEN BEI DER MANNSCHAFT
DES WALFANGSCHIFFES *PRINCESS*

Codman trank einen geräuschvollen Schluck aus seiner Tasse.

»Ich hatte Gelegenheit, Dr. Lees Aufsatz zu überfliegen«, sagte er. »Er ist noch seltsamer, als ich in Erinnerung hatte.«

»Seltsam, in welcher Hinsicht denn, Professor Codman?«, fragte Paul.

»Sie werden es verstehen, wenn Sie es lesen. Der erste Teil von Dr. Lees Abhandlung basiert im Wesentlichen auf Zeitungsartikeln. Der Reporter hat pensionierte Walfänger interviewt, um ihre Erlebnisse aufzuzeichnen, und dann erkannt, dass er auf etwas Besonderes gestoßen war. Ihm fiel nämlich auf, dass eine Gruppe von Walfängern in den Siebzigern und Achtzigern während eines großen Teils ihres langen Lebens unter keinerlei Krankheiten gelitten hatten.«

»Wir waren heute schon im Seamen's Bethel in New Bedford«, sagte Gamay. »An den Wänden dort hängen Gedenktafeln zahlreicher Walfangmannschaften. Paul hat bemerkt, wie robust die alten Männer gewesen sein müssen.«

»In diesem Fall ging es aber deutlich über eine natürliche Robustheit hinaus«, sagte Codman. »Diese Männer waren tatsächlich *niemals* krank. Sie wurden nicht einmal von einem Schnupfen heimgesucht. Allesamt starben sie in hohem Alter an geriatrischen Leiden wie Stauungsinsuffizienz oder, etwas verständlicher, Herzversagen aufgrund einer unzureichenden Durchblutung der Herzkranzgefäße.«

»Zeitungsberichte können schon mal übertreiben«, sagte Gamay.

»Vor allem im neunzehnten Jahrhundert«, antwortete Codman. »Doch die Berichte fanden das besondere Interesse eines Doktors für Immunologie namens Fuller, der hier an der medizinischen Fakultät arbeitete. Er stellte ein Team von Ärzten zusammen, um das Phänomen zu untersuchen. Sie unterhielten sich mit den Männern und den Ärzten, die ihre Krankheitsgeschichten kannten. Was sie dabei herausfanden, war noch viel seltsamer als das, was die Zeitungen berichteten. Die Männer, die sich der robustesten Gesundheit erfreuten, hatten alle während einer einzigen Reise im Jahr 1848 auf dem Walfangschiff *Princess* gedient. Sie waren auf dieser Reise mit einer Tropenkrankheit infiziert worden, die damals auf den Walfangflotten des Pazifik grassierte. Während einige dieser Männer später wieder zur See fuhren und bei Unfällen mit Walen den Tod fanden, waren vierzehn von ihnen noch am Leben. Sie wurden mit Besatzungsmitgliedern anderer Schiffe verglichen – und die statistischen Unterschiede, was ihren Gesundheitszustand betraf, waren äußerst erstaunlich. Die Ärzte untermauerten ihre Erkenntnisse mit Tabellen und Diagrammen und so weiter.«

»Trotzdem äußerten Sie gewisse Zweifel an Dr. Lees Schlussfolgerungen«, sagte Gamay.

Professor Codman lehnte sich zurück, stützte die Fingerspitzen gegeneinander und starrte ins Leere.

»Die Aufzählung der Fakten hat mich nicht so sehr gestört wie ihre Schlussfolgerungen«, sagte er nach kurzem Nachdenken. »Die Grundlage für Dr. Lees Aufsatz beruhte auf empirischen Indizien, die ich ein wenig schwer verdaulich fand, und zwar im Wesentlichen ihre Interpretation der Anekdoten, die von den Beteiligten beigetragen wurden. Unglücklicherweise starb der Kapitän des Schiffes, ehe diese Interviews stattfanden. Sein Logbuch wurde nie gefunden.«

»Haben denn Augenzeugenberichte nicht auch ein gewisses Gewicht?«, fragte Paul.

»O ja, sicher. Aber bedenken Sie bitte eins: Diese Männer waren zu jener Zeit erkrankt, einige hatten hohes Fieber und befanden sich fast schon im Koma; hinzukommt noch, dass ihre Erinnerungen erst Jahrzehnte nach dem tatsächlichen Geschehen aufgezeichnet wurden.«

»Wie haben denn diese Erinnerungen ausgesehen?«, fragte Paul.

»Im Grunde haben alle die gleiche Geschichte erzählt: Sie sind kurz nach Verlassen des Hafens erkrankt, haben dann das Bewusstsein verloren und sind am nächsten Tag bei guter Gesundheit wieder aufgewacht.«

»Läge denn so etwas wie eine Spontanheilung im Bereich des Möglichen?«, fragte Gamay.

»Dr. Lee präsentierte Berichte über eine grippeähnliche Seuche, die damals in der Flotte grassierte. Angesichts ihrer Ausbreitungsgeschwindigkeit und Heftigkeit wie auch der hohen Sterblichkeitsrate bei Influenza würde ich allerdings sagen, dass eine Spontanheilung nicht sehr wahrscheinlich war.«

»Sie sagten doch, die Mannschaftsmitglieder hätten im Großen und Ganzen alle die gleiche Geschichte erzählt«, warf Gamay ein. »Untermauert das denn nicht die Berichte über das Geschehen?«

»Ein Walfangschiff war eine kleine abgeschottete Gemeinde. Ich denke, die Männer haben sich untereinander abgesprochen und auf einen bestimmten Verlauf der Ereignisse geeinigt.« Er hielt inne. »Nur der erste Maat hatte eine andere Version auf Lager.«

»Stand sie im Widerspruch zu der Version der Mannschaft?«, fragte Gamay.

»Nein. Genau genommen hat der erste Maat sie *ergänzt*. Er entsann sich nämlich, dass das Schiff vor einer Insel Anker warf und dass er mit dem Kapitän gemeinsam an Land ging. Er erinnerte sich auch daran, ein blaues Licht gesehen und in seiner Brust einen stechenden Schmerz verspürt zu haben. Als er dann aufwachte, hatte er das Gefühl, niemals krank gewesen zu sein.«

»Das mit dem stechenden Schmerz ist interessant«, sagte Gamay. »Glauben Sie, dass er damit eine primitive Form der Impfung gemeint haben könnte?«

»Es scheint in diese Richtung zu gehen. Er sagte, alle überlebenden Matrosen und Offiziere der Mannschaft hätten einen rötlichen Fleck auf der Brust gehabt. Bei den Lichteindrücken konnte es sich um Halluzinationen oder um jenes elektrische Phänomen des sogenannten Elmsfeuers gehandelt haben – und die Flecken könnten auf Insektenstiche zurückzuführen sein. Auf jeden Fall kann die rechtzeitige Impfung einer Krankheit vorbeugen und sie verhindern, aber *heilen* kann sie sie nicht.«

»Hat das Harvard-Team den Männern Blutproben abgenommen?«, fragte Gamay.

»Ja. Die Proben wurden mikroskopisch untersucht. Es gab offensichtlich irgendwelche Abwehrreaktionen, aber Sie müssen sich vergegenwärtigen, dass die optischen Instrumente nach heutigen Standards noch ziemlich primitiv waren. Der Wissenschaftszweig der Immunologie ist ja vergleichsweise jung. Jenner und Pasteur hatten noch nicht ihre bahnbrechenden Entdeckungen gemacht, die erklären, weshalb Menschen, die eine bestimmte Krankheit überlebt haben, gegen diese anschließend weitgehend immun sind.«

»Könnte man die Blutproben denn heute noch analysieren?«, fragte Gamay.

»Klar, wenn wir sie zur Verfügung hätten. Offenbar wurden die Proben entweder vernichtet oder sie gingen ganz einfach verloren.« Er reichte Gamay den Bericht. »Auf jeden Fall werden Sie feststellen, dass es eine faszinierende Lektüre ist.«

Die Trouts kehrten zu ihrem Wagen zurück, als Pauls Mobiltelefon trillerte.

Er lauschte einige Sekunden lang und sagte dann: »Okay.« Schließlich klappte er das Telefon zu und sagte: »Ich glaube, wir müssen uns bei unserem Freund Brimmer entschuldigen.«

»Sag bloß, er hat ein paar Dokumente aus Caleb Nyes Straßentheater gefunden«, meinte Gamay.

»Noch besser«, sagte Paul. »Brimmer hat das *Princess*-Logbuch von 1848 aufgestöbert.«

Harvey Brimmer legte den Telefonhörer auf die Gabel und starrte die vier Asiaten in seinem Büro an. Sie waren Anfang bis Mitte zwanzig, mit identischen schwarzen Lederjacken und Jeans bekleidet, und trugen schwarze Stirnbänder mit roten chinesischen Schriftzeichen. Sie waren nicht lange nach Brimmers Anruf wegen des Logbuchs in New Bedford eingetroffen. Ihr Anführer, ein schmalgesichtiger junger Mann mit einer Narbe auf der rechten Wange, war es gewesen, der das Antiquariat damals aufgesucht und sich nach dem Buch erkundigt hatte. Er hatte Brimmer jetzt auch befohlen, die Trouts anzurufen.

»Sie sind unterwegs«, sagte Brimmer. »Warum wollen Sie sie denn sprechen?«

Der Anführer zog eine Pistole unter seinem Hemd hervor. Er lächelte und entblößte dabei einen Schneidezahn, der mit einer goldenen Pyramide verziert war.

»Wir wollen sie gar nicht *sprechen*, alter Mann«, sagte er. »Wir wollen sie *töten*.«

Er riss die Telefonleitung aus der Wand, dann befahl er Brimmer, ihm sein Mobiltelefon auszuhändigen, das er sich in die Tasche steckte.

Brimmer gefror das Blut. Er war klug genug sich auszurechnen, dass man ihn als Zeuge eines Doppelmords wohl kaum am Leben ließe. Hinter seinem Schreibtisch sitzend dachte er an sein zweites Mobiltelefon in einer der Schubladen. Wenn er irgendeine Chance witterte, würde er sein Glück versuchen.

36

Genauso wie zahlreiche andere Boote, die erbaut worden waren, ehe man genau wusste, welche Stärke des damals noch neuen Glasfibermaterials für einen Bootsrumpf ausreichte, war das ramponierte zwölf Fuß lange Ruderboot, das Austin im Hafen von Kolonia gemietet hatte, wie ein Schlachtschiff gebaut. Das breite Boot wurde von einem fünfzehn PS leistenden Evinrude-Außenbordmotor angetrieben, der eigentlich in ein Museum für antike nautische Gerätschaften gehörte.

Austin erkannte zu seiner Erleichterung, dass sich die Tauchausrüstung, die er ebenfalls gemietet hatte, in einem weitaus besseren Zustand befand als das Boot oder der Motor. Er inspizierte Atemregler, Schläuche und Druckluftflasche und stellte fest, dass die Ausrüstung bestens gewartet worden war. Außerdem hatte er nachträglich noch eine billige Einwegkamera in einem wasserdichten Plexiglasgehäuse gekauft. Dann, nachdem er den Sack mit der Tauchausrüstung verstaut hatte, half er Song Lee beim Einsteigen. Nach einigen Versuchen mit dem Starterseil hustete der Evinrude-Motor endlich und sprang an. Sobald er rund lief, erwies es sich, dass er ein kraftvolles mechanisches Herz besaß, während er das schwere Boot mit zwar mäßigem, aber doch stetigem Tempo an der Küste entlang durchs Wasser schob.

Nan Madol war per Boot von Kolonia aus innerhalb einer Dreiviertelstunde zu erreichen. Während sie sich der

Stadt an der Südostküste von Tenwen Island näherten und einen ersten Blick auf die rätselhaften Inselchen erhaschten, versuchte Austin, sich daran zu erinnern, was Whittles über die Ruinen erzählt hatte. Der Ort war seit dem zweiten Jahrhundert n. Chr. ein rituelles Zentrum gewesen, doch seine megalithische Architektur hatte erst im zwölften Jahrhundert begonnen Gestalt anzunehmen.

Die Stadt diente als Residenz für den Adel und die Priester eines Totenkults, wobei die Zahl ihrer Bewohner zu keinem Zeitpunkt die Tausendermarke überstieg. Der Friedhof erstreckte sich über achtundfünfzig Inseln im nordöstlichen Teil der Stadt, einem Abschnitt mit dem Namen Madol Powe. Whittles hatte Austin dorthin gebracht und ihm die kleinen Inseln gezeigt, auf denen die Priester gelebt und gearbeitet hatten. Madol Powe war der Verwaltungssektor des südwestlichsten Teils von Nan Madol. Dort lebte der Adel, und dort waren auch Krieger untergebracht.

Die Erbauer von Nan Madol hatten mehrere Dämme errichtet, um die Stadt vor den Launen des Pazifik zu schützen. Die rechteckigen Inseln glichen sich im Prinzip. Stützmauern, erbaut aus schweren, kantigen Basaltsäulen, die wie Blockhauswände zusammengefügt wurden, umgaben einen Kern aus Korallenschutt. Sobald die Mauern mehrere Fuß über den Meeresspiegel hinausragten, wurden Plattformen darauf angelegt und dienten als Fundamente für Wohnanlagen oder Tempel oder sogar Totenhäuser. Die sorgfältiger gestalteten Inseln – wie die prachtvolle Begräbnisstätte in Nandauwas – verfügten über fünfundzwanzig Fuß hohe Mauern, die eine Palastanlage sicherten.

In einer Zeichnung, die Whittles für Austin angefertigt hatte, befand sich der Tempel des Kults der Heilenden

Priester im Begräbnissektor von Nan Madol. Es war eine kleinere Version von Nandauwas, was vermuten ließ, dass die Insel eine besondere Bedeutung für die Bewohner hatte. In den Tempel gelangte man durch ein Portal in der äußeren Mauer, die einen Innenhof umschloss, und dann durch ein weiteres Portal in einer zweiten Mauer.

Indem er sich an Whittles' Skizze hielt, lenkte Austin das Boot in die Stadt und glitt dabei an zerfallenden Mauern vorbei, die an diesem abgelegenen Ort wie ein Fremdkörper wirkten. Sie winkten den Passagieren zweier Boote zu: fotohungrigen Touristen, die unter bunten Sonnendächern saßen. Nan Madol war ein beliebtes Ziel für Tagesausflüge, und so passierten sie einen Fremdenführer, dem ein Konvoi von Paddelbooten ebenso folgte wie junge Enten ihrer Mutter.

Nach einem Blick auf Whittles' Skizze verließ Austin den von Touristen stärker frequentierten Bereich und bog in einen stillen Kanal ein, der auf beiden Seiten von Basaltmauern und Palmen gesäumt wurde. In alten Zeiten hatte dieser Kanal am Tempel der Heilenden Priester geendet, doch das Einzige, was heute noch auf die Existenz dieses Tempels hinwies, war eine Ansammlung von Säulen, die einen Fuß weit aus dem Wasser ragten. Austin schaltete den Motor aus, ließ das Boot bis dicht vor die Säulenreste treiben, und ankerte dann dort.

Austin hatte im Tauchladen eine Badehose gekauft, leuchtend orange und mit Hula-Tänzerinnen bedruckt, das einzige Modell in seiner Größe, das der Laden auf Lager hatte. Er verstaute Brieftasche und Mobiltelefon in einem wasserdichten Plastikbeutel, schlüpfte in die Tauchjacke und legte Gewichtsgürtel, Druckluftflasche und Schwimmflossen an. Dann rollte er sich über den Boots-

rand in das lauwarme Wasser, tauchte wieder auf und winkte Song Lee zu. Danach nahm er das Atemventil in den
Mund und ließ sich mehrere Fuß tief in das bräunlich grüne und träge dahinströmende Wasser sinken.

Er knipste eine wasserdichte Lampe an, die er im Laden
gefunden hatte. Die Sicht war in dem trüben Wasser zwar
nur eingeschränkt, aber der Lichtstrahl erhellte immerhin
die Basalttrümmer, die einst als Fundament der Insel gedient hatten. Austin umrundete die Insel und kehrte zu
seinem gemieteten Boot zurück.

Whittles hatte die Vermutung geäußert, dass der Kern
aus Korallentrümmern, der den Tempel getragen hatte,
während des Erdbebens auseinandergebrochen sein musste, wodurch das Gebäude auf den Grund des Kanals gesunken war. Die Stützmauern hatten es schließlich ganz
verschüttet.

Austin umrundete abermals den Trümmerhaufen, diesmal in größerer Tiefe, und entdeckte eine Öffnung, die
von teilweise noch aufrecht stehenden Basaltsäulen gebil-
det wurde. Er leuchtete in die Höhle. Der Lichtstrahl verlor sich, was darauf schließen ließ, dass sich hinter der Öffnung ein größerer Raum befand. Austin schlängelte sich
durch die Öffnung und stieß dabei mit der Druckluftflasche gegen die Basalttrümmer.

Sobald er die Öffnung hinter sich hatte, schwenkte Austin die Lampe herum und erkannte, dass er sich in einer
höhlenartigen Kammer befand, die entstanden war, als sich
die innere und die äußere Mauer gegeneinander geneigt
hatten. Selbst wenn der Tempel nicht zerstört worden war,
verbarg er sich doch hinter den Trümmern der inneren
Mauer, die ihn teilweise bedeckten.

Austin glaubte schon, das Ende seiner Erkundungsmission erreicht zu haben, und traf Anstalten, zum Boot zurückzukehren, als er den Lichtstrahl noch einmal durch die Kammer gleiten ließ. Diesmal fand er an der Art, wie die Schatten auf den Schutt rechts von ihm fielen, etwas Seltsames. Er schwamm näher heran und sah, dass eine Steinplatte, die herabgefallen war, einige Säulen blockierte. Auf diese Art und Weise war eine Lücke geblieben.

Austin schlängelte sich durch diese Lücke hindurch und gelangte, nachdem er ein paar Yards weit geschwommen war, auf einen nahezu exakt rechteckigen Eingang. Der Tempel neigte sich ein wenig nach links – und der Eingang hätte eigentlich durch Trümmer verstopft sein müssen. Jedoch hatte sich der Türsturz dergestalt verschoben, dass die Öffnung erhalten geblieben war. Er überzeugte sich schnell davon, dass der Eingang nicht einsturzgefährdet war, und schwamm dann hindurch und – in den eigentlichen Tempel hinein.

Der Lichtstrahl von Austins Lampe fiel sofort auf das Becken, das Whittles beschrieben hatte. Es war rechteckig, etwa zwanzig Fuß lang und fünfzehn Fuß breit. Schutt bedeckte den Boden zwar, doch Austin schätzte seine Tiefe auf sechs Fuß. Als er eine der Innenwände anleuchtete, sah er, dass er nicht allein war.

In die Wand eingraviert waren sechs männliche Gestalten in Lendentüchern. Sie standen im Profil zum Betrachter, und jede hielt ein Bassin über ihren Kopf. Drei Gestalten standen einander gegenüber auf beiden Seiten einer großen Qualle, deren Tentakel hinabhingen: auf ein drei mal sechs Fuß großes hüfthohes Steinpodest vor der Mauer. Austin leuchtete durch den Raum und entdeckte an jeder Wand identische Gravuren und Podeste.

Er näherte sich einer der Wände und zeichnete die Konturen der Qualle darauf nach, als verbinde ihn die direkte Berührung mit dem uralten Kult der Heiler. Dann zog er sich ein Stück zurück und holte die Kamera hervor. Er machte ein Dutzend Aufnahmen, danach verstaute er sie wieder.

Begierig, Lee schnellstens zu berichten, was er gefunden hatte, schwamm Austin wieder aus dem Tempel heraus und wand sich durch die Lücken in der inneren und der äußeren Mauer. Als er sich umsah, um sich zu orientieren, bemerkte er über sich – als dunkle Silhouette vor der glänzenden Wasseroberfläche – das Boot. Während er zu ihm hochstieg, drang das gedämpfte Summen eines Bootsmotors an seine Ohren. Es steigerte sich nach und nach zu einem aufgeregten Heulen. Austin fragte sich, warum jemand es in dem friedlichen Kanal so eilig haben könnte. Dann ertönte in seinem Kopf ein Alarmsignal.

Er folgte dem Ankertau nach oben. Sein Kopf brach ein paar Fuß vom Boot entfernt durch die Wasseroberfläche. Während er sich die Tauchmaske auf die Stirn schob und im grellen Sonnenschein blinzelte, sah er von der Kanaleinfahrt aus ein Schlauchboot mit hoher Geschwindigkeit auf sich zukommen. Es war zwar noch zu weit entfernt, um die Gesichter der Passagiere erkennen zu können, aber die Sonne spiegelte sich kurz auf dem glatt rasierten Schädel eines der Männer. Die Nadel von Austins Gefahrensensor ruckte in den roten Bereich hoch.

Chang!

Song Lee saß im Boot und ahnte nichts von der drohenden Gefahr. Austin stieß laute Rufe aus und deutete auf das heranrasende Schlauchboot. Das Lächeln, mit dem Lee sein Wiederauftauchen begrüßt hatte, verwandelte sich nun in ein verwirrtes Stirnrunzeln. Austin sah zu dem Schlauchboot hinüber. Es war mittlerweile nahe genug, so dass er das Grinsen in Changs Visage erkennen konnte, als er im Bug auf ein Knie hinunterging und eine Waffe gegen seine Schulter presste. Nur noch wenige Sekunden, und er wäre bei ihnen, doch die Paddelboote der Touristengruppe versperrten ihm noch den Weg. Das Schlauchboot vollführte einen Schwenk, um ihnen auszuweichen, und brachte mit seiner Bugwelle zwei von ihnen zum Kentern.

Austin nutzte diese sekundenlange Verzögerung zu einem gewagten Manöver.

»*Springen Sie!*«, brüllte er Lee zu.

Sie stützte sich auf den Bootsrand, beugte sich über das Wasser und begriff noch immer nicht, in welcher Gefahr sie eigentlich schwebte, bis sie das Mündungsfeuer bemerkte und das Rattern der Schüsse hörte. Eine Linie grauer Wasserfontänen führte so unausweichlich wie eine Kreissäge genau auf ihr Boot zu. Sie erstarrte vor Angst.

Austin sprang aus dem Wasser, und zwar so hoch er konnte, streckte die Arme aus, packte Lee vorn an ihrer Bluse und zog sie zu sich herab. Sie war kaum über das Dollbord ins Wasser gekippt, als Changs Kugeln auch schon in das Boot einschlugen und einen wahren Regen aus Glasfibersplittern erzeugten.

Lees zusätzliches Gewicht zog sie mehrere Fuß weit in die Tiefe. Austin ließ ein wenig Luft aus der Tarierweste, die seinen Auftrieb kompensierte, ab, und sie sanken noch weiter. Er legte einen Arm um ihre Taille, als führte er sie durch einen Walzerschritt, dann richtete er mit der anderen Hand die Taschenlampe auf ihr Gesicht. Sie hatte reflexartig eingeatmet, bevor sie ins Wasser eingetaucht war, doch nun war dieser Luftvorrat aufgebraucht, und sie schlug in wilder Panik um sich. Austin ließ sie los, holte tief Luft, dann nahm er das Atemventil aus dem Mund und deutete auf die Luftblasen, die von dem Mundstück aufstiegen.

Lees Augen waren vor Angst weit aufgerissen, aber sie verstand, was Austin ihr klarzumachen versuchte. Also nahm sie das Mundstück und klemmte es sich zwischen die Zähne. Im gleichen Ausmaß, wie sie ihre Lungen füllte, verflüchtigte sich die Panik in ihren Augen. Dann gab sie Austin das Atemventil zurück.

Die Wechselatmung würde sie zwar eine Weile am Leben erhalten, aber da waren noch immer Chang und seine Männer, die sie abschütteln mussten. Das wurde überdeutlich klar, als Austin erst eine, dann eine zweite Blasenwolke im Wasser gewahrte: Changs Männer hatten sich vom Boot ins Wasser fallen lassen.

Die Männer würden Austin und Lee ohne Schwierigkeiten im seichten Kanal ausmachen können, indem sie der Spur der Luftblasen an der Oberfläche folgten. Chang konnte mit dieser Methode am Ende Erfolg haben, oder er wartete ganz einfach so lange, bis die beiden ihren Luftvorrat aufgebraucht hätten.

Aber er hatte es eilig.

Austin sog Luft in die Lungen, reichte Lee das Mundstück und deutete mit dem Zeigefinger.

In diese Richtung.

Indem er Lees Hand ergriff, schwamm er tiefer und zum Eingang des Tempelhofs. Changs Männer waren ohne Atemluftversorgung im Nachteil und somit schnell abgehängt. Als ihre Beute durch die Lücke in der Tempelmauer verschwand, kehrten die Männer zur Wasseroberfläche zurück. Changs Boot fuhr kreuz und quer auf der Suche nach verräterischen Luftblasen. Da er nichts dergleichen entdecken konnte, vermutete Chang, dass sich seine Such-objekte an ihm vorbeigeschlichen hatten. Also lenkte er das Schlauchboot tiefer in den Kanal hinein. Mittlerweile befanden sich Austin und Lee innerhalb des Tempels.

Lee beherrschte die Wechselatmung wie ein Profi, aber dann schluckte sie fast einen ganzen Mundvoll Wasser, als Austin ihr die Wandgravuren zeigte. Genauso wie Austin legte auch sie eine Hand auf die Qualle. Sie schüttelte den Kopf und verriet durch ihre Miene, wie sehr sie es bedauerte, in diesem Augenblick nicht sprechen zu können. Austin deutete auf die Kamera in dem wasserdichten Beutel an seiner Weste und gab ihr mit Daumen und Zeigefinger das Okay-Zeichen.

Sie hockten sich auf den Rand des Tempelteichs, teilten sich die Atemluft und betrachteten dabei die wundervollen Gravuren. Austin überprüfte dann den Luftvorrat, tippte auf seine Armbanduhr und deutete zum Tempeleingang. Durch die Wechselatmung wurde die Luft natürlich doppelt so schnell verbraucht. Lee nickte. Dann schwammen sie nebeneinander her, als seien sie an der Hüfte zusammengewachsen, bis sie zur äußeren Mauer gelangten. Austin gab Lee mit einem Zeichen zu verstehen, sie solle hier warten. Er schlüpfte aus seiner Weste und schwamm in den Kanal hinaus. Alles war ruhig. Er blickte zu der Wasseroberfläche hoch, entdeckte jedoch keine Spur von Chang oder auch von dem Mietboot.

Er hörte zwar den Lärm eines Bootsmotors, aber der klang ganz anders als der Motor des Schlauchbootes. Also entschied er, das Risiko einzugehen. Er drückte sich an das Fundament der künstlichen Insel, tauchte auf und lugte hinter einem aus dem Wasser ragenden Basaltklotz hervor.

Ein Touristenboot glitt durch den Kanal in Richtung

des gemieteten Bootes, das bis auf den Bug gesunken war, der noch ein kleines Stück aus dem Wasser ragte. Wichtiger schien jedoch, dass sich Chang und seine Männer aus dem Staub gemacht hatten.

Austin winkte, bis ihn jemand in dem Ausflugsboot entdeckte. Als das Boot seine Richtung änderte und auf ihn zusteuerte, holte er tief Luft und tauchte wieder zu Song Lee hinab. Er gab ihr mit dem Daumen ein Okay und deutete nach oben. Sie wiederholte das Okay-Zeichen und gemeinsam stiegen sie zur Wasseroberfläche auf.

37

Kurz nachdem der Sikorsky Seahawk von Pohnpei gestartet war, holte Zavala eine Karte aus der Tasche mit dem GEHEIM-Aufkleber, die Austin in seiner Obhut zurückgelassen hatte, und verglich die Punkte darauf mit den Inseln und Atollen, die er vom Hubschrauber aus sehen konnte. Fähnrich Daley tippte ihm auf die Schulter und deutete nach vorn, wo gerade zahlreiche Schiffe durch die glitzernden Fluten des Ozeans pflügten.

»Das sieht ja nach einer richtigen Invasion aus«, sagte Zavala.

»Wir nähern uns dem Suchgebiet«, erwiderte Daley. »Sechs Schiffe der Navy kämmen die Region in der Umgebung des Laborstandorts durch. Von der NUMA ist ein Schiff erschienen, um uns zu helfen. Mein Schiff ist das Kommandozentrum. Es befindet sich bei zwölf Uhr – und wir sind im Anflug.«

Der Seahawk überwand die Distanz zur *Concord* schnell, verharrte für einen kurzen Moment über dem Heck in der Luft und sank dann langsam auf den großen Kreis hinab, der auf dem Deck aufgemalt war. Zavala schob die Seitentür des Helikopters auf und stieg aus. Er wurde von einem grauhaarigen Mann in Khakiuniform begrüßt.

»Ich bin Hank Dixon, Mr Zavala«, sagte der Mann und streckte seinem Besucher die Hand entgegen. »Ich bin Kommandant des Lenkwaffenkreuzers *Concord*. Willkommen an Bord.«

»Danke, Captain. Sie können mich Joe nennen. Mein Boss, Kurt Austin, hat gerade noch auf Pohnpei zu tun, aber er wird sicher in zwei Stunden zu uns stoßen. Wie Fähnrich Daley mir erklärt hat, dient die *Concord* als Kontrollzentrum der Suchflotte.«

»Das ist richtig. Kommen Sie doch, ich zeige Ihnen, was wir bisher unternommen haben.«

Der Kapitän ging zum mittschiffs abseits des Hauptdecks gelegenen Such-und-Rettungszentrum voraus. Ein Dutzend Männer und Frauen saßen vor Computermonitoren und verarbeiteten Informationen, die von den an der Suche beteiligten Schiffen und Flugzeugen übermittelt wurden.

»Wie nahe sind wir denn dem ursprünglichen Laborstandort?«, fragte Zavala.

Dixon deutete auf das Deck unter seinen Füßen.

»Er befindet sich ungefähr dreihundert Fuß direkt unter dem Schiff. Wir haben gerade Bereitschaftsdienst für das Labor versehen und als Reserve für das Versorgungsschiff gedient, die *Proud Mary*. Als wir dann das Mayday-Signal empfangen haben, waren wir innerhalb von wenigen Stunden an Ort und Stelle.«

»Und wo ist das Versorgungsschiff jetzt?«, fragte Zavala.

»Ein Bergungsschiff der Navy schleppt das, was von der *Mary* noch übrig geblieben ist, zu einer Schiffswerft, wo die Kriminaltechniker alles noch eingehender untersuchen können. Wir mussten erst die Überlebenden versorgen, daher dauerte es einige Zeit, ehe wir uns um das Labor kümmerten. Als wir es per Funk nicht erreichen konnten, haben wir fälschlicherweise angenommen, dass die Kommunikationsboje zerstört wurde. Wir haben zwecks genauerer Untersuchungen ein ROV an Bord, das wir auch

sofort zu Wasser ließen.« Er trat an einen Computerbildschirm. »Diese kreisrunden Vertiefungen im Meeresboden
entsprechen den Standfüßen des Locker.«

»Ich sehe aber keine Schleifspuren«, stellte Zavala fest.
»Das weist doch darauf hin, dass das Labor angehoben
wurde, was angesichts des neutralen Auftriebs des Labors
ja auch gut möglich gewesen wäre. Können Sie mir den
Standort auf der Satellitenkarte zeigen?«

Dixon bat einen Techniker, ein kombiniertes Bild aus
Kartendarstellung und Satellitenfoto von dem Seegebiet,
in dem die Suche stattfand, aufzurufen.

»Wir bedienen uns bereits diverser Spionagesatelliten,
die eine Fläche von wenigen Quadratzentimetern auf In-
frarotstrahlung untersuchen können«, sagte Dixon. »Davy
Jones's Locker befand sich westlich von Pohnpei, zwischen Nukuoro Island im Norden und Oroluk Island im
Süden. Wir haben von allen drei Inseln Linien gezeichnet und unser Hauptsuchgebiet das *Pohnpei-Dreieck* genannt.«

»Demnach stellen diese roten Quadrate die Bereiche dar,
die Sie bereits abgesucht haben«, sagte Zavala. Es war eher
eine Feststellung als eine Frage.

»Richtig. Die Quadrate bezeichnen das Gebiet, das mit
Sonar durchkämmt wurde. Die Schiffe senden die Sonar-
daten in unser Computernetzwerk. Wir legen ein Gitter-
netz von Quadraten auf den Ozean. Dann überqueren die
Schiffe parallel zueinander jedes Quadrat in einer mehrere Meilen langen Linie und wechseln dann zum nächsten
Quadrat. Auf diese Art und Weise können wir eine große
Meeresfläche in verhältnismäßig kurzer Zeit abdecken. Wir
verfügen auch über Flugzeuge und Hubschrauber zwecks
visueller Überprüfung.«

»Das wären dann die mit den roten Kreisen versehenen Inseln«, sagte Zavala.

»Schon wieder richtig. Was ihre Größe betrifft, rangieren sie von mittelgroßen Inseln bis hin zu Atollen, die nicht viel größer sein werden als ein Daumennagel. Die meisten sind verlassen. Wir sind mit Hubschraubern auf einigen von ihnen gelandet und haben uns mit den Bewohnern unterhalten, aber niemand hatte irgendetwas Verdächtiges beobachtet. Die Orte, die wir nicht per Boot oder aus der Luft erreichen, haben wir durch Luftbildvermessung ziemlich gründlich untersucht.

»Der Fähnrich erzählte, Sie hätten Sonobojen eingesetzt«, sagte Zavala.

Dixon nickte.

»Es dauerte eine Weile, bis wir begriffen haben, dass unser Labor verschwunden war. Daraufhin setzten wir akustische Sensoren ein«, sagte er. »Wir besitzen drei U-Boot-Abwehr-Vehikel, ausgerüstet mit elektronischen Ohren, die so empfindlich sind, dass sie einen Fisch, der an der Grenze des Dreiecks entlangschwimmt, niesen hören können.«

»Sagen Sie Ihren Tauchbooten doch mal, dass sie auf die Geräuschsignatur eines russischen U-Boots der Typhoon-Klasse achten sollen. Diese Typhoons sind zwar fast geräuschlos, aber vielleicht schnappen sie ja irgendwas auf.«

Dixon sah Zavala fragend an.

»Glauben Sie denn, dass die Russen in diese Sache verwickelt sind?«

»Nein«, sagte Zavala, »aber eins ihrer alten Unterseeboote könnte es vielleicht sein. Es sieht so aus, als hätten Sie jedes Mal abgedeckt, wie man beim Baseball sagt. Ich würde mir gern das erste Quadrat ansehen. Ich versuche, mir auf dem NUMA-Schiff ein Tauchfahrzeug auszuleihen und mich am Standort des Labors umzusehen.«

»Ich funke mal rüber«, sagte Captain Dixon, dann fügte er hinzu: »Mir fällt gar nichts mehr ein. Haben Sie noch irgendeine Idee?«

Zavala betrachtete die riesige Fläche, die auf dem Satellitenfoto zu sehen war. Auf die Navy wartete eine mühselige, nahezu unlösbare Aufgabe. Die Föderierten Staaten von Mikronesien bestanden aus mehr als sechshundert Inseln, auf anderthalb Millionen Quadratmeilen Südsee verteilt. Die Festlandfläche war zwar kleiner als die Fläche des Staates Rhode Island, aber wenn man noch die Wasserfläche hinzuzählte, dann nahmen die Föderierten Staaten von Mikronesien zwei Drittel der Fläche der Vereinigten Staaten ein.

»Die gute Nachricht ist, dass Ihr Such-Plan hervorragend ist, Captain. Wenn wir genug Zeit hätten, würden wir das Labor sicherlich finden.«

»Sehr schön«, sagte der Kapitän, doch dann verengten sich seine Augen. »Wie lautet denn die schlechte Nachricht?«

Zavala lächelte ihn traurig an.

»Wir haben keine Zeit.«

38

Paul Trout parkte den gemieteten Mini Cooper auf dem verlassenen Hof einer vier Stockwerke hohen Tuchfabrik, die schon vor Jahrzehnten stillgelegt worden war, als sich die Textilwirtschaft aus New Bedford zurückgezogen hatte. Nur schemenhaft vor dem Nachthimmel zu erkennen, hätte das Granitgebäude das Relikt einer untergegangenen Zivilisation sein können, wäre da nicht das große Schild mit der Aufschrift MÖBELDISCOUNT gewesen. Eine Sicherheitslampe über der Eingangstür erhellte eine kleine Holztafel: BRIMMERS ANTIQUITÄTEN, 4. STOCK.

Sonst aber war die Fabrik bis auf die Nachtbeleuchtung im Ausstellungsraum und einen gelblichen Schimmer in einem Fenster im vierten Stock dunkel.

»Kommt dir das nicht bekannt vor?«, fragte Gamay.

»Aber ja«, sagte Paul. »Das ist doch die alte Dobbs-Fabrik, die uns Rachael auf dem Plakat in der Villa gezeigt hat.«

Gamay deutete auf die oberste Etage.

»Entweder ist Brimmer da oben«, sagte sie, »oder der Geist von Kapitän Dobbs macht gerade Überstunden.«

Paul holte sein Mobiltelefon heraus und wählte Brimmers Nummer.

»Seltsam«, sagte Paul. »Das Licht brennt, aber Brimmer antwortet nicht. Noch nicht einmal ein Anrufbeantworter meldet sich. Fangen deine Antennen nicht auch diese Schwingungen auf, dass hier … irgendetwas nicht in Ordnung ist?«

Gamay rümpfte die Nase.

»Ich würde sogar eher sagen, dass es richtig stinkt«, sagte sie.

Indem sie die einzelnen Punkte an den Fingern abzählte, sagte sie: »Brimmer erklärt uns, das Logbuch sei verschwunden, dann ruft er uns an und meint, er wisse, wo es sich befindet. Dann verabredet er sich mit uns in diesem alten verwunschenen Bau und nicht in seinem Laden oder an irgendeinem öffentlichen Ort. Warum diese Geheimniskrämerei?«

»Ich sehe im Geist das Bild einer Mausefalle vor mir«, sagte Paul. »Nur dass an Stelle des Käses ein altes Buch der Köder ist – und wir sind die Mäuse.«

»Vielleicht macht uns dieses alte Gemäuer auch nur übervorsichtig«, sagte sie. »Brimmer ist doch kein gewalttätiger Typ. Was hast du jetzt vor?«

»Ich weiß nicht, ob die Information im Dobbs-Logbuch Kurt und Joe bei der Suche nach dem Labor überhaupt helfen wird«, sagte er. »Aber da auch Menschenleben auf dem Spiel stehen, würde ich trotzdem vorschlagen, wir riskieren es und sehen mal nach.«

»Wenn man das Ganze unter dem Kosten-Nutzen-Aspekt betrachtet, muss ich dir zustimmen. Aber minimieren wir das Risiko ruhig ein wenig und schauen uns erst einmal gründlich um.«

Paul parkte den Mini im Schatten einer Mauer, und dann näherten sie sich vorsichtig dem Haupteingang.

»Nicht verriegelt«, sagte Paul. »Das ist wohl kaum verdächtig. Brimmer erwartet uns schließlich.«

»Aber er ist nicht ans Telefon gegangen«, sagte Gamay. »Wenn er nicht in seinem Büro wäre, hätte er die Tür doch nicht unverschlossen gelassen. Und das *ist* dann verdächtig.«

Sie durchquerten das fünfhundert Fuß lange Gebäude und kamen zu einer weiteren Tür. Diese war verriegelt. Sie bogen um eine Ecke des Gebäudes und standen plötzlich vor der eisernen schwarzen Feuerleiter, die im Zickzack bis zum obersten Stockwerk reichte. Auf ihr stiegen sie empor und versuchten auf jedem Absatz ihr Glück. Doch alle Türen waren verschlossen.

Paul stocherte mit dem Wagenschlüssel im Türbalken herum. Vor Fäulnis war das Holz ganz weich. Er trat einen Schritt zurück und warf sich mit der Schulter gegen die Tür, spürte, wie sie nachzugeben begann, und wiederholte seinen Versuch noch mehrmals, bis das Schließblech aus dem Türpfosten herausbrach. Gamay zauberte eine kleine Halogenlampe aus ihrer Handtasche hervor, und so betraten sie das Gebäude.

Ihre Schritte hatten ein gespenstisches Echo, während sie über den staubbedeckten Boden gingen. Der weitläufige Raum, wo Arbeiter einst Hunderte von Webstühlen beaufsichtigt hatten, war so still wie eine Leichenhalle. Sie steuerten auf eine Tür am Ende der Halle zu, unter der Licht nach draußen drang, und gelangten schließlich zu einer Trennwand aus Rigipsplatten. Kartons mit der Aufschrift BRIMMER waren davor aufgestapelt.

Paul zog ein Kantholz aus einem Schutthaufen, packte es wie einen Baseballschläger und wies Gamay im Flüsterton an, sie möge klopfen. Sie tat es, ganz leise. Als keine Antwort erfolgte, trat sie beiseite, und nun wandte er wieder seine Rammbocktechnik an. Bereits beim ersten Versuch sprang die Tür auf.

Der Fußboden war mit Büchern und Papieren aus den nunmehr leeren Regalen übersät, die die Räume säumten. Papierbögen hingen an Schnüren, die quer durch den

Raum gespannt waren. Das von draußen durch das Fenster sichtbare Licht stammte von einer Schwanenhalslampe auf einem Tisch, auf dem vorn ein Computer und dahinter ein erhöhtes Zeichenbrett für Künstler standen. Daneben lag Brimmers Leichnam. Der Antiquitätenhändler lag auf dem Bauch und hatte seine Hand nach einem Mobiltelefon ausgestreckt, das einige Zentimeter von seinen Fingerspitzen entfernt war. Der Rücken seines Jacketts wies ein einzelnes Einschussloch auf und war blutdurchtränkt.

Paul legte einen Finger auf die Halsarterie des Händlers.

»Jetzt wissen wir, weshalb Brimmer nicht auf den Anruf reagiert hat«, sagte er.

Gamay beugte sich über das Zeichenbrett, auf dem ein halbfertiges Dokument in Zierschrift aufgespannt war. Daneben befanden sich einige Kalligraphie-Federhalter und ein Tintenfass. Sie las die handschriftliche Notiz auf einem Blatt Papier neben einem aufgeschlagenen Buch vor:

»Nennt mich Ismael …«

»Der erste Satz aus *Moby Dick*?«, fragte Paul.

Gamay nickte.

»Wie es scheint, hat unser Mr Brimmer die Manuskriptseiten Herman Melvilles gefälscht«, sagte sie.

»Könnte diese Tätigkeit zu seinem Tod geführt haben?«, fragte Paul.

»Meine Hauptverdächtige wäre Rachael Dobbs. Aber wahrscheinlicher dürfte sein, dass ihn jemand daran hindern wollte, das Telefon zu benutzten.«

Paul schob ein Blatt Papier unter das Mobiltelefon und drehte es damit so um, dass das Display zu sehen war.

»Er wollte gerade die Polizei anrufen«, sagte er. »Er kam bis zur 91 …«

»Ich denke, wir können davon ausgehen, dass Brimmer

gezwungen wurde, hierherzukommen«, sagte er. »Anderenfalls hätte er sicherlich niemandem zu seiner Fälscherwerkstatt Zutritt gewährt. Und dem Durcheinander auf dem Fußboden nach zu urteilen, würde ich sagen, dass sie irgendetwas gesucht haben.«

»Das Logbuch von 1848?«

»Wie Sherlock Holmes sagen würde: Eliminiere das Unmögliche und übrig bleibt das Mögliche.«

»Sein Körper ist noch warm, Ms Holmes. Was sagt Ihnen das?«

»Dass wir lieber wachsam sein sollten«, antwortete sie. »Und dass der Mörder wusste, dass wir mit Brimmer verabredet waren.«

»Erscheint das weit hergeholt?«, fragte er.

Gamay deutete auf den Leichnam.

»Sag Mr Brimmer, dass es weit hergeholt ist.«

»Okay.« Paul lächelte verkniffen. »Du hast mich überzeugt.«

Paul legte einen Finger auf die Lippen und öffnete die andere Tür gegenüber. Er trat auf einen Treppenabsatz hinaus, beugte sich über das Geländer und blickte nach unten. Er sah einen winzigen orangefarben leuchtenden Punkt und roch Zigarettenrauch, der im Treppenhaus aufstieg. Dann zog er sich ins Büro zurück, drückte die Tür ins Schloss und drehte den Schlüssel um.

Er nahm Brimmers Mobiltelefon vom Tisch, tippte die zweite 1 ein, um den Notruf zu vervollständigen. Als sich die Polizei meldete, gab sich Paul als Brimmer aus und sagte, dass jemand im Gebäude herumschleiche. Er vermute außerdem, dass die Eindringlinge bewaffnet seien.

Dann unterbrach Paul die Verbindung und legte das Telefon in Brimmers leblose Hand zurück.

Er und Gamay verließen Brimmers Büro und durchquerten die Halle. Paul lehnte das Kantholz an die Wand, und dann traten sie auf die Feuerleiter hinaus, um sofort wieder stehen zu bleiben.

Die baufällige Feuerleiter zitterte, und auf den Eisensprossen waren Schritte zu hören, die von unten heraufkamen. Die Trouts machten kehrt, und Paul ergriff das Kantholz, das er zurückgelassen hatte. Sie drückten sich zu beiden Seiten der Tür gegen die Wand. Seine behelfsmäßige Waffe hielt er bereit.

Leise Männerstimmen waren zu hören, dann ein überraschter Ausruf. Die Männer hatten das aufgebrochene Schloss gefunden. Dann verstummten die Stimmen.

Die Tür wurde langsam geöffnet. Eine Gestalt kam herein, gefolgt von einer zweiten. Ein Funke blitzte auf, als der erste Mann ein Zigarettenfeuerzeug betätigte. Paul rechnete sich aus, dass er vielleicht eine Sekunde Zeit hatte, um aktiv zu werden, und schmetterte das Kantholz auf den Kopf der zweiten Gestalt. Der Mann mit dem Feuerzeug fuhr bei dem Geräusch herum, als das Holz auf den Schädel krachte. Er hielt einen Revolver in der anderen Hand. Paul rammte ihm das Ende des Kantholzes in den Bauch und ließ einen gezielten Hieb auf den Kopf folgen, als der Mann nach vorn einknickte.

Die Trouts stürmten durch die Tür, hielten kurz an, um sich zu vergewissern, dass kein weiterer Besucher die Feuertreppe heraufkam, dann rasten sie die Treppe hinunter und rannten zu ihrem Wagen. Während sie sich von der Tuchfabrik entfernten, kamen ihnen zwei Streifenwagen mit rotierendem Blaulicht und ausgeschalteten Sirenen entgegen.

Gamay atmete tief durch und fragte: »Wo hast du gelernt, mit dem Knüppel zuzuschlagen wie Ted Williams in seinen besten Zeiten?«

»In der Softball-Liga von Woods Hole. Ich stand im Team der Ozeanographen auf der ersten Base. Wir haben nur so zum Vergnügen gespielt und nicht mal die Punkte gezählt.«

»Nun, nach dem, was du soeben gezeigt hast, schreibe ich dir zwei Punkte gut«, sagte Gamay.

»Danke. Ich glaube, damit dürfte unsere Suche nach dem Dobbs-Logbuch zu Ende sein«, sagte Paul.

Gamay schürzte die Lippen und dachte kurz nach.

»Kapitän Dobbs war sicher nicht der Einzige, der seine Erinnerungen aufgeschrieben hat«, sagte sie.

»Caleb Nye?«, fragte er. »Seine Aufzeichnungen wurden aber ein Raub der Flammen.«

»Rachael Dobbs erwähnte das Diorama. Ist das nicht auch so etwas wie eine historische Quelle?«

Diese Idee gefiel ihm offensichtlich. Er gab sich einen Ruck und nickte unternehmungslustig. »Ein Versuch lohnt sich auf jeden Fall.«

Paul gab Gas und kurvte mit dem Mini Cooper durch die Stadt zur Dobbs-Villa.

Rachael Dobbs verabschiedete sich soeben von dem Reinigungsdienst, der nach dem Jazzkonzert aufgeräumt hatte, und wollte das Haus gerade schließen. Sie wirkte erheblich weniger erschöpft als bei ihrer ersten Begegnung.

»Ich fürchte, Sie haben das Konzert versäumt«, sagte sie. »Also nehme ich an, dass Sie Mr Brimmers Laden gefunden haben, oder nicht?«

»Ja, danke, das haben wir«, erwiderte Gamay. »Er konnte uns jedoch nicht helfen. Aber dann erinnerten Paul und ich uns an das Diorama von Caleb Nye, das Sie erwähnt hatten. Meinen Sie, es wäre vielleicht möglich, es sich einmal anzusehen?«

»Wenn Sie morgen vorbeikommen, zeige ich es Ihnen gern«, sagte Rachael.

»Dann sind wir aber längst wieder in Washington«, gab Gamay zurück. »Wenn es irgendeine Möglichkeit gibt …«

»Nun ja, dank Ihrer großzügigen Spende sind Sie ja praktisch Mitglieder der Dobbs Society, ausgestattet mit allen Privilegien«, meinte Rachael. »Gehen wir also in den Keller hinunter.«

Der Keller der Dobbs-Villa war weitläufig und roch modrig. Sie suchten sich ihren Weg durch eine Anhäufung von antikem Krimskrams bis zu einem deckenhohen Wandschrank, bei dem es sich Rachael zufolge um einen luftdichten, temperierten und begehbaren Safe handelte. Sie öffnete die Doppeltür, und zum Vorschein kamen Stahlregale voller Plastikkisten, die mit Etiketten versehen waren. Ein röhrenförmiges Objekt von etwa sechs Fuß Länge, eingewickelt in eine Kunststoffplane, füllte das unterste Fach aus.

»Das ist das Nye-Diorama«, erklärte Rachael. »Ich fürchte allerdings, es wird ziemlich schwer sein, was vermutlich auch der Grund dafür ist, weshalb es bisher niemand herausgeholt hat, um es sich anzusehen.«

Paul ging in die Hocke und hob probeweise ein Ende der Rolle an.

»Es ist aber zu schaffen«, stellte er fest.

Während seines Studiums hatte Paul regelmäßig auf dem Fischerboot seines Vaters ausgeholfen und seitdem regelmäßig Sport getrieben, um sich für die physischen Anforderungen seines Berufs in Form zu halten. Gamay war sogar noch mehr auf Fitness bedacht. Obgleich sie mit ihren langen Beinen den Hochglanzseiten der *Vogue* geradewegs hätte entstiegen sein können, war sie doch stärker als mancher Mann. Gemeinsam hievten die Trouts das Paket aus dem Regal und trugen es nach oben ins Parterre.

Auf Rachaels Vorschlag hin schleppten sie die Rolle in das Zelt, wo sie genug Platz hatten, um sie auszupacken. Die Trouts entfernten die Plastikhülle und lösten die Gurte, die das Diorama zusammenhielten. Es war mit der graubraunen Rückseite nach außen fest zusammengerollt worden.

Vorsichtig und ganz langsam öffneten sie das Diorama.

Die erste Schautafel erschien. Es war ein etwa fünf Fuß hohes und sechs Fuß breites Ölgemälde von einem Walfangschiff an einem Kai. Das Bild trug die Unterschrift:

Die Reise ist zu Ende.

»Wir haben wohl den letzten Teil des Dioramas vor uns«, sagte Rachael. »Dieses Bild zeigt ein Schiff, das seinen Fang in New Bedford auslädt. Sehen Sie die Fässer, die über eine Rampe auf den Kai hinuntergerollt werden?«

Meer und Himmel hatte man in hellen dezenten Farben dargestellt, doch alle anderen Farben wirkten grell und entsprachen eher dem Stil eines Zirkusplakats. Die Pinselstriche waren so grob, als sei die Farbe in Eile aufgetragen worden. Und die Perspektive stimmte auch nicht und verriet das Auge eines ungeübten Künstlers.

»Irgendeine Idee, wer das gemalt hat?«, fragte Gamay. »Die Technik ist nicht gerade ausgefeilt, aber der Künstler hatte schon ein gutes Auge für die Details. Man kann am Rumpf sogar den Namen des Schiffes erkennen: *Princess.*«

»Sie sind sehr scharfsichtig«, sagte Rachael Dobbs. »Seth Franklin war Autodidakt und verkaufte die Bilder von Schiffen an ihre Eigner oder Kapitäne. Ehe er mit der Malerei begann, arbeitete er als Schiffszimmermann. So wie ich es verstehe, stand Nye vor dem Diorama, während es Bild für Bild entrollt wurde, und erzählte seine eigene Geschichte dazu. Die Beleuchtung war sicherlich dramatisch, und vielleicht gab es sogar Geräuscheffekte. Sie wissen schon, jemanden, der hinter dem Diorama *Wal bläst!* rief.«

Das nächste Bild zeigte die *Princess,* wie sie eine Landzunge umrundete, die durch die Bildunterschrift als DIE SÜDSPITZE AFRIKAS identifiziert wurde. Auf einem anderen Bild ankerte das Schiff vor dem Hintergrund einer grünen Vulkaninsel. Dunkle Gestalten, vermutlich Eingeborene, standen auf dem Deck, das in blaues Licht getaucht war. Die Bildunterschrift lautete:

Trouble Island – Der letzte Landgang in der Südsee

Das folgende Bild zeigte eine weitere Vulkaninsel, offenbar viel größer, mit ungefähr einem Dutzend Schiffen im Hafen. Laut Unterschrift handelte es sich um Pohnpei.

Paul entrollte das Diorama weiter. Die nächsten Bilder zeigten in umgekehrter Reihenfolge die Mannschaft beim Zerlegen eines Pottwals und beim Kochen des Blubbers, um den Waltran zu gewinnen. Interessant war auch ein Bild von einem weißhaarigen Mann, der auf dem Deck lag. Die Bildunterschrift nannte ihn

Der moderne Jonas

»Das ist der Geist«, sagte Rachael. »Es ist wundervoll! So muss Caleb Nye ausgesehen haben, nachdem man ihn aus dem Magen des Wals herausgeschnitten hatte.«

Die steife Leinwand des Dioramas ließ sich nur mühsam bewegen, aber da Paul sie entrollte und Gamay die andere Spindel bediente, nahm die Walfanggeschichte, wenn auch rückwärts, ihren Fortgang.

Das Bild, das nun erschien, war die klassische Darstellung eines harpunierten Pottwals, der in den gischtgekrönten Wellen trieb. Zwei Beine ragten aus dem Schlund des Wals, laut Bildunterschrift:

Caleb Nye – verschlungen von einem Wal

Nun wurde Rachael Dobbs von ihrer eigenen Erregung überwältigt. Sie sprach davon, eine Spendenaktion zu veranstalten, um das Diorama zu restaurieren und einen Platz zu finden, wo man es aufhängen konnte. Paul und Gamay fanden das Diorama durchaus interessant, aber es half ihnen nicht weiter. Trotzdem rollten sie es so lange ab, bis sie zum letzten Bild gelangten, auf dem das Schiff, das auf dem ersten Bild von seiner langen Reise zurückkehrte, wieder zu sehen war. Doch auf diesem Bild war das Deck mit Menschen bevölkert, während sich über ihnen die Segel entfalteten. Die Bildunterschrift verkündete DER AUF-BRUCH.

Paul erhob sich und streckte die Beine, aber Gamays scharfe Augen bemerkten, dass sich noch immer einige weitere Fuß Leinwand auf der Spindel befanden. Sie bat Paul, die Leinwand weiter abzurollen, und erwartete, so etwas wie einen Titel zu sehen. Stattdessen blickten sie aber auf eine Karte der Südsee. Zahlreiche Linien bedeckten den Ozean wie ein krakeliges Netz. Walfluken waren darauf verstreut. Neben jeder Fluke war ihre genaue Position in Längen- und Breitengraden notiert.

»Das ist die Karte der Reise der *Princess* von 1848«, sagte Rachael. »Die Positionsangaben beziehen sich auf die erlegten Wale. Kapitäne versahen ihre Logbücher oft mit Illustrationen, um auf ergiebige Fanggebiete hinzuweisen. Die Karte hatte Calebs Zuhörern eine Vorstellung von der Dauer der Reise vermitteln und ihnen zeigen sollen, wo die Ereignisse stattgefunden hatten.«

Gamay kniete sich auf den Boden und folgte mit dem Zeigefinger einer Linie von Pohnpei bis zu einem winzigen Fleck namens Trouble Island. Neben diesem Fleck war die Position der Insel handschriftlich festgehalten worden.

Die Trouts notierten sich die Koordinaten, rollten das Diorama zusammen und schleppten es danach wieder in die Küche. Trotz Rachaels Protesten beglückten sie sie noch mit einer großzügigen Spende, damit sie endlich beginnen konnte, ihre Pläne von einer Präsentation des Dioramas in die Tat umzusetzen.

Während Rachael Dobbs das Museum abschloss, gingen die Trouts in den Garten hinaus.

»Was denkst du?«, fragte Gamay.

»Ich weiß nicht, ob es ihnen auf der Suche nach dem Labor helfen wird«, sagte Paul, »aber irgendwie hängt doch alles zusammen: die Gegenwart und die Vergangenheit, die Blaue Meduse und diese wunderbare Krankenheilung der Männer auf der *Princess*.«

»Vergiss nicht, dass jemand das Logbuch für wichtig genug hielt, um Brimmer deswegen zu töten«, sagte Gamay. »Wir sollten Kurt und Joe schnellstens mitteilen, was wir herausgefunden haben.«

Paul hatte bereits sein Mobiltelefon hervorgeholt und suchte im Namensverzeichnis eine ganz bestimmte Nummer.

39

Wie jeder gute Detektiv begann Joe Zavala mit seiner Suche nach Davy Jones's Locker am Tatort selbst. Mit einem Ein-Mann-U-Boot, das er sich auf dem NUMA-Schiff ausgeliehen hatte, tauchte er auf den Meeresboden hinab und inspizierte die runden Eindrücke der Laborstützen. Da er nichts Neues fand, verließ er die Position und nahm die weitere Umgebung unter die Lupe. Die Lichtstrahlen der Suchscheinwerfer wurden plötzlich von einem metallenen Gegenstand reflektiert.

Indem er die mechanischen Arme des U-Boots in Bewegung setzte, hob Zavala ein verbogenes Stück Stahl vom Meeresboden auf, untersuchte es im Licht der Scheinwerfer und deponierte es in einem Sammelkorb unter dem Bauch seines Unterwasserfahrzeugs.

»Ich habe soeben einen Trümmer von der *Proud Mary* gefunden«, meldete er der Kommandobrücke des Schiffes.

»Sind Sie sicher, dass es kein Teil des Labors ist?«, fragte Kapitän Dixon.

»Ziemlich sicher. Das Metall ist verbogen und stellenweise geschmolzen, so wie man es nach einem Raketentreffer erwarten würde. Es entspricht keiner der Strukturen, die ich auf den Plänen vom Labor gesehen habe. Soweit ich es beurteilen kann, scheint unsere Theorie zuzutreffen, dass das Labor angehoben und weggeschleppt wurde.«

»Haben Sie sich die Schlucht angesehen, in der das Labor nach Quallen gesucht hat?«, fragte Dixon.

»Ja, sie befindet sich einige hundert Yards vom Standort des Labors entfernt. Ich bin zweihundert Fuß weit hineingetaucht. Die Schlucht ist aber noch um einiges tiefer. Ich habe zwar ein paar Blaue Medusen gesichtet, aber mehr auch nicht. Ich könnte noch tiefer vordringen, doch wie ich hörte, soll es ein Zeichen von Schwachsinn sein, wenn man die gleiche nutzlose Aktion ständig wiederholt.«

»Dann kommen Sie rauf, um Luft nachzutanken«, sagte Dixon. »Wir rufen die *Concord* und schicken unsere Informationen rüber – einen Moment, Joe. Jemand ruft Sie über das NUMA-Netz. Ich verbinde Sie.«

Nach ein oder zwei Sekunden erklang in Zavalas Kopfhörer eine weibliche Stimme.

»Wie läuft deine Suche, Joe?«

»Hi, Gamay, schön, deine Stimme zu hören. Ich habe gerade ein Stück vom Versorgungsschiff auf dem Meeresgrund gefunden. Und wie sieht es bei euch aus?«

»Möglicherweise haben wir etwas«, sagte sie. »Wir hatten auch schon versucht, mit Kurt Verbindung aufzunehmen, aber der Ruf drang wohl nicht richtig durch, deshalb haben wir dich gesucht. Paul und ich sind auf die Koordinaten eines Ortes namens Trouble Island gestoßen. Die Insel ist etwa hundert Meilen vom Standort des Labors entfernt. Es könnte der Ort sein, wo die Mannschaft der *Princess* geheilt wurde. Ich weiß nicht, inwieweit da eine Verbindung zu dem verschwundenen Labor bestehen kann, aber vielleicht hilft es dir ja weiter.«

»Gebt dem Kapitän die Daten durch«, sagte Joe, »und ich komme rauf und seh sie mir an.«

»Wir befinden uns gerade auf dem Rückweg nach Washington«, sagte sie. »Melde dich, wenn du irgendetwas brauchen solltest.«

Zavala bedankte sich bei Gamay und Paul, dann richtete er die Nase des Unterseefahrzeugs nach oben und aktivierte die Antriebsdüsen. Ein Kran wartete bereits, um ihn mit seinem Vehikel aus dem Wasser und auf das Deck des NUMA-Schiffes zu heben.

Zavala öffnete die Einstiegsluke, kletterte heraus und ging zur Kommandobrücke hinüber. Kapitän Dixon beugte sich über den Kartentisch. Er deutete auf einen Fleck auf einer Seekarte von Mikronesien.

»Das ist das Atoll, das sich der Position am nächsten befindet, die Ihre Freunde mir genannt haben«, sagte Dixon. »Das sieht mir aber nicht nach einem Treffer aus – und wie Sie erkennen können, befindet es sich innerhalb eines roten Rechtecks und wurde bereits visuell überprüft. Was meinen Sie?«

Zavala überlegte, dann erwiderte er: »Ich glaube, ich sollte mal mit einem Experten sprechen.«

Ein paar Minuten später war er mit der Navigationszentrale der NUMA verbunden, die die Expeditionen der Agentur auf der ganzen Welt ständig mit aktuellen Informationen versorgte.

»Mal sehen, ob ich Sie richtig verstanden habe«, sagte die Kartenexpertin, eine junge Frau namens Beth, mit auffallend sanfter Stimme. »Sie suchen also eine Insel im Pazifik, die nicht mehr auf den Karten verzeichnet ist und von der Sie nicht einmal wissen, ob sie überhaupt jemals existiert hat.«

Zavala lachte leise.

»Tut mir leid«, sagte er. »Aber das muss Ihnen wie eine nicht existente Nadel in einem sehr, sehr großen Heuhaufen vorkommen.«

»Lassen Sie sich nicht entmutigen, Joe. Ich mag Herausforderungen.«

»Besteht denn die Chance, dass die Insel auf einer Karte der britischen Admiralität eingezeichnet ist?«

»Das kommt drauf an«, antwortete sie. »Die Admiralitätskarten waren ihrer Zeit voraus, was Genauigkeit betrifft, obwohl die ersten Karten auf private Initiative hin angelegt wurden und noch zahlreiche Fehler enthielten. Die Admiralität hat einige Karten beglaubigt, die es eigentlich gar nicht geben dürfte.«

»Soll das heißen, dass eine Insel auf der einen Karte erscheint, auf einer anderen aber nicht?«

»Genau! Die Karten und Atlanten des neunzehnten Jahrhunderts haben mehr als zweihundert Inseln gezeigt, die es niemals gegeben hat.«

»Wie konnte es dazu kommen?«

»Da gibt es viele Möglichkeiten. Ein Seemann auf der Suche nach Land hielt vielleicht eine Wolkenformation für eine Insel und gab ihre Position weiter. Oder jemand zeichnete eine reale Insel an der falschen Stelle ein. Betrüger erfanden irgendwelche Inseln, um sich zu bereichern. Oder man findet auf Seekarten freie Wasserflächen, wo sich eigentlich eine Insel befinden müsste … was wissen Sie denn von Ihrer Phantominsel?«

»Ich weiß, dass es diese Insel gab«, sagte Zavala. »Ein amerikanisches Walfangschiff hat sie im Jahr 1848 besucht. Aber diese Insel taucht auf keiner der modernen Karten mehr auf. Allerdings gibt es nicht weit von ihr entfernt ein Atoll.«

»Ich halte erst mal Ausschau nach einer Karte von 1848 oder zumindest nach einer aus dieser Zeit«, sagte sie. »Danach wollen Sie sie sicherlich mit der Pazifikkarte 2683 vergleichen.«

»Was ist daran so besonders?«

»Sie stellt den Spitzenstandard der Admiralitätskarten dar. Das British Hydrographic Office wusste, dass die Admiralitätskarten nicht mehr zuverlässig waren. Genaue Karten waren jedoch für die Kriegs- und die Handelsmarine von entscheidender Bedeutung. Daher erteilte die Admiralität im Jahr 1875 einem neuen leitenden Hydrografen namens Kapitän Frederick Evans den Auftrag, alle Phantominseln von ihren Seekarten zu tilgen. Allein im Pazifik strich er mehr als einhundert Inseln. Die korrigierte Karte erhielt die Seriennummer 2683.«

»Wäre es demnach möglich, dass es die Insel niemals gab?«, fragte er.

»Möglich wäre es schon. Aber Inseln können ja nicht ganz verschwinden. Ihre Insel könnte nach einem Vulkanausbruch, einem Erdbeben oder einem Hochwasser im Meer versunken sein, das schon. Dafür gibt es auch historische Beispiele. So soll die Insel Tuanah mitsamt ihren Bewohnern untergegangen sein. Und es gibt noch andere dokumentierte Fälle. Sie könnte jetzt ein Riff oder ein Felsen knapp unter der Wasseroberfläche sein und wäre nicht einmal für einen Satelliten sichtbar. Sie müssten sich schon an Ort und Stelle begeben, um sich einen genauen Überblick zu verschaffen.«

»Wo fangen wir an?«, fragte Zavala.

»Sehr viel Material ist online verfügbar«, erwiderte Beth. »Die British Library besitzt die umfangreichste Sammlung von Admiralitätskarten. Dorthin wende ich mich zuerst, und dann sehe ich im Nationalarchiv nach. Wenn ich auch noch zur Royal Geographic Society oder ins National Maritime Museum in Greenwich gehen muss, könnte es ein wenig länger dauern. Wann brauchen Sie diese Information?«

»Gestern«, sagte Zavala. »Von dem, was wir herausfinden, können Leben abhängen.«

»Soll das ein Scherz sein, Joe?«

»Ich wünschte, es wäre so.«

Nach einer kurzen Pause am anderen Ende der Leitung bemerkte Beth: »Wie ich schon sagte, ich liebe Herausforderungen.«

Zavala fragte sich, ob er vielleicht doch etwas zu dramatisch geklungen hatte, und versuchte, die Stimmung ein wenig aufzuhellen.

»Sind Sie verheiratet oder verlobt, Beth?«

»Nein. Warum?«

»Weil ich Sie in diesem Fall gern zum Essen einladen würde, um mich bei Ihnen zu bedanken.«

»Hey! Wer sagt denn, man könne in der Kartenabteilung keine interessanten Männer kennenlernen? Ich muss weitermachen. Bye-bye.«

Zavala schaltete das Mobiltelefon aus und ging zum Hubschrauberlandeplatz der NUMA. Der Helikopter war mit Schwimmern ausgestattet, mit denen er auch auf Wasser landen konnte. Zavala betrachtete gedankenverloren die Maschine und stieg dann zur Kommandobrücke hinauf.

»Hat die Suche irgendwas Neues ergeben?«, wollte er von Kapitän Dixon wissen.

»Wir haben zu sämtlichen Sucheinheiten Verbindung. Bisher gibt es von dort aus keine Meldungen. Wie ich hörte, hat Ihre Tauchfahrt auch nichts erbracht.«

Zavala nickte.

»Trotzdem vielen Dank, dass ich Ihr Tauchboot benutzen durfte. Ich muss Sie allerdings noch um einen weiteren Gefallen bitten.«

»Wir helfen, so gut wir können.«

»Eine Kartenexpertin der NUMA sieht sich gerade die Geschichte der Insel an, deren Koordinaten die Trouts in Erfahrung gebracht haben. Wenn sie irgendwelche Informationen zutage fördert, würde ich mir gerne Ihren Helikopter ausleihen, um sie zu überprüfen.«

»Ich werde veranlassen, dass er aufgetankt und startbereit ist, wann immer Sie ihn brauchen.«

Zavala bedankte sich bei Dixon und ging zum Geräteschuppen auf dem Hauptdeck hinunter. Er legte ein Rettungsfloß bereit und überlegte, ob er noch weiteres Gerät benötigte, als sein Telefon trillerte. Beth rief zurück.

»Ich hab's!«, sagte sie.

»Das ging aber schnell«, meinte er.

»Reines Glück. Ich wurde im britischen Nationalarchiv fündig. Das Material befindet sich in einer chronologisch geordneten Datenbank. Wie lautet Ihre E-Mail-Adresse?«

Zavala nannte sie Beth und ließ sich, ehe er sich verabschiedete, noch ihre Privatnummer geben, damit er sich wie versprochen mit ihr zum Essen verabreden konnte.

Zavala begab sich ins Kommunikationszentrum des Schiffes und setzte sich dort an einen freien Computer. Er rief seine E-Mail-Adresse auf, und kurz darauf füllte die Admiralitätskarte von 1850 den Bildschirm. Er studierte die Karte einige Sekunden lang, vor allem den Punkt mit der Bezeichnung Trouble Island. Dann klickte er mit der Maus – und Pacific Chart 2683 erschien.

Er legte die frühere Karte neben die korrigierte. Die Kreise auf der korrigierten Karte bezeichneten die Positionen nicht existenter Inseln, die die Hydrografen der Admiralität entfernt hatten. Trouble Island war zwar nicht eingekreist, doch der Name war entfernt worden: Es wurde als Atoll ausgewiesen. Irgendwann zwischen 1850 und 1875 hatte sich Trouble Island in ein Atoll verwandelt.

Zavala rief einen NUMA-Kollegen an, der sich auf alte Segelschiffe spezialisiert hatte, und erfragte die geschätzte Segelgeschwindigkeit eines vollbeladenen Walfangschiffes. Dann lehnte sich Zavala in seinem Sessel zurück, verschränkte die Hände hinterm Kopf und versetzte sich in die Lage eines Schiffskapitäns.

Song Lee hatte verlauten lassen, dass die Krankheit innerhalb von drei Tagen tödlich verlief. Kurz nach Verlassen Pohnpeis musste die Mannschaft noch in guter Verfassung gewesen sein. Er ging davon aus, dass das Schiff günstige Winde gehabt hatte.

Zavala markierte auf der Karte westlich von Pohnpei einen Punkt, den die *Princess* am Abend des ersten Tages erreicht haben musste. Am zweiten Tag wurden die Männer nach und nach vom Fieber heimgesucht. Die Folge war, dass das Schiff langsamer wurde. Er markierte mit einem weiteren Punkt die Position des Schiffes am Ende des zweiten Tages.

Am dritten Tag dürfte an Bord des Walfängers das große Chaos geherrscht haben. Die meisten Besatzungsmitglieder und Offiziere waren nicht einsatzfähig oder dem Tode nahe. Das Schiff war vermutlich nur noch so dahingeschlichen. Entsprechend kürzer war der Abstand zwischen dritter und zweiter Markierung.

Okay, sagte Kapitän Zavala laut. Du hast eine volle Ladung wertvollen Waltrans, deine Offiziere und Matrosen liegen im Sterben, und du selbst bist ebenfalls erkrankt. Was würdest du also tun? Ich würde zusehen, dass ich schnellstens an Land komme. Aber nicht nach Pohnpei.

Dort befand sich die Quelle der Krankheit. Und die Insel war sowieso unerreichbar.

Zavala verlinkte den Computer mit einem Beobachtungssatelliten und suchte das fragliche Atoll. Ob es wohl möglich sein konnte, dass dieses namenlose Atoll früher eine Insel gewesen war? Beth hatte angedeutet, dass von einer Insel, die im Meer versank, durchaus ein Atoll übrig bleiben konnte. Ein Vulkanausbruch oder ein Erdbeben wäre von den Bewohnern benachbarter Inseln sicherlich bemerkt worden, aber er hatte jetzt keine Zeit, in historischen Berichten zu stöbern.

Mit Hilfe der Satellitenkamera vergrößerte er den winzigen Fleck. Ein typisches Südseeatoll: eine winzige Insel mit ein paar Palmen darauf, umgeben von einer Lagune, die wiederum von einem Korallenriff umschlossen wurde, das meistenteils solide war und keine Öffnung aufwies, die einem U-Boot der Typhoon-Klasse mit einem Labor im Schlepptau die Durchfahrt gestattet hätte. Im klaren Wasser der Lagune war nichts dergleichen zu erkennen.

Zavala rief das Schiff, von dem aus die Suche geleitet wurde, und ließ sich noch einmal bestätigen, dass Flugzeuge die Insel überflogen hatten und Schiffe nahe genug herangekommen waren, um sich einen Überblick zu verschaffen. Aber sie war einfach zu unbedeutend, um eine genauere Untersuchung zu rechtfertigen.

Trotz seiner Zweifel und dieser ärgerlichen Tatsachen kam er wieder auf den Namen zurück. Trouble Island. Jemand hatte die Insel als den Ursprung irgendeines Unglücks gekennzeichnet. Doch welche Art von Unglück konnte das gewesen sein?

Zavala versuchte sein Glück mit Austins Telefonnummer, aber niemand reagierte auf den Anruf. Er starrte ins

Leere und überlegte sich seine weitere Vorgehensweise. Er konnte auf dem NUMA-Schiff bleiben und Däumchen drehend darauf warten, dass die Suchflotte einen Treffer erzielte. Oder er konnte sich an der Suche beteiligen, wohl wissend, dass er damit wahrscheinlich sinnlos Zeit und Treibstoff vergeudete.

Doch er hasste Inaktivität. Er griff nach dem Hörer der Gegensprechanlage, rief die Kommandobrücke und teilte dem Kapitän mit, er brauche den Hubschrauber, um sich das Atoll genauer anzusehen.

Mannschaftsmitglieder halfen Zavala, das Rettungsfloß aus dem Geräteschuppen zu holen und in den Hubschrauber zu laden. Er schwang sich in das Cockpit und betätigte die Kontrollen. Sekunden später hob der Hubschrauber von seinem Landeteller ab, flog einen Kreis um das Schiff herum und ging dann auf nördlichen Kurs.

Zavala hielt den Helikopter in einer Höhe von fünfhundert Fuß und bei einer Geschwindigkeit von einhundertfünfzig Stundenmeilen. Aus dieser Höhe betrachtet, war der Ozean ein einziges von der Sonne erzeugtes blaugrünes Glitzern. Er passierte einige Schiffe der Suchflotte, doch die meisten durchkämmten andere Gebiete. Der blendende Glanz des Wassers verhinderte, dass er das Atoll sah, ehe er sich genau darüber befand.

Er legte den Helikopter auf die Seite und blickte auf ein handtuchgroßes Stück Sand mit seinen wenigen Palmen. Dieses Atoll sah ganz genauso aus, wie das Satellitenbild es gezeigt hatte. Er vergewisserte sich, dass das Riff keine Lücke aufwies, die groß genug gewesen wäre, um die Durchfahrt eines Bootes von beliebiger Größe zu gestatten. Nun ließ er den Helikopter sinken und setzte mit den Schwimmern ein paar hundert Fuß vom Atoll entfernt auf, das sich seltsamerweise an einem Ende der Lagune und nicht in ihrer Mitte befand.

Während die Rotoren noch einige Umdrehungen machten und schließlich ganz stoppten, öffnete Zavala die Sitzgurte und kletterte auf einen Schwimmer hinaus. Abgesehen vom Plätschern der Wellen herrschte hier völlige Stille. Er konnte im kristallklaren Wasser eine Krabbe erkennen, die eilig über den Meeresgrund krabbelte.

Das Rettungsfloß befand sich in einem orangefarbenen Plastikbehälter, den er aus dem Cockpit wuchtete. Er ließ ihn ins Wasser gleiten und zog an einer Schnur, die den Aufblasmechanismus auslöste. Ein Zischen ertönte, als das Ventil der Kohlendioxidpatrone geöffnet und das Floß aufgeblasen wurde. Zavala kletterte hinein und paddelte zum Strand.

Er zog das Floß auf den blendend weißen Sand und ging am Rand der Insel entlang. Er kam sich wie ein Schiffbrüchiger auf einer dieser winzigen verlassenen Inseln vor, wie man sie oft in Witzzeichnungen sehen konnte.

Die Tropensonne brannte wie ein Schweißbrenner auf seinen ungeschützten Kopf. Also suchte er im Schatten einiger mickriger Palmen Schutz. Sein Blick schweifte über die einsame Schönheit des Atolls.

Noch einmal ging er am Rand der kleinen Insel entlang und runzelte die Stirn. Dieser unbedeutende Sandfleck konnte doch unmöglich Trouble Island sein. Es war nicht mehr als ein lausiges Atoll. Er kehrte zu seinem Floß zurück und wandte sich für einen letzten Blick noch einmal um. Dicht unter der Spitze einer Palme fiel ihm ein kleiner Lichtblitz auf.

Zavala ging zurück und blieb unter der Palme stehen. Er reckte den Hals, konnte aber den Ursprung des Lichtreflexes nicht erkennen. Er kletterte am leicht geneigten Stamm der Palme bis zu der Stelle hinauf, wo sich die breiten Wedel auffächerten. Den Ursprung des Lichtblitzes fand er auf Anhieb. Das Sonnenlicht wurde von der Linse einer winzigen Videokamera reflektiert, die am Stamm der Palme angebracht war.

Während er die Linse betrachtete, erkannte Zavala, dass er möglicherweise durch die Kamera beobachtet wurde. Er kletterte am Stamm hinunter und hielt auf halbem Weg inne. Der Stamm fühlte sich seltsam glatt und auch irgendwie unnatürlich an. Er zog das Messer aus der Scheide an seinem Gürtel und stieß die Spitze in den Stamm, aber sie drang nur ein winziges Stück weit ein. Er schnitt die Rinde auf, zog sie zurück und bekam einen weiteren Schock: sie schien aus einem Plastikgewebe zu bestehen, das einen metallenen Kern umschloss.

Zavala streckte eine Hand aus und schnitt ein Stück von einem Palmwedel ab. Er schob es sich zwischen die Zähne und biss darauf: Er schmeckte Plastik. Dann schob er das Messer zurück in die Scheide und ließ sich am Stamm nach unten rutschen. Nun ging er durch den Sand mehrere Schritte nach rechts, dann nach links. Die Kamera drehte sich und verfolgte ihn dabei.

Oh, verdammt.

Zavala überquerte das Atoll im Laufschritt, schob das Floß vom Strand hinunter und tauchte das Paddel ins Wasser. Er musste schnellstens zurück zum Funkgerät im Helikopter. Er blickte über die Schulter und erwartete, gleich von sämtlichen Dämonen der Hölle verfolgt zu werden, erkannte jedoch zu seiner Erleichterung, dass kein Versuch unternommen wurde, ihn aufzuhalten. Nur noch einige wenige Paddelschläge, und er hätte den Helikopter erreicht.

Dann aber geschah etwas höchst Seltsames. Der Boden der Lagune hob sich und tauchte direkt vor ihm als riesige glänzende Wölbung aus dem Wasser auf. Dann teilte sich der runde Buckel, und eine mächtige schwarze Flosse brach durch den Grund der Lagune und stieg auf, bis sie Zavala um mehr als vierzig Fuß überragte. Er blickte auf den Kommandoturm eines gigantischen Unterseebootes. Sekunden später hob das Deck des U-Boots das Floß aus dem Wasser. Der Helikopter stieg gleichzeitig nach oben und schwankte für einen kurzen Moment hin und her, ehe er von der Wölbung abrutschte. Als der Hubschrauber die schäumenden Fluten erreichte, strömte Wasser in sein Cockpit.

Das Floß rutschte von dem runden Rumpf des U-Bootes ab und Wasser drang herein. Zavala versuchte, auf das Deck des Unterseebootes zurückzuklettern, doch seine Finger rutschten von dem glatten, nassen Stahl ab, und heftige Strömungen stießen ihn zurück in die Lagune.

Er schluckte Meerwasser, würgte und schnappte wie ein Fisch auf dem Trockenen nach Luft. Dann krachte etwas wie ein Baseballschläger seitlich gegen seinen Kopf. Lichtblitze explodierten vor seinen Augen, und er spürte einen betäubenden Schmerz. Schließlich ließ jemand die Rollläden herab, und Zavala befand sich in vollständiger Dunkelheit.

40

Der Kapitän des Ausflugsbootes wusste nicht so recht, was er von den beiden Personen halten sollte, die er aus dem Nan-Madol-Kanal gezogen hatte. Die halb ertrunkene junge Asiatin schien eher harmlos zu sein, doch bei dem muskulösen Taucher in der schreiend bunten Surferhose war er sich nicht so ganz sicher.

Während er Austin wachsam musterte, fragte der Kapitän: »Was ist denn passiert, Mann?«

Austin deutete auf das gemietete Boot, dessen von Kugeln durchlöcherter Bug gerade noch aus dem Wasser ragte.

»Das Boot hatte ein Leck«, sagte er.

»Ich habe da Lärm gehört«, sagte der Kapitän. »Es klang wie eine Schießerei.«

Austin legte eine Hand auf die Schulter des Kapitäns und drehte ihn um.

»Sehen Sie die Tasche da drüben?«, sagte Austin und deutete mit dem Finger. »Die gehört mir. Können wir sie auffischen?«

Der zweifelnde Ausdruck in dem runden braunen Gesicht des Kapitäns verriet, dass er seine Entscheidung schon bedauerte, die neuen Passagiere aus dem Wasser geholt zu haben.

Er spürte jedoch, dass Austin auf keinen Fall nachgeben würde. Daher lenkte er das Boot näher an die Tasche heran, so dass Austin sie bergen konnte. Er öffnete den Reißverschluss und holte seine Brieftasche heraus. Und dann winkte er mit einem Fünfziger.

»Der ist, um die Tickets für die Bootsfahrt zu bezahlen.« Er gab dem Kapitän einen zweiten Fünfziger und sagte: »Und dieser hier ist dafür, dass Sie keine Fragen stellen.« Dann hielt er noch einen dritten Fünfziger hoch, legte einen Arm um die Schultern des Kapitäns und fragte leise, so dass die anderen Passagiere ihn nicht hören konnten: »Wie lange dauert die Tour eigentlich noch?«

»Keine Ahnung … eine halbe Stunde vielleicht«, antwortete der Kapitän.

»Dieser Schein gehört Ihnen, wenn Sie es in der halben Zeit schaffen.«

Der Kapitän grinste – und der dritte Fünfzig-Dollar-Schein verschwand in seiner Tasche.

»Das Boot gehört Ihnen, Mann«, sagte er. »Suchen Sie sich mit Ihrer Lady einen Platz.«

Kurt Austin und Song Lee ignorierten die neugierigen Blicke der anderen Passagiere und hielten nach einer Sitzgelegenheit Ausschau. Das Boot verfügte über ein Sonnendach, aber dort waren keine Plätze mehr frei – einige Passagiere saßen sogar auf aufgestapelten Schwimmwesten. Ein junges japanisches Paar rückte für die neuen Passagiere zur Seite und erzählte, es befinde sich gerade auf der Hochzeitsreise.

Der Kapitän des Ausflugsbootes hielt Wort. Fünfzehn Minuten, nachdem Austin und Lee an Bord geklettert waren, forderte er die Passagiere auf, einen letzten Blick auf die geheimnisvollen Ruinen zu werfen. Dann ließ er sich auf dem Gehäuse eines der beiden Außenbordmotoren nieder, gab Gas … und eine Dreiviertelstunde später legte das Boot am Kai in Kolonia an.

Während Lee eine Toilette aufsuchte, um sich frisch zu machen, ging Austin zum Tauchladen. Er gab die Tauchausrüstung in einwandfreiem Zustand zurück und forderte den geknickten Inhaber auf, ihm einen Geldbetrag zu nennen, um das Boot und den Motor zu ersetzen. Obwohl der Preis enorm hoch war, reichte Austin dem Mann eine NUMA-Kreditkarte, um die Summe abzubuchen. Die Erbsenzähler in der Finanzabteilung der NUMA hatten sich mittlerweile zwar an Austins seltsame Käufe gewöhnt. Trotzdem bat er den Ladeninhaber noch um eine Quittung.

Während der Bootseigner noch schrieb, fragte er: »Hat Ihr Freund Sie erreicht?«

»Was für ein Freund?«, antwortete Austin mit einer Gegenfrage.

»Ein Chinese in einem Kleinlaster. Er hat seinen Namen nicht genannt. Er erschien ein paar Minuten, nachdem Sie mit dem Boot gestartet waren. Ich sagte ihm, Sie wollten zu den Ruinen.«

Austin gelang es, seine Überraschung zu verbergen. Er bedankte sich beim Ladeninhaber und suchte eine Herrentoilette auf, um seine nasse Kleidung gegen trockene zu tauschen. Er stopfte die Badehose in einen Abfallkorb und fischte sein Mobiltelefon aus dem wasserdichten Schutzbeutel. Zu seiner Freude funktionierte es einwandfrei. Sofort stellte er fest, dass die Trouts und danach der Kapitän der *Concord* angerufen hatten. Dixons Anruf erwiderte er zuerst.

»Hier ist Austin«, meldete er sich. »Sie haben versucht, mich zu erreichen, Captain Dixon. Ich war für eine ganze Zeit von meinem Telefon getrennt.«

»Das habe ich mir schon gedacht, Kurt. Ich habe leider

schlechte Nachrichten. Joe ist verschwunden. Er hat sich den Hubschrauber des Schiffes ausgeliehen und ist nach Norden geflogen, um sich ein Atoll anzusehen. Wir haben ihn vom Radar verloren.«

»Hat er einen Notruf gesendet?«, wollte Austin wissen.

»Keinen Ton«, antwortete Dixon. »Was immer es gewesen sein mag, es muss ziemlich schnell passiert sein.«

»Wie schnell können Sie mich mit dem Helikopter abholen lassen?«, fragte Austin.

»Er ist unterwegs.«

Austin trennte die Verbindung und wollte gleich die Trouts anrufen. Aber Lee kam gerade auf ihn zu, und er verstaute sein Mobiltelefon, um ein Taxi anzuhalten.

Austins Sorge um Zavala hielt sich in Grenzen. Dieser immer wieder so charmante Amerikaner mit der mexikanischen Abstammung bewies eine erstaunliche Überlebensfähigkeit – und es gab zu diesem Zeitpunkt ohnehin nur sehr wenig, was Austin hätte unternehmen können. Erheblich mehr Sorge bereitete ihm die Tatsache, dass Chang über seine Anwesenheit auf der Insel Bescheid gewusst hatte. Jemand hatte ihn offenbar bis zum Hafen verfolgt – und das bedeutete immerhin, dass er seit der Landung der Citation beschattet worden war.

Er konnte es sich nicht erklären. Nur wenige vertrauenswürdige Personen wussten, dass sie sich auf Pohnpei aufhielten. Er ärgerte sich darüber, dass er die Triade offenbar unterschätzt hatte.

Das Taxi setzte sie am Flughafen ab, und sie gingen auf das Flugfeld hinaus, um auf die Rückkehr des Seahawk zu warten. Austin wollte Lee über Zavalas Verschwinden informieren, doch sie konnte in ihrer Erregung gar nicht an sich halten.

»Wissen Sie, was wir dort entdeckt haben?«, sagte sie. »Es war ein Hospital oder eine Klinik, wo das Gift der Meduse zur Heilung von Kranken verabreicht wurde! Das ist aus immunologischer Sicht die Entdeckung des Jahrhunderts! Es beweist, dass die Alten die Bedeutung der Schutzimpfung kannten und sie eingesetzt haben, um Krankheiten zu heilen. Ich kann es kaum erwarten, Dr. Huang davon zu berichten. Er wird *begeistert* sein.«

»Wer ist Dr. Huang?«, wollte Austin wissen.

»Mein Freund und Mentor«, antwortete Song. »Er arbeitet im Gesundheitsministerium. Er hat mich erst zu dem Medusa-Projekt gebracht.«

»Wann haben Sie das letzte Mal mit ihm gesprochen?«

»Er bat mich, ihn täglich über meine Tätigkeit auf dem Laufenden zu halten. Also bin ich auf Bonefish Key jeden Abend auf den Wasserturm gestiegen, um mit ihm zu telefonieren.«

»Und Sie haben ihm auch wirklich alles mitgeteilt?«, fragte Austin.

»Ja«, sagte Lee. »Ich habe ihn sogar angerufen, als wir in Los Angeles gelandet sind, und ihm erzählt, dass wir nach Pohnpei unterwegs seien.«

»Das erklärt, woher Chang und seine Freunde wussten, dass wir hier sind.«

»O nein, Sie glauben doch nicht etwa …«

Austin zuckte die Achseln.

»Unsere Mission war streng geheim«, sagte er. »Nur wenige Leute wussten, dass wir überhaupt hierherkamen. Aber Chang muss jemanden auf uns angesetzt haben, seit wir gelandet sind. Wie gut kennen Sie Dr. Huang?«, fragte er. »Könnte er ein Informant sein?«

»Ich habe ihn damals in Harvard kennengelernt, und er

hat mir dabei geholfen, einen Job zu finden.« Sie dachte daran, dass es ihm nicht gelungen war, ihr Exil zu verhindern, und erinnerte sich auch an die hinterhältige Art und Weise, wie er sie in die Medusa-Forschung eingeschleust hatte. »Dr. Huang ist zwar brillant, aber er ist auch ein ängstlicher Mensch. Ich denke, es bedarf nur einer harmlosen Drohung, um ihn gefügig zu machen.«

»Jemand oder etwas wie die Triade.«

Ihre Stimmung verdüsterte sich.

»Ja«, sagte sie. »Aber es ist meine Schuld zuzulassen, dass er mich hintergehen konnte.«

»Sie haben jemandem einen Gefallen getan, den Sie für einen guten Freund halten mussten«, tröstete er sie. »Ich würde Ihnen empfehlen, ihn von jetzt an lieber im Ungewissen zu lassen.«

Das ferne Flappen der Rotorblätter, das über die Lagune zu ihnen herüberhallte, kündigte die Landung des Helikopters der *Concord* an. Sekunden später setzte der Seahawk auf, Austin und Lee stiegen ein, und der Hubschrauber startete gleich wieder. Es dauerte weniger als eine Stunde, die Austin jedoch wie eine halbe Ewigkeit vorkam, ehe der Helikopter zur Landung auf dem Achterdeck der *Concord* ansetzte.

Kapitän Dixon half Lee beim Aussteigen und sagte: »Willkommen auf der *Concord*, Dr. Lee. Ihre Regierung hat inzwischen mehrmals versucht, mit Ihnen Verbindung aufzunehmen.«

»Wir wurden auf Pohnpei ein wenig aufgehalten«, erklärte sie.

»Ist schon in Ordnung«, sagte er. »Ich habe Ihren Leuten ohnehin schon mitgeteilt, Sie seien unterwegs hierher. Wir haben hier auch die Möglichkeit, eine Telefonkonferenz zu schalten. Mein Kommunikationsoffizier wird sich sofort um Sie kümmern.«

Während Dixon ein paar Schritte zur Seite trat, um sein Walkie-Talkie zu benutzen, wandte sich Lee an Austin.

»Sie müssen mich jetzt entschuldigen, Kurt. Vielen Dank für einen wirklich interessanten Tag.«

»Keine Ursache«, sagte er. »Vielleicht können wir bei unserem nächsten Ausflug nach Nan Madol etwas mehr Zeit *über* Wasser verbringen.«

»Das wäre doch mal was anderes«, sagte sie lächelnd.

Der Kommunikationsoffizier erschien nur Minuten später und brachte Lee zu ihrer Telefonkonferenz. Dixon hieß Austin wieder auf dem Navy-Kreuzer willkommen und sagte, er wolle ihm auf einer Seekarte zeigen, wo genau Zavala verschwunden war. Auf dem Weg zur Kommandobrücke meinte der Kapitän dann, verschiedene Flugzeuge hätten das Atoll angesteuert, jedoch keine Spur von Zavala oder dem Helikopter ausmachen können.

»Keine Trümmer oder Ölflecken?«, fragte Austin.

»Nichts«, sagte Dixon, »aber wir suchen selbstverständlich weiter.«

»Danke, Captain, aber Sie können jetzt nicht noch mehr Zeit für die Suche nach Joe aufwenden. Das Labor hat höchste Priorität.« Als er den entmutigten Ausdruck auf dem Gesicht des Kapitäns gewahrte, fügte er hinzu: »Machen Sie sich wegen Joe keine Sorgen. Er taucht aus der Versenkung auf, wenn Sie es am wenigsten erwarten.«

Austin studierte die Position des Atolls und fragte sich, was Zavala zu diesem winzigen Fleckchen Land gelockt haben könnte. Dann tippte er die Nummer der Trouts in sein Mobiltelefon. Gamay meldete sich.

»Kurt! Gott sei Dank rufst du endlich an! Wir haben

schon mit dem Schlimmsten gerechnet! Was ist geschehen?«

»Wir hatten in Nan Madol eine ziemlich heftige Begegnung mit einem der Triaden-Bosse. Der Typ heißt Chang. Die Triade hatte einen Informanten. Wir sind wieder auf der *Concord,* aber jetzt wird Joe vermisst. Captain Dixon meinte, Joe habe sich einen Helikopter ausgeborgt, um sich irgendein Atoll anzusehen.«

»Wir haben ihm die Koordinaten des Atolls genannt«, sagte Gamay. »Es befindet sich ungefähr dort, wo Trouble Island liegt, die Insel, die Kapitän Dobbs vor hundertfünfzig Jahren mit seinem Walfangschiff aufgesucht hat.«

»Ihr habt das Logbuch gefunden?«, fragte Austin.

»Nein«, erwiderte sie. »Du bist nicht der Einzige, der erfahren musste, dass die Triade einen langen Arm hat. Wir haben hier einen Buchhändler gefunden, der meinte, er könne unter Umständen das Logbuch beschaffen, aber irgendjemand hat ihn getötet und uns dann aufgelauert. Wir sind ihm nur um Haaresbreite entkommen.«

»Das freut mich sehr«, sagte Austin. »Aber eines verwirrt mich doch – wenn ihr das Logbuch nicht gefunden habt, woher habt ihr dann die Information über das Atoll?«

Gamay berichtete Austin von Perlmutters Hinweis auf Caleb Nye, von ihren Besuchen in der Dobbs-Villa und in Brimmers Laden und dann von Brimmers Leiche in der alten Tuchfabrik. Austin konnte seine Wut kaum im Zaum halten, als er von dem Mord an Brimmer und von dem Anschlag auf die Trouts erfuhr. Selbst ohne Dr. Huang schien diese weit gespannte kriminelle Organisation ihre Augen und Ohren überall zu haben. Er fragte nach den Längen- und Breitengradkoordinaten aus Nyes Diorama und äußerte die Absicht, sie sofort zu überprüfen.

»Und was sollen *wir* in der Zwischenzeit tun?«, fragte Gamay.

»Ruft doch Sandecker an, und bringt ihn auf den neuesten Stand«, bat Austin. »Ich melde mich dann bei euch, sobald ich mehr weiß.«

Austin bedankte sich und trennte die Verbindung, dann nahm er vor einem Computer Platz und rief mit Hilfe der von Nye überlieferten Koordinaten ein Satellitenbild auf. Die im neunzehnten Jahrhundert angewandten Navigationsverfahren waren nicht sehr genau, und das Atoll, das Austin auf dem Bildschirm sah, entsprach auch nicht der Position auf der Karte.

Aber die Radardaten von Joes Flugbahn zeigten, dass er direkten Kurs auf das Atoll genommen hatte. Austin zoomte den winzigen Fleck näher heran. Der Monitor zeigte eine mit Palmen bewachsene handtuchgroße Sandfläche, die von einem Korallenriff umgeben war. Nichts Ungewöhnliches war da zu sehen … bis auf einen dunklen Streifen auf einer Seite der Lagune. Er ging sämtliche Möglichkeiten durch: ein Fischschwarm, Korallen, Meeresvegetation, Schatten … aber nichts davon schien zu passen. Er rief frühere Bilder von der Insel auf: der Streifen war breiter. So ging er weiter zurück, Stunde für Stunde.

Während sich die Satellitenfotos in steter Folge abwechselten, sah er, dass der Streifen verschwand. Er ging weiter zurück und hielt plötzlich inne. Ein zigarrenförmiges Objekt erschien an Stelle des Streifens. Die Flosse, die von diesem Objekt aufragte, identifizierte es als U-Boot. Er vergrößerte das Bild und suchte im Internet nach einem U-Boot der *Akula*-Klasse. Er fand auch eine Bilderserie, wählte eines aus, auf dem sich der Kommandoturm in etwa der gleichen Position befand, und legte die beiden Bilder nebeneinander. Die U-Boote waren identisch.

Mit zunehmender Erregung klickte sich Austin im Fotoordner weiter zurück. Erst war in der Lagune keine Flosse mehr zu sehen, dann nicht einmal mehr ein dunkler Streifen. Aber er bemerkte einen dunklen Fleck, der sich – nach entsprechender Vergrößerung – als Helikopter entpuppte. Mit diesem Foto beginnend, ging er die Fotos in chronologischer Folge durch: leere Lagune, Helikopter, Flosse, kein Helikopter, schwarzer Streifen, dessen Länge abnahm.

»Vielen Dank, Caleb Nye«, sagte Austin so laut, dass Dixon ihn hören konnte und sich über seine Schulter beugte, um einen Blick auf den Computerbildschirm zu werfen.

»Wer?«, fragte der Kapitän.

»Er war ein Walfänger aus dem neunzehnten Jahrhundert und hat mir soeben geholfen, Joe zu finden.«

Austin ließ die Serie der Satellitenfotos durchlaufen.

»Verdammt«, sagte der Kapitän. »Ich glaube, Sie haben da was entdeckt, Kurt.«

»Wir müssen uns das unbedingt genauer ansehen. Ich brauche Ihre Hilfe.«

Dixon griff nach dem Mikrofon der schiffsinternen Lautsprecheranlage.

»Ich rufe sofort alle Offiziere zusammen«, sagte er.

Fünf Minuten später war Austin im Versammlungsraum und zeigte den Offizieren des Kreuzers die Serie der Satellitenfotos. Ein Artillerieoffizier machte den Vorschlag, das Atoll mit jedem verfügbaren Schiff der Flotte einzukreisen und anzugreifen.

Austin schüttelte den Kopf.

»Ein massierter Angriff der Navy ist meiner Meinung

nach völlig indiskutabel«, sagte er. »Wir haben einfach zu wenige Informationen, um einen solchen Angriff zu organisieren. Ein einziger Fehler könnte den Tod des gesamten Laborpersonals zur Folge haben.«

Dem Offizier gefiel es aber gar nicht, eine Abfuhr zu erhalten.

»Wer hat hier das Sagen, Captain?«, fragte er. »Die U. S. Navy oder die NUMA? Das Labor ist Eigentum der Navy.«

»Das stimmt schon«, räumte Dixon ein, »aber ich habe den Befehl der Navy-Leitung, der NUMA die Führung zu überlassen.«

»Mir geht es hier gar nicht um Zuständigkeiten«, sagte der Offizier. »Es ist eine Frage der Feuerkraft. Soweit ich weiß, ist die NUMA eine zivile Forschungsinstitution.«

»Wir helfen aber, so gut wir können«, sagte Dixon. Seine zunehmende Verärgerung blieb niemandem verborgen.

Das Letzte, was sich Austin wünschte, war eine Strategiediskussion. Er schaltete sich ein, um dem Artillerieoffizier dabei zu helfen, sein Gesicht zu wahren.

»Der Hinweis des Offiziers auf die Feuerkraft ist ein Argument, Captain«, sagte Austin. »Wie wäre es denn, wenn einige Schiffe in Rufweite in Position gingen? Sie könnten mir zu Hilfe kommen, falls ich in Schwierigkeiten gerate.«

»Klar«, sagte Dixon, »wir lassen ein paar schwimmende Einheiten in der Nähe in Stellung gehen, während sich der Rest bereit hält, um im Notfall einzugreifen.«

»Ich vertraue ganz auf Ihre Urteilskraft und die Ihrer Offiziere, Captain«, sagte Austin. »Meine Hauptsorge ist, dass ich unbemerkt in die Lagune hineingelange. Haben Sie irgendeine Idee, was mich dort erwarten könnte?«

»Wir müssen wohl davon ausgehen, dass das Atoll durch ein System von Sensoren geschützt wird«, sagte Dixon.

»Nachtsichtgeräte und Radar sind natürlich ein Problem, aber meine größte Sorge wären Wärmesensoren.«

»Gibt es irgendeine Möglichkeit, diese Sicherheitsmaßnahmen zu umgehen?«, fragte Austin.

»Ein niedrig fliegender Helikopter könnte in dem Signalwirrwarr, den die See auf einem Radarschirm erzeugt, vielleicht am ehesten untergehen«, sagte Dixon. »Wenn Sie sich mit dem Eindringen beeilen, könnten Sie es schaffen, unbemerkt zu bleiben.«

Austin brauchte keine weitere Ermunterung.

»Dann wäre das geklärt«, stellte er fest. »Wann können wir aufbrechen?«

Auffordernd blickte der Kapitän seine Offiziere an, um ihnen eine letzte Gelegenheit zu geben, sich zu äußern.

»Gentlemen?«, fragte er.

Als sich niemand zu Wort meldete, griff Dixon nach einem Telefonhörer, um seine Befehle zu erteilen. Aber zu diesem Zeitpunkt hatte Austin den Versammlungsraum schon längst verlassen.

Während Kurt Austin mit Dixon und seinen Männern Strategiefragen klärte, saß Song Lee in einem anderen Teil des Schiffes hinter einem Tisch und blickte auf einen leeren Bildschirm.

»Sprechen Sie mit normaler Stimme in die Kamera, als würden Sie sich mit einem guten Freund unterhalten«, sagte der Kommunikationsoffizier. »Die Verbindung müsste jeden Moment zustande kommen.«

Lee klemmte sich das winzige Mikrofon an den Kragen und ordnete ihre Frisur so gut es ging. Der Offizier informierte die anderen Teilnehmer an der Telefonkonferenz, dass alles bereit sei. Dann ließ er Lee allein.

Der Bildschirm flimmerte für einen kurzen Moment, danach erschien ein Bild von sechs Personen an einem Holztisch in einem dunkel getäfelten Raum. Sie erkannte zwei Angehörige des Gesundheitsministeriums, doch die anderen Personen waren ihr fremd. Ein Mann mit silbergrauem Haar in der grünbraunen Uniform der Volksbefreiungsarmee fragte Lee, ob sie ihn sehen und hören könne.

Als sie dies bejahte, sagte er: »Sehr schön, Dr. Lee. Ich danke Ihnen für dieses Treffen. Ich bin Oberst Ming. Da die Zeit drängt, erspare ich mir weitschweifige Einleitungen und komme stattdessen gleich zur Sache.

Dieses Komitee ist das Pendant einer ähnlichen Gruppe, mit der wir in den Vereinigten Staaten zusammenarbeiten. Ich wurde zu ihrem Sprecher bestimmt, weil die Armee nun die führende Rolle im Kampf gegen die Epidemie einnimmt.«

»Ich bin nicht auf dem Laufenden«, sagte Lee, »daher weiß ich nur, dass eine Quarantäne über die Region verhängt wurde, wo die Krankheit zuerst ausbrach.«

»Das ist richtig«, bestätigte Ming. »Die Armee konnte die Epidemie für einige Zeit unter Kontrolle halten, aber dies ist ein Gegner, den wirkungsvoll zu bekämpfen uns die Mittel fehlen. Das Virus gewinnt.«

»Wie schlimm ist es, Oberst?«

Ming hatte mit dieser Frage gerechnet. In der linken oberen Ecke des Bildschirms erschien ein Quadrat und zeigte eine Landkarte der nördlichen Provinzen Chinas. Rote Punkte konzentrierten sich in großer Zahl um ein Dorf und erschienen vereinzelt in seiner weiteren Umgebung.

»Dies zeigt die Krankheitswelle vor der Quarantäne«, sagte er. »Die Häufungen weisen auf das Virus hin.«

Ein anderes Bild erschien. Die Punkte drängten sich in einem Bereich, aber auch in benachbarten Städten tauchten sie verstreut auf.

»Ist das ebenfalls ein Bild von der Lage vor der Verhängung der Quarantäne?«

»Nein«, antwortete Ming. »Die Quarantäne ist wirksam, aber das Virus hat sich trotz all unserer Bemühungen weiter ausgebreitet. Ich werde mir einen Kommentar zu den nächsten Bildern schenken.«

Als die Karten nacheinander auf dem Bildschirm erschienen, war zu erkennen, wie sich die roten Punkte über einen großen Teil Chinas ausbreiteten. Sie bildeten dichte Trauben und metastasierten dann wie Krebszellen. Mehr Besorgnis erregte allerdings, dass das Virus Peking im Nordosten gefährlich nahe kam, und es schickte Ausläufer, die wie die Speichen eines Rades aussahen, nach Shanghai an der Südostküste, nach Hongkong im Süden und Chongqing im Westen.

»Welche Zeitdauer liegt diesen Projektionen zu Grunde?«, fragte Lee, deren Hals derart trocken war, dass sie die Frage kaum über die Lippen brachte.

»Eine Woche«, sagte Ming, »bis heute. Das Gesundheitsministerium rechnet hoch, dass sich die Ausbreitungsgeschwindigkeit des Virus noch beschleunigen wird. Es wird Peking zuerst erreichen und in weniger als zwei Wochen auf die anderen Städte übergreifen. Sie verstehen ja viel besser als ich, was das bedeutet.«

»Ja, das tue ich, Oberst«, sagte sie. »Militärisch gesprochen wäre es wie das Anzünden einer Zündschnur, die zu mehreren Munitionslagern führt. Die glühenden Trümmer dieser Explosionen werden andere Zündschnüre auf der ganzen Welt in Brand setzen.«

Ming presste die Lippen zusammen und lächelte verkniffen.

»Soweit ich weiß, waren Sie an der Planung für den schlimmsten Fall beteiligt, mit dem wir es hier offenbar zu tun haben«, sagte er.

»Das ist richtig, Oberst Ming. Ich entwarf die Pläne zu der Einrichtung von Impfstoffproduktionszentren an Orten, wo er am besten verteilt werden kann. Es ist im weitesten Sinn mit einer Schlachtplanung zu vergleichen, wie Sie und Ihre Kollegen sie gewöhnlich vor Manövern oder auch im Ernstfall eines Kriegsschlags durchführen.«

»Erzählen Sie mir von dem Impfstoff, an dessen Entwicklung in dem verschwundenen Labor gearbeitet wurde.«

»Das Letzte, was ich von dort hörte, ließ darauf schließen, dass man dicht davorstand, den Impfstoff aus dem Gift zu gewinnen und synthetisch herzustellen.«

»Das ist doch endlich mal eine gute Nachricht«, sagte Ming.

»Stimmt schon«, sagte Lee, »aber das Problem war von Anfang an, die chemische Substanz, die das Virus abtötete, nicht nur zu isolieren, sondern auch schnell genug in ausreichender Menge herzustellen. Die alte Methode, Vakzine in Hühnereiern heranzuzüchten, war zu langsam und zu umständlich: Man brauchte Millionen von Eiern ... die Herstellung würde Wochen dauern. Außerdem gab es da noch das Problem mutierender Viren. Man musste möglicherweise innerhalb kürzester Zeit für unterschiedliche Influenzastämme Vakzinen zurechtschneidern. In tierischen oder menschlichen Zellen gezüchtete Antikörper konnten pro Jahr dreihundert Millionen Vakzinen hervorbringen.«

»Die gesamte Weltbevölkerung könnte in weitaus kürzerer Zeit ausgelöscht sein«, sagte Ming.

»Das ist ganz richtig«, sagte Lee, »deshalb arbeitete man im Labor ja auch an der gentechnischen Manipulation von Antikörpern. Man stellt nicht erst den Impfstoff her, sondern das wirksame Molekül.«

»Und wie sahen die Ergebnisse dieser Forschung aus?«

»Das weiß ich nicht. Das Labor war inzwischen zu seinem neuen Standort gebracht worden. Zu diesem letzten Entwicklungsabschnitt hatte ich keinen Zutritt.«

»Würde Dr. Kane diese Prozedur verstehen?«

»Ja sicher, aber er kennt ja die abschließenden Testergebnisse gar nicht, über die er informiert worden wäre, hätte er ins Labor zurückkehren können.«

»Um es klar und einfach auszudrücken, Dr. Lee: Selbst wenn wir das Labor fänden und die Vakzine herstellten, könnte es zu spät sein, oder?«

»Um es klar und einfach auszudrücken – ja.«

Oberst Ming wandte sich an die anderen Versammelten.

»Noch irgendwelche Fragen? Nein? Nun, dann vielen Dank für Ihre Zeit und Mitwirkung, Dr. Lee. Wir werden uns mit Ihnen zu gegebener Zeit wieder in Verbindung setzen.«

Der Bildschirm leerte sich. Song Lee konnte es kaum ertragen, mit ihren Gedanken in diesem Raum allein zu sein. Sie stürmte durch die Tür hinaus aufs Deck, wo sie verzweifelt nach Kurt Austins beruhigender Miene Ausschau hielt. Sie brauchte einen Halt, um nicht in den Abgrund gerissen zu werden. Also stieg sie zur Kommandobrücke hinauf und fragte Dixon, ob er Austin gesehen habe.

»Oh hallo, Dr. Lee«, begrüßte sie der Kapitän. »Kurt wollte Ihre Konferenz nicht stören. Er bat mich, Ihnen zu bestellen, dass das Abendessen verschoben sei. Er hat das Schiff verlassen.«

»*Verlassen? Wohin?*«

Dixon rief sie zu sich herüber, um sich die Karte anzusehen, und deutete mit dem Zeigefinger auf die weite Fläche des Ozeans.

»Im Augenblick dürfte Kurt Austin genau dort sein.«

41

»Wachen Sie auf, Towarisch.«

Joe Zavala war nur halb bei Bewusstsein, aber immerhin noch wach genug, um erkennen zu können, dass die kalte Flüssigkeit, die seine Lippen benetzte, wie Frostschutzmittel schmeckte.

Er spie die Flüssigkeit aus. Ein brüllendes Gelächter, das seine instinktive Reaktion belohnte, riss ihn vollständig in die Gegenwart zurück.

Über Zavala schwebte ein bärtiges Gesicht mit einem Vierzehn-Karat-Grinsen. Zavala sah eine Flasche, die wieder an seine Lippen gesetzt wurde. Seine Hand schoss hoch, und er legte seine Finger mit einem schraubstockgleichen Griff um das dicke Handgelenk des Mannes.

Ein Ausdruck des Erschreckens erschien nach Zavalas blitzartiger Geste in den blauen Augen, doch das Goldzahngrinsen kehrte gleich wieder zurück.

»Mögen Sie unseren Wodka nicht?«, fragte der Mann.

»Ich habe vergessen. Amerikaner trinken Whiskey.«

Zavala löste seinen Griff. Der bärtige Mann zog die Flasche weg und trank einen kräftigen Schluck. Dann wischte er sich die Lippen mit dem Handrücken ab.

»Kein Gift«, sagte der Mann. »Was kann ich Ihnen denn geben?«

»Nichts«, sagte Zavala. »Aber Sie können mir eine Hand reichen, damit ich aufstehen kann.«

Der Mann stellte die Flasche beiseite und half Zavala,

sich auf den Rand der Schlafkoje zu setzen. Zavala blickte sich in der beengten Unterkunft um.

»Wo bin ich?«, fragte er.

»Wo sind Sie?«, sagte der Mann.

Er wandte sich um und übersetzte die Frage für drei weitere ebenfalls bärtige Männer, die sich in der engen Kabine drängten, in eine Sprache, in der Zavala die russische erkannte. Gelächter erklang, und struppige Köpfe nickten heftig.

»Was ist denn so lustig?«, fragte Zavala.

»Ich habe ihnen gesagt, was Sie gefragt haben, und die Antwort lautet, dass Sie in der *Hölle* sind.«

Zavala brachte ein mühsames Lächeln zustande und streckte eine Hand aus.

»In diesem Fall«, sagte er, »nehme ich den Wodka, den Sie mir großzügigerweise angeboten haben.«

Der Mann reichte ihm die Flasche, und Zavala nahm einen vorsichtigen Schluck. Er spürte, wie die feurige Flüssigkeit durch seine Kehle rann, aber sie schaffte es nicht, das dumpfe Pochen aus seinem Schädel zu vertreiben. Er fasste sich an den Kopf und ertastete dort einen turbanähnlichen Verband. Noch immer spürte er die Prellungen von seinem B3-Abenteuer.

»Ihr Kopf hat geblutet«, sagte der Mann. »Das war das Beste, was wir tun konnten.«

»Danke für die Erste Hilfe. Wer sind Sie eigentlich?«, fragte Zavala.

»Ich bin Hauptmann Mehdew, und dies hier sind meine Offiziere. Sie befinden sich in einem atomgetriebenen *Akula*-U-Boot. Wir sind das, was die Amerikaner als Projekt 941 Typhoon kennen, die größte U-Boot-Klasse der Welt. Und ich bin der Kommandant.«

»Freut mich, Sie kennenzulernen«, sagte Zavala und schüttelte dem Hauptmann die Hand. »Mein Name ist Joe Zavala. Ich arbeite bei der amerikanischen National Underwater and Marine Agency. Wahrscheinlich haben Sie schon mal von ihr gehört.«

Mehdew griff in die Tasche seiner Windjacke und holte Zavalas laminierten NUMA-Ausweis mit seinem Foto heraus.

»Jeder, der zur See fährt, kennt die hervorragende Arbeit der NUMA«, sagte Mehdew. »Ihre wundervollen Schiffe sind ja auf der ganzen Welt ein Begriff.«

Zavala nahm den Ausweis entgegen und steckte ihn in seine Hemdtasche, raffte eine Decke von der Koje und wickelte sie um sich herum, um damit die Nässe aus seinen Kleidern aufzusaugen. Er trank einen weiteren Schluck aus der Flasche und reichte sie zurück. Einer der Offiziere holte ihm von einem Waschbecken ein Glas Wasser. Zavala spülte den Wodkageschmack hinunter und betastete abermals seinen Kopfverband.

»Nehmen Sie es mir nicht übel, Captain, aber Sie sollten mal an Ihren Fahrkünsten arbeiten. Sie sind mit Ihrem U-Boot genau unter mir und meinem Hubschrauber aufgetaucht.«

Mehdew erntete mit seiner Übersetzung auch diesmal ein schallendes Gelächter bei seinen Offizieren. Doch als er sich zu Zavala umwandte, lag ein ernster Ausdruck auf seinem Gesicht.

»Ich entschuldige mich«, sagte der Kapitän. »Ich hatte Befehl, mit dem Unterseeboot aufzutauchen und Sie an Bord zu holen. Selbst jemand mit meiner Erfahrung dürfte immer gewisse Schwierigkeiten haben, mit einem sechshundert Fuß langen Schiff halbwegs genau zu manövrieren. Sie trieben im Wasser. Wir brachten Sie an Bord. Der Verlust Ihres Helikopters tut mir sehr leid.«

»Wer hat denn von Ihnen verlangt, mich gefangen zu nehmen?«

Ein düsterer Schatten glitt über Mehdews freundliches Gesicht.

»Dieselben Verbrecher, die auch mein U-Boot gekapert und mich und meine Mannschaft eingesperrt haben«, sagte er.

Mehdew begann mit zornigem Eifer seine fantastische Geschichte zu erzählen. Er war ein Marineveteran und hatte im Typhoon-Projekt gedient, ehe er in die zivile Wirtschaft gewechselt war. Das Rubin-Konstruktionsbüro, das das U-Boot entworfen hatte, war auf die Idee gekommen, außer Dienst gestellte Schiffe im Nordpolarmeer im Frachtdienst einzusetzen. Die Raketensilos wurden durch Frachträume ersetzt, die eine Ladekapazität von fünfzehntausend Tonnen hatten. Eine Firma kaufte das U-Boot, und Mehdews Job bestand nun allein darin, das Schiff zu seinem neuen Eigentümer zu bringen.

Die Mannschaft von ungefähr siebzig Leuten stellte nur die Hälfte der normalen Besatzung dar, aber da keine Waffenspezialisten benötigt wurden, reichte sie aus, um den Auftrag auszuführen. Ihnen wurde ein hohes Honorar in Aussicht gestellt. Die Instruktionen des Kapitäns liefen darauf hinaus, dass er zwecks eines Rendezvous an einer bestimmten Stelle auftauchen sollte. Sie wurden jedoch von einem chinesischen Frachter erwartet, der einen Trupp bewaffneter Männer an Bord hatte, die das U-Boot kaperten und das Kommando übernahmen. Sie erhielten den Befehl, Kurs auf die Südsee zu nehmen. Mit Hilfe eines Torpedorohrs starteten die Entführer eine Rakete, die auf ein

Überwasserschiff zielte. Danach war die Typhoon an einer Operation beteiligt, in deren Verlauf das Unterwasserlabor vom Meeresgrund angehoben und weggeschleppt wurde.

»Wo befindet sich das Labor denn im Augenblick?«, fragte Zavala.

Mehdew deutete mit dem Zeigefinger abwärts.

»Etwa zweihundert Fuß tief unter unserem Schiff«, sagte er, »auf dem Grund einer unterseeischen Caldera. Vor vielen Jahren kam es hier zu einem Vulkanausbruch, der Vulkankegel brach zusammen und zurück blieb die Caldera an Stelle der Insel, die es hier früher gegeben hatte. Auf dem Kraterrand wuchsen Korallen und schufen so das Riff, das Sie überquert haben.«

»Wie ist Ihr Schiff durch das Riff gebrochen?«, fragte Zavala.

»Das ist es gar nicht. Es ist drunter hergekrochen. Die Japaner haben einen Tunnel in den Krater gesprengt, weil sie die Absicht hatten, ihn während des Zweiten Weltkriegs als U-Boot-Basis zu benutzen. Sie wollten so lange warten, bis die amerikanische Flotte das Atoll passiert hätte, um dann mit deutschen Super-U-Boten aufzutauchen und die Schiffe zu versenken. Ein wirklich cleverer Plan. Aber die Alliierten bombardierten die deutschen U-Boot-Werften, und dann war der Krieg auch schon zu Ende.« Nun hatte aber auch Mehdew eine Frage: »Was wissen Sie denn von diesem Labor? Es scheint ja wichtig zu sein.«

»Es ist sogar *sehr* wichtig«, sagte Zavala. »Schiffe und Flugzeuge der U.S. Navy suchen im Augenblick mit Hochdruck danach. Aus diesem Grund habe auch ich die Lagune überflogen. Das Wasser ist doch so klar wie Kristall. Warum habe ich Sie nicht gesehen?«

»Wir befinden uns unter einem Tarnnetz, das über die Lagune gespannt wurde. Ihr Amerikaner nennt so etwas *low-tech*.«

»Was ist mit der Insel in der Lagune, auf der ich gelandet bin?«

»Die ist *high-tech*. Eine künstliche Plattform auf Schwimmkörpern, die durch ein System von Druckstrahldüsen, die an ein sich ständig selbst korrigierendes Navigationssystem angeschlossen sind, an Ort und Stelle gehalten wird. Sie stellt einen Beobachtungspunkt dar, mit dessen Hilfe Eindringlinge abgefangen werden können. Sie wurden schon lange vor Ihrer Landung gesichtet.«

»Offenbar hat da jemand keine Kosten und Mühen gescheut, um ein Versteck zu schaffen.«

»So wie ich es verstehe, wollten die Leute, die hinter diesem Projekt stehen, das Atoll für Schmuggelaktionen im Pazifikraum benutzen.«

Ein heftiges Klopfen an der Tür unterbrach ihre Unterhaltung. Dann flog die Tür auf, und ein Asiate, der eine Maschinenpistole schussbereit in den Händen hielt, trat in die Kabine. Dicht hinter ihm erschien Phelps. Er schenkte Zavala ein schiefes Grinsen.

»Hallo, Soldat«, sagte er. »Sie hat es aber ganz schön weit von Ihrem Zuhause verschlagen.«

»Das Gleiche könnte ich auch von Ihnen behaupten, Phelps.«

»Ja, das könnten Sie wahrscheinlich. Wie ich sehe, haben Sie sich schon mit dem Kapitän und seiner Mannschaft angefreundet.«

»Kapitän Mehdew hat mich großzügig aus seinem Barschrank bedient.«

»Zu schade, dass die Party schon vorüber ist«, sagte

Phelps. »Der Kapitän und seine Jungs haben nun zu arbeiten.«

Mehdew verstand den Wink und scheuchte seine Mannschaft aus der Kabine heraus. Phelps gab seinem Wächter den Befehl, die Männer auf ihre Posten zu begleiten, dann zog er sich einen Stuhl heran, ließ sich darauf nieder und legte die Füße auf einen kleinen Schreibtisch.

»Wie haben Sie denn dieses niedliche Versteck finden können?«, fragte Phelps.

Zavala gähnte.

»Reines Glück«, sagte er.

»Das glaube ich nicht. Nächste Frage. Weiß noch jemand anders von diesem Ort?«

»Nur ... die U.S. Navy. Sie und Ihre Freunde sollten jeden Augenblick mit dem Besuch eines Flugzeugträgers rechnen.«

»Netter Versuch«, sagte Phelps spöttisch. »Rund um das Atoll würde es längst von Schiffen und Flugzeugen wimmeln, wenn die Navy von uns wüsste. Die Kamera auf der Insel hat ein Bild von Ihnen abgesendet, und zwar direkt an meinen Boss, Chang. Er war es auch, der Mehdew den Befehl gab, Sie aus dem Verkehr zu ziehen, selbst mit dem Risiko, dabei beobachtet zu werden. Sie haben sich ganz schön in die Scheiße geritten, Joe.«

Zavalas Lippen verzogen sich zu dem Anflug eines Lächelns.

»Das sieht nur so aus«, sagte er.

Phelps schüttelte ungläubig den Kopf.

»Was geben sie euch eigentlich bei der NUMA zu trinken?«, fragte er. »Stierblut?«

»So was Ähnliches«, sagte Zavala. »Jetzt habe ich aber mal eine Frage an Sie: Warum haben Sie uns nach unserem Zusammenstoß mit Ihrer obersten Chefin den Schlüssel zu den Handschellen überlassen und Kurts Pistole zurückgegeben?«

Phelps nahm die Füße vom Tisch, stellte sie auf den Fußboden und beugte sich vor.

»Tatsächlich habe ich *drei* Bosse«, sagte er. »Das sind Drillinge. Chang kümmert sich um die Schmutzarbeit. Er hat einen Bruder namens Wen Lo, der die Geschäfte leitet. Aber das Hologramm, das Sie aus Virginia kennen, das ist der oberste Chef. Ich habe jedoch keine Ahnung, ob es eine Sie oder ein Er ist.«

»Was meinen Sie?«

»Manchmal ist es das Bild eines Mannes und manchmal das einer Frau. Man weiß es vorher nie.«

»Was hat es denn mit diesen Hologrammen auf sich?«

»Sie trauen niemandem, nicht einmal sich selbst – untereinander. Außerdem sind sie verrückt, aber das wissen Sie ja längst.«

»Man braucht kein Wissenschaftler zu sein, um zu erkennen, dass Sie ebenfalls nicht alle Tassen im Schrank haben, Phelps. Wie kommt es denn, dass Sie sich mit diesen Irren eingelassen haben?«

»Ich bin ein Ex-SEAL. Ob verrückt oder nicht, sie bezahlen besser als die Navy. Ich wollte mich nach dieser Sache zur Ruhe setzen.« Indem er die Stimme senkte, fügte er hinzu: »Wie ich schon sagte. Ich habe eine Familie. Glauben Sie denn wirklich, dass dieses Virus, das die Triade entwickelt hat, auch die Vereinigten Staaten erreicht?«

»Das ist nur eine Frage von sehr kurzer Zeit.«

»Verdammt, Joe, wir müssen dieses verdammte Ding aufhalten.«

»*Wir?*«, spöttelte Zavala. »Ich bin im Augenblick nicht

gerade in der Position, um in *irgendeiner* Sache überhaupt irgendetwas zu unternehmen.«

»Das werde ich bald ändern. Ich denke schon länger darüber nach, wie ich das erreichen könnte. Aber dazu brauche ich Ihre Hilfe.«

Phelps' Mobiltelefon summte. Er nahm den Ruf an, lauschte ein paar Sekunden lang, sagte »Okay« und beendete schließlich das Gespräch. Er empfahl Zavala, sich nicht vom Fleck zu rühren, und verließ die Kabine.

Zavala ließ sich die Unterhaltung mit Phelps durch den Kopf gehen. Der Mann war ein Söldner und Mörder, also nicht gerade von der Sorte, mit der er sich aus freien Stücken verbünden würde. Aber in diesem Fall verfolgten sie die gleichen Ziele. Sie würden die Ungereimtheiten ihrer Beziehung später klären müssen.

Zavala erhob sich von der Koje und ging in der Kabine auf und ab. Er trat ans Waschbecken und spritzte sich Wasser ins Gesicht, dann nahm er seine Wanderung wieder auf. Er fühlte sich beinahe wieder normal, als Phelps zurückkehrte.

Er trug einen schwarzen Neopren-Nasstauchanzug und hatte eine große Reisetasche in der Hand. Tiefe Sorge lag in seinen Hundeaugen.

»Wir müssen unser Gespräch leider verschieben«, sagte er. »Das da am Telefon war gerade Chang.«

»Was ist denn los?«, fragte Zavala.

»Die Lage hat sich um einiges verwirrt«, sagte Phelps. »Haben Sie Lust auf einen Badeausflug?«

»Den habe ich doch gerade hinter mir«, sagte Zavala. »Aber habe ich denn eine Wahl?«

»Nein«, sagte Phelps.

Er reichte die Tasche Zavala, der sie prüfend wog.

»Ist das ein Teil Ihrer Komplikationen?«, wollte Zavala wissen.

Phelps nickte.

Er forderte Zavala auf, sich umzuziehen, und verließ die Kabine. Zavala öffnete die Reisetasche und fand darin einen Nasstauchanzug. Er befreite sich aus seinen nassen Kleidern und schlüpfte in den Zweiteiler, dann öffnete er die Tür und trat hinaus.

Phelps wartete schon im Gang, zusammen mit zwei Männern, die ebenfalls Tauchkleidung trugen. Er gab Zavala ein Zeichen, ihm zu folgen, und führte sie durch die labyrinthartigen Eingeweide des riesigen Unterseeboots. Dabei trafen sie verschiedene Mannschaftsmitglieder, die Phelps mit finsteren Blicken musterten. Irgendwann trennten sich die Wächter wieder von ihnen, und Phelps trat in eine Kabine, die mittschiffs lag.

»Eine Fluchtschleuse«, erklärte er und deutete auf eine Luke über ihren Köpfen. »Auf der anderen Seite des Kommandoturms befindet sich noch eine zweite, die von unseren beiden Wachhunden benutzt wird.«

Er öffnete einen Wandschrank und holte zwei vollständige Tauchausrüstungen komplett mit Vollgesichtsmasken und drahtloser Kommunikationstechnik heraus. Als sie startbereit waren, stieg Phelps über eine Leiter in die runde Kammer. Zavala folgte ihm. Aufgrund des Gewichts der Tauchausrüstung bewegte er sich nur langsam.

Die Fluchtschleuse war für zwei Männer in Tauchkleidung eine enge Angelegenheit. Phelps betätigte den Schalter, der die Bodenluke schloss, und Wasser strömte herein. Sobald sich die Schleusenkammer gefüllt hatte, öffnete er das Schott über ihren Köpfen.

Phelps ließ Luft in seine Tarierweste einströmen und

stieg in der Rettungsschleuse nach oben. Zavala blieb dicht hinter ihm. Sie verließen das U-Boot an der Basis des hohen Kommandoturms. Die beiden Wächter warteten bereits. Jeder Wächter war mit einer gasgetriebenen Harpune mit einem hässlich aussehenden Widerhaken an der Mündung bewaffnet. Zavala ignorierte sie bewusst und schob die Füße in seine Schwimmflossen.

Das grünliche Licht, das durch das Tarnnetz drang, tauchte das U-Boot in einen geisterhaften Schimmer. Zavala hatte einmal ein Typhoon im Dock gesehen, als der Rumpf zum größten Teil im Wasser lag, und war von seiner Größe schon sehr beeindruckt gewesen. Aber das war noch kein Vergleich zu dem Anblick des riesigen Unterseeboots mit seinem mächtigen Kommandoturm, der sich ihm jetzt bot.

Eine quakende Stimme erklang in seinem Headset, und Phelps winkte ihm, um ihn auf sich aufmerksam zu machen.

»Die Besichtigung ist beendet, Joe. Folgen Sie mir. Das ist jetzt ein technischer Tauchgang. Wir sind mehr als zweihundert Fuß tief, aber wir haben Nitrox in den Flaschen. Und wir beeilen uns.«

Phelps knipste eine wasserdichte Taschenlampe an. Mit kräftigen Beinschlägen entfernte er sich vom Deck des U-Boots und bewegte sich auf eine Art und Weise im Wasser, die seine Erfahrung verriet. Dann strebte er in die Tiefe. Zavala tat es ihm nach, und auch die Wächter folgten seiner Blasenspur.

Sie nahmen Kurs auf eine bernsteinfarbene Traube funkelnder Lichter. Während sie sich dem Leuchten näherten, erkannte Zavala, dass sich die Lichter auf den Außenhüllen von vier großen Kugeln befanden, die durch Röhren miteinander verbunden waren. Er erkannte sofort das Labor, dessen Konstruktionspläne er studiert hatte.

»Davy Jones's Locker!«, rief Zavala.

»Ein großartiger Anblick, nicht wahr?«, sagte Phelps.

Zavala bemerkte aber noch etwas anderes. Geisterhafte blaue Gebilde bewegten sich träge in den Schatten außerhalb der Reichweite der Suchscheinwerfer des Labors.

»Sind das Blaue Medusen?«, fragte er.

»Ja«, sagte Phelps. »Halten Sie sich von diesen Schätzchen möglichst fern. Sie sind verdammt gefährlich. Die Schönheiten der Natur können wir später betrachten. Wir haben nur ein paar Minuten, um zu reden. Hier sind wir nämlich die Einzigen mit Sprechfunk, also machen Sie sich wegen der Typen hinter uns keine Sorgen. Ich wollte eigentlich, dass Sie im U-Boot bleiben, damit wir uns einen Plan zurechtlegen können, aber Chang will Sie unbedingt im Labor haben. Er hat nicht gesagt, was er im Schilde führt, aber eines ist sicher: Eine Begrüßungsparty wird er für Sie ganz sicher nicht schmeißen.«

»Das habe ich auch nicht erwartet«, entgegnete Zavala. »Wie wäre es, wenn *Sie* mir so etwas wie eine Rettungsleine zuwerfen würden?«

»Ich tue mein Bestes. Ich mache mich bemerkbar, sobald ich aktiv werde. Unterdessen seien Sie mal ein lieber Junge, und geben Sie diesen Typen mit den Harpunen keinen Anlass, Sie als Ziel für ihre Schießübungen zu benutzen.«

Sie befanden sich genau über der halbkugelförmigen Struktur in der Mitte der Laboranlage. Soweit sich Zavala erinnern konnte, war es das Transitmodul mit der Luftschleuse für die Versorgungsfähre. Phelps schwamm unter das Transitmodul und vorbei an vier Mini-U-Booten, die an der Unterseite hingen – wie säugende Jungtiere an ihrer Mutter –, und dann hinauf in den Schacht, der in einem runden Moon Pool in der Mitte der kreisrunden Kammer endete.

Phelps nahm Tauchmaske und Kommunikationsvorrichtung ab, und Zavala folgte seinem Beispiel. Die Wächter tauchten Sekunden später auf. Mittlerweile waren Phelps und Zavala über eine Leiter an der Seite aus dem Moon Pool herausgeklettert. Die Wächter verließen ebenfalls den Pool, und alle vier Männer hängten ihre Atemgeräte und die übrige Tauchausrüstung an Wandhaken auf. Die Wächter nahmen die Tauchmasken ab, und zum Vorschein kamen harte asiatische Gesichter. Sie legten die Harpunen beiseite und ersetzten sie durch Maschinenpistolen, die sie ihren wasserdichten Rucksäcken entnahmen.

Phelps betätigte einen Schalter – und eine Tür glitt auf. Er ging durch einen röhrenförmigen Korridor zu einer weiteren Tür voraus, die in einen kleinen Raum führte. Phelps befahl den Wächtern, im Laufgang zu warten, und dann traten er und Zavala in den Raum.

Eine der Wände bestand zur Hälfte aus einer Glasscheibe, die einen Blick auf das Labor gestattete, in dem mehrere Arbeiter in weißen Bioschutzanzügen tätig waren. Die Arbeiter blickten hoch, als Phelps gegen die Glasscheibe klopfte. Alle bis auf einen einzigen wandten sich wieder ihrer Arbeit zu. Dieser eine winkte in Richtung der Glasscheibe und verschwand hinter einer Tür mit der Aufschrift DEKONTAMINATION.

Minuten später betrat Lois Mitchell den Raum. Sie trug einen Laborkittel und eine lange Hose. Ihr langes rabenschwarzes Haar war von der Dekontaminationsdusche noch feucht. Trotz seiner misslichen Lage machte Zavala aus seiner Bewunderung für Lois' attraktive Erscheinung kein Hehl und lächelte. Lois bemerkte es und erwiderte das Lächeln.

»Ich weiß, wer Sie sind«, sagte sie.

Zavala ging in Gedanken die hunderte von Frauen durch, die er im Laufe der Jahre kennengelernt hatte, musste jedoch passen.

»Kennen wir uns denn?«, fragte er vorsichtig.

Lois lachte.

»Ich habe Sie im Fernsehen gesehen«, sagte sie. »Sie waren der NUMA-Ingenieur, der mit Dr. Kane in der Bathysphäre die Tauchfahrt unternommen hat.« Sie runzelte die Stirn. »Was um alles in der Welt hat Sie bloß hierher verschlagen?«

»Das Gleiche könnte ich Sie auch fragen«, entgegnete Zavala.

Phelps ergriff das Wort. »Dr. Mitchell, dies hier ist Joe Zavala von der NUMA.«

»Lois«, korrigierte die Wissenschaftlerin und streckte dem Besucher die Hand entgegen.

»Ich störe die Party ja nur ungern«, sagte Phelps, »aber es ist Eile geboten, Dr. Mitchell. Mein Boss ist zum Labor unterwegs. Ich vermute, dass er sich über den Stand Ihres Forschungsprojekts informieren will.«

»Genau genommen«, sagte sie, »kommt er hierher, um den Impfstoff zu holen.«

Phelps' Augen verengten sich.

»Was meinen Sie damit?«, fragte er.

»Während Sie fort waren, habe ich einem dieser Leute, die Sie zu meiner Bewachung hier abgestellt haben, mitgeteilt, dass wir das Gift analysiert und synthetisiert haben.« Sie wandte sich um und deutete auf die Glasscheibe. »Dies ist unser Labor für Fermentation, Zellkulturpflege und Analyse. Ihr Boss kann die Vakzinkultur also mitnehmen und sofort mit der Produktion anfangen.«

Phelps' Miene verfinsterte sich. »Das ist … aber nicht gut.«

»Warum?«, fragte Lois. »War das nicht der Zweck dieses gesamten Projekts? Einen Impfstoff herzustellen, der weltweit eingesetzt werden kann?«

»Erzählen Sie es ihr«, sagte Phelps mit einem Kopfschütteln.

»Sobald sie im Besitz des Impfstoffes sind«, sagte Zavala, »lassen sie der Epidemie ungehindert ihren Lauf, bis sie ihre Regierung stürzen können. Dann bieten sie der restlichen Welt das Medikament an. Zahlen oder sterben, wird es heißen. Sie und Ihr Labor sind dann überflüssig.«

Sämtliche Farbe wich aus Lois Mitchells Gesicht.

»Was habe ich nur getan?«, klagte sie.

»Viel wichtiger ist, was Sie noch tun *werden*«, sagte Phelps.

Laut wurde an die Tür geklopft. Phelps öffnete, einer der Wächter beugte sich herein und flüsterte etwas in sein Ohr. Phelps kam zurück.

»Sie haben mir nicht gesagt, was ich tun soll«, flehte Lois.

»Ganz egal, was wir tun, wir sollten uns auf jeden Fall damit beeilen«, sagte Phelps. »Changs Hubschrauber hat Pohnpei mit Kurs auf sein Schiff soeben verlassen.«

Zavala hatte sich von seiner Begegnung mit der sechshundert Fuß langen Typhoon noch nicht richtig erholt, und er hatte auch so seine Zweifel, was Phelps' erstaunliche Veränderung vom Feind zum Freund betraf. Doch die Ankündigung, dass der Vollstrecker der Triade in Kürze im Labor eintreffen werde, war um einiges wirkungsvoller als ein Eimer voll Eiswasser, der einem mitten ins Gesicht geschüttet wurde.

Da er nicht viele Möglichkeiten hatte, entschied Zavala, sein Schicksal tatsächlich in die Hände seines ehemaligen Gegners zu legen. Also packte er Phelps' Arm mit eisernem Griff und sagte: »Wir müssen unbedingt reden, Soldat.«

42

Der Seahawk-Hubschrauber flog mit gelöschten Scheinwerfern in einer Höhe von fünfundzwanzig Fuß über dem Meer und berührte fast die Wellenberge, während er mit zweihundert Meilen in der Stunde dem Atoll entgegenjagte. Die Spannung im Cockpit nahm spürbar zu, während sich der Helikopter seinem Ziel näherte, aber Austin war weiterhin die Ruhe selbst. Er saß, mit einem leichten Tauchanzug bekleidet, in einem Passagiersessel und blickte konzentriert auf eine von einem Satelliten erzeugte Hybridkarte, die er auf dem Schoß ausgebreitet hatte, und prägte sich jedes noch so kleine Detail ein.

Er hatte mit einem Fettstift drei große X-Symbole auf die Karte gezeichnet. Das erste X markierte die Position, eine Viertelmeile vom Atoll entfernt, wo ihn der Hubschrauber absetzen sollte. Das zweite X zeigte die Position der Lücke im Korallenriff. Das dritte X wies auf den dunklen Streifen in der Lagune hin.

In den Kopfhörern erklang die Stimme des Piloten.

»Noch fünf Minuten, Kurt.«

Austin faltete die Karte zusammen und steckte sie in eine wasserdichte Brusttasche. Er holte den Plastikbeutel hervor, der seinen Bowen Revolver schützte, überprüfte das Magazin und verstaute den Beutel wieder. Dann öffnete er seinen Sitzgurt und hangelte sich zur offenen Seitentür des Seahawk. Der Helikopter wurde langsamer, dann blieb er über dem vorher bestimmten Absetzpunkt stehen.

»Showtime, Kurt!«, sagte der Pilot.

»Danke für den Flug«, sagte Austin. »Das müssen wir irgendwann wiederholen, wenn ich ein wenig länger bleiben kann.«

Der Hubschrauber-Kopilot half Austin, ein sechs Fuß langes Schlauchboot durch die Tür zu bugsieren. Danach ließen sie es mit Hilfe einer elektrischen Winde ins Wasser hinab. Austin packte eine Leine, die am Windenbock befestigt war, und glitt zügig daran abwärts. Seine Hände wurden durch dicke Handschuhe geschützt. Als er ins Wasser tauchte, ließ er die Leine los.

Augenblicklich entfernte sich der Seahawk ein kurzes Stück vom Absetzpunkt, damit der Rotorwind das Wasser nicht zu sehr aufwühlte. Brustschwimmend erreichte Kurt das Schlauchboot und kletterte hinein. Es wurde durch das Gewicht des Ausrüstungsbehälters stabilisiert, der auf der Holzplattform zwischen den Schwimmwülsten befestigt war. Kurt hakte eine Lampe von seinem Gürtel, richtete sie auf die lärmende Silhouette, die über dem Wasser schwebte, und blinkte mehrmals, um anzuzeigen, dass er einsatzbereit sei.

Der Seahawk schwenkte ab und verschwand innerhalb weniger Sekunden in der Nacht.

Austin löste die Gurte, die den Ausrüstungsbehälter fixierten, und zog ein Paddel heraus. Außerdem fand er einen wasserdichten Beutel mit einem GPS-Gerät, das er einschaltete.

Das kleine grüne Display leuchtete auf und zeigte seine Position im Verhältnis zur Insel. Er verstaute das GPS in seinem Beutel und paddelte los.

Es war eine wunderschöne Nacht. Die Sterne funkelten wie Diamantensplitter auf dem schwarzen Samt des tropischen Nachthimmels, und die See schimmerte in einem silbrigen Grün. Bei Windstille herrschte nur eine minimale Strömung, daher schaffte er die Strecke in kurzer Zeit. Er hörte das Plätschern der Wellen, die sich am Korallenriff brachen. Gleichzeitig konnte er die weißen Wellenkämme erkennen, die ihm die Position des Korallenriffs verrieten.

Abermals zog er das GPS zu Rate und folgte dem angezeigten Kurs, der ihn zur Lücke im Riff führte. Doch er bekam Probleme, als er sich der schmalen Öffnung im Korallengürtel näherte. Das Wasser strömte in ständigem Richtungswechsel durch die schmale Öffnung und erzeugte eine Barriere der Turbulenz, die sein leichtes Boot – wie eine Plastikente in einer Badewanne – hin und her warf.

Heftig paddelnd schwenkte Austin den Bug herum und steuerte auf die Öffnung zu, doch seine Kraft reichte nicht aus, um die Gegenströmung zu überwinden. Er versuchte es wieder. Diesmal rief er: »Noch einmal stürmt, noch einmal« – doch die aufmunternden Worte aus Shakespeares *Heinrich V.* konnten gegen die Kraft des Ozeans nichts ausrichten. Alles, was er sich einhandelte, war ein Mundvoll Meerwasser.

Nach seinen vergeblichen Versuchen gestand sich Austin ein, dass die See mit ihm spielte, und er entfernte sich vom Riff, um sich zu orientieren. Während das heftige Schaukeln des Schlauchboots nachließ, entschied er sich für eine andere Taktik. Er holte einen leichten batteriegetriebenen Außenbordmotor aus dem Gerätebehälter, klemmte den Motor an die Holzplattform und schaltete ihn ein. Abgesehen von einem leisen Summen arbeitete der Motor nahezu lautlos. Austin betätigte den Leistungsregler, erhöhte die Drehzahl und lenkte den stumpfen Bug des Schlauchboots in die schäumende Brandungslinie vor der Öffnung im Riff.

Das Schlauchboot tanzte, drehte sich und bekam schließlich Schlagseite. Austin biss die Zähne zusammen und bereitete sich darauf vor, seitlich auf die scharfkantigen Korallen geworfen zu werden. Dann tauchte die Schraube des Motors wieder ins Wasser, schob das Schlauchboot durch die Öffnung und ließ es in die stille Lagune gleiten.

Austin schaltete den Motor sofort aus und wartete. Fünf Minuten verstrichen, und nichts geschah, das darauf hingewiesen hätte, dass er entdeckt worden war. Kein Suchscheinwerfer flammte auf, und kein Schuss fiel.

Dass seine Ankunft nicht mit einer angemessen heißen Empfangszeremonie gewürdigt wurde, betrachtete Austin als Einladung zu bleiben. Er holte seine Tauchausrüstung aus dem Behälter und legte Pressluftflasche und Tarierweste an. Wieder schaltete er das GPS-Gerät ein und stellte fest, dass sein Schlauchboot nach dem Passieren der Lücke im Riff ein wenig vom Kurs abgekommen war.

Er paddelte, bis das kleine schwarze Dreieck auf dem GPS-Display anzeigte, dass er wieder auf Kurs war. Ein paar Minuten später verschmolz das Dreieck mit dem Kreis, der den dunklen Streifen in der Lagune anzeigte.

Austin setzte die Gesichtsmaske auf, schlüpfte in die Schwimmflossen, klemmte sich das Mundstück des Atemschlauchs zwischen die Zähne und ließ sich über den rechten Wulst des Schlauchboots in die Lagune gleiten.

Wasser drang in den Zwischenraum zwischen Neoprenanzug und seiner Haut ein und ließ ihn für einen kurzen Moment frösteln, bis es sich seiner Körpertemperatur angeglichen hatte. Er hielt sich noch einige Sekunden lang am Schlauchboot fest, dann aber stieß er sich ab und tauchte bis auf zwanzig Fuß Tiefe.

Während sich Austin dem Grund der Lagune näherte,

streckte er die rechte behandschuhte Hand aus, nämlich in der Erwartung, jeden Augenblick Sand zu berühren. Doch seine Finger stießen gegen eine weiche, nachgiebige Fläche. Seine blauen Augen verengten sich hinter der Glasscheibe der Tauchmaske. Er streifte den Handschuh ab und stellte fest, dass das, was er für sandigen und mit Pflanzen bewachsenen Meeresgrund gehalten hatte, tatsächlich ein grobmaschiges Netz war, das mit einem unregelmäßigen Farbmuster versehen schien.

Austin holte das Messer aus der Scheide an seinem Oberschenkel und setzte die Spitze auf das Gewebe. Ein leichter Druck reichte aus, um die Klinge durch das Netz dringen zu lassen. Indem er das Messer wie eine Säge benutzte, schnitt er einen längeren Schlitz in das Netz. Dann sicherte er das Messer wieder in der Scheide an seinem Oberschenkel und glitt mit langsamen Beinschlägen über den falschen Meeresboden, bis er zu der Stelle kam, wo er auf dem Satellitenfoto den dunklen Streifen gesehen hatte.

Aus der Nähe erkannte er, dass der Streifen in Wirklichkeit ein nur teilweise zugenähter Riss im falschen Meeresboden war. Die ungleichmäßig verlaufende Naht sah so aus, als sei die Reparatur überhastet erfolgt.

Austin griff in eine Tasche seiner Weste, holte den Plastikstab eines Knicklichts hervor und bog ihn in der Mitte. Die Chemikalien in der Plastikröhre vermischten sich, reagierten miteinander und erzeugten ein weiches gelbes Leuchten.

Indem er den Plastikstab mit ausgestrecktem Arm so weit wie möglich vor sich hielt, zwängte sich Austin durch die Öffnung. Er richtete den Körper auf, paddelte dabei mit den Flossen, als säße er auf seinem Fahrrad, und drehte sich langsam um seine Längsachse. Etwa nach der Hälfte seiner Dreihundertsechzig-Grad-Drehung verharrte er und konnte nur noch staunen.

Etwa hundert Fuß entfernt erblickte er ein massiges Objekt. Vom Licht der Sterne, das durch das Netz drang, wurde es schwach erleuchtet. Einzelheiten waren zwar nicht zu erkennen, aber es handelte sich offensichtlich um ein riesiges Unterseeboot.

Instinktiv versteckte Austin den Lichtstab in einer Tasche seiner Tarierweste, obwohl es unwahrscheinlich erschien, dass sich irgendjemand an Bord seiner unbedeutenden Präsenz bewusst war.

Er entfernte sich von dem U-Boot und sah in der Dunkelheit unter sich einige Lichtpunkte. Er tauchte abwärts, nur um Sekunden später anzuhalten und eine Reihe leuchtend blauer Objekte zu betrachten.

Blaue Medusen!

Sechs Exemplare kreuzten seinen Weg. Er wartete, bis sich die tödlichen Quallen in sicherer Entfernung befanden, dann tauchte er weiter in die Tiefe, bis der Tiefenmesser an seinem Handgelenk verkündete, dass er zweihundert Fuß erreicht hatte.

Die Lichter, die seine Aufmerksamkeit zuerst erregt hatten, entpuppten sich als Signallampen auf vier großen Kugeln, die um ein halbkugelförmiges Zentrum angeordnet waren. Jede Kugel ruhte auf vier dünnen Stützen mit runden Bodenplatten, die an Spinnenbeine erinnerten.

Die Kugeln besaßen eine glatte metallene Hülle – bis auf eine, die über eine transparente Kuppel verfügte. Austin schwamm zu der Kugel hinab und entdeckte zwei Personen unter der Kuppel. Eine war eine dunkelhaarige Frau, und die andere war Joe Zavala.

Die beiden saßen in Sesseln und waren offensichtlich in

ein Gespräch vertieft. Zavala schien keinerlei Probleme zu haben und seinem Gesichtsausdruck nach zu urteilen, ging es ihm recht gut. Austin amüsierte sich köstlich, und ein herzhaftes Lachen stieg als Serie blubbernder Luftblasen aus seinem Mund. Joe Zavala war vermutlich der Einzige, der sogar auf dem Grund des Ozeans noch eine attraktive Frau kennenlernen konnte.

Während Austin nach einer Erklärung für die Szene unter der Kuppel suchte, blickte die Frau direkt zu ihm hoch. Blitzschnell verließ er seine Position, tauchte zum Meeresgrund hinab und unter die Kugel und schwamm weiter bis zur Halbkugel. Den Konstruktionsplänen zufolge musste die Halbkugel das Transportmodul sein. Es verfügte über eine Luftschleuse zum Andocken des Frachtvehikels.

Er schwamm unter das Modul und an vier Unterwasserfahrzeugen vorbei, die am Boden der Halbkugel hingen. Dort fand er die Einstiegsöffnung, die Tauchern den Zugang zum Modul gestattete. Er ließ Luft in seine Tarierjacke einströmen und stieg auf. Gleichzeitig holte er den wasserdichten Beutel mit dem Bowen Revolver aus dem Gerätesack. Er schätzte, dass er nach dem Auftauchen höchstens fünf Sekunden brauchte, um die Waffe aus der Schutzhülle zu holen. Wenn er das Überraschungsmoment hinzurechnete, müsste ihm das den nötigen Vorteil verschaffen.

Austins Kopf durchbrach die Wasserfläche des Moon Pools der Luftschleuse innerhalb der Halbkugel. Er schob sich die Tauchmaske auf die Stirn, blickte sich schnell um und erkannte, dass er den Bowen nicht brauchte und ihn einstweilen in der Schutzhülle lassen konnte. Niemand hielt sich in dem kreisrunden Raum auf.

Er schwamm zu einer Leiter und legte den Beutel mit der Waffe in Reichweite auf den Rand des Tümpels. Dann befreite er sich von Bleigürtel, Schwimmflossen und Pressluftflasche und deponierte alles neben dem Revolver. Er kletterte aus dem Wasser, nahm den Revolver aus der Schutzhülle und hängte seine Tauchausrüstung an einen Haken neben vier weiteren trockenen Tauchgeräten. Dann presste er für eine Minute ein Ohr gegen die einzige Tür und lauschte.

Alles war still. Den Bowen schussbereit haltend betätigte Austin mit der anderen Hand einen Wandschalter. Lautlos glitt die Tür auf. Austin betrat den Korridor dahinter, entschlossen, einigen Wirbel zu veranstalten.

Lange brauchte er nicht zu warten.

Er gelangte zu einer Tür mit der Aufschrift ABTEILUNG FÜR BIOMATERIAL AUFZUCHT. Er öffnete sie und stand in einem schwach erleuchteten kreisrunden Raum. Die Wände bestanden aus zahlreichen Fischbecken, die verschiedene Quallenarten beherbergten. Doch es war das größere brusthohe, runde Becken in der Mitte des Raums, das seine Aufmerksamkeit fesselte.

Es enthielt mindestens ein Dutzend riesiger Quallen. Ihre glockenförmigen Körper hatten einen Durchmesser von fast einem Meter, und ihre Tentakel waren kurz, dick und zeigten wenig Übereinstimmung mit den feinen schwebenden Fäden der meisten Quallenarten. Sie erstrahlten in einem pulsierend leuchtenden Blau, das die einzige Lichtquelle in dem Raum war.

Er gewahrte eine Bewegung außerhalb des Beckens. Ein verzerrtes Gesicht spiegelte sich in der gekrümmten Glasfläche. Regelrecht verzaubert von den seltsamen Lebewesen im Becken, das sich in der Mitte des Raums befand, hatte Austin in seiner Wachsamkeit nachgelassen.

Der Revolver hing in Höhe des Oberschenkels locker in

seiner Hand. Er wirbelte herum und hob die Pistole, doch der athletische Wächter, der sich nahezu lautlos an Austin angeschlichen hatte, rammte den stählernen Kolben seiner Maschinenpistole nach unten und traf damit die Innenseite von Austins Handgelenk. Die Bowen wurde ihm aus den Fingern geprellt und landete mit einem Klappern auf dem Fußboden. Gleichzeitig schoss ein brennender Schmerz in seine Schulter hinauf.

Austins rechter Arm war für einen kurzen Moment völlig nutzlos, also griff er mit der linken Hand zu und erwischte die Maschinenpistole. Während er versuchte, dem Mann die Waffe zu entwinden, rammte ihn sein Angreifer mit dem Rücken gegen das Becken. Er krachte gegen das Glas, doch Austin behielt die Maschinenpistole weiterhin im Griff, stieß sie hoch, von seinem Körper weg und schaffte es so, sie dem Mann aus der Hand zu hebeln. Seinen Fingern mangelte es an Kraft, die Waffe festzuhalten, und sie fiel ins Wasserbecken. Die riesigen Quallen wichen in alle Richtungen auseinander.

Beide Männer starrten auf die nun unerreichbare Waffe, doch Austin fing sich als Erster. Er drückte den nutzlosen Arm an die Seite, senkte den Kopf, rammte ihn dem Mann gegen die Brust und trieb ihn zur Wand zurück. Sie krachten gegen die aufgereihten Aquarien, lösten dabei zwei aus ihrer Halterung, so dass sie zu Boden stürzten und zerbarsten.

Die gallertartigen Kreaturen in den Becken ergossen sich auf den Fußboden. Austin verlor auf der glitschigen Masse den Halt und sackte auf ein Knie herab. Er bemühte sich, wieder aufzustehen, doch der Mann versetzte ihm einen Tritt seitlich gegen den Kopf.

Als der Mann versuchte, Austins Kopf mit einem weiteren Tritt durch die Torpfosten zu befördern, rutschte er ebenfalls aus. Der Fuß streifte Austins Wange, schien seine Zähne zu lockern und schleuderte ihn auf die rechte Seite. Der Mann fand sein Gleichgewicht wieder, zog ein Messer aus einer Scheide an seinem Gürtel und stieß einen Schrei aus. Er stürzte sich mit hoch erhobenem Messer auf Austin.

Austin spannte und präparierte sich für einen, wie er genau wusste, vergeblichen Versuch, die Klinge mit dem linken Arm abzuwehren, fand jedoch im letzten Moment noch eine gut zehn Zentimeter lange Glasscherbe und stieß damit ohne hinzusehen nach dem Hals seines Gegners. Er hörte einen gurgelnden Schmerzensschrei und spürte, wie warmes Blut aus der aufgeschlitzten Schlagader sprudelte. Das Messer rutschte aus der Hand des Mannes. Er versuchte zwar noch, auf die Füße zu kommen, doch dann gaben seine Beine endgültig nach, und er brach zusammen, während das Leben aus seinem Körper entwich.

Austin rollte sich zur Seite, ehe der Mann auf ihn stürzte, und kämpfte sich schwankend auf die Füße. Sein rechtes Handgelenk schien in hellen Flammen zu stehen, und er musste seine Linke zu Hilfe nehmen, um seinen Bowen aus dem runden Becken zu holen. Während er die sich ausbreitende Pfütze aus Blut und sterbenden Quallen vorsichtig umrundete, warf er einen Blick auf das runde Becken. Die riesigen genetisch veränderten Quallen leuchteten deutlich heller, so als hätte ihnen der heftige Zweikampf Spaß gemacht.

Austin verdrängte im Handumdrehen die albtraumhafte Szene aus seinem Bewusstsein. Er kehrte in den Korridor zurück, um die Suche nach Zavala fortzusetzen, und fragte sich gleichzeitig, welche weiteren freudigen Überraschungen Davy Jones's Locker für ihn bereithalten mochte.

43

Es war Lois Mitchell, die einen Ort vorgeschlagen hatte, um das junge Bündnis mit Phelps förmlich zu besiegeln.

»Ich benutze Dr. Kanes Büro«, sagte Lois. »Die Wachen haben den Befehl, mich bei meiner Arbeit nicht zu stören. Wir können uns alle für eine Weile dort aufhalten.«

»Ist Ihnen das recht, Phelps?«, erkundigte sich Zavala.

»Ganz ausgezeichnet«, sagte Phelps, »aber wir müssen es auf meine Art und Weise machen. Das Labor ist noch immer in der Gewalt von Changs Verbrechern, deshalb können wir nicht so einfach rübergehen.«

Phelps gab die Anweisung, Mitchell solle vorausgehen und Zavala ihr folgen. Er selbst bildete die Nachhut und hielt die Maschinenpistole bereit, als befänden sich die anderen beiden unter seiner Bewachung.

Sie gingen an einigen von Changs Männern vorbei, die ihnen nur kurze Blicke zuwarfen und nickten, jedoch keine Fragen stellten. Sie mieden den Kontrollraum, der vom Personal nicht betreten werden durfte, und wichen auch den Zuchtlaboren aus, um bei den anderen Wissenschaftlern kein Misstrauen zu wecken.

Trotz der außerordentlich prekären Lage konnte Zavala ein bewunderndes Grinsen nicht unterdrücken, während er die enge Wendeltreppe zu Kanes Büro hinaufstieg und die bunten Fischschwärme betrachtete, die um die Plexiglaskuppel herumwimmelten, die die Decke und zum Teil auch die Wände bildete.

»Das ist fantastisch«, sagte er.

Lois Mitchell nickte. »Ich stimme Ihnen zu. Ich würde eine Menge Zeit hier verbringen, selbst wenn es kein Ort wäre, an dem man vor den Wachen sicher ist. Bitte, setzen Sie sich.«

Mitchell sorgte für eine deutlich hellere Beleuchtung, die die bunten Fische verblassen ließ, und nahm hinter dem Schreibtisch Platz. Zavala und Phelps entschieden sich für zwei leichte Sessel. Ihr soeben erst geschlossenes Bündnis stand noch immer auf wackligen Füßen, und der anfängliche Moment des Unbehagens wurde schließlich durch Phelps unterbrochen, der sich räusperte und Zavala fragte: »Wo ist eigentlich Ihr Freund Austin?«

Zavalas Neigung zum Taktieren stammte aus seiner Zeit in der Boxerriege seiner Universität, und so gab er Phelps eine wenig erhellende Antwort.

»Das Letzte, was ich weiß«, sagte er, »ist, dass Kurt auf Pohnpei war.«

Phelps zupfte sich an der Nase.

»Ich kann nur hoffen, dass sich Kurt von Chang fernhält«, sagte er. »Er hat es nämlich auf Ihren Freund abgesehen.«

»Keine Sorge, Phelps. Kurt passt schon auf sich auf.« Dann fragte Zavala: »Wie viel Zeit bleibt uns, bis Ihr Boss hier erscheint?«

»Wahrscheinlich landet er gerade auf dem Frachter, den er als Operationsbasis benutzt«, antwortete Phelps. »Der Kahn sieht wie ein rostiger Eimer aus, aber er ist schneller als die meisten Schiffe seiner Größe und verfügt sogar über einen Moon Pool für den Service-Shuttle des Labors. Damit wird er in den Krater runtergehen.

Ich muss mich darum kümmern, dass die Luftschleuse

bereit ist. Der Verrückte dürfte in knapp weniger als einer Stunde hier eintreffen. Wenn er erst mal an Bord ist, haben wir nicht mehr allzu viel Bewegungsspielraum.«

»Wo hält sich das Personal auf, wenn es nicht im Labor arbeitet?«, fragte Zavala.

»Die Leute müssen dann ihre Quartiere aufsuchen«, sagte Mitchell. »Sie befinden sich ja unter strenger Kontrolle – dank Mr Phelps.«

»Ich tue nur meinen Job«, sagte Phelps.

»Und wie wollen Sie Ihren Job ungeschehen machen?«, fragte Zavala.

»Ich tue mein Bestes, Joe, aber es wird nicht einfach sein.«

»Keine Sorge«, sagte Zavala, »Sie werden genügend Gelegenheiten haben, sich zu bewähren und einiges gutzumachen. Da wäre zunächst einmal die Frage, ob Sie irgendeine Idee haben, wie wir das Personal aus dem Labor rausschaffen können?«

»Darüber habe ich bereits nachgedacht«, sagte Phelps. »Wir können die Mini-U-Boote unter dem Transitmodul benutzen. Jedes bietet vier Personen Platz. Und wir haben hier unten sechzehn Wissenschaftler.«

In seinem Eifer, endlich in die Offensive zu gehen, vergaß Zavala seine pochenden Kopfschmerzen.

»Sie und ich, wir kommen ganz genauso raus, wie wir reingekommen sind«, sagte er. »Wir müssen diese Typen im Typhoon ausschalten. Mit wie vielen haben wir es denn zu tun?«

»Die Drillinge, die die Triade führen, lieben die Zahl Drei«, sagte Phelps. »Es ist wohl so etwas wie eine Glückszahl. Sie haben drei Trupps von jeweils drei Leuten im U-Boot, also insgesamt neun Mann, minus die beiden, die mit uns hierhergekommen sind. Sie sind alle bewaffnet und reizbarer als Klapperschlangen.«

»Bis jetzt war ihr Job ziemlich einfach«, sagte Zavala, »so dass ihre Wachsamkeit gelitten hat und sie kaum mit Schwierigkeiten rechnen. Sie werden also keine Chance haben.«

Phelps lachte verhalten.

»Genauso wie Chesty Puller gesagt hat, als man ihm mitteilte, er sei von feindlichen Truppen umzingelt: ›Diesmal werden sie nicht entkommen.‹«

»Das ist wohl richtig«, sagte Zavala. Er dachte bereits voraus. »Okay, wir haben die Leute in den Mini-U-Booten … und sie haben das Labor verlassen … Wohin sollen sie verschwinden?«

»Durch den großen Tunnel im Kraterrand«, sagte Phelps. »Sie haben genügend Energiereserven, um das Riff hinter sich zu lassen und sich an Changs Frachter weit genug vorbeizuschleichen – bis zu einem Punkt, wo sie auftauchen und ein Notsignal senden können.«

»Wir müssen Verbindung zum Personal aufnehmen und Bescheid geben, was wir vorhaben«, sagte Zavala.

»Das kann ich tun«, erklärte Lois Mitchell. »Die Wachen sind daran gewöhnt, mich im Labor anzutreffen.«

Phelps warf einen Blick auf seine Uhr.

»Das muss warten, bis ich zurück bin. Ich muss einiges für Changs Ankunft vorbereiten. In der Zwischenzeit können Sie sich ja miteinander bekannt machen.«

»Ladies first«, sagte Zavala, nachdem Phelps die Tür hinter sich geschlossen hatte.

Lois Mitchell lieferte Zavala einen kurzen Überblick über ihre Arbeit mit Dr. Kane und das Medusa-Projekt, angefangen auf Bonefish Key.

»Man kann Ihnen zu Ihrem Erfolg nur gratulieren«, sagte Zavala.

»Ich hätte nicht im Traum erwartet, dass es dazu kommen würde«, sagte sie. »Und was, Mr Zavala, hat Sie an diesen schrecklichen Ort verschlagen?«

»Ich bin Ingenieur bei der NUMA. Mein Boss, Kurt Austin, und ich wurden von der Navy gebeten, bei der Suche nach dem Labor zu helfen. Deshalb bin ich hier.«

Zu seiner Überraschung stellte Lois Mitchell keine weiteren Fragen. Sie hatte einen weit entfernten Ausdruck in den Augen, als wäre sie mit ihren Gedanken ganz woanders. Er hatte das Gefühl, als hielte sie mit irgendetwas zurück. Doch dann blinzelte sie und blickte auf einen Punkt, der sich hinter Zavala befand.

»Was war das?«, fragte sie.

Er wandte sich um und sah im Licht des Büros nur einen Schwarm neugieriger Fische.

»Haben Sie irgendetwas gesehen?«, fragte er.

»Eine Bewegung, so als wäre draußen jemand vorbeigeschwommen.« Sie lächelte. »Tut mir leid, aber ich bin wohl schon zu lange hier unten.«

Ihre Beobachtung schien sie in die Gegenwart zurückzuholen. Joes Charme und seine lockere Art verfehlten ihre Wirkung auf Lois nicht, und so entspannte sie sich nach und nach. Sie brachte sogar ein Lächeln zustande, bis Phelps mit der Nachricht zurückkehrte, dass Chang jemanden namens Dr. Wu mitbrachte.

Lois Mitchell verkrampfte sich, als sie den Namen hörte.

»Er ist kein Arzt«, sagte sie, »eher schon ist er ein Monster!«

»Vielleicht sollten Sie Joe mal das Video zeigen«, schlug Phelps vor.

Mit steinerner Miene nahm Lois Mitchell einen Schlüssel, der an einer Halskette hing, und öffnete eine Schublade ihres Schreibtisches. Sie holte eine Kassette mit mehreren CD-ROMs heraus und entnahm ihr eine CD mit der Aufschrift PROGRAM BACKUP. Ihre Finger zitterten, während sie die CD ins Computerlaufwerk einlegte und den Monitor herumdrehte, so dass beide Männer ihn betrachten konnten. Der Kommentar wurde auf Chinesisch gesprochen.

»Keine Untertitel?«, fragte Zavala.

»Die brauchen Sie nicht, sobald der Film beginnt«, sagte Phelps. »Ich habe ihn schon einmal gesehen.«

»Wu ist Changs Kreatur«, sagte Mitchell. »Er kommt gelegentlich ins Labor herunter, um sich nach unseren Fortschritten zu erkundigen. Wenn er hier ist, wirft er mich aus meinem Büro.

»Nach seinem letzten Besuch fand ich diese CD im Computer. Er muss sie sich angesehen haben. Ich habe eine Kopie gebrannt und die Disk im Computer gelassen. Irgendwann fiel ihm dann wohl auf, dass er sie zurückgelassen hatte, und er schickte einen seiner Männer, um sie zu holen.«

Mittlerweile war ein Bild auf dem Bildschirm erschienen. Die Kamera fuhr über Leute in Betten hinweg, die in transparenten Röhren eingeschlossen waren. Gestalten in Schutzanzügen bewegten sich zwischen diesen Röhren. Die Kamera zoomte die Szenerie heran, um Nahaufnahmen von den Leuten zu zeigen. Einige schienen zu schlafen oder tot zu sein, andere hatten schmerzverzerrte Gesichter mit hässlichen dunkelbraunen Flecken.

»Ist das ein Hospital?«, wollte Zavala wissen.

»Ganz und gar nicht«, sagte Lois Mitchell gepresst. »Das

ist das, was Dr. Wu ständig erzählt. Soweit ich es beurteilen kann, hat er das Video in einem Labor in China aufnehmen lassen, in dem mit Vakzinen experimentiert wird, die die Triade hat herstellen lassen. Sie benutzten menschliche Versuchsobjekte dazu – und natürlich mussten sie ihre Versuchspersonen mit dem Virus infizieren. Die Ergebnisse sehen Sie auf dem Bildschirm. Er ist schlimmer als Dr. Mengele, das war der Arzt aus den Konzentrationslagern der Nazis.«

»Dr. Mitchell hat mir dieses Material vor einiger Zeit gezeigt«, sagte Phelps. »Jetzt können Sie selbst sehen, weshalb ich auf Ihre Seite übergewechselt bin.«

Ohnmächtiger Zorn loderte in Zavalas Brust hoch, und als das Video zu Ende war, erklärte er: »Dafür wird jemand teuer bezahlen.«

»Ulkig, das aus Ihrem Mund zu hören«, sagte eine vertraute Stimme. »Ich dachte gerade das Gleiche.«

Drei Köpfe drehten sich gleichzeitig um. Und drei Augenpaare weiteten sich beim Anblick Austins, der in der Türöffnung stand und sich an den Türpfosten lehnte. Der Bowen Revolver baumelte locker in seiner linken Hand.

Zavala starrte seinen Freund an. Er war nicht allzu überrascht, ihn zu sehen: Austin hatte ohnehin die Angewohnheit, immer dann aufzutauchen, wenn man es am wenigsten erwartete. Aber Austins Nasstauchanzug war mit Blut und Quallengallert besudelt.

»Du siehst aus, als kämst du aus einer Wanne Preiselbeermarmelade«, stellte Zavala fest. »Bist du denn okay?«

»Mein rechter Arm fühlt sich im Augenblick ein wenig nutzlos an, aber das Blut stammt nicht von mir. Auf dem Weg hierher kam ich durch einen Raum mit einem großen runden Wasserbecken. Ein Kerl fiel über mich her, und wir führten einen wilden Tanz auf. Einige der kleineren Wasserbecken im Raum zerbrachen und verteilten ihren Inhalt auf dem Fußboden.«

»Die kleinen Becken enthielten Organismen in unterschiedlichen Zuständen der Mutation«, erklärte Lois Mitchell. »Sie können von Glück sagen, dass das große Aquarium nicht geborsten ist. Diese Lebewesen dort befinden sich in der letzten Mutationsphase, die wir nutzen, um das Vakzin zu gewinnen. Jeder Tentakel ist mit tausenden von Nematocysten ausgestattet. Das sind winzige Harpunen, um der Beute das Gift zu verabreichen.«

»Ich entschuldige mich für die Schäden, aber sie waren wohl nicht zu vermeiden«, sagte Austin. Er machte sich mit Lois Mitchell bekannt. »Als ich Sie von draußen durch die Kuppel sah, dachte ich schon, dass einzig und allein Joe Zavala ein so reizendes weibliches Wesen auf dem Grund des Ozeans finden konnte.«

Ihre Augen wurden groß.

»Dann waren *Sie* das, was ich da draußen sah?«

Austin nickte.

»Ich habe Sie und Joe beobachtet und wurde vielleicht etwas unvorsichtig.«

Er wandte sich an Phelps.

»Aus der Unterhaltung, die ich vor ein paar Minuten mit angehört habe, entnehme ich, dass Sie von der dunklen Seite zu uns übergelaufen sind.«

»Das hat dieses Video bewirkt«, sagte Phelps. »Joe findet das offenbar völlig okay.«

Austin hatte nicht die Zeit, um Phelps einem Lügendetektor-Test zu unterziehen. Er blickte zu Zavala hinüber, der ihm zunickte, dann sah er wieder Phelps an.

»Willkommen an Bord, Soldat«, sagte Austin. »Wie ist der augenblickliche Stand?«

»Chang ist unterwegs zum Labor, um den Impfstoff abzuholen«, sagte Phelps.

»Er wird jeden Moment hier sein«, fügte Lois Mitchell hinzu.

»Das ist gut«, sagte Austin. »Chang und die Leute, die für solche Szenen wie die in diesem Video verantwortlich sind, können sich als so gut wie tot betrachten.«

Lois begann zu schluchzen.

»Ich gehöre auch dazu«, sagte sie. »Ich habe an der Entwicklung des Impfstoffs mitgewirkt.«

»Sie dürfen sich keine Vorwürfe machen, Dr. Mitchell«, versuchte Austin, die Wucht seiner Worte ein wenig zu mildern. »Sie wurden ja zu Ihrer Arbeit an dem Vakzin gezwungen. Sie und die anderen Wissenschaftler wären getötet worden, wenn sie nicht mitgemacht hätten.«

»Das weiß ich ja«, sagte sie, »aber ich habe auch alles darangesetzt, dass das Projekt zu einem Erfolg wurde. Es war, als wollte ich ihnen beweisen, dass wir der Herausforderung gewachsen waren.«

»Und jetzt sitzen wir in der Klemme«, sagte Phelps. »Nun, da der Impfstoff verfügbar ist, brauchen sie weder das Personal noch das Labor. Joe und ich haben einen Plan entwickelt, wie wir jeden sicher aus dem Locker herausholen können.«

Auf Anhieb fiel Austin keine passende Erwiderung darauf ein. Stattdessen blickte er blinzelnd zur Kuppel, wo er einen Lichtschein bemerkt hatte. Indem er sich daran erinnerte, wie gut das Innere der Kugel für jeden Betrachter von außen zu erkennen war, betätigte Austin den Lichtschalter und sorgte für Dunkelheit im Büro.

»Hoffentlich ist es ein guter Plan«, sagte Austin. »Sehen Sie mal.«

Alle Augen folgten seinem ausgestreckten Zeigefinger und erkannten das Service-U-Boot mit Chang und Dr. Wu, das wie eine Sternschnuppe in Zeitlupe zum Labor herabsank.

44

Minuten später setzte das U-Boot auf dem Landeteller auf, und das offene Dach schloss sich wie die Hälften einer Muschel über ihm. Hochleistungspumpen liefen an und leerten ohnehin schon schnell die mit Wasser gefüllte Luftschleuse, aber Chang konnte seine Ungeduld dennoch kaum zügeln. Er schoss aus dem Service-Shuttle wie eine Muräne aus ihrer Höhle und platschte zum Ausgang, während die letzten Wasserreste durch den Abfluss gurgelten. Eilfertig folgte ihm Dr. Wu mit nur wenigen Schritten Abstand.

Als sich die Tür der Luftschleuse mit einem Zischen öffnete, stand Phelps in der angrenzenden Kammer an der Kontrolltafel. Er kam Chang entgegen und begrüßte ihn mit einem schiefen Grinsen.

»Das ging aber schnell, Boss. Sie müssen ja mächtig Gas gegeben haben.«

Chang starrte Phelps mit kaum verhohlener Geringschätzung an. Er hatte für den amerikanischen Jargon wenig übrig, und es ging ihm auch auf die Nerven, wenn Phelps ihn benutzte. Er hatte Phelps niemals richtig vertraut und hegte den Verdacht, dass seine Loyalität allenfalls bis zum nächsten Honorarscheck reichte.

»Genug Gequatsche!«, schnaubte Chang. »Wo ist der Impfstoff?«

»Den hat Dr. Mitchell«, sagte Phelps. »Sie erwartet Sie in der Kantine. Der Typ von der NUMA ist auch bei ihr.«

»Und das Laborpersonal? Wo treibt sich das herum?«

»Sie sind alle in ihren Unterkünften.«

»Sorgen Sie dafür, dass sie dort auch bleiben. Haben Sie die Mini-U-Boote stillgelegt, wie ich es befohlen habe?«

Phelps holte vier flache rechteckige Boxen hervor, die er sich hinter den Gürtel geklemmt hatte.

»Diese Schaltkreise steuern die Antriebsaggregate der U-Boote«, sagte er.

Chang riss Phelps die Platinen aus der Hand, schleuderte sie auf den Metallfußboden und zerstampfte sie mit den Füßen. Er bellte einen Befehl für seine Männer, die eben mit Holzkästen unter den Armen aus dem U-Boot gestiegen waren. Sie stapelten die Kisten neben der Steuerkonsole aufeinander und kehrten in den Frachtraum zurück, um weitere zu holen.

Die Aufschrift auf den Kisten lautete:

HANDLE WITH CARE
EXPLOSIVES

Phelps klopfte mit den Fingerknöcheln auf eine der Kisten.

»Was haben diese China-Kracher zu bedeuten, Chang?«, fragte er.

»Das ist doch wohl offensichtlich«, sagte dieser. »Sie können beweisen, wie gut Sie verstehen, mit Sprengstoff umzugehen, indem Sie damit das Labor hochjagen. Es hat seinen Zweck erfüllt.«

Phelps berührte die zertrümmerten Schaltkreise mit der Schuhspitze.

»Es gibt da ein kleines Problem«, sagte er. »Wie sollen die Wissenschaftler das Labor denn verlassen, jetzt da die Mini-U-Boote außer Betrieb sind?«

»Die Wissenschaftler haben ihre Funktion ebenfalls erfüllt. Sie bleiben im Labor.«

Phelps trat vor Chang hin und sah ihn herausfordernd an.

»Sie haben mich angeheuert, um das Labor zu entführen«, sagte Phelps. »Unschuldige Menschen zu töten stand nicht in meinem Vertrag und gehört auch nicht zu meinen Aufgaben.«

»Demnach wollen Sie den Sprengstoff nicht präparieren?«, fragte Chang.

Phelps schüttelte den Kopf.

»Das ist richtig«, sagte er. »Ich steige aus der ganzen Sache aus.«

Chang verzog die mürrischen Lippen zu einem Totenkopfgrinsen.

»Na schön, Mr Phelps. Sie sind *gefeuert*.«

Changs rechte Hand glitt nach unten zu seinem Holster, und er zog mit einer blitzartigen Bewegung seine Pistole und schoss Phelps mitten in die Brust. Auf diese kurze Distanz war der Aufprall der Kugel so heftig, dass Phelps einige Schritte nach hinten geschleudert wurde und zu Boden stürzte. Chang betrachtete Phelps' zuckenden Körper mit dem Ausdruck eines Handwerkers, der überzeugt ist, einen Auftrag besonders gut ausgeführt zu haben. Dann stürmte er weiter. Auch diesmal blieb Dr. Wu dicht hinter ihm.

Chang gelangte in die Kantine, und der Blick seiner jadegrünen Augen fiel auf Joe Zavala und Lois Mitchell, die an ihre Stühle gefesselt waren, Rücken an Rücken saßen und von den Wächtern, die mit Chang zum Labor gekommen waren, in Schach gehalten wurden. Chang beugte sich so dicht über Zavala und Lois Mitchell, dass Zavala beinahe würgen musste, als er seinen stinkenden Atem roch.

»Wer sind Sie?«, wollte Chang wissen.

»Sie haben aber ein kurzes Gedächtnis«, antwortete Zavala. »Wir haben uns doch auf der *Beebe* kennengelernt. Sie haben den Schwanz zwischen die Beine geklemmt und die Flucht ergriffen, während Kurt Austin und ich uns Ihrer Freunde angenommen haben.«

»Natürlich«, sagte Chang. »Sie sind dieser NUMA-Ingenieur. Meine Männer haben ihr Schicksal verdient. Das nächste Mal sind wir nicht mehr so sorglos. Wie haben Sie uns hier gefunden?«

»Eins unserer Flugzeuge überflog das Atoll und entdeckte etwas Verdächtiges.«

»Sie lügen!« Chang packte Zavala vorne am Hemd. »Ich mag es nicht, zum Narren gehalten zu werden. Wenn es wirklich so wäre, wie Sie behaupten, dann würde es um das Atoll von Flugzeugen und Schiffen nur so wimmeln. Und meine Beobachter melden, dass alles ruhig ist.«

»Vielleicht sollten Sie sich mal Sorgen wegen der Dinge machen, die Sie *nicht* sehen«, sagte Zavala.

»Erzählen Sie, wie Sie uns gefunden haben.«

»Ein kleines Vögelchen hat es mir verraten.«

Chang schlug Zavala mit dem Handrücken ins Gesicht.

»Was hat Ihnen das kleine Vögelchen denn sonst noch erzählt?«, fragte Chang.

»Es hat mir erzählt, dass Sie sterben werden«, murmelte Zavala mit blutenden Lippen.

»Nein, mein Freund, *Sie* sind es, der sterben wird.«

Chang ließ Zavalas Hemd los und wandte sich zu Lois Mitchell um, die Joes blutiges Gesicht entsetzt anstarrte.

»Wo ist mein Impfstoff?«, fragte Chang.

Sie funkelte Chang an und erwiderte: »An einem sicheren Ort. Binden Sie mich los, und ich hole ihn.«

Auf ein Kopfnicken von Chang hin banden seine Männer sie los. Sie erhob sich und massierte sich die Handgelenke, dann ging sie durch den Raum und öffnete die Tür des großen Kühlraums, in dem die Speisen für die Kantine lagerten.

Sie ging hinein und kam kurz darauf mit einem großen Plastikkühlbehälter heraus, den sie auf den Boden stellte. Dr. Wu öffnete den Deckel des Behälters.

»In diesem Kühlbehälter befinden sich die Mikrobenkulturen, die es Ihnen gestatten werden, den Impfstoff in großen Mengen herzustellen«, sagte sie.

Eingebettet in Schaumstoff enthielt der Kühlbehälter eine Anzahl flacher, großer Petri-Schalen. Wu lächelte.

»Das ist ein Wunder«, sagte er.

»Im Grunde«, sagte sie, »ist es nicht mehr als das Ergebnis absolut innovativer Gentechnik.«

Sie bückte sich und entnahm dem Behälter den oberen Petrischalenträger. Darunter kamen drei ebenfalls in Schaumstoff eingebettete Edelstahlbehälter zum Vorschein.

»Dies sind die drei Behälter mit dem Impfstoff, die Sie haben wollten«, sagte sie. »Mit den Kulturen können Sie nun weiteren Impfstoff herstellen.« Sie setzte den Träger wieder ein, schloss den Deckel des Behälters und richtete sich auf. »Damit wäre unser Job hier beendet. Mr Phelps sagte, wir könnten nach Abschluss des Projekts das Labor ungehindert verlassen.«

»Phelps steht nicht mehr in unseren Diensten«, sagte Chang.

Ihr Gesicht wurde bei dem drohenden Unterton dieser Erklärung totenblass.

»Was meinen Sie damit?«, fragte sie.

Er ignorierte ihre Frage und befahl seinen Männern, sie wieder an ihren Stuhl zu fesseln.

»Ihr Freund Austin ist mir schon wieder entkommen«, sagte Chang zu Zavala, »aber es ist nur eine Frage der Zeit, bis wir uns ein weiteres Mal begegnen. Und wenn das geschieht, wird es mir eine große Freude sein, ihm die letzten Sekunden Ihres Lebens zu schildern.«

Chang nahm Wu den Kühlbehälter aus der Hand und befahl dem Arzt und seinen Wächtern, zum Service-U-Boot zurückzukehren. Sekunden nachdem er gegangen war, trat Austin aus dem Kühlschrank. Er hielt den Bowen in der linken Hand.

»Ein Glück, dass sich der alte Kugelkopf verdünnisiert hat«, sagte Austin. »Ich kam mir da drin allmählich wie eine Rinderhälfte beim Abhängen vor.«

Er klemmte sich den Revolver unter den rechten Arm. Mit einem Küchenmesser schnitt er Zavalas Fesseln durch. Zavala griff sofort nach einer Serviette und tupfte sich damit die blutigen Lippen ab. Trotz der Schnitte und Blutergüsse war er in bester Stimmung.

»Chang wird gar nicht glücklich sein, wenn er feststellen muss, dass die Vakzinkulturen, die Sie ihm gegeben haben, wertlos sind«, sagte er zu Lois Mitchell.

Sie lächelte Zavala vielsagend an und verschwand wieder im Kühlschrank. Sie kam mit einem anderen Kühlbehälter heraus, der mit dem ersten fast identisch war.

»Warten Sie ab, bis er begreift, dass *wir* im Besitz der richtigen Kulturen sind«, sagte sie.

Chang war schon jetzt alles andere als glücklich. Er stieß einen wütenden Fluch aus, während er den Vorraum der Luftschleuse betrat und feststellte, dass Phelps offenbar verschwunden war. Eine Blutspur führte zum Korridor. Phelps musste den Treffer überlebt haben und sich durch einen der Verbindungsgänge geschleppt haben.

Egal. Phelps würde ohnehin sterben, wenn das Labor in eine Million Trümmer zerschellte. Changs Assistent überprüfte das Werk des Sabotageexperten und befahl ihm, den Zeitzünder zu aktivieren. Dann trieb er seine Männer in den Service-Shuttle, und der Pilot schaltete mittels einer Fernbedienung die Pumpen der Luftschleuse ein. Die Luftschleuse füllte sich zügig mit Wasser. Während der Shuttle durch die Öffnung im muschelförmigen zweigeteilten Dach aufstieg, stand Austin an der Steuerkonsole der Luftschleuse und verfolgte den Aufstieg des Shuttles über den Fernsehmonitor des Andocksystems. Beim Geräusch von Schritten drehte er sich herum, um den Revolver dann aber gleich wieder sinken zu lassen.

Phelps stand im Eingang zum Laufgang, die Lippen zu einem mühsamen Grinsen verzerrt. Er war bis zur Hüfte nackt und ein behelfsmäßiger blutgetränkter Verband bedeckte den linken oberen Teil seiner Brust. Sein Gesicht war bleich, aber die dunklen Augen hatten einen trotzigen Ausdruck.

»Sie sehen aber beschissen aus«, stellte Austin fest.

»Ich fühle mich auch so«, sagte Phelps.

»Was ist mit Ihnen passiert?«

»Ich dachte mir, dass mich Chang bereits wegen euch Typen von der NUMA im Visier hatte, daher hab ich mir auf dem Rückweg zu Kanes Büro eine Schutzweste geschnappt. Sie hat aber nur meine lebenswichtigen Organe bedeckt, und ich hatte nicht damit gerechnet, dass Chang nicht zielen kann. Der Kerl hat mich an der Schulter erwischt.«

»Warum hat er denn überhaupt auf Sie geschossen?«

»Er war ein wenig ungehalten, als ich ihm klarmachte, dass ich das C-4, das er und seine Jungs mit dem Shuttle runtergebracht haben, nicht präparieren würde.«

»Er hatte geplant, das Labor mitsamt seiner Insassen zu vernichten?«

»Oh, verdammt, sie haben genug Sprengstoff verteilt, um die Chinesische Mauer in Schutt und Asche zu legen. War alles aber ziemlich schlampig gemacht. Sie können von Glück sagen, dass sie sich nicht selbst in die Luft gesprengt haben.«

Mit abfälliger Geste warf Phelps ein Bündel farbiger Drähte auf den Fußboden.

»Was wird Chang tun, wenn er feststellt, dass sein Sprengstoff nicht explodiert ist?«, fragte Austin.

»Ich vermute, dass er jemanden zum Nachschauen runterschicken wird.« Phelps wiegte den Kopf. »Wenn ich es mir recht überlege, wird er wahrscheinlich zurückkommen, um Ihre Freunde zu erschießen, damit er es Ihnen dann erzählen kann.« Behutsam betastete er seinen Verband. »Chang dürfte im Augenblick ziemlich gereizt sein.«

»Das habe ich auch schon bemerkt«, sagte Austin. »Wir müssen das Laborpersonal mit den Mini-U-Booten in Sicherheit bringen.«

Phelps deutete auf die schwarzen Platinen, die Chang mit den Füßen zerbröselt hatte.

»Das sind die Schaltkreise für die Steuerung der Mini-U-Boote«, sagte er. »Chang hat sie zerstört.«

»Verdammt!«, stieß Austin hervor. »Die U-Boote waren unsere einzige Hoffnung.«

»Das sind sie immer noch«, sagte Phelps. »Ich habe Chang lediglich ein paar andere Platinen gegeben – für seinen Wutanfall. Die Originale befinden sich noch immer in den U-Booten.«

Austin starrte Phelps an und dachte dabei, dass er über die menschliche Natur noch eine Menge lernen musste.

»Das heißt, dass Sie die U-Boote startbereit machen, während ich die Wissenschaftler einsammle«, entschied Austin.

Phelps salutierte knapp und machte sich dann auf den Weg zum Transitmodul, während Austin eilig in die Kantine zurückkehrte. Zavala hatte bereits das gesamte Personal zusammengetrommelt. Die Bandbreite der Gesichtsausdrücke reichte von Freude – darüber, dass sie befreit worden waren – bis hin zu nackter Angst vor dem, was möglicherweise als Nächstes geschehen würde.

Austin stellte sich ihnen vor, bat um einen Augenblick Ruhe und verkündete dann: »Wir evakuieren das Labor und geben es auf.« Er brachte die Gruppe abermals zum Schweigen und riet den Leuten nun dringend, sich zu beeilen. Fragen würden später ausführlich beantwortet werden.

Die erschöpften und verängstigten Wissenschaftler stiegen zu den U-Boot-Schleusen hinunter. Einige zögerten, und zornige Ausrufe wurden laut, als sie Phelps entdeckten. Aber Austin befahl ihnen, sich zurückzuhalten und stattdessen in die U-Boote zu steigen, was sie schließlich, allerdings unter Protest, auch taten.

»Ist es denn möglich, dass die U-Boote von Chang abgefangen werden, wenn sie den Krater verlassen?«, wollte er von Phelps wissen.

»Nicht wenn sie sich beeilen. Chang wird wohl auf seinen Frachter zurückgekehrt sein, um dort auf den großen Knall zu warten. Wenn die U-Boote so lange wie möglich tauchen, können sie sich weit genug an Changs Schiff vorbeischleichen und dann einen Notruf absetzen.«

Austin gab Phelps' Rat an die Piloten der Mini-U-Boote weiter. Lois Mitchell saß in einem dieser Boote und hielt den Behälter mit den echten Vakzinkulturen auf dem Schoß. Dann lösten sich die Boote nacheinander von der Unterseite der halbkugelförmigen Kuppel und folgten dem Führungsboot über den Grund des Kraters und durch den Tunnel.

Nachdem das Personal unterwegs war, wandte sich Austin dem nächsten Tagesordnungspunkt zu: dem Typhoon. Während sie wieder in ihre Nasstauchanzüge schlüpften, setzte Zavala seinen Freund über die Situation an Bord des russischen U-Boots ins Bild. Austins Lagebeurteilung fiel weniger optimistisch aus als Zavalas. Allmählich kehrte auch das Gefühl wieder in Austins rechten Arm zurück. Doch er wäre sicher noch lange nicht fähig, den schweren Revolver zu heben und mit einiger Zielsicherheit abzufeuern. Und Phelps wäre gewiss nur eine begrenzte Hilfe.

Als dieser versuchte, sich in seinen Nasstauchanzug zu zwängen, drückte das enge Neopren schmerzhaft gegen seine Wunde. Mit Austins Messer trennte Zavala den Ärmel des Anzugs ab und schnitt eine Fläche auf der Brust aus, um den Druck zu verringern.

Phelps bemerkte, dass zwei Tauchausrüstungen fehlten, und schloss daraus, dass die beiden Wächter, die Zavala vom U-Boot zum Labor begleitet hatten, wieder zu ihren Kameraden zurückgekehrt waren. Das hieß, dass sie auch wieder in voller Stärke von neun Mann bereitstanden.

Zavala half Austin dabei, Phelps in den Moon Pool abzulassen und ihn durch den Schacht ins offene Wasser zu bugsieren. Mit Phelps in ihrer Mitte stiegen Austin und

Zavala langsam vom Meeresgrund zum Typhoon auf, dessen riesiger Schatten dicht unter der Wasseroberfläche zu erkennen war.

Wie vorher schon vereinbart benutzten Austin und Phelps die an Steuerbord gelegene Schleuse neben dem riesigen Segel, während Zavala zur Backbordschleuse hinüberschwamm. Sobald sie sich in den Schleusenkammern befanden, schlossen sie die Luken, pumpten das Wasser heraus, dann öffneten sie die wasserdichten Bodenklappen und stiegen die Leitern hinab. Sie befreiten sich von ihren Tauchmasken und erblickten Kapitän Mehdew, der sie schon mit neugieriger Miene erwartete.

Der Kapitän hatte sich gerade im Kontrollraum aufgehalten, als ein Alarmsignal anzeigte, dass die Luftschleusen benutzt wurden. Die beiden Wächter waren kurz vorher zurückgekehrt, daher sah er nach, wer denn jetzt sein U-Boot betreten hatte. Er war nicht sonderlich überrascht, Phelps und Zavala zu sehen, aber beim Anblick des breitschultrigen Fremden runzelte er dann doch misstrauisch die Stirn.

Zavala machte den Zeremonienmeister. »Kurt, das ist Kapitän Mehdew, der Kommandant dieses unglaublichen Schiffes – und der Bewahrer des Wodka-Vorrats.«

Austin streckte seine intakte Linke zu einem kräftigen Händedruck aus.

»Kurt Austin, Joes Freund und Kollege bei der NUMA.« Indem er den feindseligen Blick bemerkte, den Mehdew in Phelps' Richtung schickte, fügte er hinzu: »Mr Phelps arbeitet nicht mehr für die Leute, die Ihr U-Boot geentert haben. Er hilft jetzt uns.«

»Schön, aber für wie lange?«, fragte Mehdew und machte aus seinem Misstrauen kein Hehl.

»Eine gute Frage«, ergriff Phelps das Wort, »die ich leider nicht beantworten kann. Aber ich helfe Ihnen, Ihr U-Boot wieder zurückzubekommen.«

Mehdew zuckte die Achseln.

»Was können ich und meine Männer schon ausrichten?«, sagte der Kapitän. »Wir sind doch reine Seeleute und keine Marinesoldaten.«

»Fangen Sie damit an, uns zu beschreiben, wo sich die Wächter aufhalten und was sie dort tun«, sagte Austin.

»Drei schlafen in den Offiziersunterkünften in der Steuerbordröhre«, sagte Mehdew, »und die anderen spielen in der Offiziersmesse Karten oder sie sind in der Kantine. Ihnen gefällt es offensichtlich in der Nähe des Fitnessraums und der Sauna, die sie für meine Männer gesperrt haben.«

»Ich denke, es wird nun aber allmählich Zeit, ihren Kurzurlaub im Club Med zu beenden«, bemerkte Austin. »Am besten kümmern wir uns zuerst um die Schläfer.«

Phelps tat so, als hielte er Zavala und Austin in Schach – für den Fall, dass sie einem Wächter begegneten. Sie durchquerten den Kontrollraum, wo sich Mehdew, der vorausgegangen war, leise mit den Mannschaftsmitgliedern auf Russisch unterhielt und sie anwies, ihren Kameraden Bescheid zu sagen, dass es für sie am besten wäre, sich möglichst im Hintergrund zu halten. Der Kapitän holte danach ein paar Rollen Klebeband aus der Schiffswerkstatt und setzte den Weg durch das Labyrinth der Druckkammern fort, bis sie das erste Offiziersquartier erreicht hatten.

Im ersten Raum wachten drei dienstfreie Wächter auf und starrten sogleich in die Mündung von Austins Revolver. Sie wurden gefesselt und geknebelt und wieder in ihre Kojen gebettet.

Der Stoßtrupp folgte dem Geruch frisch zubereiteter Speisen. Mehdew betrat die Kantine zunächst allein und nickte zwei Wächtern zu, die an einem Tisch saßen und Tee tranken, während sie sich einen Jackie-Chan-Film von einer DVD ansahen. Sie warfen dem Kapitän einen flüchtigen Blick zu und hatten danach wieder nur Augen für den Film.

Auf Russisch sagte Mehdew etwas zu dem Quartiermeister, der das warme Büffet zusammenstellte. Der Quartiermeister nickte verstehend und verließ die Kantine. Auf ein aufforderndes Nicken des Kapitäns hin traten Austin und Zavala mit gezogenen Waffen in die Kantine. Die überrumpelten Wächter mussten sich bäuchlings auf den Fußboden legen und machten mit dem Klebeband Bekanntschaft, bis sie sich nicht mehr rühren oder einen Laut von sich geben konnten.

Wieder mit Mehdew als Vorhut setzten Austin und Zavala ihren Weg durch das U-Boot fort, bis sie zur Offiziersmesse kamen. Der Kapitän schob den Kopf durch die Türöffnung und fragte lächelnd, ob irgendjemand etwas brauche. Ein Wächter blickte von seinen Spielkarten hoch und antwortete mit einem Knurren, das nicht erst übersetzt werden musste. Immer noch lächelnd zog sich der Kapitän zurück.

»Vier Plätze, aber nur drei Spieler«, meinte Mehdew flüsternd zu Austin und Zavala. »Eine halbleere Flasche Wodka.«

Austin gefiel es gar nicht, dass ein Wächter im U-Boot herumlief, aber er wollte seinen Vorteil unbedingt nutzen. Er nickte Zavala zu und mit gezogenen Pistolen betraten sie die Offiziersmesse. Die leicht angetrunkenen Wächter reagierten nur langsam. Minuten später lagen sie mit Klebeband gefesselt auf dem Fußboden. Dann wurde die Suche nach dem fehlenden Wächter fortgesetzt.

Kurz darauf fanden sie ihn. Oder, genauer gesagt, er fand sie. Als die drei die Abteilung betraten, in der sich die Sauna befand, öffnete sich plötzlich die Tür, und der Wächter kam heraus, bekleidet nur mit einer Badehose. Diesmal reagierten Austin und Zavala zu langsam. Der Wächter war jung und schnell und griff in einen Spind, angelte sich ein Holster mit einer Waffe heraus und stürmte dann durch die Luke in die nächste Abteilung. Austin folgte ihm, stolperte jedoch über einige Röhren und sackte auf ein Knie herab. Er kam zwar sofort wieder hoch, doch mittlerweile war der Wächter bereits irgendwo im U-Boot verschwunden.

Austin hätte seine Beute sicherlich verloren, wenn ihm die Mannschaftsmitglieder nicht gezeigt hätten, wohin der Wächter geflüchtet war. Mit Zavala dicht hinter ihm gelangte er zu einem geschlossenen Schott. Er und Zavala überlegten sich die nächsten Schritte, als Mehdew sie einholte.

»Was befindet sich auf der anderen Seite der Tür?«, fragte Austin.

Außer Atem antwortete der Kapitän. »Die Raketensilos wurden durch einen Frachtraum ersetzt. Ein Fahrstuhl führt zu einer Luke im Deck hinauf, ein Laufgang dann vom Fahrstuhl über die Ladeöffnungen zu einem anderen Fahrstuhl an der Vorderseite des Frachtraums, der mit leeren Containern gefüllt ist, die für Fracht reserviert sind. Dort werden Sie ihn niemals finden. Schließen Sie einfach das Schott, und verriegeln Sie es.«

»Könnte er Schwierigkeiten machen, wenn wir ihn einfach sich selbst überlassen?«, fragte Austin.

»Nun ja«, antwortete der Kapitän. »Durch den Rumpf

verlaufen elektrische und noch andere Leitungen. Er könnte das U-Boot stilllegen.«

»Dann sollten wir lieber *ihn* stilllegen«, entschied Austin.

Er bat den Kapitän, dafür zu sorgen, dass seine Männer die Wächter bewachten, die aus dem Verkehr gezogen worden waren. Dann nahm er eine Taschenlampe von der Rumpfwand, schaltete die Beleuchtung der Abteilung aus und öffnete vorsichtig das Schott. Er betrat die nächste Abteilung, knipste die Taschenlampe an und richtete dann den Lichtstrahl auf den offenen Fahrstuhlschacht. Die Fahrstuhlkabel vibrierten innerhalb des Schachts. Dann ertönte ein leises Klirren, als die Fahrstuhlkabine in der oberen Stellung anhielt.

Austin drückte den ABWÄRTS-Knopf des Fahrstuhls. Er und Zavala bauten sich rechts und links der Türen auf und hielten die Waffen schussbereit, doch die Fahrstuhlkabine war leer, als sie zurückkehrte. Zavala nahm einen Feuerlöscher aus seiner Wandhalterung und klemmte ihn zwischen die Türen, um die Kabine lahmzulegen.

Nach kurzer Beratung stieg Zavala über die Treppe zum Laufgang hoch, um den Wächter Austin entgegenzutreiben, damit er ihn am anderen Ende des Frachtraums in Empfang nehmen konnte. Austin hatte genügend Zeit auf dem Schießstand mit beidhändigen Schießübungen absolviert und vertraute darauf, dass er mit links halbwegs genau schießen konnte, falls es denn sein musste.

Der riesige innere Frachtraum, in dem früher Raketensilos und zwanzig Raketen untergebracht worden waren, nahm fast ein Drittel der Länge des U-Boots ein. Als man die Silos ausgebaut hatte, waren große Ladeklappen im Deck installiert worden. Hinzu kamen Trennwände, um die verschiedenen Frachten voneinander zu trennen.

Austin betrat das erste Frachtabteil und stieß auf einen Lichtschalter. Flutlichter, die vom Laufgang herabhingen, machten die Nacht zum Tage. Er ging durch einen Korridor zwischen den Stahlcontainern hindurch, bis er an eine Trennwand kam. Hier stieg er durch eine Öffnung in die nächste Frachtabteilung und wiederholte seine Suche.

Während sich Austin Abteil für Abteil durch den Frachtraum arbeitete, folgte ihm Zavala auf dem Laufgang. Austin durchquerte den Frachtraum ungehindert, bis er zum letzten Abteil kam. Die Eile ließ ihn jedoch wieder unvorsichtig werden.

Austin nahm an, dass sich der Wächter noch weit vor ihm befand und durch ihr Manöver in die Enge getrieben wurde. Aber das Jagdwild hatte ihre Absicht längst durchschaut und sich in einem Durchgang zwischen zwei Containerstapeln versteckt. Er wartete, bis Austin an ihm vorbeigeschlichen war, dann tauchte er hinter ihm wieder auf. Sich auf nackten Füßen anschleichend brachte der Wächter seine Pistole mit beiden Händen in Anschlag und richtete die Mündung auf einen Punkt zwischen Austins Schulterblättern.

»Kurt!«

Der Warnruf kam von Zavala, der über das Geländer des Laufgangs blickte. Austin blickte hoch und sah noch, wie sein Freund mit dem Zeigefinger in eine Richtung deutete. Ohne sich umzudrehen ging er hinter einem Container in Deckung, während eine Kugel singend von dessen Kante abprallte. Dann fiel ein weiterer Schuss, diesmal allerdings von oben. Sekunden später gab Zavala Entwarnung.

»Du kannst rauskommen, Kurt, ich glaube, ich habe ihn erwischt.«

Austin blickte um die Ecke des Containers, dann winkte

er Zavala zu. Der Wächter lag tot auf dem Boden. Selbst aus seiner äußerst ungünstigen Position hatte Zavala es geschafft, ihm eine Kugel mitten in die Brust zu schießen.

Austin erinnerte sich daran, was Phelps über die chinesische Vorliebe für bestimmte Zahlen erzählt hatte. Unwillkürlich schüttelte er den Kopf. Wenn dein letztes Stündlein geschlagen hat, kann dir auch deine Glückszahl nicht mehr helfen.

45

Chang war ein klassischer Psychopath. Er hatte nicht eine
Spur menschlichen Mitgefühls oder schlechten Gewissens
in seinem gedrungenen, hässlichen Körper. Der Akt des
Tötens fiel ihm so leicht wie das Überqueren einer Straße.
Die anderen Drillinge der Triade hatten seine mörderi-
schen Impulse für ihre Zwecke eingesetzt. Er war ein aus-
geprägtes Organisationstalent, daher übertrugen sie ihm
auch die Leitung des Bandennetzwerks, das in den Groß-
städten der Welt operierte. Der Job stillte seinen Blut-
durst, indem er ihm gestattete, aktiv an der Ausführung
von Mordaufträgen – aus wirtschaftlichen Gründen, aus
Rache oder einfach als Bestrafung – teilzunehmen.

Der Job hatte Chang außerdem davor bewahrt, in den
Abgrund des nackten Wahnsinns abzustürzen, solange die
anderen beiden Drillinge ein gewisses Gegengewicht bildeten. Aber jetzt war er auf sich allein gestellt und weitgehend frei von den familiären Banden, die seine kaum un-
terdrückte Gewaltbereitschaft halbwegs unter Kontrolle
gehalten hatten. Die Stimmen, die er manchmal als leises
Flüstern in seinem Kopf wahrnahm, verschafften sich nun
lautstark Gehör.

Nach Verlassen des Labors hatte Chang die Zellkulturen
für die Gewinnung des Impfstoffs zum Frachter gebracht,
der nicht weit vom Atoll entfernt in Bereitschaft ankerte,
und auf eine Meldung vom U-Boot gewartet. Dass die
Detonation des Sprengstoffs, die das Labor und sein Per-

sonal hätte vernichten sollen, nicht erfolgt war, hatte ihn nun vollends durchdrehen lassen.

Als die festgesetzte Zeit verstrichen war, stieg Chang wieder in den Shuttle und befahl dem Piloten, zum Krater zurückzukehren. Als der Shuttle den Tunnel verließ, schienen die Lichter auf dem Boden Chang regelrecht zu verspotten. Eine Ader pulsierte auf seiner Stirn.

Dr. Wu, der neben Chang saß, hatte die zunehmende Wut seines Arbeitgebers gespürt und versuchte sich so gut wie möglich unsichtbar zu machen. Noch beunruhigender war jedoch Changs plötzlicher Stimmungswechsel, als er sich umwandte und in einem beinahe freundlichen Tonfall, der um einiges beängstigender wirkte als sein Zorn, fragte:

»Verraten Sie mir mal eines, mein Freund, was würde eigentlich passieren, wenn jemand durch einen unglücklichen Zufall in das Becken mit den mutierten Quallen stürzte?«

»Diese Person würde von den Nesselzellen sofort gestochen werden.«

»Und würde der Tod gleichzeitig eintreten?«

»Ja. Das Gift bewirkt eine sofortige totale Lähmung.«

»Wäre diese Lähmung schmerzhaft?«

Unbehaglich rutschte Dr. Wu auf seinem Platz hin und her.

»Ja«, antwortete er schließlich. »Wenn die Person nicht ertrinkt, würde sie jede Reaktion ihres Körpers spüren. Und irgendwann würde die Qualle damit beginnen, ihre Beute zu verdauen.«

»*Fabelhaft!*« Chang klopfte Dr. Wu auf den Rücken. »Warum ist mir das nicht eher eingefallen?«

Er erklärte, dass sie, da das Labor nicht explodiert sei, zurückkehrten, um sich einen *kleinen Zeitvertreib* zu gönnen. Sobald sie an Bord wären, sollten sie die Wissenschaftler suchen und sie auf der Stelle töten. Die Männer im Shuttle waren seine kaltblütigsten Killer. Sie sollten Zavala möglichst schonen, da er den Medusen zum Fraß vorgeworfen werden solle. Dr. Wu würde seinen Todeskampf per Video aufnehmen und anschließend an Austin senden.

Der Shuttle sank mit seiner mordlustigen Besatzung zum Transitmodul hinab. Dort aktivierte der Pilot die Luftschleuse des Shuttles. Nach wenigen Minuten verließen Chang und seine Leute die Luftschleuse und stolperten beinahe über eine Kiste mit C-4-Sprengstoff. Einige bunte Drähte waren zu einer dekorativen Schleife gebunden und auf dem Karton arrangiert worden. Und an der Schleife lehnte ein weißer Briefumschlag mit der Aufschrift CHANG in großen schwarzen Lettern.

Der Mann, der die Sprengladungen präpariert hatte, nahm die Drahtschleife hoch und untersuchte sie.

»Keine Sorge«, sagte er. »Diese Drähte sind tot.«

Er reichte Chang den Umschlag. Darin befand sich ein Bogen Briefpapier mit dem Logo von Davy Jones's Locker darauf. Der Bogen war dreifach gefaltet worden. Auf den ersten Streifen hatte jemand das Wort

BANG!

geschrieben.

Chang faltete den Bogen schnell auseinander. Auf dem nächsten Streifen befand sich ein Smiley zusammen mit der Botschaft

EIN SCHERZ!

Auf dem letzten Streifen war zu lesen

ICH WARTE IM KONTROLLRAUM

Chang zerknüllte das Papier und befahl seinen Männern, den gesamten Komplex zu durchsuchen. Sie kamen schon nach kurzer Zeit wieder zurück und meldeten, dass das Labor vollkommen verlassen zu sein schien und sämtliche C-4-Ladungen unschädlich gemacht worden seien.

Chang stürmte zum Kontrollraum, blieb jedoch vor der Tür stehen. Da er damit rechnete, dass der Raum dahinter mit einer Sprengladung präpariert worden war, schickte er zuerst seine Männer hinein.

Sie durchsuchten den Raum und meldeten Chang, dass er ebenfalls verlassen sei und offensichtlich nichts entwendet worden war. Er folgte seinen Männern, um sich selbst einen Überblick zu verschaffen. Er sah sich um, während sich seine Miene zunehmend verfinsterte. Dann suchte er irgendetwas, woran er seine Wut auslassen konnte. Er bemerkte, wie Dr. Wu den Raum filmte.

»Nicht jetzt, Sie Idiot!«, brüllte Chang. »Sehen Sie denn nicht, dass niemand hier ist?«

Eine metallisch klingende Stimme drang aus den Wandlautsprechern.

»Sie haben recht, Chang. Sie und Ihre Leute sind die Einzigen im Labor.«

Chang drehte sich herum, wobei er den Kolben der Maschinenpistole gegen seine Brust presste und bereit war, jeden Moment zu feuern.

»Wer ist das?«

»SpongeBob SquarePants«, antwortete die Stimme. »*Austin!*«

»Okay, ich geb es zu, Chang. Sie haben mich durchschaut. Es ist Kurt Austin.«

Changs Augen verengten sich zu schmalen Schlitzen.

»Was ist mit den Wissenschaftlern geschehen?«, fragte er.

»Die sind nicht mehr im Labor, Chang. Sie wurden mit den Mini-U-Booten evakuiert.«

»Erzählen Sie keinen Unsinn, Austin. Ich habe die U-Boote eigenhändig lahmgelegt.«

Eine andere Stimme drang jetzt aus dem Lautsprecher: Phelps.

»Das waren die Ersatzplatinen, die Sie zertreten haben«, sagte er. »Die U-Boote waren völlig intakt, Boss.«

»*Phelps!*«, brüllte Chang mit ohnmächtiger Wut. »Ich dachte, Sie wären tot!«

»Tut mir leid, Sie enttäuschen zu müssen, Chang. Austin hat Sie nicht angeschwindelt. Dr. Mitchell und alle anderen Wissenschaftler sind längst draußen.«

»Ich werde sie finden!«, brüllte Chang. »Ich finde Sie und Austin und töte Sie dann!«

»Das dürfte eher unwahrscheinlich sein«, sagte Austin. »Übrigens sind die Impfstoffkulturen, die man Ihnen ausgehändigt hat, vollkommen wirkungslos. Die richtigen befinden sich in der Obhut des Personals.«

Die Stimmen in Changs Kopf wurden nun lauter und zahlreicher und steigerten sich zu einer schrillen Kakophonie. Glühender Hass durchzuckte seinen Körper, der dem eines Stiers nicht unähnlich war, wie ein Stromstoß. Er befahl seinen Männern, in den Shuttle zurückzukehren. Während es vom Labor aufstieg, gab er dem Frachter per Funk den Befehl, den Ozean mit Hilfe des Sonars abzusuchen. Und schon nach einer Minute erhielt er die gewünschte Antwort. Das Sonar hatte vier Objekte aufgezeichnet, die sich vom Atoll entfernten. Chang wies den Frachter an, den Mini-U-Booten zu folgen und sich für den Moment bereit zu halten, wenn sie auftauchten.

Der Shuttle nahm mit voller Kraft Kurs auf den Tunnel. Chang gestattete sich den Luxus eines Lächelns, als er sich die Gesichter der Wissenschaftler vorstellte, wenn sie den Frachter auf sich zurauschen sahen. Er malte sich aus, wie sie wohl reagieren mochten, wenn er wie Neptun aus der Tiefe auftauchte … da hörte er einen lauten Ruf des Piloten. Chang beugte sich in seinem Sitz vor und blickte durch das Cockpitfenster.

Ein riesiger Schatten hielt da auf den Shuttle zu.

Der Pilot erkannte den massigen stumpfen Bug des Typhoon, der auf sie zusteuerte, und schrie sogleich auf – wie ein verängstigter junger Hund. Chang brüllte ihn noch an zu wenden, doch die Hände des Piloten blieben völlig starr auf den Kontrollen liegen. Mit einem raubtierhaften Fauchen packte Chang den Piloten bei den Schultern, hievte ihn aus seinem Sessel und nahm seinen Platz ein. Er riss das Ruder hart nach Steuerbord.

Die Turbinen des Shuttle trieben es zwar immer weiter vorwärts, doch nach ein paar Sekunden schwenkte das vordere Ende nach rechts, und der Shuttle vermied auf diese Weise immerhin eine Frontalkollision mit dem sechshundert Fuß langen heranrasenden Torpedo. Das U-Boot hatte jedoch eine Geschwindigkeit von immerhin fünfundzwanzig Knoten, erwischte daher das Heck des Shuttle, demolierte sein Steuerruder und versetzte den gesamten Shuttle in eine unkontrollierte Drehung. Der heftige Aufprall hatte nun zur Folge, dass die Klappe des Frachtabteils aufflog und Wasser in den Shuttle eindrang.

Das Gewicht der einströmenden Wassermassen zog das Heck des Shuttles abwärts, und seine vordere Hälfte ragte wie bei einem verendenden Fisch in die Höhe. Changs Männer hielten sich an ihren Sitzen fest und zogen sich auf dem schrägen Deck in Richtung Cockpit.

Dr. Wu kämpfte, um sich ihnen anzuschließen, aber die stärkeren Wächter stießen ihn unter Wasser und seine herumrudernden Arme erlahmten und rührten sich schließlich gar nicht mehr. Chang hatte keineswegs die Absicht, die Luftblase mit irgendjemandem zu teilen. Er wandte sich um, legte den Lauf der Pistole auf die Sitzlehne und schoss auf jeden Mann, der versuchte, zu ihm vorzudringen. Innerhalb weniger Sekunden hatte er alle Wächter getötet und war in der Kabine ganz allein.

Mittlerweile hatte sich das Gewicht des Wassers im Shuttle nach vorne verschoben. Seine Nase sank herab, es ging in die Horizontale und sank auf den Boden des Kraters. In der Kabine herrschte vollkommene Dunkelheit. Chang bemühte sich verzweifelt, den Kopf über Wasser und innerhalb der ständig kleiner werdenden Luftblase zu halten, aber die Leichen im blutigen Wasser machten das nahezu unmöglich. Sobald er einen Körper aus dem Weg schob, wurde dieser durch einen anderen ersetzt. Irgendwann starrte er sogar in die toten Augen Dr. Wus.

Unaufhörlich strömte das Wasser ein und verkleinerte die Blase Leben spendender Luft weiter. Chang presste sich gegen die Decke des Shuttles. Während Wasser in seinen Mund und seine Nase eindrang, blickte er hoch, sah den monströsen Schatten des Typhoon über sich und stieß mit einem letzten, nassen Atemzug hervor:

»*Austin!*«

Der Inhaber dieses Namens saß zu diesem Zeitpunkt neben dem russischen Steuermann im Kontrollraum des Typhoon. Zavala saß auf der anderen Seite des Mannes, eines jungen Ukrainers mit einem angeborenen Gespür für diese Art von Tätigkeit. Der Kapitän stand neben Austin und gab dem Steuermann auf Russisch Befehle.

Kurz vorher hatte der Steuermann das U-Boot rückwärts in den Tunnel mit dem Blick in den Krater hineinbugsiert. Der Sonar-Techniker hielt Ausschau nach dem Shuttle und gab Austin Bescheid, als er sein wanderndes Lichtsignal entdeckte. Ein Monitor, der mit einer Kamera im Segel des U-Boots verbunden war, fing die beiden Suchscheinwerfer des herangleitenden Shuttles auf. Austin gab den Befehl zu einem frontalen Rammstoß. Der Steuermann packte das Ruder fester, während sich das U-Boot weiter vorwärtsschob. Schließlich schnappte die Falle zu.

Nachdem es den Shuttle gerammt hatte, hatte das Typhoon seinen Weg in den Krater fortgesetzt und einen weiten Bogen gemacht. Während das U-Boot dann zum Tunnel zurückkehrte, um sein Werk zu vollenden, fing die Kamera den Shuttle abermals auf. Austin verfolgte mitleidlos, wie er dem Meeresgrund entgegensank. Dabei empfand er jedoch keinerlei Triumphgefühl. Jedenfalls noch nicht. Ihm war überdeutlich bewusst, dass die Triade ein *drei*-köpfiges Monster war.

46

Als die *Concord* auch weiterhin nichts von Austin hörte, hatte Captain Dixon die anderen Schiffe unter seinem Befehl rund um das Atoll in Stellung gehen lassen. Er stand mit Song Lee auf dem Vorderdeck. Sie wich ihm nicht von der Seite, seit Austin Stunden zuvor zu seiner Mission aufgebrochen war.

Der Kapitän beobachtete das Atoll durch ein Fernglas und ahnte nichts von dem Drama, das sich gerade unter der glatten Wasseroberfläche abspielte. Er dachte über seine nächsten Schritte nach, als Lee auf einen Fleck aufgewühlten Wassers deutete. Dann ergriff sie seinen Arm.

»Captain Dixon, sehen Sie!«

Vor ihren Augen durchbrachen mehrere hundert Yards östlich des Atolls der massige Kommandoturm und das hohe vertikale Ruder des Typhoon die Wasseroberfläche. Nach ein paar Minuten erschienen zwei Gestalten in der Krone des hohen Turms und winkten heftig mit den Armen. Dixon setzte das Fernglas wieder an die Augen.

»Ich glaube es nicht«, stieß er hervor.

Er reichte Lee das Fernglas.

Sie blickte hindurch und platzte heraus: »Das ist Kurt! Und da ist auch Joe!«

Dixon lachte laut. Nur Kurt Austin konnte zu einer Angeltour auf einer abgelegenen Lagune aufbrechen und dabei das größte U-Boot der Welt an den Haken bekommen.

Nach einem weiteren Winken verschwanden die beiden

Männer vom Turm und kletterten wenig später durch eine Luke auf das Deck des U-Boots. Mit der Hilfe einiger Mannschaftsmitglieder zogen sie ein Schlauchboot nach oben und ließen es vom runden Rumpf des U-Boots ins Wasser gleiten. Dann stiegen sie ein und hielten in schneller Fahrt auf den Lenkwaffenkreuzer zu.

Song Lee wartete schon an Deck und schlang die Arme erst um Austin, dann um Zavala. Und dann wieder um Austin. Sie gab ihm einen Kuss – mitten auf den Mund.

Austin hätte diesen angenehmen Augenblick sicherlich noch um einiges länger ausgekostet, doch er löste sich behutsam aus ihren Armen und wandte sich an Captain Dixon.

»Haben Sie irgendeine Spur von der Laborbesatzung gesehen?«, fragte er. »Sie sollte mittlerweile längst mit den Mini-U-Booten aufgetaucht sein.«

Dixon schüttelte den Kopf. Er rief seinen ersten Offizier auf die Brücke und bat ihn, die anderen Schiffe in der Umgebung anzuweisen, nach Mini-U-Booten Ausschau zu halten. Nicht lange und das NUMA-Schiff meldete sich. Das erste U-Boot war aufgetaucht. Dixon gab Befehl, die *Concord* in Marsch zu setzen. Sie umrundete das Atoll gerade rechtzeitig, um mitzubekommen, wie ein zweites U-Boot an der Wasseroberfläche erschien, und dann ein drittes. Jedes U-Boot trug auf dem Rumpf eine Identifikationsnummer.

Austin suchte das Meer nach dem vierten U-Boot ab, in dem sich Lois Mitchell und der Impfstoff befanden. Nach ein paar angespannten Sekunden tauchte es tatsächlich ebenfalls aus dem Wasser auf.

Er atmete zischend aus, nachdem er die Luft lange angehalten hatte.

»Wir müssen die Wissenschaftler des letzten Tauchboots sofort an Bord holen«, sagte er zu Captain Dixon.

Dixon gab Befehl, ein Boot zu Wasser zu lassen. Die Rettungsmannschaft holte Lois Mitchell und die anderen Wissenschaftler aus dem Mini-U-Boot und brachte sie zum Kreuzer. Während sich das Boot dem Kriegsschiff näherte, sah Lois, wie sich Austin über die Reling beugte. Sie winkte ihm erst, dann deutete sie auf den Kühlbehälter auf ihrem Schoß. Nachdem sie an Bord geklettert war, gab sie den Behälter an Lee weiter.

»Da ist unser Impfstoff«, sagte Lois Mitchell. »Sicher und wohlbehalten.«

Das freudige Lächeln auf Lees Miene verflüchtigte sich. Sie blickte verzweifelt drein, während sie den Kühlbehälter an sich nahm, als hätte sie soeben erfahren, dass er radioaktiv strahlte.

»Es ist zu spät, Lois«, sagte sie. »Die Epidemie wird in vierundzwanzig Stunden überall in China ausbrechen und sich innerhalb weniger Tage über die ganze Welt ausbreiten. Uns fehlt die Zeit, den Impfstoff noch in der benötigten Menge herzustellen.«

Mitchell nahm den Kühlbehälter wieder an sich, stellte ihn auf das Deck und öffnete den Deckel, unter dem ein Rahmen mit Dutzenden von Aluminiumröhren zum Vorschein kam. Sie holte eine heraus und zeigte sie Lee.

»Sie waren während der letzten Forschungsphase nicht mehr dabei«, sagte Lois Mitchell, »daher wissen Sie nicht, wie weit wir gekommen sind.«

»Ich weiß, dass Sie das antivirale Molekül in Mikroben eingesetzt haben, um den Syntheseprozess zu beschleunigen«, sagte Lee.

»Wir entschieden uns aber, dass das zu langsam wäre«,

sagte Lois Mitchell. »Daher haben wir das heilkräftige Protein des Toxins mit schnell wachsenden Meeresalgen in Verbindung gebracht.«

Lees enttäuschte Miene hellte sich auf, und ein Lächeln breitete sich darauf aus.

Sie griff nach einer Röhre und sagte: »Das ist einfach wunderbar.«

Als sie die Verwirrung in den Gesichtern der drei Männer bemerkte, fügte sie eine Erklärung hinzu.

»Algen wachsen enorm schnell«, sagte sie. »Wenn wir diese Kulturen zu den Produktionsstätten gebracht haben, können sie innerhalb kurzer Zeit Impfstoff für einige hundert Menschen daraus gewinnen. Innerhalb weniger Tage sind wir in der Lage, ausreichend Impfstoff für tausende, wenn nicht gar hunderttausende Menschen zu produzieren.«

Sie reichte Austin die Röhre, der sie so vorsichtig in der Hand hielt, als erwarte er, irgendeine Art magischer Strahlung zu verspüren. Dann legte er sie behutsam zurück in den Kühlbehälter und schloss dessen Deckel. Nun wandte er sich an Dixon.

»Das muss so schnell wie möglich nach China gebracht werden«, sagte er.

Der Kapitän hob den Kühlbehälter hoch.

»Er ist schon unterwegs«, sagte er.

Zehn Minuten später hob der Seahawk mit dem Behälter vom Deck des Kreuzers ab und flog zu einem Rendezvous mit einem Jet, der bereits auf dem Flughafen von Pohnpei wartete.

Innerhalb weniger Stunden nach der Landung in China würde seine Fracht auf die Impfstoffproduktionsstätten verteilt werden, die Lee während ihres Aufenthalts auf Bonefish Key hatte einrichten lassen.

Austin stand auf dem Deck und verfolgte, wie der Helikopter zu einem winzigen Fleck schrumpfte. Lee hatte sich angeboten, den Impfstoff nach China zu begleiten. Austin bedauerte, sie abreisen zu sehen, doch das bösartige Grinsen der Drachenlady überlagerte in seinen Gedanken bereits Song Lees reizendes Gesicht.

Das riesige russische Unterseeboot rauschte wie ein stolzer Leviathan zuerst in den Hafen von Pohnpei. Als Nächstes kam Changs Frachter, nun besetzt von einer Navy-Mannschaft, die kurzfristig das Kommando übernommen hatte, nachdem das Schiff von einem Zerstörer gejagt und gestellt worden war. Ohne Befehle von Chang hatte sich seine Besatzung den Navy SEALS einfach ergeben. Nicht ein Schuss war gefallen.

Phelps war aus dem Unterseeboot herübergekommen und führte nun Austin und Zavala durch das als ungepflegt und heruntergekommen getarnte Schiff. Er zeigte ihnen den Moon Pool, den auf hohe Leistung getrimmten Maschinenraum und das hochmoderne Kommunikationszentrum mit seiner Hologrammprojektionskammer, die Chang für die Kommunikation mit den beiden anderen Drillingen benutzt hatte.

Die letzte Station war der Salon des Schiffes. Austin fühlte sich in dem saalartigen Raum sofort heimisch. Er verteilte drei Havanna-Zigarren aus einem Humidor und zündete sie mit einem silbernen Feuerzeug an. Er, Zavala und Phelps ließen sich in Sesseln, die mit rotem Samt bezogen waren, nieder und pafften ihre Zigarren.

»Chang hatte eine gute Nase, was seine Tabakauswahl betrifft«, sagte Zavala, »aber sein Geschmack in Sachen Inneneinrichtung stinkt doch.«

Austin formte einen Rauchkringel und sah sich in dem geräumigen Salon um.

»Ich weiß nicht«, sagte er und ließ den Blick über die dunkelrote Fensterdekoration und die dunkle Holztäfelung gleiten, »das mag für Schloss Dracula in Transsylvanien vielleicht passend sein.«

»Mich erinnert es eher an ein Freudenhaus in Nevada«, sagte Phelps, der die Asche seiner Zigarre aufmerksam inspiziert hatte. Er schnippte sie auf den rotbraunen Teppich und fügte hinzu: »Ich kenne diesen Look, weil ich mal dort angehalten und nach dem Weg gefragt habe.«

Austin grinste und machte noch ein paar Züge, dann drückte er die Zigarre in einem Aschenbecher aus.

»Wir müssen miteinander reden«, sagte er zu Phelps.

»Dann schießen Sie doch los«, forderte Phelps ihn auf.

»Joe und ich sind dankbar für Ihre Hilfe«, sagte Austin, »aber wir müssen auch über das sprechen, was als Nächstes kommt. Da ist dieser Wissenschaftler, den Sie im Labor getötet haben.«

»Das war ein Unfall«, sagte Phelps. »Lois wird das sicher bestätigen.«

»Ich dachte, sie mag Sie nicht«, sagte Zavala.

»Wir haben uns mittlerweile ein wenig besser kennengelernt. Sie ist eine schöne Frau. Ich mag sie gerne, wenn sie etwas größer sind.«

Austin starrte Phelps an und dachte, dass dieser Mann doch voller Überraschungen steckte.

»Hören Sie, Phelps«, sagte er, »haben Sie auch einen Vornamen?«

»Bis jetzt bin ich ganz gut ohne ausgekommen«, sagte Phelps.

»Nun, das Problem ist folgendes«, begann Austin mit

einem freudlosen Lächeln, »Sie haben den Mann in Ausübung eines Verbrechens, nämlich der Entführung amerikanischen Staatseigentums und des Raketenangriffs auf das Versorgungsschiff, getötet. Sie können von Glück reden, dass auf der *Proud Mary* niemand den Tod fand. Dann ist da noch der Tod dieses Mannes von der Sicherheitsfirma, dessen Identität Sie übernommen haben.«

»Der Raketenangriff sollte die Wächter lange genug ablenken, um das Labor zu entführen«, sagte Phelps. »Das war Changs Angelegenheit. Ich hatte nichts damit zu tun. Und ich war auch nicht am Tod des Sicherheitsmannes beteiligt … Aber ich verstehe natürlich, was Sie meinen.«

»Es freut mich, dass Sie Verständnis für die Situation zeigen«, sagte Austin. »Ich werde Sie den Behörden übergeben müssen, wenn wir landen. Ich erzähle denen die ganze Geschichte, und das wird sich gewiss mildernd auf Ihre Strafe auswirken.«

»Zehn Jahre im Knast anstelle von zwanzig?« Phelps grinste. »Nun, manchmal muss man tun, was man eben tun muss. Was dagegen, wenn ich Louis erzähle, was so los ist?«

Austin konnte nicht umhin, die Ruhe des Mannes zu bewundern. Er nickte, dann erhob er sich aus seinem Sessel. Sie verließen den Salon und saßen wenige Minuten später in einem Schlauchboot, das sie zur *Concord* zurückbrachte.

Dort wartete Lois Mitchell schon auf sie. Phelps nahm Lois beiseite, und sie entfernten sich ein Stück, um sich ungestört unterhalten zu können, während sich Austin und Zavala in die Offiziersmesse begaben, um sich mit dem Kapitän und den Wissenschaftlern zu beraten.

Dixon konnte mit neuen Informationen über die augenblickliche Position des Jets nach China aufwarten. Es würde wahrscheinlich ziemlich knapp werden, aber der Impfstoff konnte wohl noch gerade rechtzeitig eintreffen.

Austin warf einen Blick auf die Uhr. Er entschuldigte sich und ging aufs Deck hinaus. Er fragte verschiedene Mannschaftsmitglieder, ob sie Phelps und Lois Mitchell gesehen hätten, und erhielt schließlich eine Antwort: Einer von ihnen deutete zum Ufer hin.

»Sie sind mit dem Schlauchboot zum Hafen rübergefahren«, berichtete ein Matrose. »Sie sagten, sie kämen in zwei Stunden wieder zurück. Der Typ bat mich, Ihnen dies hier zu geben.«

Austin faltete einen Bogen linierten Notizpapiers auseinander und las die kurze, krakelige Nachricht:

»Muss tun, was ich eben tun muss. P.«

Ein verärgertes Lächeln erschien um Austins Mund. Phelps hatte ihn ausgetrickst.

Austin ging zur Reling und blickte nach Pohnpei. Kolonia war eine kleine Stadt auf einer kleinen Insel. Da war die örtliche Polizei natürlich nicht gerade mit Interpol zu vergleichen. Phelps wäre längst über alle Berge, wenn die Polizei aktiv würde.

Austin stieg gemütlich zur Kommandobrücke hinauf und bat einen Mannschaftsangehörigen, die Polizei zu alarmieren, den Diebstahl eines Schlauchboots zu melden und eine Beschreibung von Lois Mitchell und Phelps durchzugeben.

Er tröstete sich damit, dass Chang tot war. Sein Versuch, das Virus zu verbreiten, war gescheitert. Schon bald stünde der Impfstoff zur Verfügung.

Einer der Triaden-Drillinge war also beseitigt worden, aber damit waren immer noch Wen Lo und die geheimnisvolle Drachenlady übrig.

Austin dachte weiter über seine nächsten Schritte nach, als sein Mobiltelefon trillerte. Der Anruf kam von Lieutenant Casey.

»Herzlichen Glückwunsch, Kurt«, sagte Casey, »der Admiral hat mich soeben angerufen und mir die gute Nachricht zukommen lassen.«

»Danke, Lieutenant, aber unsere Arbeit ist noch nicht erledigt, solange die anderen Triaden-Drillinge frei herumlaufen.«

»Das ist mir durchaus bewusst, Kurt. Ich habe jemanden in der Leitung, der sich gerne mit Ihnen unterhalten würde.«

Austin bat Casey, ihn zu verbinden. Sekunden später meldete sich ein Mann.

»Guten Tag, Mr Austin«, sagte er mit samtweicher Stimme. »Ich bin Oberst Ming von der Volksbefreiungsarmee.«

»Guten Tag, Oberst Ming. Wie kann ich Ihnen behilflich sein?«

»Ich rufe Sie nicht deshalb an, Mr Austin. Die Frage ist eher: Wie kann ich *Ihnen* helfen?«

47

Wen Lo kam aus seinem Lieblingsnachtclub, an jedem Arm eine bildschöne Prostituierte. Sein Gang war zwar unsicher, doch er war noch nicht so betrunken, um nicht zu erkennen, dass hier einiges ganz und gar nicht stimmte. Seine Leibwächter waren verschwunden – und die beiden SUVs, die seinen gepanzerten Mercedes begleiteten, nirgendwo zu sehen. Sein Mercedes war ebenfalls fort. Dafür parkte eine schwarze Roewe-Limousine am Bordstein.

Auf dem Bürgersteig neben dem Wagen stand ein kräftiger Mann in einem dunkelblauen Anzug. Er öffnete die hintere Tür des Roewe und gab Wen Lo mit einer Geste zu verstehen, er solle einsteigen.

Wen Lo blickte sich auf der Straße um, als könne er seine Leibwächter und seinen Wagen mit reiner Willenskraft herbeiholen. Weder Fußgänger waren zu sehen noch gab es irgendwelchen Straßenverkehr. Offensichtlich war die Straße abgesperrt worden.

Wen Lo entließ die Prostituierten mit einem heftigen Stoß und einer unfreundlichen Bemerkung und stieg in den Roewe. Der kräftige Mann schloss die Tür und setzte sich vorn neben den Fahrer. Während der Wagen anfuhr, machte sich ein schlanker Mann in einer Armeeuniform, der auf dem Rücksitz saß, bemerkbar.

»Guten Abend, Wen Lo«, sagte er. »Entschuldigen Sie, dass ich Ihr abendliches Vergnügen störe.«

»Guten Abend, Oberst Ming. Sie brauchen sich nicht

zu entschuldigen. Ich freue mich immer, Sie zu sehen, mein Freund.«

In diesem Fall war es für ihn eher eine Erleichterung als eine Freude. Oberst Ming war der Verbindungsmann zwischen der Armee und der Triade – und beide Organisationen erzielten einen ansehnlichen Profit aus den vielen hundert Freudenhäusern, die sie überall im Land gemeinsam betrieben.

»Die Freude ist ganz meinerseits«, sagte der Oberst, ein Mann der leisen Töne, dessen distinguiertes Auftreten eher zum diplomatischen Corps als zur Armee passte.

Wen Lo war stets auf der Hut, wenn er mit Ming zu tun hatte. Er vergaß niemals, dass ihm die Kameraden des Oberst den Spitznamen *Colonel Cobra* verpasst hatten.

»Ich muss zugeben, dass ich mir schon Sorgen gemacht habe, als ich sah, dass meine Männer nicht bereitstanden und mein Wagen nicht zu sehen war«, sagte Wen Lo.

»Sie können völlig beruhigt sein, sie befinden sich an einem sicheren Ort«, sagte Ming. »Ich hielt es für das Beste, für möglichst wenig Ablenkung zu sorgen, da wir uns über ein ernstes Problem unterhalten müssen, das sich soeben ergeben hat.«

»Natürlich«, sagte Wen Lo. »Von welchem Problem ist denn die Rede? Wünschen Sie sich eine luxuriösere Wohnung … oder einen neuen Wagen? … Oder gibt es jemanden, den Sie verschwinden lassen wollen?«

»Es ist nichts Persönliches«, sagte Ming. »Eher geht es um etwas Geschäftliches. Das Problem betrifft die pharmazeutische Abteilung von Pyramid.«

»Das verwirrt mich jetzt, Oberst. Die verunreinigten Medikamente wurden doch vernichtet. Die vergiftete Rezeptur hat nur ein paar hundert Kinder getötet.«

»Vielleicht wird dies das Problem besser erklären, als ich es vermag«, sagte Ming und streckte die Hand nach einem CD-Player aus, der in die Rückenlehne des Fahrersitzes eingebaut war. Er drückte auf die START-Taste.

Wen Los Gesicht erschien auf dem Bildschirm. Er konnte sich dabei zusehen, wie er eine Führung durch das geheime Labor veranstaltete. Gelegentlich erschien auch Dr. Wu im Bild, dessen Stimme den Kommentar sprach, während Nahaufnahmen von den Versuchspersonen und ihren von Krankheit verwüsteten Gesichtern über den Bildschirm flimmerten.

»Woher haben Sie das?«, fragte Wen Lo, als das Video zu Ende war.

»Das ist nicht von Bedeutung«, sagte Ming. »Aber ich bin verwirrt, was den Sinn und Zweck dieser Einrichtung betrifft, die Ihre Organisation da betreibt.«

Der Oberst spielte offenbar ganz bewusst den Ahnungslosen. Das Video war doch ziemlich eindeutig gewesen.

Wen Lo warf den Männern auf den Vordersitzen einen vielsagenden Blick zu. Dann senkte er die Stimme zu einem verschwörerischen Flüstern herab. »Ich ziehe Sie ins Vertrauen, Oberst. Das Geheimnis, das ich Ihnen jetzt offenbare, kennen nur ich und einige der mächtigsten Vertreter der Regierung. Das Labor hat an der Entwicklung eines revolutionären neuen Impfstoffs gearbeitet, der nicht nur einen weiteren Ausbruch der Vogelgrippe verhindern, sondern auch Dutzende anderer Viruserkrankungen in Schach halten kann.«

Oberst Ming klatschte leise in die Hände.

»Das ist eine wunderbare Neuigkeit, Wen Lo! Herzlichen Glückwunsch!«

»Vielen Dank, Oberst. Es war auch ein langer, entbehrungsreicher Weg, aber unsere Arbeit wird dafür sorgen, dass China in Zukunft eine wichtige Position im Bereich der medizinischen Forschung einnehmen wird. Dies wird ein Segen für die Menschheit sein. Und auch für die Armee, darf ich wohl hinzufügen. Sie und Ihre Kameraden werden große Vorteile aus unseren Bemühungen ziehen.«

»Hervorragend!« Der Oberst hielt für einen Moment inne, dann sagte er: »Ich bin kein Mediziner, aber da Sie die Menschheit erwähnt haben, frage ich mich, ob es eigentlich üblich ist, lebendige Menschen als Versuchstiere zu benutzen.«

»Entschuldigen Sie, aber sie wären sicherlich sehr verärgert, würde man sie so nennen. Alles das sind Freiwillige aus den Elendsvierteln. Sie führten ausnahmslos ein menschenunwürdiges Leben.«

Der Oberst nickte.

»Ja, ich erkenne Ihre Logik, Wen Lo. Ihr Labor hat dazu beigetragen, das Leid und die Not dieser armen Menschen zu verkürzen. Ich kann Ihrer Menschlichkeit und Ihrem Genie nur das höchste Lob aussprechen.«

»Ich tue nichts zu meinem alleinigen Vorteil, Oberst Ming. Ich habe stets und überall das Wohl meines Landes im Auge.«

»Und Ihr Land würde Ihre Arbeit und die Opfer, die Sie gebracht haben, gerne angemessen belohnen«, sagte Ming. »Aber dieses Video gibt auch einigen Anlass zur Sorge. Es kann sehr leicht kopiert und der Öffentlichkeit zugänglich gemacht werden. Ich fürchte, dass es an Orten gezeigt wird, wo die Menschen nicht so einsichtig sind wie Sie und ich. Sie erkennen die Gefahr für Aufruhr und Unordnung?«

Wen Lo kannte die Abneigung der Regierung gegen jede

Störung der herrschenden Ordnung. Mittels Einschüchterung und Mordanschlägen hatten er und seine Ganoven oft genug die öffentliche Kritik zum Verstummen gebracht, wenn die Regierung ihre unpopulären politischen Entscheidungen hatte durchsetzen wollen.

»Ja, natürlich«, sagte Wen Lo. »Aber die Regierung kontrolliert die Medien und das Internet. Wir können behaupten, dass das Video eine Fälschung ist. Meine Organisation kann diejenigen leicht zum Schweigen bringen, die diese Angelegenheit an die große Glocke hängen wollen.«

»Das ist richtig«, sagte Ming. »Aber wir können die ausländischen Medien nicht kontrollieren – und die Regierung möchte auf keinen Fall auch nur im Entferntesten mit dem in Verbindung gebracht werden, was dieses Video zeigt. Da Sie aber der öffentliche Repräsentant von Pyramid sind, halten wir es für das Beste, wenn Sie verschwinden.«

»*Verschwinden?*«, krächzte Wen Lo.

Ming tätschelte Wen Los Knie.

»Erschrecken Sie nicht«, sagte der Oberst. »Wir sind alte Freunde und Kollegen. Wir sorgen dafür, dass Sie China ohne Aufsehen verlassen können. Und während Sie außer Landes sind, wird die Regierung die Geschäfte von Pyramid leiten.«

»Ich denke, das könnte funktionieren«, bemerkte Wen Lo mit unverhohlenem Widerwillen.

»Wir müssen wissen, wo und wie die Nummer Eins in Ihrer Firma zu erreichen ist«, sagte Ming.

»Das ist unmöglich! Wir treten niemals persönlich miteinander in Kontakt! Wir kommunizieren stets auf elektronischem Weg – durch Hologramme.«

Der Oberst schüttelte betrübt den Kopf.

»Das ist schade«, sagte Ming. »Ich fürchte, dann wird man Ihnen die gesamte Schuld aufladen. Ihnen wird der Prozess gemacht – und das Urteil wird von vornherein feststehen. Man wird ein Exempel an Ihnen statuieren.«

Wen Lo wusste genau, was es hieß, wenn in China an jemandem ein Exempel statuiert wurde. Er kannte zahlreiche Männer, die wegen korrupter Geschäftspraktiken vor Gericht gestellt und hingerichtet worden waren.

»Na gut …«, seufzte Wen Lo. »Wir haben eine Telefonnummer benutzt, um unsere holografischen Konferenzen einzuberufen.«

Der Oberst holte einen Notizblock und einen Schreibstift aus der Tasche und reichte beides Wen Lo. Dieser schrieb eine Nummer auf und gab Notizblock und Schreibstift zurück.

»Danke«, sagte Ming und warf einen Blick auf die Nummer, um sich zu vergewissern, dass sie leserlich war. Er verstaute Stift und Notizblock in einer Tasche. »Und jetzt können Sie an Ihre Zukunft denken. Wie gefällt Ihnen London? Wir können Sie auch nach Paris oder nach New York fliegen, ganz wie Sie wollen. Und wenn Gras über die Sache gewachsen ist, holen wir Sie einfach wieder zurück.«

Wen Los Laune besserte sich zusehends.

»London ist gut. Ich besitze ein Haus in Soho.«

»Zu auffällig. Die Regierung wird einen weniger auffälligen Wohnort für Sie finden. Spielen Sie immer noch Tennis?«

»Jeden Tag. Ich liebe es.«

»Wunderbar. Sie werden ausreichend Zeit haben, an Ihrer Rückhand zu feilen.«

Ming zündete sich eine Zigarette an, machte einen Zug und klopfte gegen die Scheibe, die den Rücksitz vom Fahrer trennte. Der Wagen rollte an den Bordstein, und der Oberst sagte zu Wen Lo: »Wir sehen uns in Paris.«

Der kräftige Mann auf dem Beifahrersitz stieg aus, öffnete die Tür und begleitete Ming zu einer zweiten Roewe-Limousine, die hinter der ersten gestoppt hatte. Während Ming in den zweiten Wagen einstieg, sagte er zu dem Mann: »Sorgen Sie dafür, dass es sauber erledigt wird.«

Während der Wagen des Oberst anfuhr, tippte er eine Nummer auf seinem Mobiltelefon. Eine männliche Stimme meldete sich.

»Mr Austin?«, fragte Ming.

»Am Apparat«, erwiderte Austin.

»Ich habe die gewünschte Information.«

Während der Oberst in seinem Wagen telefonierte, kehrte der kräftige Mann zum ersten Wagen zurück und nahm wieder vorn neben dem Fahrer Platz. Er klopfte gegen die Glasscheibe hinter ihm und schob sie auf. Wen Lo sah ihn an. Er bot dem Mann ein perfektes Ziel, der Wen Lo mit einer .22er Pistole direkt ins rechte Auge schoss.

Der Schütze schloss die Trennscheibe und gab dem Fahrer einen knappen Befehl. Sie fuhren Wen Los noch warmen Leichnam zu einer Leichenhalle, wo bereits alles vorbereitet war, um ihn einzubalsamieren. Ein Glasauge ersetzte das Auge, das von der Kugel zerfetzt worden war. Die einbalsamierte Leiche wurde dann der Polizei übergeben. Ein Namensschild an der großen Zehe bestätigte, dass er während der Haft in einem chinesischen Gefängnis gestorben war.

Die Polizei vermerkte sein Ableben auf amtlichen Formularen, die sofort vernichtet wurden. Die Leiche wurde zu einem Lagerhaus transportiert, wo sich der Empfänger über die schlechte Qualität der Ware beschwerte. Die Leiche wurde seziert, in Azeton getaucht, um ihr sämtliche Flüssigkeiten zu entziehen, und anschließend in ein Polymerbad gelegt. Die Muskeln und Knochen wurden eingefärbt und der Körper in eine aufrecht stehende Haltung gebracht, ein Arm so angewinkelt, als wollte er gerade einen Tennisball schlagen.

Als der präparierte Leichnam in London eintraf, um einer Ausstellung hinzugefügt zu werden, mit der er erst nach Paris und später nach New York reisen sollte, wurde ein Tennisschläger in die Knochenhand gesteckt.

Im Laufe der Zeit würde Wen Los gehäutete Leiche T-Shirts, Schlüsselanhänger, Kühlschrankaufkleber und sogar den Umschlag des Katalogs der Wanderausstellung verzieren.

Und wie Oberst Ming versprochen hatte, hatte Wen Lo nun tatsächlich alle Zeit der Welt, um an seiner Rückhand zu feilen.

48

Wenn Joe Zavala gerade einmal nicht der Hälfte der weiblichen Bevölkerung Washingtons den Hof machte oder am Motor seiner Corvette herumbastelte, liebte er es, technischen Phänomenen auf den Grund zu gehen. Für Zavala war der Hologrammprojektionsraum neben Changs protzig eingerichtetem Schiffssalon nichts anderes als eine kunstvolle technische Vorrichtung, deren Sinn und Zweck darin bestand, lebensechte Bilder zu senden und zu empfangen.

Zavala untersuchte die komplizierte Anordnung von Mikrofonen, Linsen, Lasern, Projektoren und Computern, die den runden Tisch und drei Stühle unter den kegelförmigen Lampenschirmen umgaben. Austin stand neben ihm und war über ein Mobiltelefon mit Hiram Yeager in der NUMA-Zentrale verbunden. Yeager war ein Experte für Hologramme und hatte eine reizende junge holographische Frau namens Max erschaffen, die das Computersystem der NUMA personifizierte, das von ihm betreut wurde. Austin übermittelte Fragen an Yeager oder schickte ihm Fotos von elektronischen oder optischen Elementen, die Zavala nicht genau beschreiben konnte.

Nachdem er eine Stunde lang die raffinierte Einrichtung analysiert hatte, trat Zavala zurück und rieb sich die Hände.

»Die Maschine ist einsatzbereit, Kurt. Du kannst dich per Knopfdruck überall hinprojizieren lassen.«

Austin blickte in einen der kegelförmigen Schirme über seinem Kopf.

»Das Ding wird doch aber meine Moleküle nicht umgruppieren, so dass ich am Ende einen Fliegenkopf habe, oder?«, fragte er.

»Kein Grund zur Sorge, Kurt. Es ist nichts anderes als eine Hightech-Illusion, alles nur Schall und Rauch.«

»Halt für alle Fälle trotzdem eine Fliegenklatsche bereit«, sagte Austin und ließ sich in den gepolsterten Kontursessel sinken.

Zavala hielt sich bereit, sofort einzuschreiten, falls irgendetwas schiefgehen sollte. Austin blickte auf die beiden leeren Sessel auf der anderen Seite des Tisches, studierte für einige Sekunden die Kontrolltafel und gab dann den Zahlencode ein, den Wen Lo Oberst Ming aufgeschrieben hatte, ehe der Triaden-Drilling von der Welt hatte Abschied nehmen müssen.

Lichter blinkten, und Mechanismen summten, als eine komplexe Anordnung von Spezialoptiken jeden Quadratzoll von Austins Körper abtastete und diese Informationen als elektronische Impulse zu einem Computer sendete, der die Informationen verarbeitete und zu einem anderen Computer weiterleitete, wo sie in einem 3-D-Projektor zusammengefügt wurden. Der Abtastvorgang war wirklich Schall und Rauch, wie Zavala erklärt hatte, aber Austin spannte die Schultern an und rechnete mit einem elektrischen Kribbeln, das jedoch gar nicht einsetzte.

Stattdessen begann die Luft unter einem Kegel, der sich Austin gegenüber befand, zu flimmern, als würde sie erhitzt werden. Eine Wolke tanzender Staubkörner ohne feste Konturen formte sich, dann waren ein menschlicher Kopf und Schultern vage zu erkennen, anfangs transparent, dann zunehmend deutlicher. Gesichtszüge entstanden. Austin wusste von seiner Begegnung mit der Drachenlady, dass das Hologramm veränderlich war und nach Belieben gewechselt werden konnte. Aber das Gesicht auf der anderen Seite des Tisches wirkte seltsamer als alles, was er sich hätte vorstellen können.

Die Augen unter den elegant geschwungenen Brauen zeigten das gleiche Jadegrün wie Changs hasserfüllte Sehorgane. Die fleischigen Lippen waren eindeutig feminin, doch die weichen Gesichtszüge standen in einem seltsamen Kontrast zu den Bartstoppeln am Kinn und zu dem athletischen Preisboxerkörper, dessen Schultern die Nähte des schwarzen kragenlosen Hemdes zu sprengen drohten. Der dritte Triaden-Drilling schien weder Mann noch Frau zu sein, sondern eine besonders bizarre Kombination aus beidem – ein Hermaphrodit.

Das Hologramm blieb so reglos wie eine Marmorstatue. Die kleinen feingliedrigen Hände lagen auf dem Tisch. Die Gesichtszüge waren starr, die Augen blickten geradeaus. Dann bewegten sich die Lippen, und eine weiche Stimme, nicht männlich und auch nicht weiblich, drang aus den ringsum angeordneten Lautsprechern.

»So sehen wir uns wieder, Mr Austin«, sagte das Hologramm.

»Soll ich Sie mit Drachenlady oder mit *Lai Choi San* anreden?«, fragte Austin.

»Meine Anhänger kennen mich nur als *Eins*. Ich bin als erster meiner Geschwister zur Welt gekommen, nur wenige Minuten vor den anderen. Wir Chinesen sind abergläubisch, was Zahlen betrifft, und glauben, dass eine kleine Zahl besonders viel Glück verheißt.«

»Wenn man betrachtet, wie wenig Ihnen das Glück in

letzter Zeit hold war«, sagte Austin, »sollten Sie sich lieber nach einer neuen Zahl umsehen. Ihr holographisches Bild ist auch nicht mehr ganz in Ordnung. Bis auf Ihren Mund bewegt sich darin gar nichts.«

»Das liegt daran, dass ich meine Gliedmaßen nicht bewegen kann. Die Bewegungsfähigkeit meiner Augen ist begrenzt, und ich kann nur meine Lippen ungehindert benutzen.«

»Was ist denn geschehen?«

»Ich hatte gehofft, dass *Sie* mir das erklären können, Austin.«

Austin hielt inne und erinnerte sich an Kanes Beschreibung der lähmenden Wirkung, die das Gift der Medusa haben kann.

»Wir hatten uns schon gefragt, was mit dem Impfstoff geschehen ist«, sagte er dann. »Der Hubschrauber des Schiffes war verschwunden, daher kamen wir zu der Schlussfolgerung, dass sich der Kühlbehälter mit dem Impfstoff und den Kulturen nicht länger auf Changs Frachtschiff befand.«

»Das Serum wurde direkt zu mir gebracht. Auf Empfehlung meines Bruders Chang habe ich mich selbst per Schluckimpfung immunisiert. Ich wusste, dass sich das Virus innerhalb weniger Stunden in meiner Stadt ausbreiten würde, und ich wollte doch der Erste sein, der keine Infektion befürchten musste. Die Lähmung setzte ein, während ich hier saß und versuchte, meine Brüder zu erreichen.« Die dünnen Lippen verzerrten sich zu der grotesken Parodie eines Lächelns. »Offenbar war der Impfstoff fehlerhaft.«

»Der Behälter, den Chang Ihnen schickte, enthielt eine vorläufige Impfstoffversion, die eigentlich nicht zum Einsatz kommen und vernichtet werden sollte. Sie konnte das

Virus zwar abtöten, entfaltete aber außerdem immer noch ihre lähmende Wirkung.«

»Soll das heißen, dass die Forschungsarbeit vergeblich war?«

»Ganz und gar nicht, *Eins*. Der richtige Impfstoff wird zurzeit in China und auf der ganzen Welt in einer Menge hergestellt, die die Epidemie, die Sie ausgelöst haben, eindämmen wird.«

Die Lippen bildeten eine dünne Linie.

»Die Tatsache, dass Sie sich auf Changs Schiff aufhalten, verrät mir, dass mein Bruder nicht mehr … im Geschäft ist. Sie wären längst tot, wenn er noch am Leben wäre.«

»Ich fürchte, Chang wurde ein Opfer seiner eigenen gewalttätigen Neigungen.«

»Wie schade«, sagte das Hologramm ohne Trauer. »Chang war in vieler Hinsicht brillant, aber leider auch häufig zu impulsiv.«

Austin biss die Zähne zusammen.

»Die Ermordung von hunderten unschuldiger Menschen«, sagte er, »ist nicht gerade das, was man als *impulsiv* bezeichnen kann.«

»Das liegt daran, dass unsere Familie stets eine andere Sicht von der Welt hatte. Die Pyramid-Triade existierte schon einige Jahrhunderte, ehe Ihr Gesindel die Briten zurück nach England gejagt hat. Dass wir uns so lange halten konnten, haben wir sicherlich nicht einer übermäßigen Hinneigung zu Gefühlen zu verdanken, was den Tod anderer Leute oder sogar denjenigen eigener Familienangehöriger betrifft.«

»Das freut mich zu hören«, sagte Austin, »denn dann werden Sie sicherlich keine Träne über den Verlust Ihres Bruders Wen Lo vergießen.«

»Ist Wen Lo ebenfalls tot?«

»Er hatte gewisse Differenzen mit der chinesischen Armee ... ein weiteres Opfer Ihrer wahnsinnigen Pläne.«

»Daran war gar nichts wahnsinnig. Die Führerschaft unseres Landes steht auf tönernen Füßen. Die Regierung hätte mit Gewalt auf alle Proteste reagiert. Wir hätten das Volk in seinen Bemühungen unterstützt und hätten dann die Epidemie beendet und die Regierung übernommen. Mit dem Impfstoff hätten wir die Gewalt über Leben und Tod einer Milliarde unserer Landsleute in Händen gehabt. Wir hätten der restlichen Welt die gleiche Wahl im Tausch gegen Geld und Macht angeboten. Der Plan war bestens ausgedacht. Wir hatten nur nicht damit gerechnet, dass Sie und Ihre Freunde von der NUMA uns in die Quere kommen würden.«

»Dass Ihr Plan scheiterte, ist nicht allein das Verdienst der NUMA«, sagte Austin. »Sie haben Ihre eigene Vernichtung in die Wege geleitet, als Sie sich entschlossen, die Rolle eines dreiköpfigen Gottes zu übernehmen. Dabei sind Sie nicht die Ersten, die sich als unsterblich betrachten, und Sie werden gewiss auch nicht die Letzten sein, weshalb mein Arbeitsplatz auf unbestimmte Zeit gesichert sein dürfte.«

»Haben Sie das Gleiche gesagt, als Ihre CIA-Abteilung aufgelöst wurde?«

»Glücklicherweise war meine Tätigkeit mit dem Ende des Kalten Krieges nicht mehr gefragt, aber ... es scheint, als hätten Sie sich eingehend mit meiner Vergangenheit beschäftigt.«

»Ich weiß mehr über Sie als Ihre engsten Freunde, Zavala und die Trouts. Via Satellit habe ich Ihr Haus am Potomac genauestens studiert. Ich weiß, welche Art von

Musik Sie gerne hören und welche philosophischen Werke Sie lesen. Doch ein Teil Ihres Lebens liegt für mich noch im Dunkeln, was mich mit einiger Hoffnung erfüllt.«

»Hoffnung auf was, *Eins*? Sie sind so gut wie bewegungsunfähig. Das Einzige, was Sie sich noch wünschen können, ist, in Zukunft als Hutständer beschäftigt zu werden.«

»Aber Sie könnten das ändern, Austin.« Die Stimme klang jetzt so sanft und leise wie eine Schlange, die sich durch Gras windet. »Meine pharmazeutische Abteilung hat das Virus entwickelt und kann ein Gegenmittel finden, das die Wirkung des Toxins neutralisiert. Ich würde Sie reicher belohnen, als Sie sich in Ihren kühnsten Träumen vorstellen können.«

»Miterleben zu dürfen, wie Ihre Triade vom Antlitz der Erde gefegt wird, ist die einzige Belohnung, die ich mir wünsche.«

Zorn funkelte in den starren holographischen Augen.

»Ich könnte Sie zerquetschen wie eine Ameise, Austin.«

»Das könnten Sie sicher, wenn Sie denn einen Finger heben könnten. Machen Sie's gut, *Eins*. Dank des Toxins haben Sie noch ein langes Leben vor sich. Genießen Sie es.«

Austins Finger schwebte über dem Knopf, mit dem die Übertragung beendet werden konnte.

»*Warten Sie!* Wo wollen Sie hin?«

»Nachdem ich mich so lange mit Ihnen und Ihren Brüdern befasst habe«, sagte Austin, »brauche ich erstmal eine lange heiße Dusche.«

»Sie können mich nicht allein zurücklassen. Jedenfalls nicht so.«

Die Bitte mochte durchaus ehrlich gemeint gewesen sein, aber für Austin machte es keinen Unterschied. Er empfand nur Abscheu vor der bizarren Erscheinung.

»Dann schlage ich Ihnen ein Geschäft vor«, sagte er.
»Verraten Sie mir, wo Sie sind, und ich werde die Information der chinesischen Regierung zukommen lassen. Dann können Sie Ihr Glück bei ihr versuchen.«

Nach einem kurzen Moment nannte der Drilling eine Adresse in Hongkong.

»Danke, *Eins*. Und jetzt gebe ich Ihnen einen zweiten Rat. Denken Sie nicht einmal im Traum daran, sich aus dieser Affäre freikaufen zu können. Die Regierung beschlagnahmt Ihre sämtlichen Vermögenswerte. Sie haben daher nichts mehr, das Sie ihr anbieten können.«

»Ich werde Sie töten, Austin. Ich werde einen Weg finden.«

»Adieu, Drachenlady.«

»*Warten Sie!*«

Austin drückte auf den Knopf, um die Projektion anzuhalten. Die Worte kamen aus einer formlosen Wolke aus tanzenden Staubkörnchen. Es war eine Frauenstimme.

»*Kommen Sie zurück!*«

Zavala, der ein Stück abseits stand, sagte leise etwas auf Spanisch.

Austin stellte fest, dass er in Schweiß gebadet war. Obwohl tausende Meilen von ihm getrennt, war er dem absolut Bösen noch nie so nahe gewesen.

»Ich bin der Tod, der mächtige Vernichter der Welten«, murmelte er.

Zavala hörte es.

»Was war das, Kurt?«

Als wachte er aus einem Traum auf, sagte Austin: »Es ist ein Zitat aus der *Bhagavad Gita*. Ist mir gerade in den Sinn gekommen. Hast du die Adresse aufgeschrieben, die dieses ... Ding mir genannt hat?«

Zavala hielt ein Blatt Papier hoch.

»Was willst du damit tun?«, fragte er.

»Wenn wir zur *Concord* zurückkehren, ruf Oberst Ming an und übermittle ihm diese Information. Ab jetzt ist es seine Party. Dann setz Paul und Gamay über das bisherige Geschehen ins Bild. Genehmige dir anschließend einen doppelten Tequila und danach einen zweiten, und lass mir auch ein wenig von dem Kakteensaft übrig.«

»Aye, aye, Sir. Was wirst du in der Zwischenzeit tun?«

Austin erhob sich aus seinem Sessel und ging zur Tür.

»Lange und heiß duschen, wie ich es schon angekündigt habe.«

49

Song Lee saß in dem sonnendurchfluteten Patio vor dem Hotel und ging einige Notizen durch, als sie das Brummen eines Außenbordmotors hörte, das durch die Mangroven drang. Sie erkannte schon am Klang, dass es Dooleys Boot war, blickte auf und erwartete lächelnd seine Ankunft.

Dooley war ihr einziger Kontakt zur Außenwelt, seit sie auf die Insel zurückgekehrt war, um an ihrer Abhandlung über Meeres-Biomedizin zu arbeiten. Nach Bonefish Key zurückzukehren, war eine schwierige Entscheidung gewesen. Aber das Labor hatte an der vordersten Front einer Wissenschaft gestanden, deren Wurzeln bis zur alten Kultur von Nan Madol und den Inseln Mikronesiens zurückreichten. Und für sie war es der ideale Ort, um zu schreiben.

Noch brachte Lee nicht den Mut auf, den Strandwall aufzusuchen. Sie hatte kein Bedürfnis, die Bucht wiederzusehen, wo sie einen Mann getötet hatte, oder zu den verkohlten Überresten des Kabinenkreuzers zurückzukehren, der beinahe zu ihrem Scheiterhaufen geworden wäre. Sie fuhr zwar noch immer mit dem Paddelboot hinaus, entfernte sich jedoch nicht mehr so weit von der Insel. Sie ging früh zu Bett, stand mit der Sonne auf und arbeitete stundenlang auf ihrem Laptop in der wissenschaftlichen Bibliothek des Labors.

Die Insel war so gut wie menschenleer. Nach Abschluss des Projekts war Dr. Mayhew in die akademische Welt zurückgekehrt, und sein Team hatte sich in alle vier Winde zerstreut. Eine kleine Mannschaft blieb zurück, um die Aquarien mit den Versuchstieren zu versorgen. Doch die Wachen, die nebenbei Hilfsdienste im Labor wahrgenommen hatten, hatten die Insel ebenfalls verlassen. Dr. Lee genoss den kollegialen Umgang mit der Handvoll Techniker, wenn sie zum Beispiel ihre eigenen Mahlzeiten zubereiteten.

Dr. Kane hatte dem Labor bisher einen einzigen Besuch abgestattet. Er war mit einem Kamerateam erschienen, um das Hotel und die Laborgebäude aufzunehmen, ehe er dann wieder verschwand ... wie vom Winde verweht.

Obwohl die Regierungen Chinas und der Vereinigten Staaten noch immer gewisse Bedenken hatten, die ganze Geschichte ihrer Zusammenarbeit beim Kampf gegen die drohende Pandemie der Öffentlichkeit zugänglich zu machen, waren die übermenschlichen Bemühungen, das Virus auf seinem Vormarsch zu stoppen, doch auf der ganzen Welt die eine Nachricht, die für einige Zeit alle Medien beherrschte. Kane sonnte sich in seiner Prominenz, flog von Interview zu Interview und diskutierte mit Gesundheitsexperten und Politikern auf der ganzen Welt. Er nutzte seinen Status als Seuchen-Guru, um dem Kongress beträchtliche Geldsummen zur Förderung jener Art meeres-biomedizinischer Forschung abzuringen, die letztlich die Welt gerettet hatte.

Song Lee war durchaus damit zufrieden gewesen, ihrer Laborarbeit in völliger Anonymität nachzugehen. Doch die Einsamkeit und Abgelegenheit der Insel ging ihr nach und nach auf die Nerven, und sie hatte bereits daran gedacht, ihr Buch in China zu beenden. Oft dachte sie an die Leute von der NUMA, die sich so bedingungslos in den Kampf gestürzt hatten, um sie und die Welt zu retten. Sie vermisste die Trouts und Joe Zavala, aber am meisten fehlte ihr natürlich Kurt Austin. Ein paar Wochen, nachdem sie auf der Insel eingetroffen war, hatte er sie auf einem der Funktelefone des Labors angerufen. Er sei gerade auf Pohnpei und immer noch mit der Bergung von Davy Jones's Locker beschäftigt und werde sich wohl doch länger als erwartet in Mikronesien aufhalten.

Der Lärm des Außenbordmotors wurde lauter, und Sekunden später schob sich Dooleys Doppelrumpfboot um den Zipfel einer Mangroveninsel und näherte sich dem Kai. Zwei Personen befanden sich auf dem Boot: Dooley, der am Ruder stand und, neben ihm, ein breitschultriger Mann in einem bunten Hawaiihemd. Während sie sich dem Kai näherten, nahm der breitschultrige Mann die Baseballmütze ab – und volles stahlgraues Haar kam zum Vorschein. Als Kurt Austin dann anfing, mit der Mütze zu winken, war Song Lee längst aufgesprungen und rannte zum Kai hinunter. Sie und das Boot erreichten das Ende des Kais gleichzeitig.

Dooley warf ihr die Bugleine zu, während das Boot gegen einen Stützpfeiler des hölzernen Kais stieß.

»Ich habe Ihnen ein wenig Gesellschaft mitgebracht, Dr. Lee«, sagte er.

Song hörte ihn kaum. Ihr Blick ruhte ausschließlich auf Kurt, dessen bronzefarbenes Gesicht ein breites Grinsen zeigte. Dieses Grinsen wurde noch breiter, als er aus dem Boot kletterte und Song die Arme um ihn schlang. Er erwiderte ihre Umarmung genauso innig. Sie begrüßte ihn mit einem Kuss, der warm und lang war und sicherlich ewig gedauert hätte, wenn sich Dooley nicht geräuspert hätte.

»Entschuldigt, Leute, aber ich muss allmählich zum Festland zurück.« Er streckte eine Hand aus. »War nett, Sie kennenzulernen, Kurt. Rufen Sie einfach an, wenn Sie nach Pine Island zurückwollen.«

»Danke fürs Bringen«, sagte Austin und bat Dooley noch, ihm seinen kleinen Rucksack herüberzuwerfen.

Während das Boot zwischen den Mangroven verschwand, sagte Austin: »Ich kam vor ein paar Tagen nach Washington zurück und dachte, ich sollte mal einen Abstecher hierher machen und hallo sagen.«

Lee hakte sich bei Austin unter und geleitete ihn zum Gästehaus.

»Freut mich sehr, dass du es getan hast«, sagte sie. »Wie geht es Joe und den Trouts?«

»Ausgezeichnet. Zavala hat in einer Kartographin der NUMA offenbar die Liebe seines Lebens gefunden, und die Trouts sind soeben aus New Bedford zurückgekehrt. Das städtische Walmuseum hat einen Raum für Caleb Nyes Diorama reserviert. Es ist jetzt Teil einer speziellen Ausstellung über die seltsame Reise der *Princess*.«

»Es muss wirklich eine sehr merkwürdige Reise gewesen sein«, sagte Lee. »Ich habe mein Buch mit ihren Erlebnissen auf Trouble Island begonnen.«

»Wie kommst du damit voran?«

»Ich habe die Gliederung fertig und werde noch einige zusätzliche Recherchen anstellen. Ich denke, die neuen Erkenntnisse dürften unser Verständnis für virale Immunologie, speziell für die Schutzimpfung, revolutionieren. Aber wir haben allenfalls einen vagen Eindruck von den Wunderdrogen bekommen, die der Ozean bereithält. Es liegt schon eine gewisse Ironie darin, dass der Impfstoff niemals entwickelt worden wäre, wenn es die Bedrohung durch die Epidemie der Triade nicht gegeben hätte.«

»Ein klassischer Fall von *yin* und *yang*?«, fragte er.

»Ich hasse zwar die Vorstellung, dass die gegensätzlichen Mächte von Gut und Böse an diesem Fall beteiligt waren«, sagte sie, »aber ohne das eine wäre das andere niemals ein Segen für die Welt gewesen.«

»Mehr als einer«, sagte er. »Die Beziehungen zwischen China und den USA waren nie freundlicher als heute. Und die Triade existiert nicht mehr.«

Sie waren den Hügel zum Patio hinaufgestiegen und hatten es sich in zwei Sesseln mit Blick auf das Meer und die Mangroven dahinter gemütlich gemacht.

»Ich habe noch eine heikle Frage«, sagte Austin. »Dr. Huangs Rolle als Informant hat die Triade ja erst in die Lage versetzt, ihre üblen Ziele zu verfolgen. Nachdem er der Triade den Tipp mit dem Labor gegeben hatte, haben sie Dr. Kane belauscht und so seine Position erfahren. Was sollen wir mit ihm tun?«

»Keine Ahnung«, sagte Lee. »Er ist eine Maus und sehr leicht einzuschüchtern. Aber er ist auch ein brillanter Arzt. Mir widerstrebt es, ihn den Behörden zu übergeben. Sie würden ihn sofort hinrichten.« Sie beobachtete einen Schmuckreiher, der elegant über das Wasser dahinglitt, und als sie sich danach zu Austin umwandte, lag ein Lächeln auf ihrem Gesicht. »Ich weiß jetzt, was ich für Dr. Huang vorschlagen werde.«

Sie erläuterte ihre Idee, Huang ihre Stellung als Landärztin einnehmen zu lassen. Austin legte den Kopf in den Nacken und lachte herzlich.

»Eine Lösung, die in ihrer Ausgewogenheit geradezu

perfekt ist. Jetzt aber bin ich an der Reihe, einen Vorschlag zu machen.«

Er öffnete den Reißverschluss seines Rucksacks und holte eine Flasche und zwei Schnapsgläser heraus. Dann schenkte er jedes Glas halbvoll und gab eins an Song weiter.

»Dies ist der mikronesische *sakau,* den ich dir versprochen hatte. Er wird aus der Pfefferpflanze gebrannt und hat eine leicht berauschende Wirkung, daher sollte er nur in kleinen Mengen genossen werden.«

Sie hoben die Gläser zu einem Toast, und nach kurzer Überlegung sagte Song: »Auf die guten Beziehungen zwischen China und Amerika.«

Sie stießen an und tranken. Daraufhin verzog sie das Gesicht und stellte ihr Glas auf den Tisch.

»Das ist etwas für Kenner und wahrscheinlich auch … sehr gut«, stellte Austin lächelnd fest. »Soweit ich mich erinnere, habe ich dir ein Abendessen mit einem Panoramablick aufs Meer versprochen.« Er machte eine ausholende Geste. »Hier sind schon mal der Panoramablick und das Meer. Das Abendessen wird wohl warten müssen, bis deine Arbeit hier abgeschlossen ist.«

»Vielleicht auch nicht«, sagte Song. »Einer der Labortechniker hat heute Morgen einige Rotbarsche gefangen – wir werden sie zum Abendessen grillen. Leiste uns doch Gesellschaft.«

Austin nahm die Einladung an, und so saßen sie weiter im Patio und unterhielten sich, bis der Gong sie zum Abendessen rief. Im Speisesaal nahmen sie das Essen zusammen mit einem halben Dutzend Angestellten ein, dann kehrten sie zu einem ausgiebigen Verdauungsdrink in den Patio zurück, während die Insel nach und nach von samtener Dunkelheit eingehüllt wurde. Austin hatte den *sakau* schon wieder in seinem Rucksack verstaut, und nun tranken sie einen um einiges weniger eindrucksvollen Sherry.

Kurt und Song unterhielten sich noch stundenlang, untermalt von den sinnlichen Lauten und Gerüchen der subtropischen Nacht im Hintergrund. Es war sehr spät, als ihnen bewusst wurde, dass sich die Angestellten zurückgezogen hatten und sie allein waren.

Austin warf einen Blick auf die Uhr und sagte: »Es ist fast Mitternacht. Ich sollte lieber Dooley anrufen, damit er mich abholt.«

Song lachte leise und meinte: »Dooley liegt längst im Bett. Und außerdem müsstest du zum Wasserturm hinaufsteigen, um überhaupt eine Netzverbindung zu bekommen. Warum bleibst du nicht einfach hier und schläfst in meiner Hütte. Sie ist sehr gemütlich.«

»Niemand soll behaupten, dass Kurt Austin jemals besonders herzlichen chinesisch-amerikanischen Beziehungen im Weg gestanden habe«, sagte er. »Aber diese Kleider hier sind alles, was ich mit mir trage. Meinen Pyjama habe ich zu Hause gelassen.«

Song tätschelte Kurts Hand.

»Den wirst du auch nicht brauchen«, sagte sie mit einem Lächeln in der Stimme.

Am nächsten Morgen wurden sie vom Gesang der zahlreichen Wasservögel geweckt. Austin musste zu einer Konferenz nach Washington zurückfliegen. Während er zum Wasserturm hinaufstieg, um Dooley anzurufen, bereiteten Song und die Labortechniker ein kleines Abschiedsfrühstück vor, das im Wesentlichen aus frischem Obst bestand. Während sie im Patio saßen, genoss Austin noch einmal den Frieden und die Ruhe der Insel.

»Es fällt mir richtig schwer, dieses Paradies hier zu verlassen«, sagte er.

»Musst du denn auch wirklich schon fort?«, fragte sie nach.

»Unglücklicherweise ja. Ich habe es sogar ziemlich eilig wegzukommen.«

»Vielleicht kannst du ja dann genauso eilig wieder zurückkehren.«

»Ich habe so ein komisches Gefühl, als würden wir uns vielleicht eher wiedersehen, als wir es im Augenblick annehmen. Wie läuft eigentlich deine Forschung in Sachen Bedford-Anomalie?«

»Ich bin alles verfügbare Material durchgegangen. Aber es fehlt so viel.« Sie runzelte die Stirn, hob dann den Kopf ein wenig und sagte: »Ich glaube, ich kann Dooley hören.«

Song begleitete Kurt zum Ende des Kais. Dort umarmten sie sich lange und küssten sich zum Abschied. Ehe Austin ins Boot stieg, griff er in seinen Rucksack und holte ein Päckchen heraus, das in einfaches Papier eingewickelt war. Er reichte es Lee.

»Könnte sein, dass dies hier dein Interesse weckt«, sagte er.

Lee entfernte die Verpackung und starrte mit großen Augen auf das Buch, das sie nun in der Hand hielt. Der blaue Ledereinband war vom Alter zerknittert – und die lange Zeit, die er auf See verbracht hatte, war offenbar auch nicht spurlos an ihm vorübergegangen. Sie schlug das Buch auf und las laut vor.

»20. November 1847. Nordwestlicher Wind zehn Knoten. Die gute Princess *bricht von New Bedford zu ihrer Jungfernfahrt auf. Abenteuer und Wohlstand rufen. H. Dobbs.«*

»Das ist doch das vermisste Logbuch!«, rief sie. »Wo hast du es gefunden?«

»Die Trouts haben es mitgenommen, als sie anlässlich einer Einweihung in New Bedford waren. Es scheint, als entspräche Harvey Brimmers Geschichte von Caleb Nyes heimlicher Ehe doch der Wahrheit. Das Buch war Teil einer Mitgift, die er seiner Tochter schenkte. Seitdem befindet es sich im Besitz der Familie. Sie würden es auch gerne zurückbekommen, wenn du es durchgearbeitet hast.«

Kurt hauchte Song einen Kuss auf die Wange, dann stieg er zu Dooley ins Boot. Während das kleine Boot Kurs auf die Mangroven nahm, schien Song erst richtig zu begreifen, dass Kurt abreiste. Sie winkte und rief ihm ein letztes Dankeschön zu.

»Eigentlich schade, dass Sie Dr. Lee schon so bald verlassen mussten«, sagte Dooley.

»Das ist völlig okay«, sagte Austin. »Es gibt da einen jungen Mann, der ihr Gesellschaft leistet.«

»Das ist aber bedauerlich«, sagte Dooley aufrichtig besorgt. »Jemand, den ich kenne?«

»Wahrscheinlich nicht. Er heißt Caleb Nye.«

»Frauen …«, murmelte Dobbs und schüttelte traurig den Kopf.

Minuten später ließen sie die Mangroven hinter sich und erreichten die offene See. Dooley gab Gas, und das Boot jagte über die blaugrüne Wasserfläche der Bucht in Richtung Festland.